730

이유월 장편 소설

02

730

FEEL PREMIUM EDITION

contents

5

그럼에도 변하지 않는 것들

1999년

맨해튼에서 퀸즈보로 브릿지를 건너 동쪽으로 곧게 달리다 보면 온갖 이민자들이 모여 사는 동네가 나온다. 스페인어와 한국어, 인도 어 간판들이 저마다 조그만 영어 자막을 달고 내걸린 광경은 마치 대형 콜라주 같다. 대를 이어 이곳에 살며 제법 토박이 행세를 하는 사람이 있는가 하면 갓 미국 땅을 밟아 잔뜩 주눅 든 사람도 있다. 말이 통하지 않는 상점 주인과 손님이 손짓 발짓으로 물건값을 흥정하는 동네. 그런 곳에서 이 정도 수준의 영어를 구사하는 사람은 드물다면 퍽 드물었다.

"몇 시간짜리 서비스를 원하세요? 삼십 분? 한 시간?"

요한은 저를 향해 눈웃음치는 여자를 내려다본다. 까맣고 곧은 머리카락을 어깨 너머로 늘어뜨린 여자는 삼십 대 중반쯤 되어 보였다. 관리를 잘 한 사십 대일 수도 있을 것이다. 신경 써서 화장한 얼굴. 단정한 화이트 셔츠에 무릎까지 오는 치마. 억양으로 봐서는 중국인.

"최대한 긴 거. 난 길게 하는 게 좋거든."

고개를 기울이며 싱긋 웃는 얼굴. 그가 웃자 여자는 손등으로 입을 가리며 키드득 따라 웃었다.

"안마사 사진 볼 수 있을까?"

"그럼요."

카운터 앞에 선 여자가 빳빳한 플라스틱 커버 파일을 펼쳤다. 저를 보는 동양인 여자 여덟 명을 요한은 눈으로 훑는다. 얼굴과 상체를 중심으로 찍은 사진들은 하나같이 가슴골을 강조했다.

"한국 여자도 있어요."

"음, 난 한국 여자 별론데."

여덟 개의 사진을 심드렁한 눈으로 훑다가 다시 눈앞의 상대에게 눈길을 돌렸다.

"그냥 자기가 해 주면 안 되나?"

끝까지. 작게 덧붙이는 남자의 눈동자에서 윤기가 흘렀다. 깎은 듯한 윤곽과 선명한 이목구비. 반짝거리는 눈동자를 홀린 듯 바라보며 여자가 마른침을 삼켰다.

"뭘요?"

"농담하지 말고. 나 되게 급하단 말이야, 지금."

카운터 안쪽에 선 여자를 향해 요한은 비스듬히 상체를 숙였다. 그리고 대단한 비밀을 알려 주듯 소리를 죽여 속삭인다.

"마지막으로 섹스한 게 삼 년 전이야."

"어머, 거짓말."

"안 믿기지?"

"절대 안 믿겨요."

"그러니까 빨리 얘기해. 얼마 주면 돼?"

서로를 바라보는 두 남녀의 눈길은 이제 얼마쯤 노골적이다. 여자는 절로 실룩이는 입술을 급한 대로 손등으로 가렸다. 가게를 찾는 남자 손님들은 연령도 인종도 인물도 제각각이지만 이렇게 입 벌어지게 잘생긴 손님은 장사 수년 만에 처음이었다.

깎은 것처럼 날렵한 얼굴. 짙은 눈썹부터 매끄러운 콧대와 뚜렷한 윤곽의 입술까지 어디 한 곳 시선을 끌지 않는 곳이 없다. 특히 엷게 미소 띤 저 눈동자는 마주 보고 있으려니 입 안에 절로 침이 다 고였다. 분명히 동양인인데 어쩐지 타 인종의 피가 몇 방울 섞인 것 같은 인상이었다.

청바지와 얇은 점퍼 속의 잘 빚어진 몸은 굳이 벗겨 보지 않아도 충분히 짐작이 갔다. 돈은 오히려 이쪽에서 줘야 하는 거 아닌가. 웬 떡이냐 하면서도 여자는 일단 내숭을 피워 본다.

"난 일 안 하는데."

"나한텐 해 줄 거잖아."

"아이, 참 곤란하게 만드시네."

"자기 손 되게 예쁘다."

그가 카운터 위에 올린 한쪽 손을 덥석 잡았다. 난 손 예쁜 여자가 좋더라. 칭찬과 욕망을 동시에 중얼거리는 남자는 믿기지 않을 정도로 아름다웠다. 커다란 손과 더운 체온. 여자는 모처럼의 흥분에 그만 발밑이 붕 뜨는 것 같다.

"삼십 분에 오십 달러, 한 시간은 팔십 달러. 팁은 따로."

"안마 안 받고 바로 해도?"

"십 분 정도만 해 드릴게요. 어차피 다들 그렇게 하시니까."

"오케이."

요한은 흔쾌히 고개를 끄덕이고는 지갑에서 백 달러짜리 지폐 한 장을 꺼냈다. 팁은 더 줄 수도 있어. 남자가 말하며 내민 돈을 향해 여자가 눈웃음치며 손을 뻗었다. 비린 냄새를 풍기는 백 달러짜리 지폐. 그 빳빳한 돈이 여자의 손으로 옮겨 간 순간 철컥, 손목에 차가운 금속이 닿았다.

"뭐, 뭐예요?"

"뭐긴. 체포된 거지. 현행범으로."

양쪽 손목에 손쉽게 수갑을 채운 남자가 점퍼 안주머니에서 무전기를 꺼내는 광경을 여자는 황망한 눈으로 바라본다. 잡았습니다, 팀장님. 짧게 보고하자 밖에서 대기 중이던 사복 경찰관들이 우르르 안으로 들어왔다. 일곱 명의 팀원이 복잡하게 나뉜 공간을 따라 신속하게 흩어졌다. 여기저기서 들리는 비명 소리. 무슨 날벼락인가 주위를 두리번거리던 여자가 얼굴을 일그러뜨렸다.

"너, 너, 경찰이었어?"

"알아. 경찰 하기엔 너무 잘생겼지? 다들 안 믿더라고(You're not the only one)."

요한이 예쁘게 웃으며 검지로 제 이마를 가볍게 긁었다.

"무슨 혐의야! 왜 체포하는 건지는 알아야지!"

"음, 확실한 건 성매매랑 무면허 안마? 자세한 건 검사한테 물어봐. 난 법은 잘 모르니까."

"무슨 소리야? 나 면허 있어!"

"뻥치지 마. 프로 안마사들 손 못 봤어? 이렇게 예쁜 손으로 안마는 무슨."

어깻죽지나 좀 주물럭대다 딴 거 할 거면서. 가당찮은 소리 집어치우라는 듯 여자의 팔꿈치를 잡아 입구 쪽으로 끌었다. 안쪽에서는 똑같이 수갑을 찬 동양인 여자들과 다양한 인종의 남자들이 줄줄이 끌려 나오고 있다. 쪽팔려서 어쩌냐. 요한은 피식 코웃음을 쳐 주었다.

가게 앞에는 NYPD 이송 차량이 빨갛고 하얀 경광등을 번쩍이며 서 있다. 어두침침한 안마소 내부와 달리 바깥에는 늦은 오후의 햇살이 부드럽게 내려 있었다. 일몰을 예고하는, 눈에 띄게 쇠약해진 태양광 속에서 제복 차림의 경관들이 수갑 찬 남녀들을 차곡차곡 싣는 광경을 요한은 조금 떨어져 지켜본다. 문을 닫아 건 이송 차량이 먼저 출발하자 현장은 빠르게 정리되었다.

"요한, 바로 퇴근할 거야?"

"우리 맥주 한잔 할 건데 같이 가자. 팀장님이 산대."

"오늘도 맹활약한 우리 예쁜 리 경관, 회식에 빠지면 쓰나."

한 건 올린 동료들은 신난 기색을 숨기지 않았다. 팀장은 거들지 않았지만 기분 좋은 눈길로 대답을 기다린다. 요한이 아무렇지도 않은 얼굴로 고개를 저었다.

"약속 있습니다."

"약속? 웬일로? 데이트?"

"데이트는 아니고."

"오, 잘 해 봐. 오늘 밤 꼭 성공을 빈다. 삼 년 동안 못 해 본 건 너무하잖아."

동료 경관 하나가 주먹을 굳게 쥐어 보이며 낄낄댔다. 하는 쪽도 듣는 쪽도 전혀 심각하게 받아들이지 않는 저 말은 당연히 농담이다. 휘휘 손을 흔들며 자동차에 올라타는 동료들을 바라보다 요한은 반대쪽으로 몸을 돌렸다. 노란색 폴리스 라인과 파란색 경찰차. 그 앞을 지나 구경꾼들 사이를 통과하며 품속에서 휴대전화를 꺼냈다. 저장된 번호를 찾아 전화를 걸면서 그는 정해 둔 방향으로 빠르게 걸었다.

"도착했어요? 나 지금 가니까 오 분만 기다려요."

네 블록을 걸어 도착한 곳은 규모가 자그마한 한식당이었다. 번들거리는 청색 기와 장식을 간판처럼 단 식당의 문을 밀며 내부를 눈으로 훑었다. 어서 오세요. 된장찌개 뚝배기를 나르던 중년의 웨이트리스가 새 손님을 반겼다. 카운터의 금전출납기 옆에는 연지 곤지 찍고 활옷을 입은 인형이 정수리와 어깨에 먼지를 뒤집어쓴 채 방긋거린다.

"여기!"

테이블 하나를 차지하고 앉아 있던 제임스가 손을 번쩍 들며 자리에서 일어났다. 입술을 길게 늘여 웃는 모습. 그를 향해 다가가는 요한도 비슷한 표정을 지었다. 저보다 머리 하나는 훌쩍 큰 청년을 제임스가 팔 벌려 가볍게 끌어안았다. 어이고, 몸 엄청 좋아졌네. 감탄하며 등을 툭툭 두드리는 손바닥. 여전히 두툼하고 따스한 감촉에 요한이 소리 없이 웃었다.

"아 얼굴 보기 왜 이렇게 어려워요. 나 뉴욕 온 지 일 년이 넘었는데."

"한국에 다녀오느라. 십 년 만에 갔는데 금방 올 수가 있어야지."

"나 무서워서 도망간 거 아니고?"

짧은 포옹 후 두 남자는 식탁에 마주 앉았다. 제임스는 달라진 것이 별로 없어 보였다. 짙은 눈썹과 가느다란 눈매, 가닥가닥 희끗한 털이 섞인 것을 제외하면 잘 길러 다듬은 턱수염도 3년 전 그대로.

"뉴욕에 돌아온 소감이 어때."

14

"빨리도 물어보네. 벌써 일 년 넘었다니까요."

"그러면, 돌아온 소감이 어땠어. 캘리포니아에 있다 오니까 딴 세상 같던가?"

요한은 대답 대신 풋고추를 쌈장에 찍어 한 입 깨물었다. 잇새에서 아삭거리는 채소는 맵싸하고도 상큼하다. 1년 전이라지만 기억은 생생했다. 어찌 잊겠는가. 어떤 경험들은 진공상태로 꽁꽁 싸여 깊은 빙하 안에 갇히며, 그렇게 봉인된 기억들은 결코 잊히지 않는다는 것을 요한은 안다.

뉴욕에 돌아와 가장 먼저 느낀 차이는, 햇살이었다.

샌디에이고의 햇살은 바늘 같았다. 쉼 없이 백사장에 퉁겨 따갑게 눈을 찔렀다. 세상과 분리된 것 같던 코로나도 해군기지는 태평양 함대의 최대 후방지원 기지답게 압도적인 규모였다. 끝없이 펼쳐진 함선들. 거대한 항공모함과 따개비처럼 내려앉은 전투기들. 해군 특수부대 네이비씰 훈련소도 그곳에 있었다.

푸른 바다와 하얀 모래. 훈련병들의 기합 소리와 교관들의 고함 소리. 그 사이에서 시간은 참 모질게도 느렸던 것 같은데, 무려 2년이나 버렸다는 사실을 돌이키자 그저 픽 웃음이 샜다.

"주문하시겠어요?"

"예, 지금 하죠. 뭐 먹을래?"

"제일 비싼 거요. 갈비?"

"직장도 없는 백수한테 갈비를 사 달라니."

"경찰 연금 얼만지 다 알거든요. 그리고 지금 갈비가 문젭니까?"

내가 누구 때문에 그 고생을 했는데. 요한이 짐짓 볼멘소리를 했다.

네이비씰 예비 대원 훈련은 지옥 주간이라는 별칭이 오히려 너무

귀여워 속은 기분이 들 만큼 혹독했다. 무척이나 정교하게—사람을 죽기 직전까지만 몰아가도록 대단히 과학적으로—짜여진 과정에 따라 달리고 기어오르고 헤엄치길 반복했다. 휴식 시간은 지옥 주간 일주일을 통틀어 4시간도 채 주지 않았다. 취침도 휴식 시간에 포함돼 있었다.

새까만 고글을 쓰고 스톱워치를 든 교관들의 고함 소리. 그들은 마치 죽을 날 받아 놓은 사형수 다루듯 함부로 훈련병들을 다그치고 욕설을 퍼부었다. 그러나 부당하고 비인간적인 대우를 불평하는 사람은 요한을 포함해 아무도 없었다. 훈련대에서 낙오하지 않으려면, 해군의 다른 부대로 배치되지 않으려면, 반드시 도달해야 하는 기록에 닿으려면 단단하고 날카로운 정신력이 필요했다. 애초에 남의 욕설 따위 귀담아들을 여유를 주지 않는 곳이었다.

캘리포니아의 내리쬐는 햇볕 속에서 요한은 필사적으로 달리고 헤엄쳤다. 기관총을 쏘고 수류탄을 던졌다. 바다 밑으로 잠수하고 구름 위에서 뛰어내렸다. 훈련병들은 실전처럼 서로를 공격하고 제압하기도 했다. 얼마든 죽을 수 있는 상황들 속으로 기꺼이 몸을 던지는 동안 삶에 대한 감각이 조금씩 무뎌졌다.

내가 왜 여기에 있고 어디로 향해 가고 있는지 아무것도 생각나지 않았다. 과거의 사건들은 꿈속의 일처럼 아득해졌다. 온종일 혹사당한 몸은 밤에도 더 이상 꿈을 꾸지 않았다. 모든 기억을 진공상태로 남겨 둔 채, 그의 육체와 정신은 나날이 앞으로 나아갔다.

3킬로미터의 바다를 60분대로 헤엄치고 6킬로미터의 육지를 20분대에 달렸다. 스톱워치를 든 교관의 입에서 더는 험한 욕설이 나오지 않을 때 즈음 15개월간의 기본 훈련이 끝났다. 2백 명이 넘었던 동기들은 스무 명 남짓으로 줄어 있었다. 시퍼렇게 날이 선 훈련병 가운데 동양인은 요한이 유일했다.

그리고 입대한 지 정확히 2년째였던 작년 여름 그는 제대 신청을 했다. 네이비씰 훈련 과정은 통틀어 30개월이다. 정식 대원으로 배치되기까지 고작 6개월밖에 남지 않은 시점, 고지를 목전에 두고 집으로 돌아가겠다니 다들 제정신이냐는 반응이었다. 지옥 같은 훈련이 이제 거의 끝났는데. 세계 최고 특수부대의 일원이 될 날이 코앞인데. 불과 반년을 남기고 포기하겠다니 미치지 않고서야. 교관들의 헛웃음과 동기들의 만류에도 요한은 어깨만 으쓱했다.

그리고 제대 통지서를 받자마자 낡은 캐리어 하나를 끌고 뉴욕에 돌아왔다. 미 대륙의 서쪽 끝에서 동쪽 끝으로. 태평양 연안에서 대서양 연안으로. 캘리포니아의 눈부신 햇살 속에 잘 그을린 피부와 갑옷처럼 견고해진 몸을 데리고. 2년 만에 돌아온 그는 퍽 달라져 있었으나, 고향은 아무것도 변하지 않은 오만한 얼굴로 귀향을 맞이했다.

"완전히 속았어, 아저씨한테."

"내가 뭘."

"알고 있었잖아요, 경관 모집 요강 바뀌는 거."

"아아, 그거 재작년부터 바뀌지 않았나?"

"와, 모르는 척하네. 미리 알고 있었잖아요."

"내가 그걸 어떻게 아나? 경찰도 아닌데."

"뺑치지 마요. 일부러 안 알려 준 거면서."

나 거기서 2년간 썩으라고. 요한이 덧붙이며 믿지 않게 눈을 흘긴다. NYPD는 97년부터 경관 응시 조건으로 대학 학점 이수를 요구하기 시작했다. 학점 증명이 없는 경우 2년간의 군복무 경력으로 대체할 수 있다는 요강을 보고 요한은 기가 찬 웃음을 흘렸다. 이 아저씨가 진짜. 남의 인생 가지고 장난을 쳤네.

"어떻게 그러냐. 나한텐 딱 일 년만 해 보라고 보내 놓고."

"거기까지 간 김에 말뚝 박지 그랬어. 아무나 받아 주는 데도 아닌데."

"나도 받아 준다고 막 가는 남자 아닌데요."

"잘만 오더만. 경찰 하기 싫달 땐 언제고."

"누가 경찰 하고 싶댔나."

마피아 잡고 싶댔지. 덧붙이는 목소리를 제임스는 못 들은 척했다.

"어쨌거나 덕분에 이 년간 개고생했으니까 나 이거 일 인분 더 먹을게요."

말하며 큼직한 갈빗살을 집어 입에 넣는다. 여기 이 인분 더 주세요. 제임스는 카운터 쪽을 향해 손을 번쩍 들어 주문을 넣고는 집게로 지글지글 익는 고기를 뒤집었다.

"먹성만 좋아져서 왔구만."

"먹성은 원래 좋았습니다."

"일은 할 만해? 바이스팀에 있댔지?"

"예, 이제 오 개월째. 덕분에 매춘부랑 도박꾼은 얼굴만 봐도 딱 알겠어."

식사와 함께 대화는 쉬지 않고 이어졌다. 3년 동안 있었던 일들이 30분 분량으로 압축됐다. 요한이 경찰 아카데미 졸업식에서 졸업생 대표로 연단에 섰다는 대목에서 제임스는 식당 냉장고로 가 맥주 두 병을 꺼내 왔다.

빈 맥주병이 늘어 갈수록 젊은 남자는 말이 없어지고 중년 남자는 수다스러워졌다. 이제 서울은 정말 몰라보겠더라. 십 년이면 강산도 변한다지만 거긴 너무 심해. 갈 때마다 딴 나라 같다니까. 열세 살 때

이민 와 평생의 대부분을 미국에서 살았으면서도, 한국의 발전상을 묘사하는 그는 마치 소년처럼 자랑스런 표정을 숨기지 않았다.

"아저씨."

네 병째 맥주 뚜껑을 딴 제임스가 눈을 들었다. 불이 꺼진 불판 위에는 바짝 익은 갈비 몇 점이 식어 가고 있다. 그곳에 의미 없는 시선을 둔 채 요한은 잠시간 뜸을 들였다.

"조직범죄국에, 아저씨 후배 있잖아요."

"조직범죄국?"

이제야 본론이 나올 모양. 제임스는 생각하며 대수롭지 않은 척 유리컵에 맥주를 따른다.

"아아, 스캇. 스캇 맥컬린?"

"거긴 충원 안 필요한가."

"글쎄."

"그 후배한테 얘기 좀 해 줘요. 여기 쓸 만한 신입 경관 하나 있다고."

이제 5개월 된 아주 싱싱한 신입인데. 덧붙이는 말을 들으며 제임스가 컵을 집어 들었다. 그리고 적당한 두께로 거품이 올라온 맥주를 한 모금 삼킨 다음 눈앞에 마주 앉은 요한을 바라보았다.

사복 차림의 신입 경관. 젊고 아름다운 이십 대 청년. 3년 전 그가 마지막으로 보았던, 시뻘겋게 분노하던 무력한 젊은이는 이제 여기 없다. 그의 앞에 앉은 요한은 그때보다 훨씬 유해졌고 곧게 단련됐으며 절제할 줄 아는 지혜를 배웠다. 스스로를 지킬 수 있을 만큼 강해졌다. 그런데도, 그럼에도 이 청년이 여전히 위태로워 보이는 건 왜일까.

"나, 매춘부랑 도박꾼 잡으려고 경찰 된 거 아니잖아."

제임스는 비로소 그 이유를 깨달았다.

❖

구름이 온통 회색이었다. 밀가루에 잿가루를 잔뜩 섞어 반죽해 놓은 것처럼 어둡고 끈끈하며 두툼하다. 출근할 때부터 금방이라도 비가 쏟아질 것 같은 날씨여서 우산을 챙긴 것은 자연스러웠다. 점심시간이 훌쩍 지난 지금까지 한 방울도 떨어지지 않은 것이 오히려 기이할 정도.

툭.

모니터에서 눈을 뗐다. 왼쪽으로 고개를 돌려 창밖을 본다. 갤러리 2층의 사무실에서는 소호 골목을 지나는 사람들의 정수리가 보인다. 동그랗게 펼쳐지는 색색의 우산들. 각각의 색채와 패턴을 지닌 원 안으로 행인들의 모습이 하나둘 사라졌다.

투두둑. 투둑.

물방울이 연달아 창문에 부딪혀 뭉개졌다. 비는 갑작스럽게 시작돼 순식간에 거세어진다. 한나절을 견디며 꾸역꾸역 잠잠하더니 한꺼번에 내처 쏟아져 내렸다. 마치, 오래 참았던 울음을 터뜨리는 것처럼. 오래 참았던 울음. 오늘 저녁에 만날 화가가 이 표현을 좋아할까. 생각하며 다시 한번 갈무리하듯 곱씹어 본다. 어쩐지 입맛이 썼다.

사무실 문이 열릴 때까지 계속하여 정신을 놓고 있었다. 바늘처럼 쏟아진 빗방울들이 유리창과 충돌해 부서지는 광경을 홀린 듯 바라보았다. 모던하게 꾸며진 사무실은 널찍하고도 조용하다. 빗방울 부딪히는 소리가 투두둑 투두둑, 선명히 울릴 만큼 고요했다.

"관장님(Ms. Henning)."

혼이 나간 사람처럼 밖을 응시하는 여자를 에이미가 조심스럽게 불렀다. 분명히 들어오기 전에 노크를 했건만 헤닝은 아무것도 못 들은 듯 자기 세계에 갇혀 있다. 지난 1년 반 동안 지켜본 바에 의하면 제인 헤닝은 이렇게 넋 놓고 앉아 있을 때가 종종 있었다.

"관장님!"

탐스럽게 굽이치는 길고 검은 머리카락. 홑겹의 큼직한 눈과 새까만 눈동자. 완벽한 화장과 차림새를 항시 놀랍도록 유지하는 젊은 여자. 동양인이라 그런지 가뜩이나 통념에 한참 모자라는 나이보다 앳돼 보이기까지 하는. 이 갤러리의 주인이자 유일한 상사가 화들짝 깨어나는 광경을 지켜보며 에이미가 손에 든 파일을 건넸다. 백일몽에 잠긴 헤닝을 흔들어 깨우는 일은 이제 좀 익숙해지는 것 같기도 하고.

"아. 무슨 일이에요."

"크리스티에서 이메일 왔어요. 시즌 스케줄이요. 먼젓번에 받은 거랑 크게 달라진 건 없고, 동양 고미술품 몇 점이 일정에 추가됐더라고요."

아아, 고마워요. 제인은 대답과 함께 조금 허둥대며 서류철을 받아 펼쳤다. 갓 인쇄된 빳빳한 종이 위에 경매사의 로고가 가장 먼저 눈에 들어왔다. 창문을 때리는 빗소리가 사나웠다. 허리케인 시즌은 끝난 줄 알았는데. 에이미가 중얼대며 흠뻑 젖은 유리창을 힐끗댄다.

"벌써 시월이네요. 바빠지시겠어요."

"바쁠 게 있나요. 그냥 가서 앉아 있기만 하면 되는걸."

뉴욕의 미술시장은 양대 경매회사가 주도하는데 매년 봄과 가을 두 시즌으로 나누어 전시와 경매를 연다. 제인은 갤러리를 오픈한 작년부터 초대장을 받고 참석하기 시작했다. 응찰 경험은 대여섯 번이고작이고 그나마 낙찰받은 적은 아직 한 번도 없지만 매번 꼬박 참석하는 목적은 안목을 기르기 위해서다. 미술품을 보는 눈. 값어치를가늠하는 감. 시장과 수요를 읽는 안목.

"오늘 저녁 식사 예약은 컨펌해 뒀고요, 선생님 에이전트한테도 전화로 확인했습니다. 변동 없으시대요."

"좋아요. 선물은?"

"네 시까지 가져다주기로 했으니까 곧 올 거예요."

"알았어요."

"근데요, 관장님."

서류를 살피던 제인이 고개를 들었다. 책상 너머 선 에이미와 눈이마주쳤다. 검은색 뿔테 안경과 하나로 묶은 금발. 하나뿐인 직원의짙은 녹색 눈동자가 그녀의 눈에 익숙했다.

"계약, 할까요? 그 선생님 성격 괴팍하기로 유명하잖아요."

뉴욕의 미술계는 맨해튼의 크기만큼이나 좁아서 뜨는 작가와 팔리는 작품에 대한 평판과 소문이 놀랍도록 빠르게 퍼진다. 제인이 곧만나게 될 화가 또한 소위 '요즘 끝내주게 잘 팔리는 작가'로, 독점전시와 판매를 위해 여러 갤러리에서 접촉을 시도했다는 말만 들려올 뿐 아직까지 성공했다는 소리는 나오지 않았다.

영국 태생의 사십 대 여자라는 것을 제외하고는 별로 알려진 바 없는 작가의 작품을 제인은 지난봄 처음 보았다. 추상화 유화라는 대단히 일반적인 기법의 작품을 보는 순간 굳은 듯 눈을 뗄 수 없었다. 연무처럼 얽힌 흑백의 물감에 오직 하나의 색채를 뿌리듯 섞었다. 파랑, 흰색, 노랑. 그 명료한 컬러와 거친 질감은 제인의 눈에 마치,

스프레이 페인트 같았다.

작가를 만나기 위해 넉 달 넘게 공을 들였다. 정성이 갸륵하고 마침 남는 시간이 한 자투리 있으니 저녁이나 사 보라고 연락이 온 것이 바로 그저께였다. 날짜와 시간까지 지정해 준 바람에 부랴부랴 레스토랑에 예약을 하고 촉박하게 선물을 골랐다. 그러는 동안 제인은 자맥질하듯, 자꾸만 환상 속에 머리를 담그는 것을 또한 어찌할 방도가 없었다.

아는 사람일지 모른다는 한심한 생각. 어쩌면 작가는 영국 태생도, 사십 대도, 여자도 아닐지 모른다는 환상. 약속한 레스토랑의 예약된 테이블에 앉아 이쪽을 바라보는 눈동자. 언뜻 금빛 같은 갈색 눈동자. 그 눈과 시선이 마주치고, 그녀는 완전히 굳어 버리고, 그러면 이내 기다렸다는 듯 이어지는 매혹적인 웃음.

백일몽이라는 것을 알면서도 멈출 수 없는 실없고도 헛된 생각들.

"하게 해야죠. 계약."

하게 만들어야죠. 다짐하듯 중얼대며 다시 창밖으로 시선을 돌렸다. 비는 여전히 퍽 사납게 쏟아지고 있다. 오래 참았던 울음을 터뜨리는 것처럼. 몇 시간 뒤 만날 작가는 그 표현을 마음에 들어 할 것이다. 영국 태생의 사십 대 여자라는 그 화가는. 아마도.

"비가 와서 그런가 좀 쌀쌀한 것 같네. 차 한잔 드릴까요?"

"고마워요, 에이미."

"별말씀을."

포근하게 웃으며 직원이 사라지고 난 뒤 제인은 다시 홀로 남았다. 가슴 앞에 놓인 서류를 몇 장 넘겨 추가된 리스트를 찾아냈다. 배가 둥글고 목이 짧은 항아리 사진에 가장 먼저 눈이 갔다. 조선백자. 한국. 18세기 말엽. 캡션을 확인한 순간 그녀는 몇 차례 눈을 깜빡였다.

밑도 끝도 없이 반가웠다. 반가워할 이유 따위 하등 없는데도 감정은 이성의 어깨를 누르며 제멋대로 튀어 올랐다. 말로만 듣던 먼 친척을 처음 만난 것처럼. 유랑하는 동족을 발견한 것처럼.

사진 속의 조선백자 항아리는 객지에서 어리둥절해 보였다. 세계 최고의 경매장에서 온갖 귀한 대접을 받고 있음에도 서글퍼 보였다. 가장 비싼 값을 쳐줄 주인을 기다리며 떨고 있는 것 같았다. 적어도, 제인의 눈에는 그러했다.

18세기 말 조선에서 태어난 도자기가 20세기 끝 미국의 경매에 오른다. 유백색의 몸체와 탐스러운 곡선, 흠집 하나 없이 완벽해 보이는 백자는 거칠게 인쇄된 사진 속에서마저 아름다웠다. 낙찰 예상가 15만 달러. 숫자와 사진을 계속하여 번갈아 보는 동안 밖에서 누군가 문을 두드렸다. 똑똑. 매일같이 들어 모를 리 없는 에이미의 기척이었고, 부탁한 차를 가져오나 싶어 가볍게 고개를 든 제인은 열린 문 쪽을 확인하고 천천히 자리에서 일어섰다.

"관장님, 비첼리오 씨 오셨어요."

잔잔하게 웃는 에이미는 빈손이었다. 그녀가 문을 활짝 열고 한쪽으로 물러나자 뒤에 서 있던 남자가 성큼성큼 안으로 들어왔다. 거리낌 없는 걸음걸이. 제인은 바퀴 달린 사무용 의자를 가볍게 뒤로 밀며 책상 옆쪽으로 걸어 나왔다.

"리오."

코에 익은 남자의 향내가 짙었다. 느긋하게 다가온 리오가 고개를 숙여 자연스럽게 입을 맞춘다. 입술을 가볍게 맞대는 인사. 일상적인 입맞춤을 받으며 제인은 짧게 눈을 감았다 떴다.

"어쩐 일이에요, 연락도 없이."

"차 한잔 하려고."

"비도 오는데."

"비가 오니까."

비 오는 거 좋아하잖아. 덧붙이는 리오는 그녀의 얼굴에서 눈을 떼지 않았다.

"타이밍 딱 맞춰 오셨네요. 마침 차 준비하던 중인데."

"그래요?"

"에이미, 그럼 두 잔 부탁할게요."

"네. 카모마일 괜찮으시죠, 비첼리오 씨?"

"고맙습니다."

직원이 문을 닫고 사라진 뒤에도 두 사람은 책상 곁에 마주 서 있었다. 수년 만에 상봉한 연인을 보듯 여자의 눈을 들여다보던 리오가 펼쳐진 서류에 시선을 준다. 파일을 집어 눈앞으로 가져오는 모습. 소매 끝에서 반짝이는 커프 링크에 제인은 눈길을 주었다. 격자무늬가 음각된 은색 버튼은 작년 그의 생일에 그녀가 선물한 것이다.

"조선백자?"

"이번 시즌에 추가됐대요. 방금 받아서 보고 있었어."

"십팔 세기 말이라. 이백 년 전이군."

1999년. 20세기를 불과 석 달 남겨 두고 세상은 온통 밀레니엄 신드롬에 취해 있다. 새로운 세기에 대한 기대감과 불안감이 뒤섞여 사람들은 잔뜩 흥분해 있었다. 익숙한 숫자의 종말. 낯선 시대의 도래. 천 년에 한 번이라는 세기말을 맞아 알 수 없는 광기로 들끓는 것은 뉴욕 또한 마찬가지였다.

일부에서 종말론을 부르짖으며 회개를 종용하는 가운데 21세기를 목전에 둔 경기는 대호황이었다. 주식시장은 연일 상한가를 기록했고 도시 경제는 미친 듯 팽창했다. 종말을 앞둔 탓인지 너도나도 브레이크가 고장 난 양 폭주했다. 비첼리오가의 사업 또한 호황의 급류를 타고 불처럼 활활 일어나고 있으며, 덕분에 제인의 업무 또한 눈에 띄게 늘어났으나 다행스럽게도 아직까지는 혼자서 족히 감당할 수준이다. 애초에 언제까지나 혼자서 감당해야 하는 업무였지만.

"사."

리오는 눈으로 훑던 서류 파일을 제자리에 내려놓았다. 그리고 저를 보는 여자에게 다시 시선을 둔다. 아무렇지도 않은 말투.

"갖고 싶으면 사. 뭐든."

제인은 대답하지 않았다. 그저 입을 다문 채 허리를 감아 오는 손길을 느낀다. 하체의 곡선을 드러낸 펜슬 스커트는 숲처럼 깊은 초록색. 그 위를 쓰다듬던 남자의 손에 서서히 힘이 들어가고, 그녀는 가까이 다가온 향수 냄새를 거부 없이 들이마셨다. 다시 한번 입술이 닿았을 때는 순순히 눈을 감았다. 오른쪽 뺨을 감싸는 커다란 손바닥. 제 것보다 높은 체온. 하나같이 익숙한 감각들.

입맞춤은 빠르게 깊어졌다. 쳐쳐 들어오는 남자의 침범으로 살구색 립스틱이 완전히 벗겨졌다. 호흡이 조금씩 거칠어질수록 책상의 단단한 면이 엉덩이를 짓눌렀다. 리오는 그녀를 놓아줄 듯 놓아주지 않았다. 촉촉해진 입술을 쉼 없이 비비고 타액을 섞었다. 그러는 동안 남자의 손은 애타게 여자의 테두리를 맴돈다. 허리에서 등으로, 다시 허리로. 제한된 부위만을 오가는 손길은 이미 뜨거웠다.

똑똑.

"리오."

노크 소리에 제인이 눈을 떴다. 고개를 돌리며 남자의 가슴을 밀어냈으나 그는 놓아주지 않았다. 오히려 여자의 머리칼에 손을 파묻고 몸을 바짝 붙여 밀착해 온다. 그는 갈급함을 숨기지 않았다. 주린 맹

수가 사냥감의 더운 내장에 머리를 박듯이. 익스큐즈 미. 멋쩍게 중얼댄 에이미가 조용히 문을 닫은 후에도 리오는 한참 만에야 천천히 입술을 떼어 냈다.

제인은 숨을 고르며 남자를 본다. 아주 가까이서 저를 내려다보는 눈동자를 본다. 색이 밝은 홍채에서 푸르스름한 불꽃이 튀어 오르는 것 같았다. 혹여나 오해를 살까 그녀는 얼른 눈을 내리깔았다. 이대로 계속 마주 보고 있다가는 사무실 문을 잠가야 할지도 몰라서. 아직까지 한 번도 그런 적은 없지만 이 남자는 그럴 수도 있을 거라고 제인은 생각한다.

"오늘 저녁 같이 할까."

낮은 음성이 정수리에 내려앉았다. 언제 흥분했냐는 듯 리오의 음성은 침착했다. 한쪽 손으론 여전히 제 것처럼 여자의 허리를 끌어안은 채.

"약속 있어."

"약속?"

"화가 한 명 만나기로 했어요. 어렵게 만든 자리야."

어렵게 만든 자리야. 저도 모르게 변명처럼 덧붙이며 그녀는 속으로 자조했다. 그 변명이 통한 건지 리오는 거절을 불평하지 않았다. 화가 나부랭이와의 선약 따위 취소하라고 요구하지도 않았고 어떤 사람이냐고 캐묻지도 않았다. 궁금하지 않은 건지 관심 없는 척하는 건지. 어느 쪽이든 제인은 상관없었다.

"그럼 끝나고 집으로 와."

그러므로 이번에도 순순히 고개를 끄덕인다.

"알았어요."

허리를 감은 손이 드디어 떨어져 나갔다. 발갛게 반들대는 여자의 입술. 거기에 한 번 더 시선을 준 다음 그가 몸을 돌려 문 쪽으로 향했다. 함께 마시기로 한 차 따위는 까맣게 잊었는지 아니면 마주 앉아 차를 마실 생각이 없어졌는지. 이번에도 제인은 어느 쪽이든 상관없었다.

탁.

유순하게 문이 닫혔다. 남자가 사라진 사무실 안에는 그가 남긴 향내가 발자국처럼 낭자하다. 책상에 기대서 있던 여자가 아무렇지 않게 의자 쪽으로 향했다. 또각또각. 새것 같은 하이힐 뒤축이 바닥에 부딪히는 소리. 투두둑, 투둑. 빗방울이 유리창에 충돌하는 소리. 박자 없이 뒤섞인 소리를 들으며 제인은 등받이가 높은 사무용 의자에 다시 앉았다. 서류 파일은 그녀가 두었던 그대로 펼쳐져 있다.

조선백자. 한국. 18세기 말엽. 낙찰 예상가 15만 달러.

나쁘지 않다. 이렇게 사는 것도. 나쁘지 않아.

입 속으로 되뇌며 창밖을 본다. 여전히 폭우가 쏟아지고 있었다. 허리케인 시즌도 지났는데. 어그러진 계절을 탓하며 손목시계를 들여다봤다. 오후 4시 10분 전. 선물로 준비한 프랑스산 와인 한 병이 곧 도착할 것이다. 마음에 들어 해야 할 텐데. 그 작가는 와인을 좋아할까.

아니면 맥주를 좋아할까.

제인은 백자 항아리 사진에서 시선을 뗐다. 그리고 정면을 향해 고개를 들었다. 맞은편 벽에 걸린 유화에 담긴, 120호 사이즈 캔버스 가득 분방한 색채를 똑바로 바라보았다.

턱을 들고 목에 꼿꼿이 힘을 넣는다. 또다시 환상 속에 머리를 담그기 전에. 흐려진 두 눈을 힘주어 뜬다. 헛된 백일몽에 빠지지 않도록. 그리고 그녀는 혀끝에 힘을 실어 재차 되뇌었다.

이렇게 사는 것도 나쁘지 않아.

❖

10월의 뉴욕은 한 해를 통틀어 가장 쾌적하다. 끈적거리고 무더운 여름에 시달리던 사람들은 길고도 혹독한 겨울이 오기 전, 모처럼 허락된 상쾌한 계절을 최대한 누리려 애를 썼다. 산뜻한 공기와 영롱한 햇살, 화려한 단풍 아래 요한은 빠르게 걸었다. 바짝 마른 식물의 잎사귀가 이리저리 발길에 채였다.

뉴욕시경 본부는 맨해튼의 브루클린 브릿지 도입부, 시청과 도보로 5분 떨어진 곳에 있다. 와플처럼 생긴 건물은 네모반듯하게 벽돌로 쌓았는데 눈을 씻고 찾아봐도 장식이나 기교 따위는 볼 수 없다. 멋대가리도 융통성도 없는 딱딱한 건물. 이 건물에 새벽마다 숨어들어 낙서를 하고 달아나던 기억을 요한은 떠올렸다.

매달 7일과 30일마다 몰래 찾아오길 6개월간 계속했으니 총 열두 차례. 횟수에 비례하여 눈에 띄게 늘어나는 순찰관들을 보면서 웃음을 참느라 애를 먹던 것을 기억했다. 어느새 아득해진 시절을 되짚으며 그는 경찰모의 모자챙을 괜히 바로잡아 본다. 도둑처럼 몰래 들어와 그래피티를 남겼던 NYPD의 심장부에 제복을 입고 들어갈 줄이야. 뒤바뀐 자신의 세상을 새삼 실감하며 그는 본부 입구를 향해 걸었다.

짙은 남색의 빳빳한 정복이 몸을 조였다. 덕분에 느껴지는 긴장감은 나쁘지 않다. 경관 배지를 받자마자 잠입 수사가 일상인 바이스팀에 배치되는 바람에 정복을 입을 일이 없었다. 유니폼은 체질이 아니라서 오히려 다행스러웠지만. 근데 매일 이렇게 입고 일하려면 힘들겠는데. 남의 걱정까지 해 주며 본부 건물에 들어온 요한은 미리 지시받은 대로 곧장 8층으로 향했다.

땡.

엘리베이터 문이 열리자 일반 사무실과 별다를 것 없는 풍경이 펼쳐졌다. 전화벨이 울리는 소리와 팩스의 신호음, 타닥타닥 키보드 자판 두드리는 소리. 동료끼리 속닥이는 대화 소리와 좀 더 명료한 상사의 지시들. 이리저리 바쁘게 오가는 남녀들. 조금쯤은 소란한 그 광경을 지나 요한은 왼쪽으로 고개를 돌렸다. 벽면 한중간에 레이블처럼 큼직하게 붙은 동판.

The Organized Crime Control Bureau.

"어떻게 오셨죠?"

"국장님 뵈러 왔습니다."

조직범죄국장의 비서는 노란 금속테 안경을 쓴 흑인 여자였다. 오십 대쯤 되어 보이는 비서가 그를 보더니 살짝 눈썹을 들어 올렸다. 커다란 눈의 흰자위가 도드라졌다.

"요한 리 경관이군요."

"예."

"시간 정확하네요. 국장님께서 기다리고 계십니다. 잠시만요."

딱 떨어지는 말투로 반긴 비서는 그를 향해 짧게 미소 지어 보인 다음 인터폰을 들었다. 리 경관 도착했습니다. 군더더기 없기로는 방 안의 남자도 마찬가지라서 그녀는 곧장 수화기를 내려놓고 맞은편의 문을 가리켰다. 들어가 보세요. 요한이 노크 없이 곧바로 문고리를 잡았다. 국장실의 문은 이 건물 전체가 그렇듯 특색 없이 밋밋했다.

"어서 와요, 리 경관. 이쪽으로."

별 세 개짜리 직급인 국장은 NYPD 조직을 통틀어 세 번째 고위직이다. 말단 중의 말단인 경관이 거수경례부터 붙이는 것은 당연했다. 그가 가볍게 웃으며 오른손을 내밀었고, 요한은 경례를 한 손을 허벅지에 붙였다가 손을 맞잡았다. 남자의 손은 서늘했다.

"반가워요. 매튜 슈머입니다."

"뵙게 되어 영광입니다, 국장님."

"아아, 힘 좀 빼도 돼요. 여긴 군대 아니니까."

슈머가 껄껄 웃으며 소파 쪽으로 안내했다. 국장실 창문 너머로 FDR 강변도로와 브루클린 브릿지 일부가 보인다. 요한은 그가 권하는 대로 가까이 다가가 자리에 앉았다. 검은색 가죽 소파 또한 디자인이 한없이 밋밋해서 흔한 스터드 하나 박히지 않았다.

"맥컬린 팀장한테 보고받았어요. 지난 기수 수석이라면서? 경관 이력서 보고는 두 번 놀랐지. 네이비씰 출신 인재를 바이스팀에서 썩힐 수야 있나."

아, 물론 우리끼리 말이지만. 슈머가 덧붙이며 다시 껄껄 웃는다. 요한은 따라 웃지 않았다.

"해군 특수부대를 포기하고 시경에 온 이유가 뭔지, 물어봐도 될까요."

국장의 물음에 그는 얼른 입을 열지 않았다. 하도 많이 들은 질문이라 적당히 대응할 답변 몇 개쯤 항상 준비돼 있다. 그중 가장 적합한 대답을 요한은 잠깐 사이 골라냈다.

"고향이니까요."

"고향?"

"예. 여기서 나고 자랐습니다. 쭉."

"고향. 고향이라."

슈머 국장이 양쪽 눈썹을 들어 올렸다. 얼굴은 오십 대가 채 되어 보이지 않는데 머리카락이 새하얗다. 나이가 들어 센 것이 아니라 타고난 은발이라는 것을 요한은 어렵지 않게 알아챘다. 새파란 눈동자와 새하얀 은발. 전체적인 인상이 무척 차가워 보이는 것은 그래서인 모양.

"리 경관은 충성스런 성격인 모양이군요. 고향, 조국, 가족. 이런 것들에."

"그렇게 봐 주신다면."

"충성심은 경찰이나 군인에게 대단히 귀중한 미덕이지. 훌륭합니다."

슈머가 미소 지으며 상체를 좀 더 가까이 기울였다.

"우리 국에 자원했다고 들었는데."

"그렇습니다."

"조직범죄국이 뭐 하는 곳인지는 모르지 않을 테고."

"알고 있습니다."

"경관에게 무슨 임무를 맡길지도 혹시 짐작하고 있나요."

이번에는 적당히 내놓을 대답이 없다. 인사이동 통지를 받은 것이 어제였고, 본부로 출근하면 국장실부터 들르라는 지시에 지금 이렇게 국장과 독대 중이다. 아직 소속 팀원들 얼굴도 모르는 상태에서 업무 내용을 유추하라니. 혹시 지금 내 육감을 테스트하는 건가. 요한은 저를 똑바로 바라보는 파란 눈동자를 마주 보았다.

"아직 모르겠습니다."

"그렇겠지. 그럴 거야."

슈머가 흔쾌히 고개를 끄덕이며 양 손바닥을 맞비볐다. 모르는 걸 모르겠다고 말했을 뿐이건만 국장의 표정은 대단히 흡족하다.

"나는 리 경관에게 기대가 커요. 우리끼리 말이지만, 앞으로 각별한 관심이 생길 것도 같고."

"감사합니다."

"어려운 일 있으면 언제든 여기로 와요. 부담 갖지 말고."

요한은 다시 대꾸하지 못했다. 국장실에 언제든 오라는 소리를 어떻게 받아들여야 할지 몰라 머릿속에 제동이 걸렸다. 해군 훈련소에 있을 때는 하사관급인 교관들 이상의 계급은 만나 본 적조차 없었다. 경찰은 군대와 위계가 다른가. 각별한 관심이 생길 것 같다는 소리는 또 뭐고. 해석이 쉽지 않아 차라리 입을 다물어 버린 경관을 보며 슈머 국장은 여전히 흡족한 얼굴로 자리에서 일어섰다.

"바쁜 시간 뺏기 싫으니 오늘은 얼굴 본 걸로 만족하죠. 이만 나가 보세요. 새 팀원들 어서 만나 봐야지. 셜리가 안내해 줄 겁니다."

내 방 앞에 있는 아주 무서운 여성분 말이에요. 자리에서 일어나는 요한을 향해 그는 또 껄껄 웃었다. 냉정해 보이는 인상과 달리 퍽 호탕한 웃음소리였다.

국장실에서 나온 요한에게 비서는 808호 회의실로 가면 된다고 방향을 일러 주었다. 조직범죄국 소속 경찰관은 1천6백 명 규모. 마피아와 갱단 소탕이 주 업무인 만큼 근무의 난이도와 위험도가 높고 그에 비례하여 자부심도 남다른 부서다. 요한은 경찰 아카데미에서 배운 내용과 주워들은 정보들을 되새김하며 회의실 앞에 섰다.

808호는 창문이 죄 블라인드로 가려져 안쪽의 풍경이 보이지 않았다. 똑똑. 노크를 하고 문을 열자 어두컴컴한 실내가 드러났다. 요한은 한쪽 벽면을 밝힌 프로젝터의 빛에 가장 먼저 시선을 보냈다가 장방형 회의 탁자에 둘러앉은 사람들에게 눈을 돌렸다. 하나같이 사복 차림인 남녀는 모두 네 명.

"왔다."

"아, 뭐예요. 엄청 예쁘게 생겼대서 기대했는데."

"류 팀장님이 추천했다는 사람 맞죠?"

"우리 여자 경관으로 다시 충원 요청하면 혹시 성차별이야?"

"한번 해 봐, 크리스. 걸리나 안 걸리나 보게."

사람 세워 놓고 한마디씩 해 대는 팀원들을 요한은 눈으로 훑었다. 예상했던 것보다 훨씬 규모가 작다는 생각을 하면서. 그가 문을 닫고 안으로 들어와 서자 입구 가장 가까이 앉은 남자가 일어섰다. 요한은 한눈에 그를 알아보았다. 스캇 맥컬린 경위. 조직범죄수사과 2팀장.

"오랜만입니다. 요한 리 경관."

"다시 뵙습니다."

"재미있네요. 이렇게 동료로 만나게 될 줄이야."

맥컬린이 웃으며 악수를 청했다. 요한은 얼굴을 가린 경찰모를 벗어 들고 팀장의 손을 맞잡았다. 예쁘게 생긴 거 맞네. 대놓고 그러는 여자 목소리에 고개를 돌렸다. 이 회의실에 여자는 한 명뿐이다.

"미셸 화이트 형사예요. 악수는 생략."

까맣고 윤기 나는 얼굴의 미셸이 탁자 위에 팔꿈치를 댄 채 오른손을 수직으로 들어 보였다. 그녀의 맞은편에 앉은 남자도 허공에 손바닥을 펼치며 인사를 건넨다.

"크리스 애덤스입니다."

"경찰 일찍 시작해서 직위는 경사인데 여기선 뭐 거의 막내야."

"예 맞습니다, 형님."

마주 보며 킬킬대는 두 사람은 쿵짝이 잘 맞는 모양이었다. 어두운 금발의 크리스 또한 요한은 구면이지만 기억하지 못하는 건지 굳이 알은척하지 않는 건지 별말은 하지 않았다. 이제 남은 사람은 한 명.

요한은 자리에서 일어나 이쪽으로 걸어오는 남자를 본다.

"박형준입니다."

또렷한 한국어였다. 손을 내밀며 살갑게 구는 상대를 보며 요한은 조금 당혹했다. 고민하듯 약간 우물대다가,

"나는 이요한."

한국말 잘 못하는데. 변명처럼 덧붙이며 조금 웃어 본다. 형준은 시원스럽게 웃으며 다시 입을 뗐다. 이번에는 완벽한 영어.

"새 팀원 온다고 해서 다들 궁금해하고 있었어요. 반갑습니다. 환영해요."

"야, 박 경관 그러는 거 아니야. 초면에 너무 환영하네."

"그러게. 코리안 아닌 사람 어디 서러워 살겠나."

"자기소개는 천천히 하고 우선 회의부터 시작합시다."

팀장이 그러자 회의실은 순식간에 잠잠해졌다. 요한은 형준의 안내로 앞쪽으로 가 앉았다. 옆자리에 앉은 크리스와 짧게 눈인사를 나눈 뒤 정면을 본다. 프로젝터에서 쏘아진 빛이 팀장의 얼굴을 하얗게 비췄다.

"시간이 없으니까 본론부터 하죠. 우리 팀은 작년부터 비첼리오 패밀리 소탕 작전을 준비 중입니다. 목표했던 작전 개시일은 올봄이었는데 사정이 여의치 않아서 연기되고 있어요. 그 사정은 잠시 후에 이야기하기로 하고,"

비첼리오. 요한은 한순간 짧게 숨을 멈췄다. 그러나 변함없는 표정으로 팀장의 입만 쳐다봤다. 컴퓨터 앞에 앉은 형준이 자료를 불러오자 정면의 화면에 조직도가 떴다. 맨 꼭대기에 위치한 보스를 중심으로 나무뿌리처럼 아래로 뻗은 형태. 각 인물들의 이름 위에는 사진이 있기도 하고 비어 있기도 했다.

그리고 그 조직도를 본 순간, 요한은 정말로 숨이 멎어 버리는 줄 알았다.

"지금부터 보게 될 내용은 비쳴리오 조직에 잠입한 우리 팀 형사가 수집한 정보들입니다. 조직 구성과 주요인물들에 대한 기본적인 지식인데, 자세한 자료는 리 경관과도 공유할 테니 천천히 파악하도록 하고. 오늘 회의 주제는,"

팀장의 발언에 맞춰 화면이 넘어갔다. 벽면을 가득 채운 여자의 사진. 예고 없이 달려든 그 얼굴에 요한은 저도 모르게 주먹을 말아 쥐었다. 짧게 다듬은 손톱이 손바닥에 쐐기처럼 박혔다. 혀에 찝찔한 쇠맛이 느껴져 비로소 턱에 힘을 뺐다. 잇새에 짓눌린 입술 안쪽 살이 터져 피가 배고 있다.

"제인 헤닝. 이 여자에 대한 정보를 공유할 겁니다."

쿵쿵쿵. 발작을 일으킨 것처럼 심장이 뛰었다. 기억을 봉인한 거대한 빙하가 한순간에 뜨겁게 녹아 흐른다. 콸콸 쏟아진 물줄기는 단숨에 목 아래까지 차올랐다. 요한은 이제, 제대로 숨을 쉬기가 버겁다.

제인 헤닝. 27세. 간결한 프로필과 함께 여자의 일상에서 훔쳐 온 장면들이 한 장씩 눈앞을 지나갔다. 자동차에서 내리는 제인. 레스토랑에 남자와 마주 앉은 제인. 호화로운 연회장 샹들리에 아래 선 제인. 팔짱을 끼고 그림을 살펴보는 제인.

표정 없는 얼굴. 짙은 선글라스로 반쯤 가린 얼굴. 남자의 말에 귀를 기울이는 모습. 대화하는 얼굴. 웃는 얼굴. 웃는 얼굴.

활짝 웃는 얼굴.

"여기 있는 사람들은 다들 알다시피, 헤닝은 리오 비첼리오의 정부야."

더는 팀장의 목소리가 들리지 않았다. 꿈을 꾸는 것처럼 시공간이 마구 뒤엉켜 현실감이 사라졌다. 요한은 그저 프로젝터가 쏘아 내는 화면 위 연대순으로 정리된 제인 헤닝의 과거를 멍하니 바라보았다.

한국 출신. 본명 김재희.

90년 미국 입국.

92년 알렉산더 헤닝과 결혼.

93년 남편 사망.

94년 시민권 취득 후 귀화.

97년 뉴욕주 공인회계사 면허 취득.

내가 보지 못한 너의 시간들. 내가 속하지 못한 삶의 장면들. 내가 알지 못하는 너.

돌이켜 보면 불과 두 달이다. 스물여덟 해의 인생에서 그가 들여다본 제인은 고작 두 달. 그리고 그 찰나 같은 시간에조차 요한은 그녀를 제대로 알지 못했다. 화려한 색채의 이브닝드레스에 여왕처럼 감싸여 웃는 여자. 화면 속 사진은 이미 물러갔건만 낯선 잔상이 계속하여 눈앞에 어른거렸다. 마치 두 눈 어딘가에 꾹꾹 눌러 새겨 놓은 것처럼.

"FIT에서 사진을 전공했고 뉴욕시립대에서 회계학 석사를 취득했어. 현재 갤러리 W 관장이고. 갤러리는 작년 삼월에 헤닝 이름으로 사업체 등록했는데 비첼리오 조직의 돈세탁에 이용되는 것이 확실해. 여기에 관련된 증거도 반드시 확보해야 하고."

3년 전 여자는 감쪽같이 사라졌다. 애당초 존재한 적 없었던 것처럼 깨끗하게 증발했다. 요한의 힘으로는 흔적조차 찾을 수가 없었다.

구멍 난 어깨가 채 아물기도 전에 그는 몇 번이나 그녀의 펜트하우스와 학교를 기웃거렸다. 아파트는 커튼까지 모조리 떨어진 채 텅 비어 있었고 졸업 전시회에 그녀의 작품은 걸려 있지 않았다. 브루클린 하이츠의 타운하우스 부근에서 밤새 기다린 적도 있다. 그럼에도 그녀의 모습은 보지 못했다. 무슨 생각으로 그랬을까. 대책도 무기도 겁도 없이. 그러나 과거의 자신에게 요한은 여전히 동질감을 느낀다.

지금 다시 그때로 돌아간다 하더라도 그는 똑같이 했을 것이다.

"근데 두 사람은 어떻게 알게 된 거예요?"

형준이었다. 충분히 궁금할 수 있다는 듯 팀장은 흔쾌히 답을 내놓았다. 요한은 그제 다시 귀를 열고 대화에 집중했다.

"헤닝의 어머니가 리오나르도 아버지의 정부였어. 미국에 온 것도 어머니 초청이었고."

"예? 그럼 의붓남매 아니에요?"

"뭔 소리야. 부모가 결혼한 적도 없는데 남매는 무슨."

미셸이 끼어들어 면박을 준다. 그러나 팀장은 진지한 태도를 이어 갔다.

"사실이야. 뉴욕에 와서 첫 몇 년간 제인도 대외적으로 비첼리오라는 성을 쓰기도 했고. 그래서 조사 초기에는 두 사람의 관계를 남매로 보기도 했지."

"잠깐. 구십 년에 입국했으면 헤닝이 몇 살 때지?"

크리스가 햇수를 계산해 보더니 얼굴을 찌푸리며 중얼거렸다. 미성년자 성폭행 혐의는 피했네, 개새끼.

"성폭행이 아닐 수도 있지."

"무슨 소리야, 미셸."

"생각해 봐. 햇수로 치면 십 년이야. 십 년 동안 탈출할 기회가 없었을까? 감금당한 것도 아닌데. 학교도 다니고 사업도 하고 할 거 다 하는데?"

"음, 스톡홀름 증후군 같은 걸까요?"

형준이 중얼거리자 미셸이 수긍하듯 고개를 끄덕였다.

"하긴. 저런 남자가 십 년 동안이나 좋다고 그러면 나 같아도 별로 탈출하고 싶지 않을 것 같긴 해."

아 미치겠네, 여자들. 크리스가 억지웃음을 웃는다.

"그런데 팀장님, 요한 바이스팀에 있었다고 하지 않았어요? 이미 경찰로 활동 시작했는데 신분 노출됐을 가능성 없습니까?"

"좋은 지적이지만 가능성은 낮아. 비첼리오는 매춘업에서 손 뗀 지 오래됐거든. 리오나르도가 보스 된 이후로 싹 다 정리했어."

"어째서요? 밑천 한 푼 안 들어가는 알짜배기 장사를."

저런 표현은 또 어디서 배웠나. 제법 베테랑 같은 형준의 대사에 맥컬린이 슬쩍 웃었다.

"어머니가 창녀였다는 정보가 있어. 확인되진 않았지만."

"아, 그 소리 저도 들었어요, 테드한테. 안에서는 다들 안다던데."

"뭐야. 뭐가 이렇게 자꾸 로맨틱해?"

헤닝이 왜 탈출 안 하는지 점점 이해된다. 미셸이 중얼거리며 손바닥으로 턱을 괴었다.

"요한."

"예."

"솔직히 말할게. 우리 팀, 지금 대단히 곤란한 상황이야."

분위기가 일순 숙연해졌다. 대단히 곤란한 상황이라는 표현은 실제에 비해 전혀 지나치지 않은 모양. 팀장을 보며 다음 말을 기다리던 요한이 맞은편에 앉은 여자 목소리에 고개를 틀었다.

"비첼리오 패밀리는 원래 수사과 삼 팀에서 담당했어. 리오 전에 보스였던 로렌조 때부터."

미셸이 말을 이었다.

"그런데 라이언— 우리끼리 쓰는 비첼리오 암호명이야. 라이언이 조직 잡고 난 이후부터 수사가 영 힘들어졌어. 삼 팀에서 오 년간 매달렸는데 결국 소탕 작전 못 들어갔고, 실패한 임무가 재작년부터 우리한테 온 거야."

"수사가 어려워진 이유가, 뭡니까."

"여러 가지가 있지만 압축해서 말하자면 합법화 속도가 빨라. 우리는 그걸 범죄 조직의 양성화라고 부르지."

팀장이 다시 말을 받았다.

"비첼리오 조직은 다른 마피아들과 달라. 우선 조직도에서 보면 알겠지만,"

팀장의 말에 따라 형준이 눈치껏 컴퓨터를 조작했다. 프로젝터 화면은 다시 조직도로 돌아간다.

"여긴 콘실리에리가 없어. 마지막 고문이 구십육 년에 죽은 이후로 공석이야. 그가 하던 회계 업무는 제인 헤닝이 도맡은 걸로 보이고."

콘실리에리는 유사시 보스 대행을 맡게 되는 조직의 이인자다. 그렇다면 저 조직에서 제인의 위치는 단순히 보스의 여자가 아니란 소리. 요한은 계속해서 들어오는 정보들에 집중했다.

"조직원들 가운데 이탈리아 혈통도 칠 할에 불과해. 우리가 파악 못 한 사람들까지 합하면 더 낮아질 수도 있고. 이 정도면 거의 다국적 조직이라고 봐야지. 무엇보다 비첼리오는 조직과 사업체를 철저히 분리시켜."

요한은 바뀌는 화면을 응시한다. 빅터 건설. 엠파이어 주류상사.

크라운 환경. 갤러리 W. 네 개 사업체 전경이 화면을 정확히 사 등분 하자 이번에는 크리스가 순서를 넘겨받았다.

"비첼리오 패밀리 소유 사업체는 네 곳이고, 이 중에 건설회사랑 주류 수입업체는 라이언이 대표로 있어. 덕분에 대외적으론 사업가 행세를 하고 다니지. 맨해튼 사교계에서는 자선기금 후하게 내놓기로도 유명해. 사람 죽여서 번 돈으로 자선기금이라니 참 뻔뻔한 새끼지. 여하튼 지금 우리한테 제일 엿같은 건 조직과 이들 사업체 간 연결고리가 전혀 없다는 거야."

크리스가 눈살을 찌푸리며 말을 이었다. 요한은 여전히 집중해 화면을 본다.

"얘네가 하고 있는 범죄 활동이 크게 마약 밀수, 사채, 그리고 금융 사기야."

"금융 사기요?"

"보일러룸, 몰라? 간단히 말하면 주가조작인데 원리는 나중에 알려 줄게. 어쨌든 조직에서 번 돈을 사업체에서 세탁해 합법화시키는 게 얘네 기본 수법이야. 조직과 사업체는 자금 이외에 다른 건 일절 공유하지 않아. 다른 마피아 조직들은 쓰레기 수거 용역에 조직원들도 동원하고 그러거든? 근데 얘네는 철저해. 완벽히 분리시켜서 아무리 찾아도 단서가 안 나와. 삼 팀이나 우리나 라이언 어디 있는지 뻔히 알면서 체포 못 하는 이유가 그거야. 증거 불충분."

증거 불충분. 요한은 보일 듯 말 듯 고개를 끄덕였다. 경찰은 정황만으로 행동할 수 없다. 증거가 확보돼야 체포영장이 나오고 검찰 기소도 가능하다. 머릿속으로 정리하는 동안 다시 팀장이 말을 받았다.

"결정적인 증거는 회계 자료인데 그게 이 여자 손에 있어. 그 자료를 확보해야 작전 개시가 가능하지만 접근하기가 쉽지 않아. 하지만 회계 자료를 빼 와야만 작전에 들어갈 수 있고. 그래서 요한."

요한은 팀장과 시선을 마주했다. 그의 입에서 무슨 말이 나올지 듣지 않아도 알 것 같았다. 순간 몸통이 갈라지듯 좌우로 마구 흔들렸다. 갈비뼈 안에 커다란 물고기가 갇혀 퍼덕거리는 것처럼.

"우리는 당신을 투입할 생각이야, 리 경관. 헤닝한테서 자료를 빼와."

회의실 문이 벌컥 열린 것은 맥컬린이 입을 뗀 것과 거의 동시였다. 노크도 없이 무례하게 들어온 방문객 쪽으로 2팀 다섯 명이 한꺼번에 고개를 돌렸다. 요한은 상황을 파악하려 눈을 가늘게 떴다. 심장이 여전히 미친 듯 뛴다.

"헤닝한테 무슨 자료를 빼 와요? 회계 자료?"

빙글거리며 다가오는 사람은 청바지 차림의 늘씬한 여자였다. 어깨 위에서 일자로 끊어 낸 주홍빛 곱슬머리. 거기에 눈길을 주던 요한이 여자와 눈을 마주쳤다. 초면의 남자를 관찰하듯 응시한 여자가 피식 웃는다.

"뭐야. 미인계예요? 너무 노골적인데."

나랑 생각이 같네. 역시 고전은 영원하다니까. 여자는 쾌활하게 지껄이며 입구에서 가까운, 2팀들이 둘러앉은 탁자의 반대쪽 끄트머리에서 의자 하나를 빼냈다. 그 곁으로 딱 떨어지는 검정 수트 차림의 중년 남자가 역시 당연한 듯 자리 하나를 차지했다. 팀원은 아닌 것 같은데 아무도 나가라는 소리를 하지 않는다. 요한은 설명을 구하듯 맞은편의 미셸을 쳐다보고, 손바닥 위에 턱을 괸 그녀가 심드렁한 얼굴로 답을 준다.

"연방 애들(Feds)."

연방수사국. FBI 소속이라는 두 남녀를 요한은 다시 번갈아 보았다. 수트 차림의 남자가 팔짱을 낀 채 입을 열었다.

"범죄수사부 차장 벤자민 테일러입니다."

"리즈 크루거 요원이에요."

요한 리 경관입니다. 화답을 들으며 고개를 끄덕인 리즈가 회의 탁자 한중간에 있는 담뱃갑으로 팔을 뻗었다.

"미인계라니, 맥컬린 팀장님 이번엔 머리 좀 쓰셨네. 근데 되겠어요?"

여자는 누구의 것인지 모를 담뱃갑에서 한 개비를 꺼낸다. 길쭉한 손가락과 새하얀 담배.

"제인 헤닝, 곧 미세스 비첼리오 될 거 같던데."

회의실이 일순 고요해졌다. 저를 향해 집중된 시선들을 둘러보며 리즈는 되레 황당하다는 듯 바람 빠지는 소리를 냈다.

"뭐야. 몰랐어요? 세상에. 시경은 티파니에 정보원이 없나 봐요."

그 정돈 기본 아닌가. 대놓고 비아냥대자 미셸이 요한을 향해 입술을 빼끔댄다. 좆까라 그래.

"그리고 헤닝이 정부라는 건 잘못된 정의네요. 비첼리오가 유부남도 아니고, 십 년 동안 집중하는 상대면 그건 정부가 아니죠, 연인이지. 그것도 대단히 로맨틱한."

이렇게들 남녀 관계를 몰라서야. 고개를 절레절레 흔들며 리즈가 기어코 담배에 불을 붙였다. 첫 모금을 맛있게 빨아들이고 공중으로 길게 뱉어 낼 때까지 회의실에는 잠시간 적막이 감돌았다. 어색한 고요를 깬 것은 그녀의 옆에 앉은 테일러 차장이다. 물속에 잠긴 자갈처럼 매끄러운 목소리.

"말씀드린 대로 이번엔 우리 쪽에서 투입하겠습니다, 팀장님."

"우리 팀이 시작한 일입니다."

"테드 모나한 형사, 일 년 넘게 어소시에이트라면서요. 본조직엔 접근도 못 했는데 그만 철수시키시죠, 더 힘 빼지 말고."

"올해 안에 끝냅니다. 리 경관까지 빈손으로 나오면 그때 그쪽에서 들어가시죠."

"시경에선 별로 급하지 않은 모양이군요."

"급하다고 먹던 밥그릇까지 뺏길 수 있나요."

시경 팀장과 연방 차장의 대화는 서로 조금도 밀리지 않았다. 마치 오랫동안 합을 맞춰 온 레슬링 파트너처럼.

"좋습니다. 미인계든 뭐든 아이디어는 좋아요. 들여보낼 루트는 마련해 두셨습니까?"

"베런 콜린스를 치울 겁니다."

"베런 콜린스라."

"저격해서 눕혀 놓고 헤닝 경호원으로 리 경관을 투입시킬 겁니다. 최대한 가까이 접근해서 틈을 노려 봐야죠."

"……가능한 시나리오입니까?"

"갤러리 경비 담당 업체에 협조 요청해서 수락받았습니다. 거기 대표가 시경 출신이라 저와 개인적인 친분이 있어요. 콜린스만 넘어뜨리면 잠입 성공할 가능성이 높고, 실패하더라도 최소 보안 유지는 확실합니다."

테일러가 입을 다물었다. 옆에 앉은 리즈는 말없이 담배 연기만 길게 뿜었다. 회의실은 다시 적막. 팔짱을 낀 채 잠시 생각하던 테일러가 고개를 끄덕이며 자리에서 일어섰다. 옆에 앉은 리즈가 고개를 들어 상사를 올려다본다.

"알겠습니다. 저희 쪽에서 지원할 일 있으면 알려 주십시오."

"그러죠. 어차피 작전 들어가면 태스크포스 전체가 움직일 테니."

"진행 상황, 정보 공유 확실하게 부탁드리겠습니다."

"물론입니다."

여전히 자리에 앉은 부하를 테일러가 내려다보았다. 일어나라고 압박하는 시선에도 리즈는 고집스럽게 앉아 있다. 반쯤 남은 담배를 재떨이에 비벼 끈 뒤에야 그녀는 천천히 의자에서 엉덩이를 떼어 냈다. 그리고 회의 탁자 저쪽의 경관을 향해 똑바로 섰다.

제복 차림의 이제 한창 각이 잡힌 초년 경관. 요한 리라고 했던가. 리즈의 눈매가 가늘어졌다.

"리 경관이랬죠? 그쪽이 실패하면 내가 들어가요."

아마도 그렇게 되겠지만. 굳이 덧붙이는 말 끝이 어쩐지 사납게 들렸다. 요한은 그녀와 시선을 맞대었으나 대꾸는 않는다. 애당초 대꾸를 바라고 한 말도 아닐 테고, 맞받을 필요성도 느끼지 못했다.

"그럼 행운을 빕니다, 경관."

매너 좋게 행운까지 빌어 준 테일러가 부하를 데리고 회의실을 나왔다. 탁. 얌전히 문을 닫은 뒤 두 사람은 나란히 건물을 빠져나왔다.

시경 본부 앞뜰에는 오전부터 가을 햇살이 화창했다. 바람 한 점 불지 않는 완벽한 청명. 이틀 전 내린 폭우 덕분인지 새파란 하늘은 씻은 듯 눈부시다. 핏빛으로 물든 단풍나무와 샛노란 플라타너스. 저만치 무리 지은 활엽수들의 밝은 색채에 테일러는 먼 시선을 두었다.

"행운을 빈다고요? 진심이에요?"

입구에서 스무 걸음 이상 완전히 벗어나자 리즈가 기다렸다는 듯 달려들었다. 주근깨가 앉은 콧잔등이 실룩거렸다. 따지는 것이 분명한 말투는 이미 예상했던 바였다. 테일러는 변함없는 표정으로 앞을 향해 걷기를 계속한다.

"시경 쪽에서 들어간단 얘기 알리지 마."

"그게 무슨 소리예요?"

리즈가 기가 차다는 듯 입을 벌렸다. 여전히 잔뜩 찌푸린 얼굴로 차장의 소매를 잡아채기라도 할 듯 앞을 가로막았다. 남자의 말끔한 구두 한 쌍이 드디어 우뚝 멈춰 섰다.

"못 들었어요? 저격한다잖아요, 시경 애들이!"

"목소리 낮춰."

"설마 차장님도 선배 의심합니까?"

대답이 없다. 그녀는 울컥 올라와 혀뿌리에 닿은 욕설을 간신히 도로 삼켜 냈다. 후우. 흥분을 가라앉히려 심호흡하는 모습을 테일러는 냉랭하게 바라본다. 그러나 호흡도 별 소용이 없던 모양인지 리즈는 비틀린 입술을 여전히 다스리지 못했다.

"진짜 미친 거 아니에요? 벌써 팔 년 지났어요. 십 년이 돼 가도록 목숨 걸고 들어가 있는 사람한테 그게 지금 할 소립니까?"

"엘리자베스 크루거."

그녀는 차장의 갈색 눈동자를 똑바로 마주 보았다. 벤자민 테일러. FBI 범죄수사부에서 부장 다음의 권한을 지닌 그는 비첼리오 조직에 대한 비밀 수사를 처음부터 기획하고 지휘한 인물이다. 오랜 기간 잠입 중인 요원이 결정적인 소득을 가져오지 못하는 것에 대해 가장 비판적이라는 것 또한 리즈는 안다.

'오랜 시간 정체성을 속이다 보면 스스로도 서서히 속게 되죠. 완벽한 거짓말은 나부터 설득해야 가능하니까. 장기간의 스파이 작전이 위험한 가장 큰 이유이자, 최악의 시나리오가 바로 그겁니다.'

리즈가 어금니를 맞물었다. 분기가 뚜렷한 젊은 요원의 눈동자를 테일러는 기꺼이 마주 보았다. 여전히 침착한 그의 눈에서 리즈는 아주 약간의 동요도 찾아낼 수 없었다. 굳게 다물린 얄팍한 입술이 벌어지는 것을 막고 싶다는 생각이 들었다. 그러나 현실은 그저 손 놓고 지켜볼 수밖에.

"경관에 대한 정보는 알리지 마. 명령이다."

싹둑 자르듯 망설임 없는 말투에 리즈는 대답하지 않았다. 그러나 따를 수 없다는 불복의 말 또한 감히 하지 않는다. 그저 원망스러운 눈으로 상사를 쏘아보며 꾹 다문 입술을 깨물 뿐. 붉은 벽돌을 깐 시경 본부의 너른 앞뜰에서 그들은 잠시간 마주 서 있었다.

여자 쪽이 먼저 휙 몸을 돌려 멋대로 걸어가 버린 후에야 테일러는 짧은 한숨을 내쉬었다. 그리고 그로부터 충분히 멀어진 후에야, 리즈는 꾹꾹 눌러 참았던 욕설을 입에 올렸다.

"시발."

머릿속을 휘젓는 수십 가지 생각들. 저마다 악을 써 대는 그 상념들을 헤치고 그녀는 시경의 경관을 떠올린다. 제복 차림의 경관. 미인계라는 말이 절로 튀어나올 정도로 준수하던 젊은 남자.

요한 리.

'이 번호들 통화 기록 좀 조회해 줘. 가장 많이 나오는 번호 골라서 주소랑 거주자도 찾아보고. 최대한 빨리.'

당시 얼굴까지는 확인하지 못했다. 전과가 깨끗한 인물이라 수사기관 데이터베이스에 사진 자료가 없었다. 그럼에도 리즈는 확신한다. 요한 리. 그를 저격하고 그의 자리를 차지할 경관은 그때 자신이 찾아낸 그 요한 리가 틀림없다.

"일이 대체 어떻게 꼬이는 거야……."

신경질적으로 욕설을 되씹으며 고개를 젖혔다. 새파란 하늘. 이 도시가 연중 지닌 가장 아름다운 계절. 그녀는 몸에 걸친 얇은 점퍼 주머니에 양손을 쑤셔 넣으며 다시 아무 방향을 향해 걷기 시작했다.

낙엽들이 쓰레기처럼 마구 발에 채였다. 바닥을 뒹구는 식물을 짓이기며 여자는 방향 없이 걸었다. 빠르고 거침없는 걸음으로. 목적지가 있는 것처럼. 어디로 가야 할지 아주 잘 아는 사람처럼.

❖

언제나 조용한 아침이다.

제인은 침대에 누운 채 느리게 눈을 깜빡였다. 해가 완전히 솟지 않아 푸르스름한 시각은 오전 6시 반. 알람 소리 하나 울리지 않아도 그녀는 늘 정확한 시간에 눈을 뜬다.

부스스 몸을 일으켜 침대에서 내려왔다. 실내용 슬리퍼에 맨발을 집어넣고 문밖으로 걸어 나왔다. 방 두 개짜리 아파트는 크지 않아서 거실과 주방이 하나의 공간을 공유한다. 스토브와 냉장고가 있는 주방과 탁자 딸린 소파 하나만 덜렁 놓인 거실. 그 사이를 경계 짓는 선은 조리대를 겸한 아일랜드 테이블. 그 위에 놓인 물병부터 제인은 가장 먼저 집어 들었다.

유리컵에 물을 가득 따라 천천히 마셨다. 빈 컵을 내려놓은 뒤에는 다시 방 안으로. 침실에 딸린 욕실에서 짧게 물소리가 흐르고 나면 운동복 차림의 여자가 나와 운동화에 발을 쑤셔 넣는다. 성능 좋은 이어폰으로 귀를 막고 날렵한 고글이 눈을 가렸다.

맨해튼 서쪽 남단, 트라이베카에 있는 제인의 아파트는 허드슨 강변에서 두 블록 떨어져 있다. 강 건너 뉴저지의 빨간 지붕 집들과 남쪽의 빌딩촌이 파노라마처럼 내다보이는 곳. 그 강변을 따라 달리는 한 시간짜리 운동을 제인은 매일 빼먹지 않았다. 몇 명 되지 않는, 얼굴과 체형이 눈에 익은 사람들을 스쳐 북쪽으로 30분 달렸다가 다시 남쪽으로 왔던 길을 되짚는다. 저만치 보이는 월드 트레이드 센터, 나란히 서 있는 쌍둥이 빌딩을 부표로 삼아.

일정한 속도로 한 시간을 달리고 나면 한겨울에도 온몸이 땀투성이가 된다. 그때 즈음 아파트로 돌아와 더운물에 느긋이 샤워를 마치면 8시 20분 전. 가운 차림으로 나와 커피를 내리고, 냉장고를 뒤져 미리 사 둔 아침거리를 꺼내고, 아일랜드 테이블 스툴에 앉아 배달된 신문을 경제면 위주로 꼼꼼히 읽으면서 식사를 마치면 8시 반. 빈 머그잔과 접시를 깨끗이 씻어 엎어 둔 다음 드레스 룸으로 들어간다.

침실과 같은 크기의 방 하나를 통째 드레스 룸으로 꾸민 것은 당연하게도 옷이 많기 때문이다. 때마다 자선단체에 한 박스씩 담아 보내고도 옷장이 빼곡한 까닭은 순전히 리오의 덕인데, 두어 해 전부터 그는 그녀를 데리고 쇼핑하는 것을 무척이나 즐기고 있다.

'리오.'

'마음에 안 들어?'

'그게 아니라, 이제 이런 것들 그만 샀으면 좋겠어.'

'보석 좋아하잖아.'

'둘 데도 마땅치 않고.'

'그럼 큰 집으로 옮겨.'

'⋯⋯농담하는 거 아닌데.'

보관이 곤란할 수준에 도달한 보석들을 사양하겠다고 선언—이것들을 걸 수 있는 귀와 목은 안타깝게도 하나씩뿐이라는, 다소 그로테스크한 근거에 그는 웃었다. 웃기려고 한 말은 아니었지만—한 이후로 리오는 그녀를 자주 백화점으로 불렀다. 매장의 쾌적한 조명과 친절한 점원들, 둘 사이를 메워 주는 듣기 좋은 말과 과장된 찬사들. 쇼핑은 두 사람이 함께 할 수 있는 많지 않은 일들 가운데 확실히 가장 편안한 취미여서, 제인은 차마 그것까지 거절할 수는 없었다.

그렇게 사들인 옷들 가운데 적당한 것을 골라 입고 화장을 한다. 진한 색조는 아니지만 세세한 부분까지 빠뜨리지 않고 챙긴다. 어울리는 귀걸이를 걸고 손목시계를 두르고. 거울 속의 여자가 완벽한 모습으로 그녀를 바라보면 오전 9시. 출근 시간이다.

"굿모닝."

아파트 정문 앞에는 검은색 메르세데스가 서 있었다. 잉크병에 빠뜨렸다 갓 건져 낸 것처럼 차체는 언제나 윤기가 흘렀다. 먼저 인사를 건넸지만 운전석에 앉은 남자는 대답하지 않는다. 인사 좀 하지 그래. 여자가 조롱하듯 다그친 후에야 마지못해, 좋은 아침이라는 짧은 인사말이 전혀 좋지 않은 말투로 돌아왔다.

"내 기사 노릇이 여전히 맘에 안 드나 봐."

"대단히 만족하고 있습니다."

"입술에 침이나 발라."

베런은 대꾸 없이 가속페달을 밟았다. 소호에 갤러리를 연 뒤부터 제인의 출퇴근 수행을 그가 도맡게 됐다. 리오는 수년간 수발을 맡긴 비서실장을 너무나 쉽게 그녀에게 넘기고 다른 기사를 고용했다. 중동 파병 경력의 특수부대 출신이라는 거구의 흑인에게 롤스로이스 운전대를 빼앗긴 후, 조직 내에서는 드디어 보스가 콜린스를 버리려는 모양이라고 눈들을 크게 떴다. 그러나 베런은 여전히 빅터건설 법무팀장이자 엠파이어 주류상사 인사과장이었으므로, 버림받은 사냥개의 구슬픈 울음을 기대했던 치들은 입맛만 쩝쩝 다셔야 했다.

"싫어도 어쩌겠어."

베런은 룸미러를 통해 여자를 본다. 아파트에서 갤러리까지는 자동차로 8분 남짓. 그는 좁은 일방통행 길목으로 천천히 차를 몰았다.

"이게 당신 운명인가 보지."

코웃음 섞어 중얼대는 말투는 여전히 조롱조지만 악의는 없다. 제인은 시종 차창 밖을 내다보고 있었다. 브라운스톤 타운하우스와 붉은 벽돌로 지은 고풍스런 아파트들. 빈틈없이 어깨를 맞대고 줄지어 선 건물들을 감동 없이 바라보다 문득 입술을 뗐다.

"베런."

"예."

"그때 왜 나한테 거짓말했어?"

저만치 녹색이던 신호가 노랗게 바뀌었다. 베런은 천천히 정차하며 반응을 미루었다. 거짓말. 정확히 어떤 거짓말에 대해 묻는 건지 알 길이 없다. 이 여자에게 했던 말들 가운데 거짓말이 아닌 것이 있었던가. 한 번이라도 진실을 말한 적이 있었나. 그러나 어디까지가 거짓이고 진실은 또 어디부터. 걷잡을 수 없이 엉뚱한 방향으로 흐르는 사고를 그는 능숙하게 끊어 냈다.

"무슨 말씀이신지."

시선을 정면에 둔 채 뒷좌석 쪽으로 귀를 기울였다. 말끔히 닦인 전면 유리 너머 새빨간 정지신호가 켜졌다. 비쩍 마른 노파가 치와와 한 마리를 데리고 느릿느릿 횡단보도로 들어선다.

"당신이 그랬잖아. 삶을 결정하는 순간들은 선택의 여지를 주지 않을 때가 많다고. 그런 게 운명이라고."

그는 대꾸하지 않았다. 아는 척을 하고 싶었으나 기억이 나지 않았다. 운명. 그런 낭만적인 단어를 입에 올렸다는 사실도 실은 별로 믿어지지 않는다. 그런 말을 왜 했을까, 이 여자한테. 그는 과거의 의도를 기억해 보려 애썼으나 노력은 지속되지 않았다. 시간의 무게가 쌓일수록 베런 콜린스의 기억은 뒤엉키고 혼란해졌다.

"그거 거짓말이잖아."

제인이 고개를 돌렸다. 룸미러를 통해 남자의 눈언저리를 본다. 그는 정면만을 응시하며 여자의 시선에 응하지 않았다. 옅은 색의 긴 속눈썹과 푸른 눈동자. 표정 없이 싸늘한 벽안을 보며 그녀는 물색없이 떠올렸다. 유리알처럼 빛나는 눈동자. 밝은 갈색. 따뜻한 시선.

"글쎄요. 틀린 말처럼 들리지는 않습니다만."

"틀렸어."

환한 갈색의 홍채. 때로는 금빛처럼 보이는. 곡선으로 휘어지는 눈매. 잔상은 말하는 동안에도 그침 없이 계속되어, 제인은 눈앞을 닦아 내듯 두 눈을 힘주어 깜빡였다.

"선택의 여지를 주지 않는 순간은 없으니까."

말하며 다시 한번 되새겼다. 그런 순간은 없다. 그녀의 삶을 결정한 매 순간마다 선택의 여지는 항상 있었으므로.

'왜 그런 거 있잖아. 뭐라고 말로는 설명 못 하겠는데 몸으론 확실히 느껴지는 거.'

확실히 느껴져도 외면하면 된다. 끌리더라도 버티면 된다. 보고 싶어도 참으면 된다. 외면하고, 버티고, 참고, 그런 쪽을 택하면 된다.

'운명 같은 거.'

끔찍이도 느리게 지나온 시간들. 그 지루한 세월을 통과하며 제인은 자신이 행한 모든 결정을 하나하나 돌이켜 보았다. 오랫동안 반추하고 반성한 끝에 결론을 얻었다. 매 순간, 그 모든 순간마다 반대쪽을 택했더라면 아무 일도 벌어지지 않았을 거라고. 두 갈래의 길 앞에서 신중했더라면. 조금만 더 겁을 냈더라면. 외면하고 버티고 참았더라면. 그러므로,

"운명 같은 건 없어."

제인은 선언한다.

"그러니까, 이렇게 내 기사 노릇 하는 것도 당신이 선택한 거지."

베런은 그제야 천천히 눈길을 돌렸다. 룸미러 속의 여자와 시선이 맞닿았다. 결점 없는 화장과 완벽한 차림, 안정된 표정. 절망과 체념과 수용을 차례로 지나온 제인은 지금껏 그가 본 중 가장 편안해 보였다. 하지만 그럼에도,

'개새끼…….'

그때의 눈빛이 잊히지 않는 까닭은 왜일까.

"그렇군요."

잠깐의 눈 맞춤 직후 다시 시선을 정면으로 옮겼다. 당신이 선택한 거지. 여자의 말이 머릿속에서 팽이처럼 뱅뱅 돈다. 메르세데스 범퍼 앞을 지난 노파와 치와와는 어느새 도로 저편에 도달했다. 그들의 뒷모습에 눈길을 고정시킨 채 기어 헤드로 손을 가져갔다. 당신이 선택한 거지. 베런은 결국 쓴웃음을 짓고 말았다.

"똑똑해지셨습니다(You got smarter)."

그의 말과 함께 주행 신호에 불이 들어왔다.

"원래 똑똑했어(I always was)."

그녀의 대답과 아울러 자동차는 천천히 앞으로 나아간다.

손목시계를 본다. 7시 40분. 약속 시간을 10분이나 넘겨 버린 요한은 걸음을 서둘렀다. 아직 서머타임 기간이지만 가을의 해는 이미 짧아져서 사방이 어두웠다. 저만치 종합병원 응급실로 들어가는 구

급차의 사이렌 소리. 이 동네는 도대체가 변함이 없네. 속으로 중얼거리며 브로드웨이를 따라 빠르게 걸었다.

아파트 로비를 통과하면서 시간을 확인한다. 7시 47분. 1층 두 번째 문으로 걸어가 초인종을 눌렀다. 오래된 갈색 철문은 최근에 칠을 새로 했는지 두꺼운 페인트가 번들거렸다. 그냥 두는 게 더 나았을 것 같다는 생각을 하는 찰나 문이 활짝 열렸다.

"왔구나."

"늦었어."

"괜찮아. 아빠 기다리고 계셔."

환하게 웃는 엄마의 얼굴을 보며 요한은 가볍게 피식거렸다. 아파트 안으로 들어가자 역시나 식탁이 텅 비어 있다. 세상없어도 7시 반에 저녁상을 받아야 하는 남자가 웬일로. 그는 거실을 가린 파티션을 젖히며 안쪽으로 고개를 쑥 집어넣었다.

"아빠(Hey, dad)."

"어, 왔냐."

작지 않게 흐르던 한국어 라디오 방송이 툭 끊어졌다. 반색하며 일어서는 아버지를 본 뒤 요한은 거실 벽에 걸린 여러 개의 액자들을 눈으로 훑었다. 어린 시절의 그와 젊은 부모의 오래된 사진들. 그 한가운데 주인처럼 걸려 있는 압도적인 크기의 액자 속에서 제복 차림의 요한과 양옆으로 선 부모가 정면을 보고 있다. 저 사진을 찍기 위해 아카데미 졸업식 날 사진사까지 대동하고 왔었지. 떠올리자 다시한번 피식 웃음이 샜다.

"밥 먹자. 네 엄마가 불고기 해 놨어."

"먼저 먹지."

"아, 밥 좀 늦게 먹으면 큰일 나냐. 일하다 보면 다 그런 거지."

손사래를 치는 아버지를 따라 주방으로 향했다. 완성된 불고기가 스토브 위에서 지글지글 먹음직스런 냄새를 풍겼다. 엄마가 담아낸 음식을 요한이 하나씩 식탁으로 옮기는 동안 아버지는 의자에 앉아 느릿느릿 세 벌의 수저를 놓았다. 잔뜩 차려진 음식 앞에 세 식구가 둘러앉았다. 미역국만 있으면 완벽한 생일상이다.

"요한이 많이 먹어."

"일이 많이 바쁘냐?"

"뭐, 그냥."

엄마는 요한의 젓가락이 향하는 접시마다 손을 뻗어 그의 앞으로 조금씩 옮겨 놓았다. 그러면서 아버지가 교회에서 얼마나 아들 자랑을 하는지—주일마다 그렇게 신나 할 수가 없어. 네 아빠가 그렇게 말이 많은 사람인지 난 처음 알았다니까. 너 제복 입은 사진은 벌써 모서리가 다 닳았다. 군대에 있을 때도 그렇게 네이비씰 네이비씰 자랑을 하더니—본인이 큼큼 헛기침을 할 때까지 묘사를 늘어놓았다. 요한은 음식물을 씹으며 대꾸 없이 웃기만 했다.

경찰관 아들을 뿌듯해하는 부모를 그는 조금 연민했다. 생의 절반을 훌쩍 넘긴 세월 동안 부지런히 쓸고 닦아 온 삶의 터전은 그러나 이들에겐 여전히 낯선 남의 땅이다. 태어나지 않은 땅. 아무도 환영하지 않는 딱딱한 토양에 억지로 뿌리를 내리는 막막함을 요한은 이제야 조금 가늠할 수 있다. 이 땅 어디서도 무시당하지 않을 것 같은, 완벽한 영어와 매너를 갖춘 여자조차 그렇게 말했으니까.

'남의 나라에서 사는 게 쉬운 일이 아니거든.'

제 앞에 차려진 풍성한 한식을 본다. 늙어 버린 부모의 손에 시선을 준다. 그 손에 밴 드라이 클리너의 솔벤트 냄새, 지폐와 동전들의 비린내가 눈에 보이는 것 같다. 주류 사회의 일원으로 편입한 아들은 이들의 아메리칸 드림인가. 경찰 제복과 배지, 그 보잘것없는 공권력의 최말단을 자랑스러워하는 부모를 보며 그는 슬슬 죄책감이 일었다.

"나 이제 여기 못 올 거야."

"왜?"

"일이 있어서."

심상치 않은 소리에 엄마가 심각한 표정을 지었다. 맞은편에 앉은 아버지가 고개를 든다. 얼굴들에 걱정이 역력했으나 요한은 별일 아니니 염려 말라고 말할 수 없었다.

"얼마나?"

"두 달이나 세 달쯤. 더 길어질 수도 있고."

부모는 더 이상 묻지 않았다. 물어도 대답해 주지 않을 것임을 직감했을 것이다. 돌연 서먹해진 분위기 속에서 요한은 꾹꾹 눌러 담은 밥 한 공기를 모두 비웠다. 밥 더 줄까. 엄마의 물음에 가볍게 고개를 저었다. 그리고 몇 시간 전 본부의 회의실에서 열람한 자료들을 다시 떠올렸다.

'베런 콜린스. 라이언이 수족처럼 부리는 자야. 지금은 헤닝을 수행하고 있고.'

팀장이 가리키는 낯익은 얼굴을 그는 건조한 눈으로 바라보았다. 91년도 날짜가 찍힌 범인 식별용 사진 속에서 콜린스가 무표정한 얼굴로 카메라를 보고 있었다. 컬럼비아 대학 출신 엘리트로 뉴욕주 변호사였으나 사기 혐의로 연방수사국에 체포돼 유죄 판결을 받았다는 배경을 팀장이 간략히 설명했다. 변호사 자격은 당연히 박탈당했지만 놀던 가락이 있어 비첼리오 패밀리 사업체의 법무를 담당하고 있으며, 이번 작전의 체포 대상 일 순위라는 것까지.

'라이언의 충견인데 못지않게 지독한 자야. 이자가 헤닝 곁에 붙어 있는 한 들어갈 틈이 없지만 반대로 이자만 없으면 헤닝에게도 쉽게 접근할 수 있지. 거의 전속 운전기사, 경호원 격이거든. 라이언은 절대 헤닝을 혼자 두지 않아. 사업체 일에 조직원을 동원하는 법도 없으니, 콜린스에게 일이 생기면 반드시 수행을 맡길 다른 사람을 찾을 거야.'

요한은 사진 속 비첼리오를 향해 눈을 가늘게 떴다. 그는 경찰에 체포된 적이 없어 식별용 사진도 당연히 없었다. 잘 다듬어진 장신의 체형과 말쑥한 옷차림. 많은 사람들 틈에 섞여 있어도 단박 눈에 띄는 외모. 할리우드 파파라치 컷 같은 그의 사진들을 코앞에 끌어오며 미셸은 몇 번이나 한숨을 쉬었다.

"자."

불쑥 눈앞에 내밀어진 물건에 요한이 퍼뜩 생각을 접었다. 은행의 로고가 찍힌 흰색 봉투. 빈 것처럼 얄팍한 봉투를 보며 그가 되물었다.

"뭐야, 이게."

"돈."

"돈?"

"그때 너한테 빌린 거. 이만 불."

아아. 그제 입을 벌리며 얼빠진 웃음을 웃었다. 3년 전 입대를 앞두고 그는 갖고 있던 돈을 정리해 부모에게 건넸다. 반지하 아파트 보증금과 통장에 있던 잔고는 합쳐 봐야 몇 푼 되지 않았다. 2만 달러의 대부분은 그래피티로 받은 돈이다. 그때는 몰랐으나 비첼리오의 수중에서 나온 것이 틀림없는 돈.

"그냥 준 건데."

"주기는. 자식한테 무슨 돈을 받냐."

"빚은 다 갚았어?"

"그럼, 그때 이걸로 바로 갚았지."

"덕분에 이제 우리 가게 두 개잖아. 네 아빠 요새 돈 잘 벌어."

"엄마 줘. 난 필요 없어(I don't need money)."

"왜 돈이 필요 없어. 너 장가 안 갈 거야?"

대답 없는 아들이 혹 못 알아들었을까 싶어 아버지는 다시 묻는다. 결혼 안 할 거냐고. 그러나 돌아오는 건 의미 모를 미소.

"너 아직도 만나는 여자 없냐? 이제 직장도 생겼는데 결혼해야지. 너도 낼모레면 서른이다, 서른."

여전히 무대답. 외아들 나이를 훌쩍 반올림해 버린 아버지는 슬쩍 눈치를 살핀 다음 본격적으로 중얼대기 시작했다. 우리 교회에 참한 아가씨가 하나 있는데. 간호사라 직업도 좋고 믿음은 더 좋고. 아들 가진 사람은 죄다 그 아가씨 며느리 삼고 싶어 해. 아빠는 너랑 잘 어울릴 것 같던데. 오늘 저녁 식사의 용건은 이거였던 모양. 요한은 생각하며 빈 밥그릇만 내려다보고, 엄마는 그런 아들을 조심스럽게 들여다봤다.

"결혼은 꼭 한국 여자랑 해야 된다. 나는 미국 며느리 반대야. 알았지?"

지겹도록 들어온 잔소리가 다시 시작됐다. 그러나 요한은 짜증을 내지도 싫은 표정을 짓지도 않았다. 그저 텅 빈 밥공기. 귀머거리처럼 고개를 떨군 채 멍하니 그 안쪽을 들여다볼 뿐.

'마약 밀매, 보일러룸, 그런 거 체포하려면 지금 당장이라도 할 수 있지. 하지만 잔챙이들만 잡아서는 밑 빠진 독에 물 붓기야. 우리가 노리는 건 줄기, 조직 전체를 뽑아낼 기둥이라고.'

팀장의 손가락이 탁자 위 그녀의 사진을 톡톡 두드렸다. 도둑 촬영한 사진들 가운데 가장 선명한 얼굴. 그 얼굴이 도끼처럼 가슴 한중간을 내리쳐 요한은 남몰래 휘청댔다.

'제인 헤닝은 비첼리오 패밀리의 핵심 인물이자.'

화려한 이브닝드레스. 샹들리에 조명 아래 아름다운 여자. 웃는 얼굴. 원망스러울 정도로 환하게 웃는 얼굴.

'반드시 체포해야 하는 일 순위 용의자야.'

맥컬린의 녹색 눈동자는 결연하고도 날카로웠다. 그것을 마주하며 요한은 별수 없이 긴장이 됐다. 머릿속에 감춰 둔 생각들. 아무도 모르는 그 선명한 조각들이 혹여나 밖으로 비쳐 보일까 봐.

'할 수 있겠나?'

얼른 대답하지 않았다. 대신 팀장의 눈에서 시선을 옮겨 사진 속의 여자를 다시 바라보았다. 마치, 중대한 작전의 참여를 고민이라도 하듯.

왼쪽 어깨를 관통한 총알을 생각했다. 손끝에서 뚝뚝 떨어지던 붉은 피의 온도를 상기했다. 텅 빈 펜트하우스. 전시회장 어디에도 없던 너의 이름. 이어 캘리포니아의 뜨거운 태양과 새파란 바다를 떠올렸다. 그리고 이 모든 생각들을 알 리 없는, 충직한 경위의 녹색 눈동자를 다시 바라보았다.

알고 있다. 무모한 짓이라는 것. 위험천만하고도 어리석은 생각이라는 것. 불꽃을 향해 돌진하는 미련한 나방이 될 거란 것. 그리고 이번에는 그때처럼 하나의 총상으로 끝나지 않으리란 것마저도.

그럼에도 변하지 않는 것들이 있다. 오랜 세월에도 희석되지 못한 기억이 있다. 더 이상 꿈을 꾸지 않음에도 잊히지 않는 미몽이. 무어라 명명해야 할지조차 이제는 확신할 수 없는, 다만 채찍처럼 아프게 내리치는 단 하나의 생각.

나는, 너를 반드시 되찾고 말겠노라고.

'예. 할 수 있습니다.'

요한은 계속하여 텅 빈 밥공기를 들여다본다. 당분간 엄마가 해 준 음식을 먹지 못할 것이다. 두 달이나 세 달쯤, 더 길어질 수도 있을 테고 어쩌면 두 번 다시 먹지 못할 수도 있다. 만일을 대비해 조심하라는 말은 굳이 하지 않았다. 작전 기간 동안 가족의 신변 보호를 요청해 뒀으니 부모는 괜찮을 것이다.

이어 요한은 눈을 돌려 흰 봉투를 본다. 2만 달러 수표가 들어 있을 은행 봉투. 진짜로 필요 없는데. 하지만 기어코 받지 않는 것도 이상해 보일 것이므로, 그는 말없이 봉투를 반으로 접어 순순히 품에 넣었다.

제인은 창밖 저 멀리에 시선을 두었다. 40층에서 내려다보는 허드슨강 전망이 예술이란 평을 들었는데 애석하게도 밤중이라 강은 보이지 않았다. 하늘과 강과 건너편의 육지까지 온통 어둠 속에 잠긴 가운데 눈에 보이는 것은 오직 현란한 불빛들. 점점이 무리 지은 인공의 빛무리를 그녀는 멀찍이 바라보았다. 도심 풍경에 익숙한 눈에 강변의 야경은 쓸쓸하게 비친다.

마지막 남은 생선 살 조각을 포크로 찍어 입으로 가져갔다. 하얗고 넓은 접시 위에 섬처럼 떠 있던 대구 스테이크는 이제 연갈색 소스만 흔적처럼 남겼다. 대서양 연안에서 잡아 올린 해산물 요리로 한창 유명세를 타는 레스토랑이었다. 월드 트레이드 센터 근처의 고급 식당

답게 손님들은 온통 우아하게 차려입은 남녀들. 제인은 음식물을 삼키며 와인 잔으로 손을 뻗었다. 투명한 미색의 백포도주가 상큼하게 혀를 적신다.

"능력 좋네요."

말끔히 빈 여자의 접시에서 리오가 시선을 들어 올렸다. 가볍게 웃는 얼굴. 호선을 그린 입술에 눈길을 준 다음 여자와 눈을 맞췄다. 제 얼굴을 똑바로 바라보는 눈동자가 새카맣다. 구슬처럼 반짝거리는, 그러나 동공의 반응을 볼 수 없어 불투명한 그 눈동자를 리오는 말없이 응시했다.

제인의 눈은 표정이 없다. 그에게 선사하는 부드러운 미소에도, 사람들을 대할 때의 세련된 얼굴에도, 때때로 환하게 터뜨리는 웃음소리에도 오직 입술만이 능란하게 움직일 뿐 까만 눈동자는 여전히 불투명했다.

그 웃음을 대할 적마다 리오는 흡족하려 노력했다. 여유를 잃지 않으려 태연함을 가장했다. 저건 결코 가짜가 아니라고 스스로를 설득했다. 가짜가 아닌 반쪽이라고. 간신히 되찾은 반쪽이라고. 그러니 좀 더 지나면, 시간과 노력을 좀 더 들이면 나머지 절반마저 결국엔 온전해지리라고.

"여기가 요새 맨해튼에서 예약하기 제일 힘든 곳이라던데."

제인이 말하며 와인 잔을 내려놓았다. 연말은 물론 내년 초까지 예약이 꽉 차 있다는 말을 그녀도 주워들은 적이 있다. 원 세상에, 저녁 식사 한 번 하러 내년 봄까지 기다리게 생겼다니까요. 볼멘소리를 가장했으나 자랑임이 분명한 그 말을 어디서 들었더라. 아주 잠깐 기억을 뒤져 갤러리의 손님을 떠올렸다. 선물용 그림을 종종 사 가는 중년 여자. 웨딩 사업가. 파크 애비뉴의 주소까지도.

"어떻게 한 거예요?"

"어떻게 하다니."

"예약 말이야. 설마 작년에 미리 해 둔 건 아닐 거잖아."

그때 웨이터가 다가와 두 사람 앞의 빈 접시를 정중히 거둬 갔다. 즐거운 식사였는지 묻는 웨이터의 친절에 제인이 살가운 호평을 돌려주었다. 따뜻한 말투와 세련된 미소. 흠잡을 데 없는 여자의 태도가 리오는 만족스럽다.

"말해 봐요. 어떻게 한 거야?"

주말보다 경쟁이 치열한 금요일 저녁에, 그것도 전망이 가장 좋은 창가 자리 테이블을 차지한 비결이 뭐냐고. 제인은 그걸 꼭 알아야겠다는 듯 눈썹을 까딱거렸고 남자는 저항 없이 웃었다. 깊은 눈매가 부드럽게 휘어지자 날카롭던 인상이 와르르 무너진다.

"너무 많은 걸 알려고 하는데."

놀리듯 대꾸하고 와인 잔을 집어 드는 남자를 바라보았다. 대답을 피하는 질문은 두 번 하지 않는 습관대로 그녀는 그쯤 입을 다물었다. 그리고 레스토랑 내부를 다시 한번 돌아본다. 서로 간 멀찍이 거리를 둔 테이블과 몽롱한 조명. 부드럽게 흐르는 연주곡. 전면창을 통해 유화처럼 펼쳐진 야경. 훌륭한 음식과 사려 깊은 서비스까지 완벽한 오늘의 저녁 식사는 부인할 수 없도록 대단히 낭만적이었다.

주변을 천천히 돌아본 제인이 맞은편의 남자에게 다시 시선을 보냈다. 어렵기로 소문난 레스토랑의 예약을 해낸 과정 따위 실은 별로 궁금하지 않다. 그걸 굳이 화제로 끌어온 까닭은 끊어진 대화를 메우기 위한 배려이자 남자의 노력에 대한 의례적인 보답 정도.

아무 날도 아닌 평범한 저녁 식사를 위해 1년 전부터 예약을 해 두었을 수도 있다. 그는 치밀한 남자이니까. 보통 사람들은 닿을 수 없는 특별한 방법을 쓴 것일 수도 있다. 그는 분명한 수단을 지닌 남자이므로. 어느 쪽이든 제인은 알고 싶지 않았다.

빈 테이블 위로 다른 화제를 올렸다. 최근 전시와 판매 독점계약을 따낸 화가의 개인전 날짜를 조율 중이라는 이야기로 시작된 대화는 영국 출신 사십 대 여성인 작가의 거친 화풍과, 작품의 색깔과는 딴판으로 가녀린 외모며 우아한 말투로 이어졌다. 웨이터가 다가와 두 사람 앞에 디저트를 놓아 준 것은 가을 시즌 경매에서 눈여겨본 작품들을 막 열거하기 시작했을 때였다.

오목한 그릇에 앙증맞게 들어앉은 녹차 아이스크림. 제인은 연녹색의 후식을 잠시간 바라보다 스푼을 들어 동그란 표면을 무너뜨렸다. 아기 주먹만 한 아이스크림 한 덩이를 절반쯤 먹은 뒤 스푼을 내려놓았다. 입 안에 감도는 맛은 달지 않고 씁쓸했다.

"제인."

반쯤 남은 아이스크림을 내려다보던 제인이 고개를 들었다. 눈앞으로 다가오는 남자의 커다란 손에 시선을 주었다. 그 손이 쥔 벨벳 상자가 눈에 들어왔을 때 그녀는 가장 먼저 생각했다. 이런 거 이제 그만 사라니까. 그러나 탄식 같은 그 말을 미처 내뱉기도 전에 그만 숨을 멈췄다. 디저트 그릇 앞에 덜렁 놓인 상자. 망연히 바라보는 여자의 눈빛이 촛불처럼 흔들린다.

"……리오."

검은색 벨벳 상자는 자그마했다. 정육면체에 가까운, 귀걸이용 케이스보다 한결 작은 크기임을 알아보지 못할 리 없다. 그럼에도 제인은 마주 앉은 남자의 지극히 여상한 표정에 한 가닥 기대를 걸었다. 귀걸이보다 작은 보석. 아마도 아주 작은 브로치나 펜던트일 거라고.

"열어 봐."

폭발물이라도 보듯 굳어 있는 여자를 향해 리오가 말했다. 그 말투 또한 평소와 다르지 않아 다시 한번 기대하면서도 그녀는 섣불리 손을 뻗지 못했다. 다만 천천히 까닥이는 검지손가락. 하얀 테이블보 위를 규칙적으로, 소리 없이 두드리는 남자의 손끝에 시선을 박았다. 그 기다란 손가락의 움직임에서 여자는 긴장과 떨림과 기대를 보았다.

대뜸 입술이 말라 물이 마시고 싶었다. 입 안에 남은 아이스크림의 끈끈한 흔적이 갑갑했다. 그러나 눈앞의 상자부터 열어야 한다는 것을 제인은 또한 알았다.

침착하게 손을 뻗는다. 아무렇지 않으려 노력하면서. 손에 쏙 들어오는 크기의 벨벳 상자는 묵직했고, 뻑뻑한 상자를 힘주어 열며 저도 모르게 아랫입술을 안으로 당겨 물었다. 조개껍질처럼 뚜껑이 벌어지자 안에 든 보석의 빛이 눈을 찔렀다. 새하얀 에메랄드 컷 다이아몬드. 테이블 위로 내리꽂히는 은은한 조명 아래 다이아몬드 반지는 찬란하다.

한참 만에 제인이 웅얼거렸다.

"나는……."

침묵할 수 없어 입을 열었으나 무슨 말을 해야 할지 아득했다. 갑작스런 청혼에는 어떻게 반응해야 할지 생각해 둔 적이 없어 대처할 방법도 알지 못했다. 그저 혀가 잘린 것처럼 말을 잇지 못한 채, 불안한 시선을 이리저리 옮기는 것밖에는.

"당장 끼지 않아도 돼."

남자의 눈길이 이마로 느껴졌다. 그러나 제인은 눈을 들지 못했다. 동요를 들키고 싶지 않다. 고군분투하며 숨겨 온 속마음을 이제 와 읽히고 싶지 않다. 그래서 그녀는 차라리 침묵했다.

"언제든, 마음 내킬 때."

리오의 말투는 자연스러웠다. 꼭 수차례 연습이라도 한 사람처럼.

"그때, 알려 줘."

완곡히 수락을 구하는 남자를 그제야 천천히 마주 보았다. 여느 때처럼 반듯한 자세로 앉은 입가가 언뜻 뻣뻣한 것 같다. 제인은 손에 들린 벨벳 상자로 눈길을 옮겼다. 스스로 열게 한 것은 그 나름의 배려였을 것이다. 제 손으로 상자를 다시 닫을 수 있도록. 결정을 유보할 수 있도록. 시간을 갖고 고민하도록.

비록 선택지가 없는 양자택일일지언정.

"이만 일어나지."

말하기가 무섭게 제인이 상자를 닫았다. 반지를 품은 단단한 케이스를 핸드백에 넣는 모습을 잠깐 바라보다가 리오는 여자보다 조금 앞서 자리에서 일어섰다. 남자 몫의 디저트는 고스란했다. 손도 대지 않은 아이스크림이 보얗게 녹아 흐무러지고 있었다.

금요일 밤의 도시는 향락의 냄새로 가득했다. 잔뜩 치장한 상점의 쇼윈도와 들뜬 레스토랑. 그 사이사이마다 즐거운 사람들의 웃음소리가 투명하게 흩어졌다.

흥청대는 도심을 메르세데스는 가로질렀다. 세 남녀를 태운 세단이 미끄러지듯 브루클린 브릿지를 통과했다. 클래식 채널에 주파수를 맞춘 라디오에서 피아노 독주곡이 흘러나왔다. 다리를 건너 강변의 주택가에 들어설 때까지 뒷좌석의 남녀는 아무 말도 하지 않았다.

베린은 타운하우스 앞 연석에 바짝 차를 댔다. 리오의 출퇴근 수행을 그만둔 것은 1년 반이 넘었지만 이곳에는 여전히 자주 온다. 지금처럼 퇴근 후 함께 저녁 식사를 한 두 사람을 각자의 집으로 실어 나르는 것도 그의 몫이다. 식사 약속이 없더라도 제인은 가끔 이 집으로 퇴근할 때가 있었다. 브루클린으로. 좌석 깊숙이 상체를 기댄 여자의 짧은 지시는 마치 한숨 같아서, 베런은 매일 저녁 뒷좌석 문을 열 때마다 왠지 초조해졌다. 브루클린으로. 피로한 여자의 입에서 그 소리가 나올까 봐.

리오는 제 손으로 차 문을 여는 법이 없다. 아무리 급한 일이 있어도 수행원이 문을 열어 줄 때까지 기다린다. 게을러서도 거들먹거려서도 아니라는 것을 베런은 당연히 알고 있다. 기어를 당긴 직후 운전석 밖으로 나와서 보닛을 돌아 뒷좌석 쪽으로 향했다. 그러는 동안 주변을 살피고 혹시 모를 위험을 경계했다. 그가 문을 열자 안에 있던 남녀가 차례로 내려섰다. 여자가 쓰는 향수 냄새. 유달리 코끝에 걸리는 향내를 들이마시며 베런이 물었다.

"대기할까요."

둘 중 누구의 지시를 바라는 것인지 그는 특정하지 않았다. 다만 허공 어디쯤을 향해 눈을 들어 제인을 보았다. 입을 다문 여자는 그와 눈이 마주치자 피하듯 시선을 옮겼다.

"아니."

리오가 대답했다.

"들어가 봐."

명료히 지시한 다음 제인의 허리에 손을 가져갔다. 에스코트 매너를 가장한 그 사소한 동작에서 베런은 선연한 욕망을 본다. 그리고 나란히 몸을 돌려 타운하우스로 향하는 남녀의 뒷모습. 그들이 두 겹의 문 너머 안쪽으로 사라진 후에도, 베런은 한동안 박힌 듯 그 자리에 머물렀다.

집 안에서는 머스크 향이 났다. 오일 디퓨저에서 풍기는 향기라는 것을 제인은 안다. 하이힐에서 내려와 슬리퍼에 발을 넣고 계단을 올라 2층으로 향하는 동선도 대단히 자연스러웠다.

타운하우스는 언제나처럼 구석구석 전등이 켜져 밝았다. 생활의 흔적이 거의 보이지 않는 결벽적 청결함. 소음이 완벽히 배제된 적요. 그 모든 것을 제인은 이제 능숙히 대할 수 있다.

제 몸에 닿는 남자의 더운 체온도.

리오의 인내심은 침실까지 닿지 못했다. 마지막 층계를 밟고 2층에 올라서자마자 뒤돌아 여자의 허리를 끌어당겼다. 얼굴을 감싸는 손길이 느껴져 제인은 눈을 감았다. 더운 숨이 닿아 입술을 열었다. 허리를 쓰다듬던 커다란 손이 엉덩이를 움켜쥐자 손에 든 핸드백을 바닥에 떨어뜨렸다.

남자가 몰아붙이는 대로 저항 없이 몰렸다. 등 뒤로 딱딱한 벽이 닿았다. 입술을 파고드는 상대의 숨결은 슬슬 침착을 잃어 갔으나 그녀의 호흡은 여전히 차분하다. 남자의 장신에 맞추려 턱을 위로 치켜들었다. 그가 뱉은 숨을 들이마시고 뒤섞인 타액을 삼켰다. 얼굴과 목덜미를 쓰다듬는 손길을 고스란히 수용했다. 물처럼 순순하게. 그가 원하는 대로.

입맞춤은 짧지 않았다. 남자의 혀는 입술을 핥고 입 안을 휩쓸며 집요하게 굴었다. 쓰다듬듯 부드럽다가도 이내 삼켜 버릴 것처럼 휘감아 왔다. 깊이 맞물린 입술이 한참 만에 떨어졌을 때는 여자의 호흡도 더 이상 차분하지 못했다.

"제인."

나지막한 부름에 눈을 떴다. 남자의 눈동자가 코앞에서 저를 본다. 제인은 앞가슴을 들썩이며 그를 마주 보았다. 헤이즐색 홍채 안의 검은 동공이 렌즈처럼 확대되고, 그 안에 담긴 제 얼굴을 인지한 순간 리오가 다시 입술을 부딪혀 왔다. 그녀는 눈을 감은 채 숨을 고르려 노력했다.

일자로 잠긴 블라우스 단추들을 그는 참을성 있게 풀어 내렸다. 얇은 실크 블라우스가 벌어지자 기다렸다는 듯 어깨 뒤로 넘겨 벗겨 낸다. 한순간에 반라가 된 여자 앞에서 남자의 인내는 바닥을 보였다. 맨등에 닿는 벽의 냉기에 제인이 어깨를 움찔거렸다. 뜨거운 손이 허리 뒤쪽을 더듬어 올랐다. 브래지어가 풀리자 더 이상 침착할 수 없게 되었다. 반사적으로 가슴을 가리며 허둥대는 여자를 리오는 손쉽게 제압했다.

완전히 벗은 등이 다시 벽에 닿는다. 오른쪽 손목을 쥔 악력은 부드러우나 단호했다. 그가 고개를 숙여 여자의 몸을 입술로 더듬었다. 고동색 머리카락에서 익숙한 향취가 흩어졌다. 그가 쓰는 향수와 샴푸, 그 모든 것이 뒤섞인 특유의 체취.

예민한 살갗에 뜨거운 입술이 닿을 때마다 제인은 저도 모르게 오른손에 힘을 주었다. 남자의 손아귀에 붙들린 손목을 빼내기라도 할 것처럼. 한쪽 손목을 쥐는 것은 그의 습관이다. 처음으로 그녀를 안은 날부터 리오는 정사 때마다 그랬다. 잠시 놓았다가도 이내 다시 움켜쥐었으며, 그가 스스로 놓아주기 전까지 제인은 단 한 번도 자의로 놓여난 적이 없다.

남자의 손이 스커트 지퍼를 내렸다. 붉은색 펜슬 스커트를 아래로 끌어 내리며 여자의 몸을 돌려 세웠다. 이제 옷이 완전히 벗겨진 여자는 그가 이끄는 대로 돌아섰다. 스타킹과 속옷이 한꺼번에 내려가

자 제인은 눈을 감고 이어질 감각을 앞당겨 각오했다. 벨트 버클이 풀리는 소리가 등 뒤에서 조급했다. 이런 날의 리오는 기분이 좋지 않다. 씨근대며 극한까지 몰아붙이기 일쑤였다. 그가 불쾌한 이유. 알고 싶지 않았으나 모를 수도 없다.

그리고 그 순간 남자가 들어왔다.

제인이 숨을 들이켰다. 그는 조금씩 전진하며 세 번 만에 끝까지 들어왔다. 갑작스럽고도 깊은 삽입 끝에 둔탁한 고통이 터졌다. 감당할 수 없이 입술이 벌어진다.

"아."

허리를 단단히 붙든 손아귀가 느껴졌다. 둔부에 닿았다 떨어지는 타인의 체온이 뜨겁다. 달래듯 몸을 쓰다듬는 손길은 부드럽고도 자극적이다. 그러나 그녀의 눈앞에는 오직 막막한 벽뿐이었다. 차갑고 단단하며 텅 빈, 아무것도 보이지 않는 허공 같은 벽.

침범은 점점 거세어졌다.

맥없이 흔들리던 여자가 오른쪽에 놓인 콘솔을 붙잡았다. 장식품 없는 장식장 위에는 가죽으로 장정한 책 두 권만 포개져 놓여 있다. 급류 위의 가랑잎처럼 정신없이 눈앞이 흔들렸다.

남자의 몸이 이르게 빠져나간다 싶더니 몸이 다시 돌려졌다. 시야는 바뀌어 다시 그의 모습. 새하얀 드레스 셔츠와 단정한 넥타이에 제인은 얼핏 소름이 돋았다. 이마 위의 머리카락이 아주 조금 흐트러진 것을 제외하면 비첼리오의 상체는 여전히 완벽한 차림새다.

그토록 아무렇지 않은 얼굴로 그는 콘솔 위의 책 두 권을 밀쳐 떨어뜨렸다. 두툼한 책들이 바닥에 부딪히는 소리와 함께 제인의 몸을 쉽게 들어 콘솔 위에 앉혔다. 맨살에 닿은 목재의 온도가 차가웠다. 조용히 숨을 헐떡이는 나신의 여자. 그 여자를 응시하며 리오는 목을 조인 타이를 급하게 풀어냈다.

다리가 벌어지고 다시 남자가 들어왔다.

그녀는 콘솔의 곧은 선을 양손에 쥐었다. 정면으로 부딪혀 오는 남자를 피하듯 눈을 감았다. 가구의 모서리를 쥔 손에 힘이 들어가 뼈마디가 불거졌다. 넓게 벌어진 허벅지 안쪽에서 뜨거운 체온이 끓었다.

"눈 떠."

명령 같은 속삭임에 즉각 눈을 뜬다. 리오는 아주 가까이 선 채 이쪽을 내려다보고 있다. 몸 안에 있는 남자가 생생하게 느껴졌다. 이토록 가까이, 자신의 일부가 된 타인을 제인은 낯선 눈으로 올려다본다. 더 이상 가까울 수 없는 거리. 서로의 몸을 완전히 점령한 채 그들은 잠시간 고요한 시선을 맞댔다.

"……안아."

리오가 한숨처럼 말했다. 명령의 말은 애원의 어조를 띠고 있다. 제인이 가구를 쥔 손을 떼어 순순히 남자의 목을 감싸 안았다. 목덜미에 닿는 입술과 기다란 숨결. 맞닿은 두 가슴에서 심장이 뛰었고, 쿵쿵대는 박자가 묘하게 엇갈린다고 생각했을 때 몸이 공중으로 가볍게 들렸다. 여자를 쉽게 안아 올린 남자는 여전히 그녀의 몸 안에 있다.

그는 그대로 걸음을 옮겨 침실로 향했다. 두 사람이 사라지고 난 뒤에도 방문은 닫히지 않았고 집 안의 모든 빛은 여전히 밝다. 콘솔에는 투명한 체액이 흔적처럼 상판에 남아 있다. 그 곁에 널브러진 두 권의 책과 하나의 핸드백. 값비싼 보석을 품은 여자의 가방은 아무것도 아닌 것처럼 바닥에 방치돼 나뒹굴었다.

높은 하늘이 파랗고 맑았다. 아침부터 햇살이 쨍한 걸 보니 오늘도 날씨는 끝내줄 모양이다. 요한은 생각하며 커튼으로 창문을 가렸다. 그리고 다시 손목시계를 본다. 오전 9시. 슬슬 일할 시간이다.

저격을 위해 이틀 동안 이 호텔에 묵었다. 베런 콜린스의 일정과 동선을 파악하고 주변의 지리를 숙지했다. 갤러리가 위치한 곳은 골목이 좁고 맞은편이 죄다 주거용 건물이라 총을 쏠 마땅한 지점을 찾기가 까다로웠다. 저격을 위한 시야와 각도를 확보할 수 있으면서 도주가 용이한 건물을 물색하다 간신히 구한 곳이 이 호텔. 허리에 권총을 찬 경비원이 로비에 하나 있긴 하지만 2성급의 허술한 숙박업소라 따돌리는 건 문제가 아닐 거라고 요한은 결론 내렸다.

커튼으로 가린 창문을 살짝 열었다. 손가락 두 마디가 될까 말까 싶은 너비였으나 총구가 빠져나가기는 충분한 공간이었다. 그는 미리 조립해 둔 저격용 소총을 집어 창문 사이에 걸쳤다. 망원 조준경에 오른쪽 눈을 대는 얼굴엔 긴장감이 전혀 없다.

조준경 안에 갤러리의 입구가 정확히 잡혔다. 출입문 옆쪽으로 넓은 전면 유리. 그 앞쪽으로 기둥 세 개. 총탄을 발사할 위치와 순서를 되짚으며 조금씩 총구를 옮겼다. 머릿속으로 시뮬레이션을 마친 뒤 소총을 거둬 창가에 세워 뒀다. 다시 확인한 현재 시각은 9시 3분. 요한은 청바지 주머니에서 파인애플 맛 사탕 하나를 꺼내 앞니로 포장을 뜯었다. 그리고 침대 위에 둔 검은색 배낭을 바라보며 천천히 혀 위에 사탕을 굴린다.

메르세데스는 매일 아침 9시 10분쯤 도착했다. 콜린스가 보닛을 돌아 뒷좌석 문을 열면 제인이 내려 갤러리 안으로 들어갔다. 멀리서

본 실물의 여자는 여전히 다른 사람 같았다. 번쩍거리는 세단에서 내리는 모습. 하이힐을 신은 맵시 있는 걸음걸이. 선명한 빛깔의 세련된 옷차림. 저 여자가 정말 그 애가 맞는지, 눈으로 좇으면서도 요한은 내도록 의구심을 버리지 못했다.

다시 손목시계를 본다. 9시 6분. 지체 없이, 그러나 서두르지 않고 소총을 집어 들었다. 모든 창을 커튼으로 가린 초라한 호텔방은 새벽처럼 어둑했다. 그 안에서 요한은 오직 조준경 안의 세상에 신경을 집중했다. 동그랗고 좁은 시야. 열십자로 그어진 조준선에 표적이 들어오기를 기다리며.

— 타깃 접근 중. 그린 스트리트 진입. 특이 사항 없음.

탁자 위에 놓아둔 무전기에서 크리스의 음성이 넘어왔다. 그린 스트리트. 요한은 머릿속의 지도를 펼쳐 소요시간을 계산했다. 앞으로 2분 반에서 3분. 서서히 숨을 죽인 채 아무것도 잡히지 않은 조준경을 느른히 노려보았다.

'세븐쎠리.'

베런 콜린스. 그 남자의 사진을 보자마자 목소리부터 떠올랐다.

'전에 내가 경고했지. 지나친 호기심은 명을 재촉한다고.'

요한이 감고 있던 왼쪽 눈을 떴다. 입 안에 남은 사탕을 와작 깨문다. 얇은 유리판 같은 설탕 조각은 서리 밟는 소리를 내며 산산조각 났다. 콧김을 뿜으면서 조준경 밖을 한 번 본 다음 다시 왼쪽 눈을 감았다. 시야는 다시 갤러리 입구.

잠시 후 동그란 조준경 안으로 검은색 메르세데스가 진입했다. 오른쪽 눈을 렌즈에 바짝 붙이며 방아쇠 위에 검지를 댄다. 갤러리 입구에 차가 멈춰 서고, 운전석 문이 열리고, 베런 콜린스가 밖으로 나왔다. 요한은 뒷좌석으로 걸어가는 그의 머리에 조준선을 겨누었다.

마음 같아서는 머리를 날려 버리고 싶지만 팀장의 지시는 부상을 입히는 것이다. 치명적이지 않되 당분간 경호 업무는 불가능할 정도의 총상. 요한은 입술을 잘근대며 남자의 머리에서 총구를 살짝 비껴 냈다.

뒷좌석 문이 열리고 여자가 내린다. 베런의 곁에 선 여자의 얼굴이 조준경에 들어왔다. 사정거리 안에 들어온 하얀 얼굴을 본 순간 요한은 숨을 멈췄다. 그 매우 짧은 찰나, 2초도 채 되지 않는 순간이 영원처럼 아득했다.

여자의 얼굴은 겨울처럼 찼다.

활짝 웃던 제인 헤닝은 거기에 없었다. 표정 없는 얼굴. 웃지도, 대화하지도, 귀 기울이지도 않는 얼굴. 몸에 걸친 화사한 블라우스와 고급스런 코트로 인해 무표정한 얼굴은 더욱 텅 비어 보였다. 순간 왈칵 코끝이 시어져 요한은 습한 숨을 짧게 들이켰다.

"……제인."

닿을 리 없음에도 조그맣게 불러 본 다음, 그는 미련 없이 방아쇠를 당긴다.

탕!

어지러운 눈앞은 현실 같지 않았다. 일상에서 이탈한 장면들이 토막토막 끊어졌다. 갤러리의 전면 유리 하나가 산산조각 난 것을 보고도 제인은 제게 닥친 상황을 의심했다. 갓 내려선 자동차의 문을 채 닫기도 전이었다. 놀라운 속도로 달려든 베런이 그녀를 차 안으로 다시 밀어 넣었을 때 두 번째 총성이 울렸다.

탕!

선팅 된 차창에 피가 튀었다. 시커먼 공포가 그제 숨통을 덮쳤다. 차 문을 닫고 웅크린 남자. 품에서 권총을 꺼내는 모습. 제인은 눈을 크게 뜬 채 그 광경을 바라본다. 베런이 천천히 몸을 일으키자 차창에 튄 핏방울들이 옷깃에 쓸려 뭉개졌다. 움직이지 마! 그를 향해 외치고 싶었으나 목소리가 나오지 않았다. 대체, 누가, 왜. 그런 의문들은 멈춰 버린 사고에 채 닿지도 못했다.

그저 차창 밖의 남자. 어딘가 몸을 숨긴 총구에 저 대신 노출된 남자. 세단을 방패 삼아 몸을 낮춘 남자만을 그녀는 정신없이 눈으로 좇았다. 귓가에서 요동치는 심장박동. 온몸의 피가 한꺼번에 증발하는 것 같다.

탕!

세 번째 총성과 함께 후면 유리가 쩍 갈라졌다. 거미줄처럼 촘촘한 균열 한가운데 동그랗게 박힌 총알은 방탄유리를 뚫지 못하고 또르르 굴러떨어진다. 왼쪽으로 치우친 공격이었으나 제인은 숨을 멈췄다. 폐가 딱딱해져 숨이 쉬어지지 않았다.

"좌석 아래로 들어가! 머리 낮춰!"

베런이 밖에서 차 문을 두드리며 악을 썼다. 제인은 더듬더듬 좌석 사이 공간으로 들어가 몸을 웅크렸다. 코앞까지 날아온 총탄이 노리는 대상은 명확하다. 온몸이 차갑게 식으면서 무릎부터 덜덜 떨리기 시작했다. 본능적으로 양팔을 들어 머리를 감쌌다.

'내가 운전하면 되잖아. 어차피 방탄차인데.'

'방탄이라도 완벽히 안전하진 못해. 그리고 가장 위험한 순간은 차에서 내릴 때지. 혼자서 이동하거나 운전하지 마. 절대로.'

마구잡이로 뒤엉킨 사고 속에 과거의 대화가 떠올랐다. 그녀는 좁은 좌석 사이에 끼이듯 웅크린 채 후면 유리를 바라보았다. 저 너머 숨어 있을 적의 총구에서 또 다른 총알이 날아올 것이다. 방탄이라도 완벽히 안전하진 못해. 제인은 방사형으로 금이 간 후면 유리 위로 수십 개의 총탄이 무차별로 쏟아지는 장면을 상상했다. 더불어 차 문 바깥쪽에 웅크리고 있을 남자를 의식했다. 지금이라도 문을 열고 그를 태워야 하지 않을까. 그러나 공포로 마비된 몸은 손끝 하나 까딱할 수 없다.

쿵쿵대는 박동 속에서 시간은 멈춘 것 같았다.

쌕쌕 몰아쉬던 호흡이 조금씩 잦아들 때쯤 어디선가 사이렌이 울리기 시작했다. 갤러리 안에 있을 에이미든 이 광경을 목격한 누군가든 911에 신고를 한 모양이다. 신속히 와 준 경찰이 너무나도 고마워 제인은 눈물이 다 날 뻔했다. 번쩍이는 경광등이 갤러리 앞에 잇달아 도착했을 때 비로소 문손잡이 쪽으로 팔을 뻗었다. 발작하듯 손끝이 덜덜 떨렸다.

"베런,"

"나오지 마."

한 뼘쯤 열렸던 차 문이 다시 닫혔다. 체중으로 막아 낸 남자의 지시 끝에 신음성이 섞여 났다. 제인은 얼룩진 창문을 다시 본다. 검붉게 말라붙기 시작한 핏자국. 완전히 얼어붙은 손에는 여전히 감각이 없었다.

푸른 제복의 경찰관들이 우르르 세단 쪽으로 몰려왔다. 제각기 무기를 쥔 그들이 긴장한 눈으로 주변을 살피는 동안 두 명의 구조대원이 몸을 낮춘 채 다가왔다. 제인은 대원 한 사람이 베런을 부축해 구급차로 향하는 모습을 따라 고개를 돌렸다. 그의 걸음걸이에서 부상의 위치와 정도를 가늠하려 하는 순간 차 문이 열렸다. 동쪽 하늘을 등지고 선 남자는 마치 신이 보낸 전령처럼 환한 후광을 거느렸다.

"EMS입니다. 괜찮으십니까?"

문을 활짝 연 응급 구조대원이 좌석 사이에 웅크린 여자를 본다. 제인은 그를 향해 천천히 고개를 끄덕였다. 제 몸을 살피는 남자의 민첩한 시선에 조금 더 마음이 놓였다.

"외상은 없는 것 같군요. 나올 수 있습니까?"

제복 차림의 구조대원이 손을 뻗었다. 제인은 부러진 것처럼 감각이 없는 다리에 힘을 넣어 본다. 그만 좀 떨어. 입 속으로 핀잔을 주었으나 양 무릎은 여전히 심하게 후들거렸다. 간신히 몸을 펴고 일어나 좌석 위에 똑바로 앉았다. 벗겨진 하이힐에 발을 넣자 다리의 떨림이 조금씩 잦아들었다.

"천천히 나와 보세요. 이제 안전합니다."

침착하게 지켜보던 구조대원이 손을 조금 더 가까이 뻗어 왔다. 손등의 짙은 피부와 달리 보얀 손바닥. 낯선 남자의 손을 망설임 없이 붙잡은 채 제인은 차 밖으로 내려섰다. 하이힐이 디딘 보도블록 가장자리에 핏자국이 흥건했다. 아연히 내려다보는 여자에게 남자가 위로하듯 설명을 붙였다.

"남자분은 총상을 입었습니다. 생명에는 지장이 없으니 너무 걱정하지 마세요. 병원으로 이송해 조치할 겁니다. 미스,"

제인은 천천히 고개를 들었다. 저를 내려다보는 구조대원의 맑은 눈빛. 차 밖으로 나오니 비로소 눈에 들어오는 아수라장. 경찰관들이 주고받는 대화들이 날벌레처럼 귓가에 윙윙댔다.

"……헤닝이에요."

"미스 헤닝. 우선 병원으로 가시죠."

"괜찮아요. 다치지 않았어요."

고개를 가로저으며 갤러리 입구 쪽으로 시선을 돌렸다. 박살 난 채 뻥 뚫린 전면 유리와 그 안에 걸린 유화 한 점, 용케 총탄을 피한 그림과 활짝 열린 출입문, 그 곁에 희게 질린 에이미의 얼굴이 차례로 시야에 들어왔다.

그리고 경찰관들. 사진을 찍고 주변을 살피고 무전기에 무슨 말인가를 지껄여 대는 경찰관들을 인지한다. 사복 차림의 남자 두 명이 에이미를 향해 다가가는 광경을 보았을 때, 제인은 온몸의 떨림이 빠르게 멎는 것을 느꼈다.

"정말 괜찮아요. 고맙습니다."

미심쩍은 표정의 구조대원에게 다시 한번 단언했다. 그리고 갤러리 주변을 에워싼 십수 명의 경찰관을 둘러보았다. 이 차 방탄이네. 메르세데스를 살피던 누군가 중얼대는 소리가 면도날처럼 그녀의 등을 그었다.

"수사 중입니다. 들어오지 마세요."

사람들이 몰려들고 있었다. 경찰관들이 기웃대는 행인과 주민들을 통제하며 폴리스 라인을 쳤다. 울타리처럼 주변을 막은 플라스틱 테이프. 제인은 노랗게 쳐진 통제선 안에 갇힌 채 바깥쪽을 바라보았다.

구경꾼과 경찰차들이 이룬 성긴 장벽 너머, 길 건너편으로 자전거를 탄 남자가 쏜살같이 지나간다. 제인은 저도 모르게 눈을 가늘게 떴다. 그가 언뜻 이쪽으로 고개를 돌린 것 같았으나 자전거는 도로 저편 멀찍이 있었고 속도도 빨랐다. 푹 눌러쓴 야구 모자와 등에 멘 검은색 배낭. 유유히 멀어지는 남자의 뒷모습을 그녀는 까닭 없이 한동안 지켜보았다.

"관장님!"

귀에 익은 목소리에 돌아섰다. 경찰관들을 상대하던 에이미가 걱정스런 눈으로 이쪽을 본다. 수첩을 든 사복 경찰이 고개를 돌리자 제인은 최대한 표정을 이완하려 노력했다. 또각. 하이힐 뒤축이 보도에 부딪혔고, 그녀는 얼룩진 핏자국을 밟으며 입구를 향해 걷기 시작했다.

이제 사방은 다시 적이다.

❖

— 탄환 제거 수술 받고 입원실에 있어. 앞으로 서너 달은 왼손으로 밥 먹어야 할걸.

수화기 이편으로 넘어오는 미셸의 목소리가 밝았다. 해거름의 어둑한 공기 아래 거리는 평화로웠다. 요한은 커튼 틈으로 창밖을 살피며 대꾸했다.

"밥은 한 달이면 먹어요."

— 어깨에 총 맞았는데 그거밖에 안 걸려?

"밥 정도는. 운전 같은 건 어렵겠지만."

휴대전화를 귀에 댄 채 왼손으로 이마를 매만졌다. 우리 경관님은 모르는 게 없네. 노래하듯 낄낄대는 여자 목소리에도 그는 웃지 않았다.

— 근데 제인 헤닝 보통내기가 아니야. 그 난리를 겪고도 멀쩡하게 출근했다? 깨진 유리도 벌써 싹 갈아 끼웠어. 대범한 건지 무딘 건지. 차에다 대고 총질을 했는데 겁도 없이.

이마 위를 쓸던 손가락이 우뚝 멈췄다. 요한은 벌어진 커튼을 닫으며 창가에서 물러났다. 그리고 거실에 놓인 이 인용 소파로 천천히 걸어가 앉았다. 슬슬 입술이 말라 온다.

— 더 웃긴 건 뭔지 알아? 관할 경찰서에 수사 중단해 달라 그랬대. 만일 대비해서 경찰력 지원해 준다는데도 싫다고 했다나.

"……예상 못 했던 거 아니잖아요."

— 그렇긴 한데 그 말을 하는 태도가 뭐 같았다는 거지.

맞은편에 놓인, 거실 벽에 등을 대고 이쪽을 마주 보는 텔레비전을 응시했다. 소리 없이 화면만 바뀌는 텔레비전에는 생방송 뉴스 채널이 맞춰져 있다. 환한 오전 소호 거리에서 벌어진 총격 사건을 두고 기자들은 온종일 재재거렸다. 금붕어처럼 입을 뻥긋대는 기자의 얼굴에 요한은 감흥 없는 시선을 두었다.

— 그림 장사하는 데 방해만 된다고, 자기네가 알아서 경비 강화하고 사설탐정 고용할 테니까 시경은 손 떼라고 면전에 대고 그랬대. 듣기 좋게 돌려서 말하지도 않고 그냥 너네가 못 미덥다, 대놓고 그랬댄다. 기껏 목숨 걸고 출동했는데 그딴 소리 들어 봐. 담당 형사 기분 진짜 엿같았을 건데.

저편의 미셸이 수화기에 대고 헛웃음을 뿜었다. 짧고도 강한 숨소리가 이쪽 귓가에서 터졌다. 요한은 얼굴을 찌푸리지도 따라 웃지도 않았다.

— 덕분에 자기는 바로 들어갈 수 있게 됐어. 갤러리에서 경비업체에 인력 보강 의뢰 넣었거든. 물론 관장 수행 경호원 포함해서. 약간의 변수가 있긴 한데,

별로 문제가 될 것 같진 않지만. 덧붙이는 여자의 말에 귀를 기울였다.

— 헤닝이 면접을 원해. 일 맡기기 전에 직접 만나 보고 싶다고.

내일 오후 한 시까지 갤러리로 가면 돼. 이력서 이메일로 쏴 줄 테

니까 출력해서 가져가고. 예쁘게 하고 가야 된다, 홀딱 반해 버리게.

여자의 키득대는 소리가 귓가 저편으로 멀찍이 들렸다. 휴대전화를 댄 오른쪽 귀가 더워진다. 가슴 한복판 어딘가가 붉게 달아올랐다.

— 요한? 듣고 있어?

"……예."

— 긴장할 필요 없어. 바이스팀에서 하던 대로만 하면 되니까. 자기 거기서 날아다녔다며.

긴장을 풀어 주려는 의도임을 알면서도 그는 울컥 불쾌해졌다. 제인을 겨냥한 위장 잠입은 팀원들에겐 매춘부를 노린 함정 수사와 크게 다르지 않을 것이다. 용의자에게 접근해 경계를 허물고 범죄 행위를 노출하게 한 다음 수갑을 채워 체포하는 것. 요한은 가볍게 어금니를 맞물었다. 관자놀이 근육이 불끈 솟았다 가라앉았다.

— 휴대전화 잊지 마. 위치 항상 파악돼야 하니까. 알지?

"압니다."

— 오케이. 그럼 수고.

미련 없이 끊어진 전화를 그는 잠시 붙들고 있었다. 본부에서 지급받은 휴대전화는 비싸지도 싸지도 않은 평범한 폴더형이다. 며칠 전이걸 건네주며 형준은 신신당부했다.

'안에서 위성 추적을 할 거예요. 전화기 전원이 꺼지면 신호도 안 잡히니까 충전하는 거 잊지 말고 여분 배터리도 꼭 갖고 다녀요. 비상시에는 내 번호로 연락하면 돼요. 상황실 백업은 내 담당이니까.'

요한은 휴대전화를 닫아 소파 앞 티 테이블 위에 내려놓았다. 텔레비전 화면에서는 뉴스가 끝나고 자동차 광고가 나오고 있다. 해변 도로를 질주하는 고급 승용차. 그 웅장한 광경을 바라보는 눈동자는 인형처럼 무덤덤했다.

분명히 화면을 향해 두 눈을 뜨고 있는데도 눈앞에 보이는 건 오직 하나의 얼굴이다.

조준경 안에 들어온 여자의 얼굴. 장신구와 화장으로 화려한 얼굴. 기억하고 있는 것보다 더 아름다운, 그러나 조화처럼 생기가 없는 얼굴.

차창이 쩍쩍 갈라진 자동차 곁에서 하얗게 질린 얼굴.

"후……."

요한은 또다시 긴 한숨을 참아 내지 못했다. 소파 깊숙이 등을 묻으며 고개를 젖혔다. 새하얀 페인트가 칠해진 천장이 텔레비전 빛에 따라 번쩍거렸다. 천천히 눈을 감자 환상은 더욱 선명해진다.

나를 보던, 분명히 내 쪽을 응시하던 얼굴.

메르세데스에 총을 쏜 것은 계획된 공격이었다. 갤러리의 유리를 부수고 방탄차에 총탄을 박은 것 모두 계산된 위장이다. 그러나 미리 봐 둔 도주로 대신 갤러리 정면을 지난 것은 충동적인 결정이었다. 제 눈으로 확인하고 싶었다. 총알은 방탄유리를 뚫지 못할 것이 분명했지만 그래도. 왼쪽으로 치우쳐 쏜 탄환은 어차피 그녀에게 닿지 못했을 테지만 그래도. 혹시라도,

네가 너무 놀라서 쓰러지기라도 했을까 봐.

'대범한 건지 무딘 건지. 차에다 대고 총질을 했는데 겁도 없이.'

모르는 소리다. 그녀는 겁이 많고 예민하다. 용감한 척 과감하게 발을 딛고도 속으로는 갖은 생각으로 마음을 졸인다. 모순투성이. 그러니 멀쩡히 출근을 하고 형사의 면전에 모욕적인 말을 던지면서도 분명 겁을 냈을 것이다. 떨리는 속내를 숨기려 갖은 애를 썼을 것이다. 틀림없이 그랬을 것이다.

너는 그런 애니까.

요한이 감은 눈을 천천히 떴다. 불이 꺼진 아파트 내부는 방금 전보다 조금 더 어두워진 것 같았다. 해가 지는 모양이라 생각하며 젖혔던 고개를 바로 했다. 텔레비전 화면의 빛이 속눈썹 끝에 가루처럼 맺혔다. 반사광을 되쏘는 눈동자가 노르스름하게 반짝인다. 그는 사색하듯 느리게, 눈꺼풀을 한 차례 천천히 감았다 떴다.

'퍽이나 죽고 싶었던 모양이지.'

베런 콜린스는 당연히 그를 알아볼 것이다. 코너 비스트로의 주인이자 바텐더인 잭 알폰시 또한 그럴 것이다. 3년 전 그의 갈비뼈를 반쯤 부러뜨려 놓았던 다섯 명의 남자들 역시 마주친다면 금세 알아볼 가능성이 높다. 눈에 띄는 외모를 지닌 동양인으로 살아가는 것이 때로 성가시다는 걸 요한은 평생의 경험을 통해 체득했으므로 그 정도 예측은 전혀 어려운 것이 아니었다.

문제는 리오 비첼리오. 그도 나를 알고 있나. 거기에 대해 요한은 확신할 수 없었다.

비첼리오 조직에 대한 경찰의 정보를 모두 습득한 뒤 3년 전 상황을 대입해 보았다. 그토록 애지중지하던 여자에게 다른 남자가 생겼고, 그 사실을 비첼리오가 알았다면, 아직도 베런 콜린스가 제인의 곁에 있다는 것이 납득하기 어려웠다. 당시의 상황과 현재의 상태 모두를 설명할 가장 그럴듯한 가설은 그때의 모든 일이 콜린스 선에서 처리됐다는 것.

만약 그렇다면 비첼리오는 그를 알지 못할 가능성이 높다.

물론 그가 모든 것을 알고 있을 가능성 또한 요한은 계산에 넣는다. 후자라면 자신에게 주어진 시간은 훨씬 더 짧다는 것도.

'헤닝은 리오 비첼리오의 정부야.'

'저런 남자가 십 년 동안이나 좋다고 그러면 나 같아도 별로 탈출

하고 싶지 않을 것 같긴 해.'

'십 년 동안 집중하는 상대면 그건 정부가 아니죠, 연인이지.'

그가 소파에서 천천히 일어섰다. 윤곽이 선명한 목울대가 꿈틀댔다.

'헤닝의 어머니가 리오나르도 아버지의 정부였어.'

상념에서 달아나듯 방으로 향했다. 전등 스위치를 올리자 말끔한 방 안이 확 밝아졌다. 옷걸이에 걸린 검은색 수트로 다가가 표면을 한 차례 손으로 쓸어 본다. 협탁 위에 놓인 어깨걸이 홀스터. 한 쌍의 가죽 권총집에 꽂힌 두 자루의 무기. 차례로 눈길을 준 요한이 리볼버를 꺼냈다. 실린더를 열자 빼곡히 장전된 여섯 개의 탄환이 가지런했다.

'제인 헤닝, 곧 미세스 비첼리오 될 거 같던데.'

곧 알게 될 것이다. 수년간 그를 괴롭힌 모든 의문들은 조만간 그의 앞에 답을 가져올 것이다. 제 여자를 지켜 내지 못한 나약함에 복수하기 위해서라면 요한은 어떠한 대가도 치를 각오가 되어 있었다. 3년의 세월이 연기처럼 흩어져도 상관없다. 조직범죄수사과 2팀의 작전이 시작과 동시에 실패하더라도 얼마든지.

그 순간을 위해 목숨을 걸어야 한다면, 기꺼이.

철컥.

남자는 리볼버의 둥근 탄창을 능숙하게 닫았다. 미끈한 총신을 다시 홀스터에 꽂아 고정시킨다. 저녁때가 되었는데 입맛이 없었다. 잠이나 잘까. 전등을 끄고 침대에 눕자 창문을 통해 바깥 풍경이 눈에 들어왔다. 어스름 녘의 가을 하늘에 성급한 달이 돋아 있다. 반쪽이 지워진 달은 유난히 창백해 서글퍼 보였다.

마치, 오래된 울음을 참고 있는 것처럼.

오늘 밤도 요한은 잠을 이룰 수 없을 것 같았다.

❖

휴대전화가 울렸다. 크지 않은 볼륨인데도 벨 소리는 사무실 전체를 흔들었다. 제인은 랩톱 모니터에 시선을 둔 채 곁에 놓인 폴더 전화기를 열었다. 컴퓨터 화면에는 회계 차트가 떠 있다. 지난달에 판매한 그림들과 사들인 작품. 각각의 가격과 차액들. 여자의 눈이 엄격한 사감처럼 숫자들의 사이를 지났다.

"여보세요."

— 나야.

익숙한 남자 목소리. 제인은 그제 모니터에서 눈을 떼고 전화기를 고쳐 쥔다.

"응."

— 지금 그쪽으로 가고 있어.

"안 와도 된다니까."

— 끝나고 점심 같이 하지. 오 분 안에 도착할 거야.

"알았어요."

통화는 언제나 그렇듯 짧았다. 리오는 본래 말수가 적지만 전화를 통해서는 특히 말을 아낀다. 도청의 위험에 대해 처음으로 주의를 당부받은 것은 갓 회계 업무를 넘겨받은 즈음이었다. 민감한 내용에 대한 대화는 함께 있을 때 집 안에서만. 회계장부를 다루는 컴퓨터는 모뎀과 연결하지 말 것. 파일이 담긴 단 하나의 디스크는 금고 안에. 그 절대 조건의 사항들은 이제 제인에게도 오래 입은 옷처럼 익숙해졌다.

전화기를 달아 내려놓고 다시 모니터를 보았다. 차분하게 가라앉은 여자의 머릿속은 만 단위의 숫자들을 부풀리고 비틀 길을 찾고 있다. 그 또한 길이 잘 든 회로처럼 막힘없이 자연스러웠다.

미술품은 거대한 자금을 숨기는 가장 손쉬운 방법 중 하나다. 사이즈는 작고 가치는 크며 거래가의 범위 또한 대단히 유연하다. 뉴욕주에서는 재판매를 위해 매입하는 작품에 세금을 매기지 않으니 절세 효과까지 톡톡하며 갤러리 명의로 사들이는 작품들은 쓸데없는 의심도 피할 수 있다.

이토록 영악한 장치들에 제인은 아직까지도 이따금씩 감탄하는데, 리오가 저를 미대에 보낸 것도 계산된 투자였을 수 있다는 생각마저 들 정도였다. 그는 치밀한 남자니까. 감정의 통로가 막혀 버린 것처럼 냉철하고 침착한 사람이니까. 심지어 어제의 총격 사건에도 그는 놀라움을 드러내지 않았다. 내쫓기다시피 한 경찰관들이 기막힌 낯으로 사라진 직후 제인이 전화를 걸었을 때, 리오는 잠깐의 침묵 끝에 대답했을 뿐이었다.

'다치지 않았으면 됐어.'

베런이 총상을 입고 병원에 있다는 말을 듣고도 동요하지 않았다. 어느 병원이냐고 묻지도 않았다. 터무니없이 짧은 통화 직후 갤러리로 달려와 박살 난 유리창 앞을 지나면서도 그는 얼굴색 하나 변하지 않았다. 그저 두 눈과 양손으로 제인을 어루만져 살핀 다음, 사무실 창 너머 바글대는 기자와 방송용 차량들을 못마땅한 눈으로 훑었을 뿐. 그러나 또한 그토록 묵묵한 남자의 태도에서 그녀는 별수 없는 위안을 받았다.

정체를 알 수 없는 적과 눈앞에 몰려든 경찰들. 그 모두를 한꺼번에 상대하느라 기진해진 몸이 도리 없이 안심하는 것을 제인은 부인하지 않았다. 의지할 수 있는 유일한 사람, 든든한 공범의 존재는 외부의 적으로 인하여 더욱 크게 느껴졌다. 그녀의 경호를 맡을 사람을 그가 직접 확인하고 싶어 하는 것 또한 지극히 당연하다 생각될 만큼.

모니터 오른쪽 하단의 시계를 본다. 1시 10분 전. 약속 시간이 얼마 남지 않았다는 데 생각이 미칠 무렵 닫힌 입구 너머에서 누군가 문을 두드렸다.

똑똑.

"관장님."

귀에 익은 노크의 리듬과 문이 열리는 소리, 뒤이은 에이미의 음성까지 하나같이 예상한 대로.

"경호업체에서 보낸 분, 도착했습니다."

벌써. 예측과 미세하게 어긋난 스케줄이 희한하게 신경을 긁었다. 랩톱의 모니터를 아래로 접어 닫으며 자리에서 일어섰다. 시간은 여전히 1시 10분 전. 의식적으로 손목시계를 들여다본 후 고개를 들었다.

"일찍 오셨네요."

제인은 가볍게 책상을 짚고 일어서서 열린 문 쪽으로 시선을 주었다. 여느 때보다 묘하게 상기된 얼굴의 에이미를 지나 낯선 남자의 얼굴을 찾았다. 그리고,

시간이 멎었다.

심장이 얼어붙는 것 같았다. 순식간에 마비돼 아무것도 느껴지지 않았다. 말도 안 되는 광경이 의심스러워 눈꺼풀을 두어 번 연달아 깜빡였다. 그럼에도 장면은 바뀌지 않는다. 불과 몇 발짝 떨어진 곳에 서 있는 남자. 이쪽을 바라보는 얼굴. 천 개가 넘는 낮과 밤, 수없

이 보고 또 보아 그만 온몸에 새겨져 버린 얼굴.

나를 보는 너의 갈색 눈동자.

다시, 얼어붙은 심장이 미친 듯 뛴다.

한데 내던져진 것처럼 소름이 돋았다. 울음이 터질 듯 가슴이 먹먹했으나 눈물의 조짐과는 달랐다. 눈을 뜬 채 꿈을 꾸는가. 환영이 아닌 현실임을 온몸의 감각이 증명하는데도 제인은 차마 믿기지 않았다. 남자를 안내한 에이미가 사무실 밖으로 몸을 옮긴 뒤에도, 얌전히 문을 닫고 아래층으로 멀어진 뒤에도, 그녀는 사물처럼 제자리에 선 채 미동조차 하지 못했다.

닫힌 공간에는 남자와 여자만이 남아 서로를 본다.

무슨 말을 해야 할까. 너를 다시 만나면.

그런 상상을 천 번도 넘게 했다. 차마 버리지 못한 너의 사진들을 꺼낼 때마다. 혼자만의 시간, 깊이 숨겨 둔 비밀처럼 나를 보는 너와 몰래 눈을 맞출 동안. 웃고 있는 네게 가만히 말을 걸고, 대답 없이 웃는 너를 다만 눈부시게 바라보고, 카메라를 쥔 과거의 나를 미치도록 부러워하는 동안. 너를 다시 만난다면 나는 네게 무슨 말을 할 수 있을까 천 번도 넘게 묻고 또 물었다.

그럼에도 이 순간 제인은 아무런 말도 할 수가 없다.

3년을 넘어 4년으로 향하는 시간, 충분히 쌓았다 믿었던 시간의 탑이 한순간에 와르르 무너져 내렸다. 탑 꼭대기에 섰노라 자만하던 여자는 속수무책 저 바닥을 향해 추락했다. 메마른 과거의 땅에 털썩 몸이 닿는 순간 밀쳐 뒀던 기억들이 야수처럼 달려들었다. 무력하게 누운 여자는 그저 온몸을 물어뜯길밖에 도리가 없었다.

"너……."

간신히 달싹인 입술 새로 비집은 말은 신음과 별다르지 않았다. 얼마나 시간이 흘렀는지조차 제인은 자각할 수 없다. 아무것도 느껴지지 않는다. 해독할 수 없는 표정으로 선, 지척에서 저를 보고 선 남자 외에는 아무것도.

똑똑.

그때 닫힌 출입문이 다시 울었다. 제인은 경계하듯 눈길을 돌리는 남자를 본다. 정신이 번쩍 든 것은 그와 거의 동시였다. 저도 모르게 책상 앞쪽으로 박차고 나왔다. 문이 열리는 것을 막아야 한다는 생각뿐이었으나 결국 해낼 수 없음을 그녀는 또한 알고 있었다. 머릿속이 촛농처럼 하얗게 굳어졌다.

안 돼.

"관장님, 비첼리오 씨 오셨어요."

문이 열리고 에이미의 웃는 얼굴이 등장할 때까지도 제인은 필사적으로 걸음을 옮기고 있었다. 폭이 좁은 스커트와 불편한 하이힐이 원망스러워 소리라도 지르고 싶은 심정이었다. 사무실 출입문이 완전히 열리고, 직원이 곁으로 물러서고, 훤하게 드러난 입구를 통과해 리오가 들어오는 장면이 그녀의 눈에는 세상의 종말 같았다.

안 돼.

막아 내지 못한 남자 앞에 우뚝 멈춰 섰다. 제게 짧게 눈길을 준 리오가 가까이 선 남자를 향해 고개 돌리는 광경을 그녀는 차마 보지 못했다. 너른 사무실 안, 입구 쪽에 몰려 선 세 명의 남녀를 문밖에 선 에이미가 이채롭게 바라본다.

곧 문이 닫히고,

"약속은 한 시였던 걸로 아는데."

빨리 도착했군. 중얼거리는 음성에 제인이 고개를 들었다. 아무렇지 않은 얼굴로 리오가 다가왔다. 여느 때처럼 허리에 손이 감기더니 입술이 가볍게 닿았다 떨어진다. 일상적인 입맞춤이 섬광처럼 지난 후에도 제인은 멍한 머릿속을 수습해 내지 못했다. 리오는 미련 없이 그녀를 놓아준 다음 남자 쪽으로 다가갔다. 검은색 수트 차림의 동양인 남자. 저를 똑바로 바라보는 남자와 지그시 눈을 맞추며 손에 든 파일을 건네받았다. 이력서를 넘기는 손길은 침착했다.

"요한, 리."

제인이 다시 숨을 멈춘다. 그의 입술이 발음하는 이름이 칼날처럼 귓속을 쑤셨다. 협소한 삼각을 이루고 선 세 남녀 사이에 숨죽인 긴장이 흘렀다.

"재밌네(Interesting)."

서류를 훑으며 리오가 중얼거렸다. 이력을 꼼꼼히 살핀 다음 다시 눈을 들었을 때 요한은 여전히 그의 눈을 보고 있었다. 언뜻 도발적인 그 시선을 비껴리오는 피하지 않았다. 두 남자의 거리는 불과 두 발짝. 충분히 서로의 목을 조를 수 있는 거리다.

"존이 아니라, 요한."

요한은 저를 향한 남자의 눈빛을 탐색하듯 살폈다. 그를 향한 놀라움과 적개심은 저 깊숙이 감춘 채로. 리오나르도의 눈길은 분명 날카로웠으나 그것뿐이었다. 고용을 염두에 둔 경호원을 가늠하는 저울질, 그 이상의 의도나 감정은 요한의 눈에 보이지 않았다.

"네이비씰 출신이군."

"자대 배치는 못 받았습니다."

"기본 훈련만 마쳐도 충분하지. 해군은 특히 어렵다고 들었는데."

내 수행원은 육군 특전단 출신이라. 덧붙이는 말투에서 요한은 숨기지 않는 호의를 보았다.

"경력이 일 년 넘었는데, 쭉 이 회사에 있었나."

"예. 제대한 직후부터 근무 중입니다."

"흠."

한 페이지짜리 간략한 이력서는 일목요연했다. 리오는 더 볼 것도 없다는 듯 파일을 덮어 돌려주었다.

"어제 있었던 일은 회사에서 들었을 테고."

"들었습니다. 유감입니다(I'm sorry)."

이력서를 돌려받으며 요한은 다시 상대와 눈을 맞췄다. 장신임을 알고는 있었지만 반 뼘쯤 높이 있는 상대의 시선이 별수 없이 불쾌했다. 그 모든 감정들을 천연덕스레 숨겨 내며 그는 결론 내렸다.

비첼리오는 나를 모른다.

"확실한 사람으로 보내 준다더니 빈말이 아니었군."

그는 또한 만족한다.

"차 수리 끝났을 텐데 가서 찾아와요. 알겠지만 당장 공석이라."

요한은 끝까지 남자만을 보았다. 제인 쪽으로는 눈길조차 주지 않았다. 저를 마주 보는 상대의 느른한 시선. 경관은 무사히 잠입에 성공했음을 확신했다.

"예, 알겠습니다(Yes, Sir)."

보일 듯 말 듯 고개를 끄덕인 다음 리오가 여자 쪽으로 돌아섰다. 나가지. 짧고도 다정스러운 남자의 음성. 바닥을 디딘 여자의 하이힐 소리가 또각 울리자 요한은 즉각 몸을 돌려 사무실 문을 열었다. 갓 고용된 수행원의 자세로는 나무랄 데 없는 동작으로.

제인은 아무 말도 하지 않았다. 입술을 꼭 다문 채 남자와 나란히 입구를 통과했을 뿐. 짧은 순간 여자의 시선이 제게 닿은 것을 느꼈으나 요한은 두 눈을 내리깐 채 응하지 않았다. 두 남녀의 뒷모습이 짧은 복도를 지나 1층으로 꺾인 층계 아래로 사라질 때까지 그는 같은 자리에 바위처럼 서 있었다.

문고리를 쥔 손에 하얗게 힘이 들어간다.

바깥에서 자동차 멀어지는 소리가 희미해졌다. 요한은 그제야 제인에게 한마디도 건네지 못했다는 사실을 떠올렸다. 저를 바라보던 여자의 눈빛. 숨김없이 흔들리던 까만 눈동자. 그 눈을 마주하는 순간 머릿속이 마비돼 아무것도 생각나지 않았다. 3년 만의 재회는 숨 막히도록 긴박했고 신기루처럼 짧았다. 아직도 미처 다 실감이 나지 않을 만큼.

더불어 그는 냉정해지려 애를 쓴다. 비첼리오는 그를 받아들였고 잠입은 성공했으며 각오했던 것보다 넉넉한 시간을 확보할 수 있게 됐다. 보다 천천히, 좀 더 나은 방법을 모색할 틈이 주어졌다. 요한은 비스듬히 떨구었던 시선을 정면으로 들었다. 눈부시게 하얀 셔츠 깃 위로 깎은 듯한 얼굴. 두 자루의 권총을 품은 남자의 표정이 침착했다.

작전은 이제부터 시작이다.

깨끗하게 닦인 유리창은 파란 물감을 엎어 놓은 것 같았다. 양옆으로 휘 늘어진 크림색 커튼과 흰색 창틀에 오래된 때가 묻었으나 결벽적으로 말끔한 것보다 오히려 편안해 보인다. 베런은 창 쪽으로 고개를 돌린 채 입술을 뗐다.

"멀쩡한 거 봤으면 가 봐."

"멀쩡? 어깨에 총구멍 뚫린 게 멀쩡한 거야?"

침대맡에 팔짱을 끼고 앉은 리즈가 콧김을 뿜었다. 병실에는 파티션을 사이에 두고 두 개의 침대가 놓여 있다. 옆 침대를 차지한 노인 환자는 아내의 부축을 받아 가며 휠체어에 올라 산책을 나가고 없었다. 호기심 어린 눈으로 리즈를 힐끔대던 노파는 두 사람의 관계가 몹시 궁금한 눈치였으나, 베런은 못 본 척했고 리즈는 그들과 눈조차 마주치지 않았다.

"걔들은 어떻게 한 번 와 보질 않냐. 총알받이로 부려 놓고 양심도 없지."

아, 양심 같은 걸 기대하면 안 되는 애들이지. 불퉁하게 중얼대 봐도 반응이 없다. 리즈는 창 쪽으로 고개를 돌린 남자를 일방적으로 바라보았다. 몸에 걸친 환자복을 보자 다시금 열이 솟구쳤다.

"우리 그냥 작전 들어가면 안 돼?"

대꾸 없는 남자의 뒤통수에 대고 여자는 꿋꿋이 말을 이었다. 들어가서 뒤지면 되잖아. 그 여자 아파트에 있을 거 아냐, 회계 자료. 노골적인 어휘들을 아무렇지도 않게 내뱉는 태도가 드디어 베런의 신경을 건드린다. 느리지 않게 고개를 돌려 제 쪽을 보는 남자의 눈동자. 그 차가운 시선을 리즈는 못마땅한 얼굴로 되받았다.

"수색영장 받아 와."

여자가 맥없이 쓴웃음을 터뜨렸다. 처음 듣는 말은 아니었다. 지금껏 저 말은 수도 없이 들었으며 그때마다 정말이지 앞뒤가 꽉 막혀서 손톱 들어갈 틈도 없는 사람이라고 리즈는 개탄했다.

절차를 위반해 수집한 증거라도 혐의만 확실하면 연방법원은 눈감아 주는 경우가 많다. 저도 알고 있는 관례를 이 남자가 모를 리 없으니 더욱 갑갑한 것이다. 편법 좀 쓰면 어때서. 원칙 좀 무시하면 어때서. 그렇게 우직하게 충심만 바치면 헤닝과 비첼리오가 감화되어 회개라도 한단 말인가. 저들 손으로 증거물을 바치고 순순히 수갑에 묶여 법정에 서기라도 할까 봐? 그녀는 밀어닥친 분기를 참지 못했다.

"빌어먹을, 그렇게 일일이 따져 가면서 어느 세월에 체포하고 기소해? 걔들은 뭣같이 아는 법 쪼가리를 왜 우리만 지켜야 하냐고?"

"크루거."

"선배는 작전 들어가기 싫은 거야? 계속 거기 있고 싶어? 십 년 채울 거야?"

"목소리 낮춰."

두 남녀의 시선이 공중에서 부딪혔다. 날카로운 눈길이 한 쌍의 날처럼 서로를 긁고, 리즈는 입을 다문 채 원망스런 눈으로 남자를 보았다.

벌써 8년째다. 8년간 연방수사국은 비첼리오 패밀리를 비롯해 뉴욕 시내 범죄 조직들의 상태와 동향에 관한 정보를 빨아들이듯 수집했다. 밖에서 엿보는 것만으로는 절대 얻을 수 없는 귀중한 자산들. 그 모든 것이 베런 콜린스의 인내력과 위장술과 사명감 덕분이라는 것을 리즈를 비롯한 모두가 잘 알고 있다. 그녀를 조급하게 만드는 것도 바로 그 지점이었다.

이제 조금만, 결정적인 한 건만 해 주면 마피아 조직 하나를 박살낼 수 있는데. 억 단위의 자금을 굴리며 보란 듯이 활개치는 가증스런 집단을 한꺼번에 잡아넣을 수 있는데. 훌륭히 활약해 온 비밀 요원이 마지막 관문 앞에서 수년간 맥을 못 추는 것에 대해 리즈는 언제부턴가 불안해지고 있었다.

제인 헤닝. 이 남자가 철벽처럼 지키고 있는, 아니, 지키는 시늉을 하고 있는 그 여자를 인식할 때면 더더욱.

"설마 무슨, 뭐 걔네랑 진짜 한패라도 된 것 같아?"

모욕적인 말을 뒤집어쓰고도 베런은 불쾌한 빛을 내비치지 않았다. 오히려 상대의 의도를 거꾸로 읽어 내듯 여자의 눈빛과 표정을 냉랭하게 뜯어본다. 의심과 탐색이 몸에 배어 버린 남자. 리즈는 독한 연기를 삼킨 듯 갈비뼈 안쪽이 갑갑해졌다.

"누굴 것 같아."

"뭐가."

"헤닝을 공격한 사람. 짐작 가는 데 없냐고."

질문에 내심 긴장했던 리즈는 맥이 탁 풀렸다. 헤닝을 공격한 사람. 더불어 그걸 묻는 남자의 진지한 눈길에 또다시 화가 났다. 공격 대상은 그 여자가 아니라 당신이었다는 말이 혀끝까지 기어 나왔다. 당신 본부에서도 동의했다고. 차장은 저격수에게 행운까지 빌어 줬으며 그 빌어먹을 축복이 이렇게나 맞아떨어졌다고. 아무것도 모르면서 남의 걱정이나 하고 앉아 있다. 몸에는 총구멍까지 뚫린 주제에.

등신처럼.

"그걸 내가 어떻게 알아."

퉁명스레 쏘아붙이며 자리에서 일어섰다. 더 있다간 말을 참지 못할 것 같으니 이쯤 퇴장해야 한다는 판단이었다. 그녀는 자신의 다혈질에 대해 제법 잘 알고 있다.

"몸이나 잘 챙겨."

"다시 오지 마."

"걱정 마, 오래도 안 올 거니까."

쇳소리가 섞인 대꾸를 남겨 두고 여자는 쿵쾅거리며 병실 밖으로 나갔다. 신경질적인 발소리와 달리 얌전히 닫힌 병실 문은 아무런 소음도 내지 않았다. 방문객이 사라지고 실내의 공기는 다시금 잔잔히 가라앉았다. 사방을 떠다니는 알코올과 소독약 냄새. 보이지 않는 그 입자들을 들이마시며 베런은 다시 창 쪽으로 고개를 돌렸다.

'걔들은 어떻게 한 번 와 보질 않냐.'

수술을 마치고 마취에서 깨어났을 때 곁에는 아무도 없었다. 만 하루 동안 그의 병상을 들여다본 사람은 의사와 간호사뿐이었고, 방금 전 연락도 없이 찾아와 10분 만에 쫓기듯 가 버린 리즈가 유일한 방문객이다. 리오는 어젯밤 전화를 걸어 와 짧게 안부를 물었다. 제인에게선 지금껏 아무런 연락도 없다.

그러나 이제 겨우 만 하루, 하루가 지났을 뿐. 베런은 우스운 생각을 끊어 내듯 눈꺼풀을 한 차례 감았다 떴다.

오른쪽 어깨의 총상은 완전 회복이 가능한 상처라고 의사는 설명했다. 석 달에서 반년이면 손상된 신경까지 완벽히 돌아온다는 말에 그는 한숨을 삼켰다. 석 달에서 반년. 그렇게나 허비할 시간이 지금 베런에게는 없다.

그는 이어 생각했다. 어제의 총격은 명백히 위협이다. 누군가의 목숨을 노렸다면 한 발의 총격으로도 충분히 처치할 수 있었다. 상대가 원한 것은 벽력같은 공포와 나아가 베런 콜린스의 부상. 마취에서 깨어나 무겁던 정신이 맑아진 직후부터 그는 생각과 추리를 쉬지 않았으나 해답은 좀처럼 보이지 않았다.

세 발의 총격. 한 개의 총상. 그러나 도대체 누가. 왜.

그때 병실 문이 열리는 소리가 들렸다. 베런은 저도 모르게 그쪽으로 고개를 돌린다. 산책을 마치고 돌아온 노부부가 슬쩍 웃어 보였다. 여자분은 벌써 갔나 보네요. 노파가 살갑게 말을 붙였으나 그는 짤막히 대꾸했을 뿐 빈틈을 주지 않았다.

대신 선반 쪽을 힐끗 쳐다본다. 꽃 한 다발 없이 썰렁한 침대맡에 놓인, 전원이 들어온 휴대전화는 여전히 숨죽인 채 잠잠하기만 했다.

❖

아무런 맛이 느껴지지 않았다. 새빨간 토마토소스와 매끄러운 파스타, 연초록의 여린 잎 샐러드와 새까만 올리브 슬라이스. 싱싱한 색채의 음식물을 부지런히 입에 넣고 씹고 삼키는데도 제인은 스스로 무엇을 먹고 있는지조차 인지하지 못했다.

마주 앉아 같은 음식을 먹는 남자를 바라보았다. 포크와 스푼으로 파스타를 감아 올리는 손놀림은 깔끔하고 느긋하기 그지없다. 눈이 마주쳤을 때 리오는 오히려 되묻듯 물끄러미 바라봐 그녀를 당혹케 했다. 고요한 눈동자에선 평소와 한 치의 다름도 찾아볼 수 없었다.

'그가 다 알고 있어.'

그래서 제인은 몹시 혼란했다. 3년 전 그 날, 희게 질려 있던 베런의 얼굴과 다급한 말들을 몇 번이고 떠올렸다. 그럴수록 생각의 타래는 더욱 단단히 엉켜들었다.

'상황이 대단히 안 좋아. 우리 셋 다 죽을 수도 있어.'

베런은 분명 그렇게 말했다. 요한의 정체를 알아내고 가족을 위협한 것이 이 사람이라고 했다. 그가 다 알고 있다고, 모든 것을 다 알고 있으니 그를 막으라고, 그의 집으로 들어가 그가 원하는 대로 하라고. 폭발한 분노가 화염이 되어 누군가의 목숨을 삼키기 전에. 그런데 왜 정작 그는,

'존이 아니라, 요한.'

그토록 한가로운 감상만을 내비쳤나.

입 안에서 부서지는 음식물은 여전히 아무 맛도 나지 않았다. 천연덕스레 식사를 이어 가면서도 제인은 그저 체하지 않기만을 기원했다. 소호 골목에 위치한 레스토랑은 평일 점심시간에도 제법 붐볐다. 타인들이 나누는 대화와 웃음, 평화로운 일상에 그녀는 청력을 모았다. 엿듣기에 집중한 덕인지 팽팽하던 신경이 조금 이완됐다.

"오후 일정 없으면 같이 가."

못지않게 유유한 일상의 모습으로 리오가 말했다. 그는 고개를 들어 저를 보는 여자와 눈을 맞추고, 대꾸가 없자 느긋이 부연한다.

"병원 말이야."

아아. 제인은 뒤늦게 신음처럼 대꾸했다. 베런이 오른쪽 어깨에 총상을 입었고 탄환 제거 수술은 성공적이었으며 다음 주쯤 퇴원해 서너 달이면 회복할 거라는 말은 이미 전해 들었다. 총격이 벌어진 어제 그녀는 리오의 집으로 퇴근했다. 탱크 같은 최신형 롤스로이스를 타고서. 어깨가 부서진 기사는 병원에 있고 후면 유리가 박살 난 세단은 수리 중이었으므로 브루클린행은 자연스러웠다.

리오가 환자와 짧은 전화 통화를 나눌 동안에도 제인은 곁에 있었다. 큰 부상이 아니라는 말을 듣고 속으로 몹시 안도했으나 표현하지는 않았다. 베런에게 필요 이상으로 박하게 구는 것은 이미 습관으로 굳어졌는데, 특히 리오의 시야 안에서는 더더욱 멀찍이 거리를 뒀다. 정말이지 별 미친 걱정을 다 한다. 스스로 핀잔을 주면서도 의식적인 간격은 한 뼘도 좁아지지 않았다.

"병원, 가 봐야지. 가요. ……가 봐야지."

제인에게 베런 콜린스는 벽 같은 남자다. 완벽히 불투명한, 매끄럽고 검은 벽.

호수처럼 새파란 눈동자와 밀밭 같은 금발을 지녔으며 오렌지 빛깔의 시트러스 향이 두드러지는 향수를 쓰는데도 그의 색채가 검은 것은 신체의 일부 같은 검은색 수트 때문만은 아니라고 그녀는 생각했다. 냉랭한 시선과 무감한 표정, 10년 가까이 놀랍도록 한결같은 그 태도에서 제인은 견고한 불투명성을 본다. 안쪽에 든 것이 전혀 들여다보이지 않는, 온기를 느낄 수 없는 검고도 매끈한 벽.

'그가 다 알고 있어.'

그래서 더더욱 확신할 수 없었다. 그때 희게 질린 얼굴이 과연 진실이었는지. 초조하게 움직이던 눈동자가 거짓은 아니었는지. 그때, 겁에 질린 여자를 교활하고도 잔인하게 속인 것은 아니었는지.

베런은 리오가 요한을 알고 있다고 했다. 그러나 리오는 요한을 모르는 것 같았다. 그러므로 둘 중 한 사람이 거짓말을 하는 것은 분명하다. 회상과 추측을 거듭할수록 의심의 무게 추는 베런 쪽으로 기울었다. 요한을 대하던 리오의 태도는 완벽하고도 자연스러웠으며, 아무리 생각해도 제인은 이 모든 상황을 설명할 만한 그 어떤 그럴듯한 복선도 찾아낼 수 없었다.

'죽여 버리기 전에.'

3년 전의 그를 기억한다. 시간이 흘렀다 하여 흔적까지 사라질 감정이 아니었다. 제 몸 위로 쏟아지던 남자의 분노를 제인은 떠올렸다. 그때의 감각이 생생히 되살아나자 확신은 더욱 단단해졌다.

리오는 그를 모른다.

"몸은 좀 어때."

그래서 제인은 베런을 똑바로 쳐다보기가 어려웠다. 소독약 냄새가 먼지처럼 부유하는 입원실에서, 색이 바랜 면 침구가 깔린 침대에 기대앉은 환자복 차림의 남자가 어색해서 때문만은 아니었다. 자신을 속인 것에 화가 나서도 아니었다. 저 대신 총상을 입은 것이 죄스러워서는 더더욱 아니었다.

여기까지 생각이 미쳤을 때 그녀는 묵직한 가책을 느꼈다.

"보시다시피 괜찮습니다."

"이참에 회복될 때까지 푹 쉬어. 그동안 쉬지도 못했는데."

"한 달이면 움직일 만해질 겁니다. 말씀드렸지만."

"무리할 필요 없다니까."

"새 수행원은, 구하셨습니까."

침대 곁에 앉은 제인이 별수 없이 굳어졌다. 병원에 도착한 이후 그녀는 줄곧 두 남자의 대화를 묵묵히 듣고만 있다. 솔직한 심정으로는 여기 오고 싶지 않았다. 오늘 고용한 수행 기사에 대한 이야기가 틀림없이 나올 테니까. 혹여나 그의 이름이 튀어나올까 미친 듯이 가슴을 졸여야 할 테니까. 자세한 이야기는 말아 주길, 제발 다른 화제로 넘어가 주길, 그녀는 기도하는 심정으로 다문 입술에 힘을 주었다.

"구했어."

제인은 눈앞 아주 가까이 있는, 환자용 침대의 금속 레버만을 뚫어져라 쳐다봤다. 침대 위의 남자가 제 쪽으로 시선을 돌렸단 확신이 들었으나 올려다보지 않았다. 다만 옆에 선 리오에게 온 정신을 집중한다.

"걱정 안 해도 될 것 같더군."

리오의 감상은 짧고도 확실했다. 베런은 다시 입을 열지 않았고 새 수행원에 대한 이야기도 거기까지였다. 까끌대는 침묵이 어쩐지 불편하게 이어졌다. 고맙게도. 제인은 비로소 안도했다.

"퇴원은 다음 주라고 했지?"

그제야 고개를 들어 환자에게 말을 걸었다. 침착히 이쪽을 내려다보는 푸른 눈동자를 제인은 최대한 곧게 응시하려 애썼다.

"예."

"너무 서두르는 거 아냐?"

"병원에서 더 해 줄 수 있는 것도 없습니다."

"그렇지만, 한 달쯤 있다 천천히 퇴원해도 될 텐데."

제법 살뜰한 척 말을 건네며 베런의 시선을 견뎌 냈다. 할 수만 있다면 한 달이 아니라 그 이상 있어 주기를 바랐다. 최대한 오래, 여기, 그 줄무늬 환자복을 입고 죄수처럼 갇혀 주기를. 저로 인해 생살에 구멍이 뚫린 남자를 두고 거리낌 없이 이기적인 계산을 하며 제인은 약간의 죄의식을 느꼈으나, 그럼에도 끝까지 종용을 포기하지 않았다.

"완전히 나을 때까진 의사가 곁에서 봐 주는 게 낫지 않나."

중얼대는 여자를 베런은 알 수 없는 눈길로 바라만 본다. 예의 그 보일 듯 말 듯 한 비웃음은 찾아볼 수 없었다. 고양이 쥐 생각해 주십니다, 정중한 말투로 비아냥대지도 않았다. 리오의 앞에서 어색하리만치 거리를 두는 것은 그 또한 마찬가지였다.

"넉넉히 쉬어. 병원이든 집이든, 편할 대로."

명령 같은 리오의 말을 끝으로 문병은 마무리되었다. 제인은 기다렸다는 듯 불편한 의자에서 일어섰다. 병상 위에 덩그러니 남은 남자로부터 등을 돌리며 곁에 놓인 꽃다발에 시선을 주었다. 아무렇게나 골라 집느라 무슨 꽃인지도 몰랐던 그 다발은 철제 협탁 위에 누워 있다. 저대로 두면 시들어 버릴 텐데. 마음에 걸렸으나 오래 머뭇거리지는 않았다.

"가족은 없어?"

병원을 벗어난 후에야 제인은 차 안에서 입을 열었다. 이쪽을 향해 고개를 돌리는 남자는 여태 그것도 몰랐냐는 표정이다.

"콜린스도 여기서 나고 자랐어. 물론 가족과 함께."

"그럼 가족들도 맨해튼에 있어?"

"롱아일랜드로 옮겨 갔다고 하더군."

"아. 멀지 않구나. 왔다 갔겠네."

"글쎄."

리오가 잠깐 틈을 두었다 말을 이었다.

"가족들이 연을 끊었다던데."

수감됐다 나온 이후로. 짧게 부연하는 남자의 목소리가 아무렇지도 않게 들렸다. 제인이 더 이상 이어 갈 말을 찾지 못함으로써 빈약한 대화는 끝났다. 꽃병에 꽂아 줄 사람이 없으니 꽃다발은 금세 시들어 버릴 것이다. 가엾다는 생각이 들었으나, 가여운 대상이 가족에게 버림받은 남자인지 죽음을 앞둔 꽃인지 아니면 둘 다인지 미처 구분하기도 전에, 제인은 방금 보았던 병실의 풍경을 까맣게 잊고 말았다.

저만치 보이는 갤러리 입구에 눈에 익은 세단이 준마처럼 서 있었다.

또다시 가슴이 덜컥 주저앉더니 박동이 귓전에서 쿵쿵 울렸다. 그녀는 저도 모르게 운전석 쪽을 눈으로 살폈다. 롤스로이스는 부드럽게 다가가고, 메르세데스 운전석에 앉은 남자의 옆얼굴이 스치듯 가까이 시야에 밟혔다.

"오늘,"

입을 연 것은 다분히 충동적이었다. 말끔해진 여자의 차에 시선을 주던 리오가 이쪽으로 고개를 돌렸다. 제인은 그의 시선을 붙잡은 채 말을 이었다.

"끝나고 집으로 갈게."

말을 맺고 나서야 그녀는 자신의 의도를 깨닫는다. 그리고 남자의 반응을 샅샅이 살피려 정신을 집중했다. 물끄러미 여자를 응시하며 리오는 아주 잠깐의 틈을 두었고, 이내 흔쾌히 고개를 끄덕였다.

"그래."

롤스로이스가 멈춰 섰다. 수행원이 즉각 내려 뒷좌석 왼쪽 문을 열었다. 여자가 차에서 내려선 것과 거의 동시에 메르세데스 운전석 문이 열렸다. 제인은 빨라지는 박동을 숨기려 도도하게 눈을 내리깔았다.

저만치 가까이, 눈앞에 선 남자는 여전히 거짓말 같았다.

말없이 그의 곁을 스쳐 갤러리 입구로 향했다. 절반쯤의 신경은 등 뒤의 자동차에 쏠려 둔 채로. 차가 멀어지는 기척에 안도했다가, 빠르게 다가와 문을 열어 주는 남자에 다시 긴장한다. 제인은 요한이 제게 말을 걸 것을 겁내 하듯 또각또각 걸음을 서둘러 안으로 들어갔다. 그러는 동안에도 바짝 다가온 남자의 체향. 콧속으로 밀려드는 향수 냄새에 저도 모르게 온 감각이 몰려 버렸다.

"오셨어요."

리셉션 데스크를 지키던 에이미가 앉은 채로 관장을 반겼다. 제인은 멈춰 서는 대신 짧은 눈 맞춤으로 인사를 대신했다. 에이미의 눈길이 뒤쪽의 남자에게 향하는 것을 그녀는 어렵지 않게 포착했다. 호기심과 호감이 보기 좋게 뒤섞인 시선은 온기가 느껴졌으며 또한 자연스럽다.

"빨리 왔네요, 요한."

수리 센터를 잘 찾았나 봐요. 에이미는 남자에게도 인사를 건넸다. 리가 아니라 요한. 고작 두 시간 전쯤 처음 만난 사이에 호칭이 퍽 친근하다. 함께 일할 동료라는 확신과 환심이 깔린 그녀의 태도가 제인은 거슬렸다. 우뚝 걸음을 멈추고 뒤쪽으로 몸을 돌렸다. 데스크를 사이에 두고 안쪽에 앉은 여자와 바깥에 선 남자. 그쪽을 향하여 또렷한 발음으로 입을 열었다.

"미스터 리."

순간 주변 공기가 미묘하게 얼어붙었다. 입을 다문 에이미가 눈치를 살피고, 그가 미처 대답하기 앞서 제인은 내처 말을 이었다. 경직된 말투에 숨길 수 없는 냉기가 푸르게 서렸다.

"잠깐 올라와요."

본인의 귀에도 심술궂기 짝이 없는 어조였다. 제인은 발뒤축에 힘을 주어 바닥을 디디며 층계를 올랐다. 또각또각. 석재 타일에 하이힐 굽이 리드미컬하게 부딪히는 소리를 들으며 입술을 깨물었다.

당장 보내야 한다. 여기 둘 수는 없다. 그를 여기 두다니. 말도 안되는 소리.

사무실 문을 열고 안으로 걸어 들어가 곧장 책상으로 향했다. 크림색 가죽을 씌운, 등받이가 높은 사무 의자에 앉았다. 모던한 디자인의 책상 뒤로 몸을 숨긴 여자는 열어 둔 문 쪽을 초조하게 바라보았다. 곧 그가 뒤따라 들어오고, 출입문을 딸깍 소리 나도록 확실히 닫고, 다시 이쪽으로 서너 발짝 다가와 섰을 때. 드디어 정면으로 눈이 마주쳤을 때,

제인은 다시 한번 숨 쉬는 것을 잊었다.

요한은 달랐다. 사진과 기억 속에 박제된 모습과 같지 않았다. 타이로 목을 조인 하얀 셔츠와 검은색 수트, 반짝이는 구두부터가 그랬다. 정돈된 머리카락과 완전히 드러난 이마, 눈에 띄게 든든한 상체도 마치 다른 사람 같았다. 그는 과거에도 지금도 아름다운 체형을

지니고 있으나 눈앞의 남자는 그녀가 알던 모습이 아니다.

그중 가장 이질적인 것은 이쪽을 보는 시선.

깊어진 눈빛. 웃지 않는 입매. 딱딱한 눈길. 화가 난 것 같기도, 그녀 따위는 전연 신경 쓰지 않는 것 같기도 한 냉담한 표정.

냉담한 시선.

그리하여 제인은 스스로 먼저 시작해야 함을 알았다.

"뭐 하는 거야."

첫마디는 의도한 것보다도 호전적으로 들렸다. 3년 만에 처음 건네는 말의 꼬락서니라니, 그녀는 서글프게 자조한다. 아울러 도도한 표정을 지키기 위해 최선을 다했다. 뭐 하는 거야. 대단히 어려운 질문을 받은 것처럼 요한은 잠시 허공으로 시선을 옮겼다. 곱씹듯 한동안 입술을 열지 않았으나 공백은 오래가지 않았다.

"보다시피,"

막상 그가 입을 떼자 제인은 긴장했다. 허공 어느 지점에 머물던 시선이 이내 이쪽으로 돌아온다. 두 남녀의 눈길은 다시 맞물렸다.

"취직?"

말끝을 올리는 남자는 웃지 않았다. 흡사 농담처럼 들리는 그 가벼운 대답은 묵직한 눈빛으로 인하여 더욱 기괴하다. 취직. 취직이라니. 제인은 당연히 웃지 않았다.

"그만둬."

제발. 그녀는 속으로 되뇌었다. 이 모든 것이 우연이든 아니든 동기 따위는 관심사가 아니다. 그가 무슨 생각으로 여기 서 있는지도 알고 싶지 않았다. 이 미친 짓을 어떻게든 멈춰야 한다는 사실만이 절실했다. 그러니 여기서 그만둬. 간절한 속내를 드러내지 않으려 제인은 계속해서 두 눈에 힘을 준다.

그러나 소리 없는 그녀의 애원을 요한은 들어주지 않았다.

"그의 뜻이야?"

"……뭐?"

"결정권은 그쪽에 있는 것 같던데."

입술이 석고처럼 굳어졌다. 제인은 아무런 말도 할 수 없었다. 그. 요한의 입에서 나온 삼인칭 대명사가 온몸을 난도질하는 것 같았다. 무너지는 마음을 들키지 않기 위해 안간힘을 썼다. 그러는 동안에도 흔들림 없이 저를 응시하는 시선. 냉담한 시선. 그것만으로도 모든 것은 이미 지독히도 버겁다.

"말씀 끝나셨으면 나가 보겠습니다."

대답을 충분히 기다린 후 그가 말했다.

"관장님(Ms. Henning)."

망설임 없이 몸을 돌리는 남자를 제인은 하릴없이 지켜보았다. 떨리는 두 무릎을 책상 안쪽에 숨긴 채로. 요한은 출입문을 향해 걸으며 문고리로 팔을 뻗었다. 부드럽게 문을 열고 밖으로 몸을 옮긴 다음 최대한 소리 죽여 문을 닫는다. 제인은 끝내 입을 열지 못했고 요한은 끝까지 고개를 돌리지 않았다. 더할 수 없이 명확한 의사전달이었다.

그는 그만둘 생각이 없다.

"하아……."

사무실에 홀로 남은 여자가 떨리는 숨을 몰아쉬었다. 혹여 문밖으로 사라진 남자의 귀에 닿을까 그마저 서둘러 소리를 죽였다. 머릿속이 뒤죽박죽 쓰레기 더미 같았다. 미친 짓이다. 미친 짓이야. 대체 무슨 생각으로. 너는. 왜. 불가해한 상황의 한복판에서 제인은 좀처럼 방향을 가늠할 수 없었다.

이제 어떻게 해야 하나.

팔다리에서 힘이 쭉 빠져나갔다. 안정적으로 몸을 지탱하는 의자가 다행스러웠다. 사무용 책상 뒤에 앉은 채 정면에 걸린 120호짜리 추상화를 멍하니 바라본다. 분방한 색채의 물감이 눈앞에서 뱀처럼 꿈틀댔다.

이제 어떻게 해야 하나. 제인은 귓전에서 날뛰는 박동을 잠재우기 위해 그로부터 다시 한참의 시간을 흘려보냈다.

무인 경비 시스템으로 돌아가던 갤러리 W에는 이제 두 명의 경비원이 상주하게 됐다. 업체에서 파견한 경비경호팀은 요한을 포함해 세 명. 유일한 직원인 에이미의 도움으로 그들은 하루 만에 갤러리 구조를 파악하고 사각지대를 없앴다. 새로운 감시 카메라가 설치됐고 방범 조명이 추가됐다. 관장의 출퇴근 시간에 맞춰 오전 9시부터 오후 6시까지 세 명의 팀원 전원이 내부에 머물 거란 말에 에이미는 조금 긴장한 표정을 지었다.

요한은 경비실 안에 선 채 폐쇄회로 화면을 본다. 갤러리의 구조는 단순했다. 감시 카메라가 닿지 않는 곳은 이제 지하와 2층의 관장실 내부뿐이다. 사무실로 향하는 통로와 입구도 위쪽에서 직선으로 비추도록 카메라 렌즈가 설치됐다. 굳게 닫힌 문. 움직임이 전혀 없어 마치 사진 같은 그 화면을 요한은 뚫어지게 응시했다.

그러나 눈앞에는 몇 개의 장면들이 계속하여 되풀이된다. 자연스레 입 맞추던 모습. 허리를 감던 손길. 몸에 밴 매너와 에스코트.

제인을 대하는 비첼리오의 행동에 과시는 없었다. 요한이 본 것은 오히려 강고한 확신이었다. 너무나도 당연해 아무렇지 않아진, 제 것이 틀림없다는 자신. 확신하는 대상을 타인 앞에 과시하는 머저리도 실은 드물지 않지만 비첼리오가 그런 부류의 머저리가 아니라는 사실조차 송곳처럼 가슴을 찔렀다.

그러나 세차게 찢기고 뚫려 너덜너덜해진 그곳에는 이미 감각이 없다.

'연인이지. 그것도 대단히 로맨틱한.'

지그시 어금니를 맞물었다. 말끔히 빗어 넘긴 머리카락 아래 반듯한 이마에 근육이 불거졌다. 경비실에는 아무도 없었고 제법 편해 보이는 의자가 세 개나 놓여 있었지만 요한은 줄곧 선 채 화면만을 바라보았다. 여전히 정지 상태로 미동조차 않는 문. 널찍하고 밝고 고요하던 사무실.

그녀는 저 안에 있다.

'뭐 하는 거야.'

제인은 떨고 있었다. 고급스런 옷과 장신구, 집기들을 방어벽처럼 주변에 두른 채로. 도도하고 쌀쌀맞게 보이려 갖은 애를 쓰면서. 그러나 부유하고 박정한 여자의 껍질 아래 제법 교묘히 숨겨 낸 긴장과 공포가 요한의 눈에는 훤히 보였다. 제 앞에서 떠는 여자. 그것이 그를 어딘가 아프게 했고, 또 얼마쯤은 안심하게 만들었다.

— 이동 준비합니다.

왼쪽 귀에 꽂은 인이어에서 남자 목소리가 넘어왔다. 경비업체에서 함께 파견된 두 명의 경비원은 모두 10년 이상 경력의 베테랑이다. 경찰과 아무 관계가 없는 그들은 새로운 팀원을 프리랜서 경호원으로 알고 있었다. 요한은 손목에 찬 시계를 들여다본다. 오후 6시 10분 전. 여전히 닫혀 있는 사무실 문을 화면으로 확인하며 지체 없이 응답했다.

"알겠습니다(Copy that)."

바깥은 제법 어스름이 내려 있었다. 폭이 좁은 10층짜리 건물에서 갤러리는 1층과 2층을 쓴다. 3층부터는 널찍한 아파트들이 제각기 한 개 층을 독차지하고 있으니 건물 전체의 세입자는 갤러리를 제외하고 총 여덟 가구. 건물 꼭대기를 힐끗 올려다보며 요한은 메르세데스로 다가갔다. 기사를 인식한 세단이 스스로 철컥 잠금을 풀었다. 말끔하게 교체된 후면 유리에 아주 잠깐 눈길을 준다.

자동차 곁에 선 채로 천천히 주변을 살폈다. 저격을 준비하며 파악한 주변 지리와 건물들의 구조가 한눈에 들어왔다. 근방에서 가장 일찍 문을 여는 곳은 옆 블록의 빵집. 가장 가까운 카페는 4시 방향. 최단 거리 내 양방향 도로는 두 블록 떨어진 브로드웨이. 주변 지하철 역들의 위치와 거리 또한 이미 훤하다. 어딜 가나 쫓길 것을 대비하는 것이 습관이던 시절부터 맨해튼 골목골목을 요한은 제 방처럼 구석구석 알고 있었다.

— 관장님 나갑니다.

인이어에서 다시 신호가 넘어왔다. 대통령 경호라도 하듯 유난스러운 것은 그들에게 근무 첫날이자 여자가 총격을 받은 것이 불과 하루 전이기 때문일 테다. 받습니다. 요한은 짤막하게 응답하며 입구 쪽으로 고개를 돌렸다.

문이 열리고 여자가 걸어 나왔다. 허리를 조인 트렌치코트와 오른손에 든 핸드백, 맵시 있는 걸음걸이를 요한은 바라본다. 뒷좌석 문을 연 남자 쪽으로 제인은 시선조차 주지 않았다. 곧은 자세로 좌석에 앉은 여자는 문이 닫힐 때까지 고집스레 정면만을 보았다.

요한은 보닛을 돌아 운전석에 들어와 앉았다. 완전히 밀폐된 공간

에는 이제 두 사람뿐이다. 룸미러를 통해 여자를 확인했다. 제인은
차창 밖을 향해 고개를 돌린 채 이쪽을 보지 않았다.

"댁으로 가겠습니다."

"아니."

기어를 바꾸려던 남자가 동작을 멈췄다. 그리고 다시 룸미러로 시
선을 옮긴다. 거울에 비친 여자는 여전히 옆얼굴.

"브루클린으로."

따귀를 얻어맞은 기분이었다. 요한은 대답을 잊은 채 움직이지 않
았다. 몸통을 사선으로 묶은 안전벨트가 사슬처럼 갑갑해진다. 그는
정장 재킷 안쪽 홀스터에 꽂힌 권총 두 자루를 인식했다. 얌전하던
무기가 뜨거워지는 착각이 일었다.

자동차는 시동이 걸린 채 정차 상태를 유지했다. 말없이 기다리던
제인이 정면을 향해 고개를 돌리고, 두 개의 시선이 룸미러 안에서
부딪혔다. 폭이 좁고 가로로 긴 거울. 이 거울이 제 얼굴 전체를 비쳐
내지 못한다는 것이 요한은 다행스러웠다.

"브루클린 하이츠. 주소는,"

"압니다."

모를 리가. 그 주소를 어떻게 잊을 수 있나. 그는 묵묵한 여자의 얼
굴을 조금 더 응시하다 전방으로 시선을 돌렸다. 굳은 손으로 기어를
바꾸고 동남쪽으로 차를 몰았다. 시청과 시경 본부를 지나 브루클린
브릿지를 건넜다. 빌어먹을 다리는 오늘따라 막힘없이 뻥 뚫려 있다.
해가 저무는 도시를 뒤로하고 메르세데스는 강물 위를 잘도 가로질
렀다. 그리고 낯익은 타운하우스 앞에 도달할 때까지, 요한은 핸들을
꺾어 버리고픈 충동을 몇 번이고 거듭 이겨 내야 했다.

"내릴 필요 없어."

차가 멈춰 서자마자 제인은 곁에 놓아둔 핸드백을 집어 들었다. 운전석의 남자가 다시 거울을 통해 여자를 본다. 그녀의 얼굴은 몹시 냉랭하나 냉정하지는 못했고 그래서 거짓말을 하고 있음을 요한은 알았다.

"내일 아침,"

그럼에도 별수 없이, 눈언저리만 비추는 거울의 면적이 그는 다행스럽다.

"여덟 시 반까지 데리러 와."

군더더기 없이 지시한 제인은 대답을 듣지 않고 차 문을 열었다. 문이 탁 닫히고 난 뒤에야 요한이 오른쪽으로 고개를 돌렸다. 연한 갈색 사암으로 지은 3층짜리 타운하우스는 변함없이 똑같아 눈에 익었다. 그러나 그 집의 계단을 오르는 여자. 초인종을 누르는 대신 열쇠로 문을 여는 여자의 뒷모습이 가시처럼 눈을 찌른다. 요한은 운전석에 몸이 묶인 채 문 너머 사라지는 여자를 무력하게 바라보았다. 제인은 끝까지 한 번도 뒤쪽을 돌아보지 않았다.

덩그러니 홀로 남은 남자의 입술이 기묘하게 일그러지더니, 이내 신음 같은 웃음이 샌다.

"하."

여자를 통째로 삼킨 집. 불에 덴 듯 그는 고개를 돌려 그 집을 외면했다. 그리고 반대쪽 차창을 통해 저 멀리 풍경을 본다. 입술을 굳게 다문 채 깊이 호흡했다. 한 번. 두 번. 그리고 다시 한 번 더.

아무도 없는 차 안에서 요한은 다시금 완벽히 고요해졌다. 전장에서는 냉정을 잃는 순간 적에게 노출된다. 손쉽게 해낼 수 있는 것들은 대부분 아무런 소용이 없다. 치기와 분노, 욕설 같은 것들.

그는 다만 굳은 눈길로 강 너머 도시를 바라보았다.

짙은 밤의 옷자락이 서서히 내려앉고 있었다. 맨해튼의 스카이라인은 초저녁부터 이미 화려했다. 오만하고 아름다운 도시. 잔인한 나의 고향.

요한은 의미 없는 시간을 다시 한번 확인한다. 오후 6시 반. 내일 아침까지 남은 시간은 14시간. 필요 이상으로 자르듯 계산한 다음 기어를 쥐었다. 열쇠가 필요 없는 최신형 세단의 엔진이 기분 좋게 으르릉 돌아갔다.

'그만둬.'

자동차는 당장 떠날 듯 으르렁댔으나 기사는 주행을 시작하지 않았다. 손바닥에 쥔 기어를 쥐었다 놓았다 세 번쯤 되풀이하다가, 결국 시동을 꺼 버린 뒤 손으로 눈꺼풀 위를 거칠게 쓸었다. 후우. 미처 막을 틈도 없이 깊은 숨이 샜다.

모래가 낀 것처럼 두 눈이 뻑뻑했다. 아마도 며칠째 잠을 설친 때문일 것이다. 요한은 편리하게 생각하며 눈을 감았다. 그만둬. 유령 같은 목소리가 거듭 귓가에 속살댔으나, 남자는 두 귀를 굳게 닫은 채 미동도 하지 않았다.

타운하우스에는 손님이 와 있었다. 현관문을 여는 순간 기척을 감지했다. 뚜렷한 시가 냄새와 남자의 웃음소리. 얼굴을 보지 않아도 누구인지 알았다.

"아, 미즈 헤닝."

예상했던 남자가 어슬렁어슬렁 가까이 걸어왔다. 왼쪽 팔을 꽉 채운 컬러 문신. 사계절 내내 팔꿈치까지 셔츠를 걷어 입는 사람이 저치 말고 또 있을까. 제인은 속으로 조소하며 마지못해 대꾸한다.

"안녕하세요(How are you)."

"당연히 안녕합니다(Fabulous)."

슬리퍼에 발을 집어넣으며 무시하듯 알폰시의 곁을 스쳤다. 거실 쪽으로 몇 걸음 걷자 암체어에 앉은 리오와 눈이 마주쳤다. 왼손에 쥔 시가에서 한 줄기 연기가 피어오른다. 새것처럼 온전하고 두툼한 담배. 거기에 눈길을 주며 제인은 고민했다. 계단을 타고 2층으로 올라갈지 아니면 거실에 앉아 내키지 않는 대화에 끼어들지.

"우리 관장님께선 별로 안녕하지 못하시다던데?"

뒤통수에 대고 말을 거는 남자는 다분히 농담조였다. 반강제로 대화에 편입된 여자가 별수 없이 거실 쪽으로 발을 옮겼다. 그녀가 가죽 소파 정중앙에 앉을 동안 집 안의 소리는 잠깐 잦아들었다.

"그럴 리가요. 나도 꽤 안녕한데."

"대범하시네."

"칭찬으로 들어야 하나."

지지 않고 말을 받으면서도 저만치 떨어져 선 알폰시는 쳐다보지도 않았다. 그러나 그가 맞은편의 오토맨에 걸터앉자 제인도 더 이상 시선을 피할 수가 없게 됐다. 다리를 벌리고 앉아 상체를 숙인 남자. 왼쪽 하완의 문신에 힐끗 눈길을 주자 알폰시는 예의 그 사람 좋은 웃음을 씩 지어 보였다.

"갤러리에 총질했단 소문나면 손님 떨어지는 거 아닙니까?"

"오히려 너무 많아질까 걱정인데요. 공짜로 뉴스에까지 나와서."

"허, 겁이 없으시네."

"남의 장사에 맘 써 주는 건 고맙지만 본인 식당이나 신경 쓰지 그래요."

제인은 상대방의 눈을 똑바로 바라보았다. 여전히 웃음이 넉넉히 고인, 꽤나 맑은 색채를 띤 녹색 눈동자에서 그녀는 희푸르게 벼려진 칼날을 본다.

"누굴 거 같습니까? 총 쏜 놈."

"그걸 왜 나한테 묻죠?"

"대학원까지 나온 분 생각은 어떠신가 궁금해서."

"당신은 누군지 알아요? 총 쏜 놈."

리오는 마주 앉은 남녀의 대화를 지켜보고만 있었다. 중재하거나 끼어들지 않은 채 엄지와 검지 사이에 낀 시가를 입으로 가져갔다. 제인과 알폰시 사이 숨겨지지 않는 악감과 숨기려 하지 않는 적대감 앞에서 그의 무표정은 얼마간 무료해 보이기까지 했다.

"이제 슬슬 찾아볼 겁니다."

찾아내서 목을 따 버려야죠. 알폰시가 화창하게 웃으며 덧붙였다.

"우리가 또 맘먹고 뒤지면 못 찾을 게 없거든. 아시겠지만."

리오가 입술 새로 긴 연기를 뱉어 냈다. 쿠바산 최고급 시가에서는 달콤 알싸한 냄새가 났다. 낙엽을 그을린 냄새 같은. 직접 맡아 본 적은 없지만 아마도 낙엽에 불을 붙이면 저런 향을 풍길 거라 제인은 생각했다.

"그럼 이만 가 보겠습니다, 보스."

쾌활한 인사와 함께 남자가 일어섰다. 리오는 듣지 못한 사람처럼 미동 없이 앉은 채 시선조차 주지 않았다. 화가 난 것 같기도 하고 관심이 없는 것처럼도 보인다. 제인이 문득 긴장하며 기류를 살폈으나 알폰시는 전혀 괘념치 않는 기색이었다.

"좋은 저녁 되시길."

리오는 대꾸 없이 다시 입술 사이로 시가를 가져가고, 음미하듯 느리게 빨아들인 다음, 일정한 속도로 천천히 연기를 길게 뿜어냈다. 허공에 섞여 드는 낙엽의 냄새. 그 냄새를 제인은 강제로 들이마신다. 나쁘지 않았으나 원하던 바도 아니었다.

알폰시가 퇴장한 뒤 집 안은 다시 적막에 잠겼다. 제인이 테이블 서랍에서 리모컨을 꺼내 자연스레 텔레비전을 켰다. 작게 맞춰진 볼륨으로 신나는 광고 음악이 흘러나오고, 곁에 앉은 남자의 시선이 움직이는 것을 그녀는 보지 않아도 알았다.

"저녁은 피자 시켜 먹을까."

중얼대듯 물으며 자연스레 일어서는 여자에게 리오의 시선이 따라붙었다. 좋을 대로. 그 또한 아무렇지도 않게 대답함으로써 거실은 순식간에 일상으로 되돌아갔다. 옷 갈아입고 내려올게. 제인이 계단을 따라 2층으로 사라지고, 리오는 아직 새것에 가까운 시가를 재떨이 위에 놓아두었다.

그러는 동안 텔레비전에서는 계속해서 잔잔한 소리가 흘러나온다. 화면 속에서 인형 탈을 쓴 배우가 우스꽝스럽게 춤을 추고 있다. 곰인지 개인지 얼른 구분되지 않는 정체 모를 인형 탈. 고개를 돌려 화면을 골똘히 응시하면서도 리오는 전혀 웃지 않았다.

탁.

제인은 2층의 제 방에 들어오자마자 문을 닫았다. 주인의 침실과 서재 사이 빈방에 옷가지를 하나씩 두기 시작한 것은 2년 전쯤부터다. 이제는 퀸 사이즈 침대와 화장대, 사용하는 화장품 일체까지 손색없이 갖춘 방. 몇 점 안 되는 가구들을 지나쳐 그녀는 곧바로 창가로 다가갔다.

두꺼운 커튼 틈을 손끝으로 벌리고 바깥을 내다봤다. 텅 빈 집 앞을 확인하는 순간 가슴이 가볍게 내려앉았다. 소심한 안도감인지 뻔뻔한 실망감인지. 그러나 제인은 실소할 여유조차 갖지 못했다.

'누굴 거 같습니까? 총 쏜 놈.'

우연일까. 아마도 아닐 것이다. 우연이라 믿고 싶은 것과는 별개로 요한의 등장은 너무나 절묘했으며 또한 타당했다. 제인을 더욱 불안하게 만드는 것은 바로 그 짜 맞춘 듯 매끄러운 과정. 그러나 장막 너머 도사린 것의 정체는 또한 상상력조차 닿지 않을 만큼 막연하기만 했다.

'찾아내서 목을 따 버려야죠.'

그를 보내야 한다. 나를 혐오하게 만들어야 한다. 스스로 감수한 모든 것이 비참해져 화가 나도록. 더없이 날 끔찍해하며 돌아서도록. 반짝이는 추억마저 보기 좋게 박살 내어 구정물을 뒤집어씌우면 그는 결국 참지 못하고 떠나갈 것이다.

제인은 텅 빈 골목에서 눈을 떼며 창가에서 돌아섰다. 옷장을 열고 코트를 벗어 옷걸이에 걸었다. 블라우스 단추를 빠르게 풀어 내리며 아래층에 있는 남자를 생각했다. 더불어 미리 생각해 둔 핑계거리를 다시 떠올려 되새겼다.

무서워서. 집에 들어가기 불안해서. 놀란 마음이 가라앉을 때까지 며칠 동안만 여기로 퇴근하겠다고. 이 정도면 그도 의심하지 않을 테지. 오히려 기꺼워할 것이다. 그 참에 이 집으로 들어오라는 제안을 넌지시 다시 던질지도 모르겠다. 그러면 또 대답 없이 희미한 웃음으로 눙치면 된다.

평소처럼. 평소처럼 하면 돼.

적당히 웃고 적당히 떠들고 적당히 순종하면 모든 것은 괜찮을 것이다. 그래. 괜찮을 거야. 괜찮아질 거야. 무사할 거야. 모두 다 없었던 일처럼, 한낮의 환상처럼 가뿐하게 사라질 거야.

아무도 다치지 않을 거야.

제인은 뻣뻣해진 고개를 억지로 주억거렸다.

❖

그녀의 업무는 예상했던 것보다 훨씬 많았다. 에이미가 내민 한 달 치 일정표를 들여다본 순간 요한은 하마터면 눈살을 찌푸릴 뻔했다. 가을에 특히 바쁘세요. 여자가 상냥한 설명을 곁들인 걸 봐서는 뜨악한 표정을 미처 숨겨 내지 못했는지도.

처음으로 수행한 곳은 미술 경매장이었다. 록펠러 센터에 있는 경매장에 가 본 것은 당연히 생전 처음이었는데, 으리으리한 규모와 엄격한 보안보다 인상적이었던 건 경매회장을 오가는 호가와 낙찰가였다. 십만 달러와 백만 달러가 마치 구두 한 켤레 가격처럼 아무렇지 않게 오고 갔다. 오래된 그림 한 점을 차지하려 만 단위의 돈을 다퉈 지불하는 사람들의 세상이라니. 요한은 기가 차서 남몰래 몇 번이나 코웃음을 쳤다.

수백 석 규모는 족히 되어 보이던 경매장은 절반도 채 차 있지 않았다. 성긴 인파 사이에 앉은 제인은 경매대 위의 작품과 수천 달러씩 올라가는 호가에 집중하는 것 같았다. 몇 점인지 기억도 나지 않을 만큼 무수한 작품들이 등장하고 사라지는 동안 그는 벽 쪽에 붙어 선 채 저만치 여자만을 바라보았다. 건물 한 채보다 비싼 미술품 따위야 어차피 관심 밖이었다. 남자의 시선은 처음부터 끝까지 한곳에만 머물러 있었으나, 여자는 경매가 끝날 때까지 단 한 번도 고개를 돌리지 않았다.

퇴근 후에는 거의 매일 저녁 전시회 리셉션이 있었다. 손바닥만 한 맨해튼 안에 미술 갤러리가 그렇게 많은지도 요한은 처음 알았다. 앞서 배달 온 꽃다발을 조수석에 싣고 기다렸다가 제인이 나오면 미리 받은 주소로 차를 몰았다. 내도록 무표정하던 여자가 사람들 앞에서는 어찌나 환하게 웃는지. 살가운 인사말과 세련된 몸가짐. 품에 안은 꽃보다도 활짝 피어난 얼굴을 보며 요한은 뭉툭하게 폐부를 찌르는 통각을 느꼈다.

리셉션 회장의 여자 또한 그는 지척에서 빠짐없이 지켜보았다. 전시회 주인공에게 꽃다발을 건네는 모습. 사람들을 소개받고 소개하며 악수를 나누고, 샴페인이나 와인을 권해 받고 권하기도 하며. 아이처럼 즐거이 웃는 얼굴. 사교적인 제인 헤닝은 몸에 맞춘 옷처럼 완벽히 어울렸다.

왁자한 사람들 사이에서 여왕처럼 웃던 여자는 메르세데스에 올라타는 순간 표정을 잃었다. 그러고는 지친 얼굴로 눈을 감았다. 브루클린으로. 한숨 같은 지시를 끝으로 그녀는 아무런 소리도 내지 않았다. 자동차 뒷좌석에 인형처럼 몸을 실은 채 매번 같은 행선지를 말할 뿐.

브루클린으로.

룸미러에 비친 여자를 보며 요한은 아무런 말도 할 수가 없었다. 그저 기계처럼 차를 몰았다. 아슬아슬한 적막 속에서. 여자의 향기가 고인 공기를 들이마시며. 반대편으로 달리고픈 충동을 내리눌러 가며.

사흘 동안 제인은 한 번도 아파트로 돌아가지 않았다. 비첼리오의 타운하우스로 퇴근하고 그곳에서 출근했다. 제집인 양 자연스럽게 드나들었으며 아침마다 옷차림과 화장은 말끔하고도 완벽했다. 브루클린 브릿지를 아침저녁으로 건넌 지 이틀째 되던 날부터 요한은 번민에서 벗어났다. 저로 하여금 매일같이 그 집을 오가게 하는 의도란 너무도 명확했으므로. 제인의 위악은 제법 매운 구석이 있는 반면 얼기설기 성기다. 예나 지금이나, 어쩌면 그녀는 조금도 달라지지 않았다고 그는 생각했다.

그리고 돌아온 금요일에는 새로운 일정이 끼어 있었다.

"자기 수행원은 얼굴 보고 뽑나 봐."

깔깔대는 여자 앞에서 요한은 조금 고민한다. 못 들은 척하진 못하겠는데 웃을 수도 없고 뚱하게 쳐다보는 것도 예의가 아니고. 휜칠하게 여윈 여자는 다행히 상대의 반응 따위 개의치 않는 것 같았다.

"처음 봬요. 패트리샤예요."

"요한 리입니다."

"요한? 재밌는 이름이네. 사람들이 오래 기억하겠어요."

잊기 어려운 타입이야 여러모로. 패트리샤가 덧붙이며 제인을 바라봤다. 동의를 구하는 시선에 그녀는 애매한 미소를 돌려준다.

"그래서 콜린스 씨는 벌써 퇴원한 거야?"

"그러게요. 병원에 더 있으래도 말을 안 듣네."

"나 같아도 병원보단 집이 낫겠어. 소독약 냄새, 어후 싫다."

"그래도 병원이 낫죠. 집엔 돌봐 줄 사람도 없을 텐데."

"저런, 가엾어라."

미간을 가볍게 찡그리면서도 패트리샤의 눈동자는 거울 속의 여자를 빈틈없이 살폈다. 역시 레드가 잘 받는다니까. 붉은 장미 빛깔의 드레스 자락을 매만지며 그녀는 흡족하게 중얼거렸다.

"끝났습니다. 이제 모시고 나가면 돼요, 요한."

출입문 쪽에 서 있던 요한은 대답하지 않았다. 대신 폭죽처럼 환한 조명 안, 커다란 거울 속 여자에게 계속하여 시선을 주었다. 내도록 외면하던 제인이 드디어 눈을 맞춰 온다. 붉은색 이브닝드레스. 하얗게 드러난 어깨와 도드라진 뼈마디. 양쪽 귓불에서 휘황하게 빛나는, 아마도 다이아몬드가 틀림없을 귀걸이. 요한은 모처럼 차지한 여자의 시선을 필사적으로 붙잡았다.

웃지 않는 여자. 고요히 저를 바라보는 여자가 눈이 아프도록 아름다워서 하마터면 왈칵 눈물이 날 뻔했다.

요한은 제인을 향해 걸음을 뗐다. 붉은 장미처럼 앉은 여자를 향해 다가갔다. 거울 속 정물 같은 눈동자에 시선을 고정시킨 채로.

그는 이만 그녀에게 말을 걸고 싶었다. 손을 뻗어 만지고 싶었다. 가슴속에 가둬 둔 말들이 홍수처럼 출렁댄다. 그 벅찬 말들을 쏟아내고 싶어 미칠 것 같았다. 얼마나 더 참아야 하나. 더는 오래 버티지 못할 것 같은데. 아슬아슬 무너지려는 생각과 감정들을 요한은 최선을 다해 다잡았다.

"어머, 비첼리오 씨."

패트리샤가 반색한 것은 그때였다. 거울을 통해 이어졌던 두 남녀의 시선은 너무나도 쉽게 끊어졌다. 제인이 자리에서 일어서고, 그녀로부터 불과 세 발짝 떨어진 곳에서 요한은 걸음을 멈췄다.

"오랜만에 뵙네요. 직접 데리러 오신 거예요?"

"오랜만입니다, 블룸 씨."

리오는 꼭 필요한 만큼의 예의와 거리를 갖추며 이쪽으로 걸어왔다. 자리를 내주듯 물러서는 수행원에게도 모자라지 않을 만큼의 시선을 짧게 던진다. 요한은 눈인사처럼 저를 스치는 상대의 눈길을 피하지 않았다. 리오는 제인의 곁으로 가까이 다가갔으나 공들여 완성한 화장을 의식한 듯 입을 맞추지는 않았다.

"여기까지 오지 않아도 되는데."

"시간이 좀 남아서."

그는 저를 올려다보는 여자를 느긋하게 눈으로 살핀다. 리오 비첼 리오가 직접 살롱에 나타난 것은 2년 전쯤으로 패트리샤가 기억하는 한 이번이 세 번째였다. 아래층 직원들이 깜짝 놀랐을 만큼 준수하고 훤칠하며 부유한 남자. 자연스러운 입맞춤 때문이 아니더라도 저들이 연인이라는 것을 모를 수 없던 이유는 그의 시선이었다. 제인을 바라보는 눈길. 묵묵한 시선 속에 스민 무른 감정들. 누구의 눈에도 그것은 문신처럼 선명했다.

"훌륭합니다, 미즈 블룸. 언제나 그렇지만."

"그렇게 말씀해 주시니 기쁘네요."

"저야말로."

적절히 치사한 리오가 오른팔을 내밀었다. 제인은 클러치를 오른손으로 옮겨 들고 왼손으로 그의 팔을 잡았다. 두 사람을 앞질러 출입문을 여는 요한을 그녀는 보지 않으려 애썼다. 치렁한 드레스 자락을 살피는 척 줄곧 눈을 아래로 내리깔았다.

살롱 앞에 대기하던 거구의 수행원이 열어 준 롤스로이스 안으로 사뿐히 몸을 접어 넣었다. 왼쪽에 남자가 앉고, 문을 닫은 기사가 운전석에 앉고, 탱크 같은 세단이 앞으로 나아갈 때까지, 제인은 뒤따라오고 있을 자신의 차에 대해 아무것도 생각하지 않으려 최선을 다했다.

맨해튼에서 열리는 파티는 비슷비슷하다. 최고급 호텔 연회장과 사람들, 주최하는 단체도 참석하는 손님도 언제나 비슷한 얼굴들로 채워진다. 넉넉한 사업가와 능숙한 정치인, 성공한 예술인들. 맨해튼 사교계를 7년째 맴도는 동안 제인은 대부분의 얼굴과 배경과 성향을 익혔다. 이제 그녀에게 주어진 과제는 권태로움과 기시감을 이겨 내는 것이다.

"드레스가 정말 예뻐요, 제인."

"지난달에 추천해 준 작품 있잖아요, 비슷한 스타일로 한 점 더 구해 줄 수 없을까? 나 아는 친구가 하도 탐을 내서요."

"갤러리야 많지만 믿을 만한 큐레이터가 어디 흔한가요. 헤닝은 앞으로 크게 될 거야."

후한 찬사에는 환한 웃음을, 친밀한 인사에는 적당한 호들갑을 돌려준다. 한 사람 한 사람 악수를 나누고 술잔을 부딪히며 안부와 동향을 교환한다. 상대방이 리오를 흘끔대면 자연스레 그를 소개하고 낯선 사람이 그에게 반색하면 제인이 상대방을 소개받았다. 스위치를 올리면 전등에 활짝 불이 들어오듯, 리오의 곁에서 그녀는 세상 가장 행복한 여자를 연기했다.

"잠깐 실례할게."

두 번째로 비운 샴페인 잔을 웨이터에게 돌려주며 제인이 남자를 올려다본다. 시선과 짧은 미소를 교환한 뒤 줄곧 붙잡은 그의 팔을 놓았다. 비첼리오 씨! 누군가 그를 호명하는 소리를 등 뒤로 흘리며 그녀는 파우더 룸으로 향했다.

카펫이 깔린 바닥에 시선을 떨어뜨린 채 걸었다. 아무와도 눈이 마주치지 않도록. 사람들로 가득한 연회장에서 제인은 극심한 피로감을 느꼈다. 도피하듯 들어간 파우더 룸은 다행스럽게도 텅 비어 있고, 그녀는 쿠션을 푹신하게 집어넣은 의자에 앉아 멍하니 거울을 보았다.

은막을 씌운 듯 유별나게 반짝이는 유리 거울. 그 안에 비친 여자는 표정 없이 밋밋하고도 못생겼다. 벗은 어깨가 천박해 보인다. 양쪽 귓불에 매달린 보석이 자물쇠 같다. 이제 그만 집으로 돌아가고 싶다는 생각을 했다가 돌아갈 집은 어디인가 힘없이 자문한다. 집. 불현듯 그 남자의 웃는 얼굴이 떠올라, 그녀는 결국 두 눈을 감아 버렸다.

삶은 수렁과 같았다. 한순간 잘못 디딘 걸음으로 문은 닫혔고 기회는 영영 사라졌다. 죄악은 해충의 무리처럼 서로를 불러 모았다. 한 번의 죄를 숨기기 위해 또 다른 죄를 쌓아 올리고, 그 죄를 들킬까 더한 죄들을 지어 올리고. 이게 아닌데 주저하면서도 꾸역꾸역 앞으로 걸었다. 비겁한 죄의식은 곧 냄새처럼 무감각해졌다. 그리하여 죄인은 이제 되돌아갈 길을 알지 못한다.

울고 싶다.

저도 모르게 생각하며 감은 눈을 떴다. 콧속에 물기가 고일 것 같아 지레 훌쩍 숨을 들이쉬었다. 지독하게도 긴 일주일이라고 그녀는 생각했다. 이제 몇 시간만 더 버티면 된다. 몇 시간 뒤면 아파트로 돌아갈 것이다. 오랫동안 몸을 씻고 침대에 올라가자. 수면유도제를 두 알쯤 먹고 이불을 뒤집어쓰자. 그러면 곧 잠에 빠질 것이고, 꿈은 꾸지 않을 것이며, 아무 일도 없던 것처럼 새날이 밝아 있을 것이다.

그러니 나쁘지 않다. 나쁘지 않아. 이렇게 사는 것도.

클러치에서 살구색 립스틱을 꺼내 입술 위에 덧발랐다. 새끼손가락만 한 향수병을 꺼내 두 번 뿌렸다. 거울을 보며 표정을 정돈하고 자리에서 일어섰다. 파우더 룸을 나서는 여자는 다시 세상에서 가장 행복하다.

"여, 미스 비첼리오."

제인은 우뚝 멈춰 섰다. 고약한 냄새를 풍기는 호칭과 말투가 누구의 것인지 듣는 순간 알았다. 못 들은 척 지나치고 싶었으나 그러기엔 거리가 너무 가까웠다.

"안녕하세요, 미스터 첸."

"이거 오랜만이군, 미스 비첼리오."

마이클 첸은 혼자였다. 고급스런 검은색 턱시도를 차려입은 오늘의 차림새는 그럭저럭 봐 줄 만했으나 짧고 굵은 목에 두른 붉은색 보타이는 제인의 눈에 영 우스꽝스럽다.

"홀에서 오빠는 못 본 것 같은데?"

"저도 오신 줄 몰랐네요. 혼자 오셨을 리는 없을 테고, 파트너분은?"

"안쪽에서 신나게 사교 활동 중이지. 이런 덴 처음 와 보는 애라."

서로를 대하는 두 남녀는 우아한 가식을 한 꺼풀쯤 벗어 냈다. 첸이 퍼시픽이라는, 폭력 조직의 명칭으로는 지나치게 평화로운 이름—본래 의미보다는 그저 태평양에서 따온 것일 테지만—을 붙인 중국계 갱단을 거느리고 있으며, 비첼리오와 비슷한 수법으로 부동산 개발업체를 키워 가는 인물이란 걸 제인은 안다. 홀 안에 바글대는 고상한 사람들과는 질이 다른, 말하자면 동류의 상대.

"정말이지 대단한 여자야."

주어 없는 감탄에 눈을 가늘게 떴다. 얼른 대답하지 않은 채 남자의 시선을 견뎠다. 얼굴의 이목구비를 훑은 눈길이 어깨를 스쳐 가슴과 허리로 미끄러져 내려간다. 제인은 불쾌감을 감추려 애쓰지 않았다.

"본 김에 좀 묻자고. 대체 비첼리오를 어떻게 구워삶은 거야?"

아무리 봐도 알 수가 없다니까. 첸이 고개를 오른쪽으로 기울이며 코웃음을 쳤다.

"몸 파는 여자들에 관해서라면 나도 꽤나 조예가 깊은데 말이야."

제인은 웃으려 노력했다. 그런데도 입술은 꿈쩍하지 않는다. 덕분에 더욱 의기양양해진 남자가 코끼리 같은 구둣발을 가까이 옮겨 왔다. 코를 찌르는 향수 냄새.

"좋은 비결 있으면 같이 좀 알자구. 같은 동양인끼리 돕고 살아야지."

대꾸할 말이 떠오르지 않았다. 모욕적인 말들이 개처럼 맨살을 핥고 있는데 뿌리칠 방법을 생각할 수 없었다. 클러치를 쥔 손가락 끝에 힘이 들어간다. 여유롭게 웃는 남자의 노르스름한 흰자위가 번들거렸다.

"그 죽이는 기술이 뭔지, 나도 꼭 좀 한번 맛보고 싶으니까."

속이 뒤틀리는 것 같다. 짙은 향수와 뒤섞인 담배 냄새가 역하기 때문이라고 제인은 탓했다. 보기 좋게 받아쳐 줄 궁리 따위는 포기한 채 이제는 이 남자가 스스로 꺼져 주기만을 바랐다. 그리고 이보다 최악일 수 있을까 싶던 찰나, 상황은 놀랍게도 훨씬 끔찍해졌다.

"관장님."

제인은 질린 낯으로 고개를 돌렸다. 저만치 선 요한이 이쪽을 보고 있었다. 인기척을 전혀 느끼지 못했던 것은 발소리를 삼키는 두툼한 카펫 때문인지 아니면 모욕을 감당하며 허둥대던 마음 때문인지 잘 모르겠다. 언제부터 서 있었을까. 어디까지 들었을까. 잊은 줄 알았던 수치심이 정수리 위로 와락 쏟아졌다. 온몸이 꽁꽁 얼어붙는 것 같다.

"귀찮은 일이라도."

첸은 경계하듯 저를 보는 남자를 가볍게 눈으로 훑었다. 초면의 두 남자가 재빠르게 서로를 탐색할 동안 제인은 마음과 표정을 다잡았다. 첸이 거들먹거리며 남자 화장실 안으로 사라지고 난 후 그녀는 아무렇지 않은 척 걸음을 뗐다.

도망치듯 그의 곁을 스쳤다. 요한은 말을 걸지도 팔을 뻗어 붙잡지도 않았다. 그것이 너무도 다행스러웠고 또한 못 견디게 서러웠다.

리오의 곁으로 돌아간 제인은 다시금 꽃처럼 웃었다. 그의 그늘 안에서 더욱 환하게 웃고 명랑하게 떠들었다. 저만치서 끈질기게 따라붙는 시선을 외면하며 샴페인을 삼켰다. 달콤한 술이 혈관을 따라 독처럼 퍼지고, 고통을 쫓아내듯 그녀는 연거푸 잔을 비웠다. 샴페인 따위 어차피 병째 마신들 취할 것 같지 않았다.

울고 싶다. 집에 가고 싶다. 이제 그만 집으로 돌아가 마음껏 울고 싶다.

그러나 죄인은 되돌아갈 길을 알지 못하고, 주변은 여전히 웃음과 향기와 빛으로 가득했으며, 그 천국처럼 아름답고 우아한 공간에서, 그녀는 행복에 겨워 웃고 웃고 또 웃었다.

금요일 밤의 파티는 꽤 오랫동안 이어졌다. 영화에서나 보던 최고급 호텔 연회장은 생각보다 조금 어수선했다. 아니, 어수선한 건 연회장이 아니라 거기 서 있던 제 머릿속이었던지 모르겠다고 요한은 생각한다. 화려한 차림의 남녀들이 연출해 내던 근사한 광경들은 한 편의 극처럼 보기 좋았음에도, 그의 눈에는 하나같이 거짓말로 비쳤다.

너처럼.

아파트 앞에 차를 세웠다. 기어를 당긴 다음 룸미러를 본다. 뒷좌석에 앉은 여자가 천천히 눈을 떴다. 파리하게 지친 얼굴. 어깨에 걸친 코트를 끌어당기며 스스로 문을 열자 그는 즉각 운전석 문을 열고

내렸다. 또각. 높고도 뾰족한 하이힐 소리가 불안하게 들렸으나 여자
는 보기 좋게 균형을 잡으며 걸음을 옮겼다. 아파트 입구로 걸어가는
그녀를 요한이 뒤따랐다.

"열쇠 줘."

막 클러치를 열던 제인이 고개를 들었다. 곁에 바짝 다가와 선 남
자가 손바닥을 내밀었다. 무슨 소리냐는 듯 얼굴과 빈 손바닥을 번갈
아 본 여자가 스스로 열쇠 케이스를 찾아 쥐었다. 새로 지은 아파트
건물에는 최신식 보안 문이 설치돼 있었다.

"됐어. 가 봐."

"집 안 확인해야 돼."

스캐너에 보안 카드를 대려던 여자가 다시 고개를 돌렸다. 사늘한
눈길을 응시하며 요한은 망설임 없이 말을 이었다.

"최고 수준 경호, 지시받아서."

말과 함께 열쇠 케이스를 빼앗듯 넘겨받았다. 가볍게 스캔하자 입
구의 잠금이 철컥 풀리는 소리가 들린다. 문을 열어 주는 남자를 제
인은 불안한 눈으로 힐끗 쳐다봤으나 아무 말도 하지 않았다.

대리석 타일로 으리으리하게 장식된 로비는 리셉션을 포함해 텅
비어 있다. 도어맨이 있다고 들었는데 아마 잠시 자리를 비운 모양.
요한은 생각하며 엘리베이터 쪽으로 성큼성큼 앞서 걸었다.

엘리베이터에 오른 뒤에는 7층을 눌렀다. 두 발짝 떨어져 선 제인
이 눈을 가늘게 뜬다. 두 사람을 태운 승강기는 매끄럽게 공중으로
솟구쳐 금세 7층에 도달했다. 문이 열리자 이번에도 요한은 앞장서
나갔다. 거침없는 걸음은 방향마저 정확해서 그는 제인보다 한 걸음
앞서 703호 앞에 섰다.

"여기서 기다려."

현관문의 잠금장치는 접촉식과 삽입형을 혼용한 형태였다. 접촉식으로 스캔해 일차 잠금을 푼 다음 열쇠를 집어넣어 돌려야 문이 열린다. 요한이 어렵지 않게 문을 열고는 품에서 권총 한 자루를 꺼내 들었다. 뒤에 선 제인은 남자가 쥔 최신형 피스톨에 시선을 준다. 그가 스위치를 올리자 현관 위 조명에서 좁은 빛이 쏟아졌다.

현관 앞에 놓인 슬리퍼를 보고 구두를 벗었다. 아파트는 예상했던 것보다 훨씬 아담했다. 워싱턴 스퀘어 파크의 펜트하우스를 생각하면 놀랍도록 소박한 사이즈. 식탁도 텔레비전도 없는 거실에는 벽면에 커다란 그림 한 점만 걸려 있고, 가구라고는 아이보리색 천을 씌운 이 인용 소파 하나와 자그마한 티 테이블 한 개가 전부였다.

천장부터 바닥까지 길게 늘어진 커튼 너머에는 발코니가 있다. 새로 지은 건물이라 화재 대피용 외부 계단은 없었다. 발코니로 통하는 미닫이문의 잠금장치는 현관에 비해 대단히 허술한 편이지만 7층이라 바깥에서 침입하기는 까다로울 것이다. 빠르게 구조를 파악한 다음 그는 안쪽으로 향했다.

아파트의 방은 모두 두 개. 하나는 침실, 하나는 드레스 룸이다. 침실에 욕실 하나가 딸린 것을 제외하면 달리 숨은 공간은 없었다. 요한은 화장대와 퀸 사이즈 침대를 지나 욕실 안쪽의 욕조까지 확인한 뒤 침실에서 나왔다. 이어 드레스 룸의 문을 열고 안으로 들어간다. 빈틈없이 짜여진 수납장은 규모가 꽤 컸다. 뭔가를 숨기려 마음먹는다면 아마도 이곳이 가장 손쉬울 테지. 요한은 잘 정돈된 옷가지들을 눈으로 한 바퀴 훑은 뒤 방문을 닫았다.

"들어와도 돼."

권총을 홀스터에 꽂아 넣으며 그가 말했다. 또각또각 발 옮기는 소리. 제 무게에 밀린 현관문이 스르륵 닫히더니 자동으로 철컥 잠겼다. 거실과 주방 사이 넓지 않은 공간에서 요한은 여전히 선 채로 여자를 본다. 하이힐에서 내려와 슬리퍼에 발을 넣으며 제인이 입을 열었다.

"아직도,"

원목을 깐 바닥 위로 가볍게 슬리퍼 끌리는 소리.

"그만둘 생각이 없는 거야?"

여자가 고개를 들었다. 저를 보는 얼굴을 마주하며 요한은 직감했다. 얼마 남지 않았다. 이제 곧, 그는 버티지 못하게 될 것이다.

"더 보여 줘?"

대답 없는 남자를 향해 그녀가 쫴치듯 물었다.

"내가 얼마나 바닥인지, 더 보고 싶냐고."

어깨에 걸친 코트를 벗어 아일랜드 테이블 위에 놓았다. 하얗게 드러난 어깨에 남자의 시선이 닿았다. 제인은 가볍게 어금니를 맞물었다.

"이쯤 하고 꺼져."

더 험한 꼴 보기 전에. 뻣뻣하게 덧붙이며 턱을 치켜들었다.

집 안의 익숙한 정물들이 하나도 눈에 들어오지 않았다. 소파도 티테이블도 그림도 보이지 않는 시야는 오직 하나의 대상만을 비춘다. 아직도 실재라고 믿기지 않는 사람. 환상처럼 눈앞에 선 남자. 더 이상 매혹적으로 웃지 않는 남자.

그럼에도 여전히, 너무나도 아름다운 요한 리.

"더 보여 줘 봐."

그 남자가 비로소 입술을 뗀다.

"보여 줘. 뭐가 됐든. 밑바닥까지 다."

얼마든지. 흔들림 없는 눈으로 요한이 말했다. 사납고 도도하던 여자의 얼굴에 균열이 일었다. 따지듯 다가오던 여자는 제자리에 멈춰 서고, 내도록 서 있던 남자가 첫 걸음을 옮겼다. 입구의 빛 하나에 기 댄 실내는 어슴푸레하다. 두 사람 사이의 거리는 이제 급속도로 좁아 졌다.

"너 대체…… 원하는 게 뭐야."

"진실."

"뭐……?"

"기다린다고 했잖아. 네가 말해 줄 때까지. 다 말해 줄 준비 될 때 까지."

그가 한 걸음 더 다가왔다. 이제 팔을 뻗으면 닿을 거리에 남자는 서 있다. 피해야 하는데. 도망쳐야 하는데. 제인은 그러나 손끝 하나 도 움직일 수 없다. 눈빛. 음성. 향기. 살아 있는 그녀의 모든 감각은 이미 하나같이 그였다.

"시간, 아직 더 필요해?"

좀 있으면 4년인데. 버석하던 요한의 말끝이 뭉개졌다. 제인은 이 제 무엇도 가장할 수 없다.

"……가까이 오지 마."

"또 쏴 봐."

그가 망설임 없이 권총을 뽑았다. 총구 쪽을 손에 쥔 채 자루를 내 민다. 받지 않자 팔을 뻗어 여자의 오른손을 끌어왔다. 소스라치며 손을 빼려 해도 놓아주지 않았다. 커다란 손이 여자의 손과 총자루를 한꺼번에 감쌌다. 권총은 남자의 체온이 배어 차갑지 않다.

"이번엔 제대로 쏴."

요한이 제 왼쪽 가슴에 총구를 누른다. 쏴. 재차 말하는 눈동자에 서 푸른 빛이 튀었다. 광기 같은 빛의 가루를 제인은 아주 가까이서 보았다. 하나뿐인 조명이 그의 눈동자를 관통하고, 밝은 갈색의 홍채는 흡사 금빛으로 보이고, 그녀의 눈은 더 이상 거짓을 꾸며 내지 못하며, 그로써 그들 사이 가로놓인 시간의 강은 한순간에 증발해 사라졌다.

"······나야."

요한이 신음처럼 속삭였다. 여자는 뺨에 닿는 남자의 손끝을 느낀다. 제인. 조심스레 부르는 목소리에 울음이 터질 것 같아 급히 숨을 참았다. 제인. 초라한 얼굴에 뜨거운 손바닥이 닿았다.

"나라고."

요한은 여전히 여자의 손과 권총을 아울러 잡고 있다. 총구는 여전히 그의 심장을 정면으로 겨누고 있다. 제인은 스스로 총자루를 움켜쥐며 그의 손아귀에서 빠져나왔다. 탁. 두 사람의 체온이 옮아 붙은 검은색 피스톨은 아일랜드 테이블 위로 멀찌감치 치워졌다.

"······여길 왜 와."

간신히 입을 뗐다. 아랫입술이 걷잡을 수 없이 덜덜 떨렸다. 미친 듯 날뛰는 호흡을 감내하려 눈을 감았다. 미처 막을 새도 없이 후두둑 눈물이 쏟아진다.

"오지 말랬잖아······."

시간이 우스웠다. 기어코 외면하려 애쓴 순간들이 먼지처럼 흩어졌다. 어떤 일들은 갖은 애를 써도 피할 수 없고 아무리 노력해도 이뤄지지 않는다. 이미 삶에 들어와 버린 어떤 사람은, 몇 배수의 시간이 흘러도 결코 잊히지 않는다.

너처럼.

"다시는, 오지 말라고 했잖아······."

제인은 입술을 깨물었다. 그러나 얼굴이 일그러지고 계속해서 눈물이 쏟아졌다. 눈앞 가까이 있는 요한의 얼굴이 물속에 잠겨 흐려졌다가 다시 선명해지길 반복했다.

이마에 남자의 가슴이 닿았다. 어깨를 감싼 두 팔과 더운 체온. 코에 닿은 옷깃에서 향수 아래 체취가 느껴진다. 그 온도와 냄새와 감촉을 그녀의 몸은 재빠르게 기억해 냈다.

"……미안해."

왼쪽 귓바퀴 끝에서 그가 말했다. 미안해. 반복되는 말 속에서 제인은 숨길 수 없는 습기를 듣는다. 미안해. 울먹임을 삼켜 가며 요한은 되풀이했다. 미안해. 마치 그것이 목적인 사람처럼. 그 말을 하기 위해 모든 것을 감수한 것처럼. 가치도 없는 여자를 위해 귀중한 세월을 거스르며.

미안해.

환상을 붙잡듯 그가 단단히 그녀를 끌어안았다. 제 뺨에 흐른 물기를 우는 여자의 머리카락 위에 비빈다. 그로부터 말의 대화는 한참 동안 멎었다. 어리석고 아름다운 남자의 품에서 제인은 울고 울고 또 울었다.

세상이 안개 속에 잠긴 것 같았다. 꿈속처럼 감각의 두서가 없어져서 발밑의 지구가 자전하는 착각마저 일었다. 남자의 옷깃은 이미 온통 눈물 자국이다. 수트가 검은색이라 다행이라고 여자는 생각했다.

오랫동안 가둬 둔 울음은 절반도 채 비지 않았으나 이만 호흡을 가다듬었다. 어깨가 떨리는 간격이 조금씩 길어지고 흐느낌도 서서히 잦아들었다. 그러는 동안에도 몸을 감싼 체온과 향기와 부드러운 압박감은 사라지지 않아서, 제인은 이것이 꿈인가 현실인가 새삼스레 의심했다.

그의 손바닥이 뺨을 짚었다. 잔뜩 수그린 여자의 얼굴을 위쪽으로 들어 올렸다. 그녀는 엉망이 되었을 얼굴을 보이기 싫어 아주 조금 주저했다. 제인. 잠긴 목소리로 이름을 부르며 요한은 기어코 여자의 얼굴을 마주했다.

천천히 눈을 감았다 떴다. 눈앞에 있는 남자를 본다. 얼굴을 감싼 손바닥의 온기를, 뺨의 물기를 닦아 내는 엄지의 떨림을 느낀다. 맑아진 시야로 제인은 오직 남자만을 본다. 맑은 어둠 속에 도드라진 얼굴을. 불그스름한 눈가와 반짝이는 물기를. 무겁게 고인 눈물이 주르륵 흐르는 순간 그녀는 숨을 잊었다. 가슴속에 간신히 매달려 있던 무언가가 발치로 쿵 떨어졌다.

"보고 싶었어."

그가 속삭였다.

"……미치는 줄 알았어."

탄식처럼 터지는 낱말들. 요한은 낮은 숨을 길게 내쉬며 눈을 감았다.

시간은, 그냥 가 버렸다. 하루는 너를 생각하고 그다음 날은 그러지 않으려 노력하고. 어떤 날은 원망하고 또 다른 날엔 그리워하고. 생각하고, 잠깐 잊고, 다시 생각하고. 그러다 보니 이렇게 나는 다시 네 앞에 있다. 천 개가 넘는 나날을 가뿐히 넘어서. 너무나 많은 것이 변해 버린 세상에서. 그럼에도 여전히, 변함없이.

소리는 다시 끊어졌다. 울음도 대화도 숨소리도 죽었다. 머뭇머뭇 여자의 손가락이 남자의 젖은 뺨을 쓸었다. 그리고 다시 그와 눈이 마주친 순간, 제인은 이제 무엇이 시작될지 알았다.

'선택의 여지를 주지 않는 순간은 없으니까.'

얼굴을 감싼 손바닥이 뜨거웠다. 요한은 첫 키스를 앞둔 소년처럼 떨고 있다. 거절을 두려워하듯 조심조심 천천히 다가온다. 그러는 동안 제인은 선택하려 기를 썼다. 외면하고 버티고 참는 쪽으로 가기 위해 끊임없이 자신을 설득했다. 그러다 마침내 입술이 닿은 순간,

심장이 폭발했다.

산산조각 났다.

별처럼 아득히 흩어졌다.

신호탄처럼 그들은 서로에게 매달린다. 덩굴처럼 상대의 몸에 팔을 얽었다. 버겁던 긴장이 일시에 사라지고 무모한 열기가 빈자리를 채웠다. 입맞춤은 순식간에 불꽃처럼 번져 온몸을 활활 태웠다.

가느다란 손가락들이 목덜미를 움켜쥐었다. 요한은 그 차가운 악력에 서슴없이 반응했다. 여자의 모든 것을 삼켜 버릴 것처럼 거칠게 밀어붙였다. 그리고 빈 벽면에 등이 부딪히는 순간 제인은 선택했다.

외면하기로. 그를 제외한 모든 것들을. 한 번만. 마지막으로 한 번만 더.

남자의 손이 얼굴을 매만졌다. 목덜미를 문지르고 어깨를 쥔다. 서늘하고 부드러운 살결 위에서 요한은 어찌할 바를 몰랐다. 한쪽 손을 여자의 머리카락에 파묻고 뒤통수를 바짝 끌어당겨 입술 사이를 혀로 더듬는다. 녹아 버릴 것 같다.

"하아."

제인이 짧게 숨을 들이켰다. 입술을 떼어 내며 감은 눈을 떴다. 잘게 흔들리는 새까만 눈동자. 완전히 무방비한 여자의 눈은 그가 기억하는 그대로 변하지 않았다. 여전히 겁이 많고 아직도 예민하며 변함없이 아름다운. 그 눈동자를 들여다보며 요한은 천천히 아래로 손을

미끄러뜨렸다.

가는 목을 지나 어깨를 더듬었다. 맨손으로도 부러뜨릴 수 있을 것 같은 골격이다. 여자의 허리를 감은 왼손은 좁고 마른 등을 타고 올랐다. 실크 드레스의 매끄러운 감촉이 비단뱀의 가죽 같다. 지퍼의 끝이 손가락에 걸리고, 그것을 잡아 아래로 끌어 내리고, 지직거리는 소리가 요요하게 시작됐을 때,

좀 더 세차게 입술이 맞물렸다.

드레스가 발목으로 툭 떨어졌다. 단숨에 속옷 차림이 된 여자 앞에서 그는 급하게 상의를 벗어 바닥에 내팽개쳤다. 목을 조인 넥타이를 끌러 내고 무기가 실린 홀스터를 풀어낸다. 셔츠의 단추를 끄르는 동안 요한은 미친 듯이 제인에게 입 맞췄다.

혀가 입 안을 사납게 휘저어 호흡이 모자랐다. 비상벨처럼 귓가에 언뜻 삐 소리가 난다. 휘청대며 남녀는 활짝 열린 침실 문을 통과하고, 붉은색 드레스와 검은색 재킷만이 빈 껍데기처럼 바닥에 남았다.

휩쓸리듯 침대 위에 누우며 제인은 떠올린다. 폭설이 쏟아지던 1월의 밤을. 제멋대로 찾아온 여자를 향해 달콤하게 웃던 남자. 가벼운 농담과 미소, 간간이 키득대던 웃음소리.

기억하며 그녀는 눈앞의 남자를 본다. 굳은 눈매와 초조한 입가, 침묵하는 숨소리. 셔츠의 마지막 단추를 풀어내는 손가락과 완전히 드러난 상체. 저도 모르게 그의 왼쪽 어깨로 시선을 주었다. 방 안은 어두웠고 밖에서 간신히 들어온 한 줌의 빛이 조명의 전부였지만 그럼에도 흉터는 창촉처럼 번쩍 그녀의 눈을 찔렀다.

엄지손톱만 한 총상 자국. 그의 몸이 가까이 다가올수록 제인의 눈에는 요철 같은 그 상흔만 커다랗게 확대됐다. 뻣뻣해진 손가락이 바르르 떨렸다.

"괜찮아."

몸을 숙이며 요한이 여자의 얼굴을 감싸 쥐었다. 물기가 고이는 눈을 보며 다시 속삭였다. 괜찮아. 다시 이어지는 입맞춤은 달래듯 부드럽다. 어둠 속에서 차가운 손이 흉터 위를 더듬었다. 옹이처럼 도드라진 자국을 조심스레 매만졌다. 미안하다는 말은 감히 입 밖으로 나오지 않았다.

"······아팠지."

그래서 간신히 건넨 바보 같은 질문에,

"아니."

머저리 같은 대답이 돌아왔다.

그리고 다시 몰아치는 입맞춤. 맨살에 닿는 서로의 체온. 몸의 감촉과 부피. 어깨를 더듬는 뜨거운 숨. 제인은 그의 머리칼에 손가락을 묻었다. 브래지어가 풀리자 살갗에 오스스 소름이 돋았고 입술이 닿는 순간 몸이 움찔 움츠러들었다. 발끝이 짜릿했다.

요한은 정신 나간 사람처럼 행동한다. 섹스에 미친놈처럼 벨트 버클을 풀고 드로즈를 벗고 여자를 알몸으로 만들었다. 멈추기 어렵기도 했거니와 멈추게 할 틈을 줄 수 없어서. 그녀의 몸은 예전보다 마른 것 같기도 했고 한층 농염해진 듯도 했으나 그런 감상들은 오래 이어지지 않았다. 그는 지금 몹시 절박하고, 금방이라도 폭발할 것 같다.

"제인,"

목소리가 떨려 나왔다. 흥분인지 긴장인지 둘 다인지 모르겠다. 아슬아슬 숨을 고르며 그녀가 눈을 떴다. 들이쉬는 숨결 속에 체향이 짙었다. 향수와 몸의 냄새. 머리카락이 품은 샴푸 향기와 살갗에 남은 로션 냄새. 요한은 달아오른 손을 뻗어 여자의 얼굴을 쓸었다.

"이름 불러 줘."

달음질하는 심장이 귓전에서 쿵쾅댔다. 제인은 가벼운 현기증마저 느꼈다. 벌어진 허벅지 안쪽으로 단단한 근골이 닿았고 여자의 입구는 완전히 젖었다. 솔직한 몸의 반응들. 이 순간만큼은 거짓이 없다. 아무것도 감추지 않는다. 그녀는 기꺼이 손을 뻗어 남자의 얼굴을 매만졌다.

"요한."

혀끝이 맞부딪혔다. 매끄러운 타액에서 생꿀 같은 단맛이 난다. 드디어 미쳤구나. 요한은 생각하며 입술을 떼어 냈다. 두 입술 사이 간격은 새끼손가락 끝마디만큼도 채 되지 않았다.

"다시."

제인이 눈을 떴다. 애태우듯 남자가 입구를 맴돌아 저도 모르게 허리가 들렸다. 온몸의 촉각이 그를 향해 바짝 곤두섰다. 그녀는 양팔을 들어 매달리듯 그의 목을 끌어안았다.

"요한."

탄식 같은 낮은 숨을 흘리며 남자가 들어왔다. 여자가 짧은 숨을 삼킨다.

"……한 번 더."

제 이름을 불러 주길 요한은 몇 번이고 원했다. 제인은 천 번이라도 기꺼이 부를 수 있었다. 결합이 깊어지고 소리가 높아지는 동안 그들은 서로에게서 눈을 떼지 않았다. 가진 것을 고스란히 내보이고 느끼는 대로 표현했다. 벌거벗은 육체는 숨길 수도 꾸밀 수도 없다.

"요한……."

제인이 양손으로 그의 얼굴을 어루만졌다. 거칠게 움직이던 남자가 우뚝 멈추더니 여자의 허리를 감싸 일으켰다. 마주 앉은 자세로 그는 잠시간 그녀의 얼굴을 물끄러미 쳐다봤다. 소리가 사라진 방 안에 안개 같은 적요가 깔리고, 나신의 남녀는 땀과 흥분에 젖은 채 고요히 서로를 들여다본다. 짙은 호흡들. 다문 입술 너머 맴도는 서로의 말들을 그들은 듣지 않고도 알 수 있다.

여자의 허리를 바짝 끌어당기며 그가 다시 움직이기 시작했다. 서로를 차지한 남녀의 몸짓은 물결처럼 자연스러웠다.

"하아."

제인은 남자의 너른 어깨를 부둥켜안았다. 어깨 뒤쪽의 동그란 자국이 손끝에 닿았다. 매끈한 피부 위로 총알이 빠져나간 흔적은 손톱으로 긁으면 떨어져 나올 것처럼 부자연스럽다. 못 만질 것을 만진 듯 손을 떼어 그의 뒷머리를 쓰다듬었다. 교성이 새는 입술을 뜨거운 목덜미에 묻었다. 향수와 땀 냄새가 뒤섞인 향기는 미칠 듯이 매혹적이라 그녀는 이제 어쩔 줄 모를 지경이 된다.

더 해 줘. 더 세게. 나를 부숴 줘. 쇳조각처럼 달아오른 말들로 머릿속이 터질 것 같았다. 더 세게. 그래, 거기. 더 해 줘. 상상도 한 적 없는 적나라한 말들이 목 안에서만 끓었는지 입 밖으로 나왔는지 분간할 수 없다. 그리고 마침내 참을 수 없다는 생각이 들었을 때, 제인은 그를 뒤로 밀어 넘어뜨리며 허리를 곧게 세웠다.

요한이 숨을 고르며 순순히 이쪽을 본다. 제 침대에 누워 저를 올려다보는 남자를 제인은 헐떡이며 내려다보았다. 도톰한 커튼이 창문을 가린 방 안에는 달빛 한 줄기 들어오지 않았다. 그러나 멀찍이 들어오는 연약한 빛의 꼬리만으로도 그는 아름답다. 마치 이 세상 존재가 아닌 것처럼. 그 남자를 지배한 채 제인은 황홀했다.

온전히 몸을 내맡긴 남자 위에서 홀로 행위를 이끌었다. 자신만의 감각을 좇았다. 쾌감을 따라 질주했다. 심장은 기계처럼 빠르게 박동하고 구석구석 정신없이 피가 돌았다. 온몸이 몹시 뜨거워지면서 정확히 어디인지 모르게 땀이 솟았다. 제인은 완전히 몰두했다.

모르겠다. 제정신이 아닌 짓을 벌이며 아예 정신을 놓은 건지. 두 시간 전쯤 마신 샴페인에 만취했다고 하자. 그녀는 저만치서 깜빡거리는 하얀 빛을 본다. 손끝에 닿을 것 같은 빛의 덩어리를 향해 전력으로 질주했다. 숨이 차고 땀이 솟았으나 머릿속에는 오로지 저 빛을 잡아야겠다는 생각뿐이다. 그리고 드디어, 이제 곧 손에 닿겠다고 생각했을 때, 얌전히 누워 있던 남자가 그녀의 허리를 움켜쥐었다.

"하, 나 못 참겠어."

참지 마. 제인이 중얼거리며 손을 뻗었다. 그리고 그 순간,

"아아."

손안에서 빛이 폭발했다.

눈앞이 온통 하얗게 달아올랐다.

산산조각 난 별들이 모래처럼 흩어졌다.

여자는 남자의 가슴 위로 무너져 내린다. 제 몸을 끌어안는 강한 팔의 힘. 몸속 깊은 곳에서 느껴지는 황홀한 떨림. 열기와 향기. 발아래 저 멀고도 아득한 세상.

뜨거운 몸을 뚫고 튀쳐나올 것처럼, 두 개의 심장이 거세게 뛰었다.

요한은 셔츠의 마지막 단추를 채우며 욕실 문을 쳐다보았다. 내팽개쳐진 옷들을 하나씩 주워 입는 동안 갖은 생각을 했다. 제인은 확실히 더 예뻐졌고, 이전과는 비슷하고도 다른 방식으로 사람을 미치

게 하며, 그러므로 지금 이 순간이 더욱 다행스럽다는 생각들.

그중 머릿속을 지배한 것은 기대감이었다. 너도 나를 그리워했다는 것에 대한 깊은 안도감. 터널 같던 긴 기다림이 이로써 끝을 맺게 될 거란 바람. 먼 길을 굽이굽이 돌아온 우리의 끝은 결국 가슴 벅찬 해피 엔딩일 거라고.

그러나 그의 얼굴은 이제 조금씩 굳고 있다.

재킷까지 걸쳐 입고 주머니에 든 휴대전화를 꺼냈다. 아파트 로비에 들어오기 직전 전원을 꺼 둔 탓에 전화기는 먹통이었다. 상황실의 형준이 보고 있었다면 갑자기 위성 신호를 놓쳐 놀랐을 것이다. 팀원들이 걱정은 하겠으나 제인과의 관계를 노출하지 않으려면 별수 없었다. 오늘 같은 금요일 밤에 신체 건강한 이십 대 남자가 상황실에 틀어박혀 야근을 할 것 같지는 않지만.

요한은 전화기를 주머니에 넣으며 다시 욕실 문을 본다.

오랫동안 흐르던 물소리는 이미 한참 전에 멎었다. 하얗게 빛이 새어 나오는 직사각형의 테두리는 그러나 여전히 굳게 닫혀 있다. 완벽한 차림새로 요한은 침대와 욕실 사이에 서 있었다. 열리지 않는 절벽 같은 문 앞에 조용히 서서 여자가 나오길 기다렸다. 화사하게 피었던 기대감이 잿빛으로 시들었으나 그는 차마 그것을 완전히 버리지 못한다.

그리고 마침내 두드려 보기로 마음먹었을 때, 딸깍 소리를 내며 문이 열렸다.

가운 차림의 제인에게서 꽃향기가 났다. 끌어안고 싶은 충동이 눈치도 없이 솟구쳤다. 저를 흘낏 본 뒤 시선을 피하는 여자를 요한은 계속 눈으로 좇았다. 그녀는 곁을 스쳐 화장대 쪽으로 걸어가 전등을 켰다. 부드러운 간접 조명이 방 안을 밝히자 실내는 완전히 다른 공간처럼 느껴졌다. 요한은 어지럽게 흐트러진 침대 시트에 시선을 두었다.

화장대 앞에 앉은 제인이 로션 병을 집어 들었다.

"후임자 찾을 때까지만 출근해."

말하며 암체어 위에 눈길을 주었다. 가지런히 놓인 빨간색 드레스와 검은색 속옷 한 쌍. 여전하네. 그녀는 자조하려 했으나 웃음이 나오지 않았다. 뱃속이 불로 지지는 것 같다.

"하루 이틀 정도만. 길면 다음 주까지."

펌프를 눌러 손바닥에 내용물을 덜어 냈다. 매일 쓰는 화장품의 익숙한 향내가 코를 찔렀다. 아무렇지 않은 손놀림으로 얼굴에 로션을 펴 바르는 여자를 요한은 거울을 통해 멍하니 본다. 그리고 눈을 움직여 다시 침대를 본다. 마구 흐트러진 침구 위로 격정의 흔적이 고스란했다.

"너,"

"나 결혼할 거야."

간신히 말문을 뗀 남자가 입을 다물었다. 거울 속에 앉은 여자가 드디어 시선을 맞춰 왔다. 말갛게 씻어 낸 하얀 얼굴. 아무것도 가리지 않은 그 얼굴이 말을 이었다.

"그 사람이랑."

"……왜?"

"빚을 졌어."

"빚…… 빚이라고?"

요한은 혼란스런 얼굴로 여자를 본다. 마주 보는 제인의 얼굴 위로 리즈 크루거의 목소리가 겹쳐졌다. 곧 미세스 비첼리오 될 거 같던데. 결혼할 거야. 그 사람이랑. 더 이상 듣고 싶지 않았으나 그녀는 이어 친절하게도 설명한다. 침착한 얼굴과 심상한 어조로.

"그 사람 아버지를 죽였어."

요한은 불식간에 미간을 움찔거렸다. 상상도 하지 못한 단어들이 연달아 귓속을 쑤셔 대 표정을 다스릴 수 없었다. 지금 무슨 말을 들었지. 멀쩡한 청력을 의심하려 애쓰는 찰나 제인이 다시 한번 말했다.

"내가 죽였어."

그는 제자리에 선 채 망연히 여자를 보았다. 아무런 말도 몸짓도 표정도 없었다. 거울 속에 사물처럼 비친 여자는 여전히 그를 마주 보고 있다. 웃지도 울지도 않는 조그만 얼굴. 흠뻑 젖은 머리카락. 물끄러미 저를 보는 새까만 눈동자.

구멍 난 가슴으로 다시 바람이 불기 시작했다.

6

쫓기는 자와 쫓는 자

— 둘이 약혼했어?

전화기를 귀에 댄 채 요한은 입술 안쪽을 잘게 씹었다. 저편에서 넘어오는 여자 목소리가 원망스러울 정도로 명료했다.

— 매장에 확인했더니 비첼리오가 진짜 반지를 샀더라고. 벌써 두 달쯤 전이니까 주고도 남았을 텐데.

근데 연방 애들은 그걸 어떻게 알았지. 진짜로 티파니에 정보원이라도 심어 놨나. 미셸이 욕설을 섞어 구시렁댔다.

— 헤닝 손에 반지 없디? 에메랄드 컷 다이아몬드 오 캐럿짜리.

"……확인한 바 없습니다."

— 그래?

여자가 잠깐 생각하듯 말을 멈췄다. 커다란 눈이 번뜩이는 모습을 요한은 상상했다.

— 아, 그리고 형준이 휴대전화 배터리 잘 챙기라고 전해 달래. 박 경관 어제 완전 식겁했대잖아, 한밤중에 갑자기 신호 꺼져서.

"죄송합니다."

— 걔가 원래 걱정이 좀 많아. 별일 없었지? 아파트 안엔 아직 못 들어갔어?

소파에 앉은 채 상체를 앞쪽으로 기울였다. 왼손을 들어 두 눈 위를 덮는다. 거짓말은 즉각 아무렇지도 않게 튀어나왔다.

"아뇨. 아직."

— 오케이. 조급하게 굴 거 없어. 침투 성공했으니까 반은 된 거고, 천천히 파악하면서 접근하자고.

미셸은 흔쾌했다. 타깃의 최측근으로 단번에 잠입해 낸 신입이 그저 만족스러운 모양이었다. 벙커에 파묻혀 보이지도 않던 공을 한 번의 샷으로 그린 위에 올린 셈. 요한은 자신을 향한 2팀 전체의 기대를 아주 잘 감지하고 있다.

"선배님."

— 어.

"라이언 아버지 말입니다."

— 아버지? 마르코?

여자의 목소리가 조금 높아지고 요한은 눈가에서 손을 떼어 냈다.

— 마르코는 왜? 뭐 들은 거라도 있어?

"아뇨. 그냥, 제가 아는 정보가 전혀 없어서."

아아. 코웃음을 섞는 미셸은 의심 없이 수긍하는 것 같았다.

— 윗대 비첼리오 삼 형제 중에 맏이였고 시카고에서 죽었어. 이제 팔 년 넘었겠네. 그쪽 경찰이 해결 못 해서—시카고 시경은 수사를 좆으로 하는 건지—여튼 미제 사건이지만 정황상 라이언이 죽인 게

확실해. 기소할 때 검찰이 아마 그 건도 다시 혐의 적용할 거야.

"자기 아버지를, 그가 죽였다고요?"

— 직접 죽였거나 누군가를 사주해 죽였거나. 살인이든 교사든 배후에 그가 있는 건 분명해.

구십구 퍼센트. 덧붙이는 말에 요한은 미간을 굳혔다.

"왜 그렇게 확신합니까?"

— 현장에 그가 있었으니까. 살해 동기도 있었고.

"동기라면."

— 뉴욕으로 돌아올 구실이 필요했을 거야. 아버지 원수 갚는단 핑계로 삼촌 죽이고 조직 접수한 거지. 시카고에 처박혀서 소소하게 사는 게 적성에 안 맞았던 모양인데, 딱 봐도 야심 있게 생겼잖아?

여러모로 참 뻑가는 남자야. 찬사를 가장한 그녀의 말은 이제 뚜렷한 비아냥이다.

— 아버지에 그 형제들까지 싹 다 죽이고. 시발, 돈이 그렇게 좋은가.

욕설이 쏟아지는 전화기를 귀에 댄 채 요한은 텔레비전의 꺼진 화면을 응시했다. 리오나르도의 막내 숙부이자 마지막 콘실리에리를 죽인 조직원을 찾아내는 것도 그에게 주어진 임무 중 끄트머리 어디쯤에 있었다. 이름이 안젤로라고 했던가. 그러나 임무에 대한 생각은 오래가지 않았다.

— 리 경관.

"예."

— 헤닝 말이야.

앞쪽으로 기울인 상체를 천천히 바로잡았다. 미셸은 망설이듯 잠깐 뜸을 들인 후 은근한 목소리로 말했다.

— 신중하게 접근해.

"예?"

— 나는 어째 그 여자가 수상쩍거든.

"……무슨 말씀이신지."

— 글쎄. 느낌이 싸하다고 해야 하나.

불식간에 마른침을 삼켰다. 도드라진 목울대가 반쯤 잠겼다가 다시 솟았다.

— 그렇잖아. 라이언이랑 관계가 뭔가 부자연스럽지 않아? 강압으로 보기엔 헤닝이 너무 자율적인데 본인 의지라 하자니 활동이 또 소극적이고. 가까이서 보니까 어때? 걔네 진짜 연인 같아?

연인 따위 아니라는 말이 울컥 혀끝까지 올라왔다. 하지만 그런 뉘앙스를 풍기면 미셸은 제인을 더 수상히 여길 것이다. 팀장에게 보고가 올라갈 테고 수사의 포커스는 다른 데 맞춰질지도 모른다. 요한은 재빨리 생각하며 가장 적당한 대답을 내놓았다.

"특이점은 확인 못 했습니다."

— 그래 뭐, 참고만 하고 있어. 몸조심하고.

길지 않은 통화를 끝낸 뒤 양손으로 얼굴을 문질렀다. 지난밤 두 시간도 채 못 잔 것 같지만 이제 며칠간의 불면쯤은 그의 사고를 방해하지 못한다. 소파 등받이에 상체를 기대며 머리를 젖혔다. 새하얀 천장에 오전의 햇볕 무늬가 아른아른했다.

'내가 사람을, 죽였다고.'

3년 전 제인이 했던 말을 기억한다. 그때 그는 궁금했다. 누구를, 언제, 왜.

'그 사람 아버지를 죽였어.'

절반 이상의 진실을 알게 된 후 그는 괴로웠다. 대체 왜, 무슨 이유로 그랬는지. 그로 인해 너의 삶은 어떻게 휘어지고 틀어졌는지. 요한을 괴롭히는 것은 제인의 손을 적신 핏물도 그 대상의 정체도 아니었다.

'내가 죽였어.'

살인의 광경을 지난밤 수도 없이 상상해 보았다. 8년 전이라면 제인이 아직 스물이 채 되기 전의 일이고 상대는 범죄자 집안에서 태어나 갖가지 범법 행위를 일삼은 중년 남자였다. 작고 어린 여자가 제 몸집의 두세 배는 족히 됐을 남자를 죽여야 했을 까닭은 너무나 쉽게 몇 가지로 압축됐으며, 그로 인해 요한은 더더욱 잠들 수 없었다.

그녀는 분명 총을 썼을 것이다. 총은 어떻게 구했을까. 일이 벌어진 후 벌벌 떠는 그 애를 그 남자가 붙잡았을까. 아비의 시신 앞에서 그는 어떤 표정을 지었을까. 그럼에도 그는 왜 여자를 죽이지도 학대하지도 않았나. 리오 비첼리오에게 그녀는 어떤 의미일까.

'나 결혼할 거야.'

너에게, 그 남자는 또한 어떤 의미를 갖나.

밤새도록 짐작과 상상과 번민을 거듭했다. 분개하고 탄식하며 자책했다. 본격적으로 풍랑이 이는 해수면처럼 그의 세상은 심하게 울렁거렸다. 바닷속 깊이 가라앉은 침몰선이 이제 조금씩 수면 위로 끌어 올려지고 있다. 20세기는 두 달도 채 남지 않았으며 경찰은 다음 세기가 오기 전에 끝장을 내겠다 이를 갈고 있다.

그러니 어서 방법을 생각해야 한다. 모든 것이 햇볕 아래 낱낱이 드러나기 전에. 무섭게 출렁대는 이 바다가 온통 피로 물들어 버리기 전에. 너를 데리고 헤어 나올 길을 찾아야 해.

요한은 천장을 향해 아린 눈을 감았다. 그리고 재차 다짐한다. 이번만큼, 그는 결코 혼자서 도망치지 않을 것이다.

❖

서재 안은 고요했다. 제인은 활짝 열린 문을 새삼스레 인식했다. 집 안에는 둘뿐이고 훌륭한 보안설비를 갖춘 타운하우스는 외부와 완벽히 격리되어 있지만 그럼에도 불안감은 늘 떨쳐지지 않았다. 그녀는 무릎 위 따뜻한 머그잔을 내려다본다. 몽글몽글 솟아오르는 증기 속에 말린 꽃과 허브 잎 향기.

"이유가 뭐야."

리오가 물었다. 상담교사처럼 침착한 태도로. 여자는 천천히 고개를 들며 준비한 대답을 내놓았다.

"불편해서."

"의외인데. 콜린스가 네게 편안한 상대였다니."

"바꿔 줘요. 아무래도 여자 수행원이 좋겠어."

그는 그저 물끄러미 그녀를 바라보았다. 원하는 대로, 좋을 대로 하라는 말은 평소와 달리 곧바로 나오지 않았다. 침묵과 응시가 길어질수록 제인은 긴장했다. 같은 디자인의 잔을 입으로 가져갔다가 무릎 위에 내리는 남자. 모든 동작은 나른하고도 자연스럽다.

"그가 혹시,"

한동안의 침묵 끝에 리오가 입을 뗐다.

"의심스러운 행동을 하던가."

그리고 대화의 방향은 예상치 못한 곳으로 꺾였다.

"의심스러운, 행동이라니?"

"쓸데없이 주변을 기웃댄다던가. 지나치게 가까이 접근하고, 지시하지 않은 일을 한다던가."

당혹스러운 와중에도 제인은 침착했다. 저를 향한 리오의 무감동한 눈길 속에서 그녀는 날카로운 관찰을 본다. 이 순간 동요하면 안 된다는 것은 본능적으로 알았다.

"네게, 필요 이상으로 친근하게 군다던가."

제인이 두 눈을 가늘게 떴다. 가장 먼저 떠오른 것은 역시 지난밤의 일이다. 설마. 손가락 끝부터 빠르게 식기 시작해, 그녀는 따뜻한 머그잔의 표면에 손바닥을 밀착했다.

"당신이…… 지금 무슨 말을 하는 건지 모르겠어."

"그 남자,"

리오가 말하며 고개를 살짝 기울였다. 변함없이 심상한 얼굴로. 여전히 여자의 눈을 응시한 채로.

"경찰이야."

그리고 이제 그녀는 동요를 감출 수 없다.

"뭐…… 뭐?"

"요한 리. 시경이 들여보낸 쥐새끼라고."

직급이 경관이라던가.

대수롭지 않게 중얼대는 음성마저 제인의 귀에는 환청처럼 멀게 들렸다.

경찰. 요한이 경찰이라니. 어디서 그런 말도 안 되는 소리를. 그녀는 저도 모르게 고개를 가로저었다.

"말도 안 돼."

그럴 리 없다. 그는 그녀와 마찬가지로 경찰의 대척점에 선 남자다. 그래피티를 그리고 환각제를 팔고 허가받지 않은 총기를 허리춤

151

에 찔러 넣고 다니던 남자다. 제인은 이어 그의 이력서를 떠올렸다. 2년간 군대에 다녀왔고 제대 후 경비업체 소속으로 일했다는 간략한 이력을 복기한다. 그리고 다시 돌아온 그를 떠올렸다. 신중한 태도. 깊어진 눈빛. 굳게 다문 입술.

'최고 수준 경호, 지시받아서.'

경찰. 경찰이라고. 네가.

"확실한…… 정보야?"

멍청한 질문이다. 리오나르도는 확실하지 않은 정보를 사실처럼 부풀려 말할 남자가 아니다. 여자의 생각을 읽은 듯 리오는 다문 입술을 다시 열지 않았다. 사실이라면, 그렇다면 그는 요한의 정체를 어떻게 알았나. 하나부터 열까지 피가 마르도록 궁금했으나 그녀는 간신히 질문을 삼켰다. 어차피 그는 대답하지 않을 것이다.

"그래서, 어쩔 셈이야."

"네 생각은 어때."

생각 따위는 할 수 없다. 그녀는 머그잔에 매달리듯 계속하여 양손으로 굳게 감싸 쥐었다. 절반 넘게 남은 허브차가 아직도 뜨거운지 완전히 식었는지 손바닥에 아무런 온도가 느껴지지 않았다. 발바닥이 지면 위로 한 뼘쯤 떠오른 것 같다.

"죽여 버릴까."

리오가 제 몫의 잔을 빙글빙글 돌리며 가볍게 읊조렸다. 웃음기 없이 낮은 음성은 결코 농담 같지 않았다. 그리고 유유히 차를 마시는 모습. 제인은 그만 소름이 돋는다.

"아직 고민 중이야, 어떻게 활용할지. 그러니 결정 내리기 전까지 당분간 놔둬. 그리고,"

아파트 정리해. 빈 머그잔을 탁자 위에 내려 두며 그가 지시했다.

"경찰은 너를 노리고 있는 거야. 회계정보를 빼낼 계산이겠지."

당연히 납득했다. 그 정도쯤 그녀 또한 모를 리 없었다. 아군에게 치명적인 약점은 곧 적군의 최대 목표가 되며 비첼리오가에 있어 제인 헤닝은 급소 같은 존재다. 경찰의 칼끝이 자신에게 향하는 것은 지극히 자연스럽고도 상식적인 전개였다.

하지만 너라니. 네가 그들의 칼이었다니.

"이제 혼자는 위험해. 아파트 정리하고 들어와."

제인은 하얗게 굳어진 표정을 감추지 못했다. 그런 여자를 리오는 끝까지 일상의 시선으로 바라본다. 어쩌면 저토록 견고할 수 있을까. 요새 같은 남자의 표정이 새삼 놀라웠고 우습게도 부러웠다. 더불어 그녀는 또한 두려워졌다. 죽여 버릴까. 그 농담 같지 않았던 말에 리오가 약간의 의지를 더한다면 요한은 이제 얼마든지 위태롭다.

"제인."

제인은 정신을 차리려 애를 썼다. 초점이 흐려지는 눈에 힘을 주었다. 양손으로 꽉 감싸 쥔 머그잔에서는 더 이상 향기가 나지 않았다. 한 점의 온기조차 느껴지지 않았다. 그녀는 다만 눈앞의 남자에게 집중하기 위해 모든 노력을 그러모았다.

"아무도 믿지 마."

지그시 여자를 바라보며 리오가 말했다.

"널 속이지 않는 사람은, 나뿐이야."

그를 마주 본다. 느긋이 눈을 슴벅이는 남자를 본다. 길고 짙은 속눈썹과 헤이즐색 눈동자가 새삼 인형의 것처럼 이질적으로 보였다. 흠 하나 없이 완벽한 외양. 깊이를 알 수 없는 눈매.

그토록 믿음직한 공범 앞에서 제인은 결국 고개를 떨구고 말

앉다.

❖

옐로우캡 택시 한 대가 갤러리 앞에 섰다. 뒷좌석의 남자가 내미는 지폐를 터번을 두른 택시 기사가 무뚝뚝한 얼굴로 건네받았다. 넉넉한 거스름돈을 받지 않고 내리자 기사는 그제야 땡큐, 강한 억양으로 짧게 인사했다. 남자는 왼손으로 차 문을 탁 닫은 다음 갤러리 입구로 곧장 걸어 들어갔다.

"세상에, 콜린스 씨!"

리셉션의 에이미가 벌떡 일어섰다. 베런은 덤덤한 얼굴로 인사를 건넨다.

"미스 스미스."

"벌써 퇴원하셨어요? 이렇게나 빨리?"

여긴 어쩐 일이세요? 이렇게 돌아다녀도 괜찮은 거예요? 계속 듣고 있다간 옷을 벗겨 상처라도 확인해 볼 기세라 베런은 여자의 관심을 예의 바르게 끊어 냈다.

"고맙습니다, 미스 스미스. 관장님은."

"안에 계세요. 잠시만요."

"괜찮습니다. 업무 보세요."

리셉션에서 나오려는 에이미를 만류하며 그는 내부를 눈으로 훑었다. 일주일 만에 온 갤러리는 변함이 없었다. 전면 통유리 하나가 모래처럼 박살 난 지 고작 일주일 지났을 뿐인데 무슨 일이 있었냐는 듯 조용하고도 화평하다.

시야에 들어온 낯선 남자에게 베런은 시선을 주었다. 달라진 것이 있다면 저 검은 정장 차림의 경비원이 유일할 것이다. 방문객을 의식한 듯 입구 가까이 다가왔던 남자는 메인 전시장 쪽으로 느긋이 퇴장했다. 왼쪽 귀에 꽂힌 인이어. 탐탁잖은 눈길을 던지며 베런은 계단을 향해 고개를 돌렸다.

그리고 또 다른 남자와 눈이 마주쳤다. 검은색 수트와 귀에 꽂은 인이어가 분명 같은 차림새인데 이쪽은 낯이 익다. 남자의 얼굴을 알아보기까지 1초의 절반도 채 걸리지 않았다. 그러나 그 얼굴을 납득하기까지 베런에게는 조금 더 긴 시간이 필요했다. 혹시 내가 뭘 잘못 보고 있나. 저도 모르게 두어 차례 눈을 깜빡였다.

저 남자가, 왜 여기에.

"새로 온 관장님 수행 기사예요. 요한, 이쪽이 콜린스 씨. 전에 얘기했죠?"

친절한 여자의 샛노란 음성이 두 남자 사이에 끼어들었다. 총을 꺼내야 하나 순간 망설인 것은 양쪽 모두 마찬가지였다. 어리석은 짓을 하는 대신 그들은 입을 다문 채 서로를 노려본다. 심상찮은 기류에 에이미가 눈치를 살폈으나 둘 중 누구도 호응하지 않았다.

"올라가 보겠습니다."

"아, 네. 차 한잔 가져다드릴까요?"

"아뇨. 고맙습니다."

여자와 데면데면 대화하는 동안에도 베런은 요한만을 응시했다. 계단 아래 선 상대를 향해 걸어가는 내도록 그의 얼굴에서 시선을 떼지 않았다. 덜 아물어 욱신거리는 총상에 열감이 느껴졌다. 이제 알겠다. 일주일 전 이 어깨에 총알을 박은 자.

너였구나.

멀쩡하게 선 요한의 왼쪽 어깨 언저리를 본다. 그러나 죽고 싶어 환장하지 않고서야 이토록 무모할 수가 있나. 수년 만에 마주친 남자 앞에서 베런은 또다시 할 말을 잃었다. 수행 기사. 수행 기사라.

이 미친 새끼.

"지금 뭐 하자는 거지."

2층 복도에 들어선 후에야 베런은 걸음을 멈췄다. 제 뒤를 바짝 따라오는 남자에게 드디어 말을 걸었다. 지그시 노려보는 새파란 눈동자. 그에서 요한은 검붉은 혐오를 본다.

"문, 열어 드리려고."

말하며 남색 블루종 아래 감춰진 총상을 눈짓으로 가리켰다.

"불편해 보여서."

툭 던져 놓고는 뚜벅뚜벅 앞장서 걷는다. 구두굽이 석재 타일에 부딪히는 소리를 베런은 뒤처진 채 억지로 들어야 했다. 균형 잡힌 몸매를 뽐내기라도 하듯 보기 좋게 걸어간 요한이 복도 끝에서 몸을 돌렸다.

관장실 문 앞에 선 남자가 이쪽을 본다. 창을 통해 들이친 오전의 빛줄기가 후광을 이루었다. 잘 다듬은 머리카락 아래 반듯한 이마. 이제 어쩔 건데. 그 빤빤한 낯짝을 보며 베런은 더운 숨을 길게 뱉었다.

슬슬 화가 난다. 아주 오랜만에.

그는 요한을 향해 대단히 멀쩡한 걸음을 걸었다. 문 따위를 여는 것은 물론이거니와 원한다면 저 미끈한 이마에 당장 총구멍을 내 줄 수도 있다. 그러나 베런은 입을 꾹 다문 채 묵묵히 환자 취급을 당해 냈다.

똑똑.

노크를 한 요한이 잠깐 기다렸다가 사무실 문을 열었다. 앞장서 들어가는 남자의 뒤통수를 쳐다보며 베런은 결국 실소를 뱉고 말았다. 진심으로, 이게 대체 무슨 개같은 상황인지 모르겠다.

"무슨 일이야."

안에서 여자 목소리가 흘러나왔다. 경계가 역력한 말투. 베런이 사무실 안으로 성큼성큼 들어가자 책상 뒤에 앉아 있던 여자가 유령처럼 부스스 일어섰다. 두 눈을 크게 뜬 채 저를 보는 여자에게 그는 언짢음을 숨기지 않았다. 제인은 경악하며 그를 보다가 곁에 선 요한에게 잠깐 시선을 옮기고, 이내 다시 소스라치듯 그를 본다. 까만 눈동자의 움직임을 지켜보며 베런은 기이한 분노를 느꼈다. 이건 어쩐지, 불륜 현장에 난입한 남편이라도 된 기분.

"얘기 좀 하셔야겠습니다."

제인은 두말 않고 순순히 걸어 나왔다. 또각또각. 일주일 만에 듣는 여자의 걸음 소리가 귓전을 때렸다.

"나가 있어."

고목처럼 선 수행원을 향해 여자가 말했다. 지시받은 남자는 그러나 방문객을 응시하며 꿈쩍도 하지 않았다. 이제라도 총을 꺼내야 하나 베런은 진심으로 고민한다.

"괜찮으니까 내려가 있어."

제인이 다시 말했다. 2층에 아무도 못 올라오게 해. 덧붙이며 소파에 앉자 수행원은 그제야 걸음을 옮겼다. 등 뒤로 정중히 문이 닫히는 동안에도 베런은 온 신경을 곤두세웠다. 탁. 문이 닫히고 뚜벅뚜벅 구둣발 소리가 충분히 멀어질 때까지 사무실에 남은 두 남녀는 한동안 침묵했다.

"벌써 이렇게 돌아다녀도 돼?"

좀 앉아. 몸도 안 좋은데. 제인이 자리를 권했으나 베런은 선 채로 움직이지 않았다. 이 기막힌 상황이나 빨리 설명하라는 듯 몹시도 성마른 눈빛으로.

"어떻게 된 겁니까."

"나야말로 묻고 싶은 말이야. 어떻게 된 거야?"

그녀는 자연스럽게 한쪽 다리를 꼬아 앉았다. 사납지 않게 치뜬 눈을 남자가 비스듬히 내려다본다. 눈길이 마주친 순간 그들 사이 시간은 아주 잠깐 멎었다.

"저 사람 리오가 고용했어."

"……그럴 리가요."

"사실이야. 누군지 전혀 모르는 눈치던데."

"그럴 리가,"

"그때 신상까진 보고를 안 했나 봐."

"보고라니, 제인,"

"알아."

자꾸만 말허리가 잘렸다. 대화의 방향이 예상과 완전히 다르게 흘러 베런은 당혹한다. 제인의 태도는 침착했다. 두려워하지도 긴장하지도 않은 표정에서 얼마쯤 냉랭한 기운마저 비쳤다.

"어쩔 수 없었겠지. 여자는 말을 안 듣고 본인 목은 날아가게 생겼고. 불은 빨리 꺼야겠는데 달리 방법은 없고. 겁을 줘서라도 날 움직여야 했겠지, 어떻게든 목적은 달성해야 하니까. 이해해."

그가 눈을 가늘게 떴다. 빈속에 줄담배를 피운 것처럼 머리가 띵했다. 여자의 말들이 날카로운 파편처럼 휙휙 날아와 차례차례 이마에 박히는 기분이었다. 사실이 아니라고, 오해라고 말해야 하는데 입을 뗄 수가 없다.

"당신 그런 남자잖아. 베런 콜린스."

소파에 앉은 채 이쪽을 똑바로 바라보는 여자. 그는 이제 완전히 말문이 막힌다.

"리오가 그를 마음에 들어 해. 이유는 모르겠지만, 그래서 지금 나도 굉장히 곤란하고."

혼란스러웠다. 비첼리오가 요한 리를 고용했다니. 그를 알아보지 못했다니. 급기야는 내가 뭘 잘못 안 건가 싶어 베런은 3년 전의 상황을 돌이켰다.

'총으로 쐈잖아! 그 사람 아버지!'

아무리 생각해도 틀림없었다. 한국 출신 이민자, 소박한 세탁소를 운영하는 평범한 동양인에게 총격을 가한 자가 비첼리오가 아니라면 대체 누구란 말인가. 가족관계까지 꿰뚫어 그를 경악하게 했던 리오가 요한을 알아보지 못했을 리 없다.

'걱정 안 해도 될 것 같더군.'

그러나 요한 리는 분명 이곳에 고용됐으며 일주일째 무사하다. 도무지 앞뒤가 맞지 않는 퍼즐 앞에서 베런은 전에 없이 허둥거렸다.

"그러니까 이번엔 그냥 모른 척해 줘."

제인이 말했다.

"기회 봐서, 내가 정리할 테니까."

베런은 여전히 아무 말도 하지 않았다. 변명이든 해명이든 뭐라도 하고 싶었으나 불행히도 모두 가능의 영역 바깥에 있다. 그는 다만 여자의 얼굴을 응시했다. 얼굴빛과 몸의 상태를 살피듯 눈으로 훑은 뒤 왼쪽 손에 시선을 주었다. 가늘고 긴 손가락. 언제나처럼 짧게 다듬은 손톱. 그 어느 손가락에도 반지는 없었고, 그로써 그는 불식간에 마음을 놓았다가, 이내 못 볼 것이라도 본 양 서둘러 눈길을 돌려 버렸다.

"돌아다니지 말고 몸이나 챙겨. 술 담배 하지 말고. 당신 환자야."

저건 그저 선심일까 아니면 부상당한 경호원에 대한 죄책감일까. 그 말을 끝으로 제인은 가볍게 자리에서 일어섰으나, 베런은 여전히 그 자리에 선 채로 그녀를 바라보았다.

정체된 도심처럼 생각이 멎었다. 상념들의 열기로 머릿속이 뜨거웠다. 구멍 난 어깨가 뻣뻣하게 굳은 것 같다. 생살을 찢어 놓은 총탄의 파편들이 꽤나 낭자한 흔적을 남긴 모양이라고, 베런은 그저 그렇게 생각했다.

센터페시아의 시계를 확인했다. 저녁 7시 반. 요한은 차창 너머 갤러리를 향해 고개를 돌렸다. 폐장 시간을 훌쩍 넘긴 1층은 불이 꺼져 있었다. 블라인드가 쳐진 2층 사무실 창문만 희미한 빛의 덩어리 안에 떠 있다.

그는 저 공간 안에 홀로 있을 여자를 상상한다. 책상 위에 앉아 컴퓨터 모니터를 들여다보고 있을까. 사진과 글자들이 인쇄된 서류 뭉치를 넘기고 있을까. 그녀가 일하는 모습을 본 적이 없으므로 요한은 그저 그럴듯한 장면들을 상상할 수밖에 없다.

제인은 한동안 바빠질 거라고 했다. 전시를 계약한 화가의 첫 번째 개인전이 다음 달에 열린다고. 요새 뉴욕에서 제일 잘나가는 작가예요. 성격이 괴팍해서 갤러리 쪽 사람들은 상대도 안 하던 분이거든요. 근데 우리 관장님이 식사 초댈 받더니 독점계약을 따내서 이쪽 바닥이 아주 들썩거렸죠. 우리 관장님이 안 그렇게 생겼는데 은근히 강단 있거든요. 요한은 찬사를 속닥이던 에이미의 풍부한 표정을 떠올렸다.

강단 있지. 있고말고.

'후임자 찾을 때까지만 출근해.'

불 켜진 사무실 창문을 바라보다 차에서 내렸다. 보닛을 돌아 조수석 문을 열고 좌석 위에 놓인 비닐봉지를 집어 들었다. 봉지 안에 든 누런색 종이봉투가 서걱거렸다.

보안 카드로 잠긴 문을 열고 갤러리 안으로 들어갔다. 그림과 조각상들이 어둠 속에 웅크린 전시실은 폐가처럼 괴괴했다. 텅 빈 리셉션을 지나 계단을 오르는 걸음은 급하지도 느리지도 않다. 그러나 관장실 앞에 다다랐을 때, 손가락을 둥글게 구부려 문을 두드리기까지 남자의 동작은 조금 더뎌졌다.

똑똑.

노크를 하고 안으로 들어갔다. 책상 앞에 앉은 여자가 고개를 들어 이쪽을 본다. 요한은 문을 닫은 뒤 소파 쪽으로 뚜벅뚜벅 걸어가 손에 든 큼직한 비닐봉지를 테이블 위에 내려 두었다. 스탠드 하나 달랑 켜진 실내에 고소한 냄새가 소리 없이 퍼졌다.

"먹고 해."

대답 없는 여자를 못 본 척하며 몸을 굽혔다. 봉투 안에 차곡차곡 담긴 플라스틱 용기들을 꺼내 하나하나 테이블 위에 늘어놓았다. 비닐과 종이가 스치는 소리가 부스럭부스럭 요란하다. 신경 쓰지 않는 척 요한은 여자 쪽을 향해 귀를 기울이고, 마침내 하이힐이 바닥을 딛는 소리가 났을 때 별수 없이 안도했다. 그리고 내키지 않는 듯 다가온 발소리가 멎자 몸을 똑바로 펴고 한 걸음 물러났다.

제인은 테이블 한가득 차려진 일회용 용기의 집합을 내려다보았다. 자상하게도 일일이 뚜껑을 열어 놓은 덕에 내용물이 한눈에 보였다. 윤기가 반지르르한 김밥. 불고기와 반찬들이 보기 좋게 담긴 도시락. 아기 손바닥만 한 크기로 부친 삼색 모둠 전. 아무리 봐도 일인분은 아니다.

"너도 앉아."

이걸 어떻게 혼자 다 먹어. 소파 위에 앉아 일회용 젓가락을 집으며 제인이 말했다. 가만히 서 있던 남자는 사양하는 시늉도 않고 맞은편에 앉는다. 세 사람 몫은 족히 될 법한 음식을 사 온 이유가 역시. 그러나 여자는 잠자코 나무젓가락을 가르고, 남자는 순순히 넘어가 주는 상대를 힐끗 쳐다보았다.

"잘 먹을게."

아무렇지 않게 인사치레까지 한 여자가 묽게 끓인 된장국을 들어 한 모금 마셨다. 무어라 대꾸하지 못한 것은 오히려 요한 쪽이었다. 포장도 채 벗기지 않은 젓가락을 손에 들고서 그녀를 바라보았다. 큼직한 참치김밥을 한쪽 볼 가득 우물대며 푸짐한 음식들을 내려다보는 제인.

그러고 보니 오랜만이다. 이렇게 마주 앉아 밥을 먹는 것이. 저와는 눈도 마주치지 않는 여자를 요한은 한동안 일방적으로 응시했다. 얇은 피부 아래 관자놀이 근육이 팔딱거리고, 그것마저 입 맞추고 싶도록 예쁘다고 그는 생각했다.

"아까, 별일 없었어?"

손에 쥔 젓가락 포장을 벗겨 내며 물었다. 그리고 얼마간의 시간이 지난 후에야,

"별일 없었을 리가 없잖아."

음식물을 삼키며 제인이 대답했다. 그야 물론 그렇지. 베런을 떠올리며 요한은 생각했다. 맹금처럼 날카로운 청록의 눈동자. 창백한 이

마에 드리운 금발. 최대한 오랫동안 피했어야 할 대상과 불과 일주일 만에 마주쳤다. 명치가 따끔하도록 긴장한 것은 당연했다.

"엄청 반가운 눈치던데."

한눈에 딱 알아보더라고. 덧붙이는 남자를 향해 제인이 드디어 시선을 주었다. 플라스틱 숟가락 끝을 입에 넣는 모습을 까끌한 눈으로 바라본다. 반가워? 저토록 안이하고 태평스런 태도라니. 범죄 조직 한복판에 홀로 잠입한 경찰관 주제에.

겁도 없이.

"너,"

나무젓가락을 내려놓으며 제인이 입을 뗐다.

"왜 돌아온 거야."

요한은 여자를 마주 보았다. 고스란한 김밥을 힐끗 보더니 그리로 젓가락을 가져가며 태연스레 대꾸한다.

"너 찾아오려고."

심상하기 짝이 없는 어조였다. 흡사 지갑을 놓고 와서, 라고 말하듯 아무렇지도 않은 말투와 함께 그는 여자 몫의 김밥 하나를 집어 입에 쏙 집어넣었다. 그러고는 한쪽 볼 가득 우물대며 다시 눈을 마주친다. 주말 동안 노선을 정한 것은 남자 쪽도 마찬가지인 모양. 제인은 생각하며 눈을 가늘게 떴다.

"꼭 내가 네 사람인 것처럼 말하네."

잘난 척하는 병은 낫지도 않나 봐. 덧붙이며 내려 둔 젓가락을 다시 들었다. 요한은 매끄럽게도 대답한다.

"나 솔직한 거 알잖아."

제인은 입을 다문 채 생수병을 집어 드는 남자를 보았다. 뚜껑을 돌려 따는 커다란 손의 모양. 플라스틱병 주둥이 끝을 입술로 가져가는 모습. 유별나게 붉거진 목울대. 그 일상적인 동작들을 지켜보며 그녀는 다시 불안해지기 시작했다.

"진실을 원한다고 했지."

주말 내내 고민했다. 이 남자를 어떻게 해야 할지. 지독하게 엉켜 버린 매듭을 어떻게 잘라 내야 할지. 어려운 해답을 찾아 헤매는 동 안 제인은 단 하나의 생각만 거듭했다. 어떻게든 보내야 한다. 할 수 있는 모든 수단을 동원해. 반드시.

그가 손을 뻗쳐 오기 전에.

"난 너 사랑한 적 없어."

"……뭐, 처음 듣는 말은 아니네."

"나한테 너는 일탈이야. 그때나 지금이나."

"일탈이라."

"그래. 오락 같은 대상. 위험한 유희 같은 거."

"일탈 쪽이 더 듣기 좋은데."

"그러니까 괜한 짓 그만둬. 이쯤에서 빠지라고."

"싫다면?"

"요한 리."

"그거 알아?"

남자가 손에 쥔 생수병을 내려놓았다. 두 개의 시선이 직선으로 맞 부딪혔다.

"너 거짓말 되게 못 해."

못된 척하는 것도 어설프다. 냉정을 가장한 얼굴은 안쓰럽다. 아름 답고도 불행하게 웃는 여자. 못되지도 냉정하지도 못한 채 필사적으 로 악역을 시늉하는 여자. 어쩌면 그래서 더 포기할 수 없는지 모르 겠다고 그는 생각했다.

"내가 대신 말해 줄까? 넌 내가 다칠까 봐 두려운 거야. 너 때문에 내가 잘못될까 봐. 그래서 못된 척 위악 떨며 밀어내려는 거지. 근데 그게 너무 어설퍼서 내 눈엔 다 보여. 그때나 지금이나. 이게 진실이야."

지금 다시 너를 두고 돌아선대도 나는 잊을 수 없을 것이다. 너를 생각하느라 온전히 살아갈 수 없을 것이다. 생각하고 잠깐 잊고 다시 생각하길 계속할 것이다. 지난 3년간 그러했듯이.

"나도 어쩔 수 없어. 네 말대로 꺼져 주고 싶은데 그랬다간 내가 미쳐 버릴 것 같아. 이미 해 봐서 뭔지 아니까 더 못 하겠어."

제인은 표정을 바꾸지 않으려 온 힘을 다했다. 신실한 남자의 눈빛을 의심하려 노력했다. 그는 격앙되지 않았으나 결연해 보였으며, 그래서 그녀는 믿지 않기 위해 더욱 분투해야 했다.

"널 위해서 이러는 게 아니야. 나 때문에, 내가 살고 싶어서 그래. 등신 같은 거 아는데, 나도 이제는 어쩔 수가 없어."

요한은 말하며 언어의 한계를 원망했다. 몸과 마음을 뒤흔드는 느낌과 생각들을 말로 다 표현하기란 호리병에 연기를 담는 것처럼 불가능하다. 채 담아내지 못한 무수한 것들을 전달하듯 그는 다만 여자의 시선을 놓지 않았다.

그리고 또다시 침묵이 시작됐다.

무슨 말이라도 해 주길 바랐으나 제인은 입을 열지 않았다. 그의 시선을 피하지도 않았다. 그저 다음 말을 기다리듯 첨예한 눈길로 남자를 응시했고, 그 눈을 마주 보며 요한은 결심했다.

더는 망설일 시간이 없다. 비첼리오의 사냥개에게 들켜 버린 이상.

"도망치자."

날것의 제안에 그녀가 비로소 동요했다.

"내가 도와줄게."

대답 없는 여자를 향해 힘주어 말했다.

"날 믿어, 제인."

시간의 괴물이 발목을 잡아챘다. 모든 것은 순식간에 원점으로 돌아갔고 세상은 사진처럼 멈춰 버렸다. 숨 쉬는 것조차 잊은 채 그들은 서로를 바라본다. 도망치자. 도망치자. 도망치자.

소리 없는 남자의 애원에 제인은 끝끝내 대답하지 않았다.

차이나타운의 작은 술집은 여전히 한적했다. 주인과 내부 인테리어, 술값까지 모두 그대로인 이곳에 바뀐 것이라곤 종업원뿐이다. 긴 머리를 하나로 틀어 올린 여자 바텐더는 방금 들어온 주문대로 펩시콜라 한 캔을 길쭉한 잔에 따랐다.

잔거품이 푸시시 터지는 유리잔을 빨대와 함께 바 위에 올려 두자 한 명뿐인 웨이터가 구석 테이블로 날랐다. 콜라를 여자의 앞에 놓아 준 다음 남자 쪽의 잔을 확인했다. 가끔 진토닉을 마시러 오는 손님인데 더 가끔씩은 이렇게 여자가 뒤따라올 때도 있다. 그렇지만 동행보다 훨씬 더 놀라운 사실은 이 손님이 오늘 토닉워터를 주문했다는 점. 술을 빼고 얼음만 잔뜩 채운 탄산수가 절반 넘게 남은 것을 확인한 뒤 웨이터는 신속히 테이블을 떠났다.

"무슨 퇴원을 벌써 했대?"

리즈가 앞니로 빨대 포장을 벗기며 투덜댔다. 반투명한 일회용 빨대를 얼음 사이에 꽂고 한 모금 길게 마신다. 이제 좀 살겠단 표정을 짓자 베런이 기다렸다는 듯 반듯하게 접은 종이를 내밀었다.

"업데이트 좀 알아봐. 사소한 정보도 좋으니까 최대한 빨리. 내일까지 되겠어?"

보자마자 일 얘기라니 성질도 급하시지. 그녀는 밉지 않게 눈을 흘기며 백지를 받아 펼쳤다.

"이거,"

인쇄 날짜가 96년 2월로 찍힌 서류는 그녀가 뽑아 건넨 그대로였다. 요한 리. 출생지와 가족, 거주지, 최종 학력인 출신 고교와 깨끗한 전과기록까지. 그 내용을 보는 순간 리즈는 오늘 그에게 무슨 일이 있었는지 대번에 알았다. 예상했던 상황이지만 생각보다 훨씬 빠르게 흘러간다는 것도.

"맞아. 네가 준 거."

"이거 헤닝이랑 관계있는 거지?"

한 장짜리 서류를 자국대로 두 번 접으며 여자가 물었다. 역시나 대답은 돌아오지 않는다.

"이 남자라면 나도 아는 게 좀 있어. 알아야 할 이유도 있고."

"네가 그를 안다고?"

"말해 봐. 둘이 무슨 관계야? 내가 생각하는 그거 맞아?"

또다시 침묵. 노코멘트는 곧 긍정이라는 간단한 공식을 이 순간만큼은 인정하고 싶지 않다. 남자의 눈을 빤히 들여다보다 리즈는 결국 한숨을 터뜨리고 말았다.

"맞네. 설마 했는데."

시발. 욕설을 중얼대자 지켜보던 베런이 눈썹을 모았다. 다시 입을 뗄 때까지 리즈는 오래 망설이지 않았다. 이렇게 된 이상 어차피 더는 숨길 수도 없다.

"이 남자 경찰이야."

"……뭐라고?"

"신입 경관인데 시경 쪽에서 투입했어. 헤닝한테 접근시키려고. 그 것도, 시경 애들이 한 짓이고."

남자의 어깨 즈음을 턱짓으로 가리키며 그녀가 입술을 잘근댔다. 차마 똑바로 보지 못하겠다는 듯 시선을 피하는 여자를 그의 눈은 집 요하게 따라갔다.

"미안해. 차장이 함구령 내려서 어쩔 수 없었어."

"테일러 차장이, 나한테 알리지 못하게 했다고?"

베런이 미간을 찌푸렸다. 요한 리가 시경 소속이라는 말은 믿기 어 려웠으나 믿지 않을 수도 없었다. 신입 경관이라면 갓 경찰관이 됐다 는 소리니 시간상 불가능한 것도 아니다. 그렇다면 차장은 왜 시경의 움직임을 비밀에 부쳤나. 상사에 대한 배신감보다 직업적인 의구심 이 앞섰다.

"선배한텐 그동안 말 못 했는데 실은 안쪽 분위기가 좀 묘해."

"날 의심하나."

"유감스럽지만 그래."

"증거 확보를 못해서?"

"그것도 그렇고, 태스크포스 쪽 정보가 새는 정황이 있어."

"정보가 새다니."

리즈가 입을 다물었다. 가늠하듯 제 눈을 마주 보는 여자를 베런은 이해했다. 법을 다루는 사람들에게 의심은 직업병이자 반드시 갖춰 야 할 덕목이기도 하다. 그는 후배이자 10년 차 요원인 리즈 크루거 를 날카로운 눈으로 관찰했다. 그녀를 완전히 믿지 못하는 것은 베런 또한 마찬가지. 그러나 그 역시 상대의 정보가 필요했으므로 타협은 어렵지 않았다.

"네 말이 맞아. 두 사람 구십육 년에 연인 관계였고 내가 개입했어."

"개입했다면, 경관도 선배를 안다는 거야?"

"그래. 나한테 원한이 클 거야."

"빌어먹을, 골치 아프게 됐네."

리즈가 주머니를 뒤져 담뱃갑을 꺼냈다. 모서리가 구깃한 종이 상자에는 새하얀 담배가 열서너 개비쯤 남아 있다. 하나 꺼내서 입에 문 여자가 불을 당겼고, 첫 연기를 뿜어내길 기다려 베런이 물었다.

"보고할 거냐."

"그럼 안 해? 잠입한 수사관이 타깃과 사적인 관계가 있어. 그런데도 본부에선 까맣게 모르고 있다고. 걔가 헤닝한테 무슨 소리를 할지 어떻게 알아? 무슨 생각을 하고 있는지 어떻게 아냐고."

그녀가 목소리를 낮춰 빠르게 말했다. 말을 맺기 무섭게 입술 끝에는 다시 담배. 베런은 깊이 빨아들인 연기를 길게 뱉는 모습을 바라만 볼 뿐 담뱃갑으로 손을 뻗지는 않았다.

"보고하지 마."

"뭐라고?"

"당분간 모른 척해."

"뭔 소리야?"

그게 무슨 미친 소리냐는 듯 리즈가 미간을 구겼다. 요한 리는 비첼리오 패밀리를 겨냥한 연방수사국과 뉴욕시경의 합동 태스크포스에 대해 상당한 정보를 알고 있다. 그가 엉뚱한 마음을 먹기라도 한다면 수년간 추진해 온 수사 자체가 위기에 빠질 수 있다. 그토록 중차대한 상황을 보고하지 말라니.

탐색하듯 빠르게 저를 살피는 여자의 시선을 베런은 가볍게 무시했다.

"경관에 대해 우리 쪽에선 누가 알지?"

"나랑 테일러 차장. 아마 부장도 알 거야. 왜?"

"네 말대로 정보가 새는 것 같아."

"그게 무슨, ……우리 안에 구멍이 있단 말이야?"

"우리 쪽일 수도 있고,"

아주 잠깐의 틈을 두고 그가 말을 이었다.

"시경 쪽일 수도 있지."

베런은 빠르게 머릿속을 정리했다. 어긋났던 퍼즐들이 비로소 차곡차곡 아귀 맞아 들어간다. 요한이 무려 저격이라는 대범한 수법을 쓴 배경. 너무도 쉽게 그의 자리를 차지할 수 있었던 비결. 무엇보다도,

리오나르도가 기꺼이 그를 받아들인 까닭.

"어느 쪽이든 고위급이야. 이번 작전을 미리 알고 정보를 넘길 수 있을 만한 직책."

"우리 쪽이라면 차장급 이상이잖아. 선배 지금 무슨 소리 하는 건지 알아?"

리즈는 즉각 방어적인 태도를 취했다. 연방수사국 간부가 마피아와 내통했을 가능성이 있다. 그 엄청난 소리를 아무렇지도 않게 하는 남자가 그녀는 의심스러웠다. 솔직히 믿고 싶지 않았다. 그렇게 판단하는 근거가 뭐야. 딱딱하게 되묻는 여자에게 베런이 지체 없이 대답했다.

"비첼리오가 경관의 정체를 알고 있어."

"뭐?"

"처음부터 알고 있었어. 다 알면서 속은 척 잠입시킨 거라고."

"선배."

손가락 사이에 낀 담배 끝에 기다랗게 재가 쌓였다. 굳어 버린 여자를 향해 베런이 상체를 바짝 당겼다.

"잘 들어, 리즈. 아무한테도 알리지 말고 조용히 내부를 살펴. 차장이나 부장, 아니면 그 윗선일 수도 있어. 우리보단 시경 쪽일 가능성이 크지만 만에 하나 우리와도 연관이 있는 거라면,"

베런 콜린스의 정체 또한 노출됐을 수 있다는 소리. 리즈의 표정이 한층 심각해졌다.

"나도 무사하지 못해."

"하지만, 선배를 알고 있다면 라이언이 왜 지금껏 가만히 있었겠어?"

"그래서 시경 쪽일 확률이 높다는 말이야. 하지만 가능성은 배제할 수 없지."

그때 출입문이 열리더니 한 무리의 동양인이 들어왔다. 광둥어로 신나게 떠드는 손님들을 웨이터가 테이블로 안내했다. 베런은 입을 다문 채 토닉워터가 든 유리잔으로 시선을 옮겼다. 표면에 맺힌 물방울 하나가 주르륵 아래로 떨어진다.

"시경 작전 중단해야 되는 거 아냐?"

새 손님들이 저만치 자리 잡는 것을 지켜보며 리즈가 입을 뗐다.

"선배 말이 사실이라면 경관이 위험하잖아."

"쉽게 손댈 수는 없을 거야. 정보원과의 관계도 고려해야 할 테니."

"관계? 제 삼촌 사촌들도 싸그리 죽인 인간이야. 막말로 어디다 묻어 놓고 발뺌하면 그쪽에서 어쩔 건데? 정말로 내통이라면 그쪽도 라이언한테 약점을 잡힌 건데."

"지금 그를 빼내면 우리가 눈치챘다는 걸 알리는 꼴이 돼. 일단은 조용히 상황부터 지켜봐."

"하지만,"

그녀가 손에 쥔 담배를 재떨이에 비벼 껐다. 초조하게 구르는 눈동자.

"그가 경관을 살려 둘까?"

물으며 빨대 끝을 입에 물고 콜라를 홀짝인다. 영락없이 평범한 여자처럼 보이는 리즈를 베런은 아무렇지 않은 눈으로 바라보았다. 비첼리오가 그를 살려 둘까. 그는 확신할 수 없다.

"그러길 바래야지."

제 몫의 유리잔을 집어 탄산수를 두어 모금 마셨다. 테이블 위에 있는 담뱃갑에 시선을 줬다가 눈길을 돌렸다. 비첼리오가 과연 그를 살려 둘까. 그러길 바래야지.

그러나 이제 베런은 무엇도 확신할 수 없다.

가을이 깊어진다. 단풍은 절정을 지나 나목이 되어 가고 노을의 열기는 눈에 띄게 식었다. 일몰 후 거리에는 이제 스산한 바람이 불고 사람들은 하나둘 외투를 걸치기 시작했다. 이 도시가 지닌 가장 아름다운 계절. 가을은 그러나 허무하도록 짧다.

록펠러 센터 지하 주차장은 평일에도 빈자리가 거의 없었다. 고층에서 출발한 엘리베이터에서 한 무리의 남녀가 내렸다. 검은 정장 차림의 남녀 사이로 여자의 아이보리색 코트가 한눈에 띄었다. 그녀로부터 한 걸음 떨어져 요한은 걸었다. 말쑥한 정장 차림의 경매사 직원 셋. 그들이 에워싼 낮은 카트 위에 나무 상자 하나가 덩그러니 실려 있다.

경매는 오늘도 지루했다. 오래전에 죽은 화가가 그린 그림, 화가가 죽은 지 얼마 안 된 그림, 아직 살아 있는 화가가 그린 그림들이 요한으로서는 이해할 수 없는 순서에 따라 차례차례 등장해 값이 매겨졌다. 그리고 생김새가 단순하기 짝이 없는 도자기 한 점이 경매대에 올랐을 때, 호가가 십여 차례 오가고 경매사가 낙찰을 예고한 찰나 조용히 관망하던 제인이 입찰 패를 들어 올렸다. 20만 달러. 낙찰이 선언된 순간까지도 요한은 제 귀를 의심했다.

조선백자. 한국. 18세기 말엽. 흘려들었던 소개말을 떠올리며 여자를 바라본다. 비스듬히 아래를 향한 시선과 긴 속눈썹이 어지간한 집한 채 값을 써 버린 사람치고 너무나 평온했다. 침착한 옆얼굴에서는 흥분도 만족도 찾아볼 수 없었다.

"문 좀 먼저 열어 주시겠습니까?"

그가 트렁크를 열자 경매사 직원들이 상자를 실었다. 메르세데스 짐칸에 실린, 잘 포장된 20만 달러짜리 항아리를 요한은 바라본다. 그러는 동안 제인은 스스로 뒷좌석 문을 열고 차 안으로 사라졌다. 20만 달러짜리 물건에 배달 서비스가 없을 리 없겠으나 그녀는 직접 가져가길 원했다. 마치 중간에서 누군가 빼앗아 갈까 걱정이라도 하는 사람처럼.

요한이 운전석에 앉아 기어를 옮겼다. 배웅하듯 정중히 선 세 명의 경매사 직원을 뒤로하고 메르세데스는 지하 주차장을 빠져나갔다. 늦은 오후의 눈부신 햇빛 속에서 자동차는 거북이걸음. 러시아워 직전에도 미드타운 도로는 연중 지독한 정체다.

"그런 건 왜 사는 거야?"

운전석의 남자가 정면을 향해 물었다. 궁금하다기보단 무슨 말이라도 걸고 싶어서. 오늘 하루 종일 제인은 한 마디도 하지 않았다. 질문을 곱씹듯 놓인 약간의 틈에 이어 짧막한 대답이 돌아왔다.

"갖고 싶어서."

낮은 여자의 목소리에서 그는 날카로운 냉기를 듣는다. 일정한 속도로 주행하며 룸미러로 시선을 옮겼다. 거울 속에 비친 여자가 웬일로 이쪽을 응시하고 있었다. 마주친 눈길 속에서 요한은 무엇이라도 읽어 내려 애를 썼다.

"자주 해?"

"뭘."

"경매."

"……낙찰받은 건 처음이야."

"그런 게 왜 갖고 싶은데?"

수집하는 건가. 골동품 같은 거. 순진한 척 덧붙이며 서서히 차를 세웠다. 빨갛게 불이 들어온 정지신호 위에서 회색 비둘기 한 마리가 이쪽을 굽어본다. 요한은 룸미러로 시선을 되돌려 뒷좌석의 여자와 다시 눈을 마주쳤다.

"궁금해?"

그녀가 냉랭하게 물었고,

"어."

그가 건조하게 대답했다.

"나야 항상 궁금하지. 너에 관한 건."

전면 유리를 통해 하얀 빛살이 쏟아졌다. 남자의 갈색 눈동자는 유리알처럼 투명하다. 짙은 눈썹과 속눈썹, 아름다운 눈동자. 그 눈을 마주 보며 제인은 입술 안쪽을 잘게 씹었다.

'그 남자 경찰이야.'

여전히 믿기지 않았다. 좀 더 솔직히 말하면 믿고 싶지 않다. 분명 무슨 착오가 있을 거라고, 이번만큼은 그가 틀렸을 거라고 마음은 자꾸만 고집을 부렸다. 그러나 갈수록 버거워지는 이 상황보다도, 적군이 되어 나타난 옛 연인보다도 그녀를 가장 두렵게 하는 것은,

'죽여 버릴까.'

아무렇지도 않던 남자의 음성.

알면서 모르는 척. 두 사람 사이 지루한 게임은 다시 시작됐다. 리오는 3년 전의 일에 대해 어떠한 언급도 하지 않았으나 그럴수록 불안은 더욱 숨통을 조여 왔다. 그가 모든 것을 알고 있단 생각이 들 적마다 제인은 돌연히 소스라쳤다. 결코 살려 두지 않을 거야. 공포의 손아귀가 무시로 목을 눌렀다.

'결정 내리기 전까지 당분간 놔둬.'

그래서 또다시, 지옥 같은 시간이다.

매일 아침 아파트 로비를 지날 때마다 긴장한다. 대기 중인 자동차 곁에 네가 서 있지 않을까 봐. 하루에도 몇 번씩 창밖을 내다보고 사무실 밖을 향해 귀를 기울인다. 네가 아직 안전한지 확인하기 위해. 그가 차 문을 열어 줄 때, 혹은 자신의 뒤를 따라 이동할 때에도 제인은 조금이라도 빨리 움직이려 발끝에 힘을 주었다. 그렇게 하면 어딘가에 숨어 있을 저격수가 목표물을 헷갈리기라도 할 것처럼.

일상의 매 순간 공격을 경계한다는 것. 피 말리는 일이었다.

퇴근 시간이 점점 더 늦어졌다. 더 이상 할 일이 남아 있지 않을 때에도 제인은 귀가를 최대한 미뤘다. 요한은 여전히 그녀를 아파트 현관까지 수행한 뒤에야 돌아갔다. 잘 자. 경호원과 피경호인 사이 인

사로는 적절하지 않은 말을 남기고. 그때마다 제인은 그를 붙잡고픈 충동을 이겨 내려 온 힘을 다했다. 자신의 경호원을 지키기 위해 그녀는 매일같이 치열했다.

'도망치자.'

어두운 아파트에 홀로 남으면 태산 같은 상념들이 정수리를 짓이겼다. 자꾸만 눈에 드는 전화기를 수십 번씩 외면하고, 부디 그가 안전한 곳으로 무사히 돌아갔기를 숨죽여 기도했다. 수면유도제를 삼킨 뒤 침대에 모로 누워 이불을 뒤집어썼다. 핏속으로 약이 퍼지길 기다리는 동안에도 어김없이 그 남자만을 생각했다.

'보고 싶었어.'

묵묵히 바라보는 눈빛. 태연한 척 건넨 몇 마디의 말들. 곁을 스칠 때마다 풍기던 향수 냄새. 낮에 입었던 셔츠의 색깔마저 낱낱이 떠올릴 수 있었다. 오랫동안 그리워한, 가치 없는 여자를 위해 또다시 목숨을 건, 대책 없이 미련하여 가슴이 저미는 남자.

'너 찾아오려고.'

잡고 싶다. 안고 싶다. 양손 가득 그를 어루만지고 싶어 미칠 것 같다. 그와 눈이 마주칠 때마다 가슴이 달고 목이 탔다. 감출 길 없는 마음을 숨기려 발버둥 치던 그 모든 순간마저, 그녀는 절망적이게도 간절히 그를 원했다.

그러나 더는 안 돼.

'그 남자 경찰이야.'

그날 직후 제인은 오랜 의문을 떠올렸다. 배신을 앞두고 갑작스레 죽임당한 안젤로. 일찌감치 정체를 간파당한 요한. 서로 간 일면식도 없을 두 남자 사이에서 그녀는 놀랍고도 믿기 어려운 추론을 해 버렸다. 어쩌면, 아마도, 아니 틀림없이,

리오는 수사기관에 닿을 수 있는 정보 루트를 갖고 있다.

'일종의 로비용 자금이지.'

'로비라면 의회 말인가요?'

92년부터 지금까지, 8년 치에 가까운 회계장부를 뒤져 별도 계좌로의 자금 유입을 확인했다. 리오 외에 아무도 그 용도를 모르는 계좌에는 매월 변함없이 뭉칫돈이 차곡차곡 쌓이고 있다. 천만 단위로 누적된 자금의 흔적을 보며 제인은 전율했다. 그러니까 그가 말한 로비의 대상이란,

정치인이 아닌 경찰관.

비첼리오는 경찰에 뇌물을 주고 경찰은 그에게 수사 정보를 흘린다. 검은 베일 밖으로 슬쩍 드러난 시커먼 꼬리를 그녀는 차마 믿을 수 없었다. 그러나 모든 것을 설명할 수 있는 가설은 또한 그것이 유일. 그리하여 제인은 소스라치듯 각성했다. 정말로, 리오와 경찰이 은밀한 관계를 맺고 있는 거라면,

'도망치자.'

너는 애쓸수록 더 위험해질 거야.

"세상에, 낙찰받으신 거예요?"

갤러리 문이 열리자 리셉션의 에이미가 자리에서 벌떡 일어섰다. 뿔테 안경 너머 푸른 눈동자가 휘둥그레지더니 요한이 든 큼직한 상자에 고정됐다. 호기심 많고 선량한 미술 전공자는 서둘러 리셉션 밖으로 달려 나온다.

"관장님, 제가,"

"괜찮아요. 일 봐요."

한쪽 손을 들어 가볍게 만류한 뒤 제인이 지하실로 앞장섰다. 제자리에 선 에이미와 짧게 눈을 맞추고 요한은 관장을 따라 계단을 내려

갔다. 기물 없이 말끔한 통로를 지나자 도어록이 설치된 회색 철문이 나타났다.

관계자 외 출입 금지.

제인은 네 자리의 비밀번호를 누른 다음 닫히지 않도록 안쪽에서 문을 잡았다. 요한이 열린 문을 통과해 뚜벅뚜벅 안으로 걸어 들어가고, 등 뒤로 철컥 문 닫히는 소리와 함께 그녀가 또각또각 그를 다시 앞질렀다.

입구로부터 열 걸음쯤 떨어진 곳에 철문 하나가 더 있다. 그리로 다가가 보안 패드 덮개를 열고 빠르게 비밀번호를 눌렀다. 이번에는 여덟 자리. 천천히 문을 여는 여자의 뒷모습을 요한은 세 발짝 떨어져 선 채 바라보았다. 오래된 항아리가 든 나무 상자는 몸값만큼이나 무게 또한 묵직했다.

"들어와."

그는 금지된 구역 앞에 선 것처럼 아주 잠깐 머뭇거렸다.

'지하는 미술품 보관실이에요. 관장님께서 특히 보안에 신경 쓰시는 곳이고 외부인 출입은 엄금돼 있죠. 경비팀도 비상시가 아니라면 지하실 출입은 삼가 주세요.'

경비팀이 파악한 바에 의하면 지하층은 1층에서 통하는 계단을 제외하면 외부와 연결된 통로가 없다. 보안시스템이 이중으로 돌아가고 있어 에이미의 말대로 평소에는 굳이 가 볼 필요도 없는 곳이다. 덕분에 입구의 감시 카메라를 통해 정지화면 같은 철문 주변만 체크했을 뿐 요한은 아직 내부를 확인하지 못했다.

'갤러리는 비첼리오 조직의 돈세탁에 이용되는 것이 확실해. 여기에 관련된 증거도 반드시 확보해야 하고.'

상자를 든 채 보관실 안으로 걸음을 옮겼다. 철컥, 삑. 닫힌 문이 자동으로 잠기는 소리를 등 뒤로 흘리며 그는 빠르게 내부를 눈으로 훑었다.

밝은 조명이 켜진 쾌적한 지하실은 전시실을 방불케 했다.

벽면 전체에 걸린 크고 작은 그림들이 눈을 어지럽혔다. 파인 아트에 대해 아는 바 없는 그의 눈에도 범상치 않아 보이는 그것들은 대부분 유화였다. 세 개의 벽면을 가득 채운 현란한 색채로 인해 공간은 마치 이세계 같았다. 환상적이고, 조금쯤은 넋마저 빼놓았다.

벽면에 채 걸리지 못한 그림들은 바닥에 세워져 있었다. 차곡차곡 세로로 세워진 그림들 중 일부는 덮개로 완전히 감싸여 있다. 반대쪽 벽에는 크고 작은 나무 상자들이 거대한 철제 수납 선반 위에 빼곡히 놓여 있었다. 굵은 펜으로 숫자를 갈겨 써 넣은, 같은 디자인의 레이블들이 상자 오른쪽 상단마다 명찰처럼 조로록 붙어 있다. 중대형 작품만 언뜻 훑어도 족히 백여 점. 그 방대한 규모와 압도적인 공기에 요한은 눈을 깜빡이는 것조차 잠깐 잊었다.

"여기에 내려."

보관실 정중앙에 놓인 작업대 앞을 가리키며 여자가 지시했다. 들고 있던 상자를 천천히 내려놓자 그녀는 상자를 봉한 종이테이프를 커터 칼로 끊어 낸 뒤 뚜껑을 열었다. 조심스레 백자를 꺼내는 모습. 지켜보던 요한이 다시 눈을 돌려 천장 구석구석을 살폈다. 마땅히 있어야 할 장치가 보이지 않는다고 생각했을 때,

"여긴 카메라 없어."

도자기에 시선을 둔 채로 제인이 말했다. 그는 대꾸하지 못하고 그녀를 본다. 마음껏 구경해 둬, 다신 기회 없을 테니까. 손에 든 백자를 살피며 여자가 덧붙였다. 이후 잠깐의 정적. 그는 여전히 아무 말도 하지 않았다.

"궁금하다며. 내가 왜 이런 게 갖고 싶은 건지."

그녀가 요한을 향해 고개를 돌렸다. 탐색하듯 마주 보는 남자는 미간이 보일 듯 말 듯 굳어 있다.

"여기 와 보고 싶단 뜻 아니었어?"

되물으며 백자 항아리를 작업대 위에 올려 두었다. 고무판으로 마감된 상판이 안정적으로 도자기를 지탱했다. 제인은 그 우아한 예술품에서 눈을 떼어 다시 남자를 본다. 반듯하게 드러난 이마와 완벽한 턱선. 체형에 딱 맞는 검은색 수트. 오늘 입은 셔츠의 색깔은 짙은 남색. 잠시 후 해가 지면 다시 홀로 누워 회상하게 될 모습.

주위를 둘러싼 눈부신 걸작들이 더는 눈에 들어오지 않았다.

혓바닥이 뜨거워졌다. 제인은 당장이라도 말하고 싶었다. 네가 누군지 알고 있어. 뭘 하려는 건지도 알아. 그러니 이제라도 위험한 짓 그만두고 당장 도망가.

다시는 돌아오지 마.

"어째서,"

물끄러미 마주 보던 요한이 느리게 입을 뗐다.

"내가 여기 와 보고 싶을 거라고 생각했는데?"

이번에는 여자 쪽이 대답을 잃었다. 입을 다문 채 가까이 선 남자를 본다. 맞닿은 시선이 금세 활시위처럼 팽팽해졌다.

"뭐, 감시 카메라 없는 건 마음에 드네."

농담처럼 중얼대며 한 발짝 다가왔다. 그러나 전혀 웃지 않는 입술 새로 낮은 음성.

"여기선 무슨 짓 해도 모를 거 아냐."

다시 한 발짝, 체온이 성큼 가까워졌다. 그가 쓰는 향수 냄새가 코로 훅 끼쳤다. 두 사람 사이 거리는 이제 불과 두 걸음 남짓. 서서히 숨이 막히기 시작한다.

"한 번 더 해 볼래?"

"……무슨 말이야."

그가 한 걸음 더 거리를 좁혀 왔다. 제인은 그제 뒷걸음질을 시도했으나 남자 쪽의 동작이 좀 더 빨랐다. 커다란 손아귀가 이미 여자의 왼팔을 움켜쥐었다.

"일탈."

고개를 들어 그를 보았다. 내려다보는 눈매가 가늘어졌다. 관찰하는 듯 유혹하는 것 같은 눈길 속에서 불티가 번쩍였다. 연막인가. 의심하면서도 그녀는 속절없이 매혹되었다.

낚아채듯 예고 없이 입술이 맞물렸다. 뜨거운 손이 뒤통수를 감싸고 제인은 감전된 듯 질끈 눈을 감았다. 부드러운 감촉이 다물린 입술 새를 파고든다. 파편이 박힌 것처럼 심장이 아프게 뛰었다.

안 돼.

가까스로 고개를 틀어 닿은 입술을 떼어 냈다. 서로의 눈으로 마주 향한 시선. 코끝은 여전히 맞닿을 듯 가깝다.

"미쳤어?"

"몰랐어?"

나지막한 음성 끝이 모래처럼 버석했다. 조각처럼 불거진 목울대가 한 차례 울렁였다. 숨을 타고 들이치는 남자의 체향. 제인은 그만 말을 잃어버렸다.

"제정신 아닌 지 오래됐는데."

커다란 두 손이 여자의 얼굴을 감쌌다. 갈색 눈동자가 쇳물처럼 이글거렸다. 그에서 제인은 간절한 열망과 억누른 절망, 애처로운 희망을 본다. 연막이 아니야. 깨닫는 순간 다시 한번 입술이 부딪혔다. 요한은 전보다 한층 완강히, 단숨에 그녀의 틈을 파고들었다.

설원처럼 눈앞이 하얗게 타올랐다.

거세게 침범하는 남자를 속수무책 받아들였다. 밀어 내야 한다는 것은 다만 생각에 그쳤다. 부드러운 강압에 육체는 염치없이 황홀해졌다. 밀어 내야 하지만 움직일 수 없다. 남자의 손에 붙들렸으니까. 감히 저항할 수 없으니까. 갑작스런 상황에 당혹했으니까. 나약한 의지 대신 치졸한 변명들이 그녀의 의식을 쥐고 흔들었다. 남자의 손아귀에서,

제인은 빠져나가고 싶지 않았다.

그의 손이 허리를 감아 바짝 끌어당겼다. 모직 코트 위로 몸의 곡선을 더듬는다. 가슴과 가슴이, 혀끝과 혀끝이 동시에 맞붙었다. 요한은 가장 깊이 침범할 이상적인 각도를 찾아 턱을 기울였다. 호흡과 타액이, 향기와 열기가 정신없이 엉겼다.

발밑이 모랫둑처럼 와르르 무너진다.

하이힐의 높이와 바닥의 감각이 느껴지지 않았다. 공중에 떠 있는 듯 가벼운 현기마저 일었다. 휘몰아치듯 입맞춤은 깊어지고 조금씩 호흡이 달리기 시작했다. 그녀는 갈 곳 없는 손을 들어 그의 가슴팍을 짚었다. 암석처럼 단단한 물체가 손바닥을 누른다. 그리고 그것이 수트 안에 숨은 한 쌍의 권총이라는 것을 인지했을 때, 제인은 드디어 선잠을 깨듯 화들짝 정신을 되찾았다.

더 이상 변명을 이어 갈 수 없었다.

번쩍 눈을 떴다. 가볍게 숨을 몰며 그에게서 떨어졌다. 가볍게 제압하고도 남을 만한 힘이었으나 요한은 더 이상 강제하지 않았다. 그리고 허리를 감았던 남자의 팔에서 순순히 풀려나는 순간, 그 찰나의 순간 제인은 안도와 동시에 약간의 유감을 느꼈다.

유감이라니. 나란 인간은 도무지 학습이란 걸 하지 못하는 건가. 그토록 처참한 일들을 겪고도. 아직도.

"……어리석게 굴지 마."

자책하듯 말했다. 섬처럼 선 남자는 대답하지 않는다. 제인은 그의 굳게 닫힌 입술에, 부드럽게 젖어 붉은 입술에 스치듯 시선을 주었다. 그리고 도망치듯 몸을 돌려 입구 쪽으로 향했다.

"언제든,"

등 뒤에서 요한이 말했다. 제인은 반쯤 열린 문의 고리를 쥔 채 다음 말을 기다렸다.

"나는 준비돼 있어."

잠깐의 정적 끝에 그녀가 움직였다. 간명한 동작으로 철문을 완전히 열어젖혔다. 문이 닫히지 않도록 몸을 기댄 채 팔짱을 끼는 모습. 이쪽으로 고개를 돌리는 여자에게 요한은 집중했다. 이중으로 감싸인 공간은 여전히 외부와 격리된 채 폐쇄돼 있다.

"도망가자고 했지."

그녀가 물었다.

"어디로. 내가 어디로 갈 수 있는데. 경찰서? 검찰청? 교도소?"

노골적인 단어들이 가슴을 꿰뚫었다. 뱃속이 차갑게 식어 그는 대답하지 못했다. 사람을 죽였어. 무심히 저를 바라보는 여자의 얼굴 위로 과거의 목소리가 흘렀다. 그 사람 아버지를 죽였어. 요한은 저만치 떨어져 선 제인의 눈동자를 계속하여 마주 보았다. 베일처럼 짙은 그림자. 여자의 발목을 부여잡고 있는 것은 어쩌면 두려움뿐만이 아닐지도 모른다.

다시 정적이 흘렀다. 터무니없이 화려한 미술품의 향연 속에서 그는 우뚝 선 채 여자만을 바라보았다. 가위처럼 서늘한 눈길이 뺨을 베는 것 같았다. 충분한 시간을 준 제인이 그만 나오라는 듯 가볍게 턱짓했다. 위층에서 기다릴 사람들. 여기 오래 머무를 수 없다는 것을 그 역시 잘 알았다.

철컥.

등 뒤로 두 개의 문이 잇따라 잠긴 뒤 요한은 여자의 뒤를 따라 계단을 올랐다. 또각또각. 반짝거리는 검은색 하이힐과 맵시 있는 소리 속에서 그는 다시금 다급해졌다.

'한국이든 어디든, 먼 데로. 여기서 멀리 떨어진 곳이면 어디든. 같이 가자.'

탈출은 이제 그때처럼 간단하지 않게 됐다. 제인은 이미 용의자로 수사 선상에 올랐고 수사기관은 그녀를 주시하고 있다. 어찌어찌 비첼리오의 손에서 벗어난다 하더라도 연방정부를 따돌리는 것은 불가능에 가까우며 그것이 요한으로 하여금 내딛는 걸음 하나, 내뱉는 단어 하나에 모든 신중을 기울이게 만들었다.

제인을 구해 낼 유일한 길은 자수하게 만드는 것뿐이다. 아무리 궁리해도 달리 더 나은 방법을 그는 찾아낼 수 없었다. 수사에 협조한 증인에게는 선처와 보호가 제공된다. 덩치가 크고 난이도가 높은 사건일수록 증인의 공로는 비례하여 인정된다. 그러나 혐의에서 얼마나, 정확히 얼마나 자유로울 수 있나. 연방정부의 증인보호 프로그램에 대해 좀 더 상세한 정보가 필요하다. 당장 오늘 밤이라도. 요한은 생각하며 계단의 끝에 다다랐고, 저만치 앞에 선 여자의 검은색 하이힐을 보았으며, 그와 거의 동시에 남자의 짙은 향수 냄새를 감지했다.

빌어먹을.

긴장하며 들어 올린 시선 끝에는 예상했던 남자가 서 있었다.

짙은 네이비색 수트를 걸친 장신의 남자. 중세 조각가의 작품처럼 늘씬하고 우람한 체형. 흠잡을 데 없는 턱선. 세련된 패턴의 타이와 완벽한 매듭을 지나 그의 눈으로 시선을 옮겼다. 오직 여자에게 붙박여 움직이지 않는 눈동자. 깊은 눈매.

"······리오."

"잠깐 들렀어. 근처에 일이 있어서."

대답하며 스치듯 요한에게 시선을 준다. 그 무상한 움직임을 요한은 무표정한 얼굴로 주시했다. 리오나르도의 뒤에는 선글라스를 낀 거구의 수행원이 버티고 서 있었다. 짙은 갈색 피부와 검은색 수트 사이로 새하얀 셔츠 깃이 도드라졌다. 리셉션 안에 선 에이미가 긴장한 눈으로 그쪽을 힐끔거렸다. 비첼리오가 갤러리 안에 수행원을 데리고 들어온 것은 그녀의 기억으론 오늘이 처음이다.

"올라가요, 나도 지금 들어왔어. 에이미, 우리 차 좀,"

"차는 됐어."

리오가 자르듯 말하며 걸음을 뗐다. 약간의 머뭇거림 끝에 제인이 2층을 향해 앞장섰다. 두 사람이 층계를 오르자 수행원이 걸어와 계단 앞에 섰다. 말없이 입구를 가로막은 무장한 남자 뒤로 남녀의 발소리가 나란히 멀어졌다.

1층에 남은 요한은 기계적인 표정을 유지했다. 그 누구의 얼굴도 쳐다보지 않으려 노력하면서. 그는 양 발바닥 아래 뿌리가 돋아 바닥을 파고드는 상상을 했다. 움직이면 안 된다. 무슨 일이 있어도. 여기서 움직이면 안 돼.

2층 복도 끝에서 관장실 문 닫히는 소리가 희미하게 들렸다. 그러나 실제인지 환청인지 그로서는 알 방도가 없다. 소음 한 줌 없는 갤러리는 황금빛 햇살 속에 폐가처럼 고요했다. 그 안에서 홀로 힘껏 분투하며 요한은 묶인 듯 선 채 제자리를 지켰다.

❖

사무실 문을 향해 손을 뻗는 그 짧은 순간에도 제인은 제대로 호흡하려 안간힘을 써야 했다.

곁에 선 남자의 숨소리는 당연하게도 들리지 않았다. 그러나 그 숨결 속에 실린 체온을 그녀는 느낄 수 있었다. 평소보다 더운 것은 기분 탓인가. 오늘따라 또한 유독 향수가 짙다. 묵직한 우드 향이 숨통을 눌렀다.

문을 열고 안으로 들어갔다. 뒤따라 들어온 리오가 자연스레 문을 닫았다. 딸깍. 잠금쇠가 걸리는 소리가 왈칵 뒷덜미를 베어, 척추를 따라 발끝까지 제인은 그만 소름이 돋았다.

리오가 잠긴 문에서 몸을 돌려 사무실 안을 훑었다. 오후가 되어 무르익은 자연광에 집기들은 흠뻑 젖어 있었다. 널찍하게 뚫린 유리창들은 블라인드로 가려져 있다. 자리를 비울 때면 반드시 모든 창을 꼼꼼히 가리는 주인의 습관대로.

"무슨, 무슨 일이라도 있어?"

주의를 기울였음에도 말을 더듬고 말았다. 어쩌면 지나치게 주의를 기울인 탓인지도. 입구 쪽 어중간한 지점에 선 채로 제인은 다가오는 남자를 본다. 몸이 맞닿은 것은 순식간이었다.

"아니."

리오가 대답했다. 여자를 내려다보는 눈동자. 빛이 관통하며 녹색채가 부각된 홍채가 마치 다른 사람처럼 보였다. 아니, 사람의 것 같지 않아 보인다는 생각에 제인은 또다시 굳어 버렸다.

"아무 일도 없어."

그가 낮게 속삭이며 손을 뻗었다. 천천히 뺨을 어루만지던 손길이 입술로 향했다. 화장기 없이 메마른 입술 위로 남자의 엄지가 닿았다. 좌우로 느리게 쓸어 내는 손가락. 그 압력에 다문 입술 틈이 벌어졌다. 제인은 아무런 행동도 말도 하지 못한 채 리오의 표정만을 살폈다. 금방이라도 입 안에 엄지를 밀어 넣을 것 같았으나 그는 그러지 않았다.

가슴이 미친 듯 뛴다.

"그냥,"

스커트 아래로 손이 들어왔다. 커다랗고 뜨거운 손바닥이 허벅지를 감더니 단번에 스커트를 위로 밀어 올렸다. 하체에 꼭 맞는 펜슬 스커트가 허리에 걸리고 남자의 손이 훤히 드러난 스타킹 위로 엉덩이를 쥐었다. 제인은 당혹할 여유조차 없었다.

"……못 참겠어서."

리오의 어조는 건조했다. 지나치게 침착해서 진실처럼 들리지 않았다. 엉덩이를 쓸던 손이 미끄러지듯 속옷 안으로 들어왔다. 단숨에 샅을 헤집고 입구를 더듬었다. 빈집처럼 고요한 한낮의 사무실. 불편한 하이힐을 신고 선 여자는 그제 허겁지겁 남자를 막았다.

"리오, 안 돼."

발작하듯 그의 팔을 붙잡았다. 맨살에 달라붙은 손이 우뚝 멈췄다. 매끄러운 수트로 감싸인 팔은 바위처럼 단단했으며 그 압도적인 힘의 차이가 제인은 새삼 두려워졌다.

"집으로, 집으로 갈게. 여기서는, 여기서는 안 돼."

사정하듯 허둥지둥 쏟아 내는 여자를 리오는 가만히 내려다보았다. 심해처럼 동요 없는 얼굴은 여전히 깎아 낸 듯 완벽했다. 그러나

하반신에 닿은 그의 몸은 이미 의식하지 않을 수 없도록 부풀어 있다. 제인은 남자의 눈을 똑바로 바라보며 말했다.

"싫어."

분명한 거절 앞에서 리오는 대꾸하지 않았다. 미간을 찌푸리지도 코웃음을 치지도 않았다. 그저 시선을 맞댄 채 약간의 시간을 흘려보낸 뒤, 여자의 뺨을 감싼 손을 코트 깃 안쪽으로 미끄러뜨렸다. 그러고는 여리고 정교한 목뼈의 골격을 제 것처럼 매만지며,

"싫다라."

혼잣말하듯 중얼거렸다. 그리고 속옷 안에 집어넣은 손을 밖으로 빼낸다. 제인이 안도하는 순간 걸치고 있던 코트가 어깨 뒤로 벗겨졌다.

새것처럼 깨끗한 아이보리색 코트가 바닥에 나뒹굴었다. 거의 동시에 리오가 그녀를 붙잡아 가까운 벽면으로 밀어붙였다. 코앞으로 바짝 다가온 남자의 얼굴은 이제 침착하지도 건조하지도 않다. 제인은 눈을 크게 뜬 채 숨을 멈췄다.

"그럼 소리라도 질러 봐."

특유의 저음으로 그가 읊조렸다. 낮게 흩어지는 말의 부스러기에서 제인은 뚜렷한 자조를 듣는다. 뜨거운 손이 등 뒤로 들어오더니 어찌할 새도 없이 브래지어가 풀려 버렸다.

"그것도 나쁘지 않겠어."

남자의 엄지가 다시 입술을 눌렀다. 벌려. 짓이기듯 쓰다듬으며 그가 명령한다.

그녀에게는 더 이상 선택의 여지가 없었다.

머뭇대며 벌어진 입 안으로 엄지를 밀어 넣었다. 입술 안쪽을 문지르고 고른 치열을 한 차례 지났다. 입 안 깊이 들어온 손가락이 혀를

휘감자 제인이 짧은 숨을 들이켰다. 그녀의 타액으로 엄지를 적시는 동안에도 리오는 집요한 시선을 떼지 않았다.

축축해진 손가락이 다시 입술을 누른다. 메말랐던 입술이 촉촉해졌다. 순순히 입을 벌린 여자는 어딘가 안쓰러워 더욱 관능적이다. 입술에서 입 안으로, 매끄러운 치열과 말캉한 혀. 남자는 마음에 찰 때까지 여자의 입 안을 헤집은 뒤 흠뻑 젖은 엄지를 그녀의 **뺨**에 문질렀다. 불안하게 떨리는 까만 눈동자. 고집스레 제 시선을 피하던 그 눈과 다시 마주쳤을 때,

아슬아슬 지탱하던 최후의 인내가 툭 하고 끊어졌다.

리오는 맹수처럼 달려든다. 벌어진 입술에 허겁지겁 입을 맞췄다. 목을 조를 듯 여자의 턱을 붙잡고 씹어 삼켜 버릴 것처럼 거칠게 빨아들였다. 가늘게 앓는 소리를 낸다 싶더니 입 안에서 피맛이 났다. 입술이 터진 모양이었으나 그는 멈추지 않았다.

블라우스 단추를 뜯어내지 않으려 최선을 다했다. 그러나 스타킹을 찢어발기는 것까지는 참아 낼 수 없었다. 용암 같은 감정이 치받아 그는 미쳐 버리기 직전이다. 가슴 한복판부터 정수리 끝까지 내장이 온통 타 버리는 것 같았다.

간신히 끝까지 풀어낸 블라우스를 젖혔다. 하얗게 드러난 여자의 몸을 눈으로 훑었다. 저도 모르게 깊이 안도했다가 스스로 안도했다는 사실에 다시 분노한다. 리오는 이제 머리통이 절반으로 쪼개지는 것 같다. 빌어먹을. 입 속으로 짓씹으며 젖가슴에 고개를 박았다. 희고 깨끗한 피부 위에 붉은 자국이 진하게 남았다.

제인이 어깨를 떤다. 리오는 달아나려는 새를 틀어쥐듯 그녀의 양쪽 팔을 강하게 속박했다. 여자는 이를 악문 것처럼 아주 작은 소리도 내지 않았고 남자는 그래서 한층 더 강하게 자극했다. 폭력에 가

깝도록 힘을 더했다. 신음을 참아 낸다면 비명이라도 내지르도록. 무력한 여자의 맨가슴에 흐트러진 머리칼을 비비며 그는 어린애처럼 유치하고 잔인해졌다.

연약한 속살이 온통 울긋불긋해진 뒤에야 고개를 들었다. 얼굴을 돌린 채 눈을 감은 제인은 어깨로 숨을 몰아쉬고 있다. 턱을 잡아채 다시 입을 맞췄다. 꼭 다문 입술을 억지로 벌리며 참혹하게 찢어진 스타킹과 얇은 속옷을 한꺼번에 아래로 내렸다. 리오는 제 사무실 벽에 기대선 여자를 본다. 완전히 나신에 가까워진 여자. 단정한 하이힐과 함부로 흐트러진 옷가지들.

고약한 욕구로 피가 끓었다.

몸은 더 이상 의지로 통제되지 않는다. 붉어진 눈은 육욕이 시키는 대로 여자의 몸을 돌려 세우고 아래를 더듬었다. 부드럽게 젖은 입구에 미칠 듯이 만족했다. 버클을 풀고 드로즈를 내리고 우악스레 엉덩이를 벌렸다. 그리고 꿰뚫듯 단번에 침범하면서, 그는 제인이 짧은 비명을 내지르길 기대한다.

기대가 좌절된 후에도 그는 포기하지 않았다. 벽을 넘어뜨릴 것처럼 거세게 움직였다. 저에 비해 턱없이 작은 골격, 그 작은 여자를 붙잡은 채 부서지도록 밀어붙였다. 가혹하리만치 몰아치면서도 리오는 제인의 표정을 볼 수 없는 것이 다행스럽다고 생각했다. 고통스러워하는 얼굴이 보였다면 그는 멈췄을 것이다. 틀림없이 그랬을 것이다.

지난 세월을 통해 리오 비첼리오는 자신에 대해 많은 것을 배웠다. 얼마나 한심하고, 결단력이 없으며, 한없이 끌려다니는 인간인지. 속는 줄 알면서도 기꺼이 속고, 속은 척하고, 좀 더 완벽히 속은 척하기 위해 머리를 굴리는. 그럼에도 기어코 온전한 연극은 해내지 못하는.

가엾도록 덜떨어지고 우스운 인간.

리오는 아직도 가끔 생각한다. 나는 어째서 이다지도 네게 매달리는 것인지. 놓여나길 원한다는 것을 알면서도 나는 왜 너를 놓아주지 못하는 건지. 나는 대체 어째서, 원치 않는 고통들을 기꺼이 끌어안고 사는 건지.

그러나 그는 또한 문득 깨닫는다. 퇴근 후 환하게 불이 켜진 빈집에 돌아왔을 때. 거실에 들여놓은 텔레비전에 시선이 닿을 때. 네가 없는 네 침대를 한없이 바라볼 때. 감당할 수 없도록 밀려오는 외로움을 버티는 순간 그는 깨닫는다.

나는 온 생을 통틀어, 그 무엇도 이처럼 간절히 원한 적이 없다는 것을.

그러니 이유를 따지는 것은 소용없는 짓이다. 원한다는 사실만이 중요하다. 놓아줄 수 없다는 마음만이 존재한다. 나는 너를 지켜 내기 위해 온갖 짓을 해 왔으며 앞으로도 그렇게 할 것이다. 너를 내게서 앗아 가려는 것이 설령 너라고 할지라도. 그러니 제발, 제인,

더는 나를 괴물로 만들지 마.

절정을 향한 오르막 내내 리오는 눈을 부릅떴다. 벽을 짚은 여자의 하얀 손을 노려보았다. 아무것도 없이 텅 빈 손가락. 숨죽인 여자의 몸 안에서 그는 홀로 절정을 맞았다. 낮은 탄식과 함께 제인의 몸 위로 무너지듯 주저앉았다. 긴 머리카락이 얼굴에 닿고, 깊이 들이마시는 숨에서 익숙한 향기가 나고, 그는 참담한 포만감 속에 맥없이 눈을 감았다.

오후의 햇살은 빠르게 기울어 눈에 띄게 탁해졌다. 남자의 거친 숨소리도 서서히 잦아들었다. 한바탕 무서운 열기가 지나고 난 뒤, 관

장실은 다시 일상의 고요 속으로 침몰하듯 잠겨 든다.

❖

　탁.

　차 문이 닫히고 두 사람은 외부와 격리됐다. 모처럼 폐장 시간에 맞춰 퇴근했건만 사방이 이미 어두웠다. 가을은 이렇듯 성큼성큼 지나가고 있다. 허망하도록 짧은 계절. 눈에 띄게 빨라진 일몰이 요한은 새삼 조급해졌다.

　룸미러에 비친 여자는 눈을 감고 있다. 말끔한 얼굴의 화장은 여전히 완벽했으나 무거운 피로감까지 감춰 내지는 못했다. 거울 속 조그만 얼굴을 충분히 살핀 뒤에야 기어를 옮겼다. 그리고 그와 거의 동시에,

　"브루클린으로."

　뒷좌석의 여자가 한숨처럼 지시했다.

　요한은 저도 모르게 숨을 멈췄다. 따지듯 룸미러로 눈을 돌렸으나 여자는 여전히 눈을 뜨지 않은 채다. 기어 헤드를 쥔 오른손에 억센 힘이 들어갔다.

　억눌러 둔 감정이 화염처럼 치솟았다. 뱃속이 활활 타는 것 같아 이가 갈렸다. 숨 쉴 수 없도록 목구멍을 틀어막는 것은 분명 뜨거운 원망인데 누구를 향한 것인지는 알 수 없었다. 원망스러운 것은 너일까, 그일까,

　아니면 나일까.

　요한은 한 차례 두 눈을 질끈 감았다 떴다. 깨끗이 닦인 전면 유리 너머로 가로등이 켜진 골목이 뻗어 있었다. 어둠 속에 잠긴 소실점을

한동안 노려보다가, 그는 이내 각오한 듯 가속페달을 밟았다.

불과 세 시간 전이다. 살의를 숨기기 위해 몇 번이나 숨을 참은 것이.

비첼리오는 정확히 17분 만에 리셉션으로 내려왔다. 17분 동안 계단 앞에 버티고 서 있던 수행원이 재깍 물러나 길을 텄다. 요한은 의식적으로 외면했으나 그가 다가와 섰을 때는 순순히 마주 볼밖에 다른 수가 없었다. 값비싼 구두와 최고급 수트. 가증스럽도록 완벽한 외양과 여유로운 태도.

'경호원들은 보통 총을 한 자루씩 갖고 다니던데.'

그는 요한의 옷깃에 제멋대로 손을 댔다. 정장 재킷 아래 홀스터와 한 쌍의 권총을 눈으로 훑은 뒤, 마치 소년의 정수리를 토닥이듯 옷자락을 툭툭 매만졌다.

'겁이 많은 건가. 아니면,'

독백처럼 낮은 음성.

'보호보다 공격에 더 관심이 있는 건가.'

요한은 그의 눈길을 피하지 않았다. 그가 풍기는 향수와 체취를 저항 없이 들이마셨다. 검은 숲처럼 무겁고도 강렬한 체향이었다. 요한의 코에는 쇠 냄새 같기도 했고 피 냄새 같기도 했다. 문득 이 남자도 품속에 무기를 지니고 있을지 궁금해졌다.

'당신한테 나는 꽤 많은 돈을 지불했어.'

말하는 동안에도 그는 상대의 눈을 끈질기게 들여다봤다. 화려한 빛깔의 헤이즐색 홍채가 야행성 맹수 같았다. 가엾은 짐승을 난도질해 먹어 치운, 갓 배를 채워 한껏 나른한 포식자의 눈.

'실망시켜 드리지 않을 겁니다(I won't let you down).'

그를 향해 요한은 선선히 대답했다. 그리고 생각했다. 이제야말로 나는 무슨 짓이든 하리라고.

당신을 쓰러뜨릴 수 있다면, 무슨 짓이든.

검은색 메르세데스는 시청을 지났다. 저만치 브루클린 브릿지의 벽돌 아치가 보인다. 적막한 차 안에는 엔진 돌아가는 소음 외에 아무런 소리도 없다. 이스트 리버의 검은 수면 위로 고층 건물들의 노란 그림자가 가루처럼 반짝였다.

교량에 진입하려는 자동차들로 도로는 서서히 정체되기 시작했다. 그 행렬의 끝에 막 끼어든 여자의 차는 천천히 속도를 줄였다. 조금만 더 전진하면 꽉 막힌 교량 위에 들어설 참이다. 그리고 진입로 최후의 경계를 지나기 직전, 요한은 갑자기 핸들을 크게 꺾어 차를 돌렸다.

급작스런 전환에 제인이 눈을 떴다. 자동차는 이미 교량 진입로를 벗어나 맨해튼으로 되돌아가고 있었다. 뒤쪽으로 멀어지는 아치를 확인하고도 그녀는 아무 말 하지 않았다. 세단의 엔진은 낮게 으르렁대고 차내의 침묵은 무거웠으며 두 사람 중 누구도 입을 떼지 않았다.

누구도, 어떤 말도 할 수 없었다.

한낮의 정사는 분명 폭압적이었다. 그런데도 이상하리만치 덤덤했다. 아프지도 슬프지도 비참하지도 않았다. 그저 이를 악물고 소리를 삼켜 낸 것이 다행스러웠다. 이 정도로 끝난 것이 너무나도 다행스러워서 아프거나 슬프거나 비참할 여유 따위 없었는지도 모른다.

적어도 아래층의 남자는 아직 무사하니까.

그래서 그때 제인은 안도하며, 차가운 벽에 한쪽 뺨을 기댄 채 천천히 숨을 골랐다. 목덜미 오른쪽으로 뜨거운 입술과 호흡이 뭉개졌다. 리오는 벽면에 달라붙은 그녀의 양손 위로 천천히 손가락을 얽었다. 손가락 하나하나를 단단히 휘감으며 팔을 겹쳐 몸을 끌어안았다. 그리고 한숨에 섞어 아주 낮게 속삭였다. 그의 음성은 너무나도 작아서, 그토록 몸을 밀착하지 않았더라면 분명 들리지 않았을 것이다.

'……제발(Please).'

플리즈. 그 평범한 단어가 애원처럼 절박하게 들렸다. 척추 위쪽 어디쯤에서 펄떡이던 타인의 심장. 생생하게 전해지는 박동을 느끼며 제인은 느리게 대답했다.

'이러지 마.'

뜨겁게 맞닿은 두 개의 몸과 침착한 목소리.

'알잖아. 나는,'

순간 몸을 조인 남자의 팔에 좀 더 힘이 들어갔고, 제인은 어쩐지 목이 메어 잠깐 말을 멈춰야 했다.

'나는 당신을 떠날 수 없어.'

메르세데스는 미끄러지듯 트라이베카로 향했다. 푹신하고 쾌적한 가죽 시트에 눈을 감고 몸을 묻은 채 그녀는 다시 안젤로를 생각했다.

'지하 세계의 사람들이란 포주에게 빚을 진 창녀와 같거든.'

사각 프레임의 가죽 스트랩 시계. 네 번째 손가락에 낀 오래된 결혼반지. 양쪽 뺨에 와 닿던 피부의 건조하고도 따스한 감촉. 그 모든 것은 아직도 감각 속에 새겨진 듯 생생했다. 저를 보던 눈빛과 음성까지도.

'죽기 전까진 절대 빠져나올 수 없어.'

제인이 천천히 눈꺼풀을 밀어 올렸다. 눈동자를 움직여 운전석에 앉은 남자를 본다. 핸들을 쥔 손과 하얗게 불거진 마디를 그녀는 한참 동안 말없이 바라보았다.

요한은 트라이베카 아파트 앞에 차를 세웠다. 기어를 당기자마자 운전석 문을 열고 내렸다. 빠른 걸음으로 보닛을 돌아 뒷좌석 문을 열 때까지 제인은 꼼짝도 하지 않았다. 활짝 열린 문을 통해 싸늘한 공기가 밀어닥쳤다. 겨울을 향한 계절의 밤은 이제 제법 차가웠다.

"내려."

허공을 향해 그가 말했다. 제인은 귀머거리처럼 눈 하나 깜짝 않고 정면만을 본다. 낯익은 주변 풍경. 좁고 어두운 골목 반대편에서 자동차 한 대가 다가왔다. 번쩍이는 헤드라이트가 그녀의 얼굴을 스치듯 지났다.

"내리라고."

그제야 오른쪽 다리를 옮겼다. 옆에 놓아둔 핸드백을 집어 들며 차 밖으로 내려섰다. 해가 완전히 진 저녁 시간, 세련되고 아담한 부촌은 여유로웠다. 고풍스런 골목을 따라 레스토랑과 카페들이 늘어서 있고, 즐거이 웃는 사람들 사이를 웨이터와 웨이트리스들이 누비고 있었다. 그들에겐 더없이 평범한 일상의 한때.

그 예사로운 광경을 등 뒤에 둔 채 제인은 골목에 우뚝 섰다. 몸에 걸친 코트가 어둠 속에서 등대처럼 하얗게 눈에 띈다.

탁.

남자가 차 문을 닫음과 동시에 그녀는 걸음을 옮겼다. 또각또각 경쾌한 소리가 발자국처럼 남았다. 그가 제 뒤로 바짝 따라붙는 것을 안다. 알지만 또한 당연히 모르는 척한다. 차라리 너를 몰랐다면 좋았을 걸, 덧없는 후회도 더불어 되풀이했다.

아파트 출입문 앞에 도착해서는 늘 그렇듯 핸드백에서 열쇠 케이스를 꺼내 남자에게 넘겼다. 건네받아 스캔하고, 열린 문을 통과해 로비로 들어선 뒤, 인사를 건네는 도어맨에게 무성의한 시선을 던지며 두 사람은 엘리베이터로 향했다. 7층에 도착해 문이 열리자 그때부터는 요한이 한 걸음 앞장서 걸었다. 703호. 고난이도 잠금장치를 손쉽게 푸는 손길. 모든 것은 침묵 속에서도 물 흐르듯 자연스러웠다.

"됐어."

막 안으로 들어가려던 남자가 우뚝 멈췄다. 제인은 그의 곁을 스치며 현관에 들어 스위치를 올렸다. 전등에 들어온 빛이 그녀의 정수리로 쏟아졌다. 아파트 안은 짐승의 뱃속처럼 어둡고 고요하다.

"이만 가 봐."

하이힐을 벗으려는 순간 뒤에 선 남자가 손목을 턱 붙잡았다. 그러곤 제 쪽으로 가까이 끌어당겨 살피듯 훑었다. 오른쪽 엄지 위에 남은 푸르스름한 자국과 거기에 닿은 시선을 제인은 본다. 핏자국도 아니고 그저 멍 자국. 여린 살성 탓에 얕게 스민 손자국을 그는 밝지도 않은 조명 아래 잘도 찾아냈다.

철제 현관문이 제 무게에 스르륵 떠밀려 철커덕 닫혔다.

요한은 아무 말도 하지 않았다. 굳게 다문 입술에 힘이 실렸을 뿐 끝내 입을 열지 않았다. 손목을 움켜쥔 손아귀가 잠깐 악력을 더했다가 이내 다시 느슨해졌다. 제인은 짙은 시선을 느꼈으나 차마 마주 볼 엄두가 나지 않았다.

그리고 그 짧지 않은 순간 그녀는 기대했다. 굳게 다물린 입술이 벌어지길. 숨겨 둔 진실을 말해 주길. 있잖아, 실은, 나 말이야. 이후 뒤따라올 말들이 무엇이 됐건 속에 감춘 모든 것을 꺼내 주길 바랐다. 네가 누구든. 경호원이든 경찰이든, 혹은 죽고 싶어 환장한 그 무엇이든.

"너,"

엄지 위 손자국을 노려보며 요한이 입을 뗐다.

"……왜 이렇게 살아."

목소리 끝이 갈라지듯 떨렸다. 차분하려 애쓰는 호흡이 조금씩 거칠어졌다. 제인은 눈을 내리깐 채 대꾸하지 않았다.

"왜 이렇게 널 괴롭혀. 아직도 네가 맘에 안 들어? 괘씸하고 맘에 안 들어서 벌주는 거야? 언제까지 그럴 건데. 너는 시발 내가,"

꾸역꾸역 유지해 내던 가면이 쩍 하고 갈라졌다. 관조하듯 무감한, 제복처럼 정렬됐던 남자의 표피에는 대번에 깊고도 긴 균열이 생겼다. 3년 이상의 시간을 들여 단련한 그 틈으로 불안하게 일렁이는 속살이 드러난다. 요한은 입술을 꽉 깨물더니 반대쪽 손을 들어 제 얼굴을 문질렀다. 후우. 진동하며 흘러나오는 묵직한 한숨.

"너 내가 지금…… 어떤 심정인지 알기나 해?"

제인은 눈을 감았다. 단단히 붙들린 손목에 열감이 느껴졌다. 억눌리고 토막 난 남자의 말들이 심장과 목구멍 사이 차곡차곡 꽂히고, 날카롭고도 저릿한 통증 속에서 그녀는 생각을 고쳤다. 아니, 그냥 아무것도 말하지 말아 주었으면 좋겠다. 네가 누구인지 끝까지 숨기고 나를 속여 주었으면 좋겠다.

그래야 너를 쫓아낼 핑계가 하나라도 더 생길 테니.

"돌아가."

붙잡힌 손에 힘을 주며 가볍게 그를 뿌리쳤다.

"그리고 다음부턴 이러지 마. 피차 곤란해져."

우뚝 선 남자를 향해 낮게 쏘아붙였다. 제멋대로 차를 돌린 걸 탓하는 것이다. 오늘 저녁 브루클린행은 약속된 일정이 아니었으므로 그나마 되돌아갈 필요는 없었다.

"그건 갖고 있어. 언제까지 일할지 모르겠지만, 매번 꺼내 주기도 귀찮으니까."

선반 위에 놓인 열쇠 케이스를 가리키며 대수롭지 않은 척 기색을 살폈다. 별다른 표정 변화는 포착되지 않았고 그녀는 조금 급히 몸을 돌려 슬리퍼에 발을 넣었다. 등 뒤에 선 남자가 조용히 열쇠를 갖고 나가 주길 바라면서. 아무것도 묻지도, 의심스럽게 생각하지도 말아 주길 빌며.

"이만 나가 줘. 쉬고 싶어."

그가 무슨 말이라도 할까 두려워 제인은 서둘러 슬리퍼를 끌며 침실로 들어가 버렸다.

여자가 사는 아파트는 맨해튼 서북단, 컬럼비아 대학교와 할렘의 경계에 있었다. 말이 좋아 경계지 실은 그냥 할렘이다. 밤 10시가 훌쩍 넘은 시각, 살벌하기로 이름 높은 동네는 파산한 도시처럼 한산했다. 아파트 앞에 멈춰 선 옐로우캡이 손님 하나를 내려놓고는 재빨리 남향으로 달아났다. 저만치 계단에 몰려 앉아 마리화나를 피우던 청년 서넛이 고개를 길게 빼고 이쪽을 힐끔댔다.

택시에서 내린 요한은 주변을 살폈다. 검은색 야구 모자 챙을 누르며 아파트의 번지수를 확인한다. 붉은 벽돌로 올린 오래된 건물은 전쟁 전에 지어진 뉴욕의 전형적인 보급형 아파트였다. 로비의 인터폰—마지막으로 설치한 지 15년은 족히 넘어 보이는—기계를 통해 호수를 누르자 문의 잠금쇠가 풀렸다. 열쇠 없이도 충분히 열 수 있을 것 같은 허술한 장치를 지나 계단을 통해 3층으로 올라갔다. 굳게 닫힌 문들이 교도소 내부처럼 죽 늘어서 있고 복도에선 퀴퀴하고도 매큼한 냄새가 났다.

3H. 문에 붙은 호수를 확인하고 초인종을 누르자 무거운 철문이 타당 소리를 내며 절반쯤 열렸다. 벌어진 문틈에서 생각지도 못하게 바닐라 향기가 훅 끼쳤다. 갓 피웠는지 약하게 풍기는 담배 냄새와 함께 주홍빛 머리카락이 고개를 쑥 내밀었다.

"잘 찾아왔네요."

"밤늦게 죄송합니다."

"알면 됐어요."

퉁명스런 말을 친근하게 던지며 리즈가 손님을 안으로 맞았다. 카펫이 깔린 바닥을 디디며 요한은 내부를 눈으로 훑었다. 아담한 크기의 실내. 동거인도 동물도 없이 적당히 어질러진 모습이 여느 평범한 아파트와 다르지 않았다.

"멀리까지 오게 해서 미안해요. 요새 밤 외출을 삼가는 편이라."

어깨 위까지 오는 머리칼을 대강 쓸어 하나로 묶으며 식탁 쪽을 턱으로 가리켰다. 요한은 주인이 권한 대로 그쪽으로 걸어가 의자 하나를 빼내 앉았다. 저만치 거실 쪽에 놓인 텔레비전에서 뉴스가 흘러나오고 있었다. 번쩍거리는 화면과 또박또박한 앵커의 발음.

"근데 갑자기 무슨 일로 날 보자고 했을까?"

리즈가 들으란 듯 중얼거리며 냉장고 문을 열었다. 캔 맥주 한 개를 꺼내며 눈으로 묻는다. 줄까요? 요한은 고개를 가로저었다.

제 몫의 맥주 캔을 따서 시원하게 세 모금 거푸 마신 후에야 여자는 맞은편 의자에 털썩 앉았다. 화장기 없는 얼굴. 콧잔등의 주근깨가 조명 아래 모래알처럼 도드라졌다.

"내 번호는 어떻게 알았어요?"

"형준한테 물어봤습니다."

"형준? 아아, 그 귀여운 경관 친구. 자기한테 준 번호를 엉뚱한 데다 뿌리네."

리즈가 낄낄대며 다시 맥주 캔을 입에 댄다. 남자 옷처럼 헐렁한 스웻셔츠 소매를 팔꿈치까지 걷어 올려 입었다. 여자와 마주 앉은 채 요한은 뜻밖의 강렬한 기시감을 느꼈다. 모서리가 닳아 부서진 낡은 식탁. 폭설에 파묻혀 세상과 격리된 어두운 반지하. 예쁘네. 엄청 잘 어울려. 젖은 머리카락을 툭툭 털며 픽 웃던 제인.

불현듯 그때의 그 애가 너무 보고 싶어서, 그는 잠깐 고개를 떨군 채 환상에 매달렸다.

"전화받고 생각해 봤어요. 나한테 연락한 이유가 뭘까. 자기 팀 놔두고 하필이면 타사 직원한테."

그냥 타사도 아니고 경쟁업체인데. 농담처럼 덧붙이는 여자를 향해 요한은 고개를 들었다.

연방수사국과 뉴욕시경의 관계에 무지한 일개 신입 경관이지만 그는 두어 달의 짧은 경험이나마 경쟁업체라는 비유에는 공감할 수 있었다. 비첼리오 패밀리 소탕 작전을 위한 태스크포스 아래 손을 잡고 있으나 FBI와 NYPD 사이 미묘한 신경전—주도권 다툼과 자존심 싸움—은 너무나도 역력해서 모르려야 모를 수가 없었다. 그런 시경에서 야심 차게 투입한 경관이 연방요원과 개인적으로 접촉했으니, 리즈 입장에서는 의아하고 어쩌면 좀 떠름한 것이 당연했다.

그래서 그는 지체하지 않고 본론부터 꺼내 놓았다.

"위섹(WITSEC. 증인보호 프로그램)에 대해서 자세히 알고 싶습니다."

"위섹?"

되물으며 리즈가 미간을 좁혔다. 그리고 맥주 캔 너머 마주 앉은 남자를 해부하듯 뜯어본다. 위섹, 위섹이라. 그녀는 손에 든 캔을 천천히 식탁 위에 내려놓았다.

그럼 그렇지.

"설마 제인 헤닝을 증인으로 끌어오겠단 소리예요?"

"끌어오면, 연방 쪽에선 어디까지 보호해 줄 수 있습니까."

보호. 리즈는 코웃음을 참으며 삐딱하게 미소 지었다. 지원, 제공, 뭐 그런 중립적인 어휘 놔두고 굳이 그걸 고르는 태도가 거슬렸다. 숨길 생각이 없는 걸까 아니면 숨길 정신이 없는 걸까. 그녀는 눈앞에 있는, 가까이서 보니 더 매력적인 동양인 남자를 바라보았다. 빛에 부신 듯 두 눈이 저절로 가늘어졌다.

"생각지도 못했던 주제네요. 난 또 한밤중에 보재서 잔뜩 기대했더니."

실없는 소리를 던지며 계속하여 상대를 관찰했다. 이 남자는 교활한 타입이 아니다. 감추는 끈기는 있을지언정 속이는 재주는 없다. 미끈하게 생긴 얼굴로 봐서는 머리깨나 굴릴 것 같은데. 이래서 사람은 외모로 판단하면 안 된다니까. 리즈 크루거는 등받이에 똑바로 기대앉으며 자연스레 팔짱을 꼈다.

"헤닝의 핵심 혐의는 알겠지만 돈세탁이에요. 연방법으로는 최대 이십 년까지 구형할 수 있죠."

남자의 표정을 살피며 말을 이었다. 지금까지는 용케도 포커페이스.

"두 번째로 큰 건 범죄 방조 혐의인데, 이건 주범이 종신형이나 사형을 판결받으면 십오 년까지 구형 가능해요. 비첼리오 형량이야 다 합치면 아마 이백 년도 넘을 테니까 헤닝도 십 년 충분히 받는다고 봐야 하고."

그럼 일단 합이 35년이네. 리즈가 가볍게 덧붙였다. 남자의 시선은 아주 살짝 흔들린다.

"프로그램을 통하면 형량도 협상되는 걸로 알고 있습니다."

"맞아요."

여자는 기꺼이 고개를 끄덕였다.

"검찰에선 위석 증인들한테 가장 작은 혐의를 적용해요. 큰 덩어리들은 다 빼고 재판 절차만 훑을 만한 가벼운 것들로. 기소하는 시늉만 하는 거죠. 난 검사가 아니지만 헤닝의 경우는 아마, 글쎄요, 불법 총기 소지 정도면 말이 되려나."

"사실상 불기소 처리한다고 보면 되는 겁니까?"

"거의 그렇죠."

대화는 거기서 잠시 멎었다. 식탁 위를 골똘히 응시하는 남자를 리즈가 예리한 눈으로 살폈다. 스물여덟 살. 경찰 아카데미를 수석 졸업한 1년 차 경관. 해군 특수부대 훈련소 출신. 이력으로 보면 장래가 퍽 촉망되는 재목이겠으나 수사국 짬밥 10년 차의 눈에 비친 요한 리는 그저 아직 신뢰할 수 없는 햇병아리 경찰관이다. 무엇보다도 치명적인 결함은,

'두 사람 연인 관계였어.'

무려 용의자의 옛 남자.

여자의 눈이 사늘하게 가라앉을 무렵 요한이 다시 시선을 들었다.

"만약, 지금 혐의들 외에 추가 내용이 있어도, 그러니까 과거의 혐의가 추가로 드러나도 불기소 적용이 되는 겁니까?"

"과거의 혐의?"

리즈는 고개를 갸웃했다. 추가될 수 있는 과거의 혐의란 뭘 가리키는 걸까. 재빨리 머릿속을 뒤졌으나 이전과 최근을 통틀어도 딱히 걸리는 게 없었다. 그녀는 대답 없이 제 얼굴만 쳐다보는 남자를 마주

보았다. 뭔가를 알고 있는 것 같은데 말해 줄 것 같지는 않다. 정보를 얻고도 입을 다문 스파이라. 맥컬린 팀장 알면 뒷목 잡겠네.

"사건과 전혀 관련이 없는 혐의라면 케이스가 나뉠 수는 있겠죠. 하지만 헤닝이 과거에 무슨 짓을 했건 어차피 비첼리오 패밀리 안에서 했을 거 아니에요? 그럼 한 덩어리로 봐야죠."

좁쌀만 한 단서라도 찾아내려 남자의 표정을 살피다, 리즈는 울컥 짜증이 솟았다.

증인보호 프로그램의 목적은 어디까지나 정부의 편의를 위해서다. 경찰이 수사 과정에서 죽거나 다칠 위험을 낮추고, 끝도 없는 사건들에 파묻힌 검찰이 과로사할 확률을 줄이며, 명쾌한 자백과 증언으로 판사의 야근을 덜어 주는 것. 결과적으로 납세자의 피 같은 돈을 아끼는 것이 위섹의 궁극적 목적이다. 범죄 용의자의 '보호' 따위를 위한 것이 결코 아니란 소리.

'헤닝을 공격한 사람. 짐작 가는 데 없냐고.'

여긴 어떻게 된 게 하나같이. 그녀는 식탁 위에 내려 둔 맥주 캔을 채듯 집어 들었다. 목구멍이 따갑도록 끝까지 들이부은 다음 빈 캔을 와그작 구겼다. 그러고는 진지한 얼굴로 앉은 남자를 냉랭하게 쳐다본다.

경찰이라는 새끼가.

"리 경관."

종이컵처럼 우그러진 캔을 여자는 저만치 원주형 쓰레기통에 휙 던져 넣었다.

"범죄자들이 말이죠, 거짓말 다음으로 잘하는 게 뭔지 알아요?"

대답을 바라고 한 질문이 아니었으므로 요한은 잠자코 답을 기다렸다. 자기합리화. 자문자답한 리즈가 말을 이었다.

"사람을 죽였어도 타당한 논리를 만들어요. 죽일 만했으니까 죽였다고 스스로 합리화해 버리죠. 나는 죄가 없다, 잘못된 건 피해자 행동이고 사법제도고 사회구조다, 뭐 이런 식으로 정당화해 버린다는 말이에요. 유죄 인정하는 건 본인 불리할 때 형량 깎으려는 최후의 수단이지 죄의식 같은 거 때문이 절대 아니에요. 그러니까,"

리즈가 팔짱을 풀고 상체를 앞으로 기울였다. 둘 사이 거리는 조금 더 가까워졌다.

"자백받아 내려면 증거부터 들이밀어야 돼요. 지들이 봐도 눈 튀어나오게 확실한 증거. 아니면 걔들 절대 인정 안 해. 설득은 더더욱 씨알도 안 먹히고. 내 말 알아들어요?"

그녀는 상대의 갈색 눈동자를 끈덕지게 응시한다. 윤기가 유별난 남자의 눈은 조금 긴장한 것 같기도 했다. 알아들었으려나. 부디 그래야 할 텐데. 수사 망치고 용의자 놓치고 멀쩡한 목숨까지 잃고 싶지 않다면.

"지금 당신 머릿속에 무슨 작전을 짰든 간에 충고하는데, 증거 먼저 찾아요. 한 방에 보낼 수 있는 확증부터 손에 넣으라고요. 설득이든 협상이든 하고 싶으면."

요한은 허리를 곧게 펴고 앉은 그대로 조금도 움직이지 않았다. 순진한 기대는 않는 게 좋을 거예요. 타이르듯 말하며 그녀는 턱을 살짝 비틀었다. 식탁 위 맞닿은 두 개의 시선이 팽팽하게 당겨졌다.

"헤닝은 비첼리오 사람이니까. 결혼할 사이잖아, 걔들."

순간 남자의 눈빛이 화르륵 솟았다. 아주 미세한 변화였으나 수사 요원의 눈에는 여지없이 포착됐다. 환장하겠네. 그녀는 입 밖으로 새려는 욕설을 간신히 삼켰다. 이제 짜증은 그만두고 슬슬 걱정이 되기 시작한다. 애 이렇게 놔두면 안 될 거 같은데. 진짜로 사고 하나 크게 칠 거 같은데.

'당분간 모른 척해.'

그러나 직속 선배가 함구령을 내렸으니 알은척할 수도 없다. 제 후배였다면 경솔한 짓 했단 봐라 으르기라도 했을 텐데 요한 리는 수사국 소속도 아니다. 리즈는 시선을 돌리는 남자를 눈으로 좇았다. 일어나려는 것을 보니 더 이상 물을 말이 없는 모양이었다.

"이만 가 보겠습니다. 실례 많았습니다."

"요한."

조금 서두르며 뒤따라 일어섰다. 마주 보고 서자 훌쩍 큰 신장 차이가 실감 났다. 용건을 기다리는 남자와 눈을 맞추기 위해 그녀는 턱을 살짝 들어야 했다. 빌어먹게 잘생겼네. 헤닝이 목숨 걸고 만날 만했다고 수긍하는 동시에, 리즈는 이 남자 얼굴값 한번 더럽게 못한다고 속으로 푸념했다.

"내 번호 저장해 뒀어요? 안 했으면 지금 해요."

급할 때 연락하라고요. 그녀가 나지막이 덧붙였다. 어째 사고 칠 거 같아서 그런단 말은 속으로만 중얼거린다. 물끄러미 바라보던 요한이 가볍게 고개를 끄덕였다.

"예. 감사합니다."

그가 현관문 밖으로 사라지고 난 뒤, 다시 혼자가 된 리즈는 침실로 들어갔다. 창틀에 놓아둔 담뱃갑을 집어 들고 창문을 반쯤 열었다. 입에 문 담배 끝에 불을 붙이며 아파트 입구 쪽을 내려다봤다. 야구 모자를 쓰고 점퍼 주머니에 양손을 쑤셔 넣은 남자가 걸어 나왔다. 빠르고도 가벼운 걸음새. 그 모습을 내려다보며 휴대전화 단축키를 길게 눌렀다.

"나야. 몸은 어때?"

왼손에 전화기를 오른손엔 담배를 쥔 채 그녀는 남쪽으로 멀어지는 남자의 모습을 지켜본다.

"우리 좀 만나야 될 거 같은데."

내일 아침 먹자. 저번에 갔던 중국식 죽집 있잖아, 밤새 문 여는 거기. 여섯 시? 아니, 여섯 시는 너무 이르고 일곱 시까지 갈게. 일상적인 어투로 몇 마디 주고받은 다음 전화를 끊었다. 통화는 태연했고 부자연스러울 정도로 짧았다.

덕분에 담배는 아직 한참 남아 있다. 휴대전화를 침대 위에 툭 던져 놓고 창틀에 기대섰다. 매캐하고도 달콤한 연기를 깊숙이 빨아들였다가 허공을 향해 길게 뱉어 냈다. 반쪽짜리 하얀 달이 이쪽을 내려다본다. 밤하늘은 청량하고도 맑았다.

'비첼리오가 경관의 정체를 알고 있어.'

요한은 스스로 처한 상황에 대해 전혀 알지 못한다. 그런 주제에 엉뚱한 사람을 보호하려 앞뒤 없이 골몰하고 있다. 그러고 보니 그 남자, 이제 양쪽으로 신분이 노출된 셈이다. 리즈는 담배를 문 입술 새로 맥없는 웃음을 터뜨렸다.

미련하긴.

어떤 사람들은 종종 이해할 수 없는 선택을 한다. 남을 위해 살고 그를 위해 나를 버린다. 붙잡을 수 없는 시간, 사라져 버릴 기억을 위해 온 생을 건다. 그토록 어려운 결정을 그들은 너무나도 쉽게 내린다.

하지만 대체 무엇을 위해서.

리즈는 다시, 차이나타운 낡은 아파트에 홀로 있을 남자를 떠올린다. 무서울 만치 길고도 무거운 시간을 완강히 버티는 남자를 생각한다. 연속되는 긴장 속에서 또 하루를 치러 내고 감옥 같은 아파트 창가에 매달려 담배를 피우는 자신을 생각한다. 그렇다면 우리의 삶, 이 지루하고도 치열한 싸움은 또한 무엇을 위한 것일까.

엘리자베스 크루거는 연방수사국의 일원으로서 헌법 수호를 서약했다. 그 서약을 지켜 내려 매일같이 적들과 맞서고 있다. 법의 울타리가 필요한 사람들을 위해서.

얼굴도 모르는 누군가를 보호하기 위해.

'프로그램을 통하면 형량도 협상되는 걸로 알고 있습니다.'

필터만 남은 담배를 창밖 외벽에 비벼 껐다. 고개를 들어 저 높은 곳 하얗게 빛나는 반달을 올려다본다. 청량한 가을밤, 아주 먼 데서 경찰차의 사이렌이 들릴 듯 말 듯 울었다.

'연방 쪽에선 어디까지 보호해 줄 수 있습니까.'

리즈는 이중창을 닫고 잠금쇠를 내린 뒤 커튼을 쳤다. 그리고 어두운 방에 나무처럼 선 채 생각한다.

어쩌면 그 남자의 싸움은 우리의 것보다 훨씬 간절하고, 또한 유의미한지도 모르겠다.

포시즌스 호텔의 펜트하우스는 건물의 맨 꼭대기 층을 독점하고 있다. 상앗빛 거대한 탑을 닮은 최고급 호텔은 명성에 걸맞도록 건물 전체가 꿈속처럼 꾸며졌으나 그중에서도 이 펜트하우스 스위트야말로 단연코 빛나는 왕관의 보석이다.

전용 엘리베이터를 타고 올라올 때부터 온몸이 공중에 붕 뜨기 시작했다. 뿌듯하고 짜릿해서 승강기 속도가 조금 느려도 좋겠다는 생각마저 들었다. 52층에 도착해 문이 짠 열리는 순간 흥분은 극에 달했다. 잠깐 머물다 갈 곳임에도 그 순간은, 한마디로 황제가 된 기분이었다. 번쩍이는 바닥과 벽면의 마감재, 놀랍도록 예술적인 가구와 집기들, 곳곳에 배치된 청나라 시대의 유물들. 맨해튼을 통틀어 가장 화려할 궁전 같은 공간. 거기서 내려다보는 미드타운의 야경은 도저히 표현이 어려울 지경으로 황홀하다.

도시 한복판 공중에 차려진 은밀한 술자리가 막 30분을 경과했다.

슈머는 다시 한 모금의 블렌디드 위스키를 입 속에 머금었다. 입술에 닿는 크리스틸 잔은 두께가 얇고 무게는 묵직했다. 그는 참나무 장작이 타고 있는 벽난로—52층에서 타오르는 벽난로라니!—안쪽을 들여다보다 곁에 앉은 남자에게 시선을 돌렸다.

"리오."

그는 거대한 가죽 윙체어에 안기듯 앉았다. 위스키 잔을 든 채 팔걸이에 몸을 기댄, 초상화 속의 인물인 양 우아한 자세로 이쪽을 마주 본다. 그의 뒤로 크라이슬러 빌딩과 엠파이어 스테이트 빌딩이 경호원처럼 우뚝 서 있었다. 초호화판 공간 속에서도 아무런 위화감이 없는 남자. 슈머는 거기에 잠깐 압도되었다가, 이내 스스로 압도당한 것이 조금 불쾌해졌다.

"예, 국장님(Yes, Chief)."

그 미묘한 불쾌감을 알아채기라도 한 것처럼 비첼리오는 깍듯이 대답했다. 덕분에 슈머는 다시 즐거이 술 한 모금을 삼킨다. 손바닥 뒤집듯 기분이 요동치는 것은 어쩌면 이 요물 같은 위스키 때문인지 모른다고 생각하면서.

"자네 혹시 개를 좋아하나."

리오는 상대의 푸른 눈동자를 느른히 바라보는 것으로 대답을 대신했다. 새하얀 은발을 뒤로 넘겨 다듬은 남자는 날카롭게 각진 얼굴의 윤곽이 도베르만핀셔를 연상시킨다. 독일계 혈통은 상통하는 구석이 있는 모양.

"난 개를 굉장히 좋아해. 충성심이 강한 사냥개 종류를 특히 사랑하지."

슈머는 리오의 어깨 너머 도심의 야경을 향해 두 눈을 가늘게 떴다.

"한국에 진도라는 개가 있어. 충성심이 대단하다더군. 주인을 위해서라면 호랑이와도 맞설 만큼 용맹하고 무모하다지. 예전부터 그 개를 한 마리 키워 보고 싶었는데 이상하게도 기회가 안 닿더라고."

얼음 없는 상온의 위스키가 또다시 바닥났다. 리오는 몸을 앞으로 당기며 탁자 위에 놓인 술병으로 팔을 뻗었다. 빈 잔을 채워 주고받는 동작은 자연스러웠다. 수년째 교류하는 동안 술자리를 마련하는 것은 당연하게도 늘 리오의 몫이고 대화를 주도하는 것은 언제나 슈머 쪽이다.

"나는 그 친구가 마음에 들어. 충직하고 순진하고 권위에 쉽게 복종하고, 전형적인 동양인답지. 우리끼리 말이지만 그래서 동양인은 다루기가 쉽거든. 적당히 똑똑하고 훌륭하게 순응적이라."

이 호텔도 중국인이 설계하지 않았나. 은발의 남자가 알은척하며 껄껄 웃었다.

"내 말은, 자네가 대체 뭐가 마음에 안 드는 건지 알 수가 없어서 그래. 그 친구 어차피 빈손으로 나오게 될 텐데 경호든 경비든 그동안 써먹으면 될 거 아냐?"

슈머가 대수롭지 않다는 듯 허공에 잔을 흔들었다. 얄팍한 입술에는 나긋한 웃음기가 떠나지 않았으나 새파란 눈동자는 상대를 벨 듯 날이 섰다. 그는 술병을 기울여 잔을 채우는 남자를 해체하듯 뜯어보았다. 싸늘한 눈과 굳은 입매. 오늘의 이 남자는 뭐랄까, 그동안 겪어 온 바와 묘하게 달랐다.

매튜 슈머는 생각했다. 비첼리오는, 그림자 세계의 젊은 지배자이자 그의 든든한 후원자이며 오랜 파트너인 리오나르도 비첼리오는 그의 말을 못 알아들을 만큼 덜떨어진 상대가 결코 아니다. 항상 느긋하고 관대하며 특히 슈머가 원하는 것이라면 귀신같이 눈치채 아무렇지 않게 들어주었다. 새집의 잔금을 치르는 일이나 아내의 차를 바꾸는 것 따위의 손쉬운 일은 물론이거니와 비교적 까다로운 일, 이를테면 비첼리오 패밀리 휘하의 크루 하나를 경찰이 체포하도록 묵인해 주었을 때도 그는 한숨 한번 쉬지 않았다. 그들 사이 공동의 이익이란 결국 하나, 적당히 협력하며 공생하는 것이었으므로. 어차피 경찰이란 범죄자를 전제로 존재하는 집단 아닌가.

슈머는 여전히 대꾸 없는 남자를 계속하여 관찰했다.

그러니까 비첼리오는 잠입한 경찰을 제 뜻대로 처리하고 싶은 것이다. 일찌감치 내 사람으로 점찍어 둔 녀석이라고 거푸 말해 줘도 못 알아들은 척 고집을 꺾지 않고 있다. 기어이 경찰관을 죽이겠다고? 슈머는 상대의 묵묵한 요구가 점차 당혹스럽기 시작했다. 제일 이해되지 않는 지점은 그것이다.

아니 대체, 일개 경관 따위 뭐가 그리 눈에 거슬려서.

"이 도시에선 매일같이 사람이 죽어 나가고,"

침묵하던 리오가 허공을 향해 입을 열었다.

"미제 사건도 넘쳐 나죠."

"집 앞에서 총 든 강도라도 만나게 하려고?"

"총이 아니더라도 상관없겠죠. 조금만 운이 나쁘면 죽기 십상이니까. 물에 빠질 수도 있고, 차에 치일 수도 있고."

그는 잠깐 틈을 두며 시선을 돌렸다. 느른하게 뜬 눈동자. 그와 마주친 순간 슈머는 다시 한번 압도되었고 그로 인해 아까보다 훨씬 더 불쾌해졌다.

"어느 날 갑자기 실종될 수도 있고 말입니다."

"자네 정말,"

"국장님은 그 친구가 마음에 드신다지만 귀신도 모르게 사라진다면야 전들 어쩌겠습니까."

리오가 손에 든 잔을 천천히 입으로 가져갔다. 도수 높은 증류주의 강렬한 향기가 혀에 고였다. 입과 코 전체를 지배한 독한 알코올의 향.

"원하신다면, 시체 정도는 찾아 드릴 수 있을 것도 같군요."

그와 눈을 마주한 채 슈머는 생각했다. 이것은 대결이다. 하극상의 도발이고 공권력에 대한 도전이다. 경찰관 처분을 묵인해 달라니. 만약 밀매를 눈감아 주고 수사 정보를 흘려 주는 것과는 차원이 다른 요구였다. 게다가 아무 경찰도 아니고 요한 리, 첫눈에 들어 버린 그 귀여운 경관을.

내 사냥개를 죽이겠다고? 감히?

"두어 달 데리고 있다가 곱게 내보내. 건드리지 말고."

"당신은 나한테 명령할 수 없어, 국장님."

"……."

"난 시경 소속이 아니거든."

비첼리오는 더 이상 윌체어에 안겨 있지 않았다. 상체를 앞으로 숙여 양팔을 무릎 위에 지탱했다. 슈머는 한층 가까이 다가온 상대의 눈을 바라본다. 매끈한 손에 들린 크리스털 잔이 둔기처럼 섬뜩했다.

"내 영역에 기어든 쥐새끼를 어떻게 처리할지는 내가 결정해."

남자의 눈이 차갑게 번뜩였다. 저도 모르게 소름이 끼쳐 슈머는 품 안에 있는 권총을 상기했다. 그럴 일은 없을 거라 생각하면서도 날카로운 위협에 대한 몸의 반응은 즉각적이었다.

"리오."

그러나 이어 그는 재빨리 현실감을 되찾았다. 위협이라니 우습지도 않지. 제아무리 속이 뒤틀린대도 비첼리오는 감히 저를 어찌할 수 없다.

"우리 처음 만났을 때, 내가 했던 말 기억하나?"

좋다. 괜찮은 전환이다. 슈머는 속으로 자평하며 위스키 잔을 입술로 가져갔다. 상대의 따가운 시선 속에서 최대한 여유를 부리려 애썼다. 어차피 태생적으로 기울어진 관계였다. 노려보면 어쩔 건데, 제 까짓 게.

"자네나 나나, 우린 결국 똑같은 집단이라고 했지."

슈머가 생각하기에 범죄 조직과 경찰 조직은 쌍둥이와 같았다. 공동의 목표가 있고 위계가 있고 아무나 그 일원이 될 수 없다. 무기를 지니고 무리 지어 적을 제압하며 필요에 따라서는 사람을 죽이기도 한다. 한쪽은 음지에, 다른 한쪽은 양지에 있는 것이 차이일 뿐.

"그래서 서로가 필요한 거고."

어둠 속의 조직은 힘으로 돈을 뜯어낸다. 그러나 태양 아래 조직은 그보다 훨씬 더 많은 돈을 손쉽게 알겨낸다. 성실하고 평범한 사람들이 저 살기 바쁠 동안 그 거대한 조직은 태연스레 그들을 속인다. 의회와 정부, 힘 있는 기업체와 그것들을 소유한 사람들. 그들의 일상적이고도 뻔뻔한 협업에 비하면 슈머와 비첼리오 사이 깔끔한 상부상조는 오히려 신사적이고 고상한 축에 속한다고 할 수 있다.

"그런데 말이야, 음지와 양지의 가장 큰 차이가 뭔지 아나?"

슈머는 명주실 같은 은발을 손바닥으로 쓸어 올렸다. 새파란 눈동자에 미소가 깃들었다.

"우리는 합법적으로 사람을 죽일 수 있거든."

제도라는 찬란한 태양 아래 제복으로 무장한 조직은 언제나 정의롭다. 그러므로 매튜 슈머는 다시 태어나도 분명 경찰관이 될 것이다. 이왕이면 돈 많은 범법자들을 잡아 처넣을 수 있는 보직으로. 지금처럼.

"그러니 리오, 자네는 나를 절대 이길 수 없어."

그는 노래하듯 말하며 이만 자리에서 일어섰다. 협상은 끝났다.

"경관은 곱게 돌려보내. 털끝 하나 건드리지 말고."

명령하듯 단정한 뒤 바닥에 놓인 가방을 집어 들었다. 원통형의 큼직한 가죽 가방은 기분 좋도록 묵직했다. 내용물도 그렇지만 가방 자체도 참 마음에 든다. 골프장 갈 때 쓰면 알맞겠다고 슈머는 생각했다.

"선물은 고맙네. 언제나."

그럼 다음에 또 연락하지. 작별 인사에도 리오는 시선조차 돌리지 않았다.

전용 엘리베이터는 방문객을 내려놓은 상태 그대로 얌전히 대기 중이었다. 슈머는 망설임 없이 올라 로비 층 버튼을 눌렀다. 천천히 문이 닫히는 순간까지도 그는 저만치 변함없이 앉은 남자를 경계하듯 응시했다.

그리고 엘리베이터가 지면을 향해 떠나고, 주변이 완전히 고요해진 후에야, 정물처럼 앉아 있던 리오가 천천히 자리에서 일어섰다.

쾅!

크리스털 잔이 순식간에 벽면으로 날아갔다. 산산조각 난 파편들이 다이아몬드처럼 반짝반짝 벽 아래 흩어진다. 벽면을 장식한 대리석 타일 하나가 보기 좋게 금이 갔다. 주위를 가득 채운 화려한 사물들이 온통 숨을 죽인다.

맨해튼 도심 한복판, 52층을 독차지한 호화로운 펜트하우스. 화려한 도시를 발밑에 둔 남자는 홀로 선 채 한참 동안 깨진 벽면을 노려보았다.

베런은 오른쪽 어깻죽지를 삐걱삐걱 움직여 본다. 딱 맞는 수트 때문에 붕대 아래 상당한 압박감이 느껴졌다. 그나마 상처가 제법 아물었고 견딜 만한 압통이라 얼굴을 찌푸릴 정도는 아니었다. 조심스레 어깨를 펴며 머리 위쪽 디지털 액정을 올려다봤다. 37, 38, 39. 착실하게 올라가는 숫자를 확인한 뒤 다시 한번 손목시계를 들여다본다.

밤 10시 55분. 그는 희미한 불안감을 떨쳐 내려 애를 썼다.

확실히 이상했다. 시간과 장소, 그 모든 것을 아우른 타이밍까지도. 베런은 시계를 찬 왼손을 옮겨 정장 재킷 안쪽을 더듬었다. 허리의 권총을 확인한 뒤 다시 고개를 위로 들었다. 45, 46, 47. 이제 곧 승강기가 멈추고 문이 열릴 것이다. 검은색 수트의 곧은 어깨선. 살짝 벌어진 셔츠 깃 위로 창백한 목울대가 꿈틀댔다.

엘리베이터는 52층에서 멈춰 섰다. 들릴 듯 말 듯 한 종소리와 함께 문이 열리자마자 그는 바깥쪽의 풍경을 빠르게 눈으로 훑었다. 높은 천장과 화려한 마감재로 호화롭게 꾸며진 공간의 끝에 홀로 앉은 남자가 보였다. 유일한 출입구가 열렸는데도 시선조차 주지 않는, 완전히 무방비 상태의 남자는 한눈에도 취한 것 같았다.

만취한 비첼리오라니. 그 낯선 광경이 베런은 당혹스러웠다.

엘리베이터에서 나와 뚜벅뚜벅 일직선으로 걸었다. 웬만큼 다가서자 독한 술 냄새가 진동한다. 식어 버린 벽난로 앞에는 탁자를 중심으로 윙체어 하나와 널찍하고 고급스러운 소파 세트가 놓여 있었다. 시커먼 숯덩이가 담긴 벽난로. 그 안쪽을 지나 탁자 위 덩그러니 놓인 잔에 시선을 주었다.

누굴까. 하룻밤 숙박료가 만 단위인 이 초호화 스위트에서 독대한 사람.

크리스털 잔에 반 마디쯤 담긴 위스키를 스치듯 포착했다. 마시던 술을 두고 떠났다면 별로 유쾌한 마무리는 아니었을 것이다. 추론하며 베런은 눈앞에 앉은 남자를 내려다보았다. 왕좌처럼 육중한 윙체어에 기대앉은 그는 인기척에도 여전히 눈을 감은 채다.

"보스."

리오는 그제 느리게 눈을 떴다. 탁한 눈동자를 닦아 내듯 몇 차례 슴벅이더니 천천히 이쪽을 올려다본다. 가볍게 찌푸린 미간에 세로 주름 한 쌍. 불거진 눈썹뼈와 짙은 눈썹이 서로 붙을 듯 좁아졌다.

"아, ……콜린스."

길고도 진득하게 뱉는 음성에 술기운이 만연했다. 리오는 한쪽 손을 들어 이마를 짚으며 기우뚱 기운 상체를 똑바로 가다듬었다. 후우. 입술 새로 터지는 긴 숨이 영락없는 취객이다. 이다지도 흐트러진 모습이라니. 베런은 눈을 가늘게 떴다.

"부르셨습니까."

"음. 앉아."

이마를 짚은 채 그가 다른 쪽 손을 휘휘 저었다. 베런은 리오의 오른쪽 직각으로 놓인 소파 위에 허리를 세워 앉았다. 그러고는 무릎

앞에 놓인 크리스털 잔을 다시 관찰했다. 위스키는 얼음 없는 스트레이트. 잔의 가장자리에는 입술 자국이 없다. 독주를 즐기고 립스틱이나 립밤을 바르지 않는 사람.

"몇 시나 됐지."

"열한 시 다 되어 갑니다."

"열한 시……."

술잔을 살피던 베런이 고개를 돌렸다. 저를 빤히 보는 상대의 눈과 정면으로 마주쳤다. 똑바로 뜬 그의 눈은 흰자위에 약간의 핏발이 선 것을 제외하면 평소와 다름없이 침착했다. 술에 취해 제정신이 아닌 것 같기도 했고, 한편으론 완벽히 멀쩡해 보이기도 했다.

리오가 탁자 위로 길게 팔을 뻗었다. 술병의 목을 쥐고는 주위를 두리번거리다 비척비척 일어서려 한다. 뭘 원하는지 눈치챈 베런이 재깍 자리에서 일어났다.

"제가 가져오겠습니다."

소파 건너 놓인 유리 캐비닛으로 다가갔다. 루이 14세가 썼을 법한 화려한 가구는 세심히 문질러 닦은 듯 지문 한 점 묻어 있지 않았다. 각종 크기의 크리스털 잔 가운데 적당한 것을 골라 쥐고 문을 닫았다. 눈동자를 움직여 주변을 살피는데 저만치 바닥에서 무언가가 반짝거린다. 베런은 문득 긴장하며 그쪽을 살폈다.

투명한 파편들이 형체를 알아볼 수 없도록 박살 난 채 흩어져 있었다. 위쪽 벽면의 대리석 타일도 반쯤 부서져 있다. 가루가 된 크리스털과 깨진 석재. 그는 제 손에 들린 잔의 무게와 크기에 대입해 가해졌을 힘의 강도를 예측했다. 있는 힘껏, 온 힘을 다해, 혹은 무언가에 떠밀려 폭발하듯이.

여기서 누구를 만났기에.

"보다시피, 술이 좀 남았는데 마실 사람이 없어서."

베런이 놓아둔 잔에 위스키를 부으며 리오가 중얼거렸다. 많지도 적지도 않은 양을 딱 알맞게 따르고는 제 몫의 잔도 똑같이 채운다. 괜찮은 술이야. 마실 만한 술이지. 혼잣말을 중얼대는 그는 취한 척 독백하는 배우 같기도 했고 외로움에 칭얼대는 노인 같기도 했다.

"아무리 생각해도 딱히, 부를 사람이 없더군."

베런은 남자와 눈을 맞췄다. 아주 가까이 앉은 그에게서 평소처럼 진한 우드 향이 풍겼다. 매끄럽고 단단하며 거대한 나무. 우람한 둥치와 높다란 우듬지. 그러나 앙상한 나목의 가지.

"아. 아직 술은 마시면 안 되나."

그래서인 모양이다.

"괜찮습니다."

퇴원 후 쭉 참아 오던 알코올을 기꺼이 입에 댄 것이.

리오는 순순히 잔을 드는 상대가 만족스러운 것 같았다. 그들은 각자의 잔을 입으로 가져가 한 모금씩 삼켰다. 술잔을 맞부딪히지도 눈을 마주치지도 향과 맛에 대한 감상을 나누지도 않았다. 그저 조용히, 각자의 식도를 적시며 퍼지는 위스키를 덤덤하게 음미했다.

"취한 모양이야. 미처 생각을 못 했어."

"괜찮습니다."

"얼마나 됐지."

"주말 지나면 정확히 삼 주 됩니다."

3주. 사실을 곱씹듯 리오는 몇 차례 혼잣말을 되풀이했다. 3주. 허공에 둔 시선 끝이 번진 듯 흐렸다.

"밤중에 환자를 불러냈군."

"아닙니다."

납작 엎드리듯 재빨리 말을 이었다.

"불러 주셔서 기쁩니다."

"기쁘다고?"

"예."

비쳴리오가 눈을 가늘게 떴다. 입가에 감도는 묘한 웃음기를 보며 베런은 정말로 기뻐졌다. 가슴속에서 무언가 펄럭이는 기분. 순한 바람을 탄 깃발 같은 그 감정은 분명히 즐거운 노란 빛을 띠고 있다.

"콜린스."

"예, 보스."

"나한테 서운했나."

감히 대답하지 않았다. 그랬겠지. 상대가 단정하자 그제야 긍정하듯 쓰게 웃었다. 그리고 그 순간 베런은 정말로 서운해졌다. 가루약에 혀를 댄 것처럼 입 안이 써서 돌연 서글퍼질 정도로 섭섭했다.

정말이지 놀라운 일이 아닌가. 마음마저 기만하는 속임수의 위력이란.

온갖 정성으로 수발한 주인을 더는 모시지 못하게 된 개. 반쯤 버림받은 사냥개. 그런 주인이 느닷없이 불러내 술까지 하사하자 그 하해와 같은 은혜에 그만 감격해 버린 충견. 베런 콜린스가 지어낸 감정들은 이토록 선득할 만치 생생하게 실재하여 나의 감각인지 혹은 다른 누군가의 것인지 분간이 쉽지 않았다.

마치, 환각 상태에 빠진 것처럼.

언제부터인지 그는 모른다. 헤아리지 않았으니 정확한 시점을 따져 볼 수도 없다. 그러나 이따금씩, 확언할 수 없는 생각과 느낌들이 몸을 덮쳐 올 때면 그는 내심 두려워지곤 했다.

총알처럼 튀어 오르는 장면들. 바닥에 주저앉은 검정 드레스. 물감처럼 번진 화장과 하얗게 굳은 어깨. 죽일 듯 노려보는 까만 눈동자. 그러면 이내, 여지없이 미열이 오르는 왼쪽 뺨.

'개새끼······.'

그 모든 생각의 씨앗과 감정의 조각과 행동의 뿌리가 어디에서 나오는지 모르겠다. 진짜와 가짜의 경계가 어디인지 확신할 수 없다. 진실과 거짓, 그 사이로 선뜻 선을 긋지 못해 망설이는 일이 잦아진다. 그럴 때면 그는 미아처럼 막막해졌다.

'너 그런 여자잖아. 제인 헤닝.'

베런은 이 오랜 혼란의 정체를 부채감으로 정의했다. 바위 같은 죄의식이 보잘것없는 정의감을 짓누르기 때문이라고. 한 여자의 생을 망쳐 놓았다는 죄책감. 더 나은 길을 찾지 못했다는 자책감. 결코 진짜일 수 없는 감정들에 휩쓸릴 때마다 그는 헤어나려 발버둥 쳤다.

그러나 그는 또한 너무도 잘 알고 있다. 벗어나야 한다는 것. 그게 무엇이든, 무조건.

나를 잃지 않으려면 반드시 그래야 해.

"보스."

다시 한 모금의 위스키를 삼킨 리오가 되묻듯 이쪽을 본다. 어깨 너머 어둠에 묻힌 도시가 별밭처럼 반짝였다. 베런은 상태를 가늠하듯 그를 바라보다 다문 입을 열었다.

"저를 믿으십니까."

충동적인 질문이었다. 아주 잠깐 정적이 흐른다. 물끄러미 상대를 응시하던 리오가 턱을 살짝 기울였다. 흥미롭다는 표정을 지었으나 대답은 오래 걸리지 않았다.

"그럴 리가."

명료한 답변이었다. 익히 아는 사실이었으므로 베런은 전혀 놀랍지 않았다. 오히려 뻔히 아는 사실을 구태여 확인한 제 마음이 그는 더욱 낭패스러웠다. 나는 이제 나조차 믿을 수가 없어. 덧붙이는 리오의 말 속에 서글픈 자조가 섞였다.

"너는 나를 믿나."

되돌아온 질문이 단도처럼 몸에 박혔다. 베런은 대답을 찾지 못한 채 속수무책 상대의 시선을 버텨 냈다. 술에 취한 그는 배부른 맹수처럼 보인다. 반쯤 감긴 눈동자에서 언뜻, 섬광이 번뜩였으나 눈길은 다시 마냥 나른해졌다.

"하긴. 너라고 그럴 리가."

부려 먹기만 했는데 뭘 보고 믿겠어. 리오가 덧붙이며 픽 웃었다. 그는 까닭 없이 즐거워 보였고 술기운 탓에 혀가 무뎌 발음이 뭉개졌다. 방금 따른 위스키 한 잔도 세 번에 나눠 금세 비워 버렸다. 베런이 지체 없이 술병을 집어 빈 잔을 채웠다. 리오는 슬슬 한계에 가까워 보였다.

"너한텐, 내가 신세를 많이 졌지."

또 한 차례 의미 없는 한숨을 몰아쉬더니 과거의 사건들을 주절주절 나열하기 시작한다. 8년 전 겨울, 해도 뜨지 않은 브루클린의 버려진 창고에서 처음 만났던 날. 목울대에 닿은 알폰시의 나이프 앞에서 눈 하나 깜짝하지 않던 모습. 리오를 대신해 숙부의 크루들과 접촉하고 배신과 대가를 협상하던 일. 예고 없이 벌어진 총격전에서 알폰시의 목숨을 건져 낸 것까지.

"시간 참 빨라. 벌써 팔 년이 넘었군."

한참을 주절대다 혼자서 고개를 끄덕였다. 만취한 것이 분명한, 볼수록 낯설어 마치 다른 사람 같은 남자를 베런은 가만히 지켜보았다. 이렇게 가까서 이토록 빤히 보는 건 8년 만에 처음이라고 생각하면서. 리오는 지난 일들을 놀랍도록 세세히 기억하고 있었다. 그의 입에서 나오는 과거의 장면들을 묵묵히 듣는 동안 베런은 달팽이가 기어가는 것처럼 뱃속 어딘가가 간지러웠다.

"항만청에 배 묶였을 때도 네가 가서 해결했잖아."

까맣게 잊고 있던 일을 떠올렸다. 멕시코에서 출발한 컨테이너 선박이 예정에 없던 세관 검색 대기에 걸려 밤중에 연락이 온 적이 있다. 주류 회사 담당자는 당연히 법무 책임자인 베런에게 알렸으나 그는 컨테이너 안에 든 물건이 와인도 위스키도 아니라는 것을 알고 있었다. 해결을 자청해 나선 것은 당연히 잡아야 했던 기회였으며, 덕분에 베런은 비첼리오와 그 조직 안으로 한 걸음 더 들어갈 수 있었다.

"그게 사 년 전이었지 아마. 우린 플라자 호텔에 있었고."

리오의 계산은 정확했다. 95년 12월. 연말이면 늘 그렇듯 자선 파티였던 걸로 기억한다. 플라자 호텔의 어둡고 화려한 연회장엔 실내 악단의 모차르트 메들리가 흐르고 있었다. 검정 드레스와 붉게 칠한 입술. 양쪽 귓불에서 반짝이던 다이아몬드 귀걸이. 샴페인 잔을 집어 들던 손가락과 하얗고 가는 어깨.

베런은 기억 속에 묻혔던 그날을 생생히 되살려 냈다.

"그 애가 널 좋아해(She likes you)."

순간 잘못 들은 줄 알았다. 머릿속을 읽힌 것 같아 별수 없이 긴장했다. 리오가 가리키는 여성 대명사는 대개 한 사람뿐이다.

"그렇지. 나는 너를 믿어. 믿지."

베런은 상대의 기색을 살폈다. 그는 이제 취기에 못 이겨 곧 잠에 빠질 것처럼 보였다. 슴벅슴벅. 눈꺼풀의 움직임이 느렸다.

"그 애에 관해서는, 누구보다도 너를 믿지."

그가 잠꼬대하듯 같은 말을 웅얼거린다. 손에 쥔 크리스털 잔이 미끄러질 것처럼 불안했다. 베런이 반사적으로 왼팔을 뻗었을 때 아니나 다를까 잔이 아래로 툭 떨어졌다. 리오는 그조차 인지하지 못한 채 윙체어 등받이에 머리를 기댔다.

"누구보다, ……콜린스를 믿지."

그 말을 끝으로 주변은 고요해졌다. 깨지지 않은 잔을 탁자 위에 올려 두고 베런은 침묵했다. 보스. 작게 불러 봤으나 반응이 없다. 잠든 것이 확실하다고 판단될 때까지 자리에서 움직이지 않았다. 그리고 확신에 확신이 더해질 무렵에야 조심스레 몸을 일으켜 세웠다.

제자리에 선 채 천천히 펜트하우스를 둘러보았다. 초호화 호텔 룸은 놀랍도록 웅장해서 한눈에 구조를 파악할 수도 없다. 거대한 유리창 밖으로 맨해튼의 야경이 그림 같았다. 이 도시에 태어나 평생을 살았지만 이토록 숨 막히는 풍경은 처음이다. 그 같은 절경을 배경처럼 등 뒤에 둔 채, 남자는 가죽 의자에 안기듯 기대어 고요히 잠들어 있었다.

베런은 여전히 선 채로 그를 내려다본다.

고독한 인간. 마음 줄 수 없는 여자에게 온 마음을 빼앗겨 매번 목숨을 거는. 스스로 자초한 지옥에 갇혀 옴짝달싹하지 못하는. 그로 인해 믿지도 않는 대상 앞에 이토록 무방비하게 자신을 노출시킨.

가엾은 인간.

베런은 다시, 꿈속 같은 도시의 야경으로 먼 시선을 던진다. 한밤중에도 도시의 빛무리는 찬연히도 빛나 그는 약간의 현기마저 느꼈다. 자정을 향해 가는 시각. 지금도 이 남자의 조직은 바퀴벌레처럼, 도시의 가장 어두운 곳마다 구석구석 악을 퍼뜨리고 있을 것이다.

베런은 잠든 남자를 향해 두 눈을 내리깔았다.

감히 누려선 안 될 것을 누리는 사람들. 이 모든 것은 제 일족을 죽여 얻은 힘이다. 부당한 방식으로 쌓은 부다. 타인의 고통과 핏물과 비명 위에 지은 궁전이다. 반드시 법 앞에 세워 심판받게 해야 할 자들이다. 그러니,

이들에게 그 어떤 감정도 품어선 안 된다.

베런은 다시 저쪽, 깨진 대리석과 박살 난 크리스털 파편들에 시선을 두었다. 눈을 가늘게 뜨고 주변을 세심히 탐색했다. 발자국을 찾는 탐정처럼 꼼꼼히 살피다 제가 앉았던 가죽 소파에서 뭔가를 발견했다.

검은색 가죽 표면에 떨어진 머리카락. 왼손 집게와 엄지로 집어 코 앞으로 끌어와 살폈다. 손가락 길이의 그것은 틀림없는 머리카락이었다. 끝이 깨끗하게 잘려 나간, 아마도 남자의 모발.

노인의 것처럼 새하얀 백발.

베런은 잠든 비첼리오를 내려다본다. 그리고 테이블 위에 놓인 일회용 냅킨을 집어 머리카락을 감싸 품에 넣었다. 윙체어에 안긴 남자에게 다시 한번 눈길을 준 뒤, 그는 몸을 돌려 뚜벅뚜벅 엘리베이터로 향했다.

화창한 오후였다. 너른 창으로 노란 볕이 쏟아져 들어왔다. 관장실은 여느 때처럼 조용했다. 타닥타닥 키보드 두드리는 소리, 딸깍딸깍 마우스 누르는 소리가 드문드문 이어졌다. 랩톱 모니터를 들여다보는 여자의 얼굴은 석고처럼 뻣뻣하다.

돌연 휴대전화가 울렸다. 중간 볼륨으로 설정해 둔 벨 소리가 사이

렌처럼 신경을 건드렸다. 제인은 변함없이 모니터를 응시하며 전화기를 가져다 귀에 댔다. 헬로. 무덤덤히 응답한 여자의 표정이 곧 거짓말처럼 바뀌었다.

"예, 선생님. 제인입니다."

모니터에서 시선을 떼어 정면에 걸린 유화에 눈을 뒀다. 딴사람 같은 얼굴에는 어느새 환한 웃음이 넘쳤다. 목소리가 한 톤 높아지고 발음에 약간의 속도가 붙는다. 사무실을 울리는 여자 목소리는 조금 지나치다 싶을 만치 쾌활하게 들렸다.

"안녕히 지내셨죠? 작업은 순조로우시고요. 어쩐 일이세요, 이렇게 직접 전화를 다 주시고."

이달 말로 예정했던 전시회가 다음 달로 미뤄진 것은 순전히 화가의 변덕 때문이었다. '세기말'을 주제로 짧고도 강렬한 개인전을 열자는 제인의 제안에 관심을 보여 그날 당장 구두계약까지 해 놓고는, 막상 기획서를 보내자 이런저런 트집을 잡으며 까탈스럽게 굴더니 급기야는 계약을 재고하겠단 기별까지 에이전트를 통해 전해 왔다. 아티스트란 본래 독특한 인종인지라 전시회를 준비하다 보면 이런저런 돌발 상황이 생기곤 하는데, 이번 건처럼 갤러리 쪽에서 몸이 달아 매달리는 상황이라면 당연히 눈치와 입맛을 살펴 가며 최대한 몸을 오그릴 수밖에 없다.

"아, 예, 기획서 보셨군요. 수고라니 별말씀을요. 당연합니다, 그게 저희 일인데요."

덕분에 제인은 기획서를 통째로 새로 써야 했다. 전시 컨셉을 바꾸고 시공업체를 바꾸고 심지어 오프닝 리셉션 꽃 장식을 맡을 플로리스트와 손님들에게 제공될 와인 리스트까지 모조리 바꿔 새로 선정했다. 전시회 자체가 무산될 수 있다는 압박감 속에서 새 기획안을 완성하기까지 꼬박 열흘을 매달렸다.

그럼 그렇지. 그 동양인 여자 보기 좋게 물먹었대. 남자의 재력에 기대 고상하게 사는 여자. 한때는 미스 비첼리오, 이제는 미세스 비첼리오가 되기 위해 사력을 다하고 있을 여자. 제인은 저를 겨냥한 벽 너머의 조소들을 듣지 않고도 알고 있다.

그러므로 이번 건은 반드시 성사되어야 한다. 휴대전화를 쥔 오른손에 저도 모르게 꽉 힘이 들어갔다.

"오프닝 리셉션엔 꼭 참석하셔야 해요, 선생님. 다음 달 첫 번째 금요일이요. 초청 기자 명단도 확인하셨죠?"

전화기 저편에서 차분한 음성이 넘어왔다. 영국인 특유의 억양을 집중해 들으며 연신 고개를 주억거렸다. 그럼요. 물론입니다. 저희가 영광이죠. 고상한 추임새로 비굴하게 부추기는 동안 제인은 마치 상대가 눈앞에 있기라도 한 것처럼, 얼굴 가득 화사한 미소를 아끼지 않았다.

"그럼 컨펌하신 걸로 알고 진행하겠습니다. 일정 맞추려면 주말 지나고 월요일부터는 준비 들어가야 해서요. 전할 말씀 있으시면 언제든 이리로 연락 주세요. 최대한 반영하겠습니다."

상대의 기분을 살펴 가며 몇 마디 대화를 더 주고받았다. 급한 용건은 직접 연락해도 좋다며 직통 번호까지 일러 준 뒤 화가는 전화를 끊었다. 제인은 폴더형 전화기를 접어 책상 위에 내려놓고 탁상 달력과 펜을 집어 들었다. 한 장을 뒤로 넘겨 3일에 동그라미를 쳤다. 달력의 마지막 장. 서른한 개의 빈 칸을 보며 그녀는 더 이상 웃지 않았다.

2000년. 코앞으로 다가온 새해의 숫자가 여전히 어색해 실감 나지 않는다.

높은 의자 등받이에 머리를 젖혀 기댔다. 무겁게 눈꺼풀을 내리감고 입술 새로 긴 숨을 천천히 내뱉었다. 명랑한 여자가 재잘대던 관장실은 이제 평시의 침묵 속으로 되돌아왔다.

결국 전시회는 열리게 됐다. 다행스럽게도.

온수 같은 안도감이 차올랐다. 뜨거운 욕조에 담근 것처럼 온몸이 노곤해지면서 곤두섰던 신경이 조금씩 잠잠해졌다. 지독한 불안과 불면에 시달린 것이 이제 곧 3주째. 무서운 피로가 적군처럼 몰려와, 그녀는 시린 눈을 감은 채 10분만 쉬기로 했다.

갤러리를 꾸려 가는 일은 때로 즐거웠다. 좋은 작품과 작가를 물색하고 전시를 기획하고 미술 애호가들의 취향에 따라 작품을 골라 주는 과정 속에서 그녀는 때때로 즐거웠다. 직함과 업무가 주는 망각과 착각이 좋았다. 특히 유독 햇볕이 잘 드는 이 관장실. 온종일 따사로이 밝은 이 사무실에서 제인은 기꺼이 착각 속에 빠져들곤 했다.

태양 아래 따스하고 평온한 세상. 나도 이곳의 일원이란 착각.

그녀는 1분도 채 버티지 못하고 눈을 뜬다. 그리고 스케줄이 빼곡히 적힌 탁상 달력을 보았다. 1999년. 다음 달이면 그녀는 스물여덟 살이 된다. 열여덟 김재희가 스물여덟의 제인 헤닝이 되기까지, 사슬처럼 그녀를 옭아맨 생의 길이가 어느덧 10년에 성큼 다가섰다.

천천히 오른쪽 손을 가슴 앞으로 들어 올렸다. 엄지에 묻은 얼룩이 어렵지 않게 눈에 띄었다. 그 일이 벌어진 것이 불과 어제다. 이제 겨우 만 하루가 지났으니 푸르스름한 멍 자국은 당연하게도 여전했다. 제 손에 남은 뚜렷한 흔적을 그녀는 멍하니 들여다보았다.

손가락 사이를 파고들던 체온을 회상한다. 차가운 손의 마디마디를 뜨겁게 쥐어 오던, 아프도록 절박하던 남자의 악력도. 그 틈에 짓눌려 핏줄이 터질 동안, 푸르게 죽은 피가 살갗 아래 고일 동안 제인은 감히 벗어날 생각을 하지 못했다.

'······제발.'

그가 무엇을 원하는지 알고 있다. 그러나 그토록 끈질긴 감정의 정체는 확신할 수 없다. 소유의 집념인지 불행한 애정인지 혹은 이기적인 애착인지. 무엇이 됐든 그 마음은 간절해질수록 그녀를 멍들게 한다.

'알잖아.'

그를 사랑하지 않는다. 눈앞에 없어도 볼 수 있고, 무슨 짓을 해서라도 지키고 싶고, 때로 너무나도 그리워 숨이 멎는 것이 사랑이라면.

'나는 당신을 떠날 수 없어.'

그를 미워하지도 않는다. 나를 향한 눈길에서 온기가 읽히고, 나를 위한 배려가 때때로 죄스러우며, 그로 인해 또한 문득 가슴이 쓰라리니까.

그러니 나와 당신. 마음을 뜻대로 할 수 있다면 얼마나 좋을까.

제인은 지금 서로의 목을 겨눈 삼각의 관계가 자신의 탓임을 안다. 두 사람 사이 불문의 계약을 발칙하게 어긴 것도, 그의 인내심과 관대함을 배반한 것도, 그리하여 그를 화나게 만든 것도 결국은 모두 그녀 자신이었다.

'보고 싶었어.'

완벽히 타자였던 남자를 칼날 위에 서게 만든 것 또한 자신이다. 멋대로 그의 세상에 끼어들어 생을 흔들고 시간을 비틀고 지울 수 없는 상처를 새겼다. 참아 내지 못한 욕망과 쓸데없는 만용과 무모한 호기심 때문에.

그러므로 되돌릴 책임은 마땅히 그녀에게 있다.

'너 왜 이렇게 살아.'

그리하여 제인은 한 번 더 스스로를 타일렀다. 아무것도 욕망하지 말자. 다시 울타리 안에 웅크리고 무릎에 고개를 박자. 계속해서 안온하게 살아가면 된다. 죽지 않고 무사하게. 아무도 다치지 않게. 더 이상 욕심내지 않고. 흘러가는 대로.

그러려면 반드시 널 제자리에 되돌려 놓아야 해.

랩톱 모니터 하단의 시간을 확인했다. 오후 3시 10분 전. 요한은 보통 2시 반부터 한 시간가량 점심시간을 쓴다.

제인은 모니터를 닫고 자리에서 일어섰다. 옷걸이에 걸어 둔 코트를 집어 팔에 꿰었다. 창의 블라인드를 닫고 핸드백을 채듯 들고 사무실의 문을 잠갔다. 복도를 지나 계단을 타고 1층으로 내려갔다. 전시장에는 관광객으로 보이는 남녀 한 쌍이 그림을 둘러보고 있었다.

"관장님, 나가시게요?"

리셉션의 에이미가 양 눈썹을 한껏 들어 올렸다.

"오늘 좀 일찍 들어갈게요."

"지금요? 요한 곧 들어올 텐데 기다렸다 가세요. 혼자 움직이시면 안 되잖아요."

"괜찮아요. 대낮에 무슨."

대수롭지 않게 대꾸하는 여자를 향해 에이미는 난처하게 웃었다. 요 앞에서 총격받았을 때도 훤한 아침나절이었단 말을 겨우 삼켜 내면서.

"미스터 리 들어오면 전해 줘요. 브루클린에 일이 있어서 먼저 갔다고."

"네, 그럴게요."

"시간 채울 거 없이 바로 퇴근해도 좋고,"

제인은 핸드백에서 안경 케이스를 꺼내며 말을 이었다.

"월요일 아침엔 타운하우스로 데리러 오라고 전해 줘요. 나 주말 내내 거기 있을 거라고."

"알겠습니다."

선글라스를 꺼내 쓰는 여자를 에이미는 지켜보았다. 정말 괜찮으시겠어요? 불안한 얼굴로 묻는 그녀에게 제인의 입술이 빙긋 웃는다. 짙은 선글라스로 얼굴의 반을 가린 채.

"좋은 주말 보내요, 에이미."

"관장님도요."

또각또각 입구를 향해 똑바로 걸어갔다. 출입문 곁에 서 있던 경비원이 투명한 유리문을 열어 주었다. 검은색 수트와 왼쪽 귀의 인이어. 가볍게 고개를 까딱여 사의를 표한 제인이 갤러리 앞 골목에서 한쪽 팔을 번쩍 들었다. 때마침 다가온 옐로우캡 한 대가 멈춰 여자를 태웠다.

그 광경을 지켜보던 에이미가 고개를 갸웃한다. 제인을 태운 택시는 가던 방향 그대로 서쪽을 향해 사라졌다. 브루클린 방향은 반대쪽인데. 그녀는 뭔가 생각하듯 입술을 동그랗게 말았다가, 이내 생각을 그만두고 하던 일을 계속했다.

미끄러져 들어온 검은색 메르세데스가 단번에 멈춰 섰다. 아파트 건물 입구 앞 늘 세워 두는 자리에 주차한 다음 차에서 내렸다. 밤 10시를 갓 넘긴 시각인데도 요한은 근무 복장 그대로다. 건물을 향해 고개를 들어 703호 위치를 확인했다.

모든 창에 불이 꺼져 있었다.

오후에 점심시간을 핑계로 형준을 만났다. 잠복근무용 낡은 8인승 밴을 몰고 온 형준은 전날 밤샘이라도 했는지 눈 아래가 거무스름했다. 조수석에 올라탄 요한에게 짧게 안부를 물을 때부터 그는 갈증나는 사람처럼 몇 번이나 혀를 내밀어 입술을 축였다.

'어떻게 돼 가요? 아직 뭐 건진 거 없어요?'

2팀의 막내인 박 경관은 상황실 담당이다. 잠입 중인 요한과 소통하고 근황을 체크하는 것은 미셸의 몫이었다. 업무 배분을 무시하고 갑자기 접선을 요청해 온 그의 용건은 뜻밖이었다.

'우리 태스크포스 해산될지도 몰라요.'

'예?'

'일 팀으로 넘긴다는 말이 있는데…… 여튼 지금 분위기 되게 뒤숭숭해요, 우리 팀.'

그가 숨김없이 한숨을 푹 내쉬며 설명을 덧붙였다. 그러니까 요는 이번 작전을 상부에서 못마땅해한다는 것이었다.

'사전에 승인받은 게 아닙니까?'

'특수 작전 같은 건 원래 실무 책임자 선에서 결정되는 경우가 많아요. 보안 문제도 그렇고 위에서 승인 떨어질 때까지 못 기다리는 경우도 있고 하니까요. 이번에도 팀장님 책임하에 들어간 걸로 아는데,'

형준이 꺼칠한 뺨을 문질렀다.

'국장실에서 압력이 오는 것 같아요.'

'압력이라면.'

'손 떼라는 거죠, 뭐. 우리 팀 비첼리오 맡은 지 삼 년째라서 올해까지 소득 없으면 짤릴 줄은 사실 다들 알고 있었거든요. 그래서 팀장님도 이번 잠입 강행한 거고요. 근데 국장실에서 되게 야박하게 나오네요. 내년 되려면 아직 한 달이나 남았는데.'

후우. 형준은 다시 한숨을 쉬더니 빨대 꽂힌 맥도날드 일회용 컵을 쭉쭉 빨았다. 얼음만 남은 컵에서 쪼로록쪼로록 소리가 났다.

'팀장님도 그렇고 미셸 선배님도 그렇고 요한한테 내색 안 할 거 같아서요. 국장실에서 철수령 떨어지면 바로 털고 나와야 되는데 나라도 귀띔해 주는 게 맞는 거 같아서. 혹시 뭐 노리는 거라도 있어요? 어제 나한테 크루거 요원 연락처도 물어봤잖아요.'

대답하지 않았다. 대신 슈머 국장의 새파란 눈동자를 떠올렸다. 서늘한 손바닥과 쾌청하게 웃던 얼굴.

경관에게 무슨 임무를 맡길지도 혹시 짐작하고 있나요. 국장은 작전에 대해 아는 것 같았는데.

의아했으나 중요한 건 그게 아니었다.

'잘 알겠습니다. 고마워요, 박 경관.'

'고맙긴요. 지금 상황이 이러니까 생각하는 거 있으면 서두르는 게 좋을 거예요. 몸조심하는 거 잊지 말고요.'

요한은 전원이 꺼진 휴대전화를 열어 먹통이 된 것을 다시 확인했다. 주머니에 든 열쇠 케이스를 꺼내 자연스럽게 건물 안으로 들어갔다. 전등이 밝게 켜진 로비의 리셉션에는 아무도 없었다. 도어맨이 있었어도 상관없지만 자리를 비웠다면 오히려 더 좋다. 그는 뚜벅뚜벅 걸어 엘리베이터에 올라탔다.

7층을 누른 뒤 눈동자를 움직여 주변을 한 바퀴 살핀다. 검은색 반구형의 감시 카메라가 엘리베이터 안의 그를 정면으로 보고 있었다. 이 건물은 사방이 카메라다. 피하는 것은 어차피 불가능했다. 엘리베이터 문이 열릴 때까지 요한은 똑바로 선 채 움직이지 않았다.

703호.

현관문 앞에 서서 잠깐 뜸을 들였다. 열쇠 케이스의 가죽 표면을 검지 끝으로 느리게 긁으면서. 703호. 막상 들어가려니 내키지 않아 팔다리가 뻣뻣해졌다.

'관장님 오늘 일찍 들어가셨어요.'

제인은 오후 3시쯤 퇴근했다고 했다. 그가 자리를 비운 사이 도망치듯 사라져 버렸다. 일주일에 절반은 저녁 일정이 있고 나머지는 야근으로 채우는 여자가 웬일로 앞당겨 퇴근을 했을까. 그것도 햇살이 따사롭던 오후 3시에.

'브루클린으로 퇴근하셨어요. 주말 동안 거기 계신다고, 월요일 아침엔 그리로 데리러 오면 된다고 전해 달라 하셨고요.'

여자의 아파트 앞에 선 채 현관문을 응시했다. 이 문을 열고 들어가도 그녀는 없을 것이다. 도둑처럼 빈집에 들어가 샅샅이 뒤져서 필요한 물건을 찾는 것이 그의 목적이다. 그러니 마땅히 그녀가 없기를 바라야 하건만 마음은 자꾸만 반대를 기대했다.

네가 여기 있으면 좋겠다. 네 방 침대에 곤히 잠들어 있으면 좋겠다. 그러면 나는 소리 죽여 천천히 다가가서, 머리맡에 가만히 자리를 잡고, 잠든 네 얼굴을 선 채로 아주 오랫동안 바라볼 텐데.

네가 지금 여기 있으면 좋겠다. 그 남자의 집이 아니라.

뱃속에서 뜨거운 거품이 일어 요한은 아랫입술을 지그시 당겨 물었다.

한 움큼의 시간을 흘려보낸 뒤에야 결심한 듯 열쇠 케이스를 열었다. 복잡한 설계의 보안장치를 쉽게 푼 다음 케이스를 닫아 주머니에 집어넣었다. 주위를 한 번 더 짧게 살핀 뒤 문을 열고 안으로 들어갔다. 천천히 끌어당겨 닫자 현관문은 자동으로 철컥 잠겼다.

불이 꺼진 아파트 내부는 인기척이 전혀 느껴지지 않았다. 요한은 습관처럼 피스톨을 뽑아 양손으로 쥐었다. 아무것도 없는 허공에 총구를 겨눈 채 주변을 살핀다. 텅 빈 집은 순진한 얼굴로 그를 마주 보았다. 구두를 벗으며 아래를 내려다본다. 슬리퍼 한 쌍이 앞코를 나란히 하고 놓여 있다. 의심할 수 없는 부재의 흔적에 그는 안도와 실망을 동시에 느꼈다.

피스톨을 앞세운 채 재빨리 집 안을 탐색해 나갔다. 하나의 공간인 주방과 거실을 지나 바닥까지 커튼이 쳐진 발코니를 확인했다. 클리어. 가장 안쪽에 마주 보고 위치한 두 개의 방문은 닫혀 있었다. 왼쪽이 침실, 오른쪽이 드레스 룸. 문을 열고 내부를 훑었다. 올 클리어. 아무도 없다는 판단이 서자 권총을 거두고 소형 랜턴을 꺼내 켰다.

침실 문부터 열고 안으로 들어갔다. 제인이 쓰는 향수와 화장품 냄새가 터지듯 훅 끼쳐 와 요한은 그만 대책 없이 외로워졌다. 반듯하게 정돈된 침대는 텅 비어 있었다.

화장대 쪽으로 시선을 옮겼다. 거울 아래 딸린 두 개의 서랍 속에 화장 솜과 헤어드라이어. 그리고 세 번째 서랍을 열었을 때 그는 자그마한 벨벳 케이스 하나를 발견했다. 집어 드는 손끝과 굳게 다문 입술에 힘이 들어갔다.

아기 주먹만 한 케이스 안에는 새끼손톱 크기의 보석이 들어 있다. 에메랄드 컷 다이아몬드. 새하얀 돌이 되쏘아 낸 랜턴의 빛이 가시처럼 눈을 찔렀다. 반지 위에 놓인 그 찬란한 광석을 그는 오래 바라보지 않았다. 케이스를 닫아 제자리에 둔 뒤 침실에서 나와 가만히 문을 닫았다. 동굴처럼 어두운 아파트 안은 여전히 죽은 듯 고요했다.

드레스 룸의 문을 열고 안으로 들어갔다. 사방을 채운 수납공간이 온통 옷과 신발과 가방으로 가득하다. 그는 경찰 아카데미에서 배운 대로 은닉한 증거를 탐색하는 우선순위에 따라 숨겨진 이중 공간부터 찾았다.

회계 자료는 손으로 쓴 장부일 수도 있고 파일이 담긴 디스크일 수도 있다. 컴퓨터를 발견해도 좋고 금고를 찾아내도 좋을 것이다. 요한은 컴퓨터 데이터를 분석하는 능력도 금고를 여는 재주도 없지만 최소한 무언가를 발견했다는 보고는 할 수 있다. 희망적인 보고서는 잠입을 유지하게 할 구실이 될 테다.

'충고하는데, 증거 먼저 찾아요. 설득이든 협상이든 하고 싶으면.'

그토록 중요한 자료라면 제인이 허술하게 보관할 리 없다. 알면서도 그는 요행을 바랐다. 이 방 어딘가에 숨겨진 그것을 찾아내 손에 넣고, 완벽한 증거로 그녀를 설득하고, 그런 다음 리즈 크루거를 찾아가 연방정부의 보호를 요구하는 것. 그런 행운들을 간절히 바라며 그는 모든 감각을 총동원했다.

'우리 태스크포스 해산될지도 몰라요.'

요한은 절박했다. 베런 콜린스에게 발각된 데 이어 본부마저 압박을 해 온다면 정말로 시간이 없다. 무엇이라도 해야 한다. 시간을 벌어야 한다. 가슴이 뛰어 머리까지 윙윙 울리는 것 같아 그는 바짝 마르는 입술을 간단없이 혀로 축였다.

빠르게 훑어 내려가던 시선 끝에 무언가가 걸렸다. 스카프들이 세로로 걸린 수납장 안쪽, 하늘거리는 실크 너머로 큼직한 상자 하나가 놓여 있었다. 랜턴을 입에 문 채 양손으로 그것을 집어 바깥으로 꺼냈다.

넓적한 직육면체 형태의 묵직한 목재 케이스.

걸쇠에는 자물쇠를 채울 수 있도록 되어 있으나 잠겨 있지 않았다.

잠금쇠를 젖히고 뚜껑을 들어 올리자 허무할 정도로 쉽게 열렸다. 랜턴을 왼손에 옮겨 쥐고서 상자 안쪽을 비춘 순간 그는 미간을 좁히며 눈을 가늘게 떴다.

커다란 상자 안에 든 것은 사진들이다. 그가, 정확히는 스물넷의 요한이 박제된 모습들.

남자는 사진 밖을 바라보며 웃고 있었다. 붕대 감은 손에 스프레이 페인트를 들고 이쪽을 본다. 깔깔대며 손바닥으로 렌즈를 가린다. 반지하 아파트 주방에서 분홍색 고무장갑을 끼고 서 있기도 했다. 무언가에 집중한 모습, 허공을 향한 얼굴의 실루엣처럼 모르는 새 찍힌 모습들도 있다. 든든한 상자 안에 귀중히 보관된 수십 장의 사진들은 하나같이 온통 그의 모습뿐이다.

숨이 쉬어지지 않았다.

그리운 시간들이 해일처럼 몸을 덮쳐 요한은 휘청댔다. 반짝이는 웃음과 행복한 눈동자. 얼마나 귀중한 순간인지 미처 알지 못한 시절들. 마비된 것처럼 한꺼번에 사고가 멎었다. 쿵쿵 뛰던 심장도 멈춘 것 같았다. 과거의 자신과 눈을 맞춘 채 그는 아무런 생각도 할 수가 없다.

뒤통수에 총구가 닿은 것은 그때였다.

"여기 없어."

기다렸다는 듯, 나지막한 목소리로 그녀가 말했다.

"네가 찾는 거, 여기 없다고."

한 움큼의 사진을 손에 쥔 채 요한은 입술을 깨물었다.

"……리 경관(Officer Lee)."

그리고 소리 없이 숨을 들이켠다.

박빙처럼 아슬아슬한 시간이었다. 발밑을 받친 얼음이 금방이라도 쩍 갈라져 온몸이 아래로 푹 꺼질 것 같다. 줄타기를 하듯, 간신히 언 수면 위를 걷듯 제인은 조심스럽게 발을 옮겼다.

"나도 진실을 알고 싶었어."

등을 보이고 선 남자는 꼼짝도 하지 않았다. 그녀는 무기를 겨눈 채 반 발짝 더 다가섰다.

"이제야 확실해졌네."

오른손에 쥔 권총을 왼손으로 옮겼다. 바짝 댄 리볼버 총구가 머리카락 사이를 파고들고, 여자는 남자의 재킷 주머니로 손을 뻗어 열쇠 케이스를 꺼냈다. 카드 지갑 크기의 가죽 케이스에는 녹녹한 체온이 배어 있었다.

"네 작전은 실패야."

짧은 문장으로 연이어 말했다. 이곳에 숨어 기다리던 내도록 수백 번씩 궁리하고 연습한 말들이다. 호흡이 흔들릴까 최대한 짧게 끊어 냈건만 그조차도 태연히 내뱉기가 힘이 들었다. 그러나 여기서 동요 하면 안 된다. 제인은 온 신경을 혀끝에 모았다.

"역시 이게 목적이었구나."

설마 했는데. 자조처럼 덧붙였으나 그는 대꾸하지 않았다. 움직이 지도 않는다. 수납장 선반을 향해 선 너른 등이 검은 바위처럼 버티 고 있었다. 그녀는 열쇠 케이스를 가까운 곳 아무 데나 놓아둔 다음 리볼버를 다시 오른손에 옮겨 쥐었다. 뒷머리에 쑤셔 박힌 총구가 살 짝 떨어졌다가 다시 밀착된다. 코에 익은 남자의 체향. 그로 온통 젖 어 버린 주변의 공기.

"게임은 끝났어. 요한 리."

그 향기를 들이마시며 제인이 선언했다.

"이게 진실이야."

38구경 리볼버는 묵직했다. 은빛 총신을 따라 상대의 두개골 경도가 느껴진다. 무기를 겨눈 것은 자신인데도 더럭 겁이 났다. 그녀는 남자의 뒤에 선 채 입술을 깨물었다.

얼어붙은 호수처럼 시간이 정지했다.

빈집을 가장한 아파트 안은 구석구석 어두웠다. 물건들로 빼곡한 드레스 룸은 외부의 빛조차 들 틈이 없어 요한의 손에 들린 소형 랜턴이 유일한 광원이다. 강렬한 빛을 쏟아 내는 그 작은 전구는 제인의 시야까지 충분히 밝혀 냈다.

뒤통수에 권총을 매달고 선 남자의 뒷모습. 눈에 익은 수트의 반듯한 어깨선. 가슴으로 빛을 끌어안은 채 등을 보이고 선 남자. 소리 없이 호흡하는 너른 등을 제인은 응시한다. 이제 마지막이 될 모습을. 한순간도 놓치지 않고 눈에 담듯이.

그녀는 또한 기원한다. 너 역시 이 모습을 기억해 줘. 네 몸의 상처를 볼 때마다 이 순간을 떠올려 줘. 하찮은 여자에게 붙들려 귀중한 시간을 낭비했구나 쓸쓸하게 웃어 줘.

이제야말로 영원히, 나를 버려 줘.

"찾았어."

침묵 끝에 그가 말했다. 제인은 눈동자를 움직여 상대의 동정을 살폈다. 사물처럼 서 있던 요한이 천천히 돌아섰다. 그는 뒤통수에 매달린 총구 따위 아랑곳하지 않았고, 남자와 눈이 마주친 순간 그녀는 각오하듯 숨을 멈췄다. 무기는 이제 그의 코끝을 겨냥한다.

"찾았다고. 내가 찾던 거."

그가 오른손에 쥔 사진들을 들어 올렸다. 랜턴의 빛은 여전히 등 뒤를 환하게 밝히고 있다. 부신 듯 두 눈을 가늘게 뜬 채 제인이 대꾸했다.

"……말장난하지 마."

요한은 여자가 쥔 무기에 아주 짧은 눈길조차 주지 않았다. 오직 그녀의 두 눈만을 끈질기게 바라보았다. 불필요한 감정들 따위 이미 갈무리를 마친 듯 보였다. 어깨를 벌리고 선 남자는 침착하고, 결연하다.

"언제부터 알았어."

그가 왼손을 들어 총구를 쥐었다. 쏘지 못할 것을 아는 사람처럼 총구와 총신을 아울러 쥐더니 천천히 바깥으로 무기를 치웠다. 잠깐 동안 버티던 제인은 곧 포기하고 순순히 권총을 내렸다. 겁먹지 않는 상대 앞에서 무기 따위 어차피 무용지물이다.

"어떻게 알았어."

"지금 그게 중요해?"

"어디 있어."

"뭐가."

"회계 자료. 너한테 있잖아."

"……하."

"제인."

힘주어 부르는 음성 끝이 약간 갈라졌다. 그는 다가갈 듯 상체를 살짝 기울였다가 다시 똑바로 섰다. 두 사람 사이 거리는 이미 그의 보폭으로 한 발짝도 채 되지 않았다.

"곧 체포 작전 시작될 거야. 연방수사국이랑 시경에서 합동 작전 준비 중이야. 해 바뀌기 전에 시작될 거고,"

요한이 잠깐 말을 멈춘다. 저를 보는 여자의 까만 눈동자.

"너도 수배 대상이야."

다시 무거운 침묵이 시작된다. 그들은 마주 선 채 서로의 얼굴만을 바라보았다. 마치 그 안에 해답이 있기라도 한 것처럼 파헤치는 눈길은 조금쯤 필사적이다.

"체포 작전."

제인이 한참 만에 코웃음을 쳤다. 잠입도 허탕 쳤는데 그게 될까. 덧붙이는 말투가 싸늘해 제법 그럴듯하게 들렸다.

"증거도 없이 체포해서 어쩌려고. 무슨 준비를 어떻게 했는지 모르지만 어차피 너희는 기소 못 해. 우리가 가만히 당하고 있을 것 같아?"

여자는 날카로운 단어들에 강세를 두었다. 남자는 총알처럼 몸통에 박히는 그것들을 견뎌 낸다. 턱밑까지 도사린 절박함이 고통을 한결 무디게 만들었다.

"같이 가자."

"뭐?"

"네 말대로 증거 같은 거 없어도 괜찮아. 증언만 해 줘도 돼."

요한이 빠르게 말했다. 물증 없는 재판으로 비첼리오의 유죄 판결을 받아 낼 수 있을지 모르겠으나 그런 건 아무래도 상관없다. 어차피 정의 구현 따위 처음부터 그의 목적이 아니었다.

"그들이 널 보호해 줄 거야. 이름도 신분도 바꾸고 완전히 새로운 곳에서 다시 시작할 수 있어. 아무도 못 찾는 곳으로 도망갈 수 있어, 제인."

단지 그런 것들이 필요했다. 너를 데리고 달아날 수 있는 확실한 길이. 아무도 모르게 꽁꽁 숨길 수 있는 안전한 곳이. 끝까지 지켜 낼 수 있는 힘이. 그런 것들을 줄 수 있는 존재라면 그는 무조건 속할 의향이 있었다. 시 정부든 연방정부든, 군대든 경찰이든. 공권력의 일부가 되는 조건으로 그들은 목숨과 충성을 요구했고 요한은 가진 것을 전부 내놓았다. 그가 가진 것이라고는 어차피 그런 것들뿐이었으니까.

그러니 꼭 정부가 아니더라도 무엇이든 붙잡았을 것이다. 힘을 빌려줄 수 있는 존재라면 누구의 무엇이든 움켜잡았을 것이다. 설령 그것이 악마의 검푸른 손이었다 해도. 얼마든지. 기꺼이.

"같이 가자. 내가 도와줄게. 내가 지켜 줄게. 나랑 같이 가."

맥박이 귓전에서 쿵쾅댔다. 이 순간을 위해 버텨 낸 시간들이 목구멍과 가슴 사이 무겁게 쌓였다. 짓눌린 심장이 터질 듯 뛰는 동안 요한은 오직 여자만을 간절히 바라보았다. 제인의 조그만 얼굴은 빛과 그림자 사이에서 창백하다.

다시 한번 침묵 속에 시간이 멎었다. 애타게 저를 보는 남자의 눈. 그 눈을 물끄러미 마주 보던 여자가 천천히 입술을 뗐다.

"착각하지 마."

부지런히 뛰던 심장이 일순 정지했다.

"난 여기 사람이야(I belong here)."

눈이 먼 것처럼 시야가 아득해졌다.

"……아무 데도 안 가."

아무것도 느껴지지 않았다. 내장이 꽁꽁 얼어붙은 것 같다. 오른쪽 손안에서 사진들이 구겨졌다. 빳빳한 인화지의 절단면이 무딘 칼날처럼 손바닥을 그었으나 요한은 그마저도 전혀 느낄 수 없었다.

절벽 끝에 선 것처럼, 발밑이 그저 까마득했다.

그는 눈앞에 선 여자를 본다. 부드러운 소재의 카디건과 새하얀 맨발. 여기서 몇 시간이나 기다렸을까. 함정까지 파 놓고 숨어 있던 동안 무슨 생각을 했을까. 내가 오길 기다렸을까 차라리 오지 말길 바랐을까. 내가 그랬던 것처럼 너도, 안도하고 동시에 또 실망했을까.

그는 여자를 쓰다듬듯 시선을 옮겼다. 오른손에는 여전히 권총이 쥐어 있다. 침입자의 머리를 바짝 겨눴던 은빛 리볼버. 그는 더 이상 참지 못하고 눈을 감아 버렸다.

쏘지도 못할 거면서.

이제, 요한은 스스로 한계임을 안다. 켜켜이 쌓였던 감정이 우르르 터져 나왔다. 파도처럼 밀어닥치는 그것들을 버텨 내려 이를 악물었다. 오른손에 든 사진들이 일제히 우그러졌다.

"이제는…… 말해 줘도 되잖아."

더 이상 숨길 것도 속일 것도 없는데. 끈질기게 쌓아 온 시간이 이제 곧 4년을 넘기는데. 그동안 나는 기다리고 또 기다렸는데. 이제는, 이제는 말해 줘도 되잖아.

"말해 줘, 제인."

요한이 앞을 향해 걸음을 옮겼다. 제 보폭의 절반도 채우지 못한 아주 작은 움직임이다. 여자는 뒤로 물러날 듯 몸을 움찔했으나 제자리를 지켰다.

"나만 이러는 거 아니라고."

너도 그랬다고 말해 줘. 하루는 날 생각하고 그다음 날은 그러지 않으려 노력하고. 어떤 날은 원망하고 또 다른 날엔 그리워하고. 생각하고, 잠깐 잊고, 다시 생각하고. 나처럼 너 또한 그렇게 살았다고.

"……나 혼자만 기다린 거 아니라고."

장님처럼 더듬대며 팔을 뻗었다. 가까이 선 여자는 순순히 양어깨를 붙들린다. 작고 가는 뼈대를 쥔 채로 그의 손은 떨리기 시작했다.

고개를 떨군 요한은 더 이상 그녀의 얼굴을 볼 수 없다. 걷잡을 수 없이 눈앞이 흐려져 보이지 않았다.

"말해 줘."

내가 찾길 원한 단 하나의 진실.

"너도…… 나 사랑한다고."

아직 사랑한다고. 사랑하고 있다고. 너도. 나처럼. 변함없이.

"제발…… 말해 줘, 제인……."

실체 없이 쌓이던 감정은 언어가 되는 순간 폭발한다. 화약처럼 한 번 터진 불꽃은 멈출 수 없다. 소리 죽여 흐느끼는 남자 앞에서 제인은 이를 악물었다. 입술 틈새를 비집는 마음들을 막아 내려 혀를 깨물었다. 양쪽 어깨를 쥔 남자의 악력은 부들부들 떨리고 있다. 거기에 휩쓸리지 않기 위해 그녀는 외면하듯 시선을 바닥으로 떨어뜨렸다.

원목을 깐 바닥 위에 반쯤 구겨진 사진들이 흩어져 있었다. 하나같이 눈에 익은 사진들. 눈을 감고 캄캄한 시야 위에 그려 볼 수도 있는 이미지들. 제인은 흩어진 요한의 웃는 얼굴들을 망연히 바라본다.

그런 날들이 있었다.

한낮의 빛을 몰아낸 어두운 방, 세상에서 고립되어 네 개의 벽에 나를 가두고 하염없이 너와의 기억만 애무하던 날들이. 뜨고 지는 하루 따위 아랑곳하지 않고, 그저 그 순간들을 수백 번 수천 번 곱씹던 날들.

그런 날들에 갇힐 적마다 제인은 후회했다. 너를 만나지 말걸. 매혹되지 말걸. 용기 내지 말걸. 혹은, 좀 더 용기를 내어 볼걸. 그처럼 소용도 없는 것들을 후회하며 셀 수 없는 시간을 흘려보냈다.

눈물을 참아 내기 위해 제인은 천천히 깊은 숨을 들이쉬었다.

언젠가, 오늘의 이 기억을 더듬어 떠올릴 미래의 나는 역시 후회할 것이다. 지금 네 손을 잡지 않은 것을 다시 후회할 것이다. 틀림없이 그럴 것이다.

그러나.

"그 사람이 다 알고 있어."

우리는 여기서 멈춰야 한다.

"처음부터 알고 있었어. 네가 누군지, 언제 어떻게 나한테 접근할 건지, 전부 다 알고 있었어."

낮은 목소리로 빠르게 말했다. 아무도 없는 집에 숨은 귀를 염려하기라도 하는 것처럼.

"너에 대한 정보를 그가 미리 갖고 있었다고. ……무슨 뜻인지 모르겠어?"

그녀는 안젤로를 떠올린다. 보호받기에 충분한 증인이었으나 정부는 그를 지키지 않았다. 갑작스런 그의 죽음을 경찰은 미제 사건 파일에 넣어 경찰국 가장 외딴 곳에 처박아 두었다. 그러므로 요한이 믿는 정부를 제인은 믿지 않았다. 이번에도 그들은 아무도 보호해 주지 않을 것이다.

"너야말로 도망쳐. 아무도 못 찾는 곳으로 지금 당장. 다 그만두고 떠나."

요한이 고개를 들었다. 그는 슬픈 것 같기도 했고 화가 난 것처럼 보이기도 했다. 호흡은 빠르게 침착해졌으나 속눈썹에 맺힌 물기는 여전히 촉촉했다. 젖은 얼굴. 뺨의 물기를 닦아 주는 대신 제인은 양쪽 주먹을 힘껏 말아 쥐었다. 그리고 준비해 둔 말을 천천히 꺼내 놓기 시작했다.

"나는, 살고 싶어."

양쪽 어깨는 여전히 그의 손에 붙들려 있었다. 그러나 뿌리치지 않았다. 이 정도는, 그래 이 정도는 마지막 인사로 나눠도 괜찮을 것이다. 제인은 밀어닥치는 설움을 다시 한번 삼켜 냈다.

"죽는 것도 다치는 것도 싫어. 네가 다칠까 봐 마음 졸이는 것도 싫어. 아무도 다치지 않았으면 좋겠어. 이제는…… 더 이상 그런 거 보고 싶지 않아. 그러니까 제발, 요한,"

이번에야말로.

"떠나 줘."

제발.

"널 위해서가 아니라 날 위해서."

너를 영영 잃고는 도저히 살아갈 수 없는 나를 위해서.

"다시는…… 내 앞에 나타나지 말아 줘."

준비한 말들이 모두 끝났다. 계획을 완수한 여자가 눈을 감는다. 요한은 한참 동안 아무 말도 하지 않았다. 그러나 양쪽 어깨를 쥔 남자의 손아귀. 뼈대를 움켜쥔 악력이 조금씩 빠져나가는 것을 느낄 수 있었다.

제인은 작전이 성공했음을 알았다.

스테인리스강 표면에 비친 얼굴이 해쓱했다. 벌게진 눈자위를 남의 것처럼 바라보다 외면하듯 시선을 돌렸다. 3층을 막 통과한 엘리베이터는 수초 후면 문이 열릴 것이다. 요한은 목을 조인 타이를 신경질적으로 잡아당겨 풀었다. 셔츠의 첫 단추를 푸는 손마디가 하얗다.

'처음부터 알고 있었어. 네가 누군지, 언제 어떻게 나한테 접근할 건지, 전부 다 알고 있었어.'

경찰국에 스파이가 있다는 말인가.

엘리베이터 문이 열리자 튕겨 나가듯 성큼성큼 걸어 나갔다. 넓은 보폭으로 로비를 통과하며 리셉션 데스크 쪽을 확인한다. 돌아와 앉아 있던 도어맨이 건넨 눈인사를 요한은 반쯤 무시했다. 아파트 건물 입구를 통과하며 그는 머릿속에 얼굴들을 떠올렸다.

누굴까.

2팀은 팀장인 맥컬린 경위 이하로 경사, 형사와 경관 둘까지 총 여섯 명이다. 1년 전부터 비첼리오의 하부 조직에 잠입 중이라는 테드 모나한 형사와 요한 본인을 빼면 본부에 남은 사람은 네 명. 그러나 팀원들과 함께 일해 본 경험이 거의 없어 요한으로서는 억측조차 가능하지 않았다. 조직범죄국이 어떻게 돌아가는지 대략적인 파악조차 하지 못한 신입 주제에 그럴듯한 추리란 도저히 무리였다.

빌어먹을.

뭐가 뭔지 모르겠으나 조언이 필요하다는 것만큼은 확실하다. 그는 계속하여 머릿속의 데이터를 총동원했다. 빈약하기 짝이 없는 후보들의 얼굴 중에서 리즈 크루거를 떠올렸으나 즉시 고개를 저었다. 시경 내부에 비첼리오와 결탁한 경찰관이 있다는 소리를 연방수사국과 논의할 수는 없는 노릇이다. 내부 비리 문제지만 내사과에 제보하는 것도 경솔한 짓일 것 같다. 제임스를 찾아가 조언을 구해 볼까. 요한은 저만치 세워 둔 세단을 향해 걸으며 생각했다.

거리가 충분히 가까워지자 메르세데스가 스스로 털컥 잠금을 풀었다. 그는 운전석 문을 향해 손을 뻗으며 고개를 끄덕였다. 그래, 제임스를 찾아가자. 날이 밝으면 곧장 그를 찾아가 조언을 구하자. 그라면 뭔가 해 줄 말이 있을지도 모른다. 수상한 사람이든 정황이든 떠올려 낼 수 있을지도 모른다. 이 수렁에서 빠져나갈 방법을 찾아 줄지 모른다.

이번만큼은 절대로 혼자 도망치지 않을 것이다.

그리고 오른손 끝이 세단의 손잡이에 닿았을 때, 등 뒤 아주 가까운 곳에서 기척이 느껴졌고, 생각에 빠져 경계를 소홀히 했다는 자각이 뒤늦게 든 순간, 단단한 물체가 그의 뒷머리를 세차게 가격했다.

젠장.

골치 아프게 됐다는 생각을 마지막으로 사고가 멈췄다. 전구의 필라멘트가 끊어지듯 머릿속이 암전됐다.

요한은 마네킹처럼 맨바닥에 쓰러졌다.

7

세기말

가느다랗게 눈을 떠 본다. 두개골에 쐐기를 끼운 것처럼 두통이 심했다. 머리가 띵하고 속이 메스꺼운 것이 멀미와 비슷한 느낌이었다. 폐차 직전의 고물 트럭을 타고 미 대륙을 덜컹덜컹 횡단하면 이런 기분일까. 요한은 동면에서 깨어난 짐승처럼 고개를 좌우로 흔들었다.

주변은 밝지 않았다. 그는 제대로 앞을 보기 위해 눈꺼풀을 끔뻑였다. 여전히 흐린 시야를 대신해 가장 먼저 감각을 건드린 것은 낯선 냄새다. 날고기에 밴 피 냄새. 오래된 맥주의 퀴퀴한 오줌 냄새. 그 사이를 짙게 떠도는 고기 굽는 냄새. 하나같이 불유쾌한 그 냄새들 사이로 요한은 지하실 특유의 곰팡내를 감지했다.

머지않은 곳에서 사람들이 와아아 웃음을 터뜨렸다. 도무지 상황과 어울리지 않는 소음은 꿈속 같기도 하고 환청 같기도 하다.

끊어졌던 의식에 다시 불이 깜빡이자 재빠르게 상황부터 파악했다. 우선 그는 의자 위에 앉아 있었다. 물먹은 이불처럼 무거운 몸이 줄로 꽁꽁 묶여 있고, 입에는 두꺼운 접착테이프가 발려 벌릴 수도 다물 수도 없다. 요한은 손가락과 발가락을 움직여 열 가닥의 신경을 확인했다. 다행히 아직 잘린 곳 없이 온전했으나 언제까지 그럴지는 모를 일이다. 그는 제 몸에 대한 통제권을 완전히 빼앗겼으며, 이런 상태에선 언제 뭐가 잘려도 꼼짝 없이 당할 수밖에 없었다.

빌어먹을.

가까스로 고개를 가누며 더운 숨을 코로 뱉었다.

"정신 좀 드냐?"

가까이서 남자 목소리가 깨끗하게 들렸다. 청력도 멀쩡하다는 결론과 어째 귀에 익은 음성이라는 의심이 아주 약간의 시간 차를 두고 이어졌다. 의자 끄는 소리가 가볍게 들리더니 상대가 발을 끌며 가까이 다가왔다. 확인하려 고개를 드는 순간 요한은 무엇을 보게 될지 깨달았다.

"……이 미친 새끼야."

호세는 다른 사람 같았다. 거리에서 지나쳤더라면 알아보지 못하고 스쳤을 만큼 달라졌다. 마른 몸에 키만 껑충하던, 당장 응급실에 실려 가도 이상하지 않을 것 같던 그는 3년 만에 보통에 가까운 체격이 되어 있었다. 요한은 선 채로 저를 내려 보는 남자를 향해 최대한 고개를 젖혔다.

"입대했다는 놈이 여긴 왜 다시 왔어. 캘리포니아 갔다며. 그냥 거기서 살면 되지 왜 뉴욕에 기어들어서 이 지랄을 또 하냐고, 개새끼야."

호세는 잔뜩 낮춘 목소리로 토하듯 다그쳤다. 빠르게 뱉어 내는 단어들이 하나같이 감정으로 흠뻑 젖어 있었다. 원망과 한탄. 그리고 어쩌면, 공포.

"다른 여자 만나면 되잖아. 너 좋다는 여자들 많잖아. 시발, 그년이 뭐라고……."

요한은 힘껏 입술을 비트는 남자와 빠짐없이 시선을 맞춘다. 몸짓도 말도 할 수 없는 상황에서 동원할 수 있는 것은 오직 눈빛과 고갯짓뿐이다. 잠깐 고민하듯 침묵한 호세가 그의 입에 붙은 테이프를 떼어 냈다. 입 안 가득 공기를 들이마시자 정신이 조금 더 맑아졌다.

"어디 말해 봐, 새끼야. 너 진짜 죽고 싶어서 그랬냐?"

"……얼굴 엄청 좋아졌다, 너. 약 끊었어?"

"지금 농담이 나와?"

"그보다 여기 물 없냐? 나 물 좀."

호세는 기가 막히단 표정으로 꽁꽁 묶인 포로를 내려다본다. 그러더니 저만치 바닥에 놓인 생수병을 가져다 뚜껑을 열었다. 벌린 제 입 안에 물을 붓는 손길에서 요한은 상대의 감정을 읽어 냈다.

그는 두려워하고 있었다. 보스의 여자에게 또다시 집적대다 기어이 붙잡혀 끌려온 남자의 목숨을 걱정하고 있다. 그러나 다만 거기까지. 그 남자가 경찰이라는 사실까지는 모르는 것 같다고 요한은 결론 내렸다.

"이번엔 너 살려 두지 않을 거야."

반쯤 남은 생수병 뚜껑을 돌려 달며 호세가 말했다.

"보스가 이번엔…… 너 진짜로 죽여 버릴 거라고."

연발하는 욕설에서 요한은 미약한 떨림을 듣는다. 이번엔. 이번엔 살려 두지 않을 거야. 그는 바늘에 찔린 듯 미간을 찔끔 좁혔다. 일순, 내도록 막혀 있던 머릿속 어떤 골목 하나가 뻥 뚫리는 기분이 들었다.

"······너였구나."

요한이 두 눈을 가늘게 떴다.

"그때 비첼리오한테 네가 말했어. 나에 대해서. 전부 다."

"죽이진 않을 거라고 했었어."

"우리 아빠 가게까지."

"너 어차피 너네 아빠 싫어했잖아."

"새끼야, 그걸 말이라고 해?"

"시발, 그럼 어떡하냐, 사람을 죽였는데······!"

버럭 언성을 높인 호세가 발작하듯 어깨를 떨었다. 그리고 기다란 양손으로 얼굴을 마구 문지른다. 얼굴 가죽이 벗겨져라 마른세수를 해 대는 그를 요한은 계속해서 올려다보았다. 의자 등받이 뒤로 묶인 양손이 의미 없이 꼼지락거렸다.

"한 달 넘게 잠도 제대로 못 잤어. 하라는 대로 다 했는데 승인은 안 떨어지고. 보스는 만날 수도 없고 카포는 나 몰라라 하고. 너 새끼는 내 말 듣지도 않았잖아. 너한테 말해 준 거 들키면 나만 좆되는 건데······."

호세는 두 눈을 질끈 감았다. 그때는 방법이 없었어. 정말 다른 수가 없었어. 내가 살려면, 내가 미치지 않으려면 어쩔 수 없었어. 괴롭게 찌푸린 얼굴에서 요한은 그러한 호소를 본다. 더불어 그는 여러 개의 조각들을 빠르게 하나로 취합했다.

호세 고메즈는 96년 1월 정식 조직원이 되기 위한 통과의례로 사람을 죽였다. 비첼리오 조직의 마지막 콘실리에리는 96년 1월에 죽었다. 친부를 포함한 윗대 삼 형제 모두 리오나르도가 죽인 것으로 경찰은 보고 있다.

경관은 날카로운 눈빛을 요령껏 숨겨 냈다.

"누구. 누굴 죽였는데."

호세는 대답하지 않았다. 다만 꾹 다문 입술 위로 격한 감정들이 출렁거렸다. 여전히 지독히도 곱슬거리는 머리카락. 숱 많은 정수리 위에서 알전구가 대포알처럼 노랗게 타고 있다.

"너 서부 갔단 소리 듣고 얼마나 안심했는지 알아? 너네 부모도 멀쩡히 다시 가게 나오는 거 확인까지 했어. 다 끝난 일이었잖아. 너만 계속 거기 있었으면, 너만 여기 안 왔으면 아무 문제 없이 다 끝난 거였잖아."

요한은 들으며 다시 한번 확신했다. 호세는 내 정체를 모른다.

"그래서, 라이언 킹이 너네 크루더러 나 잡아 죽이랬어?"

"그래. 너 그년 아파트에서 나오는 거 한 번만 더 걸리면 끌어내라고. 보스한테 지시 떨어지면 우리 카포가 올 거야. 그때까지 내가 여기서 지키고 있을 거고."

"여기가 어딘데."

"알아서 뭐 하게. 어차피 너 여기서 못 나가."

이만 외면하듯 몸을 돌린 호세가 저만치 떨어진 의자로 돌아가 앉아 버렸다. 요한은 의자에 꽁꽁 묶인 채 천천히 주위를 살폈다.

생고기에 밴 피 냄새와 고기 굽는 고소한 냄새. 바닥에 얼룩진 맥주 냄새와 지하실의 곰팡내. 충계를 타고 넘어오는 바쁜 걸음들과 왁자한 사람들의 말소리는 환청이 아니었다. 아주 가까이에 사람으로 꽉 찬 홀이 있었다. 그렇다면 여기는, 식당 지하 저장고쯤 되려나. 거기까지 정리하자 그럴듯한 결론이 났다.

코너 비스트로. 웨스트 빌리지에 위치한, 마피아 카포레짐 파올로 잭슨 알폰시가 운영하는 식당. 그렇다면 호세는 그 휘하의 크루 소속이고 그가 말한 카포는 알폰시. 나이프를 잘 써서 잭 알폰시라 불리

255

며, 현재 비첼리오가 거느린 세 명의 카포레짐 가운데 살인 혐의가 가장 많은 인물.

요한이 마른침을 삼켰다. 그나마 물을 마셔 해갈된 덕인지 두통은 점점 멀어지고 있다.

"나 얼마 만에 깼냐."

"하룻밤 지났어. 더럽게 안 일어나서 죽은 줄 알았다. 지금이 토요일 아침,"

호세가 주머니에서 휴대전화를 꺼내 시간을 확인하더니,

"열한 시 반이니까, 한 열세 시간 됐나 보네."

태연스레 대꾸하고는 자세를 고쳐 앉았다. 멀찍이 마주 앉은 오랜 친구 사이 기류가 묘하게 물렁해졌다. 요한은 그 틈을 놓치지 않는다.

"나 잠깐 폰 좀."

"뭐?"

"내 전화기 잠깐만 갖다줘."

물이야 그렇다 쳐도 폰까지 달라니. 기가 막히다는 얼굴의 호세를 향해 얼른 말을 이었다.

"나 죽는다며. 죽기 전에 문자 하나만 보내게."

"……장난하냐? 문자를 보내?"

"풀어 달라고 안 해. 네가 찍어서 보내 줘."

어이가 없어 입을 떡 벌린 호세는 그러나 여전히 의자에 앉은 채였다.

"누구한테 보내게."

"여자."

"……야 이 미친 새끼야,"

"걔 말고. 다른 애."

"다른 애?"

사납게 찌푸려졌던 얼굴이 어정쩡하게 반쯤 풀린다. 그가 뭔가를 의심하기 전에 요한은 다시 한번 앞질러 말을 이었다.

"내 폰 주소록에 보면 빨강 머리라고 있어."

"빨강 머리?"

"어. 원래 이름은 엘리자베슨데 그렇게 저장해 놨어. 빨강 머리라."

못 믿겠으면 전화해 봐도 되는데. 요한이 덧붙였다.

"오늘 저녁 약속 못 갈 거 같다고, 나중에 언제 볼 수 있을지도 모르겠으니까 기다리지 말라고 좀 보내 줘."

"……미친 새끼."

"괜히 세븐써리겠냐."

"그런 새끼가 왜 이 꼬라지로 묶여 있는데?"

"그러게."

요한은 뻣뻣한 긴장을 구태여 숨기지 않고 다만 적당히 유들거리며 호세의 기색을 살폈다. 미친 새끼. 반복해 중얼대며 희미한 코웃음을 치는 그는 조만간 펼쳐질 참혹한 장면들을 여전히 두려워하는 눈치다. 사자 아가리에 머리를 들이민 주제에 별 같잖은 허세를 부리는, 꽁꽁 묶여 옴짝달싹 못 하는 옛 친구를 동정하는 것도 분명했다. 그러니 제발, 전화기를 켜. 요한이 속으로 중얼대며 입술 안쪽을 느리게 씹었다.

"아, 나 진짜…… 미친 새끼."

호세는 장탄식을 내뱉으며 자리에서 일어섰다. 저만치 놓인, 서랍이 하나 달리고 모서리마다 페인트칠이 벗겨진 낡은 목재 탁자로 걸어가더니 위에 놓인 전화기를 집어 들었다. 폴더를 열고 전원 버튼을 길게 누르자 액정에 불이 들어왔다. 빨강과 초록 불빛이 번갈아 깜빡이고, 요한은 팽팽한 한숨을 목 안으로 삼켜 냈다.

"빨강 머리?"

"어."

"빨강 머리…… 시발, 진짜 있네."

호세는 코웃음을 치며 양쪽 엄지로 숫자판을 꾹꾹 누른다. 잠시 동안 썼다 지웠다 열심히 글자들을 찍더니 능숙하게 문자메시지를 보냈다. 전송 알림음이 경쾌하게 울렸다. 요한은 바짝 늘여 세운 허리 근육을 그제 조금 이완할 수 있었다.

"보냈어."

"……고맙다."

그리고 비로소 다시 되짚어 본다. 리오 비첼리오. 저를 대하던 그 남자의 지독히도 침착했던 태도들을.

'존이 아니라, 요한.'

돌이켜 보니 모든 것은 그 남자가 연출한 극이었다. 무대인 줄도 모르고 살금살금 기어올라 한바탕 우스꽝스런 춤을 추고 있었다. 감쪽같이 속이고 있노라 안심하며 때로 의기양양하던 시간들이 유리 조각처럼 발바닥을 찔렀다. 비첼리오는 오래전부터 그를 알고 있었고, 정체부터 의도까지 모든 것을 간파하고 있었다. 다 알면서도 지금껏 살려 두었다.

'보호보다 공격에 더 관심이 있는 건가.'

요한은 계속하여 생각한다. 그를 향한 살의를 숨겨 내려 분투하던 자신을 떠올린다. 그 모든 순간 비첼리오 또한 그랬을 것이다. 한 입 거리도 되지 않을 쥐새끼 한 마리. 제 여자 곁에 달라붙은 고약한 대상 앞에 꾸역꾸역 발톱을 숨겨 내며 그 또한 분노를 삭이기 위해 이를 사리물었을 테다.

그토록 오랫동안 웅크리고 있던 그가 드디어 이빨을 드러냈다. 요한은 이제 턱 밑에 바짝 닿은 칼날을 절감할 수밖에 없다.

"너네 카포는, 언제쯤 오는데."

"그야 브루클린에서 연락 오면, 보스한테서 지시 떨어지면…… 오겠지."

제게서 시선을 돌려 버리는 호세를 바라보았다. 길쭉한 손에 들린 폴더형 전화기. 기계는 잠잠했으나 아직 전원이 꺼지지 않았음을 그는 안다. 그래 오랫동안, 최대한 오랫동안 켜 두면 더 고맙겠다.

리즈 크루거는 저 뜬금없고 괴상한 문자의 의미를 유추해 낼 것이다. 휴대전화가 켜졌으니 본부의 형준도 그의 위치를 확인했을 것이다. 할 수 있는 모든 것을 해낸 요한은 이제 기다리는 수밖에 없다. 태스크포스에서 행동을 취해 주길. 경찰의 지원군이 비첼리오의 사형선고보다 앞서 도착하길.

사자의 아가리에서 살아 나갈 수 있도록, 그저 충분한 운이 닿기를 비는 수밖에는.

❖

롤스로이스는 브루클린 브릿지에 막 진입했다. 해가 완전히 넘어간 시각, 강가를 따라 가로등과 자동차 불빛 따위가 열을 지어 반짝였다. 보석을 꿴 목걸이며 팔찌 따위를 마구 흩뜨려 놓은 것 같다. 지겹도록 보아 온 브루클린의 야경이 오늘따라 눈에 산란했다.

특별한 일이 없는 주말이면 늘 그렇듯 리오와 저녁을 먹었다. 그에

앞서 두 시간쯤 쇼핑도 했다. 백화점 안을 내키는 대로 거닐다 보니 어느새 자동차 트렁크가 꽉 차도록 쇼핑백이 쌓였다. 그러나 무엇을 샀는지 기억나지 않는다. 저녁으로 먹은 음식도 메인 요리만 간신히 떠오를 뿐, 화려했던 코스의 다른 순서들은 그저 하얀색 접시들만 인상에 남았다.

오른쪽에 앉은 남자는 언제나처럼 말이 없었다. 일상적인 일이고 새삼 불편할 것도 없어야 하건만 제인은 내도록 신경을 세우고 있다. 왼쪽의 차창 밖을 보면서도 모든 감각은 오로지 남자에게 집중됐다. 좀체 가라앉지 않는 긴장에 무거운 피로가 쨍쨍 맞부딪혔다. 온몸의 촉수가 고슴도치처럼 바짝 곤두섰다.

괴로운 밤이었다. 내성이 생겼는지 수면유도제도 듣질 않아서 그녀는 동틀 무렵에야 간신히 잠에 들었다. 노루잠조차 오래가지 않아 꼽아 보니 서너 시간쯤 간신히 눈을 붙인 꼴이었다.

숫돌에 칼 가는 소리가 온종일 귓속에서 울렸다. 서걱서걱서걱. 손톱으로 칠판 긁는 소리가 틈틈이 끼어들었다. 끼긱끼긱끼긱. 조용하고 아늑한 제 침실에서조차 그녀는 문득 소스라쳤다. 불면과 긴장에 시달린 얼굴이 제 눈에도 아슬아슬했다.

이제는, 낙엽을 떨굴 정도의 바람만 불어도 신경이 툭 끊어질 것 같다. 줄이 잘린 인형처럼 대책 없이 바닥에 무너져 버릴 것 같다. 어쩌다 여기까지 왔는지, 이토록 지독하게 버티고 있는 목적이 무엇인지조차 이제 알 수가 없다. 제인은 아무것도 생각하지 않으려 노력했으나 그마저도 쉽지 않았다.

자동차는 날듯이 강 위를 달렸다. 이제 잠시 후면 건너편의 육지에 도달할 것이다. 운전대를 잡은 수행원의 짙은 갈색 목덜미. 그와 대비되어 유별나게 하얀 셔츠 깃. 그것을 보며 제인은 베런을 떠올렸다.

곧 2주째였다. 그 남자를 보지 못한 것이.

이토록 오랫동안 베런을 만나지 못한 것은 뉴욕으로 건너와 그를 알게 된 이후로 처음이었다. 그러니까 이제 곧 자그마치 8년. 8년 동안 그녀는 베런을 매주 꾸준히 보아 왔으며, 갤러리를 열고 최근의 1년 반은 수행원으로 매일 그를 만나 왔다. 그 남자는 이제 날마다 쓰는 향수처럼 그녀 일상의 일부로 완전히 붙박인 존재였다.

마지막으로 본 모습을 떠올린다. 검은색 수트가 아닌 남색 블루종과 운동화 차림의 그는 꼭 딴사람처럼 낯설었다. 몸을 다친 탓인지 창백한 얼굴이 해쓱했고, 늘 잘 다듬어 뒤로 넘긴 어두운 금발도 대학생처럼 분방하게 흐트러져 있었다.

그가 컬럼비아 대학을 졸업한 수재이고 전직 변호사였으며 비첼리오 사업체들의 법무를 전담했다는 사실을 이제 제인도 안다. 쿠데타에 공헌한 그를 리오가 끝내 조직원으로 두지 않은 까닭 또한 명확해졌다. 지나치게 유능하니까. 그런 사람을 암흑가에 박아 두고 마약 밀매나 사채 운영 따위를 총괄하게 하는 것은 누가 봐도 어불성설이었다.

리오는 갤러리를 포함한 네 개의 회사와 비밀스런 휘하의 조직을 철저히 분리시킨다. 제인이 그의 셈을 파악한 것은 회계 업무를 넘겨받은 직후였다. 합법적으로 벌어들이는 이익이 마피아들의 상납금을 초과한 지 오래였으며 그 차이는 기하급수적으로 벌어졌다. 다섯 개이던 마피아 크루를 3년 만에 세 개로 줄였다. 리오는, 범죄 조직 경영에서 완전히 손을 떼려 하고 있는 것이다.

그래서 베런을 내게 보낸 걸까. 회사들에 대한 그의 영향력까지 정리하려고. 제인은 롤스로이스 운전대를 차지한 거구의 흑인 남자를 계속하여 멍하니 바라보았다.

'당신 그런 남자잖아. 베런 콜린스.'

그런 말까지 할 필요는 없었는데. 치졸하고 시시한 복수심을 그녀는 새삼 후회했다.

브루클린으로 건너온 뒤에는 타운하우스까지 5분 거리다. 두 사람을 집 안에 들여보낸 수행원이 차로 되돌아가 쇼핑백들을 날라 왔다. 옷과 구두, 가방 따위 정성껏 포장된 새 물건들. 그것들을 하나하나 풀어 볼 생각에 돌연 막막해져 제인은 얕게 눈살을 찌푸렸다.

숫돌에 칼 가는 소리. 칠판에 손톱 긁는 소리.

결국 물건들을 고스란히 현관에 둔 채 맨몸으로 2층에 올라갔다.

타운하우스는 곳곳이 훤하게 밝았다. 리오는 잠을 잘 때도 불을 끄지 않는다. 24시간 매일같이 전등이 켜진 이 집은 또한 쉬지 않고 보안시스템이 작동하며, 현관을 제외한 집 안의 모든 문이 사각 없이 늘 활짝 열려 있다. 집주인의 그 강박적인 습관들을 인식할 때마다 제인은 갑갑하고 또 먹먹해졌다.

제 방으로 들어가 절반쯤 문을 닫았다. 그때 서재를 사이에 둔 리오의 방에서 전화기 벨 소리가 날카롭게 울렸다. 뒤이어 통화에 응하는 낮은 목소리. 주말 저녁에 구태여 전할 만한 용건이 뭘까. 스커트의 지퍼를 내리며 저도 모르게 귀를 기울였다.

"그래. 알아서 처리해."

통화는 길지 않았다. 그럼에도 남자가 내뱉은 몇 마디의 말들이 서늘하게 귓가를 스쳤다. 알아서 처리해. 조용하고 깨끗하게. 제인은 반쯤 내렸던 지퍼를 다시 올려 채우고 방 밖으로 걸어 나갔다. 문이 활짝 열린 리오의 침실에선 더 이상 아무 소리도 나지 않는다.

열린 문 앞에서 잠깐 망설이다 안으로 들어갔다. 침실에 딸린 드레스 룸까지 무슨 생각으로 갔는지 모를 일이다. 막 셔츠를 벗어 든 남자가 인기척에 고개를 돌렸다. 잘 단련된 우람한 상체. 수도 없이 보았던 그 반라의 몸에 제인은 애써 시선을 두지 않았다.

다만 그의 얼굴. 그의 입술. 그의 눈. 저를 보는 남자의 표정을 그녀는 샅샅이 뒤졌다. 혹시라도, 만약이라도, 평소와 다른 아주 작은 단서가 있을까 두려워하며.

"나 아파트, 정리하려고."

태연한 얼굴로 되는대로 갈퀴어 쥔 화제를 꺼냈다.

"전시회만 마치고 짐 옮길게."

리오가 잠잠한 눈으로 그녀를 본다.

묵묵한 시선 속에서 잠깐 시간이 멎은 것 같았다. 그는 대꾸하지 않았다. 온도를 알 수 없는 눈길을 끝으로 몸을 돌려 욕실로 들어갔다. 우뚝 선 여자를 등 뒤에 홀로 남겨 두고서.

전에 없던 냉대에 제인은 뻣뻣하게 얼어붙었다. 그럼에도 내친걸음을 어쩌지 못해 제자리에 멍청히 서 있었다. 1분도 채 되지 않을 시간이 토막토막 끊어지는 것 같았다. 뒤이어 욕조에 물 쏟아지는 소리. 콸콸대는 소리와 함께 사라졌던 남자가 다시 나타났다.

리오는 느리게, 그러나 성큼성큼 제자리로 돌아온다. 반라의 몸에서 풍기는 체온이 짙었다. 그와 시선을 맞추려 제인은 턱을 살짝 치켜들었다. 내려다보는 남자의 눈길. 평소처럼 담담한 얼굴에 그녀는 마음을 놓으려 애썼다.

"전시회가 언젠데."

그가 버클을 풀며 물었다. 스스럼없는 동작들을 외면하며 그녀가 대답했다.

"다음 주. 금요일에 리셉션 열고 사 주간."

올해 마지막 날이 금요일이더라고. 덧붙이는 여자의 말에 리오가 희미하게 고개를 끄덕였다. 바지까지 벗어 낸 남자의 몸에는 이제 드로즈밖에 남지 않았다. 주위는 온통 소나비 같은 물소리. 목욕물의 더운 김이 안개처럼 기어 나와 서서히 발목을 휘감았다.

"바빠지겠네. 올 연말은."

별것 아닌 대꾸가 어쩐지 침울하게 들린다. 갑옷 같은 장신의 육체를 지닌, 이종족처럼 강인한 남자가 일순 무르고 약해 보였다. 완벽한 차림새로 철저히 몸을 가린 여자 앞에서 그는 나신에 가까운 맨몸을 고스란히 드러냈다. 대책 없이 무방비하게. 모든 급소를 완전히 노출시킨 채.

침착한 가면 아래 상처받은 눈빛으로.

"같이 할까."

생소한 그의 제안을 그래서 거절할 수 없었다.

"……옷 갈아입고 올게."

제인은 방으로 돌아와 옷을 벗으며 생각했다. 리오는 모든 것을 알고 있다. 그럼에도 요한이 3주 가까이 무사한 것은 그를 그냥 둘 수밖에 없는 사정이 있다는 뜻이고, 짐작하건대 경찰 쪽과의 커넥션과 관계가 있을 것이다.

알몸에 나이트가운을 걸치며 생각을 이었다. 요한은 지금껏 무사했다. 리오도 현직 경찰관을 함부로 건드릴 수는 없을 테다. 주말 저녁에도 그를 찾는 전화는 종종 걸려 올 것이고 마피아가 조용하고도 깨끗하게 알아서 처리해야 할 일의 종류는 많고도 다양할 것이다.

그러니 이토록 마음이 불안한 것은 순전히 과민한 탓이다.

다시 돌아왔을 때 욕실의 조명은 꺼져 있었다. 드레스 룸에서 넘친 전등 빛 덕에 욕조 주변은 새벽녘처럼 어스름했다. 리오는 더운물이 콸콸 쏟아지는 정사각형 욕조 안에 기대앉아 눈을 감고 있었다. 어둠을 질색하는 남자가 불을 끈 것은 저에 대한 배려라는 것쯤 제인도 안다. 맨살에 얼음을 문지르듯 명치끝이 시렸다.

가운을 벗고 욕조 안에 들어갈 때까지 그는 눈을 뜨지 않았다. 주변은 물소리로 온통 시끄럽고, 더운 김이 무럭무럭 솟아 시야까지 부옇다. 어둡고 소란하고 따뜻한 물속에서 딱딱하게 굳은 몸이 조금씩 녹았다. 바늘 끝 같던 신경들이 해초처럼 풀어진다. 제인은 깊은 욕조에 물이 가득 찰 때까지, 웅크린 어깨가 더운물에 잠길 때까지 얌전히 눈을 감고 물소리에 집중했다.

욕조의 양 끝에 앉은 채 그들은 한참 동안 말없이 시간을 흘려보냈다.

그리고 물소리가 뚝 끊어지는가 싶더니, 수도꼭지를 닫은 남자의 손이 여자의 팔을 잡아 부드럽게 끌어왔다. 제인은 감은 눈을 떴으나 눈앞에는 평평한 대리석 타일뿐이다. 동시에 등 뒤로 느껴지는 단단한 몸. 여자의 작은 몸을 온 가슴으로 끌어안은 채 리오는 여전히 아무 말도 하지 않았다.

양수 같은 물속에서 둘은 쌍둥이 태아처럼 몸을 맞댔다.

적막해진 공간에 침묵이 더욱 짙어졌다. 조금만 움직여도 찰박거리는 물소리가 또렷했다. 오른쪽 어깨 위에 남자의 입술이 닿았다. 더듬지도 움직이지도 않는, 욕망이 완전히 배제된 순수한 접촉이었다.

제인. 한참 만에 그가 입을 뗐다.

"우리,"

그녀는 가만히 귀를 기울였다.

"……떠날까."

갑작스런 물음에 대답은 돌아오지 않았다. 여자의 어깨 위에 턱을 기댄 채 그는 움직이지 않았다. 속눈썹에 엉긴 물기가 흡사 눈물처럼 보인다.

"여기 다 정리하고 멀리 떠날까."

미국 말고 다른 곳으로. 오른쪽 목덜미를 타고 낯선 단어들이 하나씩 굴러들었다.

"이탈리아는 네가 불편할 거고. 한국은, 내가 어려울 거고."

그래도 네가 가고 싶다면 거기도 괜찮아. 농담일 리도 진심일 수도 없는 말들을 그는 계속하여 나지막이 중얼거렸다. 제인은 어떤 말을 돌려줘야 할지 몰라 입을 열지 못했다. 지금 무슨 말을 하고 있는 건지, 어떤 대답을 원하는 건지, 아니 대답을 바라고 하는 말인지조차 그녀는 알 수 없다.

그리하여 잠시간 어쩔 수 없는 침묵이 이어졌다.

"우리 주거래 은행에 대여금고가 하나 있어. 네 명의로."

리오가 다시 말을 잇는다.

"만약 나한테 무슨 일이 생기면 그걸 찾아. 네가 가면 넘겨주도록 해 놨으니까."

참지 못하고 고개를 돌렸다. 몸을 틀어 그를 보려 했으나 남자의 팔은 그것을 허락하지 않았다. 빗장처럼 어깨를 가로지른 팔뚝. 허리를 감은 왼팔마저 부드럽게 몸을 조여 온다. 그는 얼굴을 보이지 않으려 작정한 것 같았다.

"그게 무슨 말이야. 무슨 일이 생기다니."

"만약이라고 했잖아."

"그러니까 갑자기 왜 그런 말을 하는 건데."

"체스가 끝나면 모든 말은 한 통에 담기지."

대체 무슨 수수께끼 같은 말인가. 제인이 미간을 살짝 찡그렸다.

"킹이든 폰이든. 다 같은 곳에."

그러나 그의 음성은 변함없이 잠잠했다. 깊게 고인 물처럼. 동요 없이 묵묵하게.

"⋯⋯무슨 일 있는 거야?"

"아니."

"리오."

"그냥 알고만 있어. 어차피 너도 언젠가는 알아야 할 거였고. 당장 무슨 일이 생길 거라는 게 아니야."

깊은 숨을 들이켜며 그는 제인의 어깨에서 팔을 풀어냈다. 그러고는 달래듯 조심스레 머리카락을 매만진다. 커다란 손에서 더운 물기가 뚝뚝 떨어졌다. 반쯤 젖은 여자의 긴 머리카락. 리오는 얼굴 옆으로 흘러내린 그녀의 머리칼을 찬찬히 귀 뒤로 넘겨 주었다.

"넌 걱정할 필요 없어. 그저,"

걱정할 필요 없어. 그 말끝에서 제인은 뜻밖에도 약간의 긴장을 듣는다.

"누구도 내일은 알 수 없으니까."

그는 더 이상 말하지 않았다. 여자의 몸을 끌어안고 한동안 죽은 듯 움직이지 않았다. 작은 어깨에 턱을 기댄 채 잠든 것도 같았다. 조그만 소음도 크게 울려 내는 습하고 더운 욕실. 깊고도 너른 욕조 안에 안기듯 앉은 채로 제인은 규칙적인 남자의 숨소리를 오래도록 들었다.

더운물 속에서 심장이 뛰었다. 나의 것인지 남의 것인지 알 수 없는 박동이. 무섭도록 선명하게. 두렵도록 확실하게.

시간이 정체된 도로처럼 지독히도 느렸다. 요한은 천장을 향해 젖혔던 고개를 정면을 향해 똑바로 들었다. 온몸을 어찌나 꽁꽁 묶어 놨는지 팔다리에 쥐가 날 지경이다. 아무 부위라도 최대한 움직여 두지 않으면 탈출할 기회가 생겨도 몸이 말을 듣지 않을 것 같았다.

탈출할 기회 같은 건 아무래도 어려워 보이지만.

아무도 없는 주위를 두리번거렸다. 입을 막은 접착테이프라도 떼어 주면 고맙겠건만 다시 붙여 놓고 나간 호세는 벌써 몇 시간째 돌아오지 않고 있다. 여기서 몇 시간이라는 건 순전히 느낌상 그렇다는 얘기. 그의 감으로는 대략 아홉 시간쯤 된 것 같지만 시계를 볼 수 없는 형편이니 정확한 수치는 모를 일이다.

여하간 충분하고도 남을 만큼의 시간이 흐른 것만큼은 확실했다. 기절한 채 마피아 소굴에 갇힌 지 이제 곧 만 하루, 어쩌면 그 이상. 지금쯤이면 본부의 움직임이 있어야 하는데 유감스럽게도 저 문은 여태 꽁꽁 닫혀 있다.

요한은 다시 한번 바깥을 향해 귀를 기울였다. 한창 소란스럽던 저녁 시간을 한참 지나 더 이상 위층의 홀에서는 와자한 소음이 일지 않았다. 그가 기억하기로 코너 비스트로의 폐점 시간은 밤 11시 반. 그렇다면 위에서는 마감 준비를 하고 있을 테고, 곧 남자가 나타나게 될 거란 예상이 가능하다.

거기까지 생각이 닿은 순간 층계를 내려오는 발소리가 들리더니 굳게 잠긴 문이 덜컥 열렸다.

그리고 우려하던 그가 나타났다.

"잘 깨어났구만."

덩치 좋고 순박한 인상의 남자. 팔뚝까지 걷어붙인 셔츠 소매와 왼쪽 하완의 화려한 문신.

파올로 알폰시.

"오래 기다리게 해서 미안. 우린 주말이 대목이라."

묵직한 부츠 신은 발을 쿵쿵 내디디며 그가 씩 웃어 보였다. 그 뒤로 호세가 따라 들어와 문을 닫고 곁에 섰다. 요한과 아주 짧게 눈이 마주쳤으나 그는 피하듯 시선을 돌려 버렸다.

"우리 구면인데 기억하지?"

어제 데려온 거 보고 깜짝 놀랐잖아. 알폰시가 빙글대며 빈 의자 하나를 질질 끌어온다.

"우리 애들도 만난 적 있다며? 내 크루랑 인연은 인연인 모양인데, 아무래도 그때 너무 살살 다뤘나 봐. 똑같은 짓 하다 또 잡힌 걸 보면."

그 새끼들 내가 아주 혼을 내 줘야 하는데 지금은 남은 애가 하나밖에 없어서. 나무 의자 위에 편안히 앉아 지껄이는 남자와 요한은 눈을 맞췄다. 그리고 3년 전 피 칠갑이 되도록 저를 패 놓은 5인조를 떠올렸다. 알폰시의 말에 따르면 그들도 여기 크루 소속이었고 다섯 명 중 네 명은 사라졌다. 살아서 탈퇴할 수 없는 조직이니 이미 죽었다는 뜻.

머릿속으로 정리하는 요한을 빤히 쳐다보다, 남자가 곧 기막히다는 듯 실소를 터뜨렸다.

"대체 여자들은 왜 이렇게 생긴 새끼들한테 환장하는지 몰라. 내 눈엔 보스가 훨씬 낫구만. 안 그러냐?"

그는 오직 요한에게 시선을 둔 채 동의를 구했다. 호세가 대답하는 둥 마는 둥 말끝을 흐렸지만 사람 좋게 웃고 있는 알폰시는 대답 따위 돌아오건 말건 관심이 없어 보였다. 그저 눈앞에 묶여 있는 구면의 남자를 한참 동안 유심히 뜯어본다. 노란 알전구 조명 아래 녹색 눈동자. 낙낙하던 웃음기가 서서히 사라지는 광경을 요한은 똑바로 지켜보았다.

"근데 더 이해 안 되는 게 뭔지 알아? 다들 그년한테 환장한다는 거야. 그 볼 것도 없는 년한테. 너나 우리 보스나."

그의 입매가 묘하게 비틀렸다.

"그 등신 같은 놈이나."

자리에서 일어나 탁자 서랍을 열었다. 일렬로 죽 놓인 나이프 중 하나를 골라 오른손으로 서너 차례 빙글빙글 돌렸다. 손가락 사이를 아슬아슬 피하는 칼날이 마치 서커스 묘기 같다. 흉기를 쥔 남자의 움직임을 요한은 눈으로 바짝 좇았다.

"아주 환장을 하지. 그 재수 없는 년한테."

씹어뱉듯 중얼대며 나이프를 집어 던졌다. 요한의 머리 위를 지나 빠르게 날아간 칼끝이 벽에 걸린 다트판에 푹 꽂혔다. 입구 쪽에 선 호세가 그쪽으로 힐끗 시선을 준다. 넓지 않은 지하실이 일순 적막해졌다.

"헤닝이 어떻게 죽었는지 아나? 그년이 쓰는 이름, 그 이름 원래 주인 말이야."

아, 사별한 남편이라고 해야 하나. 코웃음을 섞어 내뱉는 말투가 차가웠다.

"그 녀석은 아무 잘못도 없었어. 우리 중에 나이가 제일 어려서 남편 역으로 뽑힌 거고, 멍청하게 그년을 지 와이프라고 몇 번 떠벌린 게 다였는데."

시카고의 회색 저택에 나타난 또래의 여자에게 알렉스 헤닝은 처음부터 호기심을 보였다. 검은 머리에 새까만 눈동자를 지닌, 소녀처럼 앳되고 왜소한 동양인 여자에게. 그는 제인이 보스의 의붓동생이라 믿고 있었다. 리오가 그 여자를 정말 제게 주기라도 할 것처럼 기대를 숨기지 않았다. 그는 그저 한심하리만치 순진했을 뿐이지만 이 세계에서는 그 또한 얼마든 죽을죄가 된다.

"보스가 그 녀석을 죽여 버렸어."

사지로 보냈다. 죽을 게 뻔한 싸움터에. 펄펄 끓는 기름 속에 산 채로 밀어 넣듯이.

"그러니까 너는 전혀 억울할 필요가 없는 거지."

알폰시는 더 이상 웃지 않는다. 열린 서랍 안에서 나이프 하나를 다시 골라 손에 쥐었다. 커다랗고 두꺼운 손바닥 안에서 접이식 나이프는 마치 장난감처럼 보였다.

"남의 여자 넘보지 말라고 성경에도 쓰여 있는데, 그 유구한 전통을 이렇게 무시하면 쓰나."

하느님을 안 믿는 모양이네. 그가 중얼거리며 쯧쯧 혀를 찬다. 요한은 느긋하게 다가오는 남자와 손에 들린 흉기를 번갈아 살폈다. 칼날의 길이는 6인치가량. 충분히 살인이 가능한 사이즈지만 여기서 저를 죽이지는 않을 거라고 그는 예상했다.

영업하는 식당 지하에서 피를 뿜는 시신을 만들면 뒤처리가 대단히 골치 아파진다. 따라서 저 무기는 위협 또는 고문용일 것이다. 출혈을 최소화하면서 최대한의 공포를 안길 방향으로 움직일 테지. 바짝 다가온 남자의 눈에서 요한은 봇물 같은 적개심을 보았다. 더불어 무력한 상대에 대한 가학적인 기대감도.

곧 닥쳐올 고통의 크기를 예측하며 그는 지그시 어금니를 맞물었다.

"우리가 이렇게 되네. 이래서 사람 인연은 끝까지 봐야 안다니까."

남자가 풍기는 짙은 향수 내음에 시큼한 쇠 냄새가 섞여 들었다. 검은 칼날이 코앞으로 다가왔다. 목은 급소이니 목표는 아마도 얼굴,

혹은 귀. 상대의 눈을 똑바로 올려다보며 요한은 천천히 심호흡했다. 피할 수 없는 공격이라면 견디는 수밖에. 테이프가 발린 입술에서 맥박이 쿵쿵 뛰었다.

그리고 생살을 가르는 칼날의 느낌을 각오한 순간, 저만치 떨어진 출입문이 세게 울렸다.

쾅쾅!

"뭐야?"

알폰시가 눈살을 찌푸리며 고개를 돌렸다. 문 앞에 서 있던 호세가 외시경에 한쪽 눈을 대고 밖을 살폈다. 다시 이쪽을 보는 얼굴은 당혹스러운 가운데 묘하게 안심하고 있다.

"콜린스인데요."

쾅쾅. 밖에서 다시 한번 문을 두드린다. 알폰시는 굽혔던 몸을 똑바로 펴며 손에 든 나이프를 접어 쥐었다. 고민은 잠깐이었다. 열어 봐. 지시가 떨어지자 즉각 잠금쇠가 풀리고 문이 활짝 열렸다.

낯익은 금발 남자를 향해 그가 씩 웃어 보였다.

"외부인이 이런 타이밍에 등장하면 내가 곤란해, 패디."

문틈이 벌어진 순간 가장 먼저 든 생각은 아직 피 냄새가 나지 않는다는 것이었다. 베린은 절반쯤 안심하며 저장고 안쪽의 풍경을 빠르게 눈으로 훑었다. 싱글대는 낮의 알폰시를 스쳐 요한과 시선이 마주쳤다. 도살장에 묶인 짐승이 따로 없군. 그는 싸늘한 얼굴로 한숨을 삭여 냈다.

"보다시피 지금은 내가 좀 바쁜데."

"보스 지시인가."

"아니면 왜 이러고 있겠어, 이 좋은 주말에."

베린은 열린 문을 통과해 안으로 걸어 들어갔다. 등 뒤에서 문 닫히는 소리가 철컹거렸다. 그는 저를 보는 요한을 다시 한번 내려다본다. 출혈은 확실히 없고 부러진 곳도 아직 없어 보였다.

"이 새끼 나한테 넘겨."

"뭐?"

알폰시가 눈살을 찌푸렸다. 그러나 입가에는 여전한 웃음기.

"빚진 건 갚아 줘야지."

베런이 제 오른쪽 어깨를 매만지며 말을 이었다.

"그간 나도 계속 기회만 보던 참이야. 갑자기 사라져서 혹시나 했더니."

그리고 다시 요한 쪽을 내려다보았다. 꽁꽁 묶여 말도 못 하는 주제에 눈빛은 꺾이지 않았다. 무모하게 만용 부리는 건 타고난 성격인가. 베런은 입 속으로 욕설을 중얼거렸다.

"역시나였군."

주변이 잠시 적막해졌다. 네 명의 남자는 잠깐 동안 아무런 소리도 내지 않았다. 가만히 베런을 바라보던 알폰시가 친절하게 웃으며 고개를 저었다.

"사정은 알지만 넘기는 건 곤란해. 알다시피 보스 지시라."

"너도 나한테 갚을 게 하나 있을 텐데, 잭."

두 남자가 서로의 얼굴을 거울처럼 마주 본다. 그러니까 8년 전, 끝내 설득되지 않은 로렌조의 크루 하나를 몰살시키던 날이었다. 다리에 두 군데 총상을 입고 죽을 뻔한 그를 저승 문턱에서 건져 낸 것이 베런이다.

그럼에도 지금껏 단 한 번도 생색낸 적이 없는 남자가 이제 와 그 일까지 들먹이는 것이 알폰시는 조금 놀라웠으며, 또한 그로 인해 상당히 난감해졌다. 은밀한 현장에 대뜸 난입한 이 외부인의 요구인즉슨 보스에게 거짓말을 하라는 소리.

"어려운 부탁을 하시네."

"목숨값치고 나쁘지 않은 것 같은데."

"보스가 지금 기분이 많이 안 좋아."

"그건 내가 더 잘 알아."

"만에 하나 잘못되면,"

"내 목을 걸지."

미친놈. 알폰시가 입술을 비틀며 요한을 내려다본다. 리오가 직접 처리를 지시한 것은 안젤로 이후 처음이었다. 조직과 관련이 없는 인물을 지목한 것 또한 이 남자가 유일무이했다.

그렇다면 베런은 어떤가. 10년 가까이 모른 척 무관심—혹은 무관심을 가장한—으로 일관하던 외부인이 금단처럼 여기던 선을 훌쩍 넘어와 떼를 쓰고 있다. 냉담한 얼굴로 어울리지 않게. 제 목숨까지 걸어 가며.

등신 같은 놈.

"이 친구도 운 한번 더럽구만."

그래서 그냥 픽 웃어 버렸다. 이쪽이나 저쪽이나 누구 손에 넘어가든 얘도 어차피 곱게 죽기는 그른 것 같다. 그러게 왜 그런 여자를 건드려서 명을 재촉해. 알폰시는 쯧 혀를 차며 모두를 만족시킬 방도를 생각해 냈다.

"총은 아쉬울 텐데 이거 하나 빌려줘?"

"됐어."

짧게 거절한 남자가 제 호주머니에서 접이형 나이프를 꺼내 보였다. 화 많이 났구나, 패디. 카포가 키들키들 웃는다.

"근데 그 손으로 되겠나? 혈관 같은 덴 잘못 건드리면 금세 죽어 버려."

베런은 대답하지 않았다. 대신 손에 든 나이프를 펼치더니 왼손잡이 투수처럼 정면을 향해 날렸다. 요한의 머리 위를 빠르게 스친 칼날이 다트판 정중앙에 깊숙이 꽂힌다. 나이스. 잭이 기분 좋게 감탄하며 호세 쪽을 돌아봤다.

"고메즈."

"예."

"가서 도와."

"……알겠습니다."

"법무팀장님 몸이 불편하시니까 대신 잘 묻어 드리고, 어디다 묻었는지 꼭 기억하고."

나중에 다시 파낼 수도 있으니까. 알폰시가 대수롭지 않게 말을 이었다.

"다시 한번 당부하지만 잘 처리해야 할 거야."

다트판에 꽂힌 제 나이프를 뽑으며 베런이 고개를 돌렸다.

"나 관장님이랑 약속했거든. 갤러리에 총질한 놈, 꼭 찾아내서 목을 따 버린다고."

베런은 입을 다문 채 남자를 마주 보았다. 저를 향한 잭의 녹색 눈동자에서 경계심이나 의심은 보이지 않았다.

"약속한 건 지켜야지."

비즈니스는 신용이 생명이니까. 명언까지 멋지게 입에 올린 남자가 사람 좋게 허허 웃더니, 묵직한 가죽 부츠 신은 발을 뚜벅뚜벅 입구로 옮기고, 이내 잠긴 문을 직접 열고는 허리를 굽혀 정중히 안내하는 시늉을 했다.

"아, 우리 막내 처음 보지? 얘가 이래 봬도 땅 파는 솜씨 하난 죽인

275

다. 잘 데리고 갔다 와. 운전도 시키고."

베런은 어째 처음부터 표정이 좀 어색했던, 키가 훌쩍 크고 머리가 곱슬대는 히스패닉 남자를 눈으로 훑었다. 조수를 핑계로 감시자가 붙어 버렸지만 거절할 명분이 마땅치 않다. 경관을 안전하게 빼내는 게 목적인 만큼 우선순위는 일단 여기서 나가는 것. 마피아 솔저를 어떻게 처리할지는 가면서 궁리하는 수밖에.

"끌고 나와."

그는 턱짓으로 요한을 가리키며 거만하게 몸을 돌렸다.

포로는 자동차 뒷좌석에 짐짝처럼 실렸다. 애벌레처럼 꿈틀거리다 간신히 똑바로 앉았을 때 포드는 맨해튼 동쪽 강변도로인 FDR 드라이브에 진입하고 있었다. 운전석에 앉은 호세가 간간이 룸미러로 이쪽을 흘끔댔다. 조수석의 베런은 내도록 입을 꾹 다문 채 한마디도 하지 않았다.

센터페시아가 가리키는 시간은 11시 57분. 토요일과 일요일 사이 한밤중의 도로를 자동차는 시원스럽게도 질주했다. 요한은 차창 밖의 풍경을 통해 자신의 위치를 가늠한다. 그리고 이스트 리버 강변을 따라 30분가량 북쪽으로 직진하던 포드가 처음으로 우회전했을 때, 그는 최종 목적지가 어디인지 눈치챘다.

브롱스.

예상했던 방향으로 자동차는 주행했다. 간선도로를 빠져나와 일반도로로 들어섰지만 행인은커녕 지나는 차량조차 보이지 않았다. 사신 같은 가로등만 드문드문 켜진 이곳이 어디인지 요한은 안다. 헌츠 포인트. 수산물 도매시장으로 유명한 헌츠 포인트는 대형 창고 건물이 몰려 있고 인적이 거의 없어 시내에서도 위험하기로 손꼽히는 동네였다. 총성이 연달아 울려도 아무도 듣지 못하거나 듣고도 그러려니 무시해 버릴 동네.

빌어먹을.

뒤로 묶인 손가락을 움직여 본다. 결박 솜씨가 프로답게 완벽해 도저히 빈틈을 찾을 수 없었다. 몸에 지니고 있던 모든 무기는 비상용 나이프까지 샅샅이 뒤져 꺼내 갔다. 냉정하려 애쓰며 다시 한번 좌석 주변을 눈으로 살폈으나 바닥에 떨어진 면도날 조각을 발견하는 행운 따위는 영화에서나 가능한 이야기. 생존을 소망하는 본능과 별개로, 요한은 자신이 처한 지점을 정확히 파악하고 있었다.

탈출은 불가능했다.

눈앞에는 무장한 적이 두 명, 이쪽은 면도날 한 토막 없이 번데기처럼 꽁꽁 묶여 있다. 비명조차 지르지 못하는 주제에 건장한 남자 둘을 피해 목숨을 건져 내는 시나리오는 현실적으로 가망이 없었다. 위기 상황에서 가장 필요한 것은 객관적인 판단. 결론에 도달한 요한이 뻑뻑한 두 눈을 내리감았다.

겁은 나지 않았다.

공포심이란 대개 미지에 대한 두려움이다. 그러나 요한은 제게 어떤 일이 닥칠지 알고 있었다. 어려운 순간은 버텨 내는 즉시 과거로 지나가고, 영원히 지속되는 고통도 없다는 것을 그는 안다. 다만 지금, 이 순간, 감은 눈꺼풀이 둔하게 떨리는 이유는 하나.

'떠나 줘.'

이번에도 혼자 도망치게 됐다. 너를 홀로 남겨 두고. 그토록 너를 괴롭히고도 결국은 또 이렇게. 아무런 의미도 없이.

아직 네게 아무것도 해 주지 못했는데.

'다시는 내 앞에 나타나지 말아 줘.'

요한은 눈을 감은 채 기억을 되짚었다. 창백하게 시달린 얼굴, 고통을 감춘 눈동자, 권총을 쥔 손가락과 깃털 같은 맨발까지. 그리고 그토록 선명한 눈앞의 여자에게 가만히 물어본다. 이제 너의 인생에서 나는 대체 어떤 의미가 될 수 있을까.

굵직한 칼날이 느닷없이 심장을 쑤셨다. 실체보다 끔찍한 고통에 숨이 턱 막혔다. 그리고 그제야 비로소 요한은 두려워졌다.

아무런 의미도 갖지 못하게 된다는 것. 목적을 이루지 못한 채 사라진다는 것. 존재했던 흔적조차 없어지게 될 거란 자각이 끔찍하도록 두렵다. 너를 가둔 성벽은 앞으로도 견고할 것이며 나는 거기 부딪혀 머리가 깨진 새처럼 하찮게 죽어 갈 것이 무참하다.

너의 세상에서, 나는 영영 무의미한 과거로 남게 되겠지.

그가 감은 눈을 번쩍 떴다. 그리고 차창 밖 살풍경한 광경을 면밀히 살폈다. 창고 지대로 들어선 포드는 목적지를 탐색하듯 천천히 서행 중이다. 생명의 기척이라고는 길고양이 한 마리 보이지 않는, 오로지 벽돌과 철근으로 세워진 단층 창고 건물들만 늘어선 이곳은 마치 공동묘지 같았다.

"저 앞에 세워."

"빨간 벽돌이요?"

"그 옆에 검은색 그래피티 있는 건물."

베런이 가리키는 곳을 요한은 눈으로 살폈다. 목적지에 다다랐다고 생각한 순간 호세가 차를 세우고 기어를 당겼다. 안전벨트를 풀며 그는 룸미러로 다시 한번 뒤쪽을 본다. 복잡한 눈동자.

그리고 요한의 시선을 피하며 운전석 문을 연 순간, 조수석에 앉은 베런이 그의 관자놀이에 총구를 들이댔다.

"두 손 머리 위로."

호세는 잠깐 동안 움직이지 않았다. 이게 무슨 상황인가 파악하려는 듯 얼빠진 남자에게 총잡이가 같은 말을 반복한다.

"마지막 경고다. 두 손 머리 위로."

총구로 머리를 가볍게 밀자 호세가 양손을 번쩍 들었다. 뒷좌석의 요한은 놀랍게 돌아가는 상황을 경악하며 지켜보았다. 설마. 말도 안 되는 가설이 섬광처럼 스쳤고, 그럴 리 없다는 생각과 그럴 수밖에 없다는 판단이 쾅 하고 충돌한 순간, 운전석 문이 활짝 열리며 귀에 익은 여자 목소리가 등장했다.

"그 자세 그대로 천천히 내립니다."

리즈가 뒷좌석의 요한과 스치듯 눈을 맞춘다. 호세를 바깥으로 끌어내 차체 쪽으로 바짝 밀어붙이는 동안 조수석의 베런은 엄호하듯 총구를 거두지 않았다. 늘씬한 요원이 수갑을 채우고 능숙하게 남자의 몸을 더듬어 무기까지 모두 압수하고 나서야 그는 비로소 왼손에 쥔 권총을 품에 넣었다.

"꼴이 그게 뭐예요. 혼자 보기 아깝네."

시선은 호세에게 붙박은 채로 리즈가 피식 웃었다. 구불거리는 주홍빛 단발머리가 가로등 빛을 받아 언뜻 노랗게 보였다. 둘이 같이 들어와요. 던지듯 말하고 몸을 돌리는 여자의 뒷모습. 호세를 끌고 창고 안으로 향하는 크루거를 요한은 황망히 바라보았다.

두 남자만 남은 포드 안은 적막해졌다.

말없이 차에서 내린 베런이 뒷좌석 문을 열었다. 자연스레 시선이 맞닿았으나 눈 맞춤은 오래가지 않았다. 그가 왼쪽 주머니에서 나이프를 꺼내 펼치자 요한이 요령껏 몸을 틀었다. 날카로운 칼날이 몸통의 줄을 끊고 이어 손목의 결박을 풀어냈다. 만 하루 이상 비틀려 있던 양팔은 거짓말처럼 자유로워졌다.

거기까지 해 준 남자가 나이프를 거꾸로 잡더니 요한에게 내민다. 나머지는 스스로 처리하란 소리. 똑바로 알아들은 경관이 나이프를 받아 들며 제 입에 붙은 테이프를 단번에 뜯어냈다. 발목에 묶인 줄을 쉽게 잘라 내고 차 밖으로 나와 섰다. 그리고 마주 선 채 다시 눈이 마주쳤을 때, 두 사람은 더 이상 서로의 시선을 피하지 않았다.

"이래저래,"

잠깐의 침묵 끝에 베런이 먼저 입을 뗐다.

"여러 사람 귀찮게 만듭니다."

할 말 있으면 해 보란 듯이 이쪽을 바라본다. 느른하게 뜬 눈매며 냉담한 표정은 알던 얼굴과 전혀 다르지 않아서 대체 어떤 태도를 취해야 할지 요한은 결정하기 어려웠다. 베런 콜린스. 연방수사국 비밀 요원 또는 수사국과 손잡은 비첼리오의 배신자. 둘 중 하나임을 의심할 수 없는 상황이건만 둘 중 어느 쪽도 믿기지가 않았다.

베런은 대꾸하지 못하는 남자를 기다리듯—혹은 괴롭히듯—충분한 틈을 준 뒤 몸을 돌렸다. 활짝 열린 운전석 문을 닫고 문단속까지 마친 다음 창고 쪽으로 걸어갔다. 요한은 그의 뒤를 따르며 주변을 살폈다. 황량하게 늘어선 창고 건물 사이로 드문드문 낡은 중장비와 컨테이너. 머지않은 곳에서 강렬한 물비린내가 풍겼다.

창고 안쪽은 널찍했다. 5톤 트럭 서너 대쯤 여유롭게 들어올 크기에 천장이 높았다. 내용물을 알 수 없는 컨테이너들이 군데군데 블록처럼 놓였는데 요한의 눈에는 고의적인 배치로 보였다. 사무실의 파티션처럼 공간을 분할해 사용하려는 의도. 수사국에서 은밀히 사용하는 야전 지휘소쯤 되려나. 시경 소속 경관은 그렇게 추측하며 저쪽에 선 여자를 향해 가까이 걸어갔다.

리즈는 큼직한 헤드셋을 쓴 채 손에 든 시디플레이어를 만지작거리고 있었다. 버튼을 꾹꾹 누르더니 헤드셋을 벗고는 의자에 앉은 호세를 향해 몸을 굽힌다.

"브루흐 좋아해?"

잠깐 감상하고 있어. 대답 따위 기다리지도 않고 남자의 머리에 헤드셋을 씌웠다. 절정에 다다른 바이올린 협주곡이 바깥으로 질금질금 넘쳐흘렀다. 팔자에 없는 오케스트라를 강제로 듣게 된 호세와 요한의 눈이 마주쳤다. 등 뒤로 꺾인 양팔과 금속제 수갑. 둘의 처지는 이제 기막히게도 뒤바뀌었다.

"고맙다는 말 할 거면 관둬요. 말로 때울 일 아니니까."

리즈는 볼륨을 한 단계 더 높인 뒤에야 시디플레이어를 내려놓고 요한 쪽을 돌아봤다. 구겨진 수트와 흐트러진 머리카락. 엉망이 된 몰골을 노골적으로 훑을 동안 남자는 아무 말도 하지 않았다.

"따라와요."

앞장선 리즈가 컨테이너 두 개를 지나 오른쪽으로 꺾었다. 장방형 테이블이 놓인 아담한 공간에는 전원이 꺼진 랩톱 한 대와 깨끗하게 닦인 화이트보드가 놓여 있다. 회의실로 쓰는 공간인가 짐작한 순간 반대쪽에서 잠시 사라졌던 베런이 나타났다. 서슴없이 테이블 가까이 다가오더니 의자 하나를 드르륵 빼내 털썩 앉는다. 요한은 저도 모르게 경계하며 그를 주시했다.

"문 잘 잠겨? 잠금장치 바꾼 거 나는 좀 뻑뻑하던데."

"괜찮던데."

"미행 없었지?"

"전혀."

"다행이네."

마주 앉은 남녀의 대화를 요한은 선 채로 바라본다. 서로를 대하는 태도에 이질감이 전혀 없었다. 리즈 크루거와 베런 콜린스의 투샷이라니. 상상도 못 했던 광경에 다시 한번 기가 막혔다.

"표정 관리 되게 못하네. 그런 주제에 무슨 배짱으로 잠입 작전에 나선 거예요?"

리즈가 대놓고 타박하며 제 곁의 의자를 가리켰다. 요한은 저를 올려다보는 여자의 눈에서 깊은 안도와 약간의 웃음기를 보았다. 사양 않고 다가가 앉은 것은 그 때문인지도 모르겠다. 그러나 어찌어찌 마주 앉고도 세 남녀가 이룬 삼각형은 별수 없이 대단히 어색했다.

"서로 안 편한 건 알겠는데 일단 좀 참아 봐요, 둘 다."

리즈가 의자 다리를 끌며 바짝 몸을 당겨 앉았다. 두 남자는 여전히 각자 먼 산만 보고 있다. 이럴 줄 알았어. 그녀는 들으란 듯이 짧게 한숨을 쉬었다.

"비상 상황이라 어쩔 수 없었어요. 경관 구하자고 경찰특공대 투입할 수도 없었고,"

그렇다고 그냥 죽게 놔둘 수도 없었고. 리즈가 덧붙이며 베런 쪽을 봤다. 저쪽은 아마 그냥 죽게 놔두자고 했던 모양이지. 요한은 두 눈을 비스듬히 가라뜬 남자에게 힐끗 시선을 주었다.

"우선 여기 이 사람은 기밀이에요. 눈치챘겠지만 이건 우리 내부 작전이고 합동 태스크포스랑은 전혀 관계없어요. 그러니까 오늘 일도 꼭 비밀 지켜 줘요, 요한."

요한은 제 쪽을 돌아보는 여자와 눈을 맞췄다. 내부 작전. 그렇다면 저 남자는 배신자가 아니라 요원이라는 말이다. 그는 시경 본부에서 본 베런 콜린스의 범인 식별용 사진을 떠올렸다. 전직 변호사, 사기 혐의, 유죄 판결. 수사기관 데이터베이스에 있던 그 모든 정보는 조작된 가짜라는 결론이 난다. 10년 가까이 신분을 바꾸고 잠입 중인 요원이라니. 요한은 저도 모르게 숨을 멈췄다.

"그럼 탈출은 어떻게 설명할 건데."

가만히 듣고만 있던 남자가 입을 열었다.

"꼼짝 없이 죽을 상황에서 멀쩡히 빠져나왔어. 식당 지하에 갇혀 있던 것까지 시경 쪽에서 다 아는데 어떻게 설명할 거야. 순간 이동이라도 해서? 갑자기 초능력이라도 생겼다고 핑계 댈 건가?"

"방법이 있습니다."

베런은 그제야 눈을 돌려 요한을 바라봤다. 원수지간처럼 내내 회피하던 시선이 길게 맞물렸다. 무슨 방법. 눈으로 묻는 남자에게 요한이 대답했다.

"저 친구가 도와줬다고 하면 됩니다."

순간 그가 살짝 미간을 좁히는가 싶더니, 기다렸다는 듯 리즈가 끼어들었다.

"누구? 저 비첼리오 솔저 말하는 거예요?"

"고등학교 동창입니다. 최근까지 친했고요."

"아는 사이란 말이에요?"

"예. 그리고,"

FBI 소속 남녀는 이제 경관의 입에 완전히 집중한다.

"아무래도 저 녀석이, 안젤로 비첼리오 사건과 관련이 있는 것 같습니다."

일순 정적. 요한은 마른 입술을 안으로 축였다.

"제가 설득해 보겠습니다."

베런을 보며 말했다. 그는 대답 없이 시선을 맞받는다. 누구도 아무 말도 하지 않은 채 팽팽한 시간이 흘러갔고, 동의로 받아들인 경관이 자리에서 일어나 사라질 때까지 남은 두 사람은 각자의 침묵만 지켰다.

먼저 입을 뗀 것은 여자 쪽이었다.

"빈손으로 나오진 않았네."

리즈가 중얼거렸다.

"우리 어쩌면, 올해 안에 소탕 작전 들어갈 수 있겠어."

베린은 대꾸하지 않았다.

리즈는 호세를 데리고 맨해튼 지국으로 돌아가기로 했다. 증인보호를 위해서는 진술 영상을 촬영하고 협조 계약서를 작성하는 따위 절차가 필요하다고 했다. 의심을 피하기 위해 호세는 작전 개시 때까지 알폰시의 크루로 돌아갈 것이다. 필요하면 수사국에 정보를 제공하거나 협력하는 것도 가능하다고 리즈는 설명했다.

'살인 모의 혐의로 여기서 긴급 체포되던지, 아니면 우리한테 협조하고 구제받던지.'

호세를 설득하기는 어렵지 않았다. 요한이 경찰관이라는 사실을 믿게 만드는 게 오히려 더 어려웠다. 오늘의 혐의—죽이는 솜씨로 깊이 땅을 파서 요한 리를 묻어 버리려 했던 것—는 물론 과거의 죄까지 구제해 주겠다는 제안은 이미 붙들린 처지에 거절할 이유가 없었다.

저만치 리즈 크루거의 폭스바겐이 멀어진다. 꽁무니에서 브레이크 등이 빨갛게 깜빡거렸다.

여자의 차가 시야에서 완전히 사라진 뒤에야 베런은 주머니에서 담뱃갑을 꺼냈다. 한 개비를 입에 문 채 왼손으로 가스라이터를 켰다. 주홍색 불빛에 훤히 드러난 남자의 옆얼굴을 요한은 처음으로 가까이서 보았다. 어두운 금발과 창백한 이마. 표정 없는 입술과 새파란 눈동자.

깊숙이 빨아들인 뒤 길게 내뱉는 담배 연기.

"세븐써리."

흩어지듯 퍼지는 연기 속에서 그가 고개를 돌렸다.

"시경 본부에 장난치던 그래피티 아티스트가 어째서 갑자기 경찰관이 됐을까."

요한은 남자의 푸른 눈을 마주 보았다. 상대를 비웃듯, 무시하는 것처럼 보이는 얼굴이 언제나처럼 거만했다. 어쩌면 그것은 시종 냉담한 무표정 때문이 아니라 어딘가 귀족적인 저 이목구비 탓이라고 그는 새삼 생각했다.

"나는 당신이 원하는 게 뭔지 알아."

건조한 목소리로 베런이 말을 이었다.

"개죽음당하려고 덤비는 사정 따위 알 바 아니지만, 진지하게 일하는 사람들한테 폐는 끼치지 말아야지."

싸늘히 질타하며 경관의 몰골을 다시 훑었다. 사신의 도끼날을 가까스로 피한 주제에 눈빛만큼은 여전히 형형하다. 창고 앞에 달린 싸구려 외등의 불빛, 그 보잘것없는 광원 아래 유별나게 반짝이는 눈동자가 베런은 눈에 거슬렸다.

'총 버리라고, 콜린스!'

그는 다시 그 여자를 떠올린다. 저를 향해 거리낌 없이 총을 쏜 여자. 제 머리통 바짝 총구를 겨누고 알아들을 수 없는 외국어로 악을 쓰던 모습을. 무슨 사정이 그리도 절절해서. 뭐가 그토록 대단해서. 그는 왼손에 쥔 담배를 다시 한번 깊숙이 빨아들였다. 부아가 치밀어 뱃속이 썼다.

"우리는 목숨 걸고 일하고 있어(We risk our lives)."

"그건 나도 마찬가집니다(So do I)."

요한은 남자의 차가운 시선을 고스란히 받아 냈다. 구해 줘서 고맙다는 말 같은 건 입 안에서 꿈틀댈 뿐 밖으로 나오지 않았다. 더 해줄 말을 찾듯 가만히 바라보던 베런이 담배를 바닥에 툭 버리고는 발로 비벼 껐다. 그리고 저만치 서 있는 포드를 향해 몸을 돌렸을 때, 요한이 그를 가로막으며 손바닥을 내밀었다.

"열쇠 줘요."

"내 차야."

"아직 한 달도 안 됐잖아요."

말하며 상대의 어깨 즈음을 턱짓으로 가리켰다. 토요일 자정이 지났으니 이제 일요일. 저격수의 말대로 총 맞은 지 한 달이 되려면 아직 일주일 하고도 하루가 남았다. 그거 자꾸 움직이면 안 되는데. 조언하듯 덧붙이는 말에 베런이 기어이 눈살을 찌푸렸다.

"아직 운전은 무립니다."

요한은 욕설을 간신히 참고 선 남자로부터 빼앗듯 자동차 열쇠를 넘겨받았다. 그러고는 앞장서 걸어가 운전석 문을 열고 아무렇지도 않게 올라탄다. 뒤에 남겨진 차주는 시동이 걸려 빨갛게 불이 들어온 제 차의 후미등을 잠깐 보다가, 저벅저벅 조수석 쪽으로 걸어가 문을 열었다.

엔진 소리와 함께 검은색 포드가 골목을 빠져나갔다. 드문드문 가로등이 켜진 일대는 다시금 완전히 적막해졌다. 하루의 경계를 지나 새벽으로 향하는 창고 지대. 그곳은 여전히 캄캄하고 황량했으며, 진득한 물비린내가 사방을 떠돌았다.

하늘빛이 음울했다. 햇볕이 힘을 잃은 도시는 온통 회색이다. 소리 없이 흐르는 강물 너머 빽빽이 무리 지은 고층 건물들. 강 건너 맨해튼 섬이 무정한 얼굴로 이쪽을 바라보았다. 제인은 젖혔던 커튼을 닫으며 창가에서 물러났다.

월요일 아침의 타운하우스가 텅 비어 적막했다. 평소에도 리오의 출근 시간은 그녀보다 이르지만 오늘은 유독 일찍 집을 나선 모양이다. 눈을 떴을 때 그는 이미 사라지고 없었다. 주인 없는 침대에 홀로 누운 채 한참 동안 남자의 빈자리를 바라보았다.

그는 주말 동안 평소와 다르지 않았다. 일요일 아침에도 일찍 일어나 지하실에서 정확히 한 시간 운동을 하고 샤워를 마친 뒤 주방으로 내려가 원두를 갈았다. 모카 포트가 끓고 온 집 안에 고소한 커피 냄새가 풍길 때쯤 제인은 터벅터벅 1층으로 내려갔다. 잠을 설쳐 피로가 역력한 여자 앞에 그는 말없이 에스프레소 잔을 놓아 주었다.

마주 앉아 커피를 마신 뒤에는 미사에 다녀왔다. 말쑥한 정장 차림으로 성당 인파 사이에 끼어 앉은 남자는 영락없이 건실한 가톨릭 신자처럼 보였다. 성당에는 왜 가는 거야? 언젠가 제인이 물었을 때 리오는 대답했다. 지은 죄가 많아서. 범죄자 주제에 꼬박 신을 찾아 회개를 하는 건 대체 무슨 모순이냐는, 뻔뻔한 자가당착을 헤집는 은근한 도발에 그는 기꺼이도 응했다.

지은 죄가 많아서. 그럼 죄를 짓지 않으면 되잖아. 뾰족하게 되묻는 대신 제인은 입을 다물었다.

지은 죄가 많아서. 염치없고 뻔뻔한 자가당착에 빠진 사람은 비단 그뿐만이 아니었으므로.

세례를 받고 신자가 되려면 기본적인 교리 수업을 받아야 한다. 미사가 끝난 뒤 제인은 담당 수녀로부터 교육 일정을 안내받고 각종 기도문과 전례 안내서 따위 인쇄물도 얻었다. 혼배 미사를 위해 새 신자 수업을 받는 커플은 흔하다. 중년의 수녀는 듣지 않아도 알겠다는 듯 자연스럽게 그들을 대했으나, 그녀의 푸른 눈이 제 머릿속을 꿰뚫는 것 같아 제인은 몇 번이나 눈길을 회피해야 했다.

성당에서 나온 후에는 사람들로 꽉 찬 레스토랑에서 점심을 먹고 타운하우스로 돌아왔다. 컴퓨터 앞에 앉아 회계 파일을 살필 동안 리오는 서너 개의 서류철을 꼼꼼히 검토했다. 회사들에서 올린 보고서와 기획서는 얄팍한 것도 있었고 꽤 두툼한 것도 있었다. 그것들을 하나씩 들여다보는 진지한 얼굴을 제인은 이따금 짧게 살폈지만 그는 그저 일에 집중한 것처럼 보였다.

'우리 떠날까.'

불과 하루 전의 일이 일어나지 않았던 것처럼 리오는 완벽히도 태평했다. 태연을 가장한 여자와의 대화에 덤덤히 응했고 가볍게 웃기도 했다. 생활의 소음과 두 사람의 대화 소리, 텔레비전에서 흐르는 잔소란이 여느 집의 광경과 별다르지 않았다. 누군가 그들의 일요일을 들여다보았다면 밋밋하리만치 평온한 풍경에 하품을 했을 것이다.

평소와 달랐던 단 한 가지는, 밤이었다.

주말 이틀 내도록 제인은 리오의 침대에서 밤을 보냈다. 편안히 잘 수 있도록 따로 침실까지 꾸며 준 남자가 전에 없이 함께 자길 원했다. 순순히 곁에 누운 여자에게 그는 아무것도 요구하지 않았다. 몸을 만지지도 입을 맞추지도 않았다. 그저 여자의 품에 얼굴을 묻은 채, 말도 소리도 없이 숨만 쉬었다.

가슴팍에 파묻힌 고동색 머리카락. 얇은 슬립을 적시는 규칙적인 호흡. 허리를 감싼 묵직한 팔의 완력. 제 것보다 높은 남자의 체온을 안기듯 안은 채 그녀는 새벽이 올 때까지 한잠도 들지 못했다. 끈질긴 불면증에 항복한 지 오래라 새삼 그를 탓할 까닭은 없었다.

제인의 품에서 리오는 오래도록 안온하게 숨을 쉬었다. 어미에게 안긴 아이처럼. 안식처를 찾아낸 늙은 짐승처럼. 작은 소리도 움직임도 없이 고요하게. 아주 깊고도 편안한 잠에 빠진 것처럼.

타당—

제인은 현관문을 열고 타운하우스를 나섰다. 보도 곁에 대기 중인 메르세데스에 별수 없이 시선을 빼앗겼다. 운전석 문이 열리고 검은 정장의 남자가 내리는 불과 몇 초 동안 눈앞에 자꾸만 헛것이 보였다. 그래서 현관문을 잠그는 것도 잊은 채로, 그녀는 보닛을 돌아 보도 위에 올라서는 남자를 주시했다.

이쪽을 향해 고개를 돌린 남자. 인사하듯 멀찍이 시선을 맞추는 남자는 낯이 익었으나 그런 것은 아무런 의미도 없다.

그가 아니라는 사실만이 유의미할 뿐.

"좋은 아침입니다, 관장님."

잠긴 문을 확인하고 계단을 내려와 차 쪽으로 걷는 동안 제인은 몹시 긴장했다. 기사가 바뀐 것은 제가 의도한 바인데도 더럭 겁부터 솟았다. 설마. 저도 모르게 최악의 가능성을 짚어 버린 여자가 묻는 눈으로 남자를 바라보았다. 온몸의 신경이 그의 입에 집중됐다.

"어떻게 된 일이죠?"

"죄송합니다. 요한이 갑자기 휴직 신청을 해서요."

"휴직, 신청이요?"

"예. 개인적인 사정 때문에 갑자기 그렇게 됐답니다. 관장님께 죄송하다는 말씀 전해 달라고 했습니다."

제인이 굳은 얼굴로 남자를 본다. 낯이 익은 그는 3주 전 요한과 함께 갤러리로 파견된 경비팀 소속이었다. 사십 대 초반으로 보이는 다부진 남자. 이 사람도 경찰일까. 아마도 아닐 것이다.

"후임자 정해지기 전까지 제가 임시로 수행 업무를 맡을 겁니다. 최대한 차질 없도록 하겠습니다."

"……갑작스럽네요."

"불편 없도록 하겠습니다."

정중한 태도의 남자에게 제인은 더 대꾸하지 않았다.

"타시죠. 오늘 날씨가 꽤 춥습니다."

그리고 그제야 초겨울처럼 맵싸한 아침 기온을 자각했다.

차 안은 히팅으로 포근했다. 운전석에 오른 남자가 센터페시아로 손을 뻗어 온도를 조절했다. 약지에 낀 결혼반지. 어지간히도 지독한 왼손잡이라 생각하며 제인은 상체를 좀 더 깊숙이 기댔다.

익숙한 동선을 따라 부드럽게 주행하는 솜씨가 편안했다. 낯선 향수 냄새도 나쁘지 않았다. 출근길에 늘 듣는 라디오 프로그램이 적당한 볼륨으로 흘러나오고, 어깨를 내리누르던 긴장도 더불어 조금씩 풀어진다. 보통의 일상을 가리키는 것들. 여자는 한결 이완된 얼굴로 눈을 감았다.

'다 그만두고 떠나.'

이제, 모든 것은 제자리로 돌아왔다.

지난 3주간 벌어진 일들은 과거로만 머물 것이다. 금방이라도 벌젖게 활활 번질 것 같던, 온 벌판을 시커멓게 태울 것 같던 위험도 아슬아슬 곁을 지나쳤다. 요한은 무사히 몸을 피했고 리오를 겨냥한 수사는 수포로 돌아갔다. 모두의 작전이 실패했으니 아무도 다치지 않을 것이다.

제인은 눈을 감은 채 천천히 숨을 뱉었다.

'다시는 내 앞에 나타나지 말아 줘.'

그래, 요한. 멀리 도망쳐. 최대한 아주 멀리.

아무도 널 찾지 못하게.

나의 불운이 더는 네게 옮아가지 못하게.

다시는, 내가 널 해치지 못하게.

요한은 정복 차림으로 시경 본부에 들어섰다. 집에서부터 직접 운전해 이동하면서도 경찰모를 눈썹 위까지 최대한 눌러썼다. 그는 지금 땅속에 고이 묻혀 있는 사람이므로 최대한 눈에 띄지 말아야 한다.

'일단은 죽은 걸로 하지.'

맨해튼으로 돌아오는 차 안에서 베런은 잘라 말했다.

'들었겠지만 난 내 목을 걸었어. 당신이 살아 있다는 걸 알게 되면 다음 타깃은 내가 될 거야.'

당신 친구라는 그 솔저도 마찬가지고. 덧붙이는 말을 들으며 요한은 얼른 대꾸하지 않았다. 베런의 지적은 당연히 옳았으므로 반박의 여지가 없었지만 문제는 시경 내부였다. 경찰국 안에도 저쪽의 정보원이 있으니 비첼리오를 완전히 속이려면 시경 안에서도 그는 순직

한 것으로 알려져야 했다.

그래서 차를 몰며 고민했다. 경찰국 내부에 스파이가 의심된단 소리를 베런 콜린스에게 해도 될까. FBI 소속에게 시경의 비리를 알리는 것은 여전히 내키지 않았으나 요한은 시간이 없었고 조언이 절실했다. 무엇보다, 본인의 목까지 걸어 가며 목숨을 구해 준 남자를 신뢰하지 않을 이유가 없었다.

그토록 어렵게 꺼낸 말이었으나 베런은 놀라지 않았다. 경찰 쪽의 기밀이 샜다는 소리를 듣고도 눈썹 하나 까딱하지 않았다. 석상처럼 변화 없는 얼굴을 보고서야 요한은 알았다.

이 남자도 이미 알고 있구나.

'오늘 일은 저희 팀장님께만 말씀드릴 생각입니다.'

'스캇 맥컬린 경위라.'

콜린스는 말수가 대단히 적었다. 어지간히 입이 무거운 남자였다. 그래서 요한은 그의 침묵과 숨소리, 손가락 끝을 천천히 비비는 사소한 동작 따위를 통해 의사를 읽어 냈다. 팀장을 비롯해 2팀원들의 신상을 그는 이미 파악했고, 그중 가장 믿어 봄 직한 인물로 팀장을 고른 경관의 판단도 부정하지 않았다.

'덕분에 난 목숨이 더 위태롭게 생겼군.'

비꼬듯 중얼대는 대구를 요한은 동의로 받아들였다. 위태롭게 만들어 미안하다는 말 같은 건 하지 않았다. 시시한 사과의 말 따위를 입 밖에 내는 것이 외려 무례하게 느껴져서.

3주도 채 되지 않는 잠입을 경험한 그로서는 10년 가까운 세월의 무게감을 감히 상상조차 할 수 없다. 베런 콜린스는 그 자신이 했던 말처럼 목숨을 걸고 진지하게 일하는 사람이었다. 이제는 제 어깨에 총구멍을 낸 남자를 위해 더한 위험까지 무릅써 가며. 아무도 모르는 자기만의 명예를 꿋꿋이 수호하기 위해. 그날 밤, 한적한 간선도로를 따라 묵묵히 차를 몰며 요한은 무수한 생각들로 말을 잊었다.

그리고 맥컬린 팀장에게 은밀히 보고를 올린 지 하루 만인 월요일, 아침 일찍 전화가 울려 받아 보니 뜻밖의 호출이었다.

본부 건물 로비를 지나 엘리베이터에 올라탔다. 조직범죄국이 사용하는 8층 버튼을 누르고 다른 사람이 타기 전에 문을 닫았다. 혹시나 아는 얼굴과 마주칠까 경찰모 챙을 만지작거렸으나 이제 발령된 지 두 달이 겨우 넘은, 그나마 본부로 출근한 횟수는 손에 꼽는 신입 경관에게 눈길을 주는 사람은 아무도 없었다.

"역시 시간 정확하네요."

노란색 금테 안경을 쓴 비서가 알은척을 했다. 그녀는 곧바로 인터폰을 집어 짧게 보고한 뒤 저번처럼 조직범죄국장실 문을 가리킨다. 들어가 보세요. 경관이 문 쪽으로 걸어가 노크하는 모습까지 지켜본 여자가 다시 컴퓨터 모니터로 시선을 돌렸다.

"어서 와요, 경관."

정복 차림의 슈머 국장이 자리에서 일어섰다. 널찍하고 단조로운 국장실은 두 번째 방문이라 처음처럼 낯설지 않았다. 국장이 등지고 선 창문 바깥으로 FDR 드라이브와 브루클린 브릿지. 오늘 대외 행사가 있어서. 완벽한 차림새를 설명하듯 덧붙이며 그가 오른손을 내밀었고, 요한은 예외 없이 거수경례를 한 뒤 악수에 응했다. 여전히 서늘하고도 건조한 손이다.

"고생 많았어요. 맥컬린 경위한테 얘기 들었습니다."

슈머는 경관의 손을 굳게 잡은 채 한참 동안 놓지 않았다. 국장의 푸른 눈에서 요한은 숨김없는 만족감을 본다. 검푸른 정복 차림의 두 경찰관은 마주 선 채로 시선을 맞췄다.

"훌륭합니다. 경관이 해낼 줄 알았지. 내가 사람 보는 눈 하난 정확하거든."

찬사를 아끼지 않는 상사 앞에서 요한은 표정 없는 얼굴로 시선을 내리깔았다.

체포 작전이 결정됐다.

연방수사국과 뉴욕시경의 합동 태스크포스는 현 조직원인 호세 고메즈의 증언을 확보했다. 리오 비첼리오에게는 살인 미수 교사 혐의로 체포영장을 신청했으며, 요한은 수사관이자 피해자로 진술하게 될 것이다.

"시경국장님께도 보고 올렸어요. 전폭적으로 지원하라 하시더군. 모처럼 대형 작전이라 국장님도 여간 흥분하시는 게 아니야."

구속부터 해 두고 주변을 샅샅이 뒤지면 다른 혐의들에 대한 증거도 나올 거란 계산에 연방검찰도 동의했다. 비첼리오 패밀리 소탕에 오랜 공을 들였기로는 검찰도 마찬가지라 더는 기소를 미룰 수 없는 상황이었고, 이런 때 살인 교사 혐의가 포착된 것은 하늘이 내린 기회와 같았다. 철옹성 같던 비첼리오 왕국에 경찰이 드디어 사다리를 걸친 셈. 이제 신속히 벽을 타고 들어가 성문을 열기만 하면 고대하던 함락이 눈앞이었다.

"작전 끝나면 리 경관에게도 포상이 있을 겁니다. 시경국장님 뜻이니 시시한 특진 정도로 끝나지 않을 거야."

거기까지 말한 뒤에야 국장이 꽉 붙잡은 손을 놓아주었다. 응접용 소파로 안내하는 그의 뒤를 따라 요한은 순순히 마주 앉았다.

'경관이 무사하다는 건 경찰국 내에서 나와 국장만 알게 될 거예요. 작전 승인받으려면 국장실에는 경위를 제대로 보고해야 하니까. 다른 팀원들에겐 작전 당일에 알리는 걸로 하죠.'

맥컬린 팀장은 시경 내에 스파이가 있다는 말을 대단히 예민하게 받아들였다. 당연한 일이었다.

"어려운 일 겪었다고 들었어요. 정말이지 천만다행이야."

밋밋한 검은색 소파에 앉은 슈머가 상체를 앞으로 당긴다. 날카로운 얼굴에서 서서히 미소가 걷어졌다.

"신이 돕지 않았다면 경관은 지금쯤 순직 처리됐을 텐데. 시경국이 아까운 인재를 잃을 뻔했습니다. 그 생각만 하면 아직도 내가 다 아찔해."

요한은 대답하지 않았다. 답할 필요도 없이 분명한 사실이었다. 호세가 아니었더라면, 리즈가 없었다면, 베런이 나서지 않았다면 그는 꼼짝 없이 알폰시의 칼에 목숨을 잃었을 것이다. 아무런 의미도 이루지 못한 채. 성벽에 머리가 깨진 새처럼 하찮게. 다시 떠올리자 목덜미에 서늘한 소름이 돋았다.

"잘 들어요, 리 경관. 만일 검찰이 비첼리오를 구속해 두고도 추가 증거를 찾지 못하면 말이야."

아마 쉽지 않을 겁니다. 슈머가 덧붙이며 양손을 맞잡아 깍지를 꼈다. 차갑고 건조한 손. 요한은 그 손의 느낌이 아직 오른쪽 손바닥에 묻어 있는 것 같다.

"우리가 이렇게 고생한 게 수포로 돌아갈 수도 있어요. 연방 쪽이나 우리나, 간신히 잡아 가둔 물고기 다시 풀어 주는 꼴이 될 거고. 그럼 시경 체면도 체면이거니와 뉴욕시에는 다시 마피아가 활개를 치게 되겠지. 무고한 시민들만 위험에 노출될 거고."

그가 눈을 가늘게 뜬다. 도드라진 광대뼈 위로 푸른 홍채가 사파이어처럼 화려했다. 그 상태로 국장은 잠깐 말을 멈췄다. 그리고 경관의 눈을 헤집듯 아주 깊숙이 들여다보았다. 의도된 침묵은 상대를 긴장시킨다. 요한은 그의 얄팍한 입술에 신경을 집중했다.

"사살합시다."

잘못 들었나 싶었다. 무어라 반응해야 할지 몰라 그는 국장의 얼굴만 쳐다본다. 완벽하게 손질된 경찰 제복. 황금빛 별 세 개가 양쪽 어깨 견장 위에서 반짝거렸다.

"비첼리오, 체포 작전 도중 사살된 걸로 하자고. 뒤처리는 내가 책임질 테니까 걱정 말고."

"국장님,"

"징계 같은 건 당연히 없을 겁니다. 오히려 마피아 조직 하나 뿌리 뽑은 공로를 톡톡히 치하받을 거예요. 작전 중에 용의자 사살하는 거야 비일비재한 일인데 그런 걸로 시비 걸면 경찰 노조에서도 가만히 있지 않을 거고. 더군다나,"

이런 반응쯤 예상했다는 듯 거리낌 없이 말을 끊으며 슈머는 제 할 말을 끝까지 이어 갔다.

"상대는 마피아 보스 아닙니까. 경찰관도 자기보호가 우선이지."

잠깐 동안 국장실이 침묵했다. 뜻밖의 지시에 요한은 곧바로 답하지 못했다. 군대에서 다져진 상명하복의 원칙이 본능처럼 그를 설득하려 들었다. 어서 대답해. 예, 알겠습니다. 명령에 판단 따위는 필요 없어. 그러나 입 안에 갇힌 대답은 밖으로 나오지 않았다.

"리 경관."

다시 국장과 눈을 맞췄다. 황금빛 별 무리를 양쪽 어깨에 얹은 남자. 그 남자의 눈길은 달래듯 다정하다.

"세상에 악이 사라질 것 같습니까?"

베테랑 경찰관이 말을 이었다.

"우리 임무는 에덴동산을 만드는 게 아니에요."

아주 간단한 규칙을 일러 주듯.

"에덴동산의 환상을 지키는 거지."

그가 새하얀 은발을 손바닥으로 한 차례 쓸어 올렸다. 골격이 날카롭게 드러난 얼굴. 계급장과 배지가 빼곡한 경찰 정복이 근사하게 어울렸다.

"법을 집행하는 건 우리예요. 하지만 법과 정의 중 하나만 골라야 한다면, 경관은 어느 쪽을 택하겠습니까."

법이란 때로 성가시기 짝이 없는 것이라서 쉬운 길을 두고 빙빙 돌게 만든다. 모두의 권리를 빠짐없이 보호하는 제도란 있을 수 없으며 다수의 이득을 위해 소수는 희생해야 마땅하다. 다수가 정해 둔 규칙을 어긴 소수라면 더더욱, 뻔뻔하게 권리 따위를 주장해선 안 된다.

"날 믿어요."

여전히 대답이 없는, 경찰모 아래 옅게 굳은 준수한 얼굴을 슈머는 찬찬히 눈으로 어루만졌다. 스스로 안목을 자부하는 그는 이 청년이 첫눈에 맘에 들었는데, 특히 저 반짝이는 연갈색 눈동자가 보는 순간 희한하게 사람을 끌어당겼다. 매력 있는 데다 충직하고 권위에 복종하는 젊은 경관이라니. 정말이지 볼수록 마음에 쏙 드는 인재가 아닌가.

"자네는 훌륭한 경찰관이 될 거야. 요한 리 경관."

물론이다. 그렇고말고. 저를 향해 굳은 눈을 마주 보며 빙긋, 슈머가 다시 한번 부드럽게 미소 지었다.

요한의 아파트는 1층에 있다. 코너 유닛이라 시야 확보가 유리하고 비상시에는 얼마든 맨몸으로 뛰어내릴 수 있는 이곳은 잠입 작전과 별개로, 그러니까 매춘부와 도박꾼을 전문으로 잡아넣던 바이스팀에 첫 발령을 받은 직후 얻은 집이었다.

그가 사는 곳은 또다시 이스트 빌리지다. 아무리 좁아터진 섬이라지만 맨해튼에 집 얻을 데가 여기밖에 없는 건 아닌데도, 경찰 아카데미를 졸업하자마자 그는 이 동네의 부동산 중개업자를 찾아 아파트를 알아봤다. 높은 시세 덕에 신입 경관 주급의 대부분을 임대료로 내면서도 아무 생각이 없었다. 커다란 개를 데리고 산책하는 사람들이 심심찮게 보이는, 3분만 걸으면 직접 볶은 커피를 내려 파는 카페와 훌륭한 베이커리가 있는 중산층 거주지에 끼고 싶다는 생각 따위는 더더욱 해 본 적도 없다. 이 말끔하고 안전하며 조용한 아파트의 모든 면면을 통틀어 그의 마음을 붙잡은 것은 하나뿐이었다.

워싱턴 스퀘어 파크까지 얼마나 걸리나요. 10분도 채 걸리지 않는다는 대답을 듣자마자 임대계약서를 달라고 했다. 이곳은 예전에 살던 애비뉴 D보다 무려 여섯 블록이나 가까웠고 그것으로 이유는 충분했다. 우아한 아치가 우뚝 선 아담한 공원. 그리고 저만치 하늘 위에서 내려다보는 펜트하우스.

더 이상 네가 없는 그곳은 그러나 내게 여전히 너라서.

야간 근무를 마치고 돌아온 어느 새벽. 세상은 텅 빈 상자처럼 고요하고 그래서 도저히 잠들 수 없는 시간. 그런 때에 그는 어김없이 공원을 찾았다. 싸늘한 벤치에 앉아서 하얗게 조명이 켜진 대리석 아치를 한참 동안 바라보았다. 그것처럼 하얗던 얼굴을 흐리게 떠올리다가, 저기에 스프레이 페인트로 커다랗게 이름을 써 두면 혹 네가 볼 수 있을까 부질없이 기대했다.

먼동이 터 짙은 어둠을 서서히 밀어낼 동안, 도시가 눈을 뜨고 푸르스름한 여명이 밝을 때까지, 그는 몇 번이고 그녀가 나타나 다가오는 환상을 보았다.

그녀는 제거하지 못한 총탄과 같았다. 때를 놓친 파편은 어느 무렵 몸의 일부로 완전히 스며 버렸다. 일상에 시달려 잠깐 잊었다가도 그것은 불쑥불쑥 날을 세워 아문 살을 후볐고, 그럴 때면 텅 빈 공원을 홀로 서성이는 것밖에 달리 잠재울 도리가 없었다. 어느 순간부터 요한은 자신이 컴퍼스에 꽂힌 연필 같다고 생각했다. 달아나려 기를 쓸수록 동그란 궤적은 짙어지기만 했다. 깊숙이 박힌 원심의 바늘을 그는 영영 벗어나지 못할 것 같았다.

어쩌면 죽을 때까지. 평생토록. 지금처럼.

소파에서 부스스 몸을 일으킨다. 소리가 꺼진 텔레비전에서는 시끄러운 화면만 번쩍거렸다. 오후 5시 40분. 벽면에 걸린 시계에 눈길을 준 뒤에야 이렇게나 시간이 흘렀나 자각했다. 요한은 하나뿐인 방으로 들어가 침대 밑을 더듬었다. 중요한 물건을 침대 아래 두는 것은 오랜 습관이다. 제 버릇 개 못 준다더니. 엄마가 즐겨 쓰는 한국 속담에 그는 마음 깊이 공감한다.

모래색 파일을 끄집어내 침대 위에 걸터앉았다. 마분지로 만든 누런 파일은 모서리 한 군데가 약간 구깃한 것을 제외하면 말끔한 새것이다. 파일 안에는 글자와 도형들이 인쇄된 서류 뭉치가 들어 있었다. 능숙하게 내용물을 통째로 꺼낸 뒤 맨 뒤의 종이 몇 장을 앞으로 빼냈다. 검은색 세단에서 내리는 여자의 모습. 선글라스로 반쯤 가려진 얼굴에 시선이 달라붙었다.

표정 없던 남자의 입매가 움찔거렸다.

지난 한 달간 이 짓을 반복했다. 눈을 감고 너를 생각하다가, 눈앞에 닿을 듯 가까운 너를 향해 몇 번이고 손가락을 움찔대다가, 결국 참지 못하고 자리에서 일어나 침대 아래 처박아 둔 자료 파일을 주섬주섬 꺼내는 것이다. 경찰국의 누군가가 몰래 숨어 찍었을 사진들. 망원렌즈를 동원해 최대한 선명히 담아 온 모습들. 수배 대상의 동향을 담은 수사 자료들에 그는 비루하게 매달린다.

이렇게라도 네가 보고 싶어서.

거칠게 인쇄된 여덟 장의 사진을 하나씩 번갈아 보았다. 자동차에서 내리는 제인. 레스토랑에 남자와 마주 앉은 제인. 호화로운 연회장 샹들리에 아래 선 제인. 팔짱을 끼고 그림을 살펴보는 제인. 아름답게 웃는 얼굴. 원망스러울 정도로 활짝 웃는 얼굴에서 이제 그는 다른 것을 본다.

'여길 왜 와.'

여윈 어깨. 떨리는 입술. 쏟아지는 눈물.

'다시는, 오지 말라고 했잖아…….'

가슴을 적시며 울던 여자를 생각한다. 제 품 안에서 오래도록 몸을 떨며 울던 여자를. 쏘지도 못할 권총을 겨눈 하얀 손과 총구를 통해 고스란히 느껴지던 그 손의 떨림을. 제아무리 독한 척 강한 척 아무렇지 않은 척해도 요한은 안다. 너무나도 잘 알아서 가슴이 찢긴다.

그러니 내가, 어떻게, 너를 두고.

그는 참지 못하고 박차듯 일어섰다. 자료 뭉치를 파일 안에 쑤셔 넣고 침대 아래 도로 처박아 둔 뒤 달아나듯 방을 나왔다. 식탁 의자 등받이에 걸어 둔 점퍼를 집어 팔을 꿰면서 휴대전화와 자동차 열쇠 따위를 한 손으로 쓸어 쥐었다. 현관에 벗어 둔 운동화에 발을 꿰며 옷걸이에 걸린 야구 모자를 집어 쓴다. 아파트를 박차고 나간 뒤에는 길가에 세워 둔 자동차에 올라타 시동을 걸었다. 시경국 소유의 공무 차량은 겉보기에 평범한 4인승이었다.

소호까지 10분이면 충분했다. 폐장 시간을 넘겨 출입문이 잠긴 갤러리 전시관은 불이 켜진 채 텅 비어 있었다. 두 명의 경비원이 입구 쪽을 어슬렁거리고 리셉션에 기대선 에이미가 보였다. 그리고 대기하듯 입구 앞에 선 검은색 메르세데스. 하나같이 눈에 익은 예사로운 풍경이었다.

요한은 길 건너 골목 깊숙이 차를 세운 채 그쪽을 응시한다. 퇴근 시간을 앞둔 2층의 관장실에도 불이 들어와 있었다. 6시 5분 전. 오늘도 야근인가. 시간을 확인한 뒤 운전석 등받이에 상체를 묻었다. 시선은 여전히 2층의 관장실. 그는 심하게 목이 탔다.

'수요일이요, 이번 주 수요일. 그래요, 내일.'

작전 날짜는 하루 뒤로 정해졌다. 올해가 지나기 전에 끝장을 보겠다는 의지는 수사국보다 시경 쪽이 압도적이었단 게 리즈의 전언이다. 너무 서두르는 거 아닌가 싶기도 하고. 수화기 너머 중얼대는 목소리에 불안감이 아른거려 요한은 차마 되묻지 못했다.

혹시라도, 작전을 미룰 수는 없는 건지.

'헤닝의 핵심 혐의는 돈세탁이에요. 연방법으로는 최대 이십 년까지 구형할 수 있죠.'

제인은 이대로 체포되면 안 된다. 증인으로 사면받으려면 반드시 구속되기 전에 자수해야 한다. 하지만 작전 날짜는 불과 하루 뒤. 어떤 수를 쓰기에는 시간이 턱없이 부족했으며 요한은 지금 운신조차 자유롭지 못한 형편이었다. 빌어먹을. 마른 입술 사이로 쓴 숨이 터졌다.

"……미치겠네."

오른손으로 얼굴을 마구 문질렀다. 그리고 생각했다. 지금 당장 이 차에서 내리자. 불이 켜진 저 갤러리로 달려가서, 놀란 눈의 에이미가 열어 준 문을 통과해, 2층의 관장실 문을 쾅쾅 두드려 안에 있는 여자를 끌고 나오자. 초조하게 입술을 씹으며 요한은 그런 장면들을 상상했다.

차에 태워 어딘가 먼 곳으로 데려가자. 아무도 없는 곳으로 데려가 남김없이 쏟아 내자. 나 좀 봐 달라고, 제발 나를 좀 살려 달라고, 부탁이니 내가 널 수렁에 몰지 않게 해 달라고 무릎 꿇고 애원한다면, 그래도 너는 고개를 저을까.

'난 여기 사람이야.'

요한은 두 눈을 꽉 감았다 떴다. 그리고 무의미한 자책을 떨쳐 내려 애를 썼다. 지나간 일에 대한 가정과 후회는 한심한 미련에 불과하다. 그는 당장 앞으로 할 수 있는 일을 생각해 내야 했다.

그때 시야에 돌연 롤스로이스가 들어왔다. 탱크 같은 최신형 자동차는 당당히 갤러리 앞에 멈춰 섰다. 거구의 수행원이 운전석에서 내려 뒷좌석 왼쪽 차 문을 열자 범퍼를 돌아 제인이 나타났다. 가벼운 하이힐과 맵시 있는 걸음새. 여자를 집어삼킨 롤스로이스가 당연한 듯 브루클린 방향으로 사라질 동안, 요한은 스스로 숨을 멈춘 것을 자각하지 못했다.

그리고 까맣게 불이 꺼진 관장실. 눈앞이 텅 비어 버린 것 같았다.

'사살합시다.'

입술을 지그시 깨물었다. 모자챙 아래 얼굴은 절반쯤 가려져 보이지 않는다.

'비첼리오 유죄 판결 받으면 어차피 종신형입니다. 혐의 입증 못해 풀려나면 우리가 종신형이고. 기소까지 해 놓고 풀어 줘 봐요, 우리 국 전체가 종신토록 괴롭게 될 거라고.'

요한은 한참 동안 거기 있었다. 그림자에 반쯤 잠긴 자동차 안에서. 머리를 내리치는 무력감과 뱃속을 태우는 살의를 버티며. 죽은 듯 미동 없이 자신을 숨긴 채.

'사살합시다.'

불에 달군 쇳덩이가 머릿속에 꽉 찬 것 같았다. 그것들이 식을 때까지 요한은 기다렸다. 한참 동안 기다렸다. 화가 난 상태에서 하지 말아야 할 것이 있다. 머릿속이 뜨거울 때는 절대 해선 안 될 것들이 있다. 그래서 그는 기다렸다. 억지로 단련한 인내심을 모조리 그러모아. 지글대는 감정이 가라앉을 때까지. 그리하여 최선의 결정을 내릴 수 있을 때까지.

그리고 잠시 후, 그는 품에서 휴대전화를 꺼내 들었다. 버튼을 꾹꾹 누르는 단단한 손끝. 그늘에 가려졌던 얼굴이 액정 불빛에 반쯤 와락 드러나고, 요한은 입술을 씹으며 원하는 연락처를 찾아낸 뒤 단번에 통화 버튼을 눌렀다.

허름한 5층짜리 아파트는 차이나타운이라기엔 약간 애매한 위치에 있었다. 맨해튼 최남단이라 널찍한 도로들이 지척에 엉켜 있어 주변이 소란했다. 차 문을 잠그며 주변을 살폈다. 큼직한 붉은색 비닐봉지를 양손에 든 노파가 저만치 앞에 걸어가고 있다.

요한은 넓은 보폭으로 성큼성큼 다가갔다. 알루미늄으로 만든 허술한 문은 철사 조각 하나만 있어도 10초 안에 딸 수 있게 생겼다. 짐을 한쪽 손에 몰아 쥔 노파가 조끼 주머니에서 열쇠를 꺼내 문을 열었다. 과일이며 채소 따위를 담은 비닐봉지는 제법 무거워 보였다.

뒤쪽에 서 있던 그가 팔을 뻗어 문을 활짝 열어 주었다. 경계하는 눈길로 고개를 돌린 노파가 청년의 얼굴을 확인하곤 조금 웃어 보인다. 도제. 광둥어로 말을 건넨 노인을 향해 요한은 짧게 고개를 끄덕였다. 고맙단 인사는 외려 이쪽이 해야 했다.

계단을 통해 2층으로 올라갔다. 폭이 좁은, 엘리베이터도 없는 작은 건물은 한 층에 두 가구씩 마주 보는 구조였다. 왼쪽과 오른쪽 유닛 중에 왼쪽으로 다가가 초인종 버튼을 누르자 쉰 목소리 같은 종소리가 났고, 그는 문이 열리길 기다리며 저도 모르게 마른침을 삼켰다. 그리고 회색 문이 벌어지며 안쪽에 선 남자와 눈이 마주쳤을 때 요한은 제집처럼 재빨리 들어가 문을 닫았다.

"죽은 사람이 잘도 돌아다니는군."

못마땅한 기색으로 베런이 중얼거렸다. 죄송합니다. 빠르게도 돌아온 대답에 눈살마저 찌푸린다. 그 냉랭한 시선을 외면한 채 요한이 야구 모자를 벗어 한쪽 손에 쥐었다. 완전히 드러난 얼굴 위로 초조한 기운.

"무슨 일입니까."

"작전 날짜 잡혔어요."

"압니다."

현관문을 잠근 베런이 이쪽으로 걸어왔다. 거실과 주방 사이 우뚝 선 불청객을 스쳐 소파 쪽으로 곧장 향했다. L자형으로 놓인 아담한 소파 세트 곁으로 커다란 책장이 두 개. 자리를 다퉈 가며 빽빽이 꽂힌, 주제와 판형에 따라 완벽히 분류된 책들을 배경으로 금발 남자가 먼저 앉았다. 그제야 요한이 곁으로 다가가 다른 쪽 소파에 앉는다. 방 하나가 딸린 아파트는 놀랍도록 말끔하게 정리되어 있었다.

"도움이 필요합니다."

"무슨 도움."

"알잖아요."

베런은 입을 다문 채 물끄러미 상대를 보았다. 경관은 절박함을 숨기지 않았다. 위장 따위 다 집어치우고 간절한 속살을 고스란히 펼쳐 꺼내 놓았다. 도움이 필요하단다. 이 남자가 원하는 게 무엇인지 물론 모를 리 없다. 그러나 뻔뻔스런 것도 정도가 있지. 베런은 기어이 실소를 뱉고 말았다.

"안됐지만 난 해 줄 수 있는 게 없는데."

"변호사라면서요."

"전직 변호사겠지."

"로스쿨 나온 것도 거짓말입니까?"

요한은 막무가내였다. 뭐라도 알고서 이러는 건지. 베런은 대꾸하는 대신 입을 다물어 버린다.

"그 앤 잘못 없어요."

"……."

"본인이 원해서 한 거 아니잖아요. 그 앤 피해자라고요. 당신도 알 거 아닙니까. 제일 잘 알잖아요."

베런은 급기야 당혹스러워졌다. 위장은커녕 최소한의 은유조차 없는 날것의 어휘들을 어떻게 대해야 할지 잠깐 막막해졌고, 그래서 그저 입을 다문 채 눈앞의 남자를 봤다. 맨몸으로 달려든 이 남자가 조만간 제 다리 한 짝이라도 붙들 것 같단 생각이 든다.

경관은 잃을 게 없는 사람처럼 굴고 있었다. 혹은, 이미 모든 것을 잃어버린 사람처럼.

"참작할 사유가 있다면 형량이 줄겠지."

"얼마나요."

"글쎄. 난 판사가 아니라서."

"이대로 체포되면 혐의는 다 적용되는 거 아닙니까."

"입증 여부에 따라 달라져. 검찰에서 할 일이고."

"만약 검찰 쪽에서 끝까지 증거를 찾지 못하면,"

"요한 리 경관."

베런은 더는 듣고 싶은 마음이 없었다.

"이쯤 해 두지. 지금도 충분히 꼴불견이니까."

이토록 화가 치미는 것도 그래서일 것이다.

"당신 같은 사람 때문에 법이 필요한 거야."

베런은 냉담하게 뱉으며 턱을 치켜들었다.

법에는 감정이 없다. 법은 사랑에 눈이 멀지도, 정에 마음이 물러지지도, 그로 인해 어리석은 유혹에 시달리지도 않는다. 감정에 휘둘리는 인간들과 균형 맞추기 위해 법은 가장 차갑고 가장 정확해야 한다. 사법의 원칙은 만인에게 평등히 적용돼야 한다.

그 누구도, 예외는 없다.

"해 줄 말 없으니 돌아가. 그리고 한 번만 더 이런 식으로 목숨 걸게 만들면 나도 더는 봐주지 않아. 그렇게나 죽고 싶으면 스스로 도모해. 남까지 끌어들이지 말고."

짜증스럽게 미간을 찌푸렸다. 덜 아문 어깨의 총상이 욱신거렸다. 빌어먹을. 그는 눈앞의 이 남자가 어서 꺼져 주기만을 바랐다. 냉장고에 넣어 둔 탄산수를 병째로 들이켠 뒤 침대에 눕고 싶었다. 명치에 무언가 단단히 걸려 체한 느낌, 머리통이 풍선처럼 부풀어 올라 금방이라도 터질 것 같은 기분이다. 비첼리오 체포 작전. 8년 이상 준비해 온 작전이 불과 하루 앞으로 잡혔단 소식을 전달받은 직후부터 그의 신경은 이미 극도로 예민해진 상태였다.

"당신도 방관했잖아."

그래서 베런은 혹 잘못 들었나 제 귀를 의심했다.

"당신이 데려갔잖아. 그때, 당신이 그 애 끌고 갔잖아."

요한의 목소리는 크지 않았다. 높지도 빠르지도 않은 침착한 저음이었다. 그러나 소리라도 지르는 편이 차라리 나았겠다고 베런은 생각한다. 아울러 신음하듯 목 안으로 읊조렸다. 닥쳐.

"그게 법이야? 그게 정의냐고. 힘도 없는 여자 이용하는 게 당신 원칙이야?"

원색적인 비난은 사정없이 이어졌다. 닥치라고. 무참하게도 손끝이 떨릴 것 같아 그는 주먹을 말아 쥐었다.

"알고 있었잖아. 그때, 그때 그 애, 우리, 도움이 절실했다는 거, 당신 알고 있었잖아."

"너까지 죽을 수도 있었어."

어금니를 악물지 않으려 베런은 턱에 힘을 주었다.

"그게 최선이었어. 그때 그러지 않았다면 너와 나 둘 다, 지금 이 자리에 없었어."

백 번 이상, 어쩌면 수백 번쯤 되뇌었던 말이다. 최선이었다. 더 나은 선택지는 없었다. 모두를 위해 그럴 수밖에 없었다.

"당신과 수사국에 최선이었겠지. 그 애한텐 아니었어."

그 또한 수백 번 넘게 되물은 말이다. 누구를 위한 최선이었나. 이미 너덜너덜해진 그 질문은 타인의 입을 통하자 또다시 기다란 칼이 됐다. 베런은 몸통을 꿰뚫린 것처럼 눈앞이 휘청댔다.

"나 같은 사람한텐 법이 필요하고, 당신이 한 짓은, 면죄부가 되나?"

말문이 막혔다. 그는 입을 다문 채 요한의 눈을 마주 본다. 갈색 눈동자. 피투성이가 된 채 저를 보던 과거의 눈동자가 겹쳐졌다. 바닥에 주저앉아 통곡하던 여자의 하얀 어깨도. 모르겠다. 어디까지 옳고 어디부터 틀린 건지 이제 나도 모르겠어. 베런은 신음 같은 고백을 간신히 참아 냈다.

"……기회는 충분했어."

그리고 다시, 몸의 일부가 된 껍데기를 뒤집어쓴다.

"이제 거의 십 년이야. 지각 있는 성인이고 자기 의지로 결정했어. 이유가 뭐였든 간에 그 여자는 십 년 동안 머물기를 택했다고."

"그 애는,"

"선택에 책임을 지우는 게 법이야. 내 결정에 대한 책임은 내가 져."

그러나 어떻게 책임질 수 있을까. 베런은 냉소적인 내면의 반문을 묵살한다.

"그럴 자신 없으면 당신도 이번 작전에서 빠져. 애처럼 꼴사납게 떼쓰지 말고."

돌이키기엔 이미 늦었다. 그 여자도, 그 남자도, 한데 뒤엉켜 버린 우리들 모두. 베런은 8년의 세월을 다시 한번 상기한다. 생을 네 동강 내어 그중 한 덩이를 고스란히 여기에 쏟아부었다. 그러니 무슨 일이 있어도 그의 목적은 반드시 이루어져야 했다. 무슨 일이 있어도.

"한 번만 더 이딴 식으로 제멋대로 굴면 나도 가만히 있지 않을 거야."

어깨의 총상에 열이 올랐다. 그는 다시 한번 눈살을 찌푸렸다.

"알아들었으면 이제 꺼져."

내일까지 죽은 듯 처박혀 있으라고. 매몰차게 덧붙이는 남자를 요한은 대꾸 없이 바라만 본다. 관자놀이 근육을 불끈대면서도 고집스레 일어서지 않았다. 무언가 말을 할 것처럼 입술을 움찔댔으나 아무 말도 나오지 않았다. 그가 삼킨 말이 무엇인지 베런은 궁금하지도 듣고 싶지도 않았다. 무슨 말을 듣는대도 현실은 바뀌지 않을 것이다.

작전 개시까지 이제 24시간도 채 남지 않았다. 내일 이 시간이면 베런 콜린스의 임무는 종료된다. 8년 만에. 숱한 고비들에도 불구하고. 끝끝내 성공적으로.

그러니 작전은, 반드시 성공해야만 한다.

달조차 보이지 않는 밤이었다. 앙상한 발목을 드러낸 계절은 완연한 초겨울이다. 오후의 태양은 어둠 속에 숨어 버리고 벨벳 같은 어둠이 도시를 휘감았다. 곧게 닦인 거리를 따라 띄엄띄엄 고개 숙인 가로등. 발등을 비추는 노란 빛무리 사이로 그림자가 짙었다.

그 그림자들 아래 덩치 큰 자동차들이 위장하듯 웅크렸다. 표적이 위치한 블록을 에워싸듯 골목마다 경찰 차량이 깔렸다. 이동식 본부와 특공대 수송차. 예사롭지 않은 크기의 특수 차량들은 하나같이 창문마저 새까만 검정이다.

"타깃은 십팔 시 삼십 분 도착 예정입니다. 귀가 시간이 일정하니 오차는 최대 십 분 내외라고 보면 됩니다."

맥컬린 팀장의 설명에 완전무장한 두 남자가 고개를 끄덕였다. NYPD가 자랑하는 특수기동대 A팀 소속 경사는 검푸른 전투복 차림에 로봇처럼 입을 꾹 다물고 있었다. 그와 나란히 선, 다부진 체형을 지닌 대원의 녹갈색 야전복에는 FBI라는 약자가 선명했다.

"타깃 진압 후 시경팀은 이층으로, 연방팀은 지하와 일층을 수색합니다. 신속하게 안전 확보한 뒤 연방팀은 용의자 이송, 시경팀은 잔류해 수사관 지원합니다."

베런은 남자가 쥔 소총을 눈으로 훑었다. 십자가를 받들듯 양손으로 받쳐 든 무기는 전쟁터에나 어울릴 법한 완전자동형 라이플이다. 헬멧 아래 얼굴에 관성적인 긴장감과 직업적인 무료함이 절반씩 섞여 있었다. 작전 매뉴얼 정도야 듣지 않아도 몸에 밴 베테랑이 틀림없었다.

생초면의 동료를 스치듯 살피며 베런은 조금 의아했다. 시경국의 지원에 더해 수사국에서도 다섯 명으로 이뤄진 무장요원팀을 파견했는데, 그가 알기로 로컬 기관과의 합동 작전에서 FBI는 여간해선 무장병력까지 투입하지 않는다. 그러나 오늘은 중무장한 채 대기 중인 인원이 모두 합쳐 열 명. 남녀 한 쌍을 체포하기 위해 양쪽에서 특공대를 동원했다. 아무리 마피아 수장이라지만 상식적으로 과한 대응이었다.

베런은 널찍한 이동식 본부를 다시 한번 눈으로 훑었다. NYPD 소유의 특수 차량은 최신식 모니터와 통신 장비로 꾸며져 있다. 그러나 그가 확인하길 원한 것은 시경의 번쩍이는 장비도 넉넉한 예산의 호화로운 흔적도 아니었다.

요한이 보이지 않았다.

여기 있는 시경팀은 팀장을 비롯해 흑인 여자와 동양인 남자 하나뿐이다. 갤러리 근처에 잠복하며 제인의 동선 추적을 담당하는 경찰관이 하나 더 있지만 무전기에서 넘어온 목소리는 요한의 것이 아니었다.

'그럴 자신 없으면 당신도 이번 작전에서 빠져.'

설마 정말로 빠진 건가. 그러나 그럴 리 없다는 확신으로 인해 그는 오히려 더 불안해졌다.

— 에이 식스, 에이 식스. 라이어니스 돌발 상황 발생.

무전기에서 지직대는 소리가 터져 나왔다. 베런이 보일 듯 말 듯 눈살을 찌푸린다. 암사자라니. 지독히도 안 어울리는 암호명이었다.

"무슨 일이야."

— 라이어니스 자택으로 귀가 중. 현재 북서로 이동 중. 대응 지시 바람.

시발. 누군가 조그맣게 욕설을 뱉었다. 제인이 트라이베카 아파트로 돌아갈 경우는 계산에 넣긴 했으되 대단치 않게 여겼던 변수였다. 그녀는 최근 들어 브루클린으로 퇴근하는 일이 몹시 잦았고 지난 주말부터는 연일 타운하우스에서 살다시피 하고 있었다.

그런데 하필이면 오늘.

"움직일 방법이 없겠습니까."

맥컬린 팀장이 도움을 청했다. 말없이 팔짱만 끼고 섰던 테일러 차장이 이쪽으로 고개를 돌렸다. 그리고 그와 눈이 마주친 순간, 베런은 더럽고도 정확한 예감에 한숨을 삼켰다.

"움직여(Move her)."

이쪽으로 이동시키라고. 차장이 덧붙이자 이동식 본부 안이 적막해졌다. 시경팀 경찰관들은 30여 분 전쯤 여기로 들어온 베런을 처음 봤을 때처럼, 기막히고 놀라서 환장하겠는데 말로는 차마 표현하기 힘들다는 표정을 지었다.

"헤닝 쪽은 영장이 없어서 못 들어가. 한곳에 몰아넣고 같이 잡아야 된다고. 빨리 움직여."

테일러가 재촉했다. 추궁하듯 저를 보는 상사를 마주 보며 베런은 아무런 감정도 드러내지 않기 위해 애를 썼다. 쉬운 명령이다. 지시

311

받은 대로 따르면 된다. 제인을 이곳으로 움직일 방법쯤이야 아주 잘 알고 있다.

그런데도 그는 미동조차 하고 싶지 않았다. 급기야는 차라리 이대로 사라져 버렸으면 좋겠다는 생각마저 든다. 작전이 끝날 때까지 온몸이 투명해져 아무도 볼 수 없으면 좋겠다. 차장의 날카로운 눈길을 표정 없이 마주 받으며 베런은 그런 하찮은 생각들에 사정없이 휩싸였다.

"따로 오는 거면 비첼리오도 원래 시간대로 퇴근할 가능성이 높습니다. 좀 천천히 움직여도,"

"콜린스."

눈치를 살피며 중재에 나섰던 맥컬린이 입을 꾹 다물었다. 등판에 연방수사국 약자가 커다랗게 찍힌, 검은색 블루종 차림의 테일러 차장이 간이 의자에 앉은 베런 콜린스를 노려보고 있었다. 감정 없이 침착하던 콜린스의 눈빛도 순간 날카로워져서 가뜩이나 이질감을 메울 길 없던 두 사람 사이가 한층 더 흉흉해 보였다. 중간에 선 리즈 크루거마저 어쩐지 긴장한 기색이라, 남의 팀 사정을 알 길 없는 맥컬린은 더 이상 끼어들지 않는 게 좋겠다고 결론 내렸다.

"움직여. 당장."

베런은 더 이상 버틸 수 없음을 알고 있다. 유감스럽게도 그의 몸은 투명해질 수도, 작전이 끝날 때까지 사라져 버릴 수도 없으며, 부상당한 요원을 구태여 현장에까지 끌어낸 차장의 지독하고 그악한 성격 또한 너무나도 잘 알고 있다. 그래서 충분히 반감을 표시한 뒤 저항 않고 자리에서 일어나 출입문 쪽으로 걸어갔다. 합동팀의 시선이 화살처럼 후두둑 꽂혔으나 그는 리즈를 포함하여 그 누구의 눈길에도 응하지 않았다.

브루클린 하이츠. 해가 완전히 사라진 고급 주택가는 잠잠하고 평온해 마치 딴 세상 같다.

이동식 본부에서 빠져나와 근처에 세워 둔 제 차로 향했다. 익숙하고도 독립적인 공간에 들어앉자 얼음 같던 표정이 비로소 무너진다. 후우. 길게 한숨을 내쉬며 왼손으로 두 눈 위를 덮었다. 운전석 머리 받침대에 뒤통수가 털썩 부딪히고, 그 상태로 천천히 시간은 흐르기 시작했다.

시끄러운 속삭임이 귓가에서 아우성친다. 하나같이 해답 없는 질문들. 소용돌이 같은 그것들 사이에서 베런은 두 눈을 가린 채 한참을 비틀거렸다.

'당신도 방관했잖아.'

'힘도 없는 여자 이용하는 게 당신 원칙이야?'

'당신이 한 짓은, 면죄부가 되나?'

목소리들은 악령처럼 발목을 붙든다. 똑딱똑딱 흘러가는 시간 속에서 그는 죽은 듯 움직이지 않았다. 창백하고 매끈한 관자놀이 위로 얕은 근육이 꿈틀댔다. 그리고 얼마만큼의 시간이 지났는지 헤아릴 수 없어졌을 때 즈음, 소리 없이 숨 쉬던 베런 콜린스가 천천히 눈을 떴다. 6시 15분. 제인이 아파트에 도착하고도 남았을 시간이다.

"시발(Fuck)……."

단정한 입술에서 천박한 욕설이 흘렀다. 주머니에서 휴대전화를 꺼내 폴더를 펼쳤다. 번호판의 2번을 두어 차례 만지작대다 길게 눌렀다. 규칙적인 연결음이 반복될수록 심장이 무겁게 뛰었다.

그리고 드디어, 지독시리 억눌러 댄 뱃속의 말들이 연이어 혀뿌리에 부딪는다.

받지 마.

— 여보세요.

듣지 마.

"접니다."

믿지 마.

— 무슨 일이야.

저도 모르게 말을 멈췄다. 베런. 침묵 속에서 수화기 너머 여자가 그를 부른다. 뭔가를 직감했는지 짧은 음절 속에 긴장이 아른댔다. 왼쪽 귀에 전화기를 댄 채 베런은 다시 질끈 눈을 감았다.

"……일이 좀, 생겼습니다."

오지 마.

— 일……? 무슨 일?

다그치듯 되묻는 음성 끝이 하르르 떨렸다. 그는 차마 감은 눈을 뜨지 못하고, 입 속에 가득 찬 낱말들을 막아 내려 입술을 꾹 다문 채, 저도 모르는 새 미간에 두 줄의 깊은 세로선을 만들었다.

베런. 말해 봐. 무슨 일이냐고. 여자의 목소리가 귓가에서 웅웅대 어금니를 꽉 맞물었다. 속에 든 어떤 것도 새 나가지 못하게 힘껏 이를 악물었다. 온몸이 미친 듯 휘청거려 눈앞이 어지럽다. 그 짧은 찰나 분투하는 동안에도 목구멍 아래 들끓는 외침들.

도망가.

도망가.

도망가, 제인.

❖

제인은 지갑에서 지폐를 꺼냈다. 잡히는 대로 뽑아내 기사에게 내밀었다. 손이 떨리고 눈앞이 흔들려 미터기에 찍힌 요금이 얼마인지 건넨 돈이 얼마인지 하나도 모르겠다. 기사의 손에 현찰을 넘기자마자 달아나듯 문을 열고 옐로우캡에서 내렸다.

타운하우스는 여느 때처럼 환했다. 빠짐없이 커튼으로 가려진 창문들은 하나같이 따스한 빛을 품고 있다. 저녁 식사를 준비하는 음식 냄새와 기분 좋은 소란이 있을 것 같은 부촌의 주택은 그러나 황량한 빈집이다. 그 화려한 껍데기를 향해 빠르게 걸으며 제인은 입 속으로 기도했다. 제발, 제발, 부탁이니 제발 요한,

살아 있기만 해 줘.

'아무래도 보스가 손을 쓴 것 같습니다.'

전화기 너머 베런의 목소리는 평소와 달랐다. 벽돌로 목울대를 눌린 것처럼 위태롭게마저 들렸다. 한 번도 들어 본 적 없는 말투. 무서운 예감에 심장이 덜컥 멈추는 것 같았다.

'요한 리. 주말부터 실종 상탭니다.'

제인은 핸드백에 손을 넣어 마구 휘젓는다. 손끝이 잘려 나간 것처럼 감각이 없었다. 울음이 터질 것 같아 입술을 꽉 깨문 채로 간신히 열쇠를 찾아냈다. 예상대로 리오는 아직 퇴근 전이었다. 오일 디퓨저의 머스크 냄새. 고용인이 갓 다녀간 타운하우스는 인형의 집처럼 생기 없이 완벽했다.

'아무래도, 이미……'

답지 않게 말끝을 흐리던 남자. 그 순간 제인은 오른쪽 귀에 댄 휴대전화가 폭탄처럼 쾅 터지는 상상을 했다. 그랬으면 좋겠다고 진심으로 바랐다. 찾아봐. 어디 가둬 놓았을 거야. 그럴 리 없어. 그가 그랬을 리 없어. 판단인지 바람인지 알 수 없는 말들이 입 밖으로 마구 쏟아져 나왔다.

당신이 찾아봐. 알폰시한테 물어봐. 아니, 알폰시한테 맡기진 않았을 거야. 그가 그랬을 리 없어. 그럴 리 없어. 베린, 빨리 찾아봐, 지금 당장 찾아보라고! 전화기에 대고 미친 듯이 소리친 여자에게 그가 대답을 했던가. 그마저도 기억나지 않는다.

가지런히 정렬된 식탁 의자 하나를 빼내 앉았다. 다리가 후들거려 도저히 서 있을 수가 없었다. 쿵쿵쿵. 가슴 속에 들었을 심장이 귓전에서 날뛰었다.

리오는 7시 정각에 퇴근한다. 미드타운에서 여기까지 자동차로 35분 내외. 익히 아는 시간을 더듬으며 손목시계를 확인했다. 6시 40분. 한 시간 가까이 남았단 사실이 절망스런 가운데 또한 다행스러웠다.

두 개의 상반된 마음이 동량으로 가슴을 짓눌렀다. 어서 그에게 확인하고 싶어 피가 말랐고 그가 긍정할 것이 두려워 또한 내장이 탔다. 급기야는 그가 도착하기 전에 시간을 끊어 버리고 싶단 생각이 들었다. 이대로 눈을 감은 채 영원히 뜨지 않았으면 좋겠다. 차라리 죽는 게 낫겠다 생각한 적이 또 있던가 제인은 되짚어 본다. 기억나지 않았다.

놀랍게도, 지금껏 그녀에게 삶보다 나은 죽음은 없었다.

행운 따위 일찌감치 포기한 생이었으나 죽음을 바란 적은 단 한 번도 없다. 두 발의 총격으로 사람을 죽였을 때도, 그 몸에서 흐른 핏물이 웅덩이가 되어 뜨겁게 맨발을 적셨을 때도, 그 아들에게 무기를 건네어 복수를 종용하던 순간마저 제인은 결단코 죽고 싶지 않았다.

그리고 세월이 흘러 또다시, 한 발의 총탄을 남자의 어깨에 박았을 때, 그토록 무자비하게 상처 내어 쫓아 버린 직후, 절대 무너지고 싶지 않던 상대 앞에 추하게 주저앉은 그 순간조차 그녀에게 죽음은 감히 선택지가 아니었다.

그런데 지금 이 순간, 제인은 침대맡에 두고 온 리볼버가 미치도록 간절하다.

지옥의 입구에서 그녀는 생각했다. 베런의 말은 사실일 것이다. 리오가 그를 해쳤을 것이다. 손바닥 위에 올려 두고 지켜만 보던 사냥감을 기어이. 틀림없이 알폰시에게 맡겨서. 조용하고 깨끗하게. 제인은 고개를 떨군 채 숨을 멈췄다.

'알아서 처리해.'

기어코, 리오나르도는 자신의 방식으로 게임을 끝냈다.

알면서 모르는 척. 지루하게 이어진 그 게임의 실체는 늘 그렇듯 비겁함이었다. 시한폭탄의 초침이 딸깍딸깍 줄어드는 걸 뻔히 알고도 얌전히 뚜껑만 덮어 두었다. 섣불리 건드렸다가 지레 터뜨릴 것이 두려워서, 그 순간을 모면하고 유예하려 비겁하게 발버둥 쳤다.

리오는 어디에 뒀을까. 이 집에도 분명 총이 있을 텐데. 스스로가 혐오스러워 제인은 차라리 죽고 싶었다. 단두대에 엎어진 사형수처럼 떨군 목을 길게 뺐다. 그리고 저 위에서 떨어진 육중한 칼날이 목뼈를 쾅 내리치는 상상을 했을 때,

달칵.

현관의 기척에 번쩍 고개를 들었다.

스토브에 표시된 전자시계를 확인한다. 7시에 조금 못 미친 시각. 뜻밖에도 이른 귀가였으나 바닥에 닿는 구둣발 소리는 틀림없는 그의 것이다.

제인은 하얗게 질린 채 천천히 일어섰다. 열렸던 현관문이 닫히고 세 개의 장치가 연이어 잠겼다. 그 천연스런 일상의 소리가 여자의 귀에는 사신의 발소리처럼 들렸다. 목구멍이 부풀어 오르는 것 같다.

기도가 틀어막혀 숨이 쉬어지지 않았다.

그리고, 안쪽으로 몇 걸음 걸어 들어온 남자가 우뚝 멈춰 섰다.

리오는 유령처럼 선 여자를 묻는 눈으로 바라본다. 코트를 입지 않은, 블라우스와 스커트의 단정한 차림새를 지나 치맛단 아래 맨다리에 시선을 주었다. 스타킹도 신지 않은 하얀 다리. 바닥을 디딘 맨발에 눈길이 머물렀다.

어긋난 시선 사이로 위태한 침묵이 흘렀다.

"아파트로 간다더니."

한참 만에 리오가 말했다. 제인은 여전히 제 맨발에 닿은 남자의 시선을 느낀다. 하얗게 얼어붙은 발에는 이미 감각이 없었다. 아니, 온몸과 온 정신이 모두 남의 것만 같다. 서걱서걱 칼 가는 소리가 머리를 울리고, 아슬아슬 지탱한 신경줄이 사각사각 갉혔다. 그녀는 고무처럼 굳은 입술을 간신히 뗐다.

"……어딨어(Where is he)."

호흡이 무너졌다. 갈라진 목소리가 마구 떨려 나왔다. 제인은 몇 발짝 앞에 선, 빈틈없는 차림새의 완벽한 남자를 본다. 무표정한 얼굴로 제 벗은 발 언저리만 응시하는 남자. 어디에 뒀어. 뒤엉킨 호흡을 짜내 다시 물었다. 온몸으로 번진 떨림은 이미 걷잡을 수 없다.

"대답을, 해 줘야 하나."

침착한 말투로 그가 대꾸했다.

"알고 온 것 같은데."

리오가 눈을 들어 여자를 마주 본다. 정면으로 맞붙은 시선이 쩡 얼어붙었고, 그 순간 제인을 붙든 마지막 줄이 툭 끊어졌다. 해체된 구슬 인형처럼 온몸이 바닥으로 와르르 쏟아져 내렸다.

"당신…… 미쳤어……?"

초점이 잡히지 않았다. 공간은 일그러지고 시간은 토막 났다. 시야에 들어온 남자의 얼굴이 실제처럼 보이지 않았다. 제인은 가슴속에 담은 말들을 여과 없이 내뱉기 시작했다. 이 지경에 이르러 더 이상 무엇을 감출 수 있을까. 완전히 흩어져 버린 이성은 이제 수습할 수 없다.

"정말, 정말 죽였어……? 그 앨 죽였어?"

리오는 하얗게 질린 여자를 응시했다. 그. 여자의 입에서 삼인칭 대명사가 나올 때마다 그는 베는 듯 날카로운 통증을 느낀다.

우뚝 선 남자를 향해 제인이 두 발짝 다가왔다. 여전히 비어 있는 왼손의 약지가 다시 한번 남자의 가슴을 길게 베었다. 여자가 그 손을 뻗어 코트 깃을 그러쥔다. 제게 매달리는 순간조차 리오는 가느다란 손가락과 앙상한 손목이 안쓰러웠다.

"아니지……? 안 죽였지? 어디 가둬 둔 거지? 그렇지?"

까만 눈동자가 필사적으로 그를 살폈다. 당장이라도 쓰러질 것처럼 입술이 파랗다. 리오는 대답 없이 제인의 얼굴만 내려다보았다.

말해. 어디 있어. 그 애, 지금, 어디에. 가쁘게 몰아쉬는 숨덩이 사이로 똑같은 낱말들이 반복됐다. 그것들은 총알처럼 차곡차곡 몸에 박히고, 여자는 보잘것없는 힘으로 그에게 매달려 옷깃을 흔든다. 새파랗게 질린 얼굴. 눈물이 흘러 엉망이 된 그 얼굴을 보며 리오는 더 이상 안쓰럽단 생각을 할 수 없었다.

너는, 어떻게, 끝까지, 이토록.

미쳐 버린 여자 앞에 넝마가 된 남자는 드디어 냉정을 놓쳐 버렸다.

"어디 있어! 말해! 그 애 어디다 뒀냐고!"

"그만해!"

처음으로 여자의 손을 뿌리친다. 이 잔인하기 짝이 없는 여자를 처음으로 독하게 원망한다. 역시 내 손으로 죽였어야 했다고, 갈기갈기 찢어 죽였어야 했다고 통곡하듯 후회한다.

아니, 처음 알았던 그때, 3년 전 그때 목을 비틀어 놨어야 했다. 그 남자를 건드리면 혹여 네가 잘못될까, 그따위 걱정에 붙들려 망설이지 말았어야 했다. 알면서 모르는 척 비겁하게 묻어 둔 것은 리오 또한 마찬가지였다. 두려워서. 무서워서. 뚜껑을 들추면 기다렸다는 듯 네가 날아가 버릴 것 같아서. 모른 척 시침 떼면 모두가 일어나지 않은 일이 되기라도 할 것처럼.

"내가 언제까지 참을 줄 알았어! 언제까지 모른 척할 줄 알았냐고! 너는 내가! 내가……."

눈앞이 피처럼 붉어졌다. 자괴감과 원망은 걷잡을 수 없는 분노로 화한다. 리오는 지금 당장 그 시신을 파헤쳐 난도질하는 상상을 했다. 아무도 알아보지 못하게 망가뜨릴 것이다. 조각조각 철저히 망쳐 놓을 것이다. 혹여 저세상에서 마주친대도 네가 결코 놈을 알아볼 수 없도록.

가슴을 태우는 저주의 말들을 그는 고스란히 여자에게 쏟아 냈다. 하얗게 절망한 얼굴. 뺨을 타고 흐르는 눈물. 악마를 보듯 끔찍한 눈길. 그것들에 도리 없이 다시 상처받으며 그는 손바닥으로 제 얼굴을 쓸어 냈다. 아직도 다칠 곳이 남았나. 스스로 지극히 한심해 눈가가 뜨거워진다.

"그렇게 쳐다보지 마! 알아! 말 안 해도! 하아, 나도 안다고……."

리오는 미친 사람처럼 자조했다. 안다. 네가 날 끔찍해한다는 것. 나를 증오한다는 것도. 그럼에도 내 곁에 머무르는 까닭은 너의 그 순진한 죄의식 때문이며 오직 그것만이 나에게 주는 유일한 진심이란 것도. 네게 행한 모든 죄악을 나는 결코 용서받을 수 없다는 것도.

그러나.

"상관없어."

친근한 시선. 환한 미소. 일상적인 농담과 웃음들. 내게 허락된 너의 무엇 하나 진실된 것이 없더라도.

"나는…… 상관없다고."

리오는 언제나 생각했다. 사랑하지 않아도 된다. 사랑받지 못해도 괜찮다. 네가 알듯 나는 분명 끔찍한 인간이지만 그것까지 바랄 만큼 뻔뻔하고 싶지는 않다. 밀어닥치는 울음을 누르려 그는 잠깐 숨을 참았다. 여자의 떨리는 숨소리가 가까웠다. 아름답고, 잔인하며, 이토록 비참한 순간조차 본능처럼 마음을 건드리는 여자.

"……내가 사랑하니까."

내가 널 사랑하니까. 아무리 생각해도 결론은 이것뿐이니까. 너는 나를 망쳐 놓았고 나는 너를 망가뜨렸지만 너조차 없는 생의 이유를 나는 또한 찾을 수 없어서. 그러니, 그러니 제인,

"너까지 날 사랑할 필요 없어."

너는 마음껏 날 증오해도 된다. 온 마음을 바친 건 나 하나로 충분하니. 너는 그저 내 곁에 있어 주기만 하면 된다. 내 품에서 울부짖고 미쳐 가더라도. 설령 그렇더라도 나는 너를 놓아줄 수 없어.

죽는 순간까지. 할 수만 있다면, 죽어서도.

시간이 비틀비틀 더디게 흘렀다. 폭풍 같던 순간은 조금씩 잦아들었다. 공간에는 마주 선 남녀의 숨소리만 교차했다.

제인은 맨발로 바닥을 디딘 채 가시나무처럼 서 있다. 온몸의 물기가 완전히 말라 버렸다. 탈진한 여자가 허공을 향해 입술을 달싹였다.

"당신을, 사랑하지 않아."

당신이 날 사랑하길 원하지도 않아. 쉰 목소리로 속삭였다. 독백하듯 낮은 음성.

"나는…… 당신이 원하는 사람이 될 수 없어."

초점 잃은 시선이 허공에 맺혔다. 제인의 눈에는 아무것도 비치지 않는다. 보이지 않는 눈에서 다시 한번 주르륵 눈물이 흘렀다.

"나는, ……내가 원하는 대로 살고 싶어."

그녀는 더 이상 소리치지도, 몸을 떨지도, 남자에게 매달려 없는 대답을 다그치지도 않았다. 그저 간신히 숨을 쉬며 위태롭게 두 발을 버티고 서 있다. 깃털처럼 하얀 맨발.

"당신은 나를 불행하게 만들어."

"……."

"내가 당신을 괴롭게 하는 것처럼."

우리는 서로에게 상처만 입힌다. 당신은 나를 옥죄고 나는 당신을 찌른다. 기만하고 배신하고 절망한다. 이 모든 것이 사랑 때문이라면 우리의 그것은 너무도 비참하고 가여워. 당신의 사랑도, 나의 사랑도.

제인이 천천히 고개를 들었다. 아주 가까이 선 남자와 시선을 맞췄다. 굳은 미간과 흐트러진 머리칼. 완벽하게 차려입은 장신의 남자는 그러나 침몰하기 직전처럼 위태했다.

"날 죽여 줘."

리오의 눈동자가 흔들린다. 제인은 멈추지 않았다.

"못 하겠으면…… 이제 놔줘."

그녀는 눈앞의 남자를 바라본다. 반쯤 넋이 나간 눈동자가 서서히 굳어졌다. 감각 없는 손가락을 천천히 굽혀 보았다. 두 주먹을 쥔 채 다시 말했다.

"여기서 끝내. 나를 죽이든, 버리든."

그리고 그 순간 제인은 끔찍한 기시감을 느꼈다. 발바닥에 들러붙은 매끈한 나무 바닥. 맨발을 적시던 타인의 피. 채 식지 않은 핏물의 미지근하고 끈끈한 감촉과 방 안을 떠도는 화약 냄새. 색색 울려 대던 혼자만의 숨소리.

현실의 공포가 밀려오기 직전, 그 찰나의 잔혹한 해방감.

"끝내고 싶으면,"

한참 만에 리오가 입을 열었다.

"네가 날 죽여."

낮은 음성은 깊은 물속에 침잠한 것 같았다. 여자를 바라보는 눈가가 불그스름했다. 곧은 눈길 속에 삭여지지 않은 원망. 그럼에도 차마 떨쳐 내지 못한 애정.

"날 죽이고 달아나. 방법은 그것뿐이야."

만신창이가 된 남녀가 서로를 마주 본다. 두 개의 어깨가, 두 개의 가슴이 마주 선 채 불룩였다. 감정을 누르려 필사적으로 호흡하는 남자를 향해 제인은 끔찍하게도 다시 묻고 싶었다. 그래서 정말 그 앨 죽였냐고. 그 애는 지금 어디 있냐고.

이제 다시는, 그를 볼 수 없는 거냐고.

딩동.

갑작스럽게 끼어든 초인종 소리는 몹시 이질적이었다. 별안간 창밖에서 날아든 새처럼 얼른 믿어지지 않을 정도다. 딩동. 반응이 없자 초인종은 다시 한번 울었다. 현관문을 등지고 선 리오가 경계하며 뒤쪽을 의식했다.

"콜린스입니다!"

문밖에 선 남자가 목청을 돋운 순간 제인은 귀가 번쩍 뜨이는 기분이었다. 콜린스. 당신이 찾아봐. 베런, 빨리 찾아봐. 뒤이어 눈먼 희망이 폭풍처럼 몸을 덮쳤다. 그가 찾아냈을까. 뭐라도 찾아냈을까.

그 애가 무사한 건지도 몰라.

얼어붙은 발끝에 전류가 흘렀다. 망가진 인형처럼 섰던 여자가 홀린 듯 걸음을 뗀다. 그녀가 재빠르게 곁을 스치는 순간 리오가 황급히 돌아섰다.

"안 돼, 제인."

들리지 않는다.

"나가지 마."

또 한 번의 다급한 경고도 제인은 듣지 않았다. 오히려 붙잡힐까 걸음을 더 빨리했다. 세 개의 잠금장치를 순식간에 풀고 문을 열었다.

그리고 문밖에 선 익숙한 얼굴과 눈이 마주쳤다.

"제인 헤닝."

여자의 이마에 총을 겨눈 채,

"두 손 머리 위로."

베런 콜린스가 말했다.

— 타깃 접근 중. 전원 대기.

왼쪽 귀에 낀 인이어에서 테일러 차장의 목소리가 넘어왔다. 베런은 저도 모르게 마른침을 삼켰다. 목구멍이 사막처럼 바짝 말라 물 생각이 간절했다.

— 타깃 도착. 연방팀 대기. 십 분 뒤 진입한다. 명령 대기.

리오나르도는 예상보다 30분가량 앞서 귀가했다. 베런은 시커먼 수송 차량 안에 대기 중인 무장요원들을 떠올렸다. 철컥철컥 소총 점검하는 소리가 환청처럼 귀를 거슬렀다.

10분 뒤 진입. 어떻게 진입한다는 건가. 유리창을 깨고? 지붕을 뚫고? 현관문을 폭파해서? 제인을 유인한 것으로 쓸모를 다한 베런 콜린스는 이제 부상당해 걸리적거리는 병력이 되었으므로 당연히 본작전에는 끼지 못했다. 따라서 진입 방식 또한 그가 알 바 아니었다.

포드 운전석에 앉은 채 정면을 보았다. 근처에 대기 중이던 수송 차량 한 대가 천천히 이동을 시작했다. 그들이 잠복한 곳은 리오가 사는 블록의 북쪽 끝이다. 타운하우스를 향해 움직이는 차량에서 붉은 후미등이 깜빡거렸다.

그 순간 자동차 시동을 건 것은 다분히 충동적이었다. 어깨에 감긴 붕대와 상처의 압박감을 이겨 내며 열쇠를 돌린 뒤 가속페달을 밟았다. 빠르게 코너를 돈 포드는 덩치 큰 수송차를 추월해 정확히 타운하우스 앞에 멈춰 섰다. 돌발 상황에 멈칫한 본부의 차장이 뒤늦게 제동을 걸었다.

— 뭐야. 지금 뭐 하는 거야?

"설득해 보겠습니다."

— 뭐?

"이십 분, 아니 십 분만 주십시오."

— 무슨 소리야? 멈춰! 멈추라고!

당황한 목소리가 고함쳤다. 베런은 미련 없이 왼쪽 귀의 인이어를 뽑아낸 뒤 현관으로 향하는 계단을 뛰어 올랐다. 빅토리아풍 주물로 만든 철제 난간. 언제나 굳게 닫힌 현관 이중문. 그토록 오랫동안 오가며 단 한 번도 초대받지 못한 집.

그 집 앞에 선 베런은 권총을 뽑으며 초인종을 눌렀고, 예상했던 대로 여자가 나와 문을 열어 주었으며, 기다렸다는 듯 그녀의 이마에 총구를 들이댔다.

희게 질린 얼굴과 혼란한 눈동자. 온 뺨에 얼룩진 눈물 자국. 바닥을 디딘 맨발. 그 모든 것들에 동요하지 않으려 안간힘을 쓰면서.

"그 상태 그대로 천천히 뒤돌아서."

제인은 두 손을 어깨 높이로 들어 올렸다. 머리 위로 번쩍 올리는 것이 원칙이지만 베런은 다시 지시하지 않았다. 대신 집 쪽을 향해 돌아선 여자의 몸에 무기를 댔다. 총구가 닿은 것은 상대의 목덜미인데도 그의 양쪽 뺨에 오스스 소름이 돋는다.

"앞으로 걸어."

떨어지지 않게 천천히. 덧붙이며 그녀의 어깨 너머로 집 안을 살폈다. 실내는 적막했고 아무런 기척도 느껴지지 않았다. 제인을 앞장세운 채 그는 한 걸음 한 걸음 안으로 들어갔다. 원목 패널을 깐 바닥과 새하얀 벽. 고급 향수와 비슷한 공기의 냄새. 모던한 디자인의 식탁과 고전적인 티 테이블.

그리고 그 사이에 우뚝 선 남자.

눈이 마주친 순간 별수 없이 가슴이 더럭 내려앉았다.

"총 버려. ……비첼리오."

그는 갓 퇴근해 코트도 채 벗지 않은 상태였다. 착장 모델처럼 근사한 차림새는 익히 아는 그대로였으나 흐트러진 머리카락과 붉어진 눈가. 그 정도를 제외하면 리오나르도는 평소와 같았으며 불청객을 맞은 집주인의 반응으로는 놀라울 정도로 침착했다. 다만 왼손에 쥔 최신형 피스톨. 미끈한 크롬강 총신에 눈길을 주며 베런은 한 번 더 경고했다.

"어리석게 굴지 마. ······다 끝났어."

거실과 주방 사이 공간에 선 세 남녀는 일직선을 이루었다. 두 남자가 여자 하나를 사이에 둔 채 서로를 응시했다. 거듭된 경고에도 리오는 손에 쥔 총을 놓지 않는다. 그러나 인질을 앞세운 남자를 향해 섣불리 피스톨을 겨누지도 않았다.

"연방수사국, 뉴욕 지국 범죄수사부다."

베런은 한 차례 입술을 굳게 다물었다가, 최대한 사무적으로 말을 이었다.

"당신을 살인 미수 교사 혐의로 체포한다."

리오는 대답하지 않았다. 묵묵한 얼굴은 분명 긴장하고 있었으나 이상하게도 놀란 기색이 전혀 없었다. 영장을 소지한 정식 체포이며 조사 과정에서 다른 혐의가 추가될 수 있다는 건조하고도 짧은 설명이 이어질 동안 그는 눈 하나 깜짝하지 않았다. 8년간 수족처럼 부린 사냥개가 미쳐 버린 이 순간에 비첼리오는 덤덤했다.

마치, 이 모든 것을 짐작하고 있기라도 했던 것처럼.

베런이 두 눈을 가늘게 떴다.

"주변 이미 완전히 포위된 상태야. 도주는 불가능해."

"······."

"저항하지 말고 순순히 응해. 그래야 재판에서,"

"밖에 시경도 왔나."

드디어 입을 연 그의 첫마디는 예상 밖이었다. 무슨 의도로 묻는 건지 얼른 가늠이 되지 않았다. 즉각 떠오르는 몇 개의 가능성을 따져 보려는 순간,

"제인."

리오가 여자에게 시선을 옮겼다.

"내가 말한 대여금고, 콜린스에게 넘겨."

네가 알고 있는 정보도 넘겨. 전부 다. 숨기지 말고. 거기까지 말을 마친 뒤에도 그는 물끄러미 여자의 얼굴을 바라본다. 제인은 대답하지 않았다. 그녀가 어떤 표정을 짓고 있는지 등 뒤에 선 베런은 볼 수 없다. 다만 소리 없이 제 앞에 선 여자와, 그 여자를 바라보는 남자의 눈길과, 손끝에 닿을 듯 가까이 있는 여자의 검은 머리칼을 번갈아 보았다.

"이 여자는,"

리오가 다시 입술을 뗐다. 제인의 어깨 위로 두 남자는 다시 서로를 본다.

"협박당해 왔어. 열아홉 살 때부터 지금까지. 쭉."

"……."

"내가 강요했어. 협박했고. 이 여자는 단 한 번도 스스로 원한 적 없었어."

"……지금 무슨 말을 하는 거야."

"너도 잘 알겠지. 네가 제일 잘 알 거야. 가장 가까이서 지켜봤으니까."

베런이 미간을 찡그렸다. 무슨 의도로 저런 말을 하는 건가. 잠깐의 당혹감에 이어 선득한 예감이 고약한 냄새처럼 훅 끼쳤다. 설마. 그는 리오가 손에 쥔 크롬강 피스톨을 빠른 눈으로 살폈다. 저 총을 빼앗아야 한다는 생각이 폭탄처럼 머리통을 울렸다.

"그런 말은 법정에서 해. 배심원단 앞에서."

"부탁한다(Please)."

어울리지 않는 말까지 짧게 덧붙인 다음, 잠깐의 틈을 둔 리오가 입술을 달싹였다.

"그레이엄."

베런은 눈을 크게 떴다.

말도 안 돼. 동공이 미친 듯이 확장해 눈앞이 터질 것 같았다. 저를 보는 남자의 입가에서 언뜻 미소 비슷한 것이 보이기까지 했다. 그는 더 이상 육체의 감각을 믿을 수 없다. 아니야. 이건 말도 안 돼.

환각이다. 환청이고 환시이며 환상이다. 급기야는 극악한 압박감과 스트레스가 만들어 낸 악몽이라는 생각이 들어 베런은 눈을 깜빡여 보았다. 그러나 아무리 닦아 내도 눈앞의 남자는 사라지지 않는다.

때맞춰, 활짝 열린 현관문을 통해 십여 개의 발소리가 차각차각 몰려왔다.

"경찰이다!"

"무기 버려!"

"당장 무기 버려!"

베런은 왼손에 쥔 권총을 거두지 않았다. 총구 끝에 닿은 여자의 목덜미도 그녀를 바라보는 남자의 눈길도 여전했다. 누구보다 많은 세월을 공유한 사람들. 8년의 시간과 기억의 밀도가 세 사람을 한데 감싸, 베런에게는 오직 그들만이 현실 같았다. 주위를 에워싸는 무장요원들의 고함 소리와 급박한 발소리는 하나도 들리지 않았다.

그리고 어떻게든 정신을 차리려 안간힘을 쓰던 순간,

탕탕탕탕!

자동소총의 연발음이 귀청을 찢었다.

요한은 소총을 쥔 양손에 힘을 주었다. 자동형 라이플이 연사되는 소리를 실제로 들은 것은 제대한 이후로 처음이다. 대량 살상을 위한 기계에 가까운, 쇠로 만든 부품 사이로 주홍색 불똥이 와르르 튈 것 같은, 귀청이 떨어져 나가도록 흉포한 총성에 머리털이 바짝 곤두섰다.

그는 손에 쥔 무기의 각도를 다시 인식한다. 그럼에도 제가 쏜 게 아닌가 진심으로 의심했다. 끝끝내 유혹을 떨쳐 내지 못해 손가락이 제멋대로 움직인 거라고. 그러나 가슴팍 바짝 받든 그의 총은 발사된 흔적 없이 잠잠했다.

공간은 일순 적막해졌다. 바닥에 쓰러진 용의자와 한데 뭉쳐 선 두 남녀를 십수 명의 대원이 에워쌌다. 총성이 그친 직후, 아주 짧은 그 찰나가 요한의 눈에는 사진처럼 선명하게 들어왔다.

베런은 총성의 시작과 거의 동시에 제인을 낚아챘다. 여자를 끌어안은 채 공격이 멈출 때까지 움직이지 않았다. 피할 곳 없이 트인 공간에서 제 몸을 방패로 쓰는 것은 최후의 경호다. 범죄 용의자에게 어울리는 대우는 당연히 아니었다.

총성이 완전히 멎은 후에도 베런은 여자를 놓지 않았다. 주위가 완전히 조용해졌다는 확신이 든 뒤에야 불에 덴 듯 고개를 돌려 남자 쪽을 확인했다. 하얗게 절망한 그의 얼굴을 요한은 똑똑히 보았다.

"안 돼……."

쓰러진 비첼리오에게 달려드는 남자를 요한은 계속 지켜본다. 피투성이가 된 남자를 끌어안은 채 베런은 황급히 목의 맥박부터 확인했다. 얼굴을 들여다보며 쉼 없이 말을 걸었다. 안 돼, 말하지 마, 리오, 기다려. 정신 나간 사람처럼 중얼대면서 손으로 남자의 상처들을 눌렀다. 마치 몸통의 무수한 총상들을 두 손으로 다 막아 낼 수 있을 것처럼.

"입 다물어! 죽고 싶어?! 시발, 말하지 말라고!"

죽어 가는 남자에게 버럭 소리 지른 베런이 고개를 들었다. 주위를 두리번거리는 절박한 눈동자. 시뻘겋게 물든 손이 덜덜 떨린다.

"구급팀! 뭐 하고 있어! 구급팀 불러, 당장!"

그러나 아무도 움직이지 않았다. 누구의 눈에도 구조는 가능하지 않아 보였다. 사살된 용의자 앞에서 작전 대원들은 소리 없이 우왕좌왕했다. 리오, 눈 떠, 눈 떠 보라고. 소용도 없는 노력을 거듭하는 남자에게 모두의 주의가 집중됐다. 다른 곳에 시선을 둔 사람은 요한뿐이었다.

제인은 망가진 인형처럼 서 있었다.

맨발로 선 채 베런을, 그의 품에 안긴 남자를 바라보고 있다. 흐트러진 머리칼을 어깨까지 늘어뜨린 채, 버려져 방치된 인형처럼 덩그러니 서 있다. 보지 마. 더 이상 저런 모습 눈에 담지 마. 당장 달려가 품에 안고 싶은 마음을 요한은 입술을 짓이겨 참아 냈다.

"제인 헤닝. 범죄 공모 혐의로 긴급 체포합니다."

리즈가 그녀에게 다가가 수갑을 채운다. 베런에게 쏠렸던 시선들과 묘하게 침체된 공기가 그로 인해 일순 환기됐다. 기다렸다는 듯 테일러 차장이 악을 썼다.

"뭣들 하고 있어, 어서 움직여! 시경팀 이층으로, 연방팀 지하 수색해!"

열 명의 대원들이 일사불란하게 흩어졌다. A팀 전투복 차림의 요한은 수사관들 사이에 선 채 헬멧을 벗었다. 미셸과 형준의 놀란 시선이 느껴졌으나 그런 데 신경 쓸 정신 따위 없다. 그는 리즈에게 이끌려 밖으로 나가는 제인의 뒷모습만 눈으로 좇았다. 가슴이 터질 것처럼 갑갑해 억지로 숨을 쉬었다. 그러나 지금 이 순간, 터질 듯한 마음과 달리 제 힘으로 해 줄 수 있는 건 아무것도 없다는 것을 그는 또한 알고 있다.

수색은 빠르게 이뤄졌다. 클리어. 이곳저곳에서 신호가 오고 가고, 구급팀이 뒤늦게 들어와 사망한 용의자를 실어 갔다. 그의 피를 뒤집어쓴 베런은 여전히 피 웅덩이 한가운데 주저앉아 넋을 놓고 있었다. 요한을 비롯한 경찰관 네 명 중 누구 하나 말을 꺼내는 사람이 없다. 테일러 차장이 뚜벅뚜벅 그에게 다가가는 모습을 시경팀은 입을 다문 채 바라만 보았다.

"스펜서."

벤자민 테일러가 나지막이 말했다. 베런이 천천히 고개를 든다. 창백한 이마에 푸르게 불거진 정맥. 얼음 같던 평소의 냉정은 이미 산산이 무너져 찾아볼 수 없었다. 시체처럼 질린 그가 비틀비틀 일어섰다. 똑바로 선 그는 차장보다 한 뼘 이상 키가 크다.

"이게 대체…… 뭐 하는 겁니까……."

"돌발 상황이었어."

"돌발, 상황……?"

"용의자가 무기를 소지했잖나. 경고에도 응하지 않았고."

테일러는 정확한 발음과 깔끔한 억양으로 설명했다. 가만히 듣고 선 베런이 부들부들 어깨를 떨었다. 돌발 상황. 돌발 상황이라고. 정신 나간 사람처럼 몇 차례 중얼거리던 남자가 참지 못하고 소리를 질렀다.

"그는 공격 의지가 없었어! 움직이지도 않았다고!"

"자네 심정은 이해해. 일단 진정하고,"

"당신!"

희푸르던 얼굴이 벌겋게 달아올랐다. 꽉 움켜쥔 빈주먹이 하얗게 질렸다. 줄지은 수류탄처럼 끝없이 폭발하는 남자는 완전히 다른 사람 같다.

"당신은 다 알고 있었지! 처음부터 죽일 생각이었지! 그럴 작정으로 저 새끼들 떼로 끌고 온 거지!"

그는 이미 온 이성을 잃은 것 같았다. 미친 듯이 목에 핏대를 세우는 남자 앞에서 시경들은 물론 직속 상사인 테일러까지 핏기가 싹 가셨다. 아무도 감히 나서지 못하도록 그의 분노는 화염 같았다.

"지금 무슨 소릴 하는 거야."

"우리 쪽 대원이었어! 분명히 우리 대원이 사격했어! 당신이 몰랐다는 게 말이 돼?"

"스펜서 요원."

"이건 살인이야! 우리가 사람을 죽인 거라고! 우리한테 그럴 권한이 있어?!"

"그레이엄!"

두 남자가 서로를 노려보며 씩씩댔다. 테일러는 한쪽 주먹을 쥐었다 폈다 반복하며 감정을 추슬렀다. 시경들을 의식한 때문인지 그는 더 이상 말을 잇지 않았다.

"자네는 당장…… 철수해. 본부로 돌아가서 대기해."

매몰찬 명령을 끝으로 뚜벅뚜벅 2층으로 향했다. 임무를 마친 수사국 요원들은 이미 타운하우스를 빠져나갔다. 시경 특수기동대는 사전에 정한 대로 현장에 남았다. 수사관들과 함께 이 집을 뒤져 추가 혐의를 입증할 증거를 찾아야 한다. 그러나 기소할 용의자가 사라진 상황에서 그의 집을 뒤지는 것은 별수 없이 맥 빠지는 일이었다.

"일단 움직입시다. 회계 자료 이 집에 있을 거야. 이층부터 찾아봐, 빨리."

맥컬린 팀장이 제 팀원들을 추슬러 계단을 향해 앞장섰다. 요한은 여전히 홀로 선 남자에게 시선을 주었다. 동료도 적도 없이 덩그러니 남은 남자는 피 칠갑을 한 채 멍하니 넋을 놓고 있다. 아수라장이 된 거실 한복판에 홀로 남아.

동료도 적도 없이. 아무도 없이.

요한은 이만 눈길을 돌려 2층으로 향한다. 너무나 많은 일들이 한꺼번에 벌어졌으나 그에게는 아직 할 일이 남아 있다. 다른 팀원이 찾기 전에 발견해야 한다. 가장 먼저 찾아내 아무도 모르게 없애 버려야 한다.

'입증 여부에 따라 달라져. 검찰에서 할 일이고.'

결정적인 증거. 제인 헤닝의 유죄를 증명할 확실한 물증. 그런 것들은 세상에 존재하지 않아야 한다.

요한은 입술을 꾹 다문 채 재빨리 계단을 뛰어 올라갔다.

리즈 크루거는 팔짱을 끼고 서서 취조실 안을 들여다본다. 차가운 청색과 회색조. 묻는 말에 얼른 대답하고 나가고만 싶도록 꾸며진 정육면체 공간은 언제 봐도 정나미 떨어지게 생겼다.

실험실 같기도 진열장 같기도 한 취조실 중앙에 놓인 테이블에 동양인 여자 둘이 마주 앉아 있었다. 입을 꾹 다문 채 눈을 가라뜬 여자를 보다 리즈는 손목시계를 들여다봤다. 15분. 협조하지 않는 용의자 앞에 버리기엔 충분한 시간이었고, 아니나 다를까 회색 정장 차림의 여자가 자리에서 일어섰다. 빌어먹을. 리즈가 입 속으로 중얼거리며 한쪽 손으로 이마를 문질렀다.

뉴욕시에서 형사법원의 첫 심리는 체포 후 24시간 안에 이뤄져야 한다. 첫 심리에서 판사가 혐의를 고지하고 보석 여부를 결정하는데, 이때 보석 없이 구속해 두려면 검찰 측에서 확실한 근거를 제시해야 했다. 당초 목적이었던 리오 비첼리오가 사라져 버린 뒤 검찰은 제인 헤닝의 구속 수사에 열을 올렸다. 말 대신 소라도 잡아타겠다는 심산이었다.

"입 안 열죠?"

"그러네요."

"말씀드렸잖아요, 시간 낭비라고."

"하는 데까지 해 봐야죠."

줄리아 시엔이 지친 얼굴로 억지웃음을 지어 보였다. 연방검찰 소속인 그녀는 뉴욕 남부지검 내에서도 강력 사건만 도맡는 베테랑이다. 턱선에 닿은 반백의 단발머리. 절반쯤 섞인 흰머리와 놀랍도록 어려 보이는 동그란 얼굴이 리즈의 눈에는 다시 봐도 언밸런스였다.

"현장에서는, 소식 아직입니까?"

검사의 물음에 짧게 고개를 저었다. 그리고 다시 취조실 쪽으로 고개를 돌린다. 테이블에 홀로 앉은 여자를 보니 한숨이 절로 나왔다.

간밤의 작전에서 수사팀은 타운하우스를 말 그대로 샅샅이 뒤졌으나 결정적인 증거는 찾지 못했다. 당황한 태스크포스가 제인의 아파트와 갤러리까지 뒤졌지만 찾는 물건은 나오지 않았다. 계획했던 것 중 어느 하나 제대로 들어맞지 않고 있다. 낭패가 아닐 수 없었다.

"크루들 개별 혐의는 모아 뒀지만 비첼리오 패밀리 전체로 묶으려면 윗선의 혐의가 입증돼야 해요. 로코 비첼리오까지 한 번에 기소하려면 헤닝의 협조가 필수입니다."

시엔이 팔짱을 끼며 취조실 안쪽으로 고개를 돌렸다. 여전히 마네킹처럼 앉아 있는 여자.

"최대한 설득합시다. 유죄 인정 쪽으로."

리즈가 검사를 바라본다. 시선을 느낀 상대도 고개를 돌려 눈을 맞춰 왔다. 저희 쪽도 되도록 빨리 종결하자는 분위기예요. 말하며 꼭 필요한 만큼의 호의를 띤, 노련한 검사의 검은 눈동자에서 리즈는 숨겨진 아무것도 읽어 낼 수 없었다.

"검사장실에서 이번 일 몹시 유감스럽게 생각해요. 저희도 워낙 오랫동안 준비한 사건이다 보니까."

물론 수사국도 마찬가지겠지만요. 가볍게 덧붙인 여자가 손목시계를 들여다본 뒤 인사와 함께 악수를 청했다. 시엔은 리즈의 오른손을 가볍게 맞잡은 다음 빠른 걸음으로 문을 열고 퇴장했다. 지금 같은 상황에서 정신없는 건 검찰이나 경찰이나 마찬가지다. 혼자 남은 크루거는 습관처럼 시간을 확인했다.

올 때가 됐는데.

생각하는 순간 방금 닫힌 문이 벌컥 열렸다.

"어, 왔어?"

하여간에 시간은 칼 같은 남자다. 아니, 시간도 칼 같은 남자라고 하는 게 맞겠지. 리즈가 슬쩍 혀를 내두르며 말을 이었다.

"시엔 방금 나갔는데 못 봤어? 선배도 알지, 줄리아 시엔 검사. 이번 케이스 담당이잖아."

조금 경쾌하게 목소리를 띄우며 남자의 눈치를 살폈다. 베린은 입을 꾹 다문 채 특수 유리 너머 취조실 안쪽을 바라보고 있다. 그 시선이 어디 박혀 있는지야 안 봐도 뻔했다. 리즈가 가볍게 머리를 흔들며 투덜댔다.

"난 아직 목소리도 못 들었어. 입술이 붙어 버렸나 벙어리가 따로 없네. 실어증 걸린 사람처럼 한마디도 안 해. 어쩜 이쪽으론 눈길 한 번을 안 줬다니까, 밤새도록."

그는 대꾸는커녕 들은 척도 하지 않았다. 사물처럼 가만히 선 채 취조실 안의 여자만을 응시한다. 실어증 걸린 사람 여기 또 있네. 리즈는 속으로 구시렁대면서도 자꾸만 남자의 낯빛을 곁눈으로 확인했다.

동굴에서 갓 기어 나온 사람처럼 얼굴이 창백했다. 이마를 덮은 금발이 흐트러져 있다. 아침이나 제대로 챙겨 먹고 나온 건가. 아침은 고사하고 잠조차 설친 기색이 역력한 얼굴에 그녀는 별수 없이 저릿한 연민을 느꼈다.

"나가 있어."

커피라도 가져다줄까 물으려던 리즈가 동그랗게 만 입술 그대로 멈췄다. 뭐라고? 되묻자 남자는 말없이 고개를 돌려 눈을 맞춰 온다. 윤기 없이 탁한 눈동자. 무표정한 얼굴. 푸르고도 냉랭하던 생기는 완전히 소진되어 이제 겉껍질밖에 남지 않았다. 그 꼴을 보자 대상 모를 분기가 일어 리즈는 미간을 찡그렸다.

"선배(Graham)."

"빨리. 낭비할 시간 없어."

저를 보는 눈길과 표정, 등을 돌려 나가는 걸음새와 살짝 세게 닫힌 문의 기척에서 베런은 어렵지 않게 원망을 읽었다. 그럼에도 팔을 뻗어 문부터 걸어 잠갔다. 딸깍. 밖에 서 있을 여자 귀에 들릴 것이 뻔한데도, 무뎌진 감각은 이제 일말의 가책조차 느낄 수 없다.

취조실 안에서 돌아가는 카메라를 끄고 녹음을 끊고 모든 장비를 먹통으로 만든 뒤에도 베런은 한동안 밖에 선 채 제인을 바라보았다. 일방적인 관찰을 위해 마련된 공간, 눈속임을 위한 장치 뒤에 숨어서 비겁하게 여자를 지켜보았다. 미동 없이 앉아 초점을 놓고 있는. 울지도 웃지도 않는. 어디에도 묶이지 못한 채 허공에 떠 있는.

금방이라도 흩어져 사라져 버릴 것 같은 여자.

가는 손목을 움켜쥔 수갑이 눈에 들어왔다. 베런은 더 이상 볼 수 없어 고개를 돌렸다. 취조실 입구 앞에 선 채로 잠시간 뜸을 들였다. 그리고 소용도 의미도 없는 질문을 다시 던져 본다.

누가, 무엇이, 너를 여기까지 몰고 왔나.

또다시 가슴이 딱딱하게 굳어졌다. 숨 쉬기가 어려워 억지로 늑골을 부풀리는 갑갑함. 이토록 괴로운 감각의 근원은 고목의 뿌리처럼 깊고도 복잡해 베런은 이번에도 헤집어 볼 시도조차 하지 않았다.

소리 없이 심호흡한 뒤 취조실 문을 열었다. 안으로 들어가 맞은편에 앉을 때까지 제인은 움직이지 않았다. 테이블 위에 놓인 담뱃갑과 라이터. 여기서는 흔한 풍경인데도 화가 치솟아 손부터 뻗었다. 손바닥 안에서 우그러진 담뱃갑이 그의 점퍼 주머니 속에 숨어 버리고, 물체 하나가 사라진 테이블 위에는 남자의 숨소리가 떠돌았다.

그 이후에도 한참을 잠잠하던 여자가 천천히 눈을 든다. 조약돌처럼 까만 눈동자. 메마른 입술이 조그맣게 달싹였다.

"그레이엄."

남자는 저도 모르게 숨을 멈춘다.

"……스펜서."

제인은 그의 가슴에 매달린, 사진과 이름과 직함이 박힌 패스를 읽었다. 그레이엄 스펜서. 나지막이 다시 한번 읊조린 뒤 힘없이 웃는다. 짧고도 흐린 숨소리에 베런은 심장이 뚝 멎는 듯한 착각이 일었다.

"검찰 쪽에서는, 최대한 빨리 끝내고 싶어 합니다."

그리고 쥐어짜 내듯 입술을 연다.

"핵심 인물이, 이미, 없어졌기 때문에,"

낱말들을 이어 가기가 이토록 힘이 든다.

"당신에 대한 혐의를 더 무겁게 적용할 수 있습니다."

그러니 유죄를 인정하고 형량을 협상해라. 순순히 증언하고 증거를 제출해라. 여기서 버틸수록 너만 더 불리해지며 장담하건대 검찰의 인내심을 시험해 좋을 것은 전혀 없다. 취조실에 복귀한 것은 8년 만이지만 그는 어떤 말들로 피의자를 겁줘야 할지 잘 알고 있다.

그러나.

"……수사국에 스파이가 있어."

베런의 수사 대상은 이 여자가 아니었다.

"고위급이야. 나에 대한 정보까지 넘겼을 정도면."

그는 굳게 입술을 다물었다. 신분을 세탁하고 잠입한 요원의 신상에 접근이 가능한 자. 부서의 내부 사정까지 깊숙이 아는 자. 기밀정보를 아무도 모르게 주무르며 장난칠 수 있는 자. 수사국 내에서 그럴 만한 인물은 한 손 안에 추려 낼 수 있다.

"그가 말했던, 자료가 필요해. 아마 이쪽과의 커넥션에 대한 물증일 거야."

밤새도록 생각했다. 분노와 자책에 온몸을 덜덜 떨며. 벽에 쿵쿵 머리를 박고픈 충동을 수없이 참아 가며. 부탁한다. 부탁해. 최후의 순간까지 반복하던 그 말이 가슴 한복판에 말뚝처럼 박혀 버렸다. 영원히 끝나지 않을 것 같던 지난밤, 극한의 감정들에 쫓겨 그는 몇 번이나 터지려는 울음을 참아야 했다.

"……도와줘."

죽음으로 갚아야 하는 죄는 없다. 베런은 언제나 그렇게 믿어 왔다. 죽음은 행위에 비해 지나치게 가혹하거나, 또는 행위에 비해 과분하도록 편안하거나, 그래서 양쪽 모두에게 공정하지 못하다. 그러나 법률가로 배운 원칙과 수사관으로 체득한 가치는 나의 이야기가 되어 버린 순간 의미를 잃어버렸다. 그를 움직이는 것은 이제 정의도, 원칙도, 법도 아닌,

지극히 단순한 분노. 그리고 복수심.

"내가 왜 그래야 하는데."

한참 만에 제인이 되물었다. 싸늘한 목소리에 염치없이 서러워져 베런은 시선을 떨구었다. 초상화처럼 활기 없는 얼굴로 그녀가 다시 묻는다.

"말해 봐. ……미스터 스펜서."

내가 왜 당신을 도와야 하는지. 덧붙이며 남자를 바라보았다. 일렁이는 눈동자와 대답 없는 입술을 번갈아 보았다. 눈길과 눈길이 침묵 속에 뒤섞일 동안 남자는 감히 아무런 말도 해내지 못했다.

그렇게 그들은 말없이 서로를 마주 본다. 벽면의 절반을 채운 거울이 두 사람을 비춰 냈다. 눈속임을 위해 고안된 그 장치에 여자는 처음부터 끝까지 눈길조차 주지 않았다. 거기 비친 제 모습이 궁금해서라도 한 번쯤은 흘낏거리게 마련이건만 그녀는 여기 들어온 순간부터 지금껏, 밤새도록 단 한 번도 고개를 돌리지 않았다.

파리한 얼굴. 애달픈 눈동자. 그럼에도 꼿꼿한 자세와 빈틈없이 다문 입술.

"베런."

그 입술 사이로 목소리가 떨려 나왔다. 남자는 시선을 유지하는 것으로 답을 대신했다.

"그는, ……당신을 믿었어."

제인이 쥐어짜 내듯 조그맣게 속삭였다. 목구멍에 넘실대는 파고를 꾸역꾸역 삼켜 냈다. 여자는 끝내 울지 않을 것임을 베런은 알고 있다. 그럼에도 입을 떼는 것이 참으로 쉽지 않아서, 한동안의 침묵 후에야 간신히 대답해 낼 수 있었다.

"그래."

그는 나를 믿었나. 아니라고 생각했다. 의심이 많고 치밀하며 예리하게 주변을 경계하는 남자. 철저히 속내를 숨긴 완벽한 얼굴로 소리 없이 움직이는 남자. 묵묵히 바라보는 시선만으로 숨통을 누르고 심장을 조이던 남자. 그는 지독하고 고독하여 자신조차 믿지 않는 사람이라고.

'그 애가 널 좋아해.'

그러나 이제 알 것 같다. 베런은 이제야 그를 알 것 같았다. 모르는 척 속아 주던 시간 속에서 그는 끊임없이 기회를 주었다. 마음을 열고, 진실을 말하고, 진정으로 머무를 기회를. 제집에 들어온 쥐 한 마리를 영악하게 이용하며 그는 또한 묵묵히 기다렸다. 미련스럽도록 끈질기게. 놀랍도록 관대하게. 어쩌면 상대 못지않도록 마음을 졸여 가며.

'너는 나를 믿나.'

그토록 긴 세월 속에 보지 못했던 것들이 이제야 비로소 손에 잡혔다. 어떤 사람들은 완전히 자리를 비우고 난 뒤에야 마침내 이해받는다. 진심을 꺼낼 시간도 변명할 기회도 주지 않고 사라져 버린다. 그리하여 감히 마음껏 울 수조차 없게 만든다.

"……알아."

남자가 간신히 입술을 달싹여 대답했다. 두 사람은 마치 커다란 수조 안에 잠겨 있는 것 같다. 터지려는 심정을 감추려 제각기 사력을

다했다. 베런은 자신만큼이나 꾸역꾸역 버티고 앉은 여자를 바라본
다. 그러나 끝내 울지 않을 것임을 알고 있었다. 이 여자는 결코 그의
앞에서 울지 않는다.

"도와줘."

베런은 다시 한 번 부탁했다.

"나는, ……그 개새끼를 꼭 찾아내야겠어."

그리고 기어이 고개를 떨구고 말았다.

날씨가 초봄처럼 맑았다. 12월의 도시는 거리마다 크리스마스 장
식이었다. 입김을 뿜으며 바쁘게 움직이는 사람들 틈으로 요한은 날
듯이 빠르게 걸었다.

FBI 뉴욕 지국과 NYPD 시경 본부는 도보로 5분 거리다. 운반이
까다로운 물건이 있지 않고서야 차를 끌고 가면 십중팔구 시간이 더
지체된다. 요한은 40층이 넘는 고층 건물로 다가가 입구를 지났다.
연방정부 지국들이 공동으로 쓰는 건물은 그의 눈에 시경 본부보다
훨씬 세련된 디자인이다.

리셉션에 앉은 남자에게 신분증을 제시한 뒤 보안 검색대를 지났
다. 처음 와 보는 연방정부 건물은 시 정부 청사들과 마찬가지로 경
비가 유난스러웠다. 권총을 감지한 장치가 미친 듯이 알람을 울려 대
경비원들이 주목한 것을 제외하면 요한은 대체로 무난하게 로비를
통과했다.

경관 배지 덕택에 총까지 돌려받고 엘리베이터에 올랐다. 23층을
누른 뒤 닫힘 버튼을 두 번 연달아 두드렸다. 문은 느리게 닫혔고 숫

자는 더 느리게 바뀌었다. 하나씩 올라가는 붉은색 숫자판을 노려보며 그는 입술을 가볍게 안으로 당겼다.

"아, 왔네요."

복도 끝에 서 있던 리즈가 푸석한 얼굴로 반색했다. 눈 좀 붙였어요? 다가온 남자에게 묻자 대답 대신 쓸쓸한 미소가 돌아온다. 밤 꼬박 샜나 보네. 코웃음을 섞어 중얼거리는 여자에게 요한은 참을성을 발휘하지 않았다.

"여깁니까."

그녀가 등지고 선 문을 가리키며 물었다. 당장이라도 벌컥 열고 들어갈 기세라 리즈는 얼른 걸음을 옮겨 그의 앞을 막아섰다.

"여기가 맞긴 한데 지금은 못 들어가요."

"예?"

못 들어가는 이유는 별게 아니고 문이 잠겨 있어서. 열쇠가 있긴 하지만 들어가면 안 되는 이유는 안에 시한폭탄 같은 남자가 하나 있어서. 덕분에 밤새 여길 지킨 저도 이렇게 쫓겨나 밖에서 기다리고 있다는 말을 리즈는 차마 할 수 없었다.

"그쪽 팀, 분위기는 좀 어때요?"

이쪽은 거의 지뢰밭인데. 자조적으로 덧붙이는 여자와 굳게 닫힌 문을 요한은 다시 한번 번갈아 보았다.

"저희 쪽이야 뭐."

"하긴 우리나 거기나 맥 빠지는 건 마찬가지죠. 마라톤 끝까지 죽어라 뛰었는데 하루아침에 코스가 없어진 셈이니까. 러닝화 신은 상태로 허허벌판에 내던져진 꼴이랄까. 사실 강력 사건, 특히 조직범죄 쪽 다루다 보면 이런 케이스가 종종 생기긴 하는데, 그래도 당할 때마다 허탈해서 미칠 노릇인 건 별수가 없네요."

리즈가 뻑뻑한 두 눈을 꿈쩍거리며 한숨을 푹 내쉬었다. 성격에 맞지도 않는 하소연을 길게 늘어놓은 것은 공동의 난관을 만난 경찰관과 일종의 동질감을 느꼈기 때문이기도 했지만, 그보다는 FBI 소속으로서 피할 수 없는 가해의식 탓이다. 어쨌거나 다 잡은 용의자를 죽인 것은 수사국 대원이었으니까.

"근데 회계 자료 아직도 안 나왔어요?"

"……예."

"와, 난 이해가 안 되네. 집에도 없고 회사에도 없으면 대체 그걸 어디다 둬요? 회계는 못해도 한 달에 한 번은 정리해야 하지 않나? 계속 업데이트해야 하는 문서면 손에 닿기 쉬운 곳에 두는 게 정상인데."

지금 그거라도 나와야 되는데 미치겠네. 입술을 씹으며 이마를 문지르는 여자 앞에서 요한은 잔뜩 굶주린 눈으로 닫힌 문만 쳐다봤다. 고작 문 한 짝을 앞에 둔 채 시간을 버리고 있다니. 자석에 끌리듯 문을 향해 손이 움찔거렸다.

"이제 들어갈,"

"헤닝 말이에요."

그는 막 뻗으려던 팔을 우뚝 멈췄다.

"입을 안 열어요. 밤새도록. 아까 담당 검사도 왔다 갔는데 한 마디도 안 했어."

리즈가 저를 보는 남자의 눈동자를 똑바로 올려다보았다.

"리 경관이 좀 설득해 봐요. 유죄 인정하고 검찰이랑 형량 협상하는 쪽으로. 그게 본인한테도 최선이라고."

대답 없는 경관을 향해 여자가 말을 이었다.

"어젯밤에 비첼리오 크루들도 죄다 체포했어요. 카포 하나 빼놓고

다 잡았는데 뭐 걔들 혐의야 진작부터 모아 뒀던 거니까. 문제는 얘네를 마피아 범죄로 묶으려면 윗선 혐의가 소명돼야 하거든요. 로코는 당연히 버틸 거고, 헤닝이 회계 조작 혐의를 인정하는 게 현재로선 최상의 시나리오예요."

간밤에 이뤄진 동시다발적 체포 작전에 대해서는 요한도 알고 있다. 사전 수집한 정보와 호세의 도움으로 태스크포스는 하룻밤 새 비첼리오 휘하 크루 세 개를 일망타진했다. 언더보스인 로코 비첼리오는 영장 발부를 기다리며 경찰에서 잠복 감시 중이다. 조직원 가운데 수사망을 빠져나간 것은 이제 한 사람, 잭 알폰시뿐이지만 수배령이 내렸으니 그 또한 곧 붙잡히게 될 것이다.

"회계 증거는 어떻게든 나와요. 존재하는 한 찾는 건 시간문제죠. 그 전에 스스로 유죄를 인정하는 게 헤닝한텐 양형에 훨씬 유리하니까."

리즈가 힘주어 말했다.

"당신이 좀 설득해 봐요."

남자는 대답이 없다. 명쾌한 설명과 논리와 권고들을 요한은 묵묵히 듣기만 했다. 머릿속을 뚫기라도 할 것처럼 직선으로 파고드는 여자의 시선을 똑바로 맞받으며.

그가 응답하지 않음으로써 대화는 끊어졌다. 그리고 두 남녀 사이 끈질긴 눈 맞춤이 조금 어색해지려던 찰나, 굳게 닫혀 있던 문이 열리며 안에 있던 남자가 나타났다. 베런의 푸른 눈동자는 요한에게 닿는 순간 묘하게 굳어졌다. 불편한 기색을 숨기지 않는 것은 요한 쪽도 마찬가지. 그리고 리즈는 두 남자의 눈에서 똑같은 뜻을 읽는다.

당신이 왜 지금 여기 있는데.

"내가 불렀어."

그래서 행여라도 불이 붙을세라 요령껏 끼어들어 물을 끼얹었다.

"안에 있는 여자 입 좀 열까 싶어서."

베런은 딱딱한 눈길로 리즈를 본 뒤 말없이 안쪽으로 물러섰다. 요한이 기다렸다는 듯 그를 스쳐 문을 통과했다. 성큼성큼 안으로 들어가 빠르게 눈으로 내부를 탐색한다. 그리고 특수 유리 너머 여자를 본 순간, 심장이 아래로 쿵 떨어졌다.

감옥 같은 취조실에 제인은 홀로 갇혀 있었다. 창백한 여자는 너무나 작고 약해 보여 마치 병든 새 같다. 입술을 꾹 다문 채 요한이 안쪽의 시설을 눈으로 훑었다. 천장 모서리 양쪽에 설치된 감시 카메라.

"카메라 꺼 주세요."

"그건,"

"껐어, 이미."

베런이 대답하자 리즈가 기가 차다는 듯 입을 벌린다. 팔짱을 끼고 선 남자와 한 차례 눈을 맞춘 뒤 요한은 곧장 취조실 문을 열고 안으로 들어갔다. 이 인용 탁자 앞에 앉은 여자는 귀머거리처럼 아무런 반응도 보이지 않았다.

제인. 입 안을 구르는 이름을 차마 밖으로 꺼낼 수 없어서, 그는 말없이 다가가 그녀의 앞에 섰다.

잠시 후 여자가 천천히 고개를 들었다. 그리고 저를 올려다보는 해쓱한 얼굴과 마주친 순간, 커다래진 두 눈에 왈칵 물기가 돈 순간, 떨리는 입술이 작게 벌어진 순간,

요한은 폭우처럼 터져 나오는 마음을 더 이상 참아 낼 수 없었다.

달려들듯 와락 끌어안았다. 두 무릎을 바닥에 굽힌 채 작은 몸을 품에 넣었다. 사라질 것처럼 가는 뼈대, 부피가 느껴지지 않는 어깨,

부드러운 머리카락까지 한 번에 삼키듯 감싸 안았다. 그리고 긴 한숨을 내쉬며 눈을 감는다. 누구의 것인지 모를 떨림이 온 가슴을 울렸다.

"괜찮아. 괜찮아, 제인."

품 안의 여자가 발작처럼 몸을 떨었다. 요한은 힘껏 끌어안은 채 제인의 머리를 천천히 쓰다듬었다. 괜찮아, 괜찮아, 괜찮아. 속삭이며 목덜미를 덮은 긴 머리칼 위로 입술을 묻는다. 커다란 거울에 그들의 모습이 생생하게 비쳤다. 특수 유리 저편에 선 요원들이 지켜보고 있다는 것을 알면서도, 그는 이제 더는 도저히 참아 낼 수가 없다.

제인은 소리 죽여 우는 내도록 띄엄띄엄 그를 불렀다. 요한, 요한, 요한. 잔뜩 잠겨 쉰 목소리가 울음 속에 섞여 들었다. 그는 품 안의 여자를 꽉 끌어안은 채 격랑이 지나기를 기다렸다.

누군가 쇠꼬챙이로 가슴을 마구 후비는 것 같다. 모질고도 선명한 통증을 참아 내며 요한은 숨을 죽였다. 이 모든 것이, 모두가, 나마저도 원망스러워 미칠 것 같았다. 네가 이토록 서럽게 우는 것이, 편안히 숨조차 쉬지 못하는 것이, 결박된 새처럼 갇혀 있는 것이 모두 내 탓인 것 같아서.

"너…… 너도, 죽은 줄 알았어…… 나, 나 때문에……."

제인이 고개를 들어 남자를 본다. 완전히 젖은 채 일그러진 눈이 그의 얼굴을 더듬었다. 수갑에 묶인 두 손이 몇 번이나 움찔거린다. 쇠끼리 부딪히며 찰강이는 소리가 해진 가슴을 다시 긁었다.

"내가 죽였어(I killed him)."

이제 요한은 점점 더 견디기가 어렵다.

"제인,"

"내가…… 그를 죽였어. 나 때문에 죽었어. 나 때문이야…… 다 나 때문에…….”

여윈 뺨 위로 자꾸만 눈물이 넘쳤다. 그 모든 것 앞에서 요한은 어찌할 바를 몰랐다. 조그만 얼굴을 두 손으로 감싸며 그저 이 모든 것이 빨리 사라지길 기도했다. 네 잘못이 아니야. 너 때문이 아니야. 자책해야 할 이들은 따로 있어. 말할 수 없는 진실들을 삼켜 내며 그는 속으로 간절히 애원한다.

제발, 제인, 돌이킬 수 없는 것들 때문에 널 해치지 말아 줘.

요한은 다시 그녀를 품에 안는다. 가슴을 적신 울음이 멈출 때까지 기다린다. 여자 앞에 무릎 꿇은 채 그는 굳건했다. 언제까지라도 기다릴 수 있었다. 안에 갇혀 썩어 가는 것들이 쏟아져 나올 수 있다면, 그 모두를 남김없이 토해 낼 수 있다면 그는 언제까지라도 기꺼이 기다릴 수 있었다.

눈물은 현기가 느껴질 때 즈음 간신히 멈췄다. 밤새 물 한 모금 마시지 않아 바싹 마른 몸에 더 이상 흐를 물기가 남지 않은 것 같았다. 온몸에 힘이 하나도 없다. 제인은 딱딱한 의자나마 앉을 수 있어 다행이라고 생각했다. 만약 서 있어야 했다면 진작에 다리가 버티지 못했을 것이다.

얼마나 지났는지 알 수 없었다. 이곳에는 시계도 창문도, 시간의 흐름을 가늠할 만한 그 어떤 것도 없다는 것이 처음으로 갑갑해졌다. 제 몸을 끌어안은 남자의 체온과 향취 속에서 제인은 감은 눈을 뜨지 않았다. 지글대는 불구덩이를 헤매다 별안간 구름 위에 웅크린 기분이었다. 조금만 더, 잠시만 더 이러고 있으면 좋겠다. 그런 생각들이 뻔뻔하게 번질 때 즈음 뺨에 닿은 요한의 가슴이 떨어져 나갔다.

“너 춥겠다.”

그가 입고 있던 검은색 파카를 벗었다. 거울을 등진 채 옷을 입혀

주는 남자를 제인은 물끄러미 바라보았다. 충전재가 넉넉히 들어간 두툼한 파카. 작은 어깨에 그것을 두르며 요한이 귓가에 바짝 입술을 댔다.

"그거 찾았어. 갤러리, 백자 안에서."

없었어. 완전히. 낮은 목소리가 귓전에서 속삭였다. 제인은 꼼짝도 하지 않았다.

파카의 매무새를 만지며 그는 계속하여 말을 잇는다. 유죄 인정하지 마. 아무것도 인정하지 마. 버텨. 그 앞에서 그녀는 어떠한 표정도 지어낼 수 없었다.

"이대로 가면 판사가 보석 허가할 거야. 집에 돌아가서 변호사 고용하고 끝까지 싸워. 주범도, 이미 사라졌고…… 검찰은 증거 없이 아무것도 못 해."

제인은 허리를 굽히고 선 남자를 올려다본다. 그가 등지고 선 거울을 의식한다. 아무 표정도 짓지 않으려 최선을 다한다. 그녀와 똑바로 시선을 맞춘 채 요한이 말했다. 동요 없이 침착한 얼굴.

"쟤들한테 속지 마."

인정하면 안 돼. 버텨. 아무것도 모른다고 해. 그가 하는 말들에서 그녀는 아무런 감정도 듣지 못했다. 분노도 환희도 심지어 아주 약간의 망설임조차도.

"날 믿어."

제인은 계속하여 남자를 올려다본다. 반짝이는 눈동자와 뚜렷한 눈매, 확고한 입술. 어깨와 등을 덮은 파카에 그의 체온과 향취가 듬뿍 배어 있었다.

"내일 나도 법원 갈 거야. 지켜보고 있을 테니까 긴장하지 말고. 알았지?"

아무런 대답도 하지 못했다. 벙어리처럼 입을 다물고 앉은 채 그를 올려다보기만 했다. 내일 보자. 짧은 인사 후에도 남자는 쉽게 돌아서지 못했다.

요한.

이름을 부르고 싶었으나 참았다. 수갑 찬 손으로는 그를 붙잡을 수 없어 참았다. 제인은 서먹하게 미소 짓는 남자를 눈으로 좇았다. 그리고 이 모든 광경을 비추는 거울을 의식하려, 그 너머에 있을 사람들을 무시하려, 텅 빈 무표정을 유지하려 한참 동안 애를 썼다.

뉴욕 남부지법은 시청을 비롯해 정부 청사들이 모인 로어 맨해튼에 있다. 석회석 타일로 외벽을 바른 건물은 파르테논 신전처럼 웅장한데, 마치 이 안에 상주하는 신이 모든 다툼들에 완전무결한 판결을 내려 줄 것만 같다.

머리카락 한 올 떨어져 있지 않은, 대리석으로 번쩍이는 복도를 지나 지정된 방으로 들어가면 실내 풍경은 완전히 달라진다. 짙은 오크 패널로 벽을 두른 내부는 고풍스런 성당의 본당이나 고해실 같은 느낌을 주었다. 정면의 판사석은 아직 비어 있고 서기관으로 보이는 나이 든 여자 하나만 앉아 알 수 없는 서류를 들여다보고 있었다.

판사의 출근 시간 직후, 아침 일찍 열린 첫 심리였다. 기소 인부 절차가 늘 그렇듯 일반 방청인은 없었다. 검찰 쪽 관계자로 보이는 젊은 남녀 네댓 명이 뒤쪽 줄에, 랩톱을 펼친 기자 예닐곱 명이 앞쪽 줄에 앉은 것이 다였다. 요한은 시작 시간을 10분 앞서 들어와 맨 뒷줄 끄트머리에 앉았다. 눈에 띄지 않으면서 검사석 맞은편의 피고인석이 가장 잘 보이는 위치였다. 짙은 색 청바지에 운동화. 평범한 사복 차림의 이십 대 남자는 법정 안 누구의 주목도 끌지 못했다.

사람들의 시선은 오로지 여자에게 집중됐다.

피고인석에 앉은, 변호사도 없이 덩그러니 홀로 앉은 제인은 남자의 커다란 파카를 허수아비처럼 걸치고 있다. 검은색 파카 위로 빠져나온 목과 얼굴이 밀랍처럼 희었다. 표정 없는 눈을 가라뜬 그녀는 바닥에 깔린 카펫의 반복적인 무늬만 멍하니 응시하고 있다. 요한을 비롯한 법정 안의 모든 사람이 그녀에게 집중했으나, 그녀는 요한을 포함한 그 누구의 눈길에도 응하지 않았다.

예정 시간을 2분 넘기고 담당 판사가 입장했다. 검은색 법복을 입은 중년 남자는 커피색 콧등에 얇은 금테 안경이 날카로운 인상이다. 요한은 판사의 꾹 다문 입술과 검사석에 앉은 여자—반백의 단발머리를 가지런히 귀 뒤로 넘긴 동양인—의 무표정을 번갈아 살피며 판결의 운을 가늠해 보았다.

제인에 대한 보석은 허용될 것이다. 검찰은 피의자를 구속해 둘 충분한 빌미를 갖추지 못했다. 알면서도 이토록 긴장되는 것은 역시 어쩔 수 없는 일일 테다. 요한은 기도하듯 두 손을 맞잡은 채 마르는 입술을 몇 번이나 혀로 축였다.

절차 시작을 알린 판사가 감흥 없는 표정으로 서두 발언을 읽기 시작했다. 카랑카랑한 음성이 마이크를 통해 스피커를 울렸다. 성급한 기자들은 벌써부터 타닥타닥 자판을 누른다.

"피고인은 합리적인 의심의 여지없이 유죄가 입증되기 전까지 무죄로 간주됩니다. 본인을 위해 증언을 하거나 또는 하지 않을 권리가 있습니다."

판사의 발언을 흘려들으며 요한은 경비직 보안관들과 허리에 찬 권총을 눈으로 훑었다. 법원에는 당연하게도 무기 소지가 허용되지 않아 그는 자신의 피스톨을 로비에 맡겨 둬야 했다. 방청인 신분으로 입장한 터라 이번에는 경관 배지도 소용이 없었다.

"검사 측, 고지하세요."

서두 발언이 끝나자 검사석의 여자가 기다렸다는 듯 일어섰다. 남부지검 연방검사 줄리아 시엔입니다. 요한은 중국계 성을 쓰는, 뉴욕 태생 억양이 뚜렷한 검사의 입술에 신경을 집중했다.

"피고인 제인 헤닝은 장기간 조직범죄에 가담하며 적극적으로 협조해 왔습니다."

서기관과 기자들의 손가락이 타닥타닥 자판을 두드린다.

"범죄 활동으로 획득한 자금임을 인지한 상태에서 지속적으로 거래, 운반, 은닉에 가담했으며, 세금 내역을 조작해 정부에 잘못된 정보를 제공한 혐의가 있습니다. 이에 연방 형사법에 의거, 자금 세탁과 탈세 혐의를 적용합니다."

요한은 바짝 마른 입술을 안으로 당겼다.

"피고인은 또한 살인과 살인 교사, 폭행, 마약 거래 등 심각한 범죄 행위들을 인지하고도 묵과함으로써 간접적으로 협조해 온 혐의가 있습니다. 역시 법에 의거, 중범죄 방조 혐의를 적용합니다."

존경하는 판사님. 숨 돌리듯 잠깐의 틈을 둔 뒤 시엔은 발언을 이어 갔다.

"피고인은 뉴욕주 공인 자격을 갖춘 회계 전문가로, 보석 시 증거 조작 또는 인멸을 통해 혐의 입증과 공정한 재판을 방해할 우려가 있습니다. 무엇보다 본 사건은 현재 수사 중인 다국적 조직범죄와 상당의 관계가 있음을 고려해, 원활한 조사를 위하여 피의자의 지속적인 구속 수감을 주장합니다."

무대에 오른 연극배우처럼 완벽한 발언이었다. 노련하게 좌중을 압도한 시엔이 검사석에 앉는다. 판사는 입을 다문 채 앞에 놓인 서류를 한 장씩 넘기기 시작했다. 아담한 법정 전체에 묵직한 침묵이 내려앉았다.

그리고 서류를 들여다보던 판사가 다시 고개를 들 때까지 요한은 두 손을 꽉 맞잡은 채 미동도 하지 않았다.

"검사 측은 공소한 내용에 대해 합리적인 근거가 있습니까."

"물론입니다, 판사님. 관련 증인의 진술과 신임할 수 있는 정황이 있습니다."

"검찰의 주장을 뒷받침하며 합리적으로 반박할 수 없는 증거물이 있습니까."

"가까운 시일 내 확보가 확실시됩니다."

"아직 확보하지 못했다는 말이군요."

시엔은 예상했다는 듯 표정을 무너뜨리지 않았다. 피고인. 판사가 제인을 향해 고개를 돌렸다. 가만히 앉아 있던 여자가 고개를 들었다.

"피고인은 본인에게 제기된 혐의를 이해했습니까."

"……예."

제인이 처음으로 입을 뗐다. 이십 대 젊은 여자. 마피아 수장의 정부이자 고문 역할을 해 온 강력범죄 용의자. 기자들이 눈을 빛내며 자판을 두드리기 시작했다. 판사와 검사를 포함한 모두의 시선이 그녀에게 집중됐다.

"다시 한번 알립니다. 피고인은 스스로 변호사를 선임할 수 없는 경우 관선 변호사를 요청할 수 있습니다."

피고인석에 홀로 앉은 여자에게 판사가 사려 깊게도 같은 말을 반복했다. 제인은 그와 눈을 맞춘 채 잠깐 시선을 교환하다 짧게 고개를 저었다.

"변호사는, 필요 없습니다, 판사님."

그리고 천천히 자리에서 일어섰다.

"제 스스로 변론하겠습니다."

❖

이쪽으로 쏟아지는 시선이 느껴진다. 심장 뛰는 소리가 쿵쿵 울렸다. 제인은 조여드는 목구멍 틈새로 꾸역꾸역 숨을 쉬었다. 두툼한 옷을 걸쳤음에도 온몸이 얼음장 같았다.

"제기된 혐의는, 모두 사실입니다."

법정에 일순 정적이 흘렀다. 호수면 같은 공기 위로 위태한 파문이 일었다. 판사가 확인하듯 다시 묻는다.

"모든 혐의를 인정한다는 뜻입니까."

놀랍도록 고요해진 공간에는 종잇장 넘기는 소리 하나 나지 않았다. 제인은 오직 저를 보는 판사만을 응시했다. 미쳤어? 그만둬! 입다물고 다시 앉아! 겁에 질린 김재희가 귓가에 대고 악을 쓴다. 여자는 천천히, 두 눈을 한 차례 감았다 떴다.

"예. 인정합니다."

하. 누군가 탄성 혹은 탄식 같은 소리를 냈다. 기다렸다는 듯 타자수들의 손이 자판 위를 마구 날았다. 모든 소란과 잡음들이 바늘처럼 귀를 긁고 지나갔다.

"피고인은 납득할 수 있는 범행 동기를 설명하세요."

"제가, ……사람을 죽였습니다."

시종 냉엄하던 판사가 처음으로 눈살을 찌푸렸다. 그로부터 드디어 좌중이 술렁이기 시작했다. 소리 없이 빠르게 교환하는 시선들. 제인은 방청석 쪽을 의식하지 않으려 최선을 다했다.

"피고인."

판사가 콧등의 금테를 검지로 밀어 올리며 여자를 본다.

"법정에서 하는 모든 발언은 기록되고 판결에 불리하게 작용할 수 있습니다."

"알고 있습니다."

"계속하세요."

제인은 다시 한번 심호흡했다. 발밑이 낭떠러지처럼 울렁대 어지럼증이 일었다. 그러나 물러설 수 없다. 용기를 내야 해. 그녀는 몸에 걸친 파카의 소맷자락을 그러쥐었다.

"팔 년 전, 시카고에서, 마르코 비첼리오를, ……제가 살해했습니다."

검사석의 시엔이 소리 없이 탄식했다. 베테랑 검사조차 이제 당혹감을 감춰 내지 못했다.

"정당방위가 아니었어요. 그때 저는, 살의가 있었습니다."

김재희는 알고 있다. 충격은 두 번이었다. 한 번의 공격은 두려움을 핑계 댈 수 있겠으나 두 번은 그렇지 않다. 두 번째로 방아쇠를 당기던 순간 그녀는 분명 그가 죽기를 바랐다.

"그가, 엄마를 죽였다고 생각했어요."

마르코가 제 침대로 달려든 순간 제인은 확신했다. 가엾은 엄마. 대낮에 절벽 아래로 추락한 엄마의 차. 그 갑작스런 사고는 분명 이 남자의 추악한 욕망에서 비롯된 것이라고.

"그래서 그가 죽기를 바랐습니다. 그에게는 무기가 없었고, 저는 그가 죽을 줄 알고도 총을 쐈습니다."

두려웠다. 증오했다. 사라져 버리기를 바랐다. 그래서 김재희는 부인할 수 없다. 두 발의 총격 사이 아주 짧은 찰나, 그녀를 지배한 감정이 공포였든 혐오였든 혹은 또 다른 무엇이었든, 두 번째 방아쇠를 당긴 것은 명백히 살의였다.

"피고인은 지금 공소 내용에 없는 범죄 사실을 시인하고 있습니다. 맞습니까."

"그렇습니다."

"이유를 설명하세요."

"그게 동기였으니까요. 판사님은 제게 범행 동기를 물으셨고, 질문에 답하려면 그 일부터 밝혀야 했습니다."

마른침을 삼키기 위해 잠깐 말을 멈췄다. 오랜 세월 깊숙이 감춰 둔 비밀을 큰 소리로 떠벌린 순간이었다. 손가락의 떨림이 조금씩 잦아들었다. 꽉 조였던 몸이 천천히 풀어졌다. 이제 그녀는 말을 이어 가기가 조금 수월하다.

"그 죄를 덮기 위해 다른 죄들을 지었습니다. 아무도 협박하거나 강요하지 않았어요. 온전히 제 의지로, 제가 저지른 잘못을 감추기 위해서, 잘못이라는 것을 알고도, 오랫동안 자발적으로 가담했습니다."

검사석의 여자와 눈을 맞췄다. 그리고 다시 시선을 판사에게 옮겼다. 두 사람은 하나같이 그녀의 말을 경청하고 있다.

"저는 늘, 바꿀 수 없다고 믿었습니다. 불운이고, 어쩔 수 없고, 나쁜 운명이라서, 벗어날 수 없다고요."

솔직히 아직도 잘 모르겠다. 지금 이 순간조차 제인은 완전히 자신할 수 없었다. 삶을 결정한 모든 순간들이 내게 온전한 선택권을 주

있는지. 내게 주어진 불운만큼 남들도 각자의 불행을 겪어 내고 있는
건지. 내가 특별히 고약한 운명을 타고난 것이 정말로 아닌지. 그녀
는 여전히 장담할 수 없다.

"하지만 기회는 항상 있었습니다."

용기를 낼 기회. 실수를 바로잡을 기회. 그리하여 더 나은 길을 택
할 수 있는 순간들이 그녀에게도 분명히 있었다.

"결국 매 순간, 모든 것은 제 선택이었습니다."

그래서 제인은 자신의 죄목들을 인정했다. 잘못임을 알고도 모른
척했다. 길이 아님을 알고도 걸어갔다. 묵과하고 방관하고 협조했다.
그 무수한 시간 동안, 고집스레 눈을 감은 채, 얼마든 그만둘 수 있는
기회가 있었음에도 불구하고.

자기보호라는 핑계 아래 비겁하게 숨어서.

"어떤 판결과 처벌을 내리시든 수용하겠습니다. 조사에 성실히 임
할 것이고, 검찰에서 요구하지 않는 한 변호사는 선임하지 않겠습니
다."

제인은 두 눈을 똑바로 떴다.

"이제라도, 제 잘못들을 책임지고 싶습니다."

판사가 물끄러미 그녀를 바라본다. 검사는 허공 어디쯤을 골똘히
응시한다. 타닥타닥 자판 두드리는 소리들이 조금씩 멎어 가고, 제인
은 말아 쥔 두 손을 천천히 펼쳤다. 손바닥 안에 뭉쳐 있던 파카 소매
가 스르르 공중으로 놓여났다.

"……이상입니다."

법정은 조용했다. 발언을 마친 피고인이 다시 착석한 후에도 판사
는 잠깐 동안 입을 열지 않았다. 어느 누구도 말하지 않은 채로 약간
의 시간이 흘렀고, 누군가 흠흠 목을 가다듬는 소리가 침묵을 흩뜨렸

을 즈음, 입술을 꾹 다문 채 숙고하던 판사가 마이크를 켰다. 직업적인 말투는 기계처럼 차분했다.

"검사 측, 적용 혐의 추가해 공소장 다시 제출하세요. 심리는 이 주 후에 다시 열겠습니다. 그때까지 피고인은,"

판사가 피고인석으로 고개를 튼다. 제인은 피하지 않고 그와 눈을 맞췄다. 잠깐의 틈을 두고 말을 잇는 남자의 표정은 철저히 냉정하다.

"보석 보류 상태로 구속 수감합니다."

업무를 마친 판사가 미련 없이 일어나 퇴장했다. 줄리아 시엔은 담담한 표정의 제인을 물끄러미 지켜보았다. 의미 모를 시선을 교환하던 두 사람 가운데 먼저 눈길을 돌린 쪽은 시엔이었다. 검사석으로 다가온 제 직원들에게 무어라 짧게 지시한 뒤 그녀는 피고인석을 스쳐 출구로 사라졌다.

"일어나세요."

제인은 눈앞에 다가온 연방 보안관들을 바라보았다. 피의자를 구치소로 인도할 남녀 한 쌍은 검은색 제복을 입고 허리엔 권총을 찼다. 그녀는 동요 없이 지시에 따라 순순히 자리에서 일어섰다. 그리고 조금은 소란스러운, 대다수의 사람들이 떠나지 않은 방청석 쪽으로 고개를 돌렸다.

두 눈은 단숨에 남자를 찾아냈다.

그는 이쪽을 보고 있다. 뒷좌석 끄트머리에 조형물처럼 앉은 남자. 깎은 듯한 얼굴이 놀랍도록 아름다워 그녀는 저도 모르게 눈을 깜빡였다. 요한. 그러나 혀끝에 맺힌 그 이름을 제인은 감히 뱉어 내지 못했다.

남자는 오로지 그녀만을 끈질기게 응시하고 있었다. 뚜렷한 눈매.

빛을 잃은 갈색 눈동자. 무섭도록 표정 없는 그 눈동자는 차가운 분노에 잠긴 듯도 했고 뜨거운 좌절에 타는 듯도 했다.

바짝 마른 가슴으로 모래바람이 들이친다.

"갑시다."

한 쌍의 보안관 중 여자 쪽이 짧게 재촉했다. 제인은 팔꿈치에 닿는 손길을 피하며 입고 있던 파카를 벗어 의자 위에 내려 두었다. 그리고 다시 한번 그를 본다. 눈물이 날 것 같아 힘껏 숨을 참으며 시야가 흐려지지 않도록 두 눈에 힘을 주었다. 조금만, 조금만 더 너를 볼 수 있게. 미어지는 마음을 참아 내며 그녀는 간절히 기원했다.

네게는 이것이, 나와의 마지막이 되어야 한다.

땅속 깊은 굴 안에 갇힌 것 같았다. 캄캄하고 눅눅하고 숨이 막혔다. 입구를 막은 돌무더기는 치워도 치워도 끝이 없었다. 무너진 동굴 속에 고립된 조난자. 지난 열이틀을 설명하기에 이보다 더 나은 비유를 요한은 생각해 낼 수 없다.

그는 확신한다. 스물여덟 인생을 통틀어 이토록 느렸던 시간은 결코 없었으며 앞으로도 절대 없을 것이다. 해군 훈련소에서 보낸 지옥 주간도 여기에 비하면 미지근한 연옥이었다. 육체를 괴롭히는 고난과 영혼을 갉아 내는 고통은 비교조차 할 수 없다.

메트로폴리탄 연방 교도소는 재판을 기다리거나 재판 중인 미결수들이 대부분이다. 정해진 스케줄에 따라 예약된 방문객만 면회실 입장이 가능한데 수감자가 거부하는 경우 당연하게도 예약이 불가능했다. 그는 제인이 수감된 후 이틀째 되는 날부터 매일 면회를 신청했지만 열흘간 방문객 번호를 받지 못했다.

그녀는 면회 요청을 열 번이나 거절했다.

그때마다 실망했으나 포기하지 않았다. 제인의 아파트에서 챙겨 온 옷가지며 책 따위를 편지와 함께 매일같이 구치소로 날랐다. 얼굴을 익힌 교정국 직원이 그를 알은체할 정도였다. 미결수도 방에 딸린 수납장은 똑같이 작아요. 그가 내민 물품들을 검사하며 직원이 조언해 주었으나 요한은 흘려들었다. 이거라도 안 하면 내가 미칠 거 같아서요. 속에 든 말은 물론 꺼내지 않았지만 중년의 공무원은 이해하는 것 같았다.

교도소는 시경 본부와 길 하나를 사이에 두고 있다. 5분도 채 걸리지 않는 짧은 거리를 수차례 오가며 요한은 군데군데 흩어진 기억의 조각을 주워 모았다. 세 개의 그래피티. 새벽을 틈타 벽면에 몰래 그려 넣은 단어들. 얼어붙은 공기 속으로 하얗게 흩어지던 입김과, 허름한 죽집의 낡은 원형 테이블과, 부연 창문에 맺혀 흐르던 수증기. 그리고 한 쌍의 길고양이처럼 거리를 누비는 우리.

그 안에서 밝게 빛나던 네 웃음소리.

두 사람 몫의 기억은 혼자 감당하기에 너무 무거워서, 요한은 몇 번이나 걸음을 멈추고 숨을 골라야 했다.

다시 한번 손목시계를 들여다본다. 오후 3시 14분. 약속한 시간이 다가올수록 그는 초조해졌다.

면회실은 병원처럼 삭막했다. 똑같은 디자인의 탁자 일곱 개가 열을 맞춰 놓여 있다. 바닥에 일자로 그어진 흰색 선 하나와 군데군데 권총을 차고 선 교도관들을 제외하면 이곳은 마치, 공립학교 구내식당 같다. 구내식당. 요한은 생각하며 조금 웃었다. 이따 자연스럽게 웃으려면 역시 연습을 좀 해 두는 게 좋을 것이다.

발밑을 지나는 흰색 선을 내려다본다. 하얀색 테이프로 그어진 선은 일렬로 놓인 탁자들을 빠짐없이 관통하며 공간을 정확히 이등분했다. 그것을 중심으로 위쪽은 수감자, 아래쪽은 방문객의 공간이며, 어느 쪽이든 그 선을 넘으면 제재가 있을 거라고 면회 매뉴얼에 적혀 있었다. 빳빳한 종이에 굵은 글씨로 강조된 안내문은 요한이 보기에 명백한 경고였다.

지은 지 30년이 채 안 된, 콘크리트와 쇠창살과 자물쇠로 이루어진 12층짜리 건물. 이 꼼꼼한 시설은 외부인의 출입이 허락된 유일한 공간조차 엄격한 선을 그어 두었다. 요한은 그 선과 제 운동화 사이의 거리를 가늠해 본다. 웃는 걸 연습해 둬야 하는데 자꾸만 입가가 굳어졌다. 이러면 안 되는데 걱정하려는 찰나 선 너머 저편의 철문이 덜컹 열렸다.

그는 천천히, 자리에서 일어섰다.

흰 얼굴의 여자가 이쪽을 본다. 눈이 마주친 순간 가슴이 벅차 요한은 큰 숨을 들이켜야 했다. 제인은 청바지에 검은색 스웨터 차림이었다. 화장기 없는 얼굴에 운동화를 신었다. 그가 골라 보낸 옷가지들. 미결수들은 수감복을 입지 않아도 된다는 사실이 새삼 다행스러웠다.

덕분에 수감인 신분의 제인은 그저 평범해 보인다. 오히려 예전의 그 애에 가까운 모습이었다. 그때처럼, 그래피티를 그리는 모습을 지켜보고 반지하 아파트를 드나들고 스프링이 삐걱대는 침대에 나란히 누워 라디오를 듣던 그때처럼 꾸밈없이 하얗게 예뻤다. 화사하게 지어낸 미소와 세련되게 꾸민 표정 따위 찾아볼 수 없었다. 그래서, 화장과 보석과 하이힐을 벗어 낸 여자가 너무나도 반가워서,

"너 열 번이나 튕기는 건 너무하잖아."

요한은 바보처럼 미소를 참을 수 없었다.

그러고 보니 참 등신 같은 생각이었다. 웃는 연습이라니. 그런 연습 같은 건 할 필요도 없었는데.

"한 번만 더 거절하면 벽 부수고 들어올 뻔했어."

말하며 저만치 선 교도관을 슬쩍 살핀다. 덩치 큰 흑인 여자는 다행히 그의 유머 감각을 눈감아 주었다. 제인이 난처한 듯 흐리게 웃는 것도 같았다. 요한은 그녀가 천천히 걸어오는 모습을 한순간도 빠짐없이 지켜본 뒤 의자에 앉았다.

"좀 어때."

"……괜찮아."

짤막하게 대답한 뒤 약간 우물대더니,

"옷이랑, 고마워."

제인이 덧붙였다.

"고맙긴."

"여긴 왜 왔어."

"보고 싶어서 왔지."

흔쾌히 대답하는 남자를 그녀가 물끄러미 바라보았다.

"너는 나 안 보고 싶었냐."

그래서 열 번이나 퇴짜 놓은 건가. 요한이 중얼대며 왼손으로 턱을 괸다. 윤기 흐르는 눈동자와 호선을 그린 입술. 단단히 각오했던 바와 달리, 제인은 또다시 그 시선에 사로잡혀 버렸다.

"난 죽는 줄 알았어, 보고 싶어서. 어디 있는지 아는데 못 보니까 진짜 돌아 버리겠더라."

"요한,"

"그래서 너 아파트 간 거야. 옷이라도 만져 보고 싶어서. 거기 있으니까 꼭 너랑 있는 것 같은 기분 들던데. 네 침대에서 잔 적도 있어. 미친놈 같지."

"……."

"여기 밥은 먹을 만해? 소년원은 짜기만 하고 더럽게 맛없었는데 여긴 좀 나은가."

그리고 분위기가 지나치게 자연스러워져 버렸다는 생각이 들었을 때는 이미 되돌릴 방법이 없어진 뒤였다.

"갑갑하지? 나가면 어디 탁 트인 데 좀 가자. 바다 같은 데. 아, 바다 좋다. 오랜만에 보고 싶네, 바다."

나 해군 출신이잖아. 덧붙이며 웃는 남자를 제인은 홀린 듯 바라보았다.

새삼스레 기적 같다. 반짝이는 시선과 아름다운 미소, 놀라운 관용과 지치지 않는 인내가. 못되고 초라한 내게 주어진 과분한 것들과, 이 모두를 아낌없이 선사하는 너라는 존재가.

그래서 제인은 또다시 염치없이 황홀해졌다.

"……미안해."

"뭐가."

그가 이쪽을 빤히 쳐다본다. 그리고 대답하지 못하는 여자에게 되물었다.

"자꾸 반하게 해서?"

비스듬히 턱을 괸 채 웃었다. 요한은 아무렇지 않게 웃으려 애를 쓴다. 그러나 검게 타 버린 속은 별수 없이 여전히 쓰라리고 아팠다.

'제기된 혐의는, 모두 사실입니다.'

천장이 무너지는 기분이었다. 지금 당장 폭탄이라도 터지면 좋겠다고 진심으로 바랐다. 인정합니다. 그 말을 들은 모두의 귀가 완전히 멀어 버리게. 표현할 수 없는 절망감에 간신히 몸을 가누며 요한은 무기 반입을 엄금하는 보안 규정이 또한 다행스러웠다. 그때 제게 총이 있었다면 무슨 짓을 했을지 그 자신조차 가정하기 어려웠다.

보석 여부를 결정하는 재심리는 이제 내일로 다가왔다. 제인은 다시 피고인석에 앉아 검사의 고지를 듣고 판사의 결정을 기다려야 한다. 보석일지 구속일지 판결의 운을 이제 그로서는 예측할 수 없다.

억지로 이어 가던 대화가 기어이 끊어졌다. 요한은 턱을 괸 손을 내리고 자세를 바로 했다. 가만히 여자를 바라보다 이름을 불렀다. 제인. 눈이 마주칠 때마다 그의 마음은 도리 없이 자꾸만 넘쳐흘렀다.

"너는, 나를 참 부끄럽게 만들어."

말하며 여자의 까만 눈동자를 번갈아 본다. 눈물이 날 것처럼 콧날이 시렸다.

"예전부터 그랬어. 너랑 있으면, 항상 내가 되게 하찮게 느껴졌어."

이상하게도 그랬다. 너를 떠올릴 때마다 나는 까닭 없이 부끄러웠다. 네 앞에 선 나는 항상 너무나도 초라해서, 길가를 구르는 깡통처럼 보잘것없이 느껴져서 견딜 수 없이 창피했다. 너는 결코 내게 어울리지 않고, 나는 감히 네게 어울릴 수 없고, 그러니 우리의 이 행복한 시간은 절대로 오래가지 못할 거라고.

"너는 좋은 사람이 되고 싶게 만들어."

그래서 처음으로 무언가 되고 싶단 생각을 했다. 그런 사람이 되고 싶다고. 더 나은 사람. 부끄럽지 않은 사람. 널 지킬 수 있을 만큼 강한 사람.

오래도록 네 안에 머무를, 아주 멋진 사람.

"나는 너한테 그런 사람이 되고 싶어."

탁자 위로 한쪽 손을 뻗었다. 손바닥을 위로 펼친 채 기다렸다. 그의 눈과 손을 번갈아 보던 제인이 망설이다 천천히 오른손을 내민다. 깜짝 놀랍도록 차가운 그 손을 요한은 힘주어 잡았다.

"앞으로 힘든 일 계속 생길 거야. 너도 알겠지만 만만치 않을 거야. 그럴 때, 네가 기댈 수 있는 게 나였으면 좋겠어."

체온을 옮겨 주듯 가느다란 손가락을 천천히 문지른다. 권총을 찬 교도관들만 아니었다면 지금 당장 끌어당겨 품에 안았을 것이다. 요한은 발밑을 가르는 하얀 선을 원망하지 않으려 애썼다. 이렇게 마주 앉은 것만으로도, 네가 울지 않는 것만으로도 나는 가슴이 벅차 눈물이 나려고 하니까.

"내가 지켜 줄게."

한껏 힘주어 말했다.

"그러니까 너도 꼭 널 지켜 내."

어렵게 쥔 손을 단단히 붙잡았다.

"약속해 줘, 제인. 어떤 상황이 와도 널 지켜 내겠다고."

절망하지 않겠다고. 용감히 버텨 내겠다고. 포기하지 않고 반드시 이겨 내겠다고.

"날 위해서. 꼭 그렇게 해 줘."

다섯 개의 손가락이 천천히 벌어졌다. 남자의 체온과 살갗이 사이사이를 파고들고, 두 개의 손은 풀리지 않을 매듭처럼 얽혀 들었다. 제인은 더는 어떤 말도 해낼 수 없어 입술을 꼭 다문 채 간신히 고개를 끄덕였다.

내 앞에서 언제나 웃어 주는 남자. 이토록 아름답게 웃는 남자 앞에 우는 꼴을 보일 수는 없으니까.

"여기 키스해도 돼요(Can I kiss her)?"

요한이 고개를 돌리며 물었다. 교도관은 어처구니없다는 듯 애매한 미소만 지어 보였고 그는 의자에서 반쯤 몸을 일으켰다. 왼손으로 여자의 목덜미를 가볍게 당기더니 고개를 기울여 입을 맞춘다. 가벼운 키스와 포옹은 허용. 면회 매뉴얼에서 이미 확인한 내용이다.

제인은 눈을 감았다. 맞잡은 손에 힘을 주었다. 부드러운 입맞춤은 너무나도 순식간에 끝나 서운하단 생각조차 들지 않았다. 그리고 다시 눈을 떴을 때, 남자의 연한 눈동자가 코앞에서 그녀를 바라보고 있었다. 갈색 홍채와 검은 동공. 촘촘하고 긴 속눈썹. 선명한 눈매와 짙은 눈썹의 선. 오직 한곳만을 바라보는 진득한 시선.

가슴이 터질 것 같았다.

"내일 봐."

왼손으로 여자의 얼굴을 쓰다듬었다. 인사까지 하고 난 뒤에도 꼭 잡은 손을 풀어내기가 어렵다. 마음 같아서는 언제까지고 머물고 싶지만 그에게는 해야 할 일이 있었다. 요한은 바닥에 그어진 하얀 선 너머, 제인이 교도관을 따라 출입문 저편으로 완전히 사라질 때까지, 그 뒷모습까지 온전히 지켜본 후에야 면회실을 빠져나왔다.

연방수사국 엠블럼이 찍힌 서류는 몇 장 되지 않았다. 꼼꼼히 읽어보고 서명하라는 말을 무시하고 대강 훑었다가 무려 꾸지람을 들었다. 겁도 없이 아무 데나 막 서명하지. 베런은 깐깐한 교수처럼 종이를 박박 찢어 버리고는 새 계약서를 뽑아 내밀었다.

"약관 안 보고 사인하면 보험사엔 더 좋은 거 아닌가."

요한이 구시렁대며 서류를 읽는다. 보험사라니. 촬영용 카메라를 들여다보던 베런이 코웃음을 쳤다.

"보험도 그렇게 들면 사기당하기 십상이지."

"걱정은 고맙지만 보험 같은 거 안 듭니다."

"잘 읽어 봐. 증인 진술은 경우에 따라 생명까지 위협받을 수 있어."

"와, 되게 무섭네요."

이거 다시 생각해 봐야 하나. 중얼거리면서도 요한은 서류를 꼼꼼히 끝까지 읽어 냈다.

"내가 여기 서명 안 하면 어떻게 되는데요."

"재판에서 당신 진술을 사용할 수 없게 돼."

"그럼 꼭 해야 되는 거네. 그런데도 나한테 이렇게 막 해도 됩니까?"

대답이 없다. 베런은 못 들은 척 카메라만 만지작대고 있다. 요한은 저도 모르게 픽 웃었다. 이 남자도 참 알다가 모를 캐릭터네.

"뭐야, 세게 나가려면 끝까지 세게 하던가. 필요한 걸 그렇게 티 내면 협상 못 한다니까요."

그러니까 바가지나 쓰고 다니지. 들으란 듯 덧붙이며 펜을 쥐고 서명했다. 팔을 길게 뻗어 계약서를 내밀자 베런이 받아 들곤 휙휙 종이를 넘겼다.

"공공재산 및 사유재산 훼손은 A급 경범죄야."

"압니다."

"경찰 본부를 의도적으로 훼손한 건 공무집행방해까지 적용할 수 있고."

"낙서 몇 번 한 거 가지고 훼손씩이나."

"그쪽 팀은 당신이 세븐써리라는 거 아나?"

"아직 모르지만 알아도 괜찮습니다. 어차피 시효도 지났고."

경범죄 공소시효 2년이잖아요. 편안한 의자에 앉은 요한이 여유롭게 상체를 젖혔다. 베런은 계약서를 서류철에 넣으며 못마땅한 눈으로 그쪽을 본다.

"시경에서 좋은 거 가르쳤군."

"그 정돈 원래부터 알았는데요."

그래피티 하는 애들은 다 아는데. 밉살맞게 미소 짓는 남자를 깨끗이 무시하며, 베런은 카메라에서 꺼낸 메모리카드를 플라스틱 케이스에 넣었다.

"오늘 진술한 내용은 녹화됐고, 나중에 소환되면 법정에 출석해서 이 내용 그대로 반복해 주면 돼."

"예."

"필요하면 차후에 다시 협조 부탁하지. 더 들을 얘긴 없을 것 같지만."

서류철과 케이스를 가방에 넣고 지퍼를 단단히 닫았다. 단독으로 비밀 수사를 시작한 후부터 베런은 관련된 물품 어느 것도 사무실에 두지 않았다. 내사과에 요청하면 보호와 지원을 받을 수 있는데도 보고하지 않았다. 충분한 물증이 확보되는 대로 검찰에 넘길 작정이다. 그는 이제 수사국 내 그 누구도 믿을 수 없었다.

"그 날,"

요한이 입을 뗐다.

"그 날 내가 그 얘길 했으면, 뭔가 달라졌을까요."

베런은 고개를 들어 상대를 바라본다. 아무렇지도 않은 경관의 얼굴에서 그는 희미한 균열을 보았다. 후회와 자책, 약간의 두려움, 자신의 선택에 대한 의심과 불안. 관자놀이에 바짝 들러붙어 신경을 쪼아 대는 그 감정들을 베런은 누구보다 잘 알고 있다.

체포 작전이 있기 전부터 요한은 시경국 내 스파이가 누구인지 알고 있었다. 비쳴리오의 체포를 앞두고 궁지에 몰려 있다는 것도, 그를 죽여 영원히 비밀을 묻으려 했다는 것도 눈치채고 있었다. 그러나 작전 전날 밤 아파트로 찾아왔을 때 그는 끝끝내 그 말을 꺼내지 않았다. 어째서였는지 베런은 모르지 않는다.

"아니. 아무것도."

그는 자르듯 단정했다. 요한이 제게 그 말을 했다 한들 작전은 중단되지 않았을 것이다. 시경 쪽의 이상을 보고했다면 수사국에선 더더욱 단독으로라도 작전을 강행했을 것이다. 덫은 이중으로 놓여 있었고 비쳴리오를 덮친 것은 이쪽에서 친 올가미였다. 그가 다른 선택을 했다 한들 이미 짜인 판은 바뀌지 않았다.

"당신은 어차피 불발이었어."

그래서 필요 이상으로 비아냥댔다. 쓸모없는 후회나 자책 따위 일찌감치 집어치우도록.

"특수부대 출신이라고 과대평가한 거지. 사람 죽이는 건 아무나 하는 줄 아나. 실전은 구경도 못 해 본 주제에."

기껏해야 훈련소 중퇴가 뭐 대단하다고. 베런이 코웃음을 쳤고 요한은 쓴웃음으로 응답했다. 지나간 일에 대한 번민은 거기까지만. 퉁명한 말 몇 마디와 몇 차례의 시선만으로도 어쩐지 깊이 위로받는 기분이 든다.

"그날 사격한 대원도 진술받을 겁니까?"

"받아야지."

"협조할까요."

"안 하면 하게 만들어야 할 거고."

"협박처럼 들리는데."

"수사관은 협박이 아니라 압박이라고 하는 거야."

"변호사 맞네, 말장난하는 거 보니까."

협박이든 압박이든 증인을 설득할 증거품은 충분했다. 제인으로부터 넘겨받은 대여금고에는 예상을 뛰어넘는 물건들이 들어 있었다. 수사국 범죄수사부장 에이브 프라이스와 시경국 조직범죄국장 매튜 슈머와의 거래 내역이 몹시도 입체적으로 총망라된 자료였다.

수년에 걸쳐 정기적으로 전달한 뇌물과 비정기적으로 건넨 선물들의 액수와 날짜가 상세히 적힌 장부. 현금을 인출하고 할부금을 대납한 비첼리오의 차명계좌 내역. 내밀한 대화와 당사자의 육성이 담긴 녹취 파일 십여 개. 같은 날 몰래 찍은 사진 수십 장.

'자네 숙부가 우리 쪽에 접촉해 왔어. 위섹, 증인보호 프로그램 말이야.'

'……유감이군요.'

'계약서는 사본만 들고 갔어. 본인 요구부터 들어줘야 서명하겠다 더군. 그 노친네 연방정부 상대로 꽤나 깐깐하게 굴어.'

'원래 깐깐한 분입니다. 목숨 건 거래인데 그 정도는 해야죠.'

'여자 하나를 더 포섭할 수 있을 것 같다던데. 자네 조직원 중에 여자도 있나?'

리오나르도가 차곡차곡 모아 둔 증거품들을 확인하며 베런은 몇 번이나 목덜미가 서늘해졌다. 묵직한 우드 향. 마치 제 옆에 등받이가 높은 가죽 윙체어가 놓여 있고, 그 남자가 거기 앉아 저를 지켜보는 것 같았다. 어떻게 생각해, 콜린스. 건조하고도 낮은 음성은 실제처럼 선명했다.

"근데 두 사람 서로 아는 사입니까?"

"알지. 둘 다 뉴욕에서 강력범죄통으로 알려진 전문가들이고 합동작전도 여러 번 했으니까. 사적으론 고등학교 동창이기도 하고."

"그럼 서로 소개해 준 거예요?"

"그럴 가능성이 높지만 단정할 순 없어."

슈머는 92년부터, 프라이스 부장은 94년부터 비첼리오와의 관계가 시작됐다. 그렇다면 리오는 베런이 잠입을 시작한 지 최소 3년간은 그의 정체를 몰랐다는 말이 된다. 바꿔 말하면 길게는 5년 이상 그의 본명을 알고도 모른 척했다는 뜻.

"궁금한 게 있는데요."

"질문이 너무 많은데."

베런이 빨리 물으라는 듯 손목시계를 한번 들여다봤다.

"알렉스 헤닝, 어떻게 죽었습니까."

맞붙은 시선이 일순 까끌해졌다.

"비첼리오가 정말, 제인 때문에 그를 죽인 겁니까?"

"그런 헛소리는 시경에서 들었나."

"파올로 알폰시한테서요."

베런이 입을 꾹 다물었다. 다문 입술이 다시 열리기까지 한 줌가량의 시간이 흘렀다.

"크루끼리 다툼이었어. 알겠지만 마피아 조직에서는 드물지 않은 일이고. 그때도 헤닝 혼자 간 건 아니야. 다른 솔저도 있었고 나도 있었어. 잭은 그게 제인 때문이었다고 믿고 있지만 보스는,"

혀를 깨문 것처럼 말을 멈췄다. 요한은 못 들은 척 아무 말도 하지 않는다.

"……비첼리오는 그 정도 이유로 사람을 죽이진 않아."

말해 놓고도 기가 막혔다. 당황해서 아무 말이나 지껄였다는 건 핑계가 되지 못한다. 충분한 이유가 있어서, 심사숙고 끝에 사람을 죽이면 살인이 정당화되기라도 한단 말인가. 누구를 왜 변호하고 있는지 알지도 못한 채 그는 스스로 할 말을 잃고 말았다.

바로 그 남자의 손에 죽을 뻔했던 요한은 이번에도 못 들은 척 화제를 바꿨다.

"근데 잭 알폰시는 진짜 해외로 뜬 거 아닙니까?"

지금까지 안 잡힌 거 보면 뉴욕엔 없는 건데. 혼자 중얼거린 경관이 다시 물었다.

"어디 숨어 있을 만한 데 몰라요? 친했잖아요, 둘이."

친하긴 누가. 발끈하며 받아칠 줄 알고 일부러 한 말인데 대답이 돌아오지 않는다. 덕분에 요한은 외려 그의 기색을 살펴야 했다. 창백한 얼굴과 새파란 눈동자가 마네킹처럼 굳어 있었다.

"이만 일어나지."

그래서 입을 다문 채 순순히 일어나 입구로 걸어갔다.

방음 처리가 잘 된 조사실은 스테인리스강 책상과 원목 캐비닛 등으로 그럴듯하게 꾸며져 있었다. 합판으로 짠 시경국의 장방형 회의 탁자보다 훨씬 고급스런 집기들. 연방정부 예산 빵빵한가 보네. 생각하며 경관이 문고리를 잡았을 때,

"요한 리."

등 뒤에서 그가 이름을 불렀다.

뒤돌아서 묻는 눈으로 남자를 본다. 차갑게만 보이던 푸른색 눈동자에서 미묘한 온기가 느껴졌다. 보기 좋게 음영이 진 얼굴과 어두운 금발. 볼수록 귀족적인 저 외모는 범죄 조직과 수사기관 모두에 어울리지 않는다고 요한은 생각했다.

"미안했어(I'm sorry)."

다만 그레이엄 스펜서. 여전히 입에 안 붙는 그 이름만큼은 꽤나 어울리는 남자.

"나도요(Same here)."

그를 향해 요한이 가볍게 어깨를 으쓱해 보였다. 그리고 턱짓과 함께 조언하듯 툭 던졌다.

"상처 자꾸 건드리지 마요. 잊고 있어야 빨리 낫더라고요."

그럼 다음에 또 봐요. 눈을 휘며 예쁘게도 웃어 보인 뒤, 경관은 몸을 돌려 문을 열고 사라졌다.

조사실에 홀로 남은 베런은 닫힌 문을 바라보았다. 오른쪽 어깨에 감은 압박붕대를 상기했다. 이제 한 달 반을 간신히 넘긴 총상은 예상보다 회복이 더뎠다. 좀처럼 쉴 수 없는 형편에 빨리 아물기를 바라는 것도 무리였다.

가만히 선 채로 그가 조금 웃는다. 요한 리. 대책 없는 철부지인 줄 알았더니 제법 똑똑한 말도 할 줄 안다. 모르는 척 남의 치부를 눈감아 줄 줄도 알고. 그 남자의 준수한 미소는 볼수록 밉지 않았다.

맞는 말이다. 상처는 잊어야 빨리 낫는다. 그러니 빨리 낫기 위해서라도 잊어야 한다. 하지만 아는 것들을 행하기란 때로 생각처럼 쉽지 않아서, 베런은 한동안 마음을 다잡으려 제자리에 머물렀다.

철문이 열리자 거리의 냄새가 밀려들었다. 지나가는 자동차의 매연 냄새. 길거리 노점에서 흘러나오는 커피 냄새. 설탕 입힌 견과류의 달콤한 냄새. 온 거리를 가득 채운 겨울의 냄새들.

제인은 가슴을 부풀리며 그 냄새들을 들이마셨다.

재심리는 오후에 열렸다. 첫 번보다 관심이 떨어졌는지 기자들은 서너 명으로 줄었고 방청석도 거의 텅 비다시피 했다. 이제 그런 것들까지 살필 만큼 그녀는 약간의 여유가 생겨 있었다.

판사가 입장하기 전에는 방청석을 눈으로 훑어 남자를 찾았고, 저번처럼 끄트머리 자리에 앉은 요한과 짧게 눈을 마주치기까지 했다. 피의자 신분으로 형사법원에 앉은 주제에 참으로 태평한 태도였으나, 미소 짓는 남자에게 같은 표정을 돌려줄 정도로 고단수는 되지 못했다.

검사의 고지에는 2급 살인 혐의가 추가됐다. 시엔은 그러나 보석 없이 구속할 것을 주장하지는 않았다. 판사는 피의자가 유죄를 인정했고 수사에 적극적인 협조 의지를 보인다는 이유를 들어 보석을 허가했다. 더불어 공정한 재판을 위해 사선이든 관선이든 변호사를 선임하라고 덧붙였다. 제인은 구치소로 돌아와 보석금을 치르고 물건들을 챙긴 다음 교도관의 안내를 받아 일곱 개의 창살을 지났다. 2주 만의 석방은 그렇게 간단했다.

12월 중순으로 들어선 바깥세상은 한겨울이었다. 새삼 날짜를 인지하자 제인은 갤러리의 형편이 궁금해졌다. 독점 전시 '세기말'은 예정대로 진행 중이라고 했다. 마피아 조직과의 관계가 폭로된 후에도, 관장은 수감됐으며 실질적인 주인은 죽었다는 소식이 즉각 알려진 뒤에도 화가는 전시회를 강행하고 싶어 했다고. 스캔들 덕택에 오히려 전시는 연일 성황이며 에이미도 잘 해내고 있다는 소식들은 요한이 보내온 편지에 적혀 있었다.

그의 편지들을 하루에도 몇 번씩 꺼내 읽었다. 퇴소 준비를 할 때도 차곡차곡 모아 둔 그 편지들부터 가장 먼저 가방에 넣었다. 똑같은 종이에 쓴 열 장의 편지. 무늬 없이 가는 줄만 그어진 평범한 편지지였지만 요한의 글씨체는 대단히 유려해서, 마치 어느 우아한 작가나 고상한 석학의 멋들어진 서한처럼 보였다.

다만 그 아름다운 손재주와 달리 문학적인 소양은 아쉽게도 뒤떨어진 탓에 편지는 온통 단순한 구조의 문장과 중학교 교과서 수준의 무난한 단어로만 채워져 있었으나, 제인은 부드럽게 펜을 놀려 써 낸 그 모든 철자들의 미학적인 어울림에 감탄했고, 수감 사흘째 되던 날부터 하루도 빠짐없이 보내온 정성에 몸 둘 바를 몰랐으며, 담담한 어조로 옮겨 낸 솔직한 고백들로 인해 마음이 달뜨고 가슴이 저렸다.

그리고 이제, 그녀는 눈앞에 선 남자를 본다.

"환영해."

구치소 출구 앞에서 요한은 기다렸다는 듯 웃어 보였다. 성큼성큼 다가와 가방부터 빼앗듯 받아 든 다음 그녀를 끌어당겨 품에 안았다. 몸통을 벅차게 조이는 양팔의 힘. 아, 이거 하고 싶어 죽는 줄 알았네. 목덜미와 어깨 사이 고개를 묻은 채 그가 기다란 숨을 뱉고, 제인은 소리 없이 그저 수수하게 웃었다.

길거리 한복판에 포옹하고 선 남녀를 행인들이 스쳐 간다. 매너 없이 길을 막은 커플을 힐끔대는 사람도 있지만 대부분 신경 쓰지 않고 가던 길만 착실히 걷는다. 다행히 요한은 제인을 오래 붙잡아 두지 않았다.

"가자. 서둘러야 돼."

"어디 가는데?"

"바다."

같이 가기로 했잖아. 손목시계를 들여다본 뒤 그녀의 손을 잡았다. 제인은 그의 뒤편, 도로변에 주차된 4인승 차량으로 이끌려 갔다. 요한이 조수석 문을 열고 여자를 태운 다음 트렁크에 가방을 실었다. 운전석에 돌아와 앉자마자 안전벨트를 채우고 시동을 건다.

"해 떨어지기 전에 도착하려면 아슬아슬한데."

대서양에 면해 있는 뉴욕은 사방이 물이다. 도심에서 가장 가까운 해수욕장까지도 한 시간 안쪽이면 충분하다. 제인은 만류하지 않고 얌전히 벨트를 당겨 맸다. 전면 유리 모서리에 붙은 공무수행 차량 표시에 짧게 눈길이 머물렀다.

자동차는 비좁은 맨해튼 거리를 엉금엉금 지나 간신히 강을 건넜다. 브루클린으로 넘어온 후부터 비로소 속도가 붙기 시작했다. 제인은 차창을 지나는 오후의 풍경을 바라본다. 평범한 주택가 도로는 지나는 자동차가 거의 없어 한적했다.

정지신호를 받은 그들의 차가 천천히 멈춰 섰다.

늦은 오후의 빈촌은 졸린 고양이처럼 나른해 보였다. 어깨를 나란히 붙이고 조로록 선 소박한 타운하우스들. 노인 서넛이 앉은 패스트푸드점과 허름한 델리. 세탁물을 잔뜩 담은 손수레를 끄는 젊은 여자. 그 여자의 꽁무니를 졸졸 따라가는 아이들. 남매인 듯한 꼬맹이들에게 제인은 시선을 주었다. 갈색 피부와 까맣고 곧은 머리카락, 온순하게 둥근 눈매가 귀여웠다.

"보석금 어떻게 냈어?"

"수표 썼어."

"내가 해 준다니까."

"네가 무슨 돈이 있어서."

"야 무슨 소리야, 나 돈 있어."

말단 경관이 발끈하며 조수석 쪽으로 고개를 돌렸다. 마주 보는 여자의 입가에 미미한 웃음기.

"와, 어이없네. 이따 저녁에 한국 음식 먹으러 가."

말만 해, 먹고 싶은 거 다 사 줄 테니까. 비싸기로 이름난 한식당을 굳이 지목하며 그러는 남자가 귀여워서 그녀는 코끝으로 얕게 웃었다.

자동차는 계속하여 동쪽으로 달렸다. 브루클린을 벗어나 퀸즈 변두리로 진입했다. JFK 공항 활주로에 대기 중인 비행기들이 차창 밖으로 멀어질 동안 두 사람은 나란히 정면을 향한 채 드문드문 대화를 나눴다. 라디오에서 흘러나오는 진행자의 목소리와 음악 소리가 순한 물처럼 잔잔했다.

그들은 차분했으나 서먹하지 않았다. 어쩔 수 없는 거리감에도 불편하지 않았다. 겪어 내야 했던 일들과 겪어 내야 할 일들이 산더미처럼 쌓여 있는데도 그저 묵묵하고도 나란히 정면만을 바라보았다.

라커웨이 비치까지는 한 시간가량 소요됐다. 인적 없이 텅 빈 해수욕장은 거친 모래와 검푸른 바다뿐이다. 한겨울의 평일 저녁, 그것도 크리스마스 분위기가 절정에 달한 12월 중순이었다. 이런 타이밍에 해변을 서성대는 사람이 있다면 그게 외려 이상할 것이다.

아무도 없는 백사장. 바다를 향해 선 채로 제인은 잠시 말을 잃었다.

바다는 남쪽을 향해 끝도 없이 펼쳐져 있다. 일몰을 기다리며 해변의 공기는 이미 짙은 분홍으로 물들었다. 서쪽 하늘 저편에서 주홍색 노을이 타오르고, 갈매기 몇 마리가 부메랑처럼 공중을 선회한다.

감탄으로 숨이 멎었다. 장관이었다.

"나, ……미국 와서 바다 처음 봐."

말하며 그녀는 새삼 꼽아 본다. 근 10년 만에 만난 수평선을 한참 동안 바라본다. 잔잔히 일몰을 기다리는 대양은 막막하도록 넓었다.

바다가 이토록 광활하다는 사실이 새삼 충격적이기도 했고 감동스럽기도 했다.

지구를 뒤덮은 거대한 물웅덩이. 이 바다의 어느 자락은 한국에도 닿아 있을 것이다. 10년에 가까운 세월을 보내며 까맣게 잊고 있었다. 내가 지구 반대편에 와 있다는 것. 지금 발 딛고 선 이 땅은 사실 무수한 행성 가운데 아주 작은 하나라는 것. 세상은 이처럼 광대해서, 나라는 존재는 모래 알갱이 하나보다도 미미하다는 것.

소금기를 실은 해풍이 불어온다. 머릿속이 쏴아아 씻겨 나가는 기분이었다.

"군대에 있을 때, 백사장에 앉아서 멍하니 바다 볼 때 많았어."

요한이 꿈꾸듯 중얼거렸다. 두 사람은 같은 방향을 향해 나란히 섰다.

"바다 보면 꼭 너 생각나더라. 생각 안 하려고 본 건데."

끝이 없는 수평선을 보며 그런 생각을 했다. 이 바다를 따라 곧장 나아가면 네가 태어난 땅에 가 닿겠지 하는 생각. 내 부모의 조국은 어느 순간 너의 고향이 되어 완전히 다른 의미를 품어 버렸다. 피하려고 발버둥 쳐도 피할 수 없었다. 그때 이미 나의 세상은 모든 것이, 모래부터 바다까지 온통 너였다.

"샌디에이고는 햇빛이 엄청 눈부셔. 모래는 하얗고 바다는 파랗고. 하늘은 깨질 것처럼 푸르고."

아름다운 곳이야. 요한이 제인을 향해 몸을 돌려 세웠다. 그녀가 천천히 고개를 돌릴 때까지 참을성 있게 기다렸다. 말간 얼굴과 까만 눈동자. 저를 보는 그 눈을 들여다보며 그가 말한다.

"우리, 다 끝나고 나면 캘리포니아로 가자."

거기서 다시 시작하자.

"다 잊어버리고 처음부터 다시 하는 거야."

나는 몇 번이고 너한테 반할 수 있으니까.

"다시는 떠나지 않을게. 네가 밀어내도 절대 안 놔줄 거야."

언제까지라도. 내 모든 시간을 바쳐서. 영원히.

"김재희."

요한이 파카 주머니에 한쪽 손을 집어넣었다. 검고 작은 벨벳 케이스는 거짓말 같다. 커다란 손안에서 앙증맞은 케이스가 벌어졌다. 제인은 심장이 멈추는 것 같았다.

"엄지만 한 다이아몬드로 하려다 참았어."

교도소엔 밴드형 반지만 허용된대서. 남자가 웃는다. 살벌한 농담마저 꿀물처럼 황홀했다.

"기다릴게."

나 기다리는 거 잘하잖아. 예쁘게 웃는 얼굴이 가슴을 뒤흔들었다.

"완전 잘하지."

외국어도 모국어도 아닌 언어로 남자가 덧붙였다. 아름다운 미소. 엄지와 검지 사이 조그만 금빛 반지. 핏빛에 가까운 분홍으로 물든 하늘. 거대한 바다의 낮은 숨소리. 이 모든 것이 지독히도 현실 같지 않아 제인이 눈을 한 번 깜빡였을 때,

탕!

굉음이 공기를 찢었다.

탕!

놀란 갈매기들이 공중으로 솟구쳤다.

탕!

바람 한 점 없는 노을 속에서,

탕!

부둥켜안은 남녀가 모래 위로 쓰러진다.

✤

제인은 두 눈을 꽉 감았다. 총탄이 날아오는 곳을 가늠해 그쪽으로 몸을 돌렸다. 그러나 같은 방향을 고집하는 남자를 이길 수가 없다. 비명 소리는 입 밖으로 나오지도 않았다. 내 몸이 그보다 작은 것이, 내 힘이 그보다 약한 것이 그 짧은 순간 미치도록 원망스러웠다.

요한은 그녀를 단단히 끌어안았다. 모래밭에 쓰러지듯 누운 채 수 초간 꼼짝도 않았다. 품 안에 갇혀 있던 제인이 벗어나려 몸부림친다. 그러나 남자는 놓아주지 않았다.

"움직이지 마,"

최대한 감싸려 안간힘을 썼다. 사방이 트인 해변에서 방패로 쓸 만한 것은 오로지 제 몸뿐이다. 품속의 제인이 알 수 없는 말을 웅얼대며 몸을 비틀었다. 그는 흔들리듯 눈앞이 어지러웠다.

"가만히 있어, 위험해."

시야가 확보되지 않았다. 그러나 완벽히 노출된 상황에서 어차피 시야는 의미가 없다. 요한은 허리에 찬 권총을 빼 들며 집중해 귀를 기울였다. 총성은 멎었고 적이 다가오는 기척은 느껴지지 않았다. 목표물이 나였나. 제발 그렇기를 온 마음으로 빌었다. 시간은 빌어먹도록 느리게 흘러서 공격이 끝났는지 잠시 소강인지 가늠이 되지 않았다.

"요한, 괜찮아?"

"너 괜찮아?"

똑같은 질문이 동시에 나왔으나 대답은 돌아오지 않았다. 제인은 느슨해진 남자의 팔을 풀어내고 몸을 일으켰다. 모래밭에 누운 얼굴이 창백했다.

"요한,"

"너 정말, 괜찮아⋯⋯?"

눈동자를 움직여 여자를 본다. 하얗게 질린 얼굴로 제인은 정신없이 그를 살피고 있었다. 공포에 질려 덜덜 떨리는 두 손. 그러나 요한이 보기에 그녀는 다치지 않은 것이 확실했다. 그제 맥을 놓듯 긴 숨이 터졌다. 입술이 제멋대로 미소 지었다.

"⋯⋯다행이다."

비로소 마음을 놓고 눈을 감았다. 긴장이 풀렸는지 입꼬리가 자꾸만 실룩거린다. 감사합니다. 감사합니다. 정말 감사합니다. 요한은 누군지도 모를 대상을 향해 온 마음으로 감사를 반복했다.

"몸 낮춰, 제인. 아직, 위험해."

"말하지 마, 말하지 마, 요한,"

눈앞이 흐려진다. 울고 있지 않은데 시야가 부옇다. 요한은 미간을 찡그리며 두 눈을 슴벅였다. 제 호주머니를 마구 뒤지는 여자의 모습이 오래된 필름처럼 깜빡거렸다. 휴대전화를 찾아 손에 쥔 제인이 다시 그의 얼굴을 들여다본다. 하얀 얼굴이 온통 눈물로 엉망이었다.

"울지 마."

뺨을 닦아 주려 오른손을 들어 올렸다. 그러나 의지와 달리 몸은 꿈쩍도 않는다. 젠장. 빠르게 줄고 있는 시간을 요한은 본능적으로 알았다.

"나 괜찮아."

그래서 이 순간, 할 수 있는 모든 것을 한다.

"몸, 낮추라니까,"

보호하려 기를 쓴다.

"빨리, 신고해,"

웃어 보이려 최선을 다한다.

"재희."

조금이라도 더 널 보기 위해 모든 노력을 동원한다.

"……울지 마."

시야가 닫혔다. 얼굴을 쓰다듬고 몸을 흔들고 소리쳐 부르는 여자는 느껴지기만 할 뿐 이제 보이지 않는다. 요한은 하나씩 사라지는 감각들을 붙잡으려 사력을 다했다. 몸이 자꾸만 풍선처럼 공중에 뜨는 것 같았다. 그리고 이내, 울부짖는 목소리마저 서서히 멀어질 동안 그는 생각했다.

말해 줘야 하는데. 나는 절대로 널 떠나지 않겠다고. 그럴 일은 없을 거라고 말해 줘야 하는데.

날아갈듯 가볍던 몸이 젖은 솜처럼 무거워진다.

그리고 서서히 아래로 아래로 가라앉는다.

모래밭에서 바닷속으로.

빛에서 어둠 속으로.

찰나에서 영원 속으로.

그동안 요한은 같은 말을 반복했다.

괜찮아. 재희. 울지 마.

나 정말 괜찮아.

그러니까 울지 마.

❖

빛 한 점 없었다. 광대한 바다는 어둠 속에서 침묵한다. 들불처럼 타오르던 황혼은 잿더미가 되었고 세상은 텅 비어 버렸다. 서서히 떠오른 달빛이 부옇게 내리고, 무저갱 같던 모래사장은 그제 다시 반짝거리기 시작했다.

제인은 멍하니 허공을 본다. 모래 사이 파묻힌 두 무릎이 차게 식어 감각이 없었다. 아니, 온몸 전체가 이미 시체 같다. 바람 없이 잔잔한 모래사장은 한겨울의 모진 공기로 꽁꽁 얼어붙었다.

얼마나 기다렸는지 모르겠다. 무릎을 꿇고 앉은 채 기다리고 또 기다렸다. 총탄이 다시 날아오길, 어서 날아와 내 머리를 꿰뚫어 주길 간절히 바라며 기다렸다. 그러는 사이 노을은 빠르게 사위고 주변은 온통 암흑에 휩싸였다.

세상은 여전히 한스럽게도 적막하다.

오른손에 쥔 피스톨을 들어 올렸다. 실린더를 아래로 빼 내용물을 확인했다. 요한의 권총에는 충분한 양의 탄환이 정연하게 들어 있다. 제인은 침대 옆 협탁 서랍 속에 넣어 둔 수면유도제를 떠올렸다. 총알처럼 매끈한 타원형의 알약들. 그녀는 몹시도 피곤해서 이제 그만 잠들고 싶었다. 깊고 편안한 잠에 빠지고 싶다는 생각만이 탈진한 심신을 지배했다.

천천히, 총구를 머리에 가져다 댔다.

관자놀이에 닿은 금속이 얼음 같았다. 그러나 몸의 감각은 아주 멀리에 있다. 스스로 급소를 겨냥한 채 제인은 곁에 누운 남자를 바라보았다. 그는 편안히 잠든 것처럼 보여, 마치 금방이라도 눈을 뜨고 부드럽게 탓할 것 같다.

약속했잖아.

그녀는 두 눈을 내리감았다. 눈물은 이제 흐르지 않았다. 검지 끝을 천천히 방아쇠에 누르며 다시 눈을 떴다. 잠든 남자는 여전히 미소 짓는 것처럼 아름답다.

'약속해 줘, 제인.'

너는 왜.

'어떤 상황이 와도 널 지켜 내겠다고.'

대체 왜.

'날 위해서.'

끝까지 왜, 이토록 내게.

"하……."

제인은 무너지듯 권총을 떨군다. 그리고 다시 이끌리듯 남자를 보았다. 달빛 아래 그는 평온해 보였다. 원망스럽도록 생생하고 아름다워 눈이 시렸다. 그래서, 내 곁에 잠든 네가 너무나도 예뻐서, 소용이 없다는 걸 알면서도 자꾸만 부르게 된다.

"요한."

쏘지 못할 총을 손에 쥔 채 남자의 얼굴을 더듬었다. 과거의 시간들이 눈앞을 내달렸다. 두텁게 쌓인 기억들이 녹화본 테이프처럼 거꾸로 감기고, 제인은 4년 전 12월의 어느 날 하얗게 잔설이 쌓인 공원을 다시 보았다.

'안 추워요?'

피할 수 있을 거라 생각했다. 피하지 못한 것을 자책했다. 그러나 이제 와 뒤돌아보니 너를 향한 길은 외길이었다.

'요한 리. 당신은?'

갈림길 같은 건 없었다. 처음부터, 너와 눈이 마주친 최초의 순간부터, 내 앞에 놓인 것은 오직 한 가닥의 외길뿐이었다.

'왜 그런 거 있잖아. 뭐라고 말로는 설명 못 하겠는데 몸으론 확실히 느껴지는 거.'

그래서,

천 갈래의 길에서도 나는 너와 마주쳤고,

만 갈래의 길을 돌아 기어코 다시 왔다.

'운명 같은 거.'

그러니 요한. 너도 이미 알고 있었겠지.

'난 널 사랑하지 않아.'

부정하고 밀어내고 외면하던 그 모든 순간마저, 선택 없이 외길 위에 선 나는 그저 너를 사랑할 수밖에 없었다고.

"……사랑해."

매 순간마다 기적 같던 남자.

"사랑해."

아름다운, 너무도 아름다운.

"사랑해……."

나의 아름다운 요한 리.

미소 짓는 남자에게 가만히 입을 맞췄다. 사뿐히 감은 두 눈에 입술을 댔다. 짙은 눈썹과 촘촘한 속눈썹을 손끝으로 쓸어 본 뒤 다시 한번 입술에 입 맞췄다.

눈물은 나지 않았다.

제인은 무덤처럼 차가운 모래 위에 누웠다. 벨벳 같은 밤하늘을 바라보았다. 얼어붙은 별들. 씨앗처럼 흩어진 얼음의 결정들. 무수한 행성과 광대한 우주의 흔적들.

그토록 아득한 어둠 속에서 그녀는 따스한 체온을 느낀다. 별처럼 빛나던 눈동자를 본다. 달빛보다 황홀한 미소를 응시한다. 그리고 다시, 그 남자처럼 평온히 두 눈을 감는다.

가슴 속에서 뛰는 심장. 그 잔잔한 고동에 가만히 귀를 기울인다.

'김재희.'

먼 데서, 파도 소리가 밀려왔다.

어디선가 자동차 경적이 희미하게 울렸다.

하루는 또다시 끝을 향해 저벅저벅 걸었다.

낡은 세기의 바퀴 소리가 덜컥덜컥 멀어진다.

完

외전

1. 2000년

"말하자면 이런 겁니다."

실내는 아늑했다. 흰색 가운을 걸친 정신과 전문의는 소독약 대신 은은한 스킨 냄새를 풍겼다. 사십 대 후반쯤 되어 보이는 남자의 둥그스름한 얼굴이 보기 좋았다. 비영리단체 소속의 사회복지사 또는 규모 작은 교회의 자원봉사자처럼 넉넉한 인상. 의사는 무슨 말이든 들어 줄 준비가 되어 있다는 듯 자상하기 그지없는 표정으로 책상 너머 마주 앉은 남자를 응시했다.

"금주법 시절이던 이십 년대엔 위스키 한 병을 사려면 밀주업자를 통해야 했어요. 요즘 사람들이 뒷골목에서 마약을 밀거래하듯이 말입니다."

베런이 시큰둥한 얼굴로 말을 이었다. 의사는 그가 진료실에 들어와 푹신한 의자에 엉덩이를 붙인 순간부터 무슨 말이든 하도록 끊임

없이 유도했다. 그래서 그는 마치 경고장을 받고 상담교사와 마주 앉은 비행 청소년이 된 기분이다.

"지금은 위스키를 몰래 살 필요도 없고 양심의 가책을 느끼지도 않습니다. 신분증과 돈만 있으면 어디서든 쉽게 구할 수 있죠."

"도덕과 규율은 시대에 따라 변하니까요."

"그러니 코카인과 마리화나도 그렇게 될 수 있겠죠. 위스키처럼요."

"이런, 콜린스 씨."

의사가 소리 없는 웃음을 터뜨렸다.

"코카인과 마리화나는 마약이에요. 주류는 기호식품이고요. 담배처럼요. 물론 의사로서 절대 권장하지는 않습니다만."

"알코올과 니코틴은 중독성 약물입니다. 이 나라에서 마약보다 술과 담배 때문에 죽는 사람이 훨씬 많다는 걸 박사님도 아실 텐데요."

"물론 그렇지만 마약으로 분류되지는 않죠."

"마약에는 세금을 붙일 수 없으니까 그런 겁니다."

베런은 이완된 표정으로 상대를 응시했다. 주제가 무엇이 됐든 간에 그는 정신과 진료실에서 의학박사와 마주 앉아 논쟁할 생각이 전혀 없었다. 그저 정해진 진료 시간을 채우기 위해 무슨 말이든 해야 했고, 눈앞의 남자는 환자가 최대한 많은 말을 하길 바라고 있으며, 의사가 원하는 대로 순순하게 굴어야 처방전을 받아 낼 수 있기 때문에 아무 말이나 하고 있을 뿐이다.

"코카인과 마리화나에도 세금을 부과할 수 있다면, 그럴 필요성이 생긴다면 정부는 의회를 통해 그것들도 합법화시킬 겁니다. 높은 세금을 붙이고 판매 면허도 팔겠죠. 지금 담배와 주류에 하는 것처럼."

"마리화나는 의료용으로 사용이 가능한 주들도 있긴 합니다."

"저는 처방전이 필요 없는 판매를 말하는 겁니다."

"그럴 리가요(Nonsense), 미스터 콜린스."

남자가 가볍게 웃었다. 마리화나 판매 면허라니, 농담도 잘하시네요. 베런은 둥글게 휜 눈매를 감흥 없이 마주 본다. 정해진 진료 시간이 거의 끝나 가고 있었다.

"이런 생각들 때문에 통 못 주무시는 거로군요."

의사가 통통한 손으로 만년필을 집어 들고는 차트 위에 암호 같은 글자들을 휘갈기기 시작했다. 베런은 이제 곧 원하는 것을 얻어 내리라 생각한다.

"밀레니엄 신드롬을 겪는 건 콜린스 씨뿐만이 아니랍니다. 서기가 이천 년대로 바뀌면서 이유 없이 불안감을 느끼는 사람들이 많았죠. 전산 시스템이 마비돼 주식시장이 붕괴될 거라느니, 은행 계좌에 둔 잔고가 증발할 거라느니 그런 괴담들로 온통 난리였지만 보세요, 해가 바뀌었는데도 세상은 멀쩡하잖아요?"

의사가 고개를 들고는 다시 한번 이쪽으로 시선을 던졌다.

"그리고 한 가지 더 말씀드리자면 아직 이십 세기예요. 다들 올해부터 이십일 세기라고 생각하는데, 엄밀히 말해 세기가 바뀌는 건 내년부터거든요."

베런은 입을 다문 채 대꾸하지 않았다. 아직도 세기말이었다니. 그건 미처 몰랐던 사실이지만 아무렴 어떤가. 흘러가는 시간의 구획을 나누는 것은 어차피 쓸모없는 짓이다. 21세기든 20세기든, 1999년이든 2000년이든 여전히 똑같은 하루들의 연속일 뿐인데.

"그렇군요."

"그렇죠."

처방전에 서명까지 마친 의사가 만년필을 내려놓았다. 베런은 굵

주린 개처럼 남자 앞의 종이를 힐끔거렸다.

"새 직장은 구하셨나요?"

"아뇨. 아직."

"혹시 경제적으로 압박감을 느끼십니까?"

"……그렇진 않습니다."

"다행이네요."

의사가 고개를 끄덕이며 상체를 기울였다. 갓 완성된 처방전은 덕분에 팔꿈치 아래 완전히 깔려 버렸다. 베런은 당장 저걸 잡아채 나가 버리고 싶은 마음을 꾹 누른다.

"오랫동안 근무하던 직장을 그만둔 것도 상당한 스트레스를 유발하죠. 구직이 급하지 않으시다면 휴가라고 생각하고 몇 달쯤 푹 쉬는 것도 불면증 완화에 도움이 될 거예요."

필요하면 주정부에 실업수당 신청하시고요. 6개월까지 지급받을 수 있는 거 아시죠. 살뜰하게 덧붙이는 의사를 향해 그는 건성으로 고개를 끄덕였다.

"약은 저번처럼 한 달 치 처방해 드렸습니다."

다음 달에 여길 또 와야 한단 소리. 베런은 속으로 한숨을 쉰다.

의사는 수면제는 내성이 생기기 쉬우니 권장량을 반드시 지켜야 한다는 것, 잠이 안 온다고 술을 찾는 습관은 꼭 고치라는 것, 낮에는 가까운 공원에 나가 걷거나 일광욕을 하라는 것 등 지난달에 했던 것과 똑같은 잔소리를 되풀이하고 나서야 처방전을 건넸다. 베런은 간신히 마시멜로를 획득한 아이처럼 즉각 종이를 받아 들곤 두 번 접어 점퍼 주머니에 쑤셔 넣었다. 용건이 끝났으니 미련 없이 일어선 것은 당연했다.

"고맙습니다."

"좋은 주말 보내세요, 콜린스 씨."

"박사님도요."

진료실을 나와 접수대에서 수납까지 끝냈다. 담당 직원이 베런 콜린스의 이름으로 된 건강보험 카드를 받아 문제없이 절차를 완료했다. 안녕히 가세요, 콜린스 씨. 살갑게 웃는 여자에게 건성으로 화답하며 그는 진료 오피스를 나와 지하 주차장으로 향했다.

새로 지은 건물이라 엘리베이터가 번쩍거렸다. 베런은 손목시계를 들여다보며 문이 열리기를 기다렸다. 점심시간이 지나 뱃속이 출출한데 먹고 싶은 음식은 떠오르지 않는다. 만만한 메뉴 몇 가지를 억지로 골라내다 승강기 문이 열리자마자 걸어 나왔다. 포드를 세워 둔 곳은 멀지 않았다.

그리고 운전석 문을 향해 막 손을 뻗은 순간 등 뒤로 소름 돋는 체온이 느껴졌고, 그는 본능처럼 뻣뻣하게 굳은 채 짧은 숨을 들이켰다.

오른쪽 귓가에 바짝 닿은 목소리.

"안녕, 패디."

오랜만이야. 속삭이는 음성과 아울러 베런은 목울대 바짝 다가온 칼날을 인지했다. 섬뜩한 금속의 검은 비린내. 마른침만 삼켜도 목젖이 베일 것처럼 살갗과 칼날 사이엔 이미 간격이 없다.

"……이 개새끼야."

알폰시에게서는 그제야 흐릿한 담배 냄새가 풍겼다. 하루에도 몇 번씩 뿌려 대던 진한 향수 냄새는 전혀 나지 않았다. 베런은 목을 꼿꼿이 세운 채 눈동자를 움직였으나 어깨 뒤에 선 남자와는 시선을 맞출 수 없었다. 그래서,

"왜 그랬어."

모든 감정을 목소리에 싣는다.

"세븐써리, ……왜 그랬어."

"뭐? 아아, 그거."

잭이 어깨 뒤에서 키들키들 웃었다. 목구멍에서 지글지글 자갈 끓는 소리가 났다.

"말했잖아, 약속은 지킨다고."

"너,"

"이제 네 차례야. 목 내놓는다며. 네 입으로 뱉은 말은 지켜야지, 너도."

서로 약속한 건 지켜야 신용 사회지. 남자가 가르치듯 일러 준다.

"누구 사주야."

"사주?"

"그 남자, 누구한테 지시받은 거냐고."

"뭔 개소리야."

다시 한번 푸드득 웃는 목소리.

"걔 그년 때문에 죽은 거야."

그년이 죽인 거야. 알폰시가 씹어 내뱉듯 속삭였다. 그러며 베런의 등 뒤로 바짝 몸을 붙였다. 두 남자의 실루엣은 거의 완벽히 하나로 포개졌다.

"걔도, 보스도, 다 그 재수 없는 년 때문에 죽은 거라고."

"……틀렸어."

"맞아. 괜한 여자 건드려서 개죽음당한 거야. 알렉스처럼."

"잭."

"내 말이 맞다니까. 안 믿기면 직접 가서 물어봐. 본인들은 어떻게 생각하는지."

지금 바로 보내 줄 테니까. 알폰시가 비스듬히 칼날을 눕혔다. 면도날처럼 누운 나이프가 장난치듯 살갗을 가볍게 긁었다. 목을 고스란히 내놓은 남자는 통나무처럼 딱딱하게 굳어 버린다.

"근데 우리 지금 이거, 굉장히 낯익은 상황이구만."

한숨처럼 끝이 흐린 목소리에서 베런은 미약한 떨림을 들었다. 아울러 8년 전 브루클린의 빈 창고에서 처음 만난 남자들을 떠올린다. 잭은 그때도 지금처럼 날렵한 칼날을 그의 목에 들이댔다. 듣도 보도 못한 새끼라며 목을 따 버린다 달려들었다. 그리고 그 모든 광경을 침착하게 관망하던 눈동자.

'이름이 뭐지.'

'콜린스. ……베런 콜린스입니다.'

고백하자면 그는 두려웠다. 목줄기에 달라붙은 흉기보다도, 어깨를 꽉 붙든 억센 손아귀보다도, 그 모든 것을 지켜보던 깊고 깊은 눈동자가 숨통을 짓눌렀다. 손가락질 한 번 눈짓 하나만으로 생사를 가를 수 있는 남자. 그때, 그 원초적인 권력 앞에 베런은 완전히 압도됐다.

"너 이 새끼 그때 죽였어야 했는데."

"그럼 너도 이미 이 세상 사람이 아니었겠지."

"입 닥쳐, 이 더러운 쥐새끼야."

"쥐새끼 한 마리에 참 오래도 속았어."

"너는,"

감정을 삭이듯 숨을 훅 들이켜는 소리.

"……배신자야."

베런은 더 이상 대꾸할 말을 찾지 못했다. 배신자. 염탐꾼도 사기꾼도 아닌 그 칭호가 그에게는 지나치게 고상하고도 과분하게 느껴졌다. 충성을 바친 사람만이 배반할 자격이 있다. 신뢰를 전제하지 않고서 배신은 성립하지 않는다. 그렇다면 너는 나를 믿었나. 목숨을 빚졌다는 이유로 나를 신뢰했나. 나는 또한 그때 왜 너를 구했나.

지난 8년간, 우리는 서로에게 무엇이었나.

"파올로 알폰시!"

조용하던 주차장에 카랑카랑한 목소리가 울렸다. 베런은 양손으로 권총을 겨눈 여자를 향해 시선을 옮겼다. 등 뒤에 바짝 붙어 선 칼잡이가 긴장했다.

"FBI다! 무기 버려!"

짭새 새끼들 머리 좀 썼네. 알폰시가 재밌다는 듯 코웃음을 쳤다. 베런은 그로부터 별수 없는 불안과 긴장을 들었다.

"귀여운 아가씨는 거기까지. 더 오면 이 새끼 죽어."

리즈가 두 눈을 가늘게 떴다. 손에 쥔 피스톨이 인질범을 겨냥했으나 두 남자 사이의 거리가 너무 가깝다. 이대로 쏘면 인질의 머리를 대신 맞추게 될 확률이 2할 이상이었다. 그녀는 즉각 걸음을 멈추고 더 이상 전진하지 않는다.

"마지막 경고다! 당장 무기 버려!"

목울대 바짝 칼날을 단 채로 베런은 저만치 선 여자에게 시선을 고정시켰다. 팽팽하고도 짧은 고요, 3초도 채 되지 않을 침묵이 너무나도 길게 느껴졌다. 잭. 그가 부르자 뒤에 선 칼잡이가 움찔 미간을 좁혔다.

"저 여자 말대로 해."

"뭐?"

"말 들으라고. 무기 버려."

"하, 미친 소리 하고 앉았네."

"제발."

입술이 바짝 말랐다. 내장이 검불처럼 타들어 가는 것 같다. 베런은 리즈의 얼굴을 쏘아보며 빠르게 말했다.

"부탁이니까 제발, 무기 버려, 잭."

빨리. 내 말 들어. 제발. 비슷한 단어들이 반복될수록 애원조가 짙어졌다. 그동안 베런은 눈알이 빠근하도록 힘주어 여자를 응시했다. 등 뒤의 남자가 항복하길 기대하고 또 기대했다. 그러나 알폰시는 그의 목을 긋지도, 무기를 버리지도 않았다.

인적 없는 지하 주차장이 팽팽한 냉기로 꽁꽁 얼어붙었다. 인질을 사이에 둔 채 두 남녀는 끈질기게 대치한다. 그리고 총을 겨눈 여자의 눈동자가 기어이 오른쪽으로 움직인 순간,

탕!

뜨듯하고 끈적한 피 냄새가 얼굴을 덮쳤다.

베런은 무기를 쥔 팔목을 재빨리 잡아챘다. 힘이 풀린 손아귀가 바닥에 나이프를 챙그랑 떨어뜨렸다. 간발의 차로 무사히 칼날을 피해 냈으나 그는 제 등을 덮친, 선 채로 업히듯 숨이 끊어진 남자의 무게까지 피할 수는 없었다.

"선배!"

경악하며 달려오는 리즈의 뒤로 요원들이 나타났다. FBI 유니폼을 입은 남자가 셋, 사복 차림 남자가 하나, 그리고 야전복을 갖춰 입은 스나이퍼가 저격용 소총을 들고 저만치 승용차 뒤에서 걸어 나온다. 단 한 발의 사격으로 인질범의 머리를 정확히 맞춘 것은 잘 훈련된 저격수에게 전혀 어려운 과제가 아니었을 것이다.

그동안 베런은 뜨거운 시체를 등에 진 채 말없이 서 있었다. 얼굴과 어깨에 온통 핏물을 뒤집어쓴 채로. 갓 죽은 남자의 따스한 손목

을 여전히 한쪽 손에 단단히 틀어쥐고서.

"괜찮아?"

리즈가 욕설을 섞어 가며 후배들을 재촉했다. 유니폼 차림의 요원 둘이 베런의 등에서 시신을 들어냈다. 나머지 하나는 주차장 바닥에 무릎 꿇고 앉아 구급함을 연다. 라텍스 장갑을 뽑아 끼고 소독약과 탈지면을 꺼내는 모습을 베런은 선 채로 멍하니 바라보았다.

"세상에……."

그의 얼굴을 닦아 내며 리즈가 신음 같은 탄성을 흘렸다. 그는 걷지도 앉지도 않았다. 사정없이 피가 튄 제 자동차 곁에 선 채로, 창백한 얼굴에 물감처럼 온통 붉은 칠을 하고서 마네킹같이 서 있었다. 파란 눈동자에 움직임이 전혀 없어 마치 인형의 눈 같다.

목의 상처는 깊지 않았다. 찰과상보다는 심했으나 드레싱보다 더한 처치가 필요한 정도도 아니었다. 베런은 제 목에 붕대를 둘둘 감으려는 요원을 제지하며 처음으로 눈살을 찌푸렸다. 피가 튄 그의 얼굴을 열심히 닦아 내던 리즈가 입술을 안으로 깨문다.

"됐어. 그만해."

여자의 손에서 물티슈를 통째 빼앗았다. 달짝지근한 아기용품 냄새가 피비린내와 뒤섞여 지독히도 역겨웠다. 발아래 흩어진 붉은 티슈들이 마치 함부로 뜯겨 나간 살점들 같다. 베런은 욕지기를 간신히 참아 내며 입을 열었다.

"축하해."

드디어 수사 종료네. 건조하고도 명료한 말투에 리즈가 잠깐 대답을 우물거렸다.

"고마워. ……협조해 줘서."

"이제 잠복팀도 철수하겠군. 신경 쓰였는데 잘됐네."

리즈의 팀원들이 그의 아파트 앞을 교대로 지킨 지 두 달째였다. 두 달째 등장하지 않아 헛다리 짚은 게 아닌가 슬슬 불안해질 무렵 집을 나선 베런의 뒤를 따라 알폰시가 나타났다. 사직서를 낸 이후로 그는 숫제 집 안에만 틀어박혀 있다시피 했으니, 목표물이 나오길 애타게 기다린 것은 파올로 알폰시 또한 마찬가지였는지 모른다.

"리 경관 사건, 확인했어."

"맞대?"

베런이 짧게 고개를 끄덕였다. 리즈가 낮은 욕설로 응답했다.

"배후는?"

"없다던데."

"정말 단독범행이었다고?"

"본인 말로는."

"그럼 동기가 뭐야. 원한?"

"글쎄."

수사해 봐. 베런은 남의 일처럼 무심하게 덧붙였다. 단독범행이고 용의자는 죽었는데 누구를 상대로 무엇을 수사하나. 성의 없는 대꾸에 이어 그는 아무렇지 않게 화제를 바꿔 버린다.

"내 신분은 왜 처리 안 해. 여태 보험까지 살아 있던데."

리즈는 저를 보는 남자의 서늘한 눈을 마주 보았다. 완전히 닦아 내지 못한 핏물이 금발 사이사이 잔뜩 엉겨 붙어 있었다. 그러는 당신이야말로 왜 가짜 신분증을 여태 갖고 다녀. 그 말이 혀끝까지 기어 나왔으나 그녀는 차마 되묻지 못한다.

"예산이 남아도는 모양이지. 실업수당 청구도 가능하겠어."

"테일러 부장이 한번 보재."

"뭐 하러."

"몰라서 묻는 거야?"

연방검찰의 기소로 수사국과 시경국의 간부 두 사람은 즉시 수감됐다. 부정부패 혐의만으로는 충분히 보석이 가능하지만 살인 교사는 그렇지 않았다. 검사는 죄질이 나쁜 데다 증거 은닉에 추가 범법 행위까지 우려되니 보석은 절대 안 된다며 핏대를 세웠고 판사는 어렵지 않게 동의했다. 제복을 벗은 두 사람이 구치소에 입소했을 때, 그들 손에 체포됐던 선배 재소자들이 무척이나 이를 갈며 좋아했다는 후문이 타블로이드지 2면에 실리기도 했다.

시 정부와 연방정부의 고위급 수사 간부가 한꺼번에 연루된 사건을 언론에선 연일 신나게 떠들어 댔다. 경찰관이 마피아로부터 뒷돈 받는 것쯤 예사로 여기는 뉴욕 시민들도 이번에는 혀를 차며 신문을 정독했다. 그러나 그 모든 비난과 관심은 고작 일주일도 채 이어지지 못하고 다른 뉴스에 묻혀 버렸다. 반복되는 이야기를 귀담아듣기에 이곳 사람들은 너무나도 바쁘고 돌볼 일이 많았다. 워낙에 말도 안 되는 사건들이 쏟아지는 도시였다.

여하튼 그 모든 소동 덕분으로 공석이 된 범죄수사부 부장직을 벤자민 테일러가 꿰차게 된 것이다. 언젠가는 그 자리를 맡게 될 사람이었고 그만한 적임자도 없다는 것에 베런 또한 별 이의는 없지만 아무려면 어떤가.

이제 그와는 하등 상관없는 일이다.

"승진 축하한다고나 전해 줘."

"선배,"

"이제 비켜."

당장 차에 올라탈 것처럼 운전석 문을 열었다. 리즈는 차장에 튄 핏방울들에 시선을 한번 주었을 뿐 움직이지 않았다.

400

"비키라고. 내 꼴 안 보여?"

"우선 병원에."

"됐어."

그는 분노하지 않았다. 슬퍼하지도 않았다. 표정과 말투 모두에 철저하게 감흥이 없어 더욱 매몰차게 들렸다. 리즈는 그것이 마치 그어떤 감정도, 원망과 실망과 배신감조차 더는 주지 않겠다는 결정처럼 들려 또다시 가슴이 서늘해졌다.

"엘리자베스 크루거."

그래서 그녀는 상처받지 않으려 애를 쓴다.

"이제 두 번 다시 나한테 연락하지 마."

차에 올라 시동을 거는 남자를 지켜본다. 그 와중에도 그의 오른팔이 제법 자유로운 것을 확인하며 안심했다. 헤드라이트가 켜지고 핏자국을 묻힌 검은색 포드가 전진하기 시작했다. 우뚝 선 여자의 곁을 스치기가 무섭게 속도를 내며 사라졌다. 피 냄새 떠도는 지하 주차장에는 성난 바퀴가 마찰하는 소리만 비명처럼 남았다.

"선배님, 시신 출발했습니다. 현장 정리할까요?"

사복 차림의 요원이 다가왔다. 여자는 포드가 사라진 방향을 향해 선 채 고개도 돌리지 않고 묻는다.

"증거품은."

"수거했죠, 육 인치짜리 나이프 한 자루. 차에서 투투 라이플도 찾았습니다. 라커웨이에서 쏜 게 그거 같아요. 이십이 구경이요."

"그래, 잘 챙겨요."

"근데 총 놔두고 오늘은 왜 칼만 들고 설쳤을까요? 저번처럼 쏘고 내빼면 간단했을걸."

그녀는 대답하지 않았다. 그저 달아나듯 떠나 버린, 온몸에 피를 뒤집어쓴 채 차갑게 냉소하던 남자를 떠올린다. 아울러 붙잡듯 저를 응시하던, 애원하듯 끝까지 떼지 않던 간절한 시선도.

'부탁이니까 제발, 무기 버려, 잭.'

그래서 그녀는 가슴 아파하지 않으려 애를 썼다.

"선배님?"

"얼른 정리합시다. 관리실에서 감시 카메라 녹화본 확보해서 갖고 들어오고. 난 부장한테 보고하러 먼저 들어갈 테니까."

"예, 알겠습니다."

리즈가 주차장 천장에 설치된 카메라 세 개를 차례로 가리켰다. 남자는 턱을 들어 눈으로 좇은 뒤 확인하듯 고개를 끄덕인다.

마스크와 장갑으로 중무장한 처리반이 청소 도구와 세제 따위 약품이 든 용기를 양손에 들고 입장했다. 리즈 크루거는 그들을 스쳐 차에 올라 시동을 걸었다.

평일 이른 오후의 지하 주차장은 여전히 드나드는 사람이 없었다. 목격자가 없어 다행이라고 리즈는 생각했다. 생사람의 머리통이 터지는 광경 같은 건 한 번 보면 여간해선 잊혀지지 않으니까. 그녀는 입술을 꾹 다문 채 가속페달을 밟는다. 폭스바겐이 지상의 출구를 향해 끼기긱 긴 마찰음을 남기고 사라졌다.

베런은 오랫동안 욕실에서 나오지 않았다. 검붉은 거품이 낡은 욕조의 배수구를 통해 남김없이 빠져나간 뒤에도 한참이 지나도록 물줄기 아래 서 있었다. 뜨거운 물 때문에 어깨와 목이 온통 얼룩덜룩 붉어진 뒤에야 천천히 물을 잠갔다. 80년대 것이 틀림없을 구식 수도 꼭지가 끼긱끼긱 쥐새끼 같은 소리를 냈다.

짙은 남색의 샤워 가운을 걸치고 욕실 밖으로 걸어 나왔다. 비좁은 거실에는 커다란 마분지 박스가 두 개 놓여 있다. 입던 옷은 모두 정리해 자선단체에 보냈고 쓰던 가구는 관리인이 알아서 처분하기로 했으니 가져갈 짐이라고 해 봐야 책 두 박스가 전부였다.

텅 빈 책장 앞을 지나 소파 위에 털썩 주저앉았다. 탁자 위 유선전화에서 음성메시지 표시가 깜빡거리고 있다. 샤워하는 동안 어지간히도 전화벨이 울리더니 중요한 용건이었던 모양. 그는 능숙하게 버튼을 조작해 부재중 메시지를 재생시켰다.

— 스펜서, 빌이야. 휴대폰 안 받길래 혹시 집에 있나 했더니. 바쁜 거야?

하긴 사는 게 다 그렇지 뭐. 제풀에 피식대며 덧붙이는 남자를 베런은 무표정하게 듣고만 있다.

— 다른 게 아니고 부탁한 거 알아봤는데 추천할 만한 사람이 하나 있어서. 재작년부터 로펌 들어갔고 지금까지 승률 백 퍼센트. 나도 안면은 있는 사람인데 검사 때부터 지독하기로 소문난 남자라 실력은 확실해.

빌 오티즈는 로스쿨 동기 가운데 유일하게 재학 시절의 연락처가 바뀌지 않은 사람이었다. 10년 가까이 소식이 없어 이민 간 줄 알았던 남자에게 베런은 거두절미하고 변호사 소개를 부탁했다. 실력이 검증된 형사 공판 전문에 검사 출신이어야 한다는 까다로운 주문을 받자마자 오티즈는 양쪽 눈썹을 아주 높이 들어 올렸었다.

— 연방검찰은 아니고 맨해튼 카운티 검찰청에 있었어. 연락처 알려 줄 테니까 한번 만나 봐. 너도 직접 보면 내가 왜 지독하다고 했는지 감이 딱 올 거다.

전화기 곁에 놓인 펜과 메모지를 들어 기계에서 흘러나온 숫자들을 받아 적었다. 확인하는 대로 연락 달란 말을 끝으로 녹음분은 끝났다. 베런은 그러나 잘 확인했단 문자메시지 같은 건 보내지 않았다.

펜을 내려 두고 메모지에 적힌 전화번호와 이름을 물끄러미 들여다봤다. 당장 전화를 걸고 싶었으나 굴뚝같은 마음을 꾹 눌러 냈다. 지금은 아니다. 낯선 사람을 면밀히 살펴 내려면 최소한 지금보다는 훨씬 나은 상태여야 한다. 스스로 판단하기에, 베런은 지금 함부로 밟히고 나뒹굴어 잔뜩 해진 걸레짝보다도 하등 나을 게 없는 지경이었다.

휴식이 절박했다. 그러나 수면제는 한 알도 남지 않았고 오늘 받은 처방전은 아직 점퍼 호주머니 안에 들어 있다. 설마 그것까지 피범벅이 된 건 아니겠지. 베런은 자꾸만 연속되는 장면과 냄새와 생각을 끊어 내듯 두 눈을 꽉 감으며 등받이에 한껏 몸을 기댔다. 흠뻑 젖은 금발에서 물기가 옮아 천을 씌운 소파가 얼룩졌다.

"후……."

그는 눈을 감은 채 다른 생각을 하려 노력한다. 이 지옥 같은 기분을 나아지게 할 만한 것들. 보기 좋고 향기롭고 달콤한, 특별히 좋아하는 그런 것들.

이를테면 제 몸에서 풍기는 샴푸며 스킨 따위 제품의 상쾌한 향내라든가, 편안히 몸을 지탱한 소파의 적당한 탄력. 어릴 때부터 가장 좋아하는, 메이플시럽과 휘핑크림과 딸기잼을 듬뿍 올린 팬케이크. 즐겨 뿌리는 시트러스 계열의 향수와 완벽한 비율로 만든 청량한 진토닉. 그리고,

뾰로통하게 투덜대는 목소리.

'당신도 따라올 거잖아.'

건드리기 무섭게 발끈하는 눈.

'나도 당신 따위랑 연말 보내고 싶은 생각 없어.'

불만스럽게 잘근대는 입술.

'고마워, 미스터 베런 콜린스.'

저도 모르게 기억을 더듬던 손끝이 움찔거렸다. 희고 반듯한 미간에 얕은 주름이 잡혔다. 이만 생각을 멈춰야 하는데 뜻대로 되지 않는다. 언제부턴가 그의 의식은 종종 의지로 통제되지 않았다.

'……베런.'

한밤중에 걸려 온 전화에서, 수화기 너머 여자는 쉽게 말을 잇지 못했다. 들릴 듯 말 듯 한 숨소리에 알 수 없는 주변의 소란이 겹쳐졌다. 거기에 귀 기울이며 베런은 그만 끔찍한 직감에 가슴이 주저앉는 것 같았다. 크리스마스 일주일 전. 새로운 천 년을 불과 보름 앞둔 날이었다.

'지금, 좀 와 줄 수 있어……?'

새까만 하늘이 몹시 맑았다. 만월에 도달한 달빛이 지독히도 밝은 밤이었다. 차이나타운 아파트에서 관할서인 100경찰서까지, 정체 없이 달려도 한 시간은 족히 걸리는 그곳까지 30분 만에 도착했다. 신호를 무시하고 속도제한을 어겼다는 것은 한 달 후 집으로 날아온 벌금 고지서들을 보고야 알았다. 난생처음 받아 본 과태료 청구서를 한 움큼 쥔 채, 그는 미친 듯이 차를 몰던 30분을 그제 상기해 냈다.

100경찰서는 뉴욕시에서도 동남으로 가장 끝자락에 위치한, 해협에 둘러싸여 있고 범죄율이 높은 지역에 있었다. 한겨울에도 간간이 반팔 유니폼을 입은, 양팔 전체에 문신을 새긴 경찰관들이 돌아다니는 서 내부에 들어선 후에도 베런은 평정을 지켜 내기 위해 몹시 노력해야 했다. 그리고 저만치 앞, 홀로 앉은 여자의 뒷모습을 본 순간, 하마터면 그녀를 향해 손을 뻗을 뻔했다.

제인은 파리한 얼굴로 그를 올려다봤다. 무릎 위에 포갠 손. 무심결에 눈길이 향한 그 손에서 베런은 낯선 반지를 보았다. 왼손 약지에 낀, 웨딩밴드처럼 단순한 디자인의 금빛 반지. 항상 비어 있던 손가락을 드디어 차지한 작은 고리. 그 반지를 낀 채 아무도 없이, 낯선 경찰서에 홀로 앉은 여자.

몸통 한복판에 거대한 구멍이 뚫리는 기분이었다.

'일행이십니까?'

담당 형사가 심각한 얼굴로 그에게 물었다. 아무리 우범지대라지만 살인 사건, 그것도 현직 경찰관이 총격으로 사망한 사건이었다. 베런은 시경국의 내부 보고 체계에 대해 아는 바가 없었으나 이미 본부로 소식이 들어갔을 것은 지극히 당연했다.

'두 분 관계가 어떻게 되시죠?'

대답 없는 남녀를 번갈아 본 뒤 형사가 다시 물었다. 베런은 제 왼손을 훑는 시선을 무시하려 애썼다. 그리고 잠깐의 침묵 후, 굳게 다물었던 입을 열었다.

'법률 대리인입니다.'

8년 만이었다. 낯선 이에게 자신을 그렇게 소개한 것은.

'그레이엄 스펜서. 변호삽니다.'

그날 밤, 조사를 마친 제인을 데리고 맨해튼으로 돌아오며 베런은 아무 말도 건네지 않았다. 감히 어떤 말로 위로하려 하지도 않았다. 조수석에 앉은, 뒷좌석이 아닌 옆자리에 앉은 여자를 위해 그저 순하게 차를 몰았다.

처음으로 그의 오른편에 앉은 여자가 소리 없이 숨을 쉬었다. 어둠을 헤치며 주행하는 동안에도 그는 여러 번 곁눈으로 조수석을 살폈다. 도심까지 소요된 약 한 시간 동안 여자는 줄곧 없는 듯 그 자리에 있었다.

제인은 몹시 지쳐 쓰러질 것 같았으나 무너질 것 같지는 않았다. 마치 보이지 않는 든든한 부목이 그녀를 단단히 묶어 지탱하고 있는 것 같았다. 자신의 눈앞에 펼쳐진, 캄캄하고 막막한 한밤중의 도로만 침착히 응시했다. 하얀 옆얼굴. 그때, 천천히 깜빡이는 긴 속눈썹을 바라보며 베런은 결심했다.

이제야말로 너를 완전히 놓아주기로.

'저는 늘, 바꿀 수 없다고 믿었습니다.'

첫 심리가 열리던 날, 법정 한쪽 구석에 도둑처럼 선 채로 그는 한참 동안 숨을 참았다. 오만하기 짝이 없던 판단이 완전히 틀렸음을 무릎 꿇듯 인정했다. 또한 온 심정을 기울여 감탄했다. 용감한 여자. 너는 놀랍도록 용기 있는 사람이라고.

'이제라도, 제 잘못들을 책임지고 싶습니다.'

또한 선하고 강한 사람. 무너진 세상의 잔해 속에서도 끝끝내 일어설 꿋꿋한 사람.

'결국 매 순간, 모든 것은 제 선택이었습니다.'

그래서 그는 결심했다. 그러니 우리는 이제 그만 너를 놓아줘야 한다고. 모든 것을 뒤로하고 자유롭게 날아가도록. 감히 바라는 것이 있다면 그저 네가 이따금씩, 갑자기 쏟아지는 비를 맞듯 어쩔 수 없이 우리를 떠올려야 할 때, 너를 찾아갈 그 기억들이 부디 사소하고도 잔잔한 순간들뿐이기를.

나 또한 너를 그렇게 기억할 테니. 투덜대던 목소리와 발끈하는 눈, 불만스럽게 잘근대던 입술. 그리고 간혹 내게도 보여 주던 수수한 웃음들. 그런 아주 사소한 것들로만.

베런은 감은 눈을 천천히 떴다. 소파 등받이에 묻었던 상체를 똑바로 세웠다. 아지랑이 같던 정신이 조금 돌아오는 기분이다. 뜨거운 물에 데어 발갛게 익은 피부도 어느새 하얗게 제 색을 되찾았다.

순간 뱃속이 쪼그라드는 것처럼 허기가 졌다. 그는 천천히 자리에서 일어선다. 온전한 제정신을 찾으려면, 일단은 뭐라도 좀 먹어야 할 것 같았다.

❖

평일 늦은 오후의 비스트로는 늘 그렇듯 한산했다. 3월 초의 뉴욕은 아직 한겨울이나 다름없어 유리창 바깥에 놓인 야외 테이블도 썰렁하니 비어 있었다. 홀 안쪽에도 손님이라곤 단출한 일행 세 팀이 전부다. 본격적으로 바빠지려면 앞으로 한 시간은 더 있어야 했다.

앳된 웨이터가 메뉴를 챙겨 바 쪽으로 다가갔다. 일행 없이 혼자 온 손님이 으레 그렇듯 남자는 들어오기 무섭게 뚜벅뚜벅 이쪽으로 걸어와 앉았다. 제집이라도 되는 것처럼 안내를 기다리지 않는 손님들은 보나마나 오랜 단골들이다. 여기서 일한 지 갓 한 달 된 웨이터도 그 정도는 알았다.

"주문하실 때 불러 주세요."

"진토닉 한 잔이랑,"

메뉴도 보지 않은 남자는 고민하듯 잠깐 말을 끊었다가,

"햄버거 하나 주세요. 미디움으로."

당연하다는 듯 이곳의 시그니처 메뉴를 골랐다. 웨이터가 고개를 끄덕이곤 손에 든 메뉴를 고스란히 갖고 돌아선다. 제일 맛있는 걸

물어보지도 않고 단번에 고르다니, 역시 단골손님이 틀림없다고 생각하면서.

비어 있던 바 안쪽으로 낯선 남자가 등장했다. 콧날이 날카로운 바텐더는 혼자 앉은 손님에게 눈인사를 건넨 뒤 깔끔한 솜씨로 진토닉 한 잔을 내놓고는 곧바로 다시 사라졌다.

레몬 조각이 잠긴 탄산수에서 기포가 우글거린다. 베런은 유리잔을 향해 손을 뻗었다.

로코 비첼리오가 수감된 후 가장 먼저 처분된 것이 이 식당이었다. 이곳이 로코의 아내 명의로 되어 있었다는 것은 베런도 매매 절차가 다 끝난 뒤에야 알았다. 인기 있는 식당이고 급매물이라 내놓자마자 팔렸다는 것, 새 주인은 전과기록이 없고 요식업에 야망이 있는 평판 좋은 남자라는 것, 모든 직원이 바뀌었으나 주방장—수사국에서 참고인 조사를 받았던 오십 대 남자—만큼은 그대로라 음식 맛이 여전하다는 것도 베런은 안다.

그러나 바텐더가 내놓은 칵테일은 예전의 맛이 아니었다.

'맨날 그놈의 진토닉만 마시고 가니 영 서운해서.'

순박한 녹색 눈이 싱긋 웃는다. 가장 좋아하는 완벽한 비율을 정확히 아는 남자. 베런은 아무도 없는 바 안쪽을 멍하니 응시했다. 딱 한 모금만 덜어진 칵테일 안에서 조용히 얼음이 녹아 갔다.

꿈꾸듯 흐리던 눈에 초점이 돌아온 것은 품 안에 넣어 둔 휴대전화가 진동했을 때였다. 무시할까 잠깐 망설이다 전화기를 꺼냈다. 별로 받고 싶지 않지만 혹시 모르니까. 그는 불식간에 떠오른 여자의 얼굴을 애써 의식하지 않으려 한다.

"여보세요."

— 그레이엄? 나야.

"······로사 숙모님."

보스턴 억양의 여자 목소리를 베런은 대번에 알아들었다. 안녕하셨어요. 예의 바르게 안부를 묻자 비슷한 응대가 돌아왔다. 유서 깊은 뉴잉글랜드 가문의 우아와 여유.

— 혹시 다음 주에 햄튼 올 수 있니? 네 삼촌 생일이 목요일이야.

아. 그제야 그는 하나뿐인 숙부의 생일이 3월이었다는 사실을 상기해 냈다.

— 잘 지내는 거지? 마지막으로 본 게 언젠지 기억도 안 난다. 내 기억으론 삼 년도 넘은 것 같은데.

"죄송합니다."

— 얘는, 사과 들으려고 한 소리 아니잖니.

스펜서 가족들은 그가 연방수사국에서 일한다는 것만 알고 있다. 업무 관계상 노출을 극도로 꺼린다는 것은 알지만 정확히 무슨 일을 했고 어디에서 생활했는지, 그로 인해 어떤 경험과 타격들을 감당해야 했는지 따위는 전혀 모른다. 그토록 비밀스레 근무한 직장을 그만둔 지 벌써 한 달도 훌쩍 넘었다는 사실은 더더욱 알 리 없었다.

— 올해는 꼭 와 줬으면 좋겠구나. 바쁜 건 알지만.

"노력해 보겠습니다."

— 그래. 고맙다.

자신의 삶에 대해 그들은 알 필요도 걱정할 까닭도 없다고 베런은 늘 생각했다. 그들의 기대를 충족시킬 마음이 없는 것만큼이나 그들로부터 인정받길 바라지도 않았다. 혈족 또한 종국에는 타인에 불과하며 내가 아닌 남은 영원히 나를 온전히 이해할 수 없다. 다만 그처럼 선을 긋는 냉정함과 별개로, 그는 스펜서가의 사람들과 대단히 원만한 관계를 유지하고 있었다.

— 그럼 잘 지내고 다음 주에 보자, 그레이엄. 기다릴게.

그에게 가족이란 유전자와 이름과 어린 시절을 공유한 사람들. 애써 가까울 필요도 멀리할 까닭도 없는 사람들. 그러나 죽지 않는 한 결코 단절될 수 없는 존재들.

베런은 아무렇지 않은 얼굴로 끊어진 전화기를 호주머니 안에 집어넣었다.

'너도 이제 문신해야 할 거 아냐, 패디.'

그들 또한 서로를 가리켜 가족이라 불렀다. 피 한 방울 섞이지 않은 타인 주제에. 서로의 살갗 아래 검은색 잉크를 낙인처럼 새겨 놓고서. 비틀린 의리와 잘못된 전통과 이기적인 이상을 공유하며.

베런은 터틀넥 스웨터로 가린, 볼썽사납게 목에 붙은 거즈를 의식한다. 그리고 면도를 하다 조금 깊이 베었대도 믿을 것 같은, 자상으로 분류하기에 터무니없이 얕은 이 상처가 부디 아무런 흉터도 남기지 않기를 바랐다.

'자꾸 건드리지 마요. 잊고 있어야 빨리 낫더라고요.'

그는 천천히 오른쪽으로 고개를 돌렸다. 그리고 4년 전 여기서 만난 남자를 생각했다. 노려보듯 똑바로 응시하던 얼굴. 윤기가 유별난 갈색 눈동자. 곱살한 외모에 안 어울리도록 온몸에 흠뻑 밴 뒷골목 냄새.

'당신 누구야.'

아무도 없는 스툴에서 시선을 거뒀다. 그리고 가슴 앞에 놓인 칵테일을 본다. 유리잔 표면에 맺힌 물방울이 아래로 주르륵 흘렀다. 눈물 같은 그 방울들을 그는 건조한 눈으로 한참 동안 가만히 바라보았다.

어리석다는 걸 안다. 이미 지나간 일들, 사라진 사람들의 환영을 끌어안고 있는 것이 대단히 어리석은 짓이라는 걸. 그러나 그는 조금만 더 이곳에 머물고 싶었다. 조금만 더. 가장 얕은 상처 하나가 완전히 아물 때까지만이라도.

오후의 해가 서서히 기울었다. 겨울도 봄도 아닌 계절, 그러나 새봄에 대한 기대가 꽃눈처럼 조용히 부푸는 시절. 저만치 홀에 앉은 일행이 와아아 웃음을 터뜨렸다.

주문을 받은 주방이 분주해졌다. 치이익 고기 굽는 소리가 여기까지 들린다. 베런은 처음으로 맛보게 될 이곳의 시그니처 메뉴를 기다리며, 텅 빈 바에 홀로 앉아 맛없는 진토닉을 조금씩 오랫동안 나누어 마셨다.

2. 1991년

리오나르도는 언제나 자신이 아버지를 닮지 않았다고 생각했다.

우선 그는 아버지처럼 화창하게 웃는 재주가 없었다. 상대를 기쁘게 하려 웃자니 그럴 마음이 생기지 않았고, 호의를 사기 위해 웃어야 한다면 그럴 상대가 몹시 드물었으며, 스스로 원해서 웃으려니 그럴 일이 좀처럼 없었다.

그는 아버지처럼 말솜씨가 좋지도 않았다. 입을 벌려 떠드는 것은 일단 생각만 해도 피곤했다. 머릿속에 든 것들을 굳이 입 밖으로 내야 할 필요성에 대해서도 동의하기 어려운 데다, 결정적으로 말하는 것은 그에게 너무나도 귀찮은 일이었다.

미각이 예민한 편이지만 음식을 까다롭게 가리지는 않았고 미식을 즐기기 위해 부러 시간을 들이는 일도 없었다. 무엇보다 여자 문제에 대해서는, 아버지의 그 진보적인 철학과 자유로운 취향에 그는 전혀 공감하지 않았다.

그렇다고 어머니의 성격을 닮았냐 하면 그도 딱히 긍정할 수 없는 것이, 리오는 어머니에 대해 아는 바가 별로 없다.

그가 기억하는 어머니는 지나치게 아름다운 여자였다. 아버지는 휘황한 여성 편력만큼이나 대단히 광범위한 취향을 지녔는데 그중 하나가 외국인 여자다. 리오의 어머니는 전형적인 스칸디나비아 혈통으로 하룻밤 손님으로 만난 남자를 따라 덜컥 미국에까지 와 버린 경솔한 여자였다. 하긴 신중한 여자였더라면 애당초 젊은 몸을 팔아 살아갈 생각 같은 건 하지 않았을 테니, 과분한 아름다움은 그녀에게 이를테면 불운의 씨앗이었다고 할 수도 있을 것이다.

마르코 비첼리오는 한 번도 결혼한 적이 없다. 스웨덴 출신의 아름다운 창녀가 아들을 낳기 전부터 이미 다른 여자에게 빠져 있던 것도 그에겐 전혀 이상하지 않은 일이었다. 합법적인 체류 신분조차 없던 외국인 여자는 출산으로 부은 몸을 추스르자마자 갓난 아들을 두고 미련 없이 제 나라로 돌아가 버렸다. 리오가 생모의 남다른 아름다움을 아는 것은 순전히 그녀가 배려하듯 남긴 몇 장의 사진 덕분이다.

이제는 남아 있지 않은, 십 대 시절 모조리 없애 버린 그 사진들을 그는 아직도 기억한다. 눈부신 금발과 새파란 눈동자를 지닌 화려한 미모의 여자에게서 리오는 자신과 닮은 곳을 별로 찾을 수 없었다. 다행인지 불행인지 그의 외모는 부친 쪽의 유전자를 주로 이어받았으며, 특히 금빛에 가까운 갈색조와 녹색조가 혼합된 헤이즐색 홍채는 비첼리오가의 특색을 그야말로 빼다박았다.

어머니의 눈을 닮았더라면 인생이 좀 달라졌을까. 리오는 거울에 비친 제 얼굴을 보며 가끔 그런 생각을 했는데, 미국의 암흑가와 스웨덴의 사창가 중 어느 쪽이 더 나은가에 대해서는 좀처럼 우열을 가리기가 쉽지 않았으므로 그건 시간 낭비하기 딱 좋은 주제였다. 그는 쓸데없는 공상을 즐기는 남자가 아니어서 생모의 생사를 궁금해하는 일 따위는 좀처럼 없었지만, 아주 가끔씩은 하잘것없는 몽상에 잠겨 시간을 버리는 것도 꼭 나쁘달 수는 없는 날이 있긴 했다.

이를테면 오늘 같은 날.

"리오는 생일이 언제예요?"

하필이면 오늘 이 질문을 고른 여자의 육감에 그는 속으로 감탄했다. 아니, 방문 수업을 하는 영어 선생에게 공을 돌려야 하나. 어느 쪽이든 별로 대답하고 싶지 않은 질문이라서 일단은 슬쩍 순서를 미뤄 본다.

"너는 언젠데."

"난 십이월에 태어났어요. 십이월 오 일. 사수자리요."

사수자리. 제법 어려운 어휘를 정확히 발음해 낸 제인이 다시 물었다. 당신 생일은 언제예요. 아마도 오늘의 수업 주제가 탄생 별자리였던 모양이라 추측하며, 리오는 아주 잠깐 더 뜸을 들인 뒤 마지못해 대답했다.

"오늘이야."

"오늘?"

여자의 두 눈이 커다래졌다. 넉넉한 후드티와 면바지 차림의 제인은 식탁 의자 위에 책상다리를 하고 앉았다. 고행하는 승려 같은 저 자세가 어떻게 편안할 수 있는지 리오는 볼 때마다 신기하다.

"진지하게 말하는 거예요(Are you serious)?"

저도 모르게 피식 웃음이 샜다. 문법은 정확한데 용법이 어쩐지 좀 어색하달까. 부스러기 같은 미소를 흘리며, 그는 대단히 진지한 얼굴의 여자를 향해 순순히 대답했다.

"그래(Yes, I am)."

그리고 저를 빤히 보는 여자를 마주 보았다. 까만 눈동자와 살짝 벌어진 입술. 어깨까지 닿는 곧고 검은 머리카락과 완전히 드러난 오른쪽 귀. 디저트 포크를 쥔 조그맣고 가늘고 하얀 손가락. 제인은 그의 기색을 가늠하듯 눈길과 표정을 꼼꼼히 살피고는, 농담이 아니라는 것을 확신했는지 잠깐 난감한 표정을 지었다가, 뒤이어 제법 환하게 웃으며 말했다.

"생일 축하해요."

"……고마워."

엉겁결에 받게 된 축하에 리오는 적당히 대꾸한다. 대단히 오랜만에 들어 보는 축하의 말보다도 앞에 앉은 여자의 표정 변화가 그에겐 훨씬 더 흥미로웠다. 가식도 과장도 없이 순정한 얼굴. 감정과 생각을 고스란히 드러내는 말간 얼굴은 그로서는 한 번도 겪어 본 적 없는 종류였다. 자꾸만 눈길이 가는 것은 아마 그래서일 것이다. 이 어린 여자가 저택에 나타난 지도 이제 1년이 다 되어 가지만.

"미안해요. 아무것도 준비한 게 없어서."

제인이 단출한 식탁 위를 눈으로 훑으며 멋쩍게 웃었다. 미안할 것도 유감스러울 까닭도 전혀 없으나 그녀는 원래 별것 아닌 일에도 입버릇처럼 그 말을 했다. 동양 문화권의 사람들이 정중하고 예의 바르다는 편견쯤이야 리오 또한 미국인 평균치 정도는 지니고 있으므로, 미안할 필요 없다는 대꾸는 굳이 하지 않았다.

"아, 선물 대신 별자리 봐 줄까요?"

여자가 포크를 내려 두더니 후드티 주머니에서 손바닥만 한 책자를 꺼냈다. 별자리와 운명. 페이퍼백 타이틀을 읽어 내며 그는 와인 잔을 입으로 가져갔다. 역시나 오늘의 영어 수업 교재가 저거였던 모양.

"구월 이십 일…… 처녀자리네요."

스물아홉 살이 되어서야 처음으로 알게 된 제 탄생좌를 흘려들으며 제인의 접시를 눈으로 훑었다. 그녀는 저녁 식사로 준비된 리조또는 물론 후식으로 가져온 과일까지 깨끗하게 다 비웠는데 무슨 까닭인지 리오는 그것이 꽤나 기꺼웠다. 여자 앞의 빈 접시들도, 배불리 먹고 편안히 앉아 '별자리와 운명'을 진지하게 들여다보고 있는 여자도,

그 여자의 입을 통해 듣는 제 운명이란 것도.

"당신은 똑똑하고 지적인 사람입니다. 안목이 뛰어나고 남다른 통찰력을 지녔죠."

자신의 아버지와 그녀의 어머니가 자리를 비운 것 또한 다행스러웠다. 최근 들어 마르코는 집에서 저녁 식사를 하는 일이 잦아졌다. 네 사람이 둘러앉은 식탁에서 예의 그 활기찬 웃음과 능숙한 화술을 마음껏 발휘했는데, 잔잔히 웃고 있는 일레인의 시선 속에서 리오는 천연스레 숨겨 낸 불안을 보았다.

"당신은 관대하고, 필요한 사람에게 도움과 조언을 아끼지 않습니다."

일레인의 눈에서 그는 또한 복잡한 갈등을 읽었다. 이미 흥미를 잃은 남자가 정부를 계속 이 저택에 두는 이유. 거기서 오는 실망과 걱정과 미미한 분노. 그럼에도 완전히 버리지 못한 기대. 그 어리석은 여자에게 리오는 아주 약간의 동조도 하지 않았다. 아버지의 사생활은 그가 알 바 아니었으며 이 저택을 스쳐 간 셀 수 없는 여자들 모두 그와는 전혀 상관없는 사람들이었다. 외국인 정부의 딸에게 어떤 종류의 관심이 생겼든, 닮은 듯 닮지 않은 그 모녀를 한꺼번에 취하든 순차적으로 즐기든, 아버지의 유희는 아들의 인생과 완벽히 무관해야 했다.

그런데도 리오는, 스스로 불안해하고 있음을 이제 도저히 부인할 수가 없다.

"신중하고 예민한 성격이라 주목받는 것을 좋아하지 않으며, 완벽주의자로서 지나치게 냉정한 것이 단점으로 비칠 수 있습니다. 당신은 또한 의, 의⋯⋯."

실수 없이 읽어 나가던 제인이 낯선 단어를 만나 더듬거렸다. 참을성 있게 기다려 주다 팔을 뻗어 부드럽게 책을 가로챘다. 스치듯 손끝이 맞닿았고, 리오는 어색하게 움츠린 여자의 손에 짧은 시선을 준뒤 문제의 단어를 눈으로 찾아냈다.

"의뭉스러운."

"아, 의뭉. 의뭉스럽습니다."

생일 선물로 의뭉스럽다는 소리까지 듣게 된 남자가 웃었다. 제인은 조금 붉어진 얼굴로 '별자리와 운명'을 덮었다. 그녀는 그의 앞에서 자주 얼굴을 붉혔는데, 그나마 눈도 제대로 마주치지 못하고 허둥거리던 초반에 비하면 지금은 아주 많이 나아진 거다. 가족도 아니면서 집을 공유하는 애매한 관계의 남자가 당연히 불편할 것이다. 스물이 채 못 된 어리고 순진한 여자인 데다 영어도 서툰 외국인이니 대하기가 편치 않겠지. 여자에 대한 무지와 고정관념 또한 평균적인 남자만큼 갖고 있는 리오는 그저 그러려니 수긍했다.

"좀 줄까."

빈 잔에 붉은 포도주를 따르며 물었다. 끊어진 대화를 메우기 위해 딴에는 배려한다고 한 말이지만 제인은 망설임 없이 고개를 가로젓는다.

"아직 나이가 안 돼서."

미국에선 스물한 살부터 술 마실 수 있다면서요. 똑똑하게 덧붙이는 말에 그는 잠깐 대꾸하지 않았다. 그런 건 원래 지키지 않는 사람이 많으니까 법으로 정해 둔 거란 말은 그냥 삼켜 버렸다. 나는 너보다 어릴 때부터 위스키에 취미를 붙였단 소리도 물론 굳이 입 밖으로 꺼내지 않았다. 그저,

"착하네."

보호자라도 되는 것처럼 칭찬을 중얼대며 와인 잔을 집어 들었다.

제인은 석 달 뒤에 스무 살이 되니 합법적으로 술을 마시려면 아직 1년을 더 기다려야 한다. 법정 음주 허용 연령 같은 걸 집에서까지 지키는 태도를 납득하기 어려운 것과는 별개로, 리오는 그녀가 곧 십대를 벗어난다는 사실이 왠지 다행스러웠다.

"나 내년엔,"

여자가 식탁 위에 두 팔을 얹었다.

"꼭 선물 준비할게요."

이쪽을 향해 생긋 웃는다.

"잘 기억해 뒀다가,"

말간 얼굴 위 까만 눈동자.

"케이크도 사 오고."

그는 가만히 듣고만 있었다. 아무런 대답도 해 주지 않았다. 내년 생일. 그때도 이 여자와 이렇게 마주 앉아 있을지 장담할 수 없다. 그에게 삶이란 내일의 내용을 예측할 수 없고 딱히 궁금하지도 않은 조간신문과 같아서, 무려 1년 뒤의 일을 기대하는 것은 어리석기 짝이 없는 짓이었다.

"리오는 어떤 케이크를 좋아해요? 나는 너무 달지 않은 거면 다 좋은데. 단건 별로라서."

빈 접시들을 앞에 두고 상체를 당긴 채 여자가 재잘거렸다. 낮은

목소리와 제법 정확한 발음이 듣기 좋았다. 천진하게 저를 보는 어린 여자를 마주 보며 리오는 천천히 와인 잔을 입으로 가져갔다.

얼마간 더 떠들던 제인이 손에 든 책자를 펼쳤다. 그리고 아까 읽다 만 곳을 찾아 다시 읽어 내려간다. 당신은 쉽게 마음을 열지 않지만 한번 마음을 준 사람에게 모든 것을 바칩니다. 막힘없이 낭독하는 소리를 그는 잠자코 듣고만 있었다.

입술에 닿은 유리잔의 감촉이 감질났다. 제 운명을 읽어 주는 여자의 음색. 그 목소리는 진주알처럼 부드럽게 귓가를 구르고, 혀를 적신 포도주는 무척이나 달다.

회색 저택은 시카고 근교의 리버 포레스트에 있었다. 다운타운에서 자동차로 20분 거리인 이 작은 타운에는 성공한 전문직 종사자와 운 좋은 상속자들이 넉넉한 부지에 필요 이상으로 커다란 집들을 짓고 모여 살았다. 집집마다 야외 수영장과 대형 차고는 기본이었고 주인의 취향에 따라 테니스나 농구 코트가 딸린 곳도 드물지 않았다. 비첼리오의 집은 지어진 지 백 년이 넘은 이 동네 터줏대감 중 하나로, 사람들은 이 집을 가리켜 그레이 맨션, 회색 저택이라고 불렀다.

회색 벽돌로 지어진 3층짜리 저택은 조지안 스타일의 완벽한 좌우 대칭을 이룬다. 정원 또한 중세 유럽의 강박적인 인공미를 표방해 언제나 말끔히 정리돼 있었는데, 주인인 마르코가 단골 바버숍에 매주 꼬박 방문하는 것과 비슷했다. 집주인이 바뀌기 전부터 정원 관리를 맡아 온 업체는 한겨울에도 주기적으로 사람을 보내 손톱만큼 자라

난 관목을 다듬고 죽은 잎사귀와 삭정이 따위를 쓸어 냈다. 큰 집을 보기 좋게 제대로 관리하기란 여간 번거로운 일이 아니었다.

리오는 주말을 포함해 거의 매일 다운타운으로 출근한다. 러시아워를 피해 아침에는 조금 느긋하게 집을 나선다. 지하실에서 운동을 한 뒤 샤워를 마치고 다이닝 룸으로 내려오면 중년의 고용인이 껄껄 웃으며 진한 커피를 따라 주었다. 본조르노. 이탈리아 출신인 마리나는 늘 리오에게 제 모국어로 이런저런 말을 붙였다. 음식 솜씨가 일품인 그녀는 비첼리오 부자가 시카고에서 얻게 된 여러 가지 만족스러운 것 중에서도 단연 최고다.

마르코는 생활 습관이 불규칙해 집에서 아침 식사를 거의 제때 하지 않았고, 일레인은 그가 없는 자리에 리오와 함께 있는 것을 불편하게 여겨 출근 시간 전에는 여간해선 공동 공간에 나타나지 않았다. 덕분에 그는 이탈리아어를 구사하는 고용인과 몇 마디를 주고받은 뒤 조간신문을 훑으며 홀로 아침을 먹었는데, 작년부터는 이 저택의 새 식구가 된 여자와 둘이서 마주 앉게 되었다. 식탁은 넓었고 음식은 넉넉했으므로 그로서는 거리낄 까닭이 전혀 없었다.

그와 마리나 사이 오고 가는 외국어를 신기하게 바라보던 여자는 언제부턴가 자연스레 대화에 끼어들었다. 본조르노. 넉넉하게 웃는 중년 여자와 두 잔의 진한 커피. 앵무새처럼 흉내 내는 이탈리아어와 키득키득 터지는 웃음. 서로에게 건네주는 버터와 번갈아 나눠 읽는 한 부의 신문. 불순물로 일상에 끼어든 여자는 녹아들듯 서서히 스미더니 어느 순간 일출처럼 당연해졌다.

그 모든 것을 포함하여, 리오에게 시카고에서의 생활은 대체로 만족스러웠다.

이곳의 마피아는 뉴욕과 비교하자면 한결 신사적이고 행정적이다.

보스 선출이나 권력 승계가 평탄하고도 무난하게 이뤄져 피를 보는 일이 좀처럼 드물었다. 이들에 비하면 뉴욕의 패밀리들은 거품을 부글대며 서로를 물어뜯는 투견이라 해도 전혀 과한 비유가 아니었는데, 그 투견장에서 밀려나 멀찌감치 쫓겨 온 타지 출신에게도 이곳의 동포들은 필요 이상으로 야박하게 굴지 않았다.

보스인 새뮤얼 칼리시는 특히 비쳴리오 부자에게 너그러웠다. 텃세를 부리기는커녕 아우에게 밀려 자동차로 13시간 떨어진 도시까지 옮겨 온 마르코에게 기꺼이 소작할 땅 한 조각을 충분히 떼어 주었다. 칼리시 또한 뉴욕에서 카포레짐으로 착실히 살아가는 친동생이 있기도 했거니와, 마르코 비쳴리오가 성실히 벌어 바치는 상납금이 만족스러운 것도 물론이었고, 미식과 미인에 정통한 이 뉴요커가 꽤나 유쾌한 남자인 것도 칼리시로 하여금 넉넉한 관대함을 발휘하게 했다.

그러나 신사적이라는 것은 어디까지나 내부적인 문제를 처리함에 있어서 비교적 평화로운 방식을 선호한다는 뜻일 뿐 마피아로서의 정체성은 이들 또한 대단히 뚜렷했다. 불법 도박장으로 사람들을 끌어들여 마지막 한 방울까지 피를 쪽쪽 빨아내고, 마약과 매춘과 사채까지 적절하고도 유기적으로 팔아먹었다. 걸맞은 대가만 지불한다면 원하는 사람을 원하는 만큼 때려 주기도 했고 불구로 만들거나 죽이는 것 또한 얼마든 가능했으며 없애야 할 사람이 있다면 굳이 살려 두기 위해 동정심을 발휘하지도, 기왕이면 살려 둘 방법을 강구하지도 않았다.

그러니 이 매정한 사회의 구성원으로 살아가려면 이런 일도 얼마든 감수해 내야 했다.

"스읍……."

리오는 운전석에 앉아 잇새로 숨을 들이쉬었다. 재킷을 젖히자 오른쪽 옆구리에 피가 배어 온통 시뻘겋다. 치명상은 아니지만 제법 깊은 상처였다.

어찌나 빠르던지 미처 총을 꺼내 들 새도 없이 당했다. 제게 보내는 경고임이 확실했고, 퇴근길을 노려 날쌘 메신저를 보낸 상대가 누구인지도 대강 알 것 같았으나, 지금 당장 그에게 필요한 것은 추리가 아닌 판단이었다.

이대로 5분 거리의 응급실로 갈 것인가. 아니면 20분간 차를 몰아 집으로 돌아갈 것인가.

붉게 물든 몸통을 다시 살피고 센터페시아의 시간을 눈으로 훑은 다음 안전벨트를 끌어 매며 시동을 넣었다. 손수건으로 상처를 틀어막은 뒤 재킷을 벗어 단단히 몸통에 묶었다. 집까지 넉넉잡아 25분. 그동안 조금이라도 지혈이 되길 바라며 망설임 없이 가속페달을 밟았다.

신경을 곤두세운 채 최고 속도로 달렸다. 해가 완전히 진 야간 도로를 질주하며 그는 오직 하얗게 빛나는 차선만을 응시했다. 아무 생각도 하지 않으려 애썼지만 자꾸만 온갖 생각들이 피처럼 울컥울컥 쏟아져 나왔다. 저택에 도착했을 때는 눈앞이 조금 어지러웠고, 평소처럼 차고로 가는 대신 현관문 앞에 차를 세우고 내렸다. 저택 전체에 불이 꺼진 가운데 1층의 다이닝 룸만 노랗게 밝았다. 그 순간 주저앉듯 안도한 것은 20분간 용케 버텨 낸 제 몸 때문만은 아니었다.

"좀 늦었…… 리오?"

현관으로 쪼르르 달려 나온 여자가 눈을 크게 떴다. 평소와 다르지 않은 모습에 다시 한번 마음을 놓았을 때 시야가 맴을 돌듯 한 바퀴 도는가 싶더니 왼쪽 팔이 붙잡혔다. 그는 하얗게 질린 얼굴로 저를 부축한 여자를 내려다본다.

"어떻게 된 거예요? 괜찮아요?"

"일단, 방으로 좀……."

2층으로 오르는 계단이 끝도 없이 길었다. 왼편의 여자에게 최대한 무게를 싣지 않으려 애쓰며 층계를 하나씩 밟아 나갔다. 제인은 입을 꾹 다문 채로 곁에서 떨어지지 않았다. 왼팔을 꽉 붙든 두 손의 악력과 불안한 숨소리. 여자로부터 옮겨 오는 그 감각들에 온 신경이 기울어졌다.

그는 제 방으로 들어와 침대 아래 바닥에 주저앉았다. 허리에 묶인 재킷을 풀어내고 셔츠 단추를 끄르며 고개를 들었다. 제인은 어쩔 줄 몰라 하며 곁을 맴돌고 있다.

"옷장 서랍 안에, 구급함 좀 가져다줘."

"알았어요."

허둥지둥 달려가는 뒷모습을 잠깐 바라보다, 마지막 단추를 풀어 내고 시뻘겋게 얼룩진 셔츠를 벗었다.

"몇 번째 서랍이요?"

"맨 아래."

대답하며 옆구리의 상처를 들여다봤다. 일자로 그어진 자상은 6인치를 넘는 길이였으나 깊숙이 베인 곳은 절반가량. 물고기 입처럼 벌어진 상처는 응고된 핏덩이로 반쯤 막힌 채 핏물이 질금질금 배어 나오고 있다. 생각했던 것보다는 나쁘지 않아 보였다.

"여기요."

단번에 찾아 가져온 구급함을 받아 소독약부터 꺼냈다. 상처 부위를 닦아 낸 뒤 낱개 포장된 봉합사를 뜯었다. 낚싯바늘 같은 봉합침이 나오자 가까이 선 여자가 긴장하는 것이 느껴진다. 환자이자 처치자인 남자가 고개를 들었다.

"보지 마."

생살을 뚫어 꿰매는 광경 같은 건 생전 처음일 제인은 그러나 자리를 피하지도 고개를 돌리지도 않았다. 그저 남자의 얼굴과 상처를 한 차례 번갈아 보더니 책상다리를 하고 맨바닥에 털썩 앉았다. 보기보다 대범한가. 리오는 제법 고집부리는 여자를 잠깐 쳐다보다가 손가락 끝에 소독용 알코올을 적신 뒤 바늘과 핀셋을 집었다.

의사도 간호사도 아니지만 찢어진 피부를 봉합하는 정도는 별로 어렵지 않다. 칼에 찔리거나 총에 맞아 응급실을 방문하면 십중팔구 귀찮은 일이 생기기 십상이라, 무기와 흉기를 일상적으로 다루는 사람들은 이 정도 처치 기술과 도구쯤 두통약처럼 상비하는 게 보통이다.

그는 침착하게 바늘을 쥐고 적당한 부위에 찔러 넣었다. 마취제 같은 건 없으므로 따끔대는 통증은 그냥 참는다. 바늘을 빼내어 한 번 매듭을 짓자 곁에 앉은 제인이 알코올로 소독한 가위를 내밀었다. 받아서 실을 자른 뒤 가위를 돌려주고, 다시 살을 뚫고 바늘을 넣어 매듭을 짓고. 그 과정을 열 번쯤 되풀이하자 벌어진 상처는 제법 그럴듯하게 처치됐다.

그제야 돌덩이처럼 무거운 머리를 뒤로 젖혀 침대에 기댔다. 눈앞이 느리게 울렁거려 잠깐 눈을 내리감았다. 왼손에 쥔 바늘과 봉합사를 부드럽게 거둬 간 제인이 구급함을 뒤지는 기척을 내더니 튜브에 담긴 연고를 찾아 남자의 눈앞에 가져온다. 이거 발라도 돼요? 리오는 가늘게 눈을 뜨고 고개를 끄덕였다. 조심스레 상처 위에 소독약을 문지르고, 연고를 바른 뒤 거즈를 잘라 위에 붙이고, 접착테이프로 가만가만 고정시킨다. 맨살 위에서 꼼지락대는 손길을 그는 눈을 감은 채 내버려 두었다.

잔뜩 집중한 여자의 머리카락이 맨가슴에 닿았다. 로션 냄새 같은 달큰한 향기가 코앞에서 아른거렸다. 번진 물감처럼 흐려졌던 감각이 돌연 꼿꼿하게 촉수를 세웠다. 시야가 봉쇄된 때문이리라 수긍하면서도, 리오는 그 모든 느낌들이 못 견디게 간지러웠다.

제인이 구급함을 갈무리해 제자리에 넣어 두고 피 묻은 셔츠를 말아 쓰레기통에 넣었다. 소리 죽여 움직이는 여자의 기척에 그는 계속 집중한다. 그리고 그녀가 다시 곁으로 돌아왔을 때, 나무 바닥 위에 앉아 아주 가까이서 저를 들여다봤을 때, 출혈로 인해 어질어질하던 머릿속이 조금은 얌전하게 가라앉는 것 같았다.

"누가 이런 짓을…… 강도예요?"

여자가 한숨처럼 중얼거렸다. 엄청난 비밀을 나누듯 속살대는 목소리.

"병원에 안 가 봐도 돼요? 경찰엔 신고했어요?"

리오는 그저 흐리게 웃는다.

"감염되면 안 되는데. 항생제 같은 거 없죠?"

언제 이렇게 말이 늘었을까.

"이런 나쁜 놈들은 잡아서 감옥에 넣어야 되는데."

여전히 어질어질할 눈을 감은 채, 그는 기어이 웃음을 터뜨렸다.

저택의 주방이 분주해진 것은 이른 오후 나절부터였다. 마리나는 콧노래를 부르며 온종일 주방에서 반죽을 주무르고 채소를 씻고 고기를 다졌다. 팔꿈치까지 소매를 걷어 올린 그녀는 마치 혼자서 경쾌한 춤을 추는 것 같았다. 마법사처럼 주방을 누빌 때마다 오븐의 빵이 부풀고 스토브 위 토마토소스가 뭉근하게 끓었다. 달콤하고 고소한 냄새가 저택 1층을 꽉 채울 때 즈음 시끌벅적 손님들이 도착했다.

"챠오, 마리나!"

"아주머니가 해 준 라비올리 먹고 싶어서 죽는 줄 알았어."

"어서 와요. 잘들 지냈죠?"

"안녕하셨습니까, 일레인."

우두머리가 휘하의 조직원들을 집으로 불러 만찬을 나누는 것은 마피아들에겐 일상적인 전통이다. 마르코 역시 자신의 크루를 1년에도 대여섯 차례씩 회색 저택으로 초대했다. 크리스마스와 추수감사절은 물론 독립기념일과 현충일 주말에도 정원에 그릴을 놓고 푸짐한 바비큐 파티를 열었다. 뉴욕에서부터 저를 따라온 다섯 명의 수하를 그는 무척 살뜰하게 챙긴다. 리오는 그가 아들인 저보다 크루를 훨씬 성심껏 대한다고 생각했는데, 타인과의 유대는 혈연과 달리 언제든 끊어질 수 있다는 점에서 충분히 이해가 가능하기도 했다. 무엇보다도 아버지는 그와 다르게 정이 많고 표현 또한 넘치는 남자였다.

"안녕, 제인."

계단을 내려오던 리오가 현관 쪽을 바라봤다. 제 엄마 곁에 선 제인은 몹시 그럴듯하게 호스트 노릇을 해내고 있었다. 그녀와 마주선, 연한 갈색 고수머리와 부드러운 눈매의 남자는 크루의 막내인 헤닝이다. 나긋한 몸매에 깨끗한 살결을 지닌 어린 남자. 마피아 솔저보다는 공과대학 강의실이 어울릴 외모의 스물두 살.

"어서 와, 알렉스."

웃는 얼굴로 마주 선 그들을 잠깐 내려다보다, 리오는 계단을 타고 1층으로 내려와 다이닝 룸으로 향했다.

장방형의 커다란 식탁은 모처럼 사람으로 꽉 찼다. 리오는 호스트로 상석을 차지한 마르코의 오른쪽에, 제인은 왼쪽에 앉았다. 저와 마주 보고 앉은 여자의 왼쪽을 차지한 헤닝에게 그는 감흥 없는 시선을 아주 짧게 던졌다. 만찬 참석자는 저택 식구와 손님을 합쳐 모두 아홉 명. 멋지게 차려입은 일레인은 여주인을 위한 반대편 끝 좌석에 마르코와 마주 보고 앉았다.

"알폰시는 지난 주말에도 낚시했나?"

"그걸 말씀이라고요. 주말에 낚시를 빼먹을 리가 있습니까."

"이 친구 구월에는 연어 낚시 하느라 여자도 안 만납니다."

"우리 몰래 훈제 연어라도 만들어 파는 거야, 잭?"

주인이 농담을 던지자 당사자를 비롯한 남자들이 와아아 웃음을 터뜨렸다. 포크를 쥔 제인이 키득키득 웃고, 거기에 마르코의 시선이 스치는 것을 리오는 본다.

"내 눈에 미시간호는 아직도 바다 같아. 처음엔 수평선 보고 어찌나 놀랐던지."

"커 봤자 호수 아닙니까. 여기서 백날 잡히는 송언지 뭔지 난 맛도 별로던데."

"낚시는 역시 바다낚시지. 우리 롱아일랜드 다니던 거 생각해 봐. 도미에 고등어에, 거 참치도 입질하는 손맛 예술이고."

떠나온 고향이 얼마나 좋았는지, 그곳이야말로 세상에 다시없을 낙원인 것처럼 향수를 과시하는 것은 이 남자들에게 단골 화제였다. 그 훌륭하고 아름다운 고향에서 모두를 쫓겨 오게 만든 마르코조차 아무렇지 않은 얼굴로 동조하기 일쑤였으니, 사람들이 그의 나이를 실제보다 예닐곱 살씩 적게 보는 것은 리오가 생각하기에, 나쁜 기억들은 빠르게 잊어버리는 저 무던하고도 무딘 성격 덕택인 것 같다.

그는 와인 잔을 집어 들며 맞은편의 남녀에게 눈길을 주었다. 헤닝이 저만치 놓인 라자냐를 대접째 번쩍 들더니 제인의 접시에 덜어 준다. 코앞에 마주 보고 앉은 탓에 미소를 교환하는 둘의 모습이 시야에 낱낱이 들어왔다. 리오는 제게도 의향을 묻듯 시선을 던진 헤닝에게 짧게 고개를 저었고, 막내는 제자리에 라자냐를 돌려놓으며 대화에 끼어들었다.

"난 오징어. 오징어 갓 낚은 거 삶아 먹으면 으, 끝내주는데. 소금물에 발 담근 게 언젠지 기억도 안 나요."

"호수라도 있는 걸 감사하게 생각해. 일리노이는 중서부야. 내륙이라고."

"애리조나 같은 데면 어쩔 뻔했어."

"지금 설마 사막 얘기하는 거냐?"

"잭은 거기서 전갈이라도 낚았을걸."

또다시 터지는 웃음소리. 리오는 편안한 얼굴로 음식에 집중한 여자에게 신경을 썼다. 그녀가 천천히 식사를 즐겼으면 하는 마음과 어서 자리에서 일어나 제 방으로 돌아갔으면 하는 바람이 동시에 들었다. 아울러 그 누구의 시선도 닿지 않았으면 좋겠다고 생각했다. 제 것이 아닌 다른 이의 눈길이 제인에게 닿을 때마다 그는 어쩐지 불쾌하고 불안하다.

"미트볼 더 줄까?"

"아냐, 충분히 먹었어. 고마워."

"마리나 음식 솜씨는 정말 대단해. 맨날 이런 거 먹어서 좋겠다, 넌."

"감사한 일이지. 나도 그렇게 생각해."

"집에만 있지 말고 언제 한번 다운타운에 오라니까. 요새 날씨가 끝내줘."

"고마운 말이지만 제인은 당분간 시내 나가기 어려울 거야, 알렉스."

GED 준비하느라 바쁘거든. 식탁 끝에 앉은 일레인이 웃는 얼굴로 끼어들었다.

"웬 GED? 대학이라도 가게?"

"응. 내년에 원서 넣으려고."

"오, 대학교라니. 엄청난데?"

헤닝은 외국인인 주제에 무려 대학에 간다니 대단하지 않냐는 듯 주위를 둘러봤다. 그러나 그 과장된 표정에 손님들은 물론 주인조차 한마디도 거들지 않았다. 막내는 나이를 감안하더라도 눈치가 좀 없는 편이다. 다들 모른 척 자리에 끼워 주되 의식적으로 무시하는 여자. 앞으로 어찌 될지조차 알 수 없는 보스의 정부 딸 따위에게 관심이 집중돼서는 안 되는데도.

"우린 이만 올라가 볼게요. 천천히 놀다들 가요."

대화가 잠깐 끊어지자 일레인이 눈치껏 자리에서 일어섰다. 저 때문에 분위기가 어색해졌다는 것을 제인은 잘 모르는 것 같았다. 아니면 감지했더라도 대수롭지 않게 여기고 있거나. 리오는 눈인사하듯 저를 보는 여자의 시선에 응하는 대신, 바닥을 보이는 와인 잔을 들어 끝까지 비워 버렸다.

"리오 찌른 놈 찾았습니다."

남자들만 남은 식탁은 비로소 솔직해졌다. 식사를 웬만큼 마치자 담배 연기가 다이닝 룸을 채우기 시작했다. 마르코는 자리에서 일어나 새로 위스키 한 병을 꺼내 왔다. 손수 마개를 따서 누군가의 빈 잔을 채워 주며 묻는다.

"어디 애야."

"히포네 칼잡입니다."

"그럴 줄 알았어. 개같은 새끼들."

당장 처리해. 씨근대며 지시하는 아버지를 리오는 쳐다보지 않았다. 저토록 펄쩍 뛰는 까닭이 애끓는 부성애와 관련이 없다는 것쯤 당연히 안다. 그를 공격한 상대는 마르코가 구역을 빼앗으려 호시탐탐 엿보던 소규모 토착 조직이었고, 박힌 돌을 한 뼘 더 밀어낼 구실이 생겼으니 속으로는 무척 신이 나 있을 것이다.

"총 말고 칼로. 받은 대로 갚아 줘야지."

마르코가 말하며 알폰시와 눈을 맞췄다. 지당하신 말씀. 잭은 우쭐한 표정으로 동조했다.

"확실히 보여 줘. 분수 모르는 것들은 어설프게 치면 독만 잔뜩 오르니까."

그가 식탁을 한 바퀴 둥글게 돌며 차례차례 술을 따라 주었다. 마지막으로 아들의 잔을 채워 준 뒤 자리에 앉아 제 잔에도 위스키를 따랐다. 통통한 손가락. 시카고에서 생활한 4년간 그는 눈에 띄게 체중이 불었다.

"시체는 히포네 집 대문 앞에 눕혀 놔. 그 새끼, 아침에 신문 가지러 나올 때마다 평생 기억나게."

말을 마친 마르코가 담배를 피워 물었다. 히포 새끼 놀라서 나자빠져 뒤지는 건 아니겠지. 누군가가 킬킬대자 주변에서 키득키득 몹시도 재미있어한다. 이 모든 복수 모의의 계기가 된, 이틀 전 칼에 옆구리를 찔려 피를 철철 흘렸던 리오만 유일하게 웃지 않았다.

그저 아버지가 갓 따라 준 위스키를 향해 손을 뻗었다.

웃을 것도 울 것도 없다. 칼에 옆구리 좀 찔렸다고 목을 그어 복수하자는 그악한 발상에 크게 공감하지 않았으나 그가 태어난 세계는 원체 이런 곳이다. 받은 것 이상으로 갚아 주는 곳. 피에는 피로 칼에는 칼로 응수해야 마땅한 곳. 어설프게 덤볐다간 목숨을 빼앗기기 십상인 곳.

그러니 아무리 신중하게 내딛는 걸음이라도, 이곳에선 얼마든 온 생을 걸어야 하는 것이다.

❖

시카고의 가을은 사계절을 통틀어 가장 쾌적하다. 가혹하고도 지루한 겨울을 앞두고 계절은 마치 사형수에게 마지막 만찬을 제공하듯, 제가 가진 모든 아름다운 것들을 아낌없이 세상에 선사했다. 닦아 놓은 듯 쾌청한 하늘과 울긋불긋 물드는 활엽수들 사이로 햇살이 눈부셨다. 정오를 향해 가는 평일의 늦은 아침, 회색 저택은 동화 속 공주의 별궁처럼 조용하고도 평온했다.

리오는 2층 제 방에서 나와 복도를 지났다. 나흘째 출근하지 않은 핑계는 공식적으론 옆구리의 상처였지만 그가 전에 없이 휴가를 즐기는 까닭은 기껏해야 손가락 두어 마디 길이의 자상 때문만은 아니다. 계단을 타고 1층으로 내려와 마스터 침실로 향했다. 저택에서 가장 크고 화려한 공간. 남자는 잘 들어오지도 않는 그 거대한 침실을 꿋꿋하게 홀로 지키는 여자에 대해 리오는 아무런 평가도 감상도 줄 생각이 없었다.

똑똑.

좀처럼 접근한 적 없는 그 침실 문을 가볍게 두드리면서도, 그는 아무 생각도 하지 않으려 애썼다.

"리오?"

문이 열리고 나타난 여자는 화려한 차림에 완벽한 화장을 마친 상태였다. 그가 알기로 일레인은 시카고 시내에 위치한 작은 바에서 일하던 여자로, 한창 제게 빠져 있던 시절 마르코로부터 투자 명목으로 돈을 받아 가게 지분을 얼마쯤 사들였다. 하지만 동업 형식으로 운영하는 가게는 어차피 밤에 주로 영업하니 지금은 출근하기에 많이 이른 시각이다. 리오는 당혹한 듯 깜빡이는 긴 속눈썹을 방관하듯 내려다봤다.

"나한테 무슨 일?"

"외출하는 모양입니다."

태평도 하지. 탄식 같기도 하고 웃음 같기도 한 숨덩이가 말끝에 섞였다. 문 앞을 가로막듯 선 장신의 남자 앞에서 여자가 문득 긴장하는 것이 느껴졌다. 그 순간 리오는 모녀 사이의 어떤 공통된 지점을 인식했고, 그로 인해 묘한 기분을 피할 수 없었다.

"남자들이 수시로 드나드는 집에,"

"……."

"어린 여자애 혼자 두고."

그는 모성애를 믿지 않는다. 본 적도 만져 본 적도 없는 존재를 믿는 것은 신 하나로 족하다. 그러나 지금 이 순간, 리오는 여자의 모성 본능이라는 것이 부디 예외 없이 실재하기를 진심으로 바랐다.

"이 나라가 얼마나 위험한 곳인지 직접 겪어 봐야 아는 건 아닐 텐데."

혹은 최소한의 두려움과 양심이라도 남아 있기를.

"쏘는 법 정도는 가르치는 게 좋을 겁니다."

등허리에 꽂힌 리볼버를 뽑아 건넸다. 일레인은 검은색의 묵직한 권총과 그것을 건넨 남자를 불안한 눈으로 번갈아 봤다.

"계속 여기 있을 생각이라면."

여기. 그 대명사가 가리키는 곳이 미국이 아니라는 것도, 그가 일 컫는 위험한 대상이 이 나라에 넘쳐 나는 낯선 총잡이들이 아니라는 것도 그녀는 당연히 알아들었을 것이다. 그러나 네가 왜. 의도를 헤 치듯 제 눈을 살피는 여자에게 리오는 건조한 얼굴로 충고했다.

"내가 당신이라면, 하루라도 빨리 데리고 나가겠지만."

생각을 읽어 내듯 여자의 얼굴을 찬찬히 살폈다. 그리고 그녀가 조 금 머뭇대며 총을 받아 든 직후, 채 입을 열기 전에 그는 몸을 돌렸 다. 왜. 까닭을 묻는다면 해 줄 말이 없으니 질문은 사양이다. 그녀에 게 원하는 것이 딸에게 호신용 무기를 쥐어 주는 것인지 아니면 정말 로 딸을 이 저택에서 데리고 나가는 것인지조차 리오는 딱 잘라 대답 할 수 없었다. 진실로, 그는 자신의 마음을 명쾌하게 읽어 낼 수 없었 다.

그래서 남자는 달아나듯 다시 2층을 향해 계단을 올랐다.

청량한 햇살이 복도를 적셨다. 바깥 머지않은 곳에서 여자들이 웃 는 소리가 창문 틈새로 흘러들었다. 빛에 홀린 음지식물처럼 그는 느 리게 창가로 다가간다. 그리고 유리창 너머 푸르게 펼쳐진 하늘 아래 를 눈으로 더듬었다.

잘 가꾼 정원에는 노란 해바라기가 한창이었다.

이십 대 중반쯤 되어 보이는 여자의 금발 위로 햇빛이 부서졌다. 그 곁에 선 제인이 무어라 말을 붙이자 금발 여자가 고개를 끄덕였 다. 뭐가 그렇게 재미있는지 두 사람은 다시 깔깔대며 웃음을 터뜨린 다. 듣는 사람의 고요한 심정마저 들뜨게 만드는 웃음소리. 저토록 무구하게 웃고 있는 여자에게 리오는 이끌리듯 눈길을 주었다.

알고 있다. 고인 물조차 보이지 않아 아찔한, 아득하도록 깊은 협곡을 기어이 건너왔다는 것. 위태위태 걸쳐진 구름다리에 지금 막 불을 붙였으며 이제 다시는 되돌아갈 수 없다는 것도. 그러나 방아쇠는 이미 그의 손을 떠났다. 다리는 활활 불타게 될 수도 있고 어쩌면 아무 일 없이 불발로 끝날 수도 있으며 어느 쪽이든 그는 무거운 결과를 감당해야 할 것이다. 어느 쪽이든,

여자는 그를 증오하게 될 것이다.

그럼에도 리오는 각오한다. 더는 아무 일도 아닌 척 모른 체할 수 없어서. 외국인 정부의 순진한 딸 따위 어찌 되든 신경을 끌 수 없어서. 무엇보다도, 어디인지 모를 저 깊은 곳으로부터 꾸역꾸역 밀려나오는 장면과 냄새와 소리들을 주체할 수 없어서.

서른 번째 생일날 마주 앉은 여자.

달지 않은 케이크.

한 병의 와인과 두 개의 잔.

낮고도 맑은 웃음소리.

무려 1년, 혹은 그 이상. 그토록 까마득한 미래의 장면들이 너무나도 생생해 벌써 현실이 되어 버린 것 같아서.

지금껏 리오는 인생의 굵직한 항로 중 어느 것도 제 손으로 선택해본 적이 없다. 누구나 그러하듯 그의 생 또한 타인들이 벌인 우연한 사건으로 탄생하였고, 모두가 그러하듯 그 과정에서 그는 아무런 선택권도 갖지 못했다. 두 명의 타인 가운데 한 사람은 일찌감치 그를 버렸으므로, 그로써 권리를 독차지하게 된 한 사람은 그의 장래와 쓰임새를 진즉부터 정해 두었으므로 리오에게는 제 삶에 대한 고민의 여지마저도 주어지지 않았다. 실은 그 이상의 무언가를 원해 본 적도 없다. 나쁠 것도 부족할 것도 불평할 것도 없는 인생이었다.

그렇게 흘러가듯 숨 쉬며 살아온 것이 꼬박 스물아홉 해. 스물아홉 해 만에 처음으로 생의 조종간을 잡게 만든 계기가 고작 여자, 도로에 뛰어든 사슴처럼 갑작스레 출현한 저 작고 어리고 순진한 여자라는 사실에서 그는 여전히 강렬한 불가해를 느꼈다. 그러나 생이란 본디 우연의 베틀에서 시작되어 뜻밖의 사건들을 씨실 삼아 한 뼘씩 직조되는 것인지도 모른다.

멀미 같은 혼돈 속에서 그는 여전히, 정물처럼 창가에 선 채 여자를 본다.

찬란한 햇살 아래 꽃처럼 빛나는. 입술을 벌려 무슨 말인가 쉼 없이 재잘대는. 노란 해바라기 사이에서 희게 웃는 여자를 보이지 않는 곳에서 바라본다.

가슴속에서 나비가 파닥거렸다.

하얗고 자그마한 날갯짓이었다.

리오나르도 비첼리오 같은 남자는 결코 휩쓸릴 리 없는, 무척이나 연약한 바람이었다.

3. 2019년

샌디에이고의 얼굴은 연중 화사하고 온화하다. 잘 계획된 대도시지만 전체적으로 성기고 여유로운 데가 있어 러시아워에도 교통체증으로 혈압 오를 일이 좀처럼 없다. 해군과 휴양의 도시. 태평양을 면한 항구도시인 이곳의 사람들은 세계 최고의 미항에 사는 것을 무척 자랑스러워하는데, 뉴욕 사람들의 자부심이 종종 교만과 헷갈리는 것에 비교하면 샌디에이고 시민들의 그것은 순수한 자긍심에 가까웠다.

시내 한복판을 차지한, 원시 삼림처럼 거대한 고목들을 품은 발보아 파크 북동쪽으로 가면 이름도 참 솔직한 노스 파크라는 동네가 있다. 고풍스런 극장을 중심으로 쭉 뻗은 애비뉴를 따라 감각적인 카페와 레스토랑, 공예품점이 모인 이곳은 한낮에는 몹시 한산하지만 해질 녘이 되면 수수한 얼굴에 새빨간 립스틱을 바르듯 깜짝 변신을 한다. 그러나 지금은 한여름이고, 가게들이 이제 막 문을 열기 시작한 아침나절이니 아직 빨간 립스틱을 바르기엔 한참 이른 시각이었다.

그 수수하고 한산한 거리에 페덱스 트럭 한 대가 멈춰 섰다. 10년 넘게 이 동네 특급 배송을 전담하고 있는 닉 베이커는 능숙하게 소포 하나를 챙겨 들고 트럭에서 내려 인도로 올라섰다. 공회전 하면 안 되니 시동은 껐지만 늘 그렇듯 운전석 문은 잠그지 않았다.

한 동네에서 오랫동안 일하다 보면 우편물 사이즈만 봐도, 수취인 이름만 봐도 어느 주소로 가는 물건인지 딱 알게 된다. 닉은 이번에도 망설임 없이 눈앞의 가게로 향했다. 한 톤 낮은 보랏빛 차양을 드리운 작은 상점은 보석공방이다. 최근 몇 년 새 동네가 핫 플레이스로 뜨면서 수공예 액세서리를 파는 비슷한 가게들이 몇 군데 생겼지만 근방 몇 블록을 통틀어 가장 오래된 곳은 여기. 몇 년째 한자리에서 영업 중인 데다 보내고 받는 소포들도 꾸준한 걸로 봐서 장사가 제법 잘 된다는 건 보석에 전혀 취미 없는 닉 베이커 같은 사람도 어렵지 않게 유추할 수 있었다.

딸랑.

출입문에 매달린 종소리와 함께 은은한 커피 냄새가 코에 끼쳤다.

이 공방이 문을 연 것은 그의 기억으로 한 7년쯤 됐다. 낯선 동양인 여자가 처음 나타났을 때 닉은 근방 대부분의 상인들이 그러했듯 그녀에게 얼마간 호기심을 품고 있었다. 뉴욕 출신의 보석 디자이너. 일반의 미국인이 동북아 혈통에게 기대하는 보편적 외모를 넘어서는, 결코 젊다 할 수는 없지만 정확한 나이를 가늠하기도 쉽지 않은, 호감 가는 미모의 여자는 가족도 동업자도 없이 타향에 혼자서 가게를 열었다.

"굿모닝. 페덱스예요."

여자는 킴이라고도 불렸고 제이라고도 불렸다. 물론 전혀 이상한 건 아니다. 그 또한 정식 이름은 니콜라스지만 니키라고 부르는 사람도 있고 베이커라고 하는 사람도 있으니까. 다만 닉으로 말할 것 같으면, 본인은 스스로 대단히 사교적이고 격식 없다고 자부하는 사람이지만 이 여자를 부르는 호칭은 아직까지,

"미즈 킴."

"안녕하세요, 닉. 오늘 날씨가 참 좋아요."

"샌디에이고잖아요. 축복받은 땅이죠."

친근하게 대구하며 그는 밝게 웃는 여자에게 비슷한 표정을 돌려주었다. 여자는 친절하고 예의 바르지만 필요 이상의 틈은 주지 않는, 어딘가 묘하게 방어적인 구석이 있다. 웃는 얼굴로 냉정하게 선을 긋는 그 분위기는 아마도 그녀가 몸의 일부처럼 끼고 다니는 저 결혼반지와 연관이 있지 않을까 닉은 유추한다. 노스 파크에서 미스터 킴을 봤다는 사람은 수년째 단 한 명도 없으니 분명 무슨 사연이 있겠거니 여기면서. 진지하게 생을 대하는 사람이라면 누구나, 굳이 떠벌리고 싶지 않은 이야기 몇 개 정도는 가슴에 품고 살아가니까.

"오늘은 하나뿐이네요. 여기 서명요."

"고마워요."

"별말씀을."

소포에 적힌 이름을 거의 매일 보므로 닉은 물론 여자의 풀 네임을 알고 있다. 낯선 발음이라 외국인일지도 모른다고 생각했는데 완벽한 영어가 꽤 인상 깊었던 기억이 난다. 샌디에이고는 국경지대라 영어에 서툰 이민자들이 워낙 많다.

"제시카는 아직 안 나왔나 봐요."

"슬슬 올 때 됐어요. 십 분은 지각해 줘야 제시카죠."

"이런. 좋은 보스를 뒀네."

"그건 아는 것 같아서 그나마 다행이네요."

햄버거 크기의 소포를 든 채 여자가 웃었다. 저 안에 든 것은 혹시 다이아몬드 나석일까. 보석공방 주인 앞으로 온 작고 가벼운 우편물을 새삼 궁금해하며, 닉은 이만 작별 인사를 하고 트럭으로 돌아갔다.

가게에 홀로 남은 김재희는 다시 카운터 안쪽으로 향한다.

뜯지 않은 소포를 진열대 위에 올려 두고 의자 위에 앉았다. 잠깐 꺼 뒀던 태블릿을 켜자 하얀 화면에 빼곡한 글자들이 떴다. 뉴욕타임스 온라인판. 아침마다 〈뉴욕타임스〉부터 훑어야 하루가 시작되는 습관은 어지간히도 뿌리가 깊어 대륙 반대편 끝에서도 고쳐지지 않았다. '뉴욕시경, 소속 경관 전원에 바디캠 지급 연내 완료하기로.' 헤드라인 아래 읽다 만 지점을 더듬어 눈으로 이어 읽기 시작한다.

「이번에도 리갈 서포트 소사이어티가 전폭 지원에 나섰다. 정부 감시 단체이자 비영리 법률 재단인 LSS는 뉴욕시경의 바디캠 장착 의무화를 2013년부터 요구해 온 단체로, 지난 2017년 시경 체포 과정에서 사살된 미구엘 리처즈의 녹화 화면 공개를 최초로 이끌어 내기도 했다.」

현장 근무하는 경찰관 제복에 영상 녹화용 소형 카메라를 부착하자는 바디캠 이슈는 4년 전 쯤부터 신문 지면에 자주 보이기 시작했다. 재희는 계속해서 기사를 읽으며 카운터 위에 올려 둔 텀블러를 집어 들었다. 아직 충분히 따뜻하고 향긋한 아메리카노.

「LSS 수석 디렉터인 그레이엄 스펜서 컬럼비아대 교수는 본보와의 인터뷰에서, "공권력은 스스로에 대한 감시를 선행할 때 주권자의 신뢰를 얻을 수 있다."고 지적하고, "NYPD뿐만 아니라 전국의 모든 사법기관에서 감시 장치와 견제 시스템을 강화해야 한다."고 역설했다.」

관련 기사가 나올 때면 어김없이 등장하는 남자의 이름도 이제는 제법 익숙해졌다. 처음 보았을 땐 놀랍고도 반가운 마음에 소스라치며 그의 이름을 구글창에 넣어 검색했는데, 혹시나 했던 마음이 무색해지도록, 무려 위키피디아에 당당히 등재된 그레이엄 스펜서의 정보를 보고는 몇 번이나 기가 막혀 입을 벌렸더랬다.

그녀를 가장 경악케 한 것은 그가 호텔왕 리처드 스펜서 주니어의 맏손자라는 사실이었다. 위키피디아가 확보한 그레이엄의 사생활 정보는 가엾도록 빈약했는데, 특히 유년 시절에 대한 내용은 열 살 되던 해 항공기 사고로 부모를 한꺼번에 잃은 뒤 숙부 내외의 손에서 자랐다는 두어 줄이 전부였다.

이 불행한 상속자가 뉴욕주 변호사 자격을 취득한 뒤 연방수사국에서 11년간 근무한 경력에 위키피디아는 '독특한'이라는 수식을 붙였다. 여기서 '독특한'을 '이해할 수 없는' 또는 '정신이 나간'의 완곡으로 읽은 것은 비단 재희뿐만이 아니었을 것이다. 부유한 사업가의 자손을 두고 평범한 사람들이 으레 예상하는—어려서부터 착실히 승계를 준비한다거나, 또는 어려서는 시큰둥했어도 성장 후엔 결국 가업을 거들게 되거나, 그도 아니라면 최소한 넉넉한 집안의 재력에 기대어 잘 닦인 길 위를 유유자적 걸어가는—순조로운 루트를 거부한 까닭은 무려 20년 만에 그를 찾아가 물어보고 싶을 만큼 궁금하기도 했다.

그러나 모두가 부러워하는 집을 지녔다고 해서 그 안의 생활마저 항상 아름다운 것은 아니다. 바깥에서 구경하는 타인의 멋진 삶은 때로 본인에겐 아무런 의미도 없다는 것을 재희는 알고 있었고, 그러므로 그 남자의 선택을 두고 독특하다거나 이해할 수 없다거나 정신이 나갔다며 아무리 고개를 흔들어 봐야, 집 밖에서 기웃대는 사람들의 감상 따위에 그는 코웃음 한번 쳐 줄 관심조차 없을 거란 것도 그녀는 잘 알고 있다.

'평범한 생활을 할 수 없는 유전자가 있다더군요. 대답이 될지는 모르겠습니다만.'

무엇보다도 리처드 스펜서 주니어의 하나 남은 아들이자 그레이엄의 유일한 숙부, 토마스라는 남자를 자신이 과거 만난 적이 있다는데 기억이 미쳤을 때, 사진으로 다시 본 두 사람의 외모가 상당히 닮은 구석이 있다는 걸 확인했을 때, 재희는 무척이나 기묘한 기분에 휩싸여 온종일 그 생각에 먼 과거를 서성거렸다. 돌이켜 보면 세상은 그렇게 예상치 못한 순간 불쑥불쑥 힌트를 던져 주었다. 어리석은 인간이 눈뜬장님이라 문제지.

다만 그레이엄 스펜서의 가족으로 기록된 사람들이 여전히 숙부 내외와 사촌 형제자매 둘뿐이라는 것이 그녀는 내심 안타까웠고 동시에 얄궂게도 어쩐지 조금은 위안이 되기도 했다. 타인의 결핍으로 나의 그것을 위무하는 저열한 습성은 그러나 별수 없이 실용적이다.

지금처럼.

"당신도 많이 늙었네."

여자는 구글로 검색해 낸 그의 최근 모습들을 손가락으로 휙휙 넘기며 중얼거렸다. 그래, 세월의 방망이가 나만 두들긴 건 아니어야지. 생각하며 코끝으로 키득거렸다. 태블릿 화면 안의 그레이엄 스펜서는 여전히 새파란 눈동자와 창백한 이마를 지녔으며 표정 또한 변함없이 오만하다. 그러나 시간에 바래어 연해진 눈빛. 그 무른 빛깔의 눈동자에서 이 남자 또한 대체적으로 평온한 삶을 살고 있다는 것을 재희는 알아볼 수 있었다.

그가 부교수 직함을 달고 모교의 강단에 서고 있고, 비영리 법률단체에서 발간하는 연례 사법정의 보고서에 총책임자로 꼬박 이름도 수록하고, 단독 저자로 출간한 책도 두 권 있는 데다, 고향인 맨해튼에서 여전히 바쁘게 살아가고 있다는 이러저러한 근황들은 인터넷 검색 몇 번으로 쉽게 알아낼 수 있다. 이토록 편리한 세상에 살고 있는 재희는 더 이상 기억 속 과거의 이름들에 휘청대지 않는다. 다만 언론이 그레이엄 스펜서에게 즐겨 빗대는 와치독, '감시견'이라는 비유에 아직도 피식 실소가 터질 뿐.

그는 지금도 그녀에게 별수 없이 특별한 사람이다. 기억 속에 묻어둔 과거를 알고 있다는 것, 세상 사람들은 모르는 서로의 모습을 남몰래 공유하고 있다는 사실이 적어도 재희에게는 그 남자를 여전히 특별한 존재로 만든다. 미욱하던 시절의 실수와 잘못들. 어렸던 마음과 심술궂은 표현들. 서툴고 모호한 애정 같은 것들. 세월의 강이 미운 기억과 일그러진 감정들만을 떠안고 흘러가 주는 것은 참으로 고마운 일이다.

그리고 그것으로 그녀는 쉽게 상념을 접었다.

태블릿을 끄고 스피커와 연결된 랩톱을 부팅시켰다. 애용하는 스트리밍 사이트에 접속해 적당한 선곡 테마를 골라 재생시킨다. 잔잔한 음악을 만족스럽게 들으며 가게 웹사이트의 관리자 페이지에 로그인한 뒤 밤새 올라온 고객 리뷰 두 개를 확인하고 새로 들어온 문의에 답변을 달았다. 가게 이름으로 된 트위터와 인스타그램과 블로그 계정도 차례로 확인했다. 업무의 일환으로 매일같이 하는 일들은 재희에게 이미 일상이었다.

그녀는 실로 놀라운 세상을 살고 있다. 물어보지 않고도 전 세계 사람들의 생각을 실시간으로 알 수 있다. 오늘 무엇을 하고 싶은지, 생일 선물로 무엇을 받았고 점심으로 무엇을 먹었고 지난 주말에는 어디에 갔는지 원하는 만큼 들여다볼 수 있는 세상을 살고 있다. 즉각적인 욕망이 범람하는 세상. 무섭도록 빠르고 명확한 이 세계에서 그녀는 때로 멀미 같은 현기를 느꼈다.

그럴 때마다 기술이 무뎠던 시대를 생각한다. 낯선 남자의 음성메시지를 기다리느라 하루를 통째로 허비하던, 하염없는 상상 속에서 온갖 기대를 접었다 폈다 반복하던 시절이 그리워지기도 했다. 그러나 과거에 대한 향수는 단지 자기 생의 가장 아름다운 시절에 대한 추억이라는 것을 그녀는 또한 안다. 20세기가 그리운 것은 순전히 본인이 그 시대의 인간이기 때문일 테고, 관계의 모든 단계마다 참을성을 요구하던 시절이 아름답게만 기억되는 것은 마치, 이미 대부분의 주문이 온라인을 통해 이뤄지는 지금 돈벌이도 되지 않는 오프라인 가게를 고집스레 유지하는 까닭과 비슷할 거라고.

그때 가게 문이 딸랑, 맑은 소리를 내며 열렸다. 재희는 새로 온 이메일들의 제목을 눈으로 훑으며 랩톱 화면 상단의 시간을 확인했다. 8분 초과. 오늘은 양호한 편이다.

"사장님(Ms. Kim)."

"좋은 아침, 제시."

"늦었어요."

"그럴 줄 알고 내가 벌써 청소 다 해 놨어."

"아, 사장니임."

삼십 대 초반의 여자가 몸을 비틀며 애교 있게 웃어 댔다. 공방의 유일한 직원인 제시카는 3년째 꾸준히 10분씩 지각 중이다. 하지만 그 습관만 제외하면 똑똑하고 성실하며 성격까지 무던한 대단히 훌

룽한 직원이었다. 하나를 보면 열을 안다는 옛말에 재희는 더 이상 동의하지 않는다. 단점이든 장점이든 하나는 그저 하나일 뿐이다.

"대신 오늘 마감 좀 부탁할게. 이번 달 모임이 내 차례거든."

"오늘요? 아, 벌써 첫째 주 목요일이구나."

"내 말이. 대체 시간이 왜 이렇게 빠른 거니."

파티 날이 빨리 돌아오면 좋은 거 아니에요? 안쪽 사무실에 가방을 넣고 온 제시카가 경쾌히 대꾸했다. 그래, 자기 말이 맞네. 재희는 가볍게 맞장구치고 텀블러에 남은 커피를 훌쩍 삼켰다.

공방은 직접 제작한 제품만을 취급한다. 손님 각자의 이야기와 취향에 따라 최상의 디자인을 고민하는 과정을 그녀는 무척이나 즐겼다. 할머니의 오래된 반지가 손녀의 대학 입학 선물로 세팅되기도 했고 전남편에게 받은 프러포즈링의 다이아몬드가 목걸이로 탈바꿈하기도 했다. 사랑은 변해도 다이아몬드는 영원하네요. 손님들이 자조할 적마다 재희는 고개를 저으며 웃었다. 반지를 내밀던 순간의 마음 또한 영원하죠. 그럴 때면 놀랍도록 비슷하게 되돌아오는 씁쓸한 미소. 그 아련한 미소들을 보며 그녀는 또한 생각했다.

종결된 사랑의 증표를 간직하는 사람들은 지난날에 미련을 남겨뒀기 때문이 아니라, 찬란히 사랑했던 그 순간만큼은 영원토록 불변한다는 것을 알기 때문이다. 쉬지 않고 흘러가는 시간 속에서 생은 오직 그러한 순간들의 집합이다. 얼마나 지속되든 간에 모든 것은 어떤 식으로든 끝을 피할 수 없으며, 그러한 유한성이야말로 생이 귀중한 진짜 이유라는 것을 이제 재희도 안다.

공방에서 제작한 디자인들이 SNS를 통해 입소문을 타기 시작하면 서 이제는 먼 타주에서도 문의가 부쩍 늘고 있었다. 가장 많은 주문 은 역시 약혼을 위한 프러포즈링이나 결혼반지를 제작해 달라는 의 뢰이지만 웹사이트와 매장에 진열해 놓고 판매하는 프리메이드 귀걸 이와 목걸이 등도 꽤나 인기가 있다. 이 경우에도 다양한 손님들이 찾아오는데, 그중 가장 흔한 그룹이라면 역시 선물용 보석을 사러 온 남자들일 것이다.

"머리카락 색깔이 약간 붉은 갈색입니다. 눈동자는 녹색이고요."

연인에게 줄 귀걸이를 사러 왔다는 남자는 토르말린과 가넷 사이 에서 고심 중이다. 말쑥한 수트 차림의 키 큰 남자에게 재희는 이미 15분 전쯤부터 대여섯 가지의 디자인을 추천해 주었다. 점심을 먹으 러 나간 제시카 대신 혼자 가게를 지키고 있었으므로 손님을 상대하 는 것은 당연히 그녀의 몫이었다.

"노란색을 좋아하는데, 이렇게 보니 제 눈엔 이쪽도 잘 어울릴 것 같네요."

남자는 그녀에게 어떤 것이 어울릴까 한참 동안 고민한다. 매장을 한 바퀴 돌며 눈에 띄는 것을 고르고 추천받은 몇 가지를 집었다가 놓았다가 끊임없이 비교하며 망설인다. 이걸 건네면 좋아할까. 취향 에 맞을까. 사이즈는 적당할까. 여자를 위해 보석을 선물하는 남자들 은 놀라울 정도로 소심해지고 또한 사랑스럽도록 설레어한다.

"그 사람이 워낙에 심플한 걸 좋아합니다. 그렇지만 평소에 할 만 한 것들은 제법 있으니까 이번엔 좀 특별한 걸 하고 싶어서요. 이거, 제가 너무 까다롭게 구나요."

"전혀 아니에요. 자세히 알려 주실수록 저도 권해 드리기가 쉬워지 니까요."

"그렇게 말해 주시니 다행이군요."

남자는 고개를 끄덕이며 역시 멋쩍다는 듯 조금 웃었다. 그러는 동안에도 시선은 여전히 진열대 위. 그는 제 눈앞에서 반짝이는 온갖 디자인의 장신구들 앞에 이제 슬슬 어지러워지는 눈치였다.

"이런 말 하면 우습게 들리겠지만, 여자 선물 고르는 게 남자들한텐 제일 어려운 일 중 하나일 겁니다."

하소연하는 말투는 결단력 없이 구는 데 대한 민망스러움과 장사꾼을 오랫동안 붙들고 있는 미안함에 대한 변명이다. 그러나 이 정도 고뇌하는 손님은 이 가게에서 대단히 보편적인 축에 속하는지라 재희는 충분히 이해한다는 듯 넉넉히 웃어 보였고, 그 친절한 태도에 감격했는지 남자는 속마음을 조금 더 털어놓았다.

"이렇게 어렵게 골라도 줄 때는 아무렇지 않게 건네거든요. 생일이나 크리스마스처럼 특별한 날이라면 차라리 자연스러울 텐데 아무 핑계도 없이 그냥 주려면 어쩐지 신경이 쓰입니다. 부담스러워할까 봐 최대한 별것 아닌 것처럼 굴죠. 그러면서도 속으로는 마음에 들어 할까 표정을 살피면서 전전긍긍하고, 좋아하는 눈치를 보이면 그제야 긴장이 풀리고 마음이 놓여요. 이거 참, 말이 나와서 말이지만 시험도 이런 시험이 없습니다."

남자의 말들은 낮은 음색과 차분한 속도 덕에 수다스럽게 들리지 않았다. 재희는 진열대 너머 팔짱을 끼고 선 남자의, 한쪽 팔꿈치를 감싼 긴 손가락에 시선을 둔 채 잠시간 미소를 멈췄다. 고민하듯 천천히 까닥이는 검지손가락. 소리 없이 움직이는 그 손끝을 보며 그녀는 아주 오랜만에 다시 느낀다. 이제는 통증보다 짙은 감각에 더 가까운 느낌. 따뜻한 크루아상을 둘로 가를 때처럼, 가슴속의 무언가가 부드럽게 겹겹이 찢어지는 기분.

"알아요."

재희가 중얼대며 고개를 끄덕였다. 그리고 눈을 들어 남자를 본다. 그는 장고 끝에 드디어 결정을 내린 모양으로 가뿐한 시선을 마주쳐 왔다.

"받는 분께도 그 마음이 꼭 전해질 거예요."

"그러길 바래야죠."

기대에 찬 남자의 눈. 설렘을 감춘 입술. 의심할 수 없도록 사랑에 빠진 눈동자.

"그게 아니라면, 이런 곤혹스러운 일을 할 이유가 또 어디 있겠습 니까."

소년처럼 들뜬 눈으로 그가 웃는다. 그 미소가 너무도 눈부셔 재희 는 차마 얼른 마주 웃지 못했다.

❖

물의 온도가 체온보다 약간 높아 따스했다. 해 질 녘을 넉넉히 앞 둔 늦은 오후의 느긋한 목욕을 재희는 자주 즐겼다. 보통은 가게에 나가지 않는 주말이나 휴일에 시간이 나지만, 갑작스레 비라도 내리 는 날이면 일정을 바꿔서라도 욕실에 머물 시간을 기어코 벌어 내곤 했다.

환상의 기후를 자랑하는 샌디에이고에서 딱 하나 아쉬운 점이라면 좀처럼 비가 내리지 않는 것이다. 덕분에 너무나도 귀한 비가 추적추 적 내리는 날이면 그녀는 제시카에게 가게를 맡겨 두고 일찌감치 집 으로 돌아온다. 창문을 반쯤 열어 비 냄새를 맡으며 한참 동안 목욕 을 한 뒤 축축이 젖은 머리로 창가에 앉아 음악을 듣거나 책을 읽는다. 찻물처럼 고요하고 평화로운 시간들. 그런 날이면 하루는 유독 유순하게 저물고, 그녀는 천천히 퇴장하는 오후를 배웅하며 깊고 편안한 잠을 준비한다.

팔을 뻗어 물이 콸콸 쏟아지는 수도꼭지를 닫았다. 욕조를 가득 채운 온수 속에 천천히 몸을 눕혔다. 두 귀가 물에 잠기자 바깥 세상이 닫히고 새로운 세상이 들리기 시작했다. 쿵쿵, 쿵쿵, 규칙적인 심박 소리. 재희는 눈을 감은 채 한참 동안 그 소리에 귀를 기울였다.

지난날의 기억들은 심장과 같다. 가슴 한복판에 박힌 존재를 그녀는 잊고 살아가지만 의식하지 않는 동안에도 심장은 계속해서 뛰고 있다. 눈꺼풀을 내리감거나 귀를 틀어막는 것과 달리 박동은 의지로 멈출 수 없으며, 완전한 잠에 빠져 의식을 잃은 때조차 단 한 순간도 쉬지 않는다. 심장처럼 깊이 뿌리박힌 기억들. 그것들은 이미 그녀의 일부로 단단히 스며 사라지지 않았다.

사랑은 관성의 속성을 띠고 있어서 멈춘 순간 빈자리를 통감하게 된다. 일상적으로 마시던 공기가 귀한 향기였다는 것은 완전히 사라진 뒤에야 마침내 깨닫는다. 사랑받은 기억은 때로 사랑한 기억보다 길고도 끈질긴 생명력을 지녔으며, 대가 없이 퍼부어 준 마음은 갚을 수 없는 빚으로 남아 흉터나 문신처럼 지워지지 않는다. 더 많이 사랑한 쪽이 더 오래 남는다는 것은 서글프지만 따지고 보면 또한 공평한 노릇이다. 세상은 보기보다 공정하게 굴 때도 종종 있는 것이다.

욕조의 물이 이제 완전히 식어 미지근했다. 재희는 여전히 눈을 감은 채 제 박동 소리를 듣는다. 쿵쿵, 쿵쿵. 이토록 악착같이 뛰고 있는 존재를 그녀는 경외하고 연민하면서도 또한 의지했다. 제 몸 안에 든 심장을 의식할 때면 외로움이 움츠러들고 용기가 솟았다. 이 박동이 계속되고 삶이 지속되는 한 어떤 일이든 해내지 못할 것이 없을 것 같았다.

그러니 어떠한 일이 닥치더라도 너무 오래 슬퍼할 필요는 없다. 심장이 뛰고 있는 한 지나치게 좌절하지 않아도 된다. 어차피 체스가 끝나면 모든 말은 한 통에 담기니까. 킹이든 폰이든. 다 같은 곳에.

❖

그녀의 아파트는 가게에서 자동차로 10분쯤 떨어진 유니버시티 하이츠에 있다. 캘리포니아에서 흔히 볼 수 있는, 공용 수영장이 딸린 2층짜리 공동주택 건물이다. 부드러운 조명과 에어컨으로 쾌적한 내부에 고소한 음식 냄새와 잔잔한 음악이 흘렀다. 보사노바 스타일로 편곡한 올드팝.

"우리 와인 한 병 더 따 놔야지?"

"내가 할게."

"하나만 더 따야 된다, 엠마."

"취하면 자고 가지, 뭐. 이 집에 남는 방도 하나 있잖아."

사 인용 식탁은 모처럼 의자 네 개가 꽉 찼다. 네 명의 여자들은 고교나 대학 동창도, 하다못해 교회나 독서 클럽을 통해 만난 사이도 아니다. 공통점이 있다면 오십 대의 도전에 직면한 사십 대 후반이란 나이와 밤 외출을 망설이게 하는 남편이 없다는 것 정도지만, 생의 변곡점을 지날 즈음이 되면 그 정도의 현실을 공유하는 것만으로도 매달 최소 한 번의 모임과 우정을 이어 나갈 근거는 충분해진다.

"자기 요새 다이어트해? 살 빠진 것 같아."

"제이가 뺄 데가 어딨어. 다이어트는 내가 하는데 왜 살은 엉뚱한 사람이 빠지는 건데?"

"제이는 아직도 삼십 대 같아. 뒷모습은 이십 대라도 믿겠다니까."

"맙소사. 빈말도 그 정도면 사기야, 그레이스."

재희가 이 모임에 끼게 된 것은 6년이 다 되어 간다. 노스 파크에서 의류 편집숍을 운영하는 리아가 뉴욕 출신의 보석공방 주인에게 적극적인 관심을 보인 것이 시작이었다. 샌디에이고 토박이인 리아는 두 번의 이혼 후 지금의 연인과 세 번째 결혼을 준비 중이다.

"와우, 오늘도 메뉴 끝내주네."

"나 이거 먹고 싶어서 어제부터 잠을 못 잤어."

"다들 기다려. 인증 샷 찍기 전엔 아무도 손대지 마."

"엠마는 이 정도면 인스타 중독 아냐?"

"냅둬. 누가 말려."

호스트가 마지막 요리 접시를 식탁에 올려놓음으로써 파티는 시작됐다. 식탁에 둘러앉은 네 명의 여자는 스마트폰으로 사진을 찍고 와인을 따르고 감탄과 웃음을 터뜨렸다. 그 사이를 채우듯 흐르는 음악. 늘상 평온하던 아파트가 마치 놀이공원처럼 활기로 넘쳤다.

"이건 정말 마법의 레시피야, 제이. 정말 나랑 동업해 볼 생각 없어?"

"고맙지만 생각이 바뀌는 일은 없을 거야. 지금 가게 하나로도 충분히 벅차거든."

"아쉽다! 이거 만들어 팔면 진짜 대박 터질 거 같은데."

오늘의 메인은 불고기와 치즈로 속을 채운 퀘사디아. 다들 무척 좋아해서 재희는 제 차례가 올 때마다 거의 고정 메뉴로 내놓고 있다. 김치볶음밥과 해물파전도 항상 인기 있는 파티 음식. 거기에 샐러드까지 사 인분의 푸짐한 음식을 준비하는 것쯤이야 이제는 전혀 어려운 일이 아니다. 재료 손질을 재빨리 마쳐 놓고 느긋하게 목욕까지 즐기며 여유를 부릴 정도로.

"손재주는 정말 타고나는 건가 봐. 제이는 반지도 잘 만들고 요리도 잘하고."

"반지 만드는 거야 학교에서 배웠을 거고, 요리는 어디서 배웠어?"

"마법의 레시피를 전수하는 아카데미가 있나? 뉴욕에? 아님 한국?"

이어지는 질문 공세에 재희가 대꾸 없이 웃었다. 네 명 가운데 유일하게 아이가 있는 그레이스는 요리에 관심이 많다. 공립도서관 사서인 그녀는 음식 재료 다듬을 시간에 책 한 페이지 더 읽는 쪽을 언제든 고민 없이 택할 사람이지만 그녀의 딸아이가 요리를 무척 좋아하며, 이런저런 레시피를 연구해 유튜브 방송까지 한다는 것을 재희도 알고 있었다.

"멜린다 데리고 같이 와. 가르쳐 줄 테니까."

"세상에, 그 애가 정말 좋아할 거야. 안 그래도 케이팝에 푹 빠져서 코리안이라면 자다가도 벌떡 일어날 지경인데."

"멜린다 올 때 나도 불러. 나도 그 애가 좋아하는 거 갖고 올 수 있거든."

"엠마, 마리화나 얘기라면 제발 그만둬."

"현실을 인정해, 그레이스. 우리도 다 고등학생 때 몰래 피우고 그랬잖아? 게다가 이젠 엄연히 합법인데."

"멜은 아직 열일곱 살이야. 마리화나 살 수 있으려면 앞으로 사 년은 더 있어야 한다고."

캘리포니아주에서 마리화나는 작년부터 합법화됐다. 판매 면허가 있는 상점에서 취급하고 신분증을 소지한 성인이라면 누구나 자유롭게 구입할 수 있다. 주정부는 과거 마리화나죄로 체포됐던 사람들의 전과기록까지 깨끗하게 없애 주었다. 건강하고 바른 사회를 위협하던 환각제가 어느 순간 천연의약품으로 취급되더니 이제는 당당한 상품으로 인정받았다. 천지가 개벽을 해도 유분수지. 재희는 외조모의 오래전 입버릇을 저도 모르게 입 속으로 중얼거린다.

"말 나오니까 또 한 대 당기는데."

"실내에선 흡연 금지야, 엠마."

"발코니에서도?"

"옥상에서도."

"이런, 제이, 빡빡하게 굴긴."

뉴욕주에서도 이제 합법화는 시간문제란다. 태블릿을 통해 그런 기사들을 볼 때마다 재희는 마리화나죄로 체포됐던 과거의 동료 재소자들을 떠올리곤 했다. 그들의 전과 또한 조만간 사라지겠으나 감옥에서 자숙해야 했던 세월은 보상받지 못할 것이다. 퇴치해야 할 범죄였던 그들의 행위는 언제 그랬냐는 듯 보통의 일상이 될 테고.

제도의 실체란 사방치기하는 아이들이 분필로 그린 선과 크게 다르지 않다. 놀이를 하는 모두가 동의한다면 선을 밟는 것은 가장 큰 죄가 된다. 법을 만드는 것도 집행하는 것도 신이 아닌 인간이며, 인간의 판단력은 각자가 이미 잘 알고 있듯 그리 믿을 만한 게 못 된다. 특정한 식물의 말린 잎사귀가 마약이 되었다가 의약이 되었다가 이제는 대중을 위한 오락거리로 널리 사랑받게 된 것처럼. 재희는 실물의 마리화나 앞에서 악마의 뿔이라도 목격한 양 굳어졌던 기억을 떠올릴 때마다, 지조 없이 뒤바뀐 세상을 비웃어야 할지 아니면 어수룩하고 통찰력 없던 제게 화를 내야 할지 아직도 어느 한쪽만 딱 선택할 수가 없다.

"제이, 다음 주에 인터뷰 하나 안 할래?"

"갑자기 웬 인터뷰."

"휴가철이잖아. 기자 모자라서 빈 지면 채우는 데는 인터뷰 기사가 최고거든. 다음 주에 하나 해 주라, 응?"

엠마는 샌디에이고에서 제법 규모 있는 지방지 기자다. 3년 전쯤 그녀의 부탁으로 자그마한 컬러사진 몇 컷까지 실은 인터뷰에 응했는데 반응이 나쁘지 않았다. 유명인은 아니지만 독자들이 관심 가질 만한 사연을 지닌 지역사회 사람들의 이야기를 싣는 코너인데, 공짜로 공방 홍보할 기회를 얻는 셈이니 재희 입장에서도 손해 될 건 없었다.

"삼 년 전이랑 지금이랑 또 달라졌잖아, 공방의 위상이."

"뭘 위상씩이나."

"이번엔 소셜미디어랑 온라인 사업 확장 쪽으로 포커스 잡아 볼까? 그럼에도 변함없는 노스 파크의 예쁜 공방, 이렇게."

"기사 내용이야 알아서 써 주겠지만 부제나 좀 잘 뽑아 줘. 저번에 그건 진짜 민망했어."

"부제? 그때 부제가 뭐였더라? 아, 노스 파크의 뉴요커?"

노스 파크의 뉴요커라니. 옆에서 퀘사디아 즐기기에 여념이 없던 리아가 깔깔대며 웃기 시작했다. 당사자인 엠마는 부제는 데스크가 붙이는 거지 내 아이디어가 아니라며 양손을 휘휘 내젓는다. 세상만사 긍정적이고 희망차게 바라보는 그레이스마저 맛없는 초콜릿을 문 표정으로 애매하게 웃었다. 거봐, 만장일치지. 재희는 놀리듯 중얼대며 붉은 포도주가 담긴 와인 잔을 입으로 가져갔다.

태양 아래 따스하고 평온한 세상. 이곳에서 그녀는 완벽한 일원이다. 매일같이 시간에 맞춰 출퇴근을 반복하고 똑같은 일상에 치일 때면 문득 권태로움을 느낄 때도 있다. 작은 실패에 잠깐 좌절하고 약간의 성공에 슬쩍 우쭐하기도 하며, 가끔씩은 이렇게 마음 맞는 사람들과 근심 없이 떠들고 웃으며 시간을 흘려보낸다.

재희는 와인 잔을 내려놓으며 발코니 너머 공용 수영장에 시선을 던졌다. 인식하지 못한 사이 해는 이미 저물어 있었다. 아담한 아파트는 빛과 향기로 가득하고, 부족함 없이 차려진 음식과 술을 천천히 즐기는 동안 대화와 웃음은 끊이지 않고 이어졌다. 여자들의 웃음소리. 젊음의 몽상과 환희와 상처마저 실컷 누린 사람들. 절정을 지나 조금은 느긋하고 평화로워진 세상에서, 그들은 여전히 십 대 소녀처럼 깔깔대며 웃음을 주고받는다.

늦은 오후의 해변은 고요했다. 소금과 해초 냄새가 미풍에 실려 날아왔다. 바다는 거대한 호수처럼 잔잔하다. 샌디에이고 연안의 태평양은 언제나 이렇게 이름처럼 순한 물결.

선셋 클립스 자연공원은 공방에서 자동차로 25분이면 넉넉한 거리에 있다. 이름에서부터 알 수 있듯 해변을 따라 이어진 절벽과 암석들이 정서향이라 석양과 일몰을 감상하기 좋은 곳이다. 공원은 몇 개의 표지판을 제외하면 인공 기물 없이 자연 상태 그대로 보존돼 있었다. 수만 년 혹은 수백만 년에 걸쳐 차곡차곡 쌓인 지층의 단면이 케이크 조각처럼 드러나 있다. 재희는 도로변에 자동차를 세워 두고 그 암석 위를 한 걸음씩 밟아 나갔다. 오늘은 평일이고 일몰까지 아직 시간이 남아 있어 공원을 찾은 사람은 손에 꼽힐 만큼 드문드문했다.

오래 걷지 않고 암석 위 적당한 곳에 자리를 잡고 앉았다. 운동화와 청바지를 바위 표면에 가볍게 마찰하며 편안한 자세로 앉는다. 양쪽 귀에 꽂은 이어폰에서 90년대 팝 음악이 흘러나왔다. 여자는 모처럼 다시 만난 수평선을 향해 긴 숨을 내뱉었다.

업스테이트 교도소도 허드슨 강변에 있었지만 안에서는 물이 보이지 않았다. 맨해튼에서 자동차로 1시간 반 거리인 그곳은 바깥 세계와 완벽히 격리되어 마치 우주 한복판에 버려진 별처럼 덜렁 떠 있는 것 같았다. 세상과 철저히 유리된 채 보낸 세월은 오로지 자신과 마주하는 시간이었다. 고독과 회한과 반복되는 후회. 지독한 고통은 도무지 끝이 보이지 않아 틀림없이 영원할 것 같았다.

더듬고 되새기고 되짚은 과거가 너덜너덜해졌을 때 즈음 4년 6개월간의 복역이 끝났다. 가석방이 결정됐을 때는 수감 생활에 완전히 익숙해져 오히려 출소가 두렵기까지 했는데, 형기를 채울 때까지 그냥 여기 있게 해 달라고 탄원이라도 넣고 싶은 심정이었다. 그리고 출소하던 날, 오랜만에 만난 변호사의 차를 타고 다리를 건너 맨해튼 섬에 닿던 순간을 재희는 아직도 생생히 기억하고 있다.

벽과 창살로 둘러싸인 안전한 세상에서 추방된 기분. 온갖 가능성이 득시글대는 정글 한복판에 뚝 떨어진 기분. 정해진 일과도, 규칙도, 감시자도 없는 세상은 너무나도 낯설어 어디서부터 어떻게 시작해야 할지 엄두가 나지 않았다. 화창하게 내리쬐는 햇살에 눈이 멀어 버릴까 눈꺼풀을 깜빡이는 것조차 조심스러웠다.

재판을 담당했던 변호사는 형사법에 대해 아는 게 없는 그녀의 눈에도 믿음직한 실력을 갖춘 사람이었다. 그러나 출소 후 그가 건넨, 제인 헤닝의 명의로 된 자산이 놀라울 정도로 보존돼 있던 것은 그가 아닌 다른 변호사의 솜씨였다는 것쯤 그녀 또한 당연히 알고 있었다.

뻔히 아는 정체를 숨긴 그 변호사는 간접적으로라도 안부조차 전해오지 않았고, 완벽한 과거를 자청하는 그 철저한 태도에 그녀 또한 지극히 공감했다.

교도소에서 풀려났으나 제인 헤닝은 여전히 기결수 신분이었다. 수감 생활보다 훨씬 길던 가석방 기간 동안 뉴욕을 벗어날 수 없었고 담당 집행관의 허가 없이는 단기 여행조차 허용되지 않았다. 교도소 담장 대신 맨해튼 섬에 갇히게 된 그녀는 졸업한 학교로 되돌아가 다시 공부를 시작했다. 보석 디자인학과 과정을 마친 뒤에는 다이아몬드를 전문으로 취급하는 유대계 보석상에서 인턴을 거쳐 경험과 경력을 쌓았다. 그리고 가석방 기한이 종료되자마자 법원에 개명 신청을 한 후, 아쉬워하는 직장 동료들과 작별하고 샌디에이고로 옮겨왔다. 벌써 7년 전의 일이다.

스마트폰이 무작위로 골라낸 음악이 끝났다. 잔잔한 기타 소리와 함께 다음 곡이 시작되었다. 수평선 위는 여전히 한낮으로 밝다. 노을이 시작되려면 아직 30분은 넉넉히 기다려야 할 것이다.

재희는 가방을 열고 옅은 노랑의 종이봉투를 꺼냈다. 세월이 묻은 봉투 안에는 여전히 빳빳한 편지지가 들어 있었다. 가로로 세 번 접은 자국이 슬슬 나달나달해지려는 오래된 종이를 조심스레 천천히 펼쳤다. 아름다운 필체로 적힌 내용은 셀 수 없이 읽고 또 읽어 이제 암송할 수도 있지만, 그녀는 변함없이 또렷한 철자들을 처음부터 하나하나 다시 읽는다.

'헤이, 제인. 잘 지내고 있지?'

순조로이 달리던 자동차를 문득 멈춰 세우듯, 그녀는 때로 일상에서 비껴나 추억의 골목을 배회한다. 과거의 시간들을 쌓아 올리고 그 안에 홀로 들어앉으면 추억의 성채 바깥에서 파도 소리가 밀려온다.

낮은 허밍 같은 바다의 아득한 노랫소리.

'혹시 헷갈릴까 봐 말해 두는데 이거 다섯 번째 편지야. 너 어제 면회 신청 또 거절했더라? 그래서 좀 이따 다시 하려고. 설마 내가 포기할 거라 생각하는 건 아니지? 그렇게까지 나를 모른다면 좀 실망인데.'

천 번은 족히 읽은 내용인데도 재희는 다시 웃는다. 그리고 한 문장씩 정성을 다해 읽는다. 뒤로 갈수록 미세하게 변화하는 필치와 그 안에 담긴 감정들을 손끝으로 세세하게 더듬어 가며 읽는다. 천 번을 읽었어도 여전히 가슴 뛰는 구절들.

'너는 내가 가져 본 것들 중 최고야. 널 만나지 못한 생은 이제 상상할 수 없어. 네가 날 바꿨듯 네 삶을 바꿀 수 있다면 난 무슨 일이든 할 거야.'

그런 기억들이 있다. 폭설처럼 쌓여 가는 시간 속에서도 결코 매몰되지 않는 순간들이 있다. 무정한 세월의 무게를 기어코 견뎌 내는 기억들이 있다. 나의 삶은 오직 그 찰나를 위해 탄생한 것이라 기쁘게 믿게 하는 순간들.

'그러니 꼭 알아줘. 네가 날 생각하는 모든 순간 나도 널 생각하고 있다고. 네가 날 생각하지 않는 순간에도 난 네 생각을 멈추지 않을 거야. 결코 멈추지 않을 거야.'

한때, 낡은 세상은 산산이 부서지듯 무너졌다. 종말은 모든 것을 집어삼켜 나약한 인간 하나를 끝도 없는 어둠 속으로 밀어 넣었다. 도저히 끝나지 않을 것 같던 시간, 지옥 같은 절망 속을 더듬대는 동안 저만치 반짝이던 빛 하나가 있었다.

'보고 싶다. 보고 싶어.'

그 모든 것을 기어코 견뎌 내게 한 한마디.

'사랑해.'

오래된 편지를 쥔 채로 눈을 감았다. 얼굴에 닿는 햇살이 따스했다. 모래는 하얗고 바다는 파랗고 하늘은 깨질 것처럼 푸르다. 저 수평선 너머 천국의 풍경도 이러할까. 재희는 속으로 가만히 물어본다.

그리고 한참 후에야 다시 눈을 떴다. 이제 잠시 후면 숨 막히는 노을이 시작될 것이다. 아직 세상은 한낮처럼 밝지만 그녀는 다가오는 일몰의 기미를 느낄 수 있었다. 봉투에 잘 넣은 편지를 가방 속에 집어넣고 눈앞의 풍경을 바라보았다. 보고 또 보아도 볼 때마다 감탄하는 절경들.

바다는 광대하고

백사장은 반짝이고

서서히 저무는 태양은 경이롭다.

아름답다.

다시, 여자 앞에 펼쳐진 세상은 이토록 아름답다.

4. 1996년

요한은 현관문에 다시 눈길을 주었다. 암녹색 철문에 군데군데 칠이 벗겨져 지저분했다. 날이 좀 풀리면 관리실에 페인트칠 새로 해달라고 해야겠다. 생각하며 벽에 걸린 플라스틱 시계로 눈을 돌렸다. 약속 시간이 지난 것은 이미 다섯 번도 넘게 확인했다.

아무렇지 않은 척 식탁 위에 펼친 요리책에 시선을 박았다. 반들거리는 올컬러판 책장에는 파이 모양으로 날렵하게 잘린 김치전이 팬케이크처럼 차곡차곡 포개져 있다. 집에서 쉽게 만드는 한식 레시피 100. 이 두툼한 책에 수록된, 무려 백 개나 되는 레시피를 모조리 정복하는 것이 올해 그의 신년 목표다.

대단히 간단해 보이는 김치전 레시피를 지나 멸치볶음과 시금치나물까지 휙휙 눈으로 훑었다. 이거야 원 제목대로 너무 쉽네. 올해 목표는 달성할 수 있겠다 자신하며 다음 페이지를 넘겼다. 코리안 에그

오믈렛. 오른쪽에 병기된 한국어를 15초 정도 노려본 뒤에야 그는 간신히 원어를 읽어 낸다.

"아, 계란말이."

들으면 금방 아는데 읽는 건 왜 이렇게 어려울까. 한글은 세계에서 가장 배우기 쉬운 글자라며 웃던 여자가 떠올라 괜히 머쓱해졌다. 그나저나 얜 왜 이렇게 안 오지. 요한이 다시 한번 고개를 들어 벽시계를 본다.

아파트 안은 조용했다. 약속 시간 10분 전부터 라디오까지 꺼 놓고 두 귀를 쫑긋 기울이고 있건만 문밖에서는 아직 아무런 기척도 들리지 않았다. 벽시계가 가리키는 현재 시각은 11시 하고도 10분. 평일 늦은 오전인 데다 그 애는 틀림없이 택시를 타고 올 테지만 그래도 어쩐지 불안해졌다. 전화를 해 봐야 하나. 슬슬 걱정이 되기 시작할 무렵, 현관문 너머 뭔가를 내려 두는 소리가 퉁 울리더니 드르륵 열쇠 넣는 소리가 난다.

왔다.

요한은 용수철처럼 튕기듯 자리에서 일어섰다.

"나 왔어."

칠이 벗겨진 철문 틈으로 목소리가 먼저 들어왔다. 문을 열고 나타나는 여자를 그는 현관에 선 채로 바라본다. 검은색 파카 후드를 뒤집어쓴 여자. 양쪽 손에 들린 커다란 비닐봉지. 요한은 얼른 빼앗듯 그것들을 넘겨받아 식탁 위에 올려 뒀다. 제법 묵직한 봉지에 선명한 한인마트 로고. 약속 시간을 10분이나 넘긴 이유가 대번에 설명돼 그는 조금 허탈하게 웃어 버렸다.

"밖에 비 와."

익숙하게 문을 잠근 제인이 운동화를 벗으며 말했다. 요한은 그녀의 두툼한 파카에 얼룩처럼 묻은 물기와, 그 아래 토끼처럼 숨은 흰 얼굴과, 아울러 잔잔하게 상기된 미소를 차례로 보았다. 비도 오는데 저 무거운 건 왜 사 왔어. 왜 그렇게 소리 없이 걸어서 듣지도 못하게 해. 너는 왜 항상 날 이렇게 기다리게 만들어. 우습지도 않은 응석들이 쏟아지려는 걸 참으며 여자를 향해 팔을 뻗었다. 그러나 노력에도 불구하고 볼멘소리는 기어이 입술 새로 튀어나오고 만다.

"왜 이렇게 늦었어."

말하며 축축한 파카 후드를 뒤로 젖혔다. 고개를 들어 저를 올려다보는 얼굴. 겨울비의 습기가 고여 차가운 뺨을 손바닥으로 감쌌다. 그리로 향하는 입술을 요한은 참지 않는다. 뺨을 스쳐 가볍게 턱을 훑은 뒤 머리카락과 목덜미에 입술을 묻었다. 저항 없이 품에 쏙 들어온 작은 몸.

"기다렸잖아."

깊이 숨을 들이쉬며 눈을 감았다. 가슴으로 들어오는 향기와 체온이 좋다. 그는 갓 도착한 제인을 끌어안은 채 입과 코를 박고서 한동안 말없이 숨만 쉬었다. 천천히 허리를 감아 오는 여자의 팔.

너무 좋다.

"마트 좀 다녀오느라."

"집에 먹을 거 있는데."

"그래도."

아무래도 좋다.

"밖에 비 와."

품 안에서 제인이 다시 속삭였다. 알아. 잠꼬대처럼 뭉개진 발음으로 요한이 대답했다. 한참 후에야 그가 고개를 들고 떨어져 설 때까지, 그녀는 소리 없는 어리광을 묵묵히 받아 주었다.

"보고 싶었어."

촉촉한 뺨을 만지며 그가 말했다.

"어제도 봤잖아."

"밤엔 못 봤잖아."

못 말려. 여자가 푸드득 웃는다.

넉넉한 파카에 핫도그처럼 감싸인 제인을 보며 요한이 따라 웃었다. 목 끝까지 꼼꼼히 닫은 지퍼를 아래로 주욱 내리고 파카를 어깨 뒤로 벗겼다. 허물처럼 쏙 벗어진 외투를 식탁 의자 등받이에 척 걸어 둔 다음 그는 비닐봉지 안에 든 것을 부스럭대며 꺼내기 시작했다.

"또 요리책 보고 있었어?"

곁으로 다가온 제인이 식탁 위에 펼쳐진 계란말이 사진에 눈길을 준다. 봉지에서 냉동 만두와 라면을 꺼내며 요한이 대답했다.

"이따가 해 줄게."

"뭘? 계란말이?"

"어."

저거 은근 어려울 텐데. 여자가 조금 미심쩍은 눈으로 대꾸했다.

"한식 전문가 되겠네."

"나 진짜 요리나 배워 볼까."

"요리사라도 하게?"

"안 될 거 없지."

남자는 참치 캔과 골뱅이 통조림—이건 어떻게 먹는 걸까 잠깐 눈을 가늘게 떴다—을 꺼내 캐비닛 안에 옮기며 아무렇지 않은 얼굴로 잘난 척을 한다.

"나 요리에 소질 있잖아."

"왜 아니겠어."

"아니야?"

요한의 눈매가 부드럽게 휘어지고,

"맞아."

제인은 기꺼이 맞장구쳤다.

커다란 봉지 두 개 안에 가득 든 식료품을 둘이서 함께 차곡차곡 정리했다. 마트 진열대에 있는 것들은 하나씩 다 집어 담아 왔는지 대단히 폭넓은 셀렉션이다. 느린 걸음으로 쇼핑 카트를 죽 밀면서, 손에 가장 가까이 닿는 것들을 건성으로 집어 들고, 겉포장만 눈으로 힐끗 훑은 뒤 카트에 넣는 모습. 세심함과 거리가 먼 제인의 장보기 스타일을 요한은 잘 알고 있다.

"왜 이렇게 조용히 있었어? 라디오도 꺼 놓고."

갓 이사 온 집처럼 썰렁한 실내를 두리번거리며 여자가 물었다. 그 런가. 요한은 모르는 척 대꾸하며 빈 봉지를 부스럭부스럭 반듯하게 접었다. 왜 조용하긴. 너 오는 소리 들으려고 개처럼 귀 쫑긋 세우느 라 그랬지. 그 말은 속으로만 중얼댈 뿐 굳이 입 밖으로 꺼내지는 않 았다.

정리를 마친 남자가 주방 개수대에서 손을 씻었다. 방으로 들어간 제인이 라디오를 켜고 주파수를 이리저리 돌린다. 들을 만한 프로그 램을 찾아 채널을 뒤지는 소리. 요한은 두 손의 물기를 탁탁 털어 내 고 그 소리를 따라 침실로 들어갔다.

여자는 바닥에 놓인 붐박스 앞에 쪼그리고 앉아 있었다. 둥근 손잡 이를 살살 돌리다가 맘에 드는 노래가 나오자 손을 멈췄다. 리처드 막스. 추적추적 비 내리는 수요일에 제법 잘 어울리는 선곡이었다.

"이거 나 한국에 있을 때 좋아한 노래야."

"고등학생 때?"

"응. 영어 시간에 이걸로 수업하고 그랬어. 우리 학교 여고라서 애들이 이런 거 엄청 좋아했거든."

"선생님이 머릴 잘 썼네."

"심지어 젊은 남자 선생님이었어. 미혼이었는데 학교 애들 사이에 막 팬클럽도 있고."

"팬클럽?"

"어, 웃기지. 그런 선생님이 수업 시간에 이런 노래 틀어 줘 봐. 당연히 난리 나지."

제인이 키득키득 웃었다. 여기서 널 기다릴게. 네가 어디서 무엇을 하든. 애틋한 남자의 노랫소리가 어둑한 방 안에 빛 뭉치처럼 퍼졌다.

"너도 좋아했어?"

"그 선생님?"

"어."

대답이 없다. 좋아했다는 건가. 요한은 말없이 웃기만 하는 여자를 보며 한쪽 눈썹을 들어 올렸다.

"뭐야. 학교 다닐 때 좋아한 남자 없다며."

"선생님이잖아."

"미혼에 젊은 남자였다며."

안 되겠네. 그는 짐짓 심각한 표정을 지어 보인다.

"난 또 내가 처음인 줄 알았지."

완전히 착각했네. 장난처럼 심술부리는 남자를 기막히게 바라보던 제인이 팔을 뻗어 왔다. 양쪽 얼굴에 차가운 손바닥이 달라붙더니 망설임 없이 입술이 닿았다. 새처럼 가벼운 입맞춤이 한 번, 두 번, 세 번. 유치한 심술을 이어 가려 용을 쓰던 남자는 항복하듯 웃음을 터뜨리고, 가까이 다가온 여자의 허리에 팔을 둘러 끌어안았다.

"이런 것만 늘었어, 아주."

타박하자 제인이 배시시 웃는다. 요한은 비슷한 표정으로 눈을 맞췄다. 네가 처음이라는 말은 끝까지 해 주지 않았지만 아무려면 어떤가. 첫 번째든 열 번째든 그런 건 전혀 중요하지 않다. 다만 요한은 몹시도 보고 싶었다. 열일곱 혹은 열여덟. 여고 교실에 앉아 외국 가수의 노래를 듣던 그때의 김재희가.

품에 안긴 여자를 내려다본다. 그 여자의 손에 얌전히 얼굴을 붙들린 채 순순히 군다. 양쪽 뺨을 감싼 손바닥이 더 이상 차갑지 않았다. 고물거리며 얼굴을 쓰다듬는 손가락. 더없이 소중한 것을 어루만지듯 정성스런 손길이 요한은 어쩐지 감동스러웠다.

"예뻐(Pretty)."

질색하던 말조차 달콤해 그저 웃음이 나고,

"나도 보고 싶었어."

속삭이는 목소리에 가슴이 쿵 내려앉는다.

"어젯밤부터. 오늘 아침에도. 계속."

정말이지 기이한 감정이었다. 눈물과 웃음이 동시에 나올 것 같은 기분. 콧대가 시큰한데 입꼬리는 솟구치는 희한한 느낌. 진짜로 울어 버릴 것 같아 당혹스러운 와중에도 그 낯선 감각이 요한은 결코 싫지 않았다.

무어라 대꾸하는 대신 눈앞의 얼굴만 물끄러미 응시했다. 마주 보는 여자가 환상처럼 믿기지 않아서 자꾸 확인하고픈 충동이 들었다. 모든 감각을 동원해, 손으로 만지고 코로 냄새 맡고 혀로 맛보고 싶었다. 바라보는 것만으로는 부족했다. 그저 눈으로 보기만 하는 것은 바닷물을 마시듯 점점 더한 갈증만 불러왔다.

그래서 그는 참지 못하고 그녀에게 입 맞춘다.

한 쌍의 입술이 맞물리듯 달라붙었다. 촉촉한 감촉과 부드러운 탄력. 혀끝으로 가볍게 핥자 응답하듯 틈이 벌어지고, 이제 그의 모든 신경은 오로지 입술과 혀에 집중된다. 라디오 안에서 열창하는 가수의 노랫소리가 더는 귀에 들리지 않았다.

부드러운 머리카락에 한쪽 손을 파묻었다. 스웨터 위로 허리를 바짝 끌어안는다. 얼굴을 감쌌던 두 손이 떨어지더니 목에 양팔이 감겼다. 제게 매달리듯 안긴 여자가 요한은 황홀했다. 조금 더 세게. 좀 더 깊이. 소리 없는 지시에 따라 정신없이 입술을 파고들었다.

스웨터 안쪽으로 손을 넣어 등허리를 더듬었다. 따뜻한 체온과 보드라운 살갗이 닿자 머릿속이 다시 한번 쿵 하고 울렸다. 천천히, 차근차근, 여유를 갖고. 그러나 불과 한 줌쯤 남은 이성은 재빨리 무대에서 쫓겨나 버린다.

"하아."

제인의 검은색 스웨터를 한 번에 벗겨 냈다. 잠깐 떨어졌던 얼굴을 다시 붙잡아 입 맞췄다. 하얗게 드러난 상체를 쓰다듬다가 여린 목덜미에 코를 묻었다. 낯설지 않은데도 자극적인 여자의 냄새. 이제 그는 무섭도록 부풀어 올라 견딜 수 없는 지경이 된다.

브래지어 아래 맨가슴을 눈으로 확인했다. 입술이 저절로 끌려가듯 달라붙었다. 선 채로 상체를 숙여 여자의 몸에 입을 맞췄다. 떨리는 숨소리와 긴장하는 몸. 요한은 제 스웻셔츠를 단번에 벗어 던지고 제인의 청바지 단추를 풀었다. 침대 위에 앉힌 뒤 바지마저 벗겨 내자 또다시 쿵, 머릿속의 기둥 하나가 쓰러졌다.

지금부터는 최대한 인내력을 발휘해야 한다. 아프게 하지 않으려면, 가장 높은 곳까지 함께 가려면 제 욕심만 생각해선 안 된다. 요한은 깊게 숨을 몰아쉬며 침대 위로 올라갔다. 퀸 사이즈의 오래된 매트리스가 삐거덕 소리를 냈다.

"제인."

이불로 몸을 가린 여자가 누운 채 그를 본다. 몸을 포개듯 상체를 숙이며 남자가 말했다.

"키스해 줘."

제인은 가만히 미소 지었다. 그리고 망설임 없이 팔을 뻗어 요한의 목을 끌어당겼다. 입술을 맞댄 채 한 덩이로 얽힌 숨을 들이마시며 그는 드디어 여자의 속옷까지 모두 벗겨 냈다. 그리고 가장 깊숙이 숨겨진 곳곳마다 빠짐없이 입을 맞춘다.

완전히 몸을 맡긴 제인이 바르르 떨었다. 얌전히 누운 채 거부하지 않는데도 요한은 결박하듯 그녀를 꽉 붙잡았다. 그리고 무력하게 붙들린 여자를 구석구석 괴롭히듯 매만졌다. 발갛게 부푼 입술이 꼭 다물렸다가 살짝 벌어졌다. 아무에게도 보여 주지 않는 표정. 누구도 모르는 너의 소리. 나만 아는 너의 모습.

여자의 그 모든 것이 미치도록 사랑스럽다.

"요한."

제인이 사정하듯 거푸 그를 불렀다. 고개를 휘젓고 몸을 뒤채고 손과 발을 오그렸다. 여자의 몸짓과 소리가 커질수록 요한은 머리가 멍해진다. 조금 더 세게. 좀 더 깊이. 계속되는 지시에 따라 그는 완전히 뿌리쳐질 때까지 멈추지 않았다.

"아아."

거칠게 숨을 몰아쉬며 제인이 마구 몸을 떨었다. 기묘하게 찡그린 얼굴을 보면서 요한은 트레이닝 바지의 허리끈을 풀었다. 새우처럼 오므린 몸 위로 올라가 헐떡이는 호흡을 빼앗듯 들이마셨다. 그리고

완전히 열린 여자의 안으로 들어갔을 때,

머릿속의 마지막 기둥이 가루처럼 부서졌다.

이토록 미칠 듯한 갈증을 그는 제인과의 관계에서 처음으로 배웠다. 알몸의 여자를 품에 안고도 입 안이 마르고 목이 타서 어쩔 줄 모르는 기분은 그에게 완전히 새로운 경험이었다. 욕심껏 부숴 버리고 픈 욕구와 겁내듯 조심스런 마음이 동시에 들었다. 진득하고 깊은 늪에 파묻힌 것처럼 도저히 빠져나올 수 없었다. 그는 그녀를 지배한 채로 또한 완전히 그녀에게 지배당했다.

격심한 쾌감 속에 서서히 눈이 먼다. 가슴 아래 꿈틀대는 여자를 잡아먹을 듯 붙든 채 마구 파고들었다. 조금 더 세게. 좀 더 깊이. 명령어 같은 지시에 따라 기계처럼 움직였다. 심장이 날뛰고 땀이 솟고 숨이 가빠도 멈추지 않았다. 그가 감각하는 것은 오직 소리, 감촉, 냄새.

내 안을 꽉 채운 너의 모든 것들.

"아."

자꾸만 부풀던 눈앞이 폭발했다. 요한은 한참 만에야 무너지듯 제인의 품에 안겼다. 머리와 목과 어깨를 쓰다듬는 손길에 아이처럼 매달렸다. 그리고 그 순간 또다시, 눈물과 웃음이 동시에 나올 것 같은 기분이 들었다. 서럽고도 기뻐서 무어라 감히 표현할 수 없는 지경. 떨리는 여자의 품 안에서 거친 숨을 고르며 그는 황홀히 생각한다.

어쩌면 나는 오직 이 순간을 갖기 위해, 지금껏 살아 있었는지도 모르겠다.

알몸을 포개 누운 채 한참 동안 침대 위에 머물렀다. 그야말로 기진해져서 아무것도 하고 싶지가 않았다. 요한은 모로 누운 상태로 제인의 목덜미에 얼굴을 댔다. 평온하게 숨 쉬는 여자를 끌어안고 눈을 감았다. 따스한 체온과 보드라운 체취 속에서 잠들 듯 말 듯 정신이 몽롱해졌다. 고통도 고민도 하얗게 녹아 사라진 상태. 천국에 누우면 아마도 이런 기분이 아닐까 그는 아득하게 추측해 본다.

두 사람은 말조차 하지 않고 실컷 게으름을 부렸다. 라디오에서 흘러나오는 노랫소리와 광고 멘트와 진행자의 웃음소리를 노곤히 흘려들으면서. 그리고 충분한 시간이 흐른 뒤,

"요한."

부르는 소리에 그가 눈을 떴다. 응. 입을 다문 채 콧소리로 대답했다. 제인은 그가 내는 그 나른한 소리를 좋아한다.

"나 궁금한 게 있는데."

뭔데. 허리를 안은 팔에 힘을 주며 되물었다.

"그래피티는 언제부터 한 거야?"

난 또 뭐라고. 요한이 피식 웃었다.

"학교 다닐 때."

"고등학교?"

"팔 학년 때."

8학년? 제인이 너무하다는 듯 목소리를 높였다.

"중학생이 하기엔 너무 위험하잖아."

"그러니까."

안 위험하면 재미없잖아. 요한이 당연하다는 듯 덧붙였다.

"어울리던 형들 중에 그래피티 하는 패거리가 있었거든. 그때 따라다니면서 배웠어."

그래피티는 맨몸으로 도심에서 할 수 있는 모든 모험의 집합이다.

외부인의 출입이 금지된 곳, 높고 좁고 난간이 없어 위험한 곳, 그런 곳들에 경비원과 경찰관의 눈을 피해 들어간 뒤 재빠르게 흔적을 남기고 무사히 빠져나와야 한다. 건물 외벽과 담장. 지하철 차고지에서 잠자는 열차. 교대 대기 중인 시내버스, 식료품 배달 차량, 트레일러 트럭.

"새벽마다 엄마 아빠 몰래 창문으로 나갔어. 나 살던 아파트가 일 층이었거든."

닿기 어려운 곳일수록 눈에 잘 띄는 곳일수록 도전할 만한 가치가 있다. 난이도가 높은 곳에 보란 듯이 이름을 새겨 놓고 나면 성취감으로 온몸이 짜릿했다. 온갖 난관을 극복하고 목표를 달성했을 때의 쾌감은 대단히 즉각적이었고 또한 몹시 중독적이었다.

"영웅이 된 거 같았어. 중요한 사람이 된 거 같기도 하고. 나중에 사람들이 알아보고 유명해지고 난 뒤에는 뭔가 대단한 걸 하는 기분도 들었고. 다음엔 세븐써리가 어디다 뭘 남길까 막 궁금해하고 그러는 게 재밌기도 했고."

그래서 끊을 수가 없었다. 그건 마치 확성기에다 입을 대고 온 세상에 고래고래 고함치는 것과 같았다. 나도 여기 존재한다고. 누구에게도 소중하지 않고 아무도 거들떠보지 않는 나 또한 여기 꾸역꾸역 숨 쉬며 살아가고 있다고. 세븐써리는 오직 못되고 멋진 작품으로만 대중에게 찬사받았다. 요한 리와 달리 외모나 출신이나 조건 같은 것으로 평가되지도 분류당하지도 않았다.

"계획했던 자리에 원하는 대로 작품이 나오면 정말 왕이 된 것 같아. 그 순간만큼은 고민 같은 것도 다 사라져. 그냥 나랑, 작품. 세상에 그렇게 둘만 마주 보고 선 기분."

말하며 요한은 깨닫는다. 그건 마치 이 여자와 함께 있을 때의 느낌과 같다고. 왕이 된 것 같고, 모든 생각이 사라지고, 세상에 너와 나 둘만 남은 것 같아 감히 다른 무엇과도 바꿀 수 없는 것. 그러니까,

사랑 같은 것.

"마약이랑 비슷하게 들려. 고민을 잊게 되고, 엄청난 쾌감이고, 그래서 점점 중독되는."

제인의 말에 그는 또한 동의한다. 마약 같은 것. 강렬한 회오리에 온몸이 녹고 천치처럼 머리가 텅 비고 그래서 도저히 멈출 수도 끊어 낼 수도 없는 것. 그 순간 요한은 생의 아주 은밀한 비밀 하나를 엿본 것 같았고, 그리하여 저도 모르게 신음하듯 중얼거렸다.

"너처럼."

"응?"

얌전히 안겨 있던 제인이 고개를 돌렸다. 요한은 자세히 설명하는 대신 화제를 살짝 돌리는 쪽을 택한다. 뱃속에 담긴 말은 자꾸 커져 가지만 소리 내 고백할 용기까진 아직 없어서.

"하길 잘 했다고."

"뭘?"

"그래피티."

그거 덕분에 너 만났잖아. 부연하자 여자가 이쪽을 향해 몸을 돌렸다. 이제 마주 보고 누운 채로 그들은 평등하게 눈을 맞춘다. 흐트러진 머리카락에서 익숙한 샴푸 냄새. 요한은 제인의 이마에 흘러내린 긴 머리칼을 부드럽게 쓸어 귀 뒤로 넘겨 주었다. 제 눈을 들여다보는 까만 눈동자.

"너는 내가 왜 좋아?"

여자가 대뜸 물었다.

"예뻐서."

남자는 고민 없이 대답한다.

"넌 내가 왜 좋은데."

그리고 똑같이 되물었다.

"음,"

너보다는 성의 있게 대답해 주겠노라 제법 뜸을 들이던 여자는,

"예뻐서?"

결국 키드득 웃고 만다.

요한은 품을 파고드는 제인을 기꺼이 끌어안았다. 팔 안에서 꼼지락대는 몸이 예뻤다. 언제부터 이렇게 예뻐졌는지는 잘 모르겠다. 그럴듯한 이유도 그럴 만한 계기도 있었던 것 같은데 지금은 제대로 기억나지 않았다. 그러나 분명한 것은 그 모든 까닭들이 단지 하나의 순간이었다는 것. 단단한 외벽을 무너뜨리고 촘촘히 엮은 울타리를 넘어뜨리고 결국에는 최후의 얇은 막마저 찢어 낸 순간들. 이제는 정확히 연결 지어 기억할 수도 없는 그 순간들은 낯선 여자 하나를 순식간에, 정말이지 순식간에 그의 마음 가장 여린 곳까지 데려오고 말았다.

그러니 이유 따위 아무려면 어떤가. 그저 예뻐하고 예쁨 받는 것이 눈물겹게 기뻐서, 웃음과 울음이 한꺼번에 터질 것 같아서, 요한은 또다시 어쩔 줄 모르고 남몰래 쩔쩔맸다.

"이만큼 넣으면 돼?"

"좀만 더."

제인이 간장 통을 조금 더 기울여 사발에 쏟아 낸다. 달큰하고 짭

짤한 냄새.

"이만큼?"

"어, 됐어."

어깨 위로 내려다보며 요한이 대답했다. 그는 제인을 등 뒤에서 끌어안은 채 내도록 찰싹 달라붙어 있었다. 칼질할 때만이라도 잠깐 떨어지면 안 될까. 시퍼런 식칼을 든 여자의 말조차 안 들리는 척 귀머거리 시늉을 하면서.

"설탕?"

"두 스푼."

그들은 한 몸처럼 겹쳐 선 채 조리대 앞에 서 있다. 집도자는 제인이지만 지시를 내리는 건 요한이다. 제인은 오늘에야말로 불고기 만드는 법을 꼭 배우겠다며 양념 일체와 재료까지 푸짐하게 사 들고 왔고, 대단히 열성적인 그 학구의 자세에 그는 기꺼이 레시피를 공개하기로 했다.

"물엿이랑 참기름 한 스푼씩."

"이거 다 기억 못 하겠는데. 적어 놔야겠다."

후추를 살짝 뿌리고 사과와 양파와 마늘도 갈아 넣었다. 불고기 양념에 사과가 들어가다니. 제인은 엄청난 비법을 전수받은 것처럼 눈을 반짝거렸다.

"이제 됐어. 냉장고에 두 시간 정도 넣어 뒀다가 볶으면 돼."

"두 시간?"

"적어도 두 시간. 하루 정도 숙성시키는 게 제일 좋고."

하루라니. 불고기 한 접시를 먹기 위해 무려 24시간을 기다려야 한다는 사실이 충격적이라는 표정이다. 얘 정말 요리는 하나도 모르는구나. 요한이 큭큭 웃었다.

"배고파?"

"기다릴 수 있어."

"찐빵 남은 거 하나 있는데."

"내가 데울게."

몸에 휘감긴 팔을 얼른 풀어낸 여자가 쪼르르 냉장고로 달려갔다. 익숙하게 냉동실 문을 열고 꽁꽁 언 찐빵을 꺼내는 모습. 포장째 전자레인지에 넣고 버튼을 꾹꾹 누르는 모습. 헐렁한 남자 옷을 걸치고서 좁은 주방을 자유롭게 돌아다니는 모습이 요한은 몹시도 마음에 들었다.

위이잉 돌아가던 전자레인지가 땡 종소리를 내자마자 문을 열었다. 갓 쪄 낸 것처럼 잘 데워진 찐빵을 접시에 담아 포장을 벗겼다. 하얗고 커다랗고 뜨거운 간식거리를 요한이 반으로 갈라 큰 쪽을 내밀었고 제인은 약간의 실랑이 끝에 작은 쪽을 빼앗아 냈다. 이 인용 식탁에 마주 앉아 나눠 먹는 한 개의 찐빵은 달콤하고 부드럽다.

"이건 언제부터 좋아했어?"

"어릴 때."

"학교 들어가기 전에?"

"유치원 다닐 때였던 거 같은데. 엄마가 좋아해서 가끔 사 왔거든, 차이나타운에서."

"차이나타운? 코리아타운이 아니라?"

"어. 그땐 한국 사람이 하는 찐빵집 같은 게 없었나 보지. 떡집은 있었던 거 같은데."

잘 모르겠다. 요한이 어깨를 으쓱하며 빵을 떼어 입에 넣었다.

"근데 난 한국 찐빵이 더 맛있더라. 비슷하게 생겼는데 맛은 달라."

"중국식 찐빵은 못 먹어 봤어."

"담에 사 줄게. 차이나타운에 팔아."

근데 너도 이게 더 맛있을걸. 요한은 거의 확신하며 마지막 남은 빵을 입 안에 쏙 집어넣었다.

"한국에서 파는 것도 이런 맛이야?"

"비슷해. 뉴욕엔 어지간한 한국 음식은 다 있으니까."

"그래도 본토에서 먹는 게 더 맛있겠지. 오리지널인데."

제인은 대답 없이 웃기만 한다. 담에 한국 가서 사 준다는 소리가 없는 것이 아주 조금 서운했으나 더 말하지 않았다. 제인은 떠나온 나라에 대한 이야기를 별로 내켜 하지 않는 것 같은 때가 있었고 그런 눈치가 감지되면 그는 억지로 대화를 이어 가지 않았다. 때때로 그녀의 앞에서 요한은 아주 예민한 식물이 된 것 같은 기분이 들었다. 언짢게 하지 않으려 온몸의 촉수를 동원해 수시로 기색을 살폈다. 다른 이에게는 감히 상상조차 한 적 없는, 순전히 자발적인 굴종이었다.

덕분에 대화가 끊어지고 아주 잠깐 침묵이 흘렀다. 말없이 먹기만 하던 제인이 한참 만에 입을 뗐다.

"할머니가 찐빵을 좋아하셨어."

요한은 그 목소리에 집중한다.

"나도 좋아하니까 시장 갈 때마다 꼭 사 오셨어. 한 개 다 먹으면 저녁밥 많이 못 먹는다고 항상 반쪽씩 나눠 먹었거든, 둘이서."

들으며 머릿속에 그려 본다. 한 번도 가 본 적 없는 나라의, 크고 멋진 집에서 찐빵 하나를 나눠 먹는 고상한 노파와 응석받이 손녀. 어쩐지 매끄러운 그림은 아니지만 그 나라에 대해 요한은 어차피 별로 아는 게 없었다.

"할머니 돌아가시고 난 뒤에는 먹고 싶지 않았어. 그렇게 좋아했는데, 한 번도 나 혼자 사 먹은 적은 없어."

나눠 먹을 사람이 없으니까. 여자가 쓸쓸하게 덧붙였다.

"그때, 네가 발코니에 놓고 갔을 때가 처음이었어. 밀가루 냄새 맡는데 눈물 나더라."

"그래서 울었어?"

"아니."

"씩씩하네."

울지도 않고. 요한이 가만히 칭찬하며 미소 짓는다.

"너 그때 혹시,"

제인이 문득 물었다.

"나 그거 먹는 거 봤어?"

보라고 커튼까지 활짝 열고 창가에서 먹었는데. 여자의 말에 요한은 아주 잠깐 벙찐 얼굴을 했다가 곧 푸흡 웃고 말았다. 얘는 내가 무슨 슈퍼맨인 줄 아나 보네.

"야 그걸 어떻게 봐. 아무리 나라도 공중에 뜨는 재주는 없어."

"스파이더맨이라며."

"걔랑은 고향만 같아."

"아, 피터 파커도 퀸즈 출신이었지."

대단한 걸 잊고 있었다는 듯 감탄하며 제인이 키득키득 조금 웃었다. 여자가 다시 웃으니 요한은 마음이 놓였다.

"세븐써리도 퀸즈 출신."

"거기가 히어로의 성지네."

"걔랑 나랑 같은 거 하나 더 있는데."

"뭔데?"

"제인 좋아하는 거(We both like Jane)."

말이 멋었다. 물끄러미 서로를 바라보는 두 얼굴에 물감처럼 웃음이 번졌다. 물기가 도는 것처럼 일렁이는 눈동자. 그 까만 눈동자를 요한은 거울처럼 한참 동안 들여다보았다.

"방에서 라디오 들을까?"

간식을 반쪽씩 먹어 치운 남녀는 자연스레 침실로 돌아간다. 즐겨 듣는 음악 프로그램 진행자가 청취자 사연을 읽었다. 벌써 2월인데도 신년 목표 어쩌고 하는 사연은 끊이질 않았다. 남의 새해 계획은 궁금하지도 흥미롭지도 않았지만 그 사람이 신청한 노래는 제법 멋졌다. 토니 브랙스톤. 두 사람이 좋아하는 노래가 시작되자 요한은 재빨리 붐박스의 볼륨을 높인 다음 침대 위로 기어 올라갔다. 삐걱대는 매트리스의 스프링. 제인이 살짝 웃는다.

사랑이 끝나면 나는 다시 숨 쉬지 않을 거야. 여자 보컬의 감미롭고 거친 음색 속에서 그들은 데칼코마니처럼 마주 누웠다. 이마가 맞닿을 듯 가까웠다. 서로가 내쉬는 투명한 숨이 콧등으로 느껴진다. 따스하고 간지러운 숨결은 한데 뒤섞여 내 것과 네 것을 구분할 수 없다.

눈을 감은 채, 남자가 나지막이 탄식했다.

"좋다."

그리고 느지막이, 여자의 목소리가 메아리처럼 되돌아왔다.

"응. 좋다."

요한은 천천히 눈을 떴다. 그리고 눈을 감고 누운 여자를 가만히 바라보았다. 긴장도 꾸밈도 없이 완전히 이완된 모습. 그 예쁜 여자를 보고 있자니 벌써부터 오늘 밤이 걱정되기 시작했다.

요즘 그는 매일이 항상 소풍 가기 전날 밤 같다.

빨리 자야 아침이 오는데 설레서 잠은 안 오고.

얼른 자야 너를 볼 텐데 보고 싶어서 잠이 안 오고.

"밖에 아직도 비 올까."

제인이 눈을 감은 채 물었다.

"아마도."

요한은 그녀를 바라보며 건성으로 대답했다.

지면 아래 파묻힌 반지하 아파트에선 밖의 풍경을 볼 수 없다. 이 도시는 낮에도 밤에도 휘황하지만 그 탐나는 광경들은 요한 같은 지하 주민에게까지 돌아오지 않는다. 지구에서 가장 화려한 이 섬에서도 아주 많은 사람들이 빛 없이 어두운 나날을 일상으로 감내해 낸다.

그러나 바깥 세계 따위 비가 오든 눈이 오든 무슨 상관인가. 이제 이곳에는 구름 같은 숨결과 햇살 같은 체온이 있다. 천국의 중심 같은 빛과 노래가 있다. 황홀한 너의 웃음. 달콤한 너의 향기. 환각제처럼 눈앞을 흐리는 너의 소리.

내가 사랑하는 너의 모든 것들.

"……좋다."

요한은 또 한 번 낮은 탄성을 중얼대고, 잠든 것처럼 누운 여자를 어루만지듯 녹녹히 바라본 뒤, 아주 편안하고도 느리게, 천천히 두 눈을 내리감았다.

730

1판 **3쇄 찍음** 2023년 3월 2일
1판 **3쇄 펴냄** 2023년 3월 10일

지은이 이유월
펴낸이 정 필
펴낸곳 (주)뿔미디어

표지 디자인 우 물

출판등록 2002년 9월 11일 (제1081-1-132호)
주소 경기도 부천시 소향로 17, 303(두성프라자)
전화 032)651-6513 **팩스** | 032)651-6094
E-mail bbulmedia@hanmail.net
비북스 http://b-books.co.kr

ISBN 979-11-90379-78-6 04810
ISBN 979-11-90379-76-2 04810 (SET)